L'ÉPERVIER DE FEU

DU MÊME AUTEUR
CHEZ POCKET

CYCLE D'OGIER D'ARGOUGES

LES LIONS DIFFAMÉS
LE GRANIT ET LE FEU
LES FLEURS D'ACIER
LA FÊTE ÉCARLATE
LES NOCES DE FER
LE JOUR DES REINES

PIERRE NAUDIN

CYCLE D'OGIER D'ARGOUGES

L'ÉPERVIER DE FEU

AUBÉRON

ISBN : 2-266-10537-X

Au docteur Brigitte Falaise
cette incursion chez les
« mires » du XIVe *siècle en*
témoignage d'une double
gratitude pour l'efficacité de
ses soins.

« Dieu, dit frère Anselme, a puni les pécheurs endurcis avant que de jeter un épervier de feu sur des multitudes indignes. »

Le 27 juillet 1347, dans la soirée, Philippe VI, à la tête d'une immense armée, parvient devant Calais. En quête d'un exploit susceptible d'impressionner les Anglais qui, depuis un an, assiègent les Calaisiens terriblement éprouvés par la famine, le roi de France enjoint à Ogier d'Argouges d'emmener les gens des communes du Tournaisis à la conquête de la tour de Sangatte, un objectif dénué d'importance stratégique.

La tour est prise lors d'un assaut bref mais meurtrier. Un chevalier anglais surgit devant Ogier. Ils s'affrontent à l'épée dans un duel inégal. En effet, le Goddon est fervêtu. Pour se mouvoir aisément, le Français a renoncé au port de l'armure.

Ce terrible adversaire est Renaud de Cobham. Sans l'efficace intervention de Gauthier de Masny, l'infortuné champion de Philippe VI, grièvement blessé, subirait le coup de grâce.

Emmené en Angleterre, soigné par Odile et Ethelinde de Winslow, Ogier reprend des forces et s'enfuit. Il doit à un archer, Shirton, de ne pas être repris. Dès lors, il n'a qu'un dessein : rencontrer Hugh Calveley dont il espère l'aide et la protection. Naguère, bien qu'ennemis, ils se sont secourus l'un l'autre.

Or, Calveley n'est point à Bunbury, son fief. Peut-être ira-t-il courir des lances aux joutes d'Ashby de la Zouche, les dernières de l'année, auxquelles Édouard III assistera.

Ogier et Shirton cheminent vers ce haut lieu des fêtes guerrières. Ils ont pour compagnes l'irascible Élisabeth et la jeune Griselda délivrées, à Brackley, d'une auberge interlope. Parvenu à Ashby, Ogier retrouve sa cousine, Tancrède, passée à l'ennemi, et son oncle, Guillaume de Rechignac, capturé lors du siège d'Auberoche. Pour avoir refusé d'acquitter sa rançon, le vieux et farouche seigneur subit le sort d'un prisonnier à vie.

Une tentative d'évasion échoue. Shirton seul parvient à s'échapper. Ogier, Guillaume et Étienne de Barbeyrac, compagnon d'infortune du baron de Rechignac, comparaissent devant Édouard III.

Le roi d'Angleterre leur propose un challenge : gagner leur liberté en affrontant victorieusement trois de ses hommes liges lors d'un combat sans merci.

Ces chevaliers sont Simon de Brackley, que Griselda, morte depuis, exécrait ; Lionel de Dartford, l'amant de Tancrède, et Renaud de Cobham.

Ogier se revanche du traitement qu'il a subi à Sangatte mais renonce à exécuter Cobham lorsqu'il gît à sa merci. Étienne de Barbeyrac triomphe aisément de Simon de Brackley. Dartford, lui, n'a point de grandeur d'âme : oubliant que Guillaume de Rechignac, qui pouvait l'occire, s'était montré magnanime, il tue sans remords le vieux guerrier.

Shirton, l'archer à l'œil infaillible, exécute ce chevalier indigne, approuvé par la reine des joutes, Jeanne de Kent, et ses dames d'honneur dont Tancrède. Hugh Calveley arrive à temps pour soustraire Barbeyrac, Shirton et Ogier, à la fureur du roi d'Angleterre.

Comme on le verra dans les pages suivantes, Édouard III se sera vengé maigrement de cet affront imprévisible. Le jour vient enfin, — un jour gris de novembre 1348 — où les deux chevaliers aux Lis vont s'embarquer pour la France.

Mais pour y trouver quoi ?

PREMIÈRE PARTIE

LA MORILLE

I

— Ainsi, c'en est fini d'une longue accointance...

Levant la tête, Ogier d'Argouges comprit d'un regard que l'affliction et l'amertume d'Hugh Calveley n'étaient pas feintes.

Sa pâleur, ses sourcils froncés, le serrement de ses grosses mâchoires sous une barbe de quelques semaines, témoignaient d'un regret dont l'acuité lui fut désagréable.

— Ton déplaisir, dit-il, me touche et me consterne. Ce que je ressens, moi, c'est au-delà de mon soulagement, une amitié pour toi de plus en plus solide, infaillible. La guerre, sois-en sûr, ne l'affaiblira point.

Se détournant, Ogier entrevit les faces attristées d'Étienne de Barbeyrac et de Jack Shirton. Il ne put contenir un rire équivoque et chagrin :

— Le destin quelquefois nous joue d'étranges tours. C'est à Sandwich que j'ai débarqué il y a un an. J'y reviens ce jour d'hui, 25 novembre, anniversaire de ces joutes d'Ashby où tu nous as sauvés du courroux de ton roi.

— *Aidés* me paraît préférable, corrigea Calveley en enfonçant son chaperon sur ses crins roux afin qu'il résistât aux souffles d'un suroît qui ne cessait de croître en sifflements et vigueur. Souviens-toi : le danger s'était dissipé. Tu avais, Ogier, mortifié Cobham ; Étienne avait meurtri Simon de Brackley et Shirton avait châtié Lionel de Dartfort...

— Mon oncle Rechignac était échec et mat, murmura Ogier, une ombre sur le cœur. Je ne pourrai, hélas ! exaucer complètement son vœu.

Tous regardèrent à ses pied le sac de basane rond pourvu d'une anse de corde et dont l'ouverture était cousue à petits points. Il contenait, enveloppé d'un linge épais, le crâne du défunt. Guillaume de Rechignac avait souhaité qu'on fît bouillir sa dépouille afin que ses chairs, son cœur, ses entrailles fussent ensépulturés à l'emplacement de son trépas tandis que ses ossements seraient enfouis en son château. Elle était trop imposante, cette carcasse humaine, pour être ramenée tout entière sur le continent.

Ogier soupira. Ce crâne, il l'avait tiré de l'immense chaudron, tiède encore, avec répugnance et respect tandis que Barbeyrac achevait de creuser la fosse en maugréant contre la dureté du sol.

— J'irai à Rechignac avec toi, Ogier. Je t'en fais serment devant nos amis. Ton oncle était pour moi une espèce de saint. Nous ferons enchâsser cette relique. Ce sera une oblation juste. Après, je partirai la conscience en repos.

— J'ai songé à cette fierte[1]. Ma cousine, si elle m'attend, nous approuvera.

Il n'avait pas revu Tancrède après ces joutes funestes. Elle s'était, volontairement ou non, abstenue d'assister à l'ensevelissement de ce père qu'elle avait chéri trop tardivement. Que faisait-elle maintenant ? Était-elle revenue à Rechignac comme elle l'avait promis à Guillaume avant qu'il eût expiré ? Elle savait que Barbeyrac et son « cousin » Ogier avaient été placés dans l'obédience de Calveley. C'était son amie, Jeanne de Kent, qui leur avait fait remettre par l'honnête roi d'armes, Russell Chalk, l'ordonnance fastidieuse au terme de laquelle Édouard III, souverain d'Angleterre et de

1. Châsse.

France, seigneur d'Irlande, assignait à résidence, au château de Bunbury, les deux otages « *loyaux et féaux* » Étienne de Barbeyrac et Ogier d'Argouges.

— Un an d'attente !

— Ne prétends pas, Ogier, que vous avez passé chez moi des semaines maussades, à l'exception peut-être de celles où je m'absentais.

— Maussades ! s'exclama Shirton qu'une mélancolie rongeait, lui aussi. Je suis garant, messire Hugh, qu'aucun d'eux ne saurait parler de captivité dans vos murs. Par ma foi, il me plaît à moi d'y revenir. Même Tom s'y est accoutumé.

Agriffé sur l'épaule de l'archer, le balbuzard émit un gloussement. Il jouissait visiblement d'être considéré, tout autant que de sentir sur son plumage, avec ces regards d'hommes, les tourbillons d'un vent froid et impétueux. Une infinie malice éclairait ses pupilles.

— Vous allez nous manquer tous les deux, dit Étienne. Tom également... Je vous regretterai mais non pas Bunbury !

— Le roi exigeait que vous y demeuriez libres autant que possible. Ni chaînes ni contraintes...

Ogier se mordilla les lèvres. Un obstacle intangible, déjà, le séparait du géant dont il avait fait son ami. Il ne pouvait en définir la nature.

— Nous étions libres, c'est vrai, dit-il. Mais libres en pays ennemi du nôtre, entourés de gens qui nous détestaient d'autant plus âprement que vous nous traitiez en amis... Un an sans liberté pleine et entière, c'est long !

Calveley n'en disconvint pas. Des larmes dues aux bourrasques couvraient les bulbes de ses yeux flétris par une nuit d'insomnie et leur bleu déjà clair prenait une teinte d'acier.

— Le roi Édouard, dit-il, tenait à ce que vous ne portiez pas les armes contre nous pendant douze mois. Revenus en France après les joutes d'Ashby, vous n'eussiez pas tenu votre serment... Je vous aurais compris et approuvés !

Le cœur serré d'un émoi lourd d'angoisse, Ogier interrogea le ciel chargé de pluie, les maisons aux façades fardées de grisailles tenaces, gluantes comme le pavé où sabotaient les chevaux, puis son attention dévia vers la nef sur laquelle Étienne et lui prendraient place : la *George*. A la poupe, une bannière de deux toises carrées mêlait dans ses plis tourmentés les lis usurpés à la France et les léopards d'Angleterre.

— Vous y établirez vos coursiers ainsi que ce sommier dont je vous fais présent. Cette *George* est conçue pour escliper[1] des chevaux. Le roi, parfois, y prend place[2].

Ils s'exprimaient tous péniblement. L'absence les blessait avant même qu'elle eût été consommée. Ils s'employaient d'autant mieux à dissimuler une sorte de déplaisir sans nom qu'ils savaient qu'ils ne se reverraient jamais. Ils ne comprenaient pas ce qui leur advenait. Ils s'étaient crus à l'abri des émois de toute sorte et ils en éprouvaient un. C'était à la fois réconfortant et terrible.

« Parle ! Parle ! » s'enjoignit Ogier.

La salive lui manquait. Et les idées. Il parvint à se secouer et même à sourire :

— Nous te sommes reconnaissants, Hugh, de ta générosité. Grâce à toi, nous atteindrons vélocement Gratot, puis Rechignac. Étienne verra plus tôt que prévu son Alix.

— C'est peu de chose, en vérité, dit Calveley. Vous avez, sur ce sommier, vêtements et nourriture...

— ... ainsi que mon *long bow* préféré, que j'ai échangé contre le tien, Ogier, ajouta Shirton. Il y a aussi un plein carquois de sagettes. Tu en auras l'emploi si

1. Embarquer.
2. Édouard III embarquait parfois sur la *George* pour gagner le continent. Sitôt en mer, il prenait conseil et dictait ses ordres. Ainsi, le 12 octobre 1342, d'équiper des nefs pour Gauthier de Masny et ses chevaliers. Richard de Sapleton et Jean de Ferrers furent chargés de noliser ces navires sur la côte ouest.

ton épée défaille ou pour atteindre des ennemis hors de sa portée... à condition qu'ils ne soient pas Anglais !

Ogier étreignit vigoureusement l'archer. Il le baisa sur les joues, au risque de recevoir un coup de bec de Tom indigné par cette accolade.

— Je ne regretterai pas Bunbury, dit Barbeyrac. Un an sans femme chez toi, Calveley, après deux ans d'abstinence dans les geôles d'Angleterre, c'est trop pour quelqu'un qui n'a pas la vocation ecclésiastique.

Trente soudoyers servaient à Bunbury. Peu de temps après Ashby, Calveley y avait accueilli une douzaine de servantes, jeunes pour la plupart. Elles étaient arrivées un matin, conduites par deux gros sergents à mines d'eunuques. Il semblait que le manoir eût été soudainement peuplé de ces femmes par la nécessité des hommes ; en fait, elles vaquaient aux travaux domestiques lorsque les mâles s'éloignaient pour la chasse ou l'exercice des armes auxquels les deux Franklins devaient participer. La nuit, on entendait leurs chants mêlés au grésillement des pluies. Toutes ces voix suaves semblaient se désaltérer de cette eau glacée, mordicante, qui, cessant de tomber vers la mi-décembre, avait cédé le ciel à la neige, cela jusqu'à fin mars. Comment ne pas supposer que Calveley voulait accroître, par la continence et la proximité des jupons, l'appétit de volupté de ses guerriers afin qu'il s'exacerbât lors des sièges des cités et des châteaux ?

— Une vie de Templiers, Hugh ! dit Ogier.

— Vos épouses m'en auront de la reconnaissance.

— Crois-tu ? demanda Barbeyrac. Je crains, revoyant la mienne, d'être plus emprunté qu'un puceau !

Calveley sourcilla, mais pour une autre affaire :

— Ce que nous appelons *seththen the pestilence*... la peste noire, *the black plague*, désole le continent. On dit qu'il n'y a plus un seul être vivant à Marseille. La Langue d'Oc et Barcelone sont atteintes...

Barbeyrac toucha Ogier de son coude et, clignant de l'œil :

— Sais-tu pourquoi, compère, il nous veut effrayer ?

— Certes !... Pour nous conserver près de lui.

Ils rirent, mais sans entrain. Si cette peste dévoreuse de vies humaines existait, ils étaient désarmés pour la combattre.

— Nous verrons bien... dit Ogier.

Cette épidémie ne l'effrayait point : elle était immatérielle et lointaine. Une fois embarqué, il n'y penserait guère. Et puis, des remèdes devaient exister. Il n'allait pas enténébrer la joie de son retour avec des craintes sans réel fondement.

— Montez à bord, dit Calveley, et sachez-le : la peste est aussi chez nous.

— Qui va nous mener en France ?

— Guillaume Piers, maître de la nef royale appelée la *Robinet*. Il a dû prendre la *George*, qui est meilleure coursière, pour je ne sais quelle mission difficile à Calais.

— Calais... dit Barbeyrac.

— Eh bien, quoi ? s'étonna Calveley. Vous n'espériez pas débarquer à Cherbourg ?

— Cela m'eût satisfait : en une nuit de chevauchée, j'étais rendu à Gratot.

— Laissez faire le temps, messire, dit Shirton.

« Il me donne soudain du *vous* et du *messire*... à moins qu'il ne s'adresse à nous deux. »

Bien que la voix de l'archer fût enjouée — peut-être pour dissimuler sa tristesse — n'était-ce point la preuve, tout de même, que ce commun chapitre de leur vie parvenait à expiration et qu'ils redevenaient étrangers l'un pour l'autre ?

Les adieux furent brefs ; on ne se promit rien. Tandis que Calveley s'occupait de l'embarquement des chevaux, Shirton et Tom s'intéressèrent à la venue des passagers. Dans l'un d'eux, Ogier reconnut le dormeur de la geôle d'Ashby. Il était habillé avec soin et sa houppelande dénonçait, à défaut de la fortune, une aisance que son voisin, un homme brun, moustachu, d'environ trente ans, pouvait lui envier : il était en penailles. Derrière eux, quelques Anglais, — des commerçants — parolaient comme des commères.

— Étienne... Ce bourgeois ne te rappelle rien ?

— Si ma mémoire est bonne, il devait être pendu.

— Si ma mémoire est bonne, il parlait allemand.

— Nous irons l'aborder quand nous serons en mer.

Ils virent leurs chevaux gravir la pente abrupte de la passerelle. Le maître d'équipage tirait le Noiraud par la bride ; des mariniers s'occupaient du Bucéphale de Tancrède et du sommier.

— Regarde : ils s'en vont.

Hugues Calveley sur Brighton, le colosse brun convenant à sa taille, et Shirton, sur le louvet qu'il avait conservé en souvenir, sans doute, d'Élisabeth, partaient au petit trot sans jeter le moindre regard en arrière.

— Sommes-nous ennemis, désormais ? dit Ogier.

— Certes non ! Calveley demeure ton allié.

— Il se peut qu'un jour, lors d'une bataille, nous nous trouvions à cinq ou six pas l'un de l'autre...

— Dieu vous inspirera votre conduite, dit Barbeyrac, paisible. Mais regarde où ils les mettent !

Les chevaux, maintenant, traversaient le pont et s'arrêtaient.

— Dans le château de proue. C'est sans doute là, compère, qu'on loge les coursiers et les palefrois des prud'hommes [1].

— Ces attentions signifient que nous sommes considérés !

— La suite vous l'apprendra, messires !

Les deux compagnons se retournèrent. L'homme qui s'était immiscé dans leur entretien était le hume-vent qu'ils avaient vu embarquer. Leste, une taille haute et une maigreur de cénobite ; des yeux noirs, des sourcils fournis ; une moustache touffue, pendante. Il avait eu le

1. La marine anglaise de l'époque possédait des *huissiers* (huis : porte) : c'est-à-dire des vaisseaux dont les flancs étaient pourvus de portes étanches. Les chevaux attachés dans la cale et les ponts pouvaient en sortir aisément.

crâne rasé, sans doute afin de pouvoir mieux s'épouiller. Il s'inclina :

— Loïs de Saveuse, du Cambrésis... Je suis chevalier d'un écu et mes armes sont *de gueules à la bande d'or à six billettes de même*[1]. J'étais à Crécy. Je crie : *Bien à point !* et vous voyez en quel état je suis.

Ils rirent. Ogier et Barbeyrac se présentèrent.

— J'étais également à Crécy, dit Ogier, mais c'est devant Calais que je me suis fait prendre.

— J'étais à Auberoche, dit Barbeyrac. C'est là qu'ils m'ont eu.

Loïs de Saveuse exprima la question qui, soudain, leur emplissait l'âme :

— Comment allons-nous trouver notre royaume ?

— Tout ce que nous en savons, dit Ogier, c'est que la male peste y sévit. Les morts doivent y être innombrables.

— Eh bien, mes compères, dit en souriant Barbeyrac, je ne vois pas comment l'Angleterre y échapperait... Tous les vaisseaux qui traversent la mer peuvent embarquer et débarquer la contagion !

— C'est vrai, dit Loïs de Saveuse. J'ai appris que la pestilence noire n'avait pas épargné nos ennemis... On laisse aller ceux qui partent par nécessité ; on dissuade les autres de le faire, — au besoin par la force — ; on refuse le passage à ceux qui reviennent sur la Grande Ile... Sandwich est une exception, mais j'ai vu, en venant, des compagnies dont je suis prêt à gager mon anneau nuptial qu'elles vont encercler la ville. Les geôliers qui m'ont amené m'ont dit qu'à Portsmouth, on brûlait des corps... Or, donc, si on les met en cendres, c'est que c'est bien la peste.

Il soupira et ajouta :

— Ce qui m'importe, c'est de revenir dans notre royaume. C'est que nos sauf-conduits soient valables à

1. On appelait chevalier d'un écu celui qui servait le roi, le prince de sa seule personne et n'avait point d'autres chevaliers sous ses ordres.

Calais... Ma rançon fut amassée à petites portions. Il était temps qu'elle soit acquittée.

— A qui ?... Quel homme ou quel bideau t'avait pris au collet[1] ?

— Un écuyer de Northampton : William Brewster. Il ne s'est plus soucié de moi sauf pour percevoir ses écus et ses esterlins... Je suis resté quelques mois dans la Tour. Ensuite l'on m'a mis en geôle à Winchester, puis à Ashford... Nous étions plus de cent...

— Je sais de quoi tu parles, dit Barbeyrac. N'as-tu jamais tenté de t'évader ?

— Quatre fois. La proximité de la mer nous en donnait envie. Une nuit, je suis parti avec un jeune hutin que Derby avait pris à Poitiers... Berland.

Ogier reçut le coup sans broncher, mais demanda :

— Herbert Berland ?

Loïs de Saveuse sourcilla :

— Oui... Le connais-tu ?

Il était inutile de révéler : « C'est le demi-frère de mon épouse, mais je ne l'ai jamais vu. » Ogier usa d'un ton des plus léger pour répondre :

— Non... J'en ai ouï parler. Qu'en est-il advenu ?

— J'ai été repris. Pas lui... A dire vrai, je ne l'aimais guère. Il était outrecuidant comme un coq... Seigneur ! tout ce que ces Goddons ont pu m'humilier !

Barbeyrac souriait : lui aussi avait enduré la malfaisance anglaise. Il évitait d'en parler. D'ailleurs, son long séjour auprès de Calveley avait tempéré un jugement sévère.

— Sous quelle obédience étais-tu, Argouges, à Crécy[2] ?

— Celle du duc d'Alençon.

Loïs de Saveuse hésita, puis :

— J'étais dans la bataille de Godemar du Fay, qui s'enfuit au gué de la Blanche-Tache.

1. Quel (noble) homme. Le bideau était un soldat des troupes légères, équipé de dards, d'une lance et d'un poignard.

2. La bataille de Crécy eut lieu le samedi 26 août 1346.

— J'étais à la Blanche-Tache et j'ai vu ce goguelu s'escamper.

— Nous aurions pu nous rencontrer... Quand cet estour[1] fut achevé, j'ai rejoint l'armée du roi Philippe... et j'ai vu ce que tu as vu : la jactance, l'impéritie... Tout !... J'ai été jeté à bas de mon cheval à mi-pente du Val-aux-Clercs... Une sagette dans l'épaule mais, en tombant, je m'étais démis un genou... Alors vint lentement la nuit du samedi au dimanche. Nul n'osait crier ni jupper ni renommer aucune enseigne... Les Anglais allumèrent en leur ost grand'foison de falots et tortis pour repousser l'obscurité. Ils se mirent à chercher les navrés de France pour les occire. Ils avaient grande liesse au cœur, grande joie quand ils voyaient l'un de nous remuer. Je me tenais aussi roide qu'un mort près d'un seigneur de chez nous qui allait trépasser. « *Qui es-tu ?* » lui ai-je dit. « *Jean IV d'Harcourt.* » Et deux ribauds s'approchèrent, le percemaille au poing. Le plus jeune se pencha et dit : « *Tu vas mourir !* » Mais l'autre lui saisit la main. « *N'en fais rien !* » C'était Godefroy d'Harcourt, ce renié ! J'aurais dû m'en douter en le voyant clocher !... Son frère a expiré dans ses bras. J'ai été emmené au logement des Anglais. A l'aube, dans la bruine du dimanche, les communiers de Rouen, de Beauvais et de moult autres cités se boutèrent entre eux, croyant avoir affaire à des Goddons, Gallois, Cornouaillois... Et ceux-ci arrivèrent... Nouvelle boucherie !

— T'ont-ils emmené à Calais ?

— Non, au Crotoy livré à la fureur du Despenser[2]. Lui et sa mauvaise gent venaient d'occire quatre cents hommes d'armes... Heureusement, Godefroy d'Harcourt veillait sur moi : il me remit à William Brewster qui, dès lors, me considéra comme sa prise... En quelque

1. Combat. (Lire du même auteur chez le même éditeur : *La Fête écarlate* ; rééd. éditions Pocket, n° 11032.)

2. Hugues Spenser descendait d'un gentilhomme d'Artois nommé Guerlain de Gommiécourt, qui s'était fixé en Angleterre. Henri III lui avait donné la charge de *dépensier* ; de là son surnom de *Spencer*.

sorte, je lui dois la vie ! Et vous, comment vous ont-ils attrapés ?

— Moi, dit Ogier, je donnais l'assaut à la tour de Sangatte.

— Moi, dit Étienne de Barbeyrac, je me suis fait prendre à Auberoche.

— Méchante guerre !

— Eh oui, compère. Pour les vaincus, les guerres sont toujours affreuses.

Loïs de Saveuse se pencha et cracha dans la mer.

— Ce dont j'ai le plus souffert, dit-il, c'est de la déconfiture terrible en laquelle je me sentais. Un immense besoin de compassion me serrait le cœur. Il s'aggrava quand, au Crotoy, des femmes de tous âges me couvrirent d'outrages et m'accusèrent de n'avoir pas été présent avec l'armée pour les défendre d'un viol qui n'avait pas rabattu leur jactance. A Crécy, l'on m'avait décrié ; au Crotoy, le fait que Godefroy d'Harcourt fût en ma compagnie me valut d'être considéré... Ce qui eut pour effet d'accroître ma rançon !

— Godefroy le Boiteux aurait pu demander ton élargissement.

— Il ne le fit point. Je n'ai aucune gratitude à lui devoir.

— Sais-tu qu'il est revenu dans le giron du roi de France ?

— On me l'a dit. Je suis demeuré incrédule. Or, tu me le confirmes et je te crois aisément. Il s'est montré courtois envers moi, j'en conviens... Cet homme-là est comme une épée versatile : à deux tranchants !

— Ni Ogier ni moi, dit Barbeyrac, n'avions de quoi acquitter notre rançon. Nous devons d'être libres à des combats en champ clos.

— Je n'ai pas eu cette bonne chance ; je me savais insuffisamment fortuné... Je me suis demandé ce que feraient mon épouse, ses parents, mes parents... Il m'est advenu de voir, dans mes songes, des tas de deniers d'or à l'aignel, des nobles, des monceaux de monnaie de billon[1]. Je sais que la rançon fut portée à Calais, mais je doute que ma femme et mon père y attendent mon retour.

Ogier considérait cet homme au visage blêmi, talé, ridé précocement par les vents, les pluies, les séjours en cachot et sans doute les coups. Le plaindre eût été l'humilier, l'offenser peut-être. Tandis que Loïs de Saveuse, échappant à son examen, se mettait à marcher autant que le pont encombré de gens, de caisses, de balles et de tonneaux le lui permettait, Barbeyrac s'en alla voir les chevaux. Des mariniers descendaient des bagages dans l'entrepont. Aux tintements qu'ils provoquaient en les maniant sans aucune précaution, l'on pouvait deviner qu'ils enfermaient des armes. Sans doute des épées, des fers d'armes d'hast, des cuirasses, des lormeries[2] et bardes de chevaux. Sur la *George* personne ne pouvait échapper à la guerre, surtout pas les vingt archers sous le poids desquels la passerelle tremblotait.

Les passagers s'examinaient les uns les autres. La plupart observaient leurs voisins avec franchise, quelques-uns obliquement. Il n'y avait que des hommes. A l'avant du château de poupe, messire William Piers veillait aux mouvements et chargements, levant parfois les yeux sur les sommets de sa nef provisoire, gréée d'un long mât peint en rouge adorné d'une spirale d'argent, telle une immense lance dont la gabie de bois et de fer scintillait comme un rochet. Une écoutille s'ouvrait à

1. Tous les rois de France, depuis Louis IX, avaient fait frapper des *moutons d'or* ou *deniers d'or à l'aignel*. On cessa d'en émettre en 1325 et cette interruption dura jusqu'au règne de Jean le Bon. Ces moutons continuèrent néanmoins d'avoir cours, concurremment avec les nouvelles espèces, sous le règne de Philippe de Valois. Leur titre était d'or fin et leur taille de 59 1/6e au marc. Le *noble*, assez ordinairement appelé *noble à la rose*, était une monnaie d'or qu'on frappa pour la première fois en Angleterre sous le règne d'Édouard III, en 1344. L'or était fin et sa taille d'environ 25 au marc.

2. Ancien nom des ouvrages relatifs aux harnachements des chevaux.

l'arrière de l'artimon contre lequel le dormeur d'Ashby s'était adossé ; peu à peu, les marchands, frileux, s'y glissaient avec autant d'hésitation que s'ils s'introduisaient dans un lieu mal famé. Il ne resta sur le pont que les hommes d'équipage, les archers, Loïs de Saveuse appuyé aux pavesades de l'accastillage de proue, le regard perdu vers le large, et Barbeyrac qui revenait avec, sous un bras, des chausses, hauts-de-chausses, une chemise, un pourpoint et jusqu'à un chaperon noir.

— Pour Loïs, dit-il. Les chausses et le pourpoint sont tiens, Argouges ; le reste est à moi.

— Tu as bien fait, compère... Je te laisse les lui remettre. Je vais dire deux mots à l'inconnu d'Ashby.

Assis sur un coffre, le dos appuyé contre le mât cerclé de cuivre à sa base, le passager semblait répugner à entrer dans le ventre du vaisseau. Il respirait amplement, mais sans la moindre volupté, la brise qui sifflait dans le gréement. Parfois, il regardait ses poulaines dont il n'avait point vergogne. Et pourtant ! On prétendait les Prussiens et les Polonais idolâtres parce qu'ils portaient ces chaussures absurdes, proscrites par un clergé qui n'était pas suivi dans ses colères et ses anathèmes. C'était par allusion à Cracovie que les Anglais appelaient ces souliers des *cracows*.

« Peut-être », songea Ogier, « Blandine serait-elle fière que j'en porte ! »

Mais qu'allait-il songer à son épouse !

Alors que l'inconnu tendait l'oreille vers l'écoutille pour y entendre les éclats d'une altercation, Ogier fut devant lui. Il n'eut point à parler. Le voyageur le considéra d'une façon abrupte :

— Oh ! vous, je vous ai vu à Ashby !... Vous y avez fait merveille.

— Vous étiez dans la foule !

— Messire Jean d'Offord m'avait fait relaxer à condition de le servir.

Les façons de cet homme, sa voix affectée, son assurance, ne laissaient pas d'ébahir Ogier. Il y avait en lui du clerc et du boutiquier.

— Votre bonne fortune me paraît établie. C'est un emploi lucratif que vous exercez maintenant ! Je vous avais cru moine en rupture de froc.

— J'ai servi Dieu ; je sers désormais Édouard III. Je suis allé en France, en Bourgogne, en Langue d'Oc. Présentement, je vais en Flandre. Mon nom est Bernhard Kemper. Mon père est allemand, ma mère anglaise.

Ogier salua et revint vers ses compagnons. Loïs de Saveuse, habillé dignement, demanda quel était cet homme qui, dans ses poulaines, ressemblait à un âne qu'on eût chaussé de patins à glace.

— Un espie du roi d'Angleterre. On lui a demandé de choisir entre la mort comme lèse-majesté et la vie comme perfide... Sa belle cuirasse religieuse et les commandements de sa vocation ne l'ont pas protégé de l'ignominie d'un ouvrage que je ne saurais, quant à moi, accomplir.

— Cela nous importe peu, dit Barbeyrac. Ce soir, nous serons à Calais.

— En es-tu si certain ?... Ce ciel de suie semble nourrir une tempête.

D'un geste lent et ample de ses bras, Barbeyrac enveloppa la *George*.

— Ce vaisseau est un bon boulinier. Cela se voit d'un coup.

— Boulinier ? demanda Ogier.

— Cela signifie qu'il tient bien le vent et qu'il taillera aisément sa voie dans les vagues... Il y avait quelques maîtres d'équipage prisonniers avec moi. Ils m'ont enseigné la marine.

— Qu'as-tu d'autre à nous dire sur notre traversée ? demanda Loïs de Saveuse. Crains-tu quelque difficulté ?

— Rien... ou si peu : que la *George* fasse chapelle. Autrement dit, qu'une saute de vent amollisse les voiles et que nous virions de bord pour un temps.

— Le vent se maintient, dit Ogier.

En effet, il sifflait dans les cargues et les haubans, mais point n'était besoin d'être connaisseur pour deviner que les souffles puissants qui labouraient la mer resteraient défavorables. Dans le ciel envahi de gros nuages noirs, le soleil n'osait se montrer. William Piers emboucha son braillard de cuivre :

— Dégagez la dunette !... Les passagers dans l'entrepont ou seulement au pied de l'escalier du château de poupe !

— Restons. Nous serons seuls, dit Loïs de Saveuse.

— Pas tout à fait, dit Ogier. Voyez Kemper. Il se penche par-dessus bord... Il est livide.

— Larguez les huniers ! cria le maître d'équipage.

Il y eut des piétinements sur le plancher du pont et l'attention des Français se porta sur les mariniers à la manœuvre, pareils à des araignées dans la trame des cordages.

— Cette fois, nous allons partir, dit Loïs de Saveuse.

Les hommes œuvraient en silence tandis que les commandements du maître d'équipage les stimulaient, à travers le claquement des bannières. Les guindeaux et les chaînes grincèrent ; l'ancre ripa la coque et parfois la jetée.

— Je n'ose y croire, dit Barbeyrac.

La grand-toile, la misaine, les huniers établis, la *George*, ses amarres larguées, remua plus fort. William Piers emboucha derechef son braillard et relaya le maître d'équipage :

— Laissez porter !

La nef, en craquant, se détacha de la jetée. Ogier ferma les yeux sur des larmes acides. Il partait !... Enfin ! Il perçut le sabotement des chevaux inquiets, non loin de lui, le crissement des poulies, des haubans ; les claquements des voiles libérées de leurs ris.

— Désormais, dit Loïs de Saveuse, nous ne vivons plus un songe.

Les cris de William Piers retentissaient, retransmis à l'équipage par un grand borgne coiffé d'une aumusse de cuir rouge, et qui tenait du bourreau plus que du nautonier :

— *Laissez porter... Lofe un peu !... Continue de peser sur ce wendrop*[1] !

Puis, après un silence chargé des innombrables cris des mouettes :

— *Dégagez ce boghesprete*[2]*... Allons, du nerf !*

La *George* avançait sans peine, poussée de trois-quarts par le vent sec et froid. Ogier, les pouces enfoncés dans sa ceinture d'armes, son épée, Confiance, battant sa cuisse, alla s'adosser à l'accastillage et regarda les hommes qui abandonnaient leurs perchoirs. Le gabier, resté seul dans la mâture, chantait.

— Nous allons déboucher dans le *Strait of Dover*, dit Kemper en s'avançant. Parfois l'on y aperçoit des nefs de France. Il est rare qu'elles tentent une approche.

Les mouvements du navire s'accentuaient tandis que les craquements et sifflets, dans le gréement, prenaient de la vigueur et de la discordance. Vers le sud, on ne savait trop où le ciel rejoignait la mer grise, creusée de fosses profondes, déchiquetées sur leurs bords. Sandwich n'était plus qu'un grand corps étendu dans ses feux clignotants comme des bossettes de cuivre.

La tête par-dessus bord, Kemper cracha dans le vide, se gratta le cou et demanda :

— Messires, l'un de vous veut-il regarder ce que j'ai là ?

Ouvrant l'encolure de sa houppelande et montrant sa nuque, il mit en évidence une parcelle de chair maigre, blême, que Barbeyrac examina.

— Rien qu'un peu de chair rouge, dit-il. C'est un bouton qui se forme.

— Je craignais un abcès.

Kemper s'en retourna rêver au vent du large.

— Il n'est pas en bonne santé, dit Ogier. L'an passé, il était quelque peu rougeaud et solide. Il a maigri, pâli...

1. Cordage servant à guinder, hisser la drisse.
2. Beaupré (ancien français du XIVe), en anglais *bows-prite*.

— Peut-être s'est-il récemment marié, ricana Loïs de Saveuse.

— Penses-tu !... C'est sûrement un disciple de la nouvelle religion. L'on dit qu'elle nie le pouvoir de l'Église et l'Immaculée conception.

— S'il a erré longtemps et loin, dit Ogier, je conçois qu'il soit las. Édouard est avaricieux : il se peut que cet homme, bien que son serviteur, n'ait pas toujours mangé à sa faim.

— Regardez, les amis ! dit Loïs de Saveuse. Le *missus dominici* est saoul !

Kemper défaillait sans que les vagues qui malmenaient la *George* en fussent cause. Une prompte manœuvre du timonier projeta la coque par le travers ; l'Allemand tomba et roula sur le pont pour s'arrêter contre le plat-bord et rouler en sens inverse. Barbeyrac courut le relever :

— Qu'as-tu soudainement, l'homme ?

Kemper se frotta l'aine.

— Mal... Comme une déchirure ou brûlure profonde... Je sens que cela gonfle...

— Après avoir roulé comme tu l'as fait, es-tu si ébaubi de t'être fait du mal ? Il m'a semblé, à moi, que la nef venait de heurter un rocher !... Ce vaisseau trop enhuché [1] heurte le fond d'une quille imparfaite.

Le maître de manœuvre passait ; il entendit et fit front :

— La mer, messire, a plus de cinquante toises de profondeur en cet endroit. Voulez-vous la soundingline [2] afin d'en juger ?

— Nullement !

Les hommes manœuvraient pour prendre un vent meilleur. Les voiles couleur safran sur lesquelles figuraient trois léopards de gueules se regonflèrent, et la *George* fit un bond qui la poussa dans une grosse houle où elle parut s'empêtrer.

1. Haut sur l'eau.
2. La sonde.

— Cet homme est triboulé[1], dit Loïs de Saveuse en désignant Kemper.

— Descendez-le. L'entrepont n'est pas plein. D'ailleurs, voyez le ciel : il noircit et cette lueur, là-bas, nous prévient d'un orage.

Le maître d'équipage s'éloigna. Barbeyrac aida Kemper à se rasseoir sur le coffre duquel il s'était levé.

— Voulez-vous qu'on vous porte à l'intérieur ? demanda Ogier.

Tête basse, le malade exhala un grognement :

— Non... Les souffles du vent me soulagent.

Les rafales tiraient du gréement un sifflement aigu, et si forte était la poussée du vent qu'Ogier sentait dans son dos sa grande et impondérable main qui semblait enjoindre la nef : « *Hâte-toi ! Hâte-toi !* » Soudain, une pluie neigeuse se mit à floconner. William Piers hurla un commandement. Un jouvenceau grimpa dans le réseau des enfléchures, atteignit le bord de la hune et s'y agrippa fermement. Après un rétablissement vigoureux et habile favorisé par un coup de roulis, il se retrouva sur la petite plate-forme aérienne. Il saisit, toute proche, une poulie, l'amena à lui, s'assit et, à l'aide d'un couteau, fit une réparation.

— Je trouve que cela commence mal, dit Barbeyrac tandis que le garçon redescendait.

— Le malheur, dit Ogier, serait que les nefs de France nous assaillent.

Il faisait maintenant plus clair. Les trois compagnons regardèrent les archers, certains assis sur les marches du château de poupe, d'autres serrés contre les pavesades. Deux d'entre eux vomissaient.

— Oui, le malheur serait que des navieurs et guerriers de chez nous livrent combat et refusent de croire que nous sommes Français !... Sauf ces archers, aucun homme n'est armé... A moins qu'ils aient mis leurs bâtons[2] hors de notre vue.

1. Tourmenté.
2. Armes, et particulièrement armes d'hast.

— Les archers... commença Ogier.

— Tous Gallois, reprit Loïs de Saveuse. Regardez !... Tous endurcis aux périls et aux affrontements... Et *lui*, voyez-le !... Souffre-t-il la géhenne ?

— C'est la peste, sanglota Kemper, le visage enfoui dans ses mains. Cela ne peut être qu'elle... J'aurais dû refuser de me rendre en Avignon puis à Marseille... Je souffre de cette aine et je la sens gonfler...

Ogier s'approcha et tapota une épaule qui ne se déroba pas :

— Allons, messire !... Vous n'êtes pas si dehaité[1] que vous le redoutez.

Secoué de tremblements, Kemper se recroquevilla davantage.

— Des morts... Des monceaux de morts... Et ces cris qui sourdaient des fenêtres, des porches... On brûlait les corps par centaines... Par milliers ! Des gens tombaient dans les rues puantes, remuaient en criant puis... plus rien...

— Il déraisonne, dit Loïs de Saveuse.

Barbeyrac, qui ne cessait de regarder au sud, fit entendre un petit rire de satisfaction :

— La haute mer... A la fin de ce jour, quand on touchera terre, je me roulerai comme un chien dans l'herbe ou sur le sable.

— Il faut porter cet homme dans l'entrepont, dit Ogier. Voyez comme il tressaille.

Kemper frissonnait de fièvre autant que de male peur. Un sourd gémissement fluait de ses lèvres pincées. Comme un coup de roulis le renversait sur le côté, Ogier l'attrapa, fit signe à Barbeyrac qui, voyant la face exsangue et suante du malheureux, décida :

— Nous allons te porter à l'intérieur. Nous t'y allongerons. Il nous faut t'examiner, alors, nous te soignerons.

— C'est la peste... Écartez-vous... Je vous dis que mon aine gonfle !

1. Malade. Ou *deshaité* (de *haité* : bien portant).

Ils emportèrent le malade et comme Ogier, qui le tenait par les chevilles, s'arrêtait pour reprendre haleine sur l'escotard[1], Kemper hurla :

— Je vais mourir, je le sais !

Le premier entrepont s'étendait, sans la moindre cloison séparative, depuis le mur latté de ce qui semblait être la cuisine, à la proue, jusqu'au logis du gouvernail. L'emplanture du mât en réduisait la surface. Des lits superposés avaient été aménagés pour le transport des hommes d'armes, et des bancs étaient fixés aux vaigres de la carène. Les passagers y avaient pris place. Les sabords, ouverts en grand, permettaient une ventilation agréable.

— Étends-toi, dit Barbeyrac. Retire tes hauts-de-chausses et tes braies.

Kemper obéit. Ogier, Barbeyrac et Saveuse se penchèrent. Sous la toison brune et fournie de l'aine dextre, une élevure de chair se formait avec, au centre, une petite tumeur. Nul n'osa y toucher ; Barbeyrac commenta :

— Cela ne me semble point effrayant. J'ai eu, à mes seize ans, une chose pareille. Un emplâtre de mie de pain et de lait : deux jours après, j'étais guéri.

Il haussait la voix pour dominer le fracas des vagues contre la coque. De temps à autre, une lame se brisait, s'étalait ; un poudrin glacé pénétrait dans l'entrepont sans atteindre Kemper, immobile, les yeux clos, insensible à tout ce qui n'était pas son angoisse.

— Veux-tu que nous te remontions ou veux-tu demeurer sur cette paillasse ? demanda Barbeyrac, soucieux.

— Allongé, dit Kemper avec difficulté.

— Veux-tu que nous t'attachions ?

— Ainsi, je ne tomberai pas, dit Kemper. Non, non ! Laissez-moi seul.

Les trois Français remontèrent.

Le ciel roulait toujours ses nuages obscurs. Des

1. Palier d'écoutille.

mouettes lançaient leur défi aux bourrasques et certaines plongeaient pour s'abreuver de la dentelle des flots.

Le maître d'équipage accourut :

— Votre ami se plaint, messires.

— Il n'est point notre ami, mais le vôtre : c'est un noncierre[1] de votre roi. C'est à vous de lui donner des soins.

Ogier approuva Loïs de Saveuse. Barbeyrac dit : « Nous avons fait pour le mieux », puis ajouta, lorsqu'il eut consulté ses compagnons du regard :

— Il se peut que messire Kemper soit atteint de la peste. Va prévenir, l'homme, ton capitaine. En attendant, nous allons exhausser l'âme de ce malade... car nous avons bon cœur comme tous les Français !

Le maître d'équipage partit en courant. Ils le virent gravir deux à deux les degrés d'accès au château de poupe.

— Allons voir notre homme, dit Ogier, mais n'y touchons point.

Ils descendirent dans l'entrepont.

Kemper gisait en bas de sa paillasse, dans l'eau glacée qu'une vague avait répandue sur les vaigres et le parquet. Barbeyrac interpella les passagers :

— Holà ! messires. Ne pouviez-vous secourir cet homme et le remettre sur son lit ? Êtes-vous aveugles ? Insensibles ?

— Il est votre ami, pas le nôtre, dit un des indifférents calfeutré dans un manteau de fourrure.

C'était un barbu malingre, tout déhanché, — sans doute à cause de l'énorme escarcelle accrochée à sa ceinture. Il précéda de deux enjambées ses compères soudainement menaçants. Ogier fit front :

— Cet homme, messires, est député par votre roi Édouard pour une mission à Calais. Vous ne pouviez le deviner. Il n'est ni notre ami ni notre ennemi. C'est la charité, l'esprit de miséricorde qui nous ont incités à la compassion.

1. Messager. De *noncier* : annoncer.

— Eh bien, continuez !... Il dit qu'il a la peste.

— Si c'est la vérité, messires, vous devriez monter sur le pont et vous y nettoyer d'embruns et de bon air !

Ogier pensait que le conseil serait sans conséquence. Il n'en fut rien : précédés du barbu chétif et clopinant, les marchands s'engagèrent dans l'escalier de l'écoutille.

L'entrepont quasiment vide reprit ses dimensions. Ogier s'aperçut de la présence d'une lanterne à parois de corne et de cuivre qui, suspendue à l'un des pitons du plafond, balançait ses lueurs et ses grincements. Il s'en saisit tandis que Barbeyrac et Saveuse hissaient Kemper, hurlant de douleur, sur son grabat. Plutôt que de s'atténuer, les lamentations du misérable augmentèrent jusqu'à couvrir, parfois, le grondement de la mer.

— Bon sang ! dit Barbeyrac. Il ne crierait pas tant si nous l'écorchions.

A la fade clarté de la lanterne, ils dévisagèrent le malade. Son visage suant, jaunâtre — sans que la corne protégeant la flamme en fût cause — se maculait de sombres tavelures. Il semblait que Kemper, les paupières levées, les yeux exorbités, immobiles, était frappé de cécité. Saveuse toucha, par-dessus le tissu mouillé des hauts-de-chausses, l'excroissance de l'abcès.

— Cela grossit, dit-il en raccrochant la lanterne à son piton.

— Il faudrait l'apaiser. Il ne gémit plus, mais s'il souffre à nouveau, il recommencera.

— Oui, Étienne, dit Ogier. Il faut l'apaiser.

— Comment ? fit une voix.

Prévenus, sans doute par un marchand, le capitaine et son maître d'équipage venaient d'arriver presque subrepticement. La lanterne, en se balançant, projetait derrière eux, au plafond, leurs ombres épaisses et chancelantes. Ils n'osaient faire un pas, un geste. Ils avaient l'un et l'autre un visage si pâle qu'ils semblaient malades, eux aussi.

— *Hilfe ! Hilfe !* cria Kemper.

— Il appelle au secours, dit le maître d'équipage.

— Il est perdu, murmura Guillaume Piers.

— Nul ne peut préjuger de sa fin, dit Saveuse. Il suffirait d'une compresse pour apaiser son mal. Vous devez bien avoir quelques remèdes à bord.

Le capitaine n'avait rien d'autre que des bandes et des charpies. Entraînant Ogier et Saveuse à l'écart, il prit une voix faussement chagrine :

— C'est ainsi que la peste noire s'annonce, messires. La *black plague* chez nous, la *morille* chez vous. Si ce malade était à moi, je le ferais jeter vélocement à l'eau... Il paraît qu'il sert notre roi Édouard... Je ne veux point encourir un blâme ou ma destitution... Vous, vous êtes libres. Libres d'agir selon mes intentions.

William Piers, de ses paumes, écrasa la sueur répandue sur son front et ses joues.

— Si l'un de vous faisait ce que je ne puis faire ou en donner commandement, je lui en aurais du gré.

Ogier détesta soudain cette face grasse, vermiculée de couperose, qui s'écartait de la sienne comme si Piers venait d'y découvrir les stigmates du mal maudit.

— Messire, dit-il, je me sens incapable de commettre une aussi vile action. J'en fais serment sur Confiance, cette épée dont je suis ceint.

Il tira de moitié sa lame du fourreau.

— Je vous conseille, messire, d'ouvrir votre coffre à remèdes. Voulez-vous que je vienne avec vous ? Vous me baillerez charpie, bandes, compresses... Il nous faut de quoi composer un emplâtre.

Le maître d'équipage donna son avis :

— C'est peine perdue... mais l'on peut essayer parce que Dieu nous juge. Nous avons de l'eau-de-vie, des oignons, de la farine de moutarde... Quelques pots d'onguents...

— Une fomentation d'oignons, dit Barbeyrac. Bien chaude... Le pus remontera des profondeurs du corps. Une incision rendra la santé à cet homme.

— Dieu vous assiste ! Accompagnez-nous, messire.

Barbeyrac suivit les Anglais.

« Est-ce la peste ? » se demanda Ogier.

Il entraîna Saveuse assez loin de Kemper.

Quand il sentit du chaud s'appuyer sur son aine, le malade poussa un rugissement. Comme il se débattait, ses braies se dénouèrent.

— Regardez ! dit Ogier. Une bosse lui vient de l'autre côté de l'escarcelle.

Un autre bubon commençait à bouffir tandis que celui qui venait d'être enflammé par l'emplâtre grossissait, écarlate, presque à vue d'œil.

— Il enfle sans rémission, dit Loïs de Saveuse. Et voyez : on dirait que cela noircit.

Bouche close et narines froncées, il retenait son souffle.

— Pas moi ! hurla Kemper.

Le premier phlegmon était presque aussi gros qu'un œuf de poule ; l'autre avait l'aspect et la couleur d'une châtaigne.

Barbeyrac et Saveuse échangèrent une œillade. Elle signifiait : « Est-ce la peste ? » Ogier sentit sur lui deux regards anxieux.

— Même si c'est *cela*, il faut nous dévouer.

Voire. Le piège où le hasard les précipitait, ses compères et lui, le rendait malade d'une espèce d'irritation qui, pour le moment, dominait son angoisse. Saveuse émit une suggestion :

— Ouvrir la grosse tumeur le soulagerait.

— Ou le martyrerait davantage.

— Je n'en disconviens pas, mais le pus doit sortir ! Après quoi, il sera en voie de guérison.

Kemper écoutait, les yeux clos, effrayé d'être à la merci de trois ignorants, cependant que des paquets de mer se fracassaient sur les flancs de la *George* et qu'une poudre d'eau entrait par les sabords.

— Mieux vaut attendre, dit Ogier. Attendre que ces deux tumeurs soient à point.

Il spéculait sur du vide. Il était nul en médecine et se

sentait humainement inutile. C'étaient son bon cœur et les convenances qui le poussaient à parler. Tout au fond de lui-même, l'évidence le tisonnait : « *C'est la morille et nous n'y pouvons rien.* » Il devait fuir Kemper, or, il demeurait immobile, impuissant et lamentable.

— La malignité de ce mal m'épouvante, avoua Barbeyrac.

— C'est la peste, gémit Kemper. Éloignez-vous de moi !

— Veux-tu guérir ou non ? Te fies-tu à nous ? interrogea Saveuse. Si c'était la peste, et selon le dire du capitaine, tu aurais aussi des grosseurs aux aisselles.

Il se pencha, tâta le malade sous les bras ; ses palpations furent vaines.

— Ce n'est pas la morille, dit-il, sentencieux, en se relevant.

Le ton qu'il employait puait la fausseté.

A midi, Kemper se tordait sur son lit. Enlevant ses braies une fois de plus, Ogier et Barbeyrac constatèrent que les deux tumeurs, d'un égal volume, étaient d'un noir spongieux qui, sous l'effet du pus qu'elles exsudaient, avaient un aspect glutineux, abominable.

— Je redoute que ce soit *cela*, dit Ogier. Qu'en penses-tu, Saveuse ?

Le chevalier cambraisien se pencha et se releva en hâte :

— Le moine Roch, de Montpellier, passe pour guérir ce mal là. Je me demande par quel moyen.

Kemper joignit les mains et se mit à prier. Il s'exprimait fort, en allemand, afin que Dieu l'entendît au-delà du vacarme des vagues. Parfois il se signait puis écrasait une larme.

William Piers revint. Ogier remonta sur le pont et respira l'air frais, piquant, réconfortant, dont la force attractive semblait issue des côtes de France. Rien au loin, cependant. La mer demeurait coléreuse. Des bourrasques avaient déblayé le ciel, mais de gros nuages y persistaient. La *George*, parfois, dansait durement. Le maître d'équipage commanda une manœuvre. Des mariniers grimpèrent dans les cordes.

— John ! John !... Assure ce rocambeau !

Une voile fut amenée. La *George* tangua, roula, cherchant une assise introuvable. Ogier sentit son cœur lui monter jusqu'aux lèvres. Il retourna dans l'entrepont, croisant au bas de l'escalier le capitaine horrifié.

— C'est la peste !

— Je le crois aussi.

— Alors, balancez-le !

— Faites-le vous-même ! Et lâchez mon bras, je vous prie.

Ils se séparèrent, plus ennemis qu'ils ne l'étaient jusqu'alors.

— Pitié ! Pitié ! hurlait Kemper.

Il n'en pouvait plus d'être secoué, meurtri, dévoré de fièvre. A chaque coup de lame sur les flancs de la nef, il grognait, criait, et les craquements des membrures devenaient si sonores, si rigoureux qu'Ogier craignit que la coque ne fût enfoncée. Dans la lumière grise, oscillante et comme affolée, la face de Kemper apparaissait tantôt glauque, tantôt blafarde. Les yeux semblaient s'y rétrécir ; la bouche se tordait en aspirant l'air mouillé qui sentait le suint et la saumure.

— Ouvrir ces deux bosses noires... dit Saveuse comme à lui-même.

— Débrider, abluer, cautériser au fer, enchérit Barbeyrac.

— Jetez-le donc à l'eau ! hurla d'en haut le capitaine.

— Saligot ! enragea Ogier. Bon sang ! J'aimerais qu'il l'ait attrapée.

La mer hurlait, le vent culait, gémissait, sifflait, fouaillait l'eau bruissante, grondante, fracassante. La terre de France était loin encore, et il semblait que les éléments ne voulussent pas que la *George* y parvînt.

— Mollis les écôtes [1] ! cria William Piers.

1. Les écoutes.

— Gare à la trusserepe[1] ! hurla le maître d'équipage.

— Remonte sur le pont, Ogier, tu es tout pâle.

Ogier obtempéra. Barbeyrac avait l'œil à tout.

Là-haut, les mariniers se cramponnaient aux pavesades et aux cordages, hurlant quand une haute vague survenait. Certains présentaient vivement leur dos à cette fustigation grondante d'où ils sortaient pantelants et glacés. D'autres s'y soustrayaient en se hissant un peu plus haut dans les cordes. La *George* s'ébrouait, dressait son étrave, abaissait sa poupe, frayant obstinément son chemin dans les buttes et les grands fossés fleuris d'une écume grésillante.

— Cela ne va pas durer, dit un homme d'équipage. Mais vous seriez mieux en bas, messire... Les marchands sont groupés dans le château de poupe : l'entrepont vous appartient.

Un Français, peut-être un Normand ; mais à quoi bon savoir son pays d'origine.

— Je crains pour nos chevaux ! hurla Ogier dans le vent.

— Rassurez-vous ! Ils sont entravés, liés. Une murette de chêne les sépare les uns des autres... Aucun hennissement, adonques, ils n'ont point peur.

Un cri de Kemper perça les grondements. Une ombre envahit le visage de l'homme. Une ombre dense, d'une simplicité savamment dosée, mais tellement haineuse qu'Ogier se prit à songer à Blainville quelques moments avant leur mortel combat.

— Faites-le périr, messire, si vous tenez à la vie. Il va nous contaminer !

En titubant pour gagner l'écoutille, Ogier entendit un nouveau cri. La douleur s'y mêlait à la désespérance.

Loïs de Saveuse plongeait l'extrémité de son poignard dans un flacon d'eau-de-vie.

— Il faut le faire, dit-il, tandis que Barbeyrac prépa-

1. Drosse : courroie de cuir ou d'acier transmettant le mouvement de la roue à la barre de gouvernail.

rait une charpie humide car le coffret contenant les linges avait été touché par un paquet de mer.

— Toi, Argouges, tiens-le fermement aux épaules... Barbeyrac, assis-toi sur ses jambes.

Quelque accoutumé qu'il fût aux blessures et souffrances humaines, Ogier ferma les yeux.

— Nous allons te délivrer de tout ce pus, Kemper, dit Saveuse. Après, tu te sentiras mieux.

Sa voix frémissait d'impatience. Entre ses paupières mi-closes, Ogier vit que, de son pouce, il éprouvait le tranchant d'une lame étroite, aussi pointue qu'une alène.

Dès qu'il sentit sur lui la pointe du picot, Kemper, les mâchoires serrées, rugit, gronda, essaya de remuer pour échapper à ce dard froid et terrible. Ogier ne put se retenir d'ouvrir les yeux ; il découvrit dans un visage blafard et convulsé, un regard d'épouvante et de résignation.

— Laissez-moi mourir ainsi, supplia le malade.

Il haletait ; il hurla quand l'acier pénétra la première tumeur, et davantage encore quand ce fut l'autre : moins « mûre » et infectée, sans doute, Saveuse, en approfondissant l'incision, avait perforé des chairs saines.

— Voilà ! dit le Cambrésien lorsqu'il eut épreint les abcès avec l'application d'un mire lors d'une saignée.

Il s'empressa d'épurer les entailles en répandant dessus des gouttes d'eau-de-vie. Puis Barbeyrac y apposa les charpies, les bandes ; Ogier dut l'aider à remettre les braies.

Saveuse les entraîna quelques pas en arrière et, à voix basse :

— Cet homme se putréfie... Avez-vous vu ?... Il a le strume... C'est une pourriture vivante... Ogier, prends la seconde fiole, dans le coffret, et verse-la tout entière sur mes mains... C'est de l'eau de camphre...

Le malade grondait, derrière eux, comme s'il gisait sur un lit de cendres ardentes. Grommelant un « merdaille », Barbeyrac alla se pencher au-dessus de lui. Quand il revint, il était blême :

— Je l'ai tâté aux aisselles... J'y ai senti comme deux grosses pommes coties.

S'approchant d'un sabord, il y respira amplement tandis que Loïs de Saveuse jetait son poignard dans la mer.

Kemper ne se lamentait plus. Il ne sentait ni la froideur de l'entrepont ni le feu de ses blessures.

— La morille, dit Barbeyrac.

— En vérité, confirma Saveuse. Il faut nous en débarrasser.

— Il est vivant, murmura Ogier. Nous ne pouvons écourter cette existence parce qu'elle nous effraye !

— Si, Argouges... Peut-être avons-nous trop attendu. Peut-être nous a-t-il donné son mal... William Piers avait raison.

— Où vas-tu ? demanda Barbeyrac à Saveuse.

— Trouver le capitaine. Lui faire part de notre décision.

Ogier se tourna vers son compère :

— Je voudrais que Kemper trépasse avant le retour de Loïs. La muisteur[1] de ce chevalier m'ébahit et me désole.

— Moi aussi, avoua Barbeyrac.

Ils n'osaient se regarder. Ils savaient qu'ils hisseraient Kemper mort ou vif sur le pont. « Un meurtre », se répétait Ogier. « C'est un meurtre ! » L'évidence l'en consternait moins que sa participation inéluctable à ce forfait. Une sorte de fatigue s'éveillait en lui, dominée par un refus de contrevenir, ne fût-ce qu'une seule fois, à une règle, une intégrité dont il n'avait jamais tiré la moindre vanité. Mais la raison voulait que Saveuse fût « dans le vrai ». Kemper, en s'engloutissant dans la mer, connaîtrait les affres de la mort quelques moments ; s'il demeurait sur sa paillasse, il y pourrirait jusqu'à Calais et là, quelque homme d'armes le meurtrirait non seulement par bonté d'âme, mais aussi pour protéger des centaines de vies.

1. Tempérament froid.

« Après tout », se dit-il, « ce martyr existera en Dieu plus tôt qu'il ne l'espérait. »

Puis il achoppa sur une question oiseuse, abstruse, mais qui, en l'occurrence, prenait pour un chrétien une importance extrême :

« Dieu ou Neptune ? »

Qu'importait ! Il fallait qu'une injustice immanente abrégeât la vie de Kemper pour l'empêcher, lui, Argouges, de commettre une vilenie, quelle qu'en fût la nécessité. La lanterne, au-dessus de sa tête, s'affolait aussi violemment que son cœur, mêlant ses lueurs cuivrées aux fulgurances de la mer.

— Les voilà, dit Barbeyrac.

William Piers semblait soulagé ; Loïs de Saveuse était parfaitement serein et résolu. Il ne semblait pas homme à s'embarrasser de scrupules. Il alla se pencher sur Kemper, puis se détourna et, du menton, fit signe à Barbeyrac. Ils tâtèrent les bubons des aisselles et le capitaine, les bras levés, triompha :

— Je l'avais deviné !

Ogier vit ses compères empoigner le malade. Comme il se débattait, William Piers l'admonesta d'un ton paterne :

— L'air vous fera du bien... Allons, résignez-vous.

Ogier se sentit dilaté d'horreur.

— Non ! dit-il en s'apercevant aussitôt qu'il n'adressait cette injonction qu'à lui-même.

Il se sentait assujetti au plancher tout autant que les lits, les bancs, la table étroite au plateau corrodé par des boissons fortes. La lanterne oscillait autant que sa conscience : il fallait et il ne pouvait défendre Kemper.

— Non ! hurla-t-il à pleins poumons. C'est un crime !

Il était seul : il s'était sciemment détourné afin de ne rien voir. Il s'était dispensé d'une ignominie nécessaire et son esprit sevré de générosité approuvait hypocritement ses compères. Il se vit courir sur le pont. Ses vêtements, bien qu'alourdis par l'eau et le poudrin, flottaient derrière lui. Cependant, il restait immobile et hagard, frissonnant de froid et de vergogne.

Il entendit le cri, l'ultime cri, et ferma les yeux sur cet engloutissement. Alors, il lui sembla que la mer s'apaisait. L'oblation de Kemper à ses flots exaspérés en était-elle la raison ? Il devait maintenant respirer un air pur, échapper aux miasmes, oublier ce corps tourmenté, ces grognements et ces plaintes.

Appuyés aux pavesades, Barbeyrac et Saveuse regardaient les vagues comme si Kemper y avait laissé sa trace. Ils se retournèrent.

— C'est fini, dit le Cambrésien. Il s'est englouti dans la lague[1].

— Il le fallait ! gronda Barbeyrac. Nous n'en sommes point fiers.

Ogier s'accouda, lui aussi. La mer dansa sous ses regards. Quelque chose y flottait : un morceau d'espar. Un oiseau brun vint s'y poser ; un pétrel sans doute. Il frotta son bec sur le bois luisant et s'escampa, puissant, à la rencontre d'un nuage.

Bien qu'elle eût pu sans doute accoster sans dommage, la *George* attendit, à l'entrée du port, la venue d'un laman[2] pour la guider dans un chenal envahi de nuit et de brouillard mais embrasé par une centaine de torches, pots-à-feu et pharillons. Au-delà brillaient les lueurs des deux cités ; l'ancien Calais, en pierre, et le nouveau, Ville-Neuve-la-Hardie : derrière de hautes palissades, un ramas de masures de bois et de torchis coiffées de chaume en lesquelles, pendant un an, les Goddons avaient attendu que la famine vint à bout du courage des assiégés.

1. Le sillage du vaisseau.
2. Marin chargé du lamanage : pilotage des navires pour leur entrée ou leur sortie d'un port.

— Nous y sommes, dit Barbeyrac. Que penses-tu, Ogier, que nous fassions ?

— Calais est entièrement anglais, dont cinq ou six bourgeois moult dévoués à Édouard III. Je me souviens du nom de l'un d'entre eux, appointé par le roi d'Angleterre : Eustache... Eustache de Saint-Pierre.

— Les traîtres ! grommela Loïs de Saveuse. Il faut nous escamper de ce port : il doit être bourré d'hommes d'armes. Tudieu ! que des gens de chez nous puissent s'accointer aux Goddons dépasse l'entendement !

— C'est pourtant la vérité.

Les marchands s'étaient réunis à la poupe ; les archers s'alignaient au milieu du pont. Eux, les Franklins, attendaient devant la porte ouverte du logis où les chevaux sabotaient d'impatience.

— Il nous faut traverser cette cité en hâte, dit Barbeyrac. La peste peut y être arrivée.

Une nacelle à deux rameurs s'approchait de la *George* ; un troisième homme, debout, se tenait à l'avant.

— Voilà le *lootsman*[1] qui va nous conduire à quai, dit le capitaine.

Il courut accueillir ce lamaneur auquel on venait de lancer une échelle de corde.

Saveuse eut un sourire imprégné de mépris :

— Il est tout heureux que nous ayons noyé Kemper à sa place. Le voilà la conscience nette, aussi resplendissant que le gambison qu'il vient de mettre sur son pourpoint.

De nouveau les mariniers grimpèrent dans la mâture. Ogier se désintéressa de leurs mouvements et de leurs cris. Calais !... Les Anglais l'y avaient embarqué demi-mort sur l'*Édouarde* à destination de l'Angleterre. Il y revenait bien vivant.

— Dans guère plus d'une semaine, je serai à Gratot.

— Je t'y accompagne, dit Loïs de Saveuse. Je reviendrai, ensuite, en Cambrésis.

La *George* glissa lentement sur l'eau noire pailletée

1. Lamaneur.

de lueurs dont certaines s'épousaient. De la proue, un homme guidait le laman, immobile au gouvernail. La nef se faufila dans un chemin d'amarques[1], frôla des naves, d'autres nefs à l'amarre, puis un dromon démâté, privé de sa queue de poupe. Il ne restait que deux cargueurs dans les cordages lorsque le vaisseau couvrit de son ombre des hourques pareilles à de petites baleines.

Ce fut l'immobilité ; les voiles remontées, les mariniers descendus ; un demi-silence empli de clapotements contre la coque et de piétinements sur les ponts. Soulagés d'être rendus, les marchands parlèrent plus fort ; non moins heureux que les gens du négoce, les archers se mirent à rire. Ogier écouta bruisser les vaguelettes.

Enfin, le souhait qui l'avait hanté sans trêve devenait réalité. Félicité que ce qu'il éprouvait ? Non : une anxiété sournoise, obsédante, s'agglutinait à son plaisir. Comment seraient les siens quand il les reverrait ?

Un épais raclement mit fin à ses pensées : des hommes, sur la jetée, amenaient une passerelle et la poussaient vers la *George*, dont le bordage affleurait le quai. Aussitôt, d'un pas flexible, les archers traversèrent, puis les marchands, plus lents et même craintifs.

— Allons, messires ! dit William Piers avec un geste de congédiement qui révélait peut-être un mépris recouvré. Détachez vos roncins et partez pour la France... ou ce qu'il en reste.

— Va au diable ! grommela Loïs de Saveuse sans crainte d'être entendu.

— Tu prendras le sommier, dit Ogier au Cambrésien. Nous nous en partagerons les charges.

Les chevaux franchirent hardiment la passerelle et, tandis qu'Ogier les tenait par la bride, Barbeyrac et Saveuse débarquèrent les fardeaux.

— Ces bêtes sont presque en meilleur état que nous, dit Barbeyrac en faisant trois parts du fourniment.

1. Bouées, balises, tonneaux flottants indiquant un écueil.

Ogier fut enclin à envier sa gaieté. A l'admirer peut-être.

— Il ne faudra pas trop leur demander, dit-il. Prenons notre temps. Sitôt hors de Calais, nous irons lentement et nous leur trouverons du fourrage.

Il tâta, sous son pourpoint, le sauf-conduit qu'il portait dans un sachet de cuir suspendu à son cou par une cordelette et invita ses compagnons à vérifier s'ils en étaient toujours pourvus :

— Ce ne sont point des choses à perdre. Mieux vaut cela qu'un grand écu et un harnois de fer.

Il attacha son arc au flanc de son Noiraud et se lesta du carquois qu'il mit sur son dos, en écharpe. Il accrocha la farde contenant son armure au troussequin de la selle et suspendit le sac enfermant le crâne de son oncle, au pommeau. Barbeyrac attentif à ces apprêts se tourna, quand ils furent achevés, vers Saveuse.

— Je n'ai que mon armure, dit-il. Loïs, nous te confions la mangeaille.

— Il me manque une épée, regretta le Cambrésien.

— Nous t'en trouverons une... Êtes-vous prêts ?... En selle.

Ogier regretta de s'être approprié le commandement. Cependant, recrus de fatigue et d'émoi, ses compères lui parurent indifférents à cette prérogative aussi indue qu'involontaire.

Ils chevauchèrent à la queue leu leu sur le quai, entre des nefs désertes, destinées au radoub, et des hangars devant lesquels, immobiles, des mariniers, archers et capitaines les regardaient passer. Tous ces Anglais ignoraient qui étaient ces trois hommes de médiocre apparence mais dont le dos droit, la tête enchaperonnée, altière, et surtout la façon de monter révélaient des chevaliers.

Ils entrèrent dans des rues étroites, éclairées par des lanternes avaricieuses. Les ombres des passants dansaient sur les murs et le pavement. Des échoppes apparurent, et des tavernes ; il en sourdait du tumulte et des cris joyeux. Ogier les supporta aussi mal que des insultes à lui seul adressées.

« Des centaines de gens sont morts de la famine ! Ces Anglais de malheur souillent leur mémoire sur les lieux mêmes où ils trépassèrent ! »

Ils allaient prudemment, l'œil mouvant, la bouche close. Parler eût été se trahir, provoquer des interpellations auxquelles il eût bien fallu répondre. Cette avance lente, calculée, parmi tant d'ennemis en liesse, ne fit qu'aggraver la mélancolie des trois Franklins enfin libres, si toutefois la male chance n'opposait point d'obstacle à leur cheminement.

La rue s'étrécissait ; elle devint venelle. Impossible de demeurer serein en présence des fantômes luxurieux, étiques ou opulents, qui se dégageaient des ténèbres. Sur le seuil d'un bordeau, des filles dénudées sollicitaient les hommes avec cet air avide et insouciant qu'Ogier avait connu à la défunte Griselda. Il avait fréquemment évoqué la petite ; désormais, son visage pathétique ne venait le hanter que lorsqu'il songeait aux joutes d'Ashby. Vivante et esseulée, peut-être eût-elle achevé dans ce havre sa pitoyable existence. Et le pire, songea-t-il, c'était que quelque laides qu'il les trouvât, il ne pouvait s'empêcher de regarder ces femmes. Il ne savait plus rien de la féminité : ni les formes ni le goût ni l'odeur subtile, ensorcelante, d'une chair tiède, soyeuse. Jours semblables quel qu'en fût l'aspect. Froidures et chaleurs sous des soleils mesquins ou généreux. Jours d'attente sommeilleuse. Jours mouvementés à la chasse et aux déduits [1] des armes. Nuits aux songes inégaux et fiévreux sous des lunes rondes ou faucillantes, traversées pêle-mêle de nudités diaphanes qu'il eût aimé saisir, attirer sur sa couche afin d'apposer sa bouche sur leurs rondeurs, leurs entailles, et sombrer dans des vertiges sans fond.

Barbeyrac lui aussi observait les follieuses. Il dit sourdement :

1. Jeux.

— Saurai-je encore comment m'y prendre avec Alix ?

— Hé ! Hé ! ricana Loïs de Saveuse.

Une ombre jaunâtre les ensevelit. Ogier levait les yeux sur des fenêtres noires dans la crainte d'y voir une luisance d'arme quand une main saisit son cheval au frein.

— Messire ! Messire !

Il avait un moment évoqué Griselda ; c'était Élisabeth qui surgissait près de lui, la bouche emplie d'un cri d'écorchée vive.

— Je vous ai reconnu, messire !

— Lâchez ce cheval, Lisbeth ! Laissez-moi poursuivre !

— Faites ce qu'il vous dit, grommela Barbeyrac.

— Nous n'avons point de temps à perdre ! hurla Saveuse.

— Sauvez-moi ! supplia Élisabeth. Je me repens de tout le mal que j'ai commis.

Elle était demi-nue, elle aussi. Échevelée. Son sein débordait. Elle pleurait et sa contrition semblait sincère.

— Je vous ai sauvée une fois au péril de ma vie. Pour toute récompense, vous n'avez fait sciemment que me préjudicier !

Ogier sentait son cœur, sa gorge empouacrés d'amertume. « Point de compassion ! » Griselda était morte par la faute de Lisbeth. Il ne pouvait lui pardonner ce trépas. Le reste ? Il se refusait d'y penser. Il revenait enfin dans son pays, il voulait oublier les sombres jours d'Angleterre quand, justement, Élisabeth empoisonnait dans son existence.

— Sauvez-moi !

Elle tendait vers lui un visage mat, dévoré de repentir et d'espérance. L'aider ? Il eût fallu soudain qu'il fût devenu fou.

— Je n'ai besoin ni de vous sauver ni de savoir comment vous êtes venue dans ce port... J'ai eu pitié de vous, je m'en suis repenti !

— Ogier, allons-nous-en ! intima Barbeyrac.

Le Noiraud talonné plus fort que de coutume fit un écart. Cessant de regarder la gêneuse, Ogier vit s'approcher des filles et des hommes. Ils n'avaient rien de menaçant ; ils riaient : Lisbeth faisait les frais de leur joyeuseté.

— Laisse-le, dit une grosse femme. Tu vois bien qu'il ne consent pas !

— Viens avec moi, Lisbeth, cria un homme coiffé de fer.

Des copeaux de clarté dansaient dans les yeux d'Élisabeth. Elle ne pleurait plus. Sa main se détacha du mors et retomba :

— Va te faire foutriquer chez le duc d'Athènes !

Et soudain, tournée vers les autres :

— C'est un Franklin ! Courez-lui sus !

Nul ne bougea. Ogier rejoignit ses compères.

— Allons vélocement jusqu'au bout de cette ruelle.

Ils atteignirent un carrefour et mirent les chevaux à l'amble.

— Regardez ! dit Saveuse, qui vient en sens inverse.

Devant eux, suivant un capitaine penché sur l'encolure d'un roncin pommelé, une compagnie apparut sur deux files. Les archers longèrent les murs pour livrer passage et leur chef salua.

— Bon sang ! dit Barbeyrac après avoir répondu au salut, il me tarde d'être en France.

— Et moi donc ! dit Saveuse.

Voyant les soudoyers marcher à leur rencontre, ils avaient été pris d'une peur enfantine qu'ils avaient bien dissimulée, mais que leurs chevaux, par une commune incartade, avaient peut-être divulguée.

— Il s'est retourné, dit Saveuse.

— Il ne peut rien contre nous, dit Barbeyrac.

— Il peut nous provoquer, nous contraindre à tirer notre lame, nous laisser occire un ou deux de ses hommes pour nous traîner, ensuite, en jugement... Soyons humbles, même si cela nous attriste !

Ils avaient de plus en plus hâte de franchir n'importe

quelle porte de Calais, n'importe quelle porte de Ville-Neuve-la-Hardie. Et justement, la première se présenta.

— Halte ! cria un sergent qui venait de sortir d'un attroupement d'hommes d'armes.

Coiffé d'un chapel de fer aux clinques[1] passées au noir, il portait un tabard qui avait été blanc, écussonné de trois léopards d'or sur fond de gueules, — le tout maculé de taches sombres. Grand, maigre et comme serré dans les étroites mailles de son haubergeon, il semblait fatigué d'être ce qu'il était.

— Descendez de cheval, messires. D'où venez-vous ?

La voix était légère quoique mélancolique. Ogier resta en selle et se montra courtois :

— Nous ne pouvons venir, messire, que d'Angleterre. De Bunbury où nous étions les hôtes de messire Hugh Calveley.

— Le géant !... Hôtes ou prisonniers ?

Ogier sentit sur lui deux escarboucles immobiles, comme abandonnées à la lisière d'une barbe brune, crépue ; deux gemmes quasi maléfiques dont il devait éviter les feux s'il ne voulait point se sentir en état de sujétion. Il vit les gens d'armes, — une dizaine — les cerner, lui et ses compagnons. Derechef il eut peur et se fit déférent :

— *Hôtes*, messire. Hugh Calveley est mon ami. Votre roi Édouard nous connaît et nous avons des sauf-conduits qui portent le sceau royal. Je vais vous montrer le mien.

Ogier ouvrit le col de son pourpoint. Le sergent aussitôt protesta :

— Non ! Non !... Vous avez tous les trois des visages avenants ; vous montez des chevaux que vous connaissez bien. Vous avez obéi promptement comme des hommes dont l'esprit et le cœur sont nets. Allez en paix, messires, mais gardez-vous : sitôt franchie l'enceinte de

1. Ces deux bandes de fer se croisaient au-dessus de la calotte du casque et le renforçaient.

Ville-Neuve-la-Hardie, vous allez pénétrer dans un pays terrible... *Seththen the pestilence...* La peste !

— Est-ce à ce point ? demanda Barbeyrac.

— La peste noire... Céans, nous faisons tout pour qu'elle reste au-dehors. C'est un mal effrayant... On en meurt en deux jours, parfois moins, dans les pires souffrances.

— Savez-vous si la Normandie est épargnée ?

— Le pays tout autour de Calais sent la mort... Vous verrez de grands feux consumer les défunts ; de profondes fosses en accueillir d'autres... La *morille*, comme les Franklins l'appellent, fait des êtres qui en sont atteints de gros étrons qui empunaisent et se décomposent vivants !

Et, familièrement, l'Anglais continua :

— Le vent que tu sentiras aura la flaireur de la mort ; tout ce que tu verras ne sera que charogne ; pas un village qui ne soit corrompu ; pas un être qui ne tremble et n'ait des sueurs au seul mot de *peste* !... Quelques routiers errent, pillent, rançonnent ceux que le mal a épargnés.

— Et je n'ai point d'épée ! soupira Loïs de Saveuse.

— Si ce n'est que cela... Edmund, donne-lui la tienne. Tu iras en choisir une autre... Ce ne sont pas les épées qui manquent !

L'homme interpellé déboucla sa ceinture d'armes et l'offrit à Saveuse :

— Tiens, dit-il, je l'ai prise sur un chevalier français sur la butte du Val-aux-Clercs.

Saveuse se contenta d'un sourire :

— J'y étais... Par Dieu, tu n'aurais pu te saisir de la mienne !

— Partez vélocement ! cria le sergent barbu dans la crainte d'une querelle. En continuant tout droit, vous parviendrez à la porte Philippa de Ville-Neuve-la-Hardie. Dites aux gardes que c'est Jean de Wygan qui vous envoie.

La porte Philippa se présenta bientôt, gardée par une cinquantaine de guerriers commandés par trois capitaines enveloppés dans des paletocs de peaux de bêtes. Le plus âgé quitta la table sur laquelle il était assis.

— Messires, puisque Jean de Wygan vous accorde sa confiance, passez... Mes vœux de bonne santé vous convoient[1]... Vous allez affronter des périls pires que ceux de la guerre !

— Nous en triompherons, dit Loïs de Saveuse.

— Que l'Éternel vous aide et vous protège tous !

1. *Convoier :* accompagner, d'où *convoi*.

II

Un ciel pur, éclairé par une lune ovale et des étoiles dont les feux semblaient vaciller sous le vent. De grands champs mamelonnés parmi lesquels sinuait un chemin assez large pour qu'on pût y rouler des engins de guerre.

— Sommes-nous chez nous ? demanda Barbeyrac.

— Apparemment, dit Saveuse.

— Rien devant... Peut-être cette voie conduit-elle à Sangatte.

— Il serait temps, dit Saveuse, de savoir où nous allons coucher. Le froid commence à me picoter. Il nous faut une grange ou une hôtellerie... Si près de Calais, les gens d'ici doivent accepter les esterlins... J'en ai quelques-uns.

— Ce pays a l'air mort.

Ogier se taisait et pensait à Blandine. Tout autour de Gratot, la contrée vivait-elle ? Les mires de Coutances, Lessay, Périers ; les guérisseurs de Cametours, Saint-Sauveur-Lendelin, Montsurvent avaient dû faire en sorte de protéger leurs voisins. C'étaient des gens de clergie, experts en remèdes. Ils devaient avoir su triompher du fléau... Non, Gratot n'était pas atteint, putréfié par l'épidémie. Gratot vivait ! Il suffisait que lui, Argouges, le voulût pour que le château vécût comme à l'ordinaire. Il reverrait bientôt Blandine et leur enfant ; Aude, Thierry et leur hoir[1] ; son père,

1. Héritier.

ses soudoyers, Marchegai son coursier et Saladin son chien !

Comment son cœur ne se fût-il pas serré d'impatience et d'émoi ?

Ils chevauchaient vers le Ponant sur des falaises pelées dont les parois crayeuses se reflétaient dans une mer paisible. Personne. Aucun autre bruit que celui du ressac tel un souffle lointain nullement oppressé. Une nuit vide, froide et comme perdue dans le temps.

— Il suffit de costier la mer, dit Barbeyrac. C'est la meilleure façon d'atteindre le Cotentin.

— Trop long, dit Ogier. Tu ne connais pas ce pays. Je ne t'en fais point reproche.

Barbeyrac se dressa sur ses étriers :

— Là-bas, mes compères, à moins d'un quart de lieue, je vois clignoter deux lumières.

— Trois, corrigea Saveuse. Je reprends espoir. Repartons doucement.

Ogier suivit, rechigné. Après l'extrême tension de ses nerfs aux portes de Calais, il avait besoin de repos, de silence. Barbeyrac sifflota. Saveuse regardait de toutes parts dans la crainte d'une embûche. Soudain, il ricana :

— Quel ébahissement, vos femmes, si elles vous croyaient morts !

— Quelle liesse ensuite, dit Barbeyrac, si elles nous furent fidèles.

Ogier interrompit ces belles conjectures :

— Nous gagnerons du temps à rejoindre Abbeville, puis Rouen, Lisieux et Caen.

— Je ne saurais m'y opposer, dit Saveuse. La Normandie m'est inconnue.

Le village apparut. Les feux ? C'étaient trois bûchers. Le clair de lune révélait, issus des monceaux de cendres brasillantes, des membres rongés, charbonnés. L'enfer avait quitté les profondeurs terrestres.

— Merdaille ! s'exclama Barbeyrac.

— Au moins cinquante par tas, dit Saveuse.

Ogier resta coi. Il était seul, tout à coup, misérablement seul devant une révélation qui semblait la conséquence des frayeurs éprouvées sur la *George*. Sa sérénité fléchissait, son courage s'effritait, sa confiance en une santé de fer vacillait irrémédiablement. Bunbury lui parut un refuge d'où jamais il n'eût dû partir.

— Les maisons semblent mortes, elles aussi, dit-il. Allons-nous-en !... Outre que ces bûchers empunaisent, leur vision nous endeuille l'âme, et ce n'est point le moment.

Ils se préparaient à poursuivre leur cheminement quand une porte grinça quelque part. Ils regardèrent en direction de l'église dont le clocher, sous la lune, avait l'aspect d'un vieil os rongé. Un flambeau rougeoya résolument au portail, tremblant dans une main gantée de noir. Un homme apparut, hésita puis s'avança. Ce n'était pas un clerc : il portait un haubergeon de mailles.

— Passez votre chemin ! hurla-t-il. Je suis seul. Il y avait, avant-hier, nonante hommes d'armes. Les uns ont fui ; la morille a pris les autres... Tous les manants sont morts et les loudiers[1] aussi... Allez-vous-en vélocement !... Je vais moi-même trépasser : j'ai deux pommes noires sous les aisselles et près des coulles... Le pays à l'entour est sain !

Ogier se retourna vers Barbeyrac :

— Je crois, Étienne, qu'il nous faudra éviter les villages.

Ils galopèrent pendant quelque deux cents toises. Leurs chevaux, d'eux-mêmes, prirent le pas pour franchir un talus.

— Si c'est ainsi partout dans le royaume... commença Barbeyrac.

Son dos se courba comme s'il ne résistait plus à une torpeur profonde. C'en était bien fini de sa joie du retour. Saveuse toussota :

— Si le logis que nous découvrirons a recueilli des malades, nous pourrons être atteints et périr promptement.

— Hélas ! fit Ogier.

1. Paysans.

Il était consterné, incapable d'exprimer un seul argument susceptible de rassurer ses compères. Cette mort dans la punaisie de quatre apostèmes noirs et suppurants — deux aux aines, deux aux aisselles — était pire que celle qui, par guerriers interposés, sévissait lors des batailles. Hypocrite, corruptrice, le seul fait d'y penser lui barbouillait le cœur. Il avait toujours craint d'avoir une vieillesse laide, achevée par un trépas hideux. Confusément, mais avec force, il se sentait ce soir distant et protégé. Il continuerait d'exister non point parce qu'il était pur, solide, mais parce qu'il s'était toujours dépêtré d'un réseau d'événements lugubres. Ils lui avaient forgé une volonté, un tempérament. Nonobstant cette confiance, une nausée lui vint au souvenir des tourments de Kemper.

— Il doit y avoir un moyen de se garder de la morille. Je connais un mire qui nous en préserverait.

— Allons le voir ! s'écria Barbeyrac.

— Trop loin. Il vit en Poitou. Je t'en ai parlé. Il se peut qu'il soit mort tellement il était âgé lorsque je l'ai quitté.

— Sans doute ferions-nous bien, dit Saveuse, de chevaucher tout au long de la mer, loin des cités et des bourgs.

— Il nous faudra manger, coucher. Nos roncins ne sont pas les chevaux d'Apollon : ils ne se nourrissent point de plantes marines et ne boivent pas d'eau salée !

— Tu as raison, dit Barbeyrac. Il leur faut du fourrage et de l'herbe haute. J'ai décidé d'appeler notre sommier Carbonel[1] tant il ressemble à celui que mon père m'offrit jadis.

— Soit, dit le Cambrésien. J'accepte pour lui ce baptême.

Le chemin s'étrécit, creusé de fondrières pleines d'eau qui gargouillait plutôt qu'elle ne jaillissait sous les fers. Nul autre bruit à l'entour : aucun hululement d'effraie ou de chevêche ; aucun froissement d'herbe

1. Nom du cheval de Charles dans Girart de Roussillon.

signifiant qu'un mulot, un rat, une belette fuyait. Aucun aboiement. Une nuit de silence et de glace mêlés, ornée d'une lune pâle et haute dans la vaste criblure des constellations. Pourquoi parler ? Une grande tristesse étreignait les trois hommes. Ils n'avaient rien d'autre à accomplir que leur chevauchée ; rien d'autre à espérer que d'échapper à la male peste. Aucun fantôme trapu, en dents de scie, ne révélait un village. A senestre, des bossellements et des creux ; à dextre, la mer miroitante, à peine labourée par la marée montante.

— Au moins, dit Loïs de Saveuse, s'il y a inégalité de force entre le royaume de France et celui d'Angleterre, nous voilà égaux devant cette calamité.

— Qui sait ? dit Ogier. Pour toucher les Anglais, la peste doit traverser la mer... Kemper peut l'avoir emmenée jusqu'à Londres... Des guerriers retour de Flandre, de Bretagne ou de Normandie...

Il avait achoppé sur le mot *Normandie*. Il se sentait comme au bord d'un abîme. D'hallucinantes évocations le prenaient : il arrivait au seuil d'un Gratot déserté. Dans la cour gisaient des serviteurs putréfiés, méconnaissables. Il cherchait Blandine parmi eux. Il apercevait un petit corps noirâtre, au pied de la Tour de la Fée ; il se précipitait et se trouvait dans l'incapacité d'en définir l'âge et le sexe.

— Nous avions trop prévu ce que nous ferions, dit Barbeyrac.

Il est vain, malséant et dangereux d'imaginer les événements à l'avance. Dieu... ou le diable met un malicieux plaisir à contrarier nos espérances.

— Tu as raison, dit Ogier. La plupart de mes souhaits ont été exaucés, mais leur substance n'a jamais correspondu à mon attente.

Ils avaient chevauché pendant une lieue quand un clocher apparut. Il était entouré de maisons à arcades dont la lune révélait les bouches vides. Aucune lueur ne témoignait d'une vie saine ou malade.

— Là aussi ? demanda Barbeyrac.

— Il faut croire, dit Saveuse.

— Entrons dans cette église avec nos chevaux, puisqu'elle est abandonnée.

— J'ai de quoi faire une flambée pour nous protéger du froid.

— Bien, Loïs... Dieu nous pardonnera cette audace.

Petite et barlongue, l'église était construite en grès jusqu'aux clés de voûte du porche et des portes aux vantaux mutilés par lesquelles on accédait soit à la sacristie, soit au cimetière circonvoisin. Le faîtage du bâtiment s'appuyait sur quatre paires de colonnes et sur un contrefort dans l'épaisseur duquel on avait creusé la vis conduisant au carillon. L'autel en bois doré avait été rompu ; les mêmes haches et marteaux s'étaient abattus sur le Christ grandeur nature ; il gisait, démembré, séparé de sa Croix : accointés par un même ressentiment, les bourgeois et les manants avaient soulagé leur fureur sur Celui qui n'avait pas su protéger leur famille — avant de trépasser eux-mêmes.

— Des mahomets n'auraient pas fait mieux, dit Saveuse. La foi de ces chrétiens s'est changée en foirades !

Tout était dévasté : les bancs, l'ambon, les stalles. Au fond du chœur, sous une vitre éclatée, blanchoyait une statue. C'était la Vierge tenant sur un genou son Fils. On les avait étêtés. A la lueur du feu allumé par Barbeyrac, et qui se nourrissait des restes du saccage, les plis des saintes robes semblaient remuer. On respirait désormais, au lieu des aromates sacrés, un remugle de poussière et de suie, de platras et d'eau croupie : en quatre ou cinq endroits la toiture béait.

Dévoré de froid et d'incertitude, Ogier ne savait que faire et que penser. Dieu maintenant méprisait cette église à laquelle trois chevaux attachés au bénitier, au lutrin presque entier et à la grille du confessionnal ébauchaient l'intérieur d'une crèche. Le feu crépitait. Barbeyrac et Saveuse l'entretenaient avec un plaisir sans malice.

— Mangeons, dit le Cambrésien. Il faut nous envigourer. C'est ainsi que nous nous opposerons le mieux à la peste... Quand on est fort, on résiste aux épidémies.

Il cherchait à se rassurer. Sous la carde noire d'une barbe de deux jours, son visage était pâle, tiré, ses mâchoires tremblaient ; Ogier lisait sur cette tête robuste une crainte prête à se développer, que nulle adjuration à la confiance et à l'espoir n'atteindrait plus jamais.

— C'est vrai, dit-il. Il nous faut manger, mais sans excès. Qui sait si demain nous trouverons de quoi nous avitailler.

Il s'aperçut que Barbeyrac l'examinait fixement, avec tout le poids et la sagacité d'un homme qui pense : « Tu nous racontes des sornes. Si nous devons périr demain, mieux vaut consommer toute la nourriture. » Il éprouva sous ce regard une sensation de culpabilité si forte qu'il prit sans difficulté un air et une attitude d'indifférence. Jetant dans la flambée un reste de chanceau[1], il capitula :

— Faites comme bon vous semble.

Ils mangèrent — sans hâte, en silence — des tranches de bacon et du pain qui, frais la veille au soir, était devenu dur et friable. Ensuite, Barbeyrac, un brandon à la main, s'en alla visiter la sacristie. Il en revint avec un balai, des robes de cérémonie et des nappes d'autel propres et soigneusement pliées ; il balaya autour du feu et fit trois parts de ses trouvailles :

— Voilà, dit-il, nos matelas. Il faudra entretenir ce foyer. Nous ne souffrirons pas du froid... Demain, nous irons voir si ce village est mort.

— Il nous faut trouver de quoi nourrir nos chevaux, dit Ogier.

Il marcha jusqu'au portail et l'entrouvrit. Rien. Des arbres aux membres tors, des ordures devant des mai-

1. Ou chancel : barreau d'une grille, d'une balustrade.

sons mortes. Il se sentit découragé devant ce vide, ce silence. Il était impuissant à se persuader que Gratot était hors d'atteinte du mal.

— Gratot vit ! grommela-t-il. Gratot vit ! Il est impénétrable !

Gratot n'était pas plus protégé que Pirou, Gavray, Regnéville ou Hambye, Bricquebec ou Saint-Sauveur !

Les tapotements d'une main sur son épaule le réveillèrent en sursaut. Il frémit de froid et de colère.

— Ogier, viens voir !

Il se leva, s'aperçut que Saveuse était prêt à partir, tout comme Barbeyrac qui se couvrait de son manteau. Les chevaux semblaient sellés depuis longtemps.

— Bon sang !... J'ai tant dormi ?

— Tu as remué toute la nuit, dit Barbeyrac. Le sommeil ne t'a pris qu'au petit matin... Hâte-toi !

— Qu'avez-vous découvert ? Vous semblez effrayés.

— Quand j'ai vu *cela*, dit Saveuse, en poussant la porte qui desservait le cimetière, j'ai prévenu Étienne... Il a vu... Il faut que tu voies. Nous guerpirons ensuite. Allons, viens... Suis-nous dans l'aître[1] !

Le charnier se trouvait entre quatre fayards. Une fosse carrée, de huit à dix pas, dont on ne pouvait imaginer la profondeur. Des chairs putréfiées adhéraient aux ossements et il y avait même, recroquevillée près du bord, une charogne dont les côtes décharnées emprisonnaient dans leur étroite cage un rat qui disparut après avoir sauté de dépouille en dépouille.

— Nous avons bien fait d'allumer un feu cette nuit, dit Saveuse. Son odeur a repoussé cette puanteur maléfique... On a creusé ce trou voilà deux ou trois semaines.

1. Terrain utilisé comme cimetière autour d'une église.

Les corbeaux, la rataille... et les vers ont trouvé de quoi faire bombance.

Ogier n'osait trop regarder toutes ces choses indistinctes, répugnantes comme ces restes d'animaux qu'il avait découverts, parfois, en chassant. Il ne savait qu'une chose : il eût fallu jeter là-dessus quelques pelletées de terre. Or, combler cette fosse, c'était en respirer longtemps la puanteur, — suffisamment pour encourir la male mort.

— Encore heureux que la saison nous avantage, dit Barbeyrac. En été, les mouches...

Il n'acheva pas, lissant d'un doigt sa moustache. Saveuse regardait, dans un angle, un crâne à demi dépiauté où subsistaient des cheveux longs et blonds. Les orbites vides qui le dévisageaient, qui *les* dévisageaient avec une sorte d'insistance, semblaient gluer d'un reproche : celui de les voir arriver trop tard.

— C'était une femme, dit Loïs de Saveuse... Jeune : voyez ses dents... Et ce qui brille sur ce lambel d'encolure, c'est un pentacol d'or.

— Partons, dit Ogier. Partons vélocement !

Il se refusait d'imaginer Blandine ainsi. Jamais elle ne serait pareille à cette chose !... Sitôt à Gratot, il la protégerait. La seule façon d'échapper à ce mal, c'était de se confiner chez soi ; d'allumer de grands feux pour brûler ou disperser les miasmes. Il ferait cela. Oh ! oui, il le ferait...

Le jeudi 29 novembre, au milieu de l'après-midi, Ogier et ses compagnons furent en vue d'Abbeville. Ils avaient de loin contourné Boulogne, Étaples, Montreuil sans chercher à savoir si la peste en avait exterminé les habitants avec autant de férocité que ceux du village où ils avaient passé leur première nuit.

La vue de minces fumées au-dessus d'Abbeville, les charrois de part et d'autre de la Somme, le va-et-vient des manants sur les berges du Novion, de la Sautine et du Scardon allégèrent cette chape de morosité qui engonçait les trois chevaliers depuis leur débarquement. Ils s'enfoncèrent dans les rues bordées de maisons à pignons et colombages dont les encorbellements atténuaient la luminosité d'un ciel d'azur auquel, selon Barbeyrac, il ne manquait que des lis.

— Avant Crécy, je suis passé dans cette rue, dit Loïs de Saveuse.

— Moi, également... Nous nous sommes peut-être rencontrés.

— La peste n'est pas à Abbeville, dit Barbeyrac. Je vois des manants qui sourient... Tenez, tendez l'oreille : une femme chante...

— Ne nous fions à rien, dit Ogier.

— Que faisons-nous ? demanda Saveuse. Il ne doit pas manquer céans d'hôtelleries. De plus, c'est moi qui paye...

— Garde-toi de révéler d'où vient ta fortune, conseilla Ogier au Cambrésien.

— Je ne suis pas fou... C'est pourtant de la monnaie divine !

En menant son cheval hors de l'église abandonnée, Saveuse avait aperçu, parmi les tuiles émiettées, le couvercle d'un tronc sans doute consacré à Notre-Dame dont la tête gisait à proximité. Il avait défoncé à coups de talon la boîte de bois doré, mettant au jour deux grosses poignées de monnaie. Il y avait parmi les billons en surnombre, une vingtaine de deniers d'or. « *Les deniers de Dieu !* » s'était-il écrié. « *Je me merveille d'avoir séjourné une nuit près de ces gens que nous venons de voir. Quelque répugnants qu'ils soient, je vais prier pour eux !* » Après avoir remis tant bien que mal les têtes décapitées de Sainte Marie et de Jésus sur leurs cous, il avait prié avec une ferveur dont la sincérité ne pouvait être contestée. Pour conjurer le mal dont succombaient leurs proches et pour tenter de s'y soustraire, toutes les familles du village avaient fait une offrande à la Vierge. Il était juste qu'il leur consacrât ce *requiem aeternam dona eis* qu'un clerc n'eût pas dit mieux, — du moins l'affirmait-il.

— Dès lors que c'est toi qui nous offres le gîte et le couvert, Loïs, dit Barbeyrac, j'entrerai d'un cœur léger dans la meilleure des auberges. Je m'y rassasierai en mangeaille et sommeil. M'offrirais-tu, en sus, une belle ribaude que je me garderais de te la refuser.

— Au lieu de colloquer sur toutes ces largesses, grommela Ogier dont l'inquiétude empirait, ne pensez-vous pas qu'il nous faut, une fois nos chambres retenues, nous enquérir d'un mire, et si possible du plus entalenté d'Abbeville ?

Saveuse resta coi. Barbeyrac prit un air résigné : après un court accès d'enjouement, les réalités s'imposaient à lui avec la même force, la même perniciosité que devant la fosse commune.

— Tu as raison, dit-il : mieux vaut dès maintenant nous protéger des pestilences qui sont dans l'air.

Ogier s'abandonna un moment à un accès de confiance sans mesure : demain, ils repartiraient vers Gratot. En deux jours, ils seraient à Rouen. Alors, sous sa conduite, ils chevaucheraient aisément droit sur le Cotentin.

« Dieu ! Dieu ! » soupira-t-il les yeux levés vers le ciel comprimé entre les toitures, « faites qu'ils soient vivants et en bonne santé ! »

Barbeyrac tendit soudain l'index :

— Regardez, amis, cette enseigne : *Au chapon couronné*... Qu'en dites-vous ? Approchons... Approchons... La maison semble bonne... Il y a sur le côté une porte charretière... Nos chevaux vont avoir l'abri et la pitance.

— Nous aussi, dit Ogier en mettant pied à terre. Il me tarde de me laver, de me rère [1] et de m'étendre sur un lit.

— Entrons sans plus tarder, dit Loïs de Saveuse, et

1. Raser.

faisons nôtre le cri[1] du sire de Beaulaincourt qui est : *Buvons tous assis !*

La cour dans laquelle ils pénétrèrent était occupée en partie par une forge, un travail et un abreuvoir. Dans un angle, des poules picoraient sur un tas de fumier. Deux chats gris, l'un sur le montoir, l'autre à même le sol, offraient leur flanc au soleil.

Saveuse s'avança jusqu'au seuil de l'écurie. Cinq chevaux y étaient à l'attache.

— Y a-t-il de la place ? demanda Barbeyrac.

— On peut en mettre encore une bonne vingtaine.

La grange attenante était bien pourvue en paille et en fourrage. Ogier, les mains à plat sur ses reins douloureux, examina la façade intérieure.

— Cela te convient-il ? demanda Barbeyrac.

— Vingt fenêtres. Les chambres ne manquent pas.

— Nous aurons nos aises, se réjouit Saveuse alors qu'un palefrenier accourait. Il me semble préférable de passer deux nuits et un jour plein à Abbeville que d'en partir demain matin. Nos roncins sont fortraits, incapables de supporter une longue chevauchée. Quelle que soit, Ogier, ta hâte de retrouver ton épouse et de connaître votre enfant, mieux vaut te résigner.

— Tu parles magnifiquement... Je me sens aussi las que tu l'es... Je vieillis...

Un autre palefrenier apparut. Se détournant de ses compères, Barbeyrac s'adressa au plus âgé, un petit homme à tête ronde, aux yeux bouffis, au cou épais entre des épaules massives.

— Examinez les fers de nos chevaux. Le mien, celui-là, en a un qui loche[2] à la jambe avant dextre. Faites au mieux.

L'homme acquiesça et souleva l'antérieur droit du cheval.

— Eh bien ! dit-il, quasiment émerveillé. Une étam-

1. Cri de guerre.
2. Branler en parlant d'un fer à cheval.

pure est vide. Il va falloir déferrer : la moitié du clou est peut-être demeurée dans la corne.

Il recula, souleva la jambe arrière.

— Oh ! Oh !... On dirait que ce fer est anglais : leurs éponges sont plus épaisses et leurs pinçons plus relevés...

Mieux valait qu'il apprît la vérité.

— Ces trois roncins sont anglais, dit Ogier. Nous étions prisonniers sur la Grande Ile. Nos rançons acquittées, nous revenons voir nos familles et nous placer au service du roi.

— Je vous fais confiance, dit l'homme. Je ne sais ce que fait le roi en ce moment... La peste...

— Elle est entre vos murs ?

— On dit qu'elle est surtout dans les pays de la Langue d'Oc, à Paris, à Lyon...

— En Normandie ?

— Sans doute... Le roi Philippe a commandé aux mires de la Faculté de Paris de rédiger une... comment dit-on ?... Une consultation sur les moyens de combattre ce fléau de Dieu ou du Diable... C'est tout ce que je sais.

Puis l'homme se ravisa et, l'air penaud, les paupières entre-closes pour échapper aux regards insistants de Saveuse et de Barbeyrac :

— La morille est ici... On raconte que les morts sont promptement enlevés et réduits en cendres dans une ancienne tannerie hors de la cité. Nul n'en peut approcher : des hommes d'armes veillent. Les cloches ne sonnent plus pour annoncer les décès. On appelle ce mal le *mal des aines*... Quand un homme se voit deux pommes noires un peu au-dessus des couillons, il sait qu'il souffrira la géhenne. Dieu nous préserve, messires, de cette charognasse !

— Tu n'as point l'air inquiet, releva Ogier en s'efforçant à sourire.

Le palefrenier sourcilla ; ses traits sillonnés de couperose se figèrent, blêmirent même, comme s'il craignait qu'à trop avoir médit de la male peste, il se fût exposé à son attention.

— Je suis pur. Or, cette contagion n'atteint que les

pécheurs petits et grands... Si vous avez péché, messires, défiez-vous d'elle !

— Il doit bien exister des remèdes !

Saveuse espérait un « oui » ou un « sans doute ». Il fut déçu.

— Les mires, messire, sont impuissants contre cette maladie qu'ils appellent la *boche* ou l'*ypydimie*. Ils ne savent que penser, quelle médication fournir à l'encontre du mal et supposent que c'est un châtiment de Dieu pour les péchés du monde. Des gens font grande penance [1] et grande dévotion pour notre sauvement... entre autres ceux qui viennent d'Allemagne. Ils portent crucifix, gonfanons et hautes bannières de cendal par manière de procession et chantent hautement par les rues des chansons de Dieu et de Notre-Dame, rimées et dictées par on ne sait qui... Ils s'arrêtent sur une place et se battent eux-mêmes à coups d'escourgées au bout desquelles sont mis des aiguilles et des hameçons. Ils ont du sang plein leurs flancs et leurs épaules ; ils chantent. Certains se roulent par terre en grand état de dévotion et d'humilité.

— Des marmousets... commenta Barbeyrac.

— Quand ils ont fait leur cérémonie, ils demandent aux hôtels de les héberger pour Dieu... Nul ne peut s'opposer à la volonté de ces penants [2] et repentants. Leurs afflictions font pleurer les femmes... Ils tendent aussi la main comme des estocadeurs [3] et chacun donne par dévotion ou malepeur... On dit qu'il y en a moult compagnies en Liège, Brabant, Hainaut et qu'ils s'appellent *confrères* et *flagelleurs* par manière d'alliance... On dit que le Pape désapprouve leur ardeur sacrée.

— Sont-ils venus en France ? demanda Ogier dont l'inquiétude persistait.

— Oui, messire... Ils ont contourné notre cité car notre mayeur [4] avait groupé des hommes d'armes à tou-

1. Pénitence.
2. Pénitents ou *pénéants*.
3. Mendiants.
4. Maire.

tes les portes... Ah ! messeigneurs, si vous avez péché, défiez-vous de la morille !

Son conseil lâché, l'homme rejoignit son compère. Il se croyait pur, partant promis à la préservation.

— Ce manant est fou, dit Loïs de Saveuse.

— Sa folie le préserve peut-être, dit Ogier.

— J'ai hâte de voir un mire, avoua Barbeyrac.

Ils entrèrent dans l'hôtellerie et avant même d'avoir examiné les lieux, ils virent que les servantes inoccupées — deux grosses et une maigre — eussent pu être leurs mères. Saveuse exprima sa déception par un soupir bruyant et demanda trois chambres. Il en acquitta le prix d'avance ainsi que le montant des trois repas et des collations du matin. L'hôtelier, un homme brun, rude, tanné comme un coureur des mers, examina les pièces et les fit grelotter dans ses mains :

— Si vous souhaitez autre chose, messire, il vous suffit de me le demander.

Saveuse prit aussitôt un air passionné :

— Une femme... une belle femme dans mon lit, est-ce possible ?

— Le bordeau de la ville est à moins de cent toises, dans une venelle, à dextre en sortant du *Chapon couronné*.

L'hôtelier n'osait trop s'indigner ; le Cambrésien le rassura :

— C'était façon de s'ébaudir un tantinet, messire. Présentement, ce que mes compères et moi aimerions, c'est rencontrer quelqu'un qui raye [1] en médecine.

L'hôtelier parut inquiet ; Ogier le rassura :

— Nous sommes en bonne santé. Nous allons, cependant, devoir chevaucher longuement et il nous paraît nécessaire de nous précautionner contre la peste.

L'hôtelier, cette fois, approuva.

— On m'avait dit que les postils [2] allaient être gardés

1. Brille.
2. Portes d'enceinte des cités ; barrières.

pour empêcher l'entrée des gens et marchandises en provenance des lieux contaminés.

— Peut-être, dit Saveuse, le sont-ils maintenant. Connaissez-vous un mire ?

— Le meilleur de la cité, messire, c'est Firmin de Maignelay. J'ai dit à votre compagnon où se trouvait le bordeau... Eh bien, messire Maignelay habite une maison sise à l'angle de la ruelle d'après. Son enseigne représente un mortier ailé ; son nom figure au-dessous.

— Nous l'irons consulter, dit Loïs de Saveuse. Qu'on nous montre nos chambres : nous y porterons nos fardeaux. Quand nous aurons soigné notre apparence, nous nous rendrons chez ce mire.

— J'ai, dans une de mes boves[1], une petite étuve à l'usage de ceux qui séjournent céans...

— Eh bien, nous irons nous y nettoyer, messire. Mettez l'eau à chauffer.

Les trois compagnons s'inclinèrent. Ogier sortit dans la cour. Le vieux palefrenier portait sur une épaule le sac contenant son armure.

— J'ai laissé l'autre chose à l'arçon de la selle, dit-il gaiement. On dirait un esteuf[2] mais en pierre...

— Hé oui !

Il n'y avait rien d'autre à dire. Ogier se demanda si le crâne de son oncle reposerait un jour dans une châsse, à la chapelle de Rechignac. Quelques mois plus tôt, Barbeyrac avait douté qu'il pût accomplir ce bienfait[3]. « Les chemins sont peu sûrs... Nous devrons nous défendre... Si tu parviens à porter cette relique jusqu'à Pierregord[4], je t'offrirai mon épée. » Il ne se sentait plus de taille à soutenir une gageure qu'il avait acceptée en riant. La vacuité de la cour, maintenant, lui donnait la sensation d'être ceint de forces hostiles.

1. Caves.

2. Balle avec laquelle on jouait à la soule, ou choule, l'ancêtre du football.

3. Action bien faite.

4. Périgueux.

— Jusqu'où irons-nous ? se demanda-t-il à mi-voix. L'un d'entre nous, moi peut-être, ne sera-t-il pas victime de ce mal épouvantable ?

Il se morigéna : il atteindrait Gratot sain et sauf. Blandine l'y attendait. Elle n'avait jamais désespéré de le revoir.

III

Firmin de Maignelay devait avoir soixante ans. Il était maigre, voûté ; sa chevelure et ses sourcils blanchoyaient ; un mouvement nerveux lui secouait parfois la tête comme si une invisible mouche venait de se poser sur sa joue blette et ridée.

Il allait et venait à pas lents dans une pièce austère, meublée d'une table grêle et d'un scriptional massif, d'un faudesteuil et d'une banquette sur laquelle il invita ses visiteurs à s'asseoir. Le jour entrait par deux vitraux fermant des baies géminées dont la colonne séparative était circonvenue d'un gros serpent tenant dans sa gueule une pomme. L'imagier en avait ciselé les écailles, et comme il était peint d'une couleur verdâtre, on eût pu le croire vivant, prêt à engouler le fruit rouge.

Un feu crépitait dans la vaste cheminée. Sur son linteau timbré d'un blason illisible, deux candélabres aux chandelles éteintes servaient de presses à des amas de parchemins aux bords noircis et racornis par des fumées. Sur des planches, le long d'un mur, on pouvait voir, dans des vases transparents, des lézards à deux queues, des vipères cornues, des poissons ventrus comme des citrouilles ou minces et longs tels des fouets d'argent. Il y avait aussi un crapaud à six pattes « aussi gros et rond », songea Ogier, « que le crâne de mon oncle ». Son regard erra sur des fioles pansues contenant des liquides et des poudres dont les flammes dansantes avivaient les couleurs.

Au mitan du mur d'en face, une tête de cerf portait deux cornes au lieu et place des bois. Tout proche, un *mementomori*[1] le dévisageait de ses yeux sans prunelles. Le logis sentait si fort le camphre que Saveuse en paraissait incommodé.

— La morille ! murmura Firmin de Maignelay. Un mal qui empunaise l'enfer. Vous a-t-on dit, messires, à qui nous la devons ?

Il s'approcha de son scriptional, joua avec la plume trempée dans l'encrier puis tapota les petits livres épars sur le plateau couvert d'un cuir tacheté de noir. Et tout à coup, l'index tendu :

— Vous, messire !... Savez-vous à quels gens nous devons ce malheur ?

Ogier tressaillit, surpris en pleine comparaison entre l'officine de Benoît Sirvin, le mire de Chauvigny, et celle dans laquelle il venait d'échouer.

— Je ne sais, messire... Mes compagnons sont ignorants, eux aussi, de...

— Des mariniers génois !... Nous avions l'engeance des arbalétriers au service du roi de France... Eh bien, ce sont des mariniers génois !... Il y a juste un an, ils ont fait relâche à Messine alors qu'ils revenaient d'un pays d'Orient. Ils ont contaminé l'Italie... On appelle ce mal de nombreuses façons : *la peste de Florence, la mortalega grande... anguinalgia... la grande mortalité* ou encore *le mal des aines*. Les mires de la Langue d'Oc l'appellent *mortalitat, mortandat, empedimia de bosses, peste à boubôn...* Il me faut vous dire qu'après Messine, les Génois sont allés à Marseille. Douze galées, messires, pas moins... Tout d'abord, le mal ne s'est pas étendu. Les manants, les seigneurs ne s'en sont point défiés... Soudain, le fléau qui fut nommé *rifle-*

1. *Souviens-toi que tu es mort*. Objet de piété représentant un crâne humain (ou une tête décharnée) pour susciter des méditations sur la mort.

rafle s'est propagé vers Arles, Avignon... partout ! On tient les Juifs, qui sont sales et corrompus, pour responsables de ce vaste malheur : on les tue, on les brûle, on les noie.

Le mire eut un soupir intraduisible et reprit :

— On m'a dit récemment que la peste a franchi la mer et que Londres est en péril...

Ogier regarda Barbeyrac. Ils ne pouvaient témoigner. Ils avaient contourné Londres pour se rendre de Bunbury à Sandwich. Hugues Calveley les avait fait chevaucher dans des campagnes aux hameaux rares ; ils s'étaient reposés aussi brièvement que possible dans des maisons dont la vacuité les avait incommodés sans les inciter à penser quoi que ce fût.

Firmin de Maignelay s'approcha d'une des fenêtres et regarda la rue que rien n'animait. La nuit tombante s'emmitouflait d'un brouillard qui, dit-il, était perfide.

— Les manants ont peur, messires. Ils savent... et font en sorte de vivre comme devant... Un mal hideux...

A quoi bon préciser à cet homme qu'ils *savaient*. Qu'ils avaient vu un homme mourir de la morille.

— Vous êtes sain, joyeux... Soudain, des apostumes gros comme des œufs, puis comme des pommes vous bouffissent les aines. D'autres se développent sous les aisselles. On les nomme *gavoccioli*, ces tumeurs... Elles se déploient sur toutes les parties du corps... La gorge s'assèche ; le sang coule du nez, de la bouche... Tout s'ensuit : pétéchies, céphalalgia, fièvre ardente... folie !

Ogier écoutait attentivement : plus il connaîtrait ce mal terrifiant, moins il s'exposerait à sa malédiction. Firmin de Maignelay, toujours branlant la tête, le regarda comme s'il avait perçu sa pensée :

— Vous n'allez point rester, adonques je peux vous le dire : la pestilence noire est ici, à Abbeville... Elle nous observe et assaille les plus enjoués, les plus vigoureux... On brûle ou enfouit dans le sol ses victimes qui, pour le moment, ne sont pas très nombreuses... encore que, chaque nuit, des charrettes aux roues enveloppées de linges, tirées par des bœufs déferrés, ensabotés de lainages épais, emportent les martyrs hors de notre cité... Les fossoyeurs doivent changer de vêtements avant de revenir en ville quand ils ont achevé d'ensépulturer les corps ou de les arser[1]. Les charretiers sont tenus, sous peine de male mort, de mettre un surcot rouge, reconnaissable, et des gants de cuir. Le mal n'a pas atteint le centre d'Abbeville. Je sais qu'il s'en approche par le Ponant... C'est un vent d'ouest, un vent de mauvaiseté qui nous l'apporte. Lorsque vous partirez, vous verrez, dans les for-bourgs, des maisons aux portes peintes en rouge, condamnées... Je ne vous parlerai pas des imblocations[2] secrètes, la nuit, dans les jardins.

— Comment lutter ? interrompit Loïs de Saveuse.

— On ne le peut. Le roi Philippe a ordonné aux médecins de Paris de rédiger une consultation sur les moyens de vaincre l'épidémie. Il doit y avoir beaucoup de parlures et peu de résultat... Mais n'ayez crainte en ce qui vous concerne : le *Chapon couronné* est préservé... pour le moment. J'ai diffusé dans toutes les chambres et aux cuisines un encens de ma composition... J'en ai eu la recette dans un grand livre sorti d'une commanderie de chevaliers du Temple.

« Lui aussi », songea Ogier. « Sa science égale peut-être celle de Benoît Sirvin. Pourquoi lui mesurer ma confiance ? »

— Ailleurs, poursuivait Firmin de Maignelay, je répands des essences, des trocisques[3], pommes de senteurs contre la perniciosité de l'air.

Barbeyrac se leva pour soulager ses jambes lasses. Il fit deux pas, revint s'asseoir et demanda :

— Avez-vous, messire, soigné et guéri quelques gens atteints de la morille ? Pensez-vous qu'on puisse renaître à la vie après qu'on a ces maléfices dans le corps ?

1. Brûler.
2. Mode de sépulture qu'on pratiquait à l'égard des excommuniés : un trou dans un champ, recouvert de terre.
3. Trochisques.

Le mire parut soudain embrassé pour répondre. Ogier vit ses poings se serrer et frapper le dessus de son scriptional :

— J'ai tiré du trépas une seule pucelle. C'était peu, j'en conviens. L'on s'est mis à me détester ; l'on m'a enjoint de quitter la cité. Je ne me rends plus sur les lieux où l'on meurt... Vous pouvez, je sais bien, m'accuser de couardise... Je n'en éprouve aucune envers ce mal ; seulement envers mes semblables. Ils m'ont menacé d'occision pour n'avoir pas ressuscité des hommes et des femmes réduits à l'état de pourriture. Le bourreau a reçu commandement de tuer les chiens errants et les chats. Pour les chiens, passe encore, mais les chats !... En tuant les rats qui transportent le mal, ils sont d'une aide... inestimable. Il faudrait aussi jeter les eaux sales uniquement dans les ruisseaux et nettoyer les seaux d'aisance à l'eau claire... interdire la pêche, bien sûr ; distribuer, sans qu'il soit question d'en acquitter le prix, mon encens à toutes les familles... Nul n'a chez soi de *genius loci*... de génie protecteur... Il faut s'y enfermer le temps que le mal s'épuise.

Ogier écoutait. Son esprit se troublait ; son courage s'altérait. De la confiance au doute et du doute à la peur, il n'avait jamais aussi rudement senti le poids de ses os, de ses chairs, de ses entrailles. Tout allait-il bien dans cette poitrine ? Dans ces aines ? Dans ces aisselles ? Le fait d'y penser titillait ces lieux précis de sa personne. Était-il menacé ? En ce cas, comment échapperait-il au mal ? Éviter de songer à son corps ? C'était impossible maintenant. N'être qu'une foi ; une foi en soi-même ? Vaine présomption : rien ne pourrait conjurer sa hantise d'être un jour, peut-être, une charogne gonflée, crevassée, puante, gémissante et hurlant à la mort.

— Nous avons un long reze [1] à faire, dit-il. Gagner la Normandie... Savez-vous si nous y serons en danger ?

Le mire sourcilla. Pour une fois sa tête demeura figée.

— Les vents pestilentiels viennent de Normandie...

1. Voyage.

Mais le royaume de France est tout entier la proie de la morille. C'est du moins ce que je sais par des gens qui passent et parfois trépassent... On a vu paraître, ça et là, des pénéants. Ils issirent d'Allemagne. Ils se frappent à coup d'escourgies à bourdons et aiguillons de fer. Ce sont des marmousets dont la morille n'a point peur[1] !

Barbeyrac s'approcha du mire et se fit plus que courtois, obséquieux :

— Nous voudrions un remède... Des remèdes afin d'affronter cette adversité...

— Je paierai ce qu'il faudra, dit Loïs de Saveuse.

Le mire se gratta la nuque. Il semblait indécis. Pour quelle raison ?

— *Pourquoi meurt-il, l'homme dont la sauge pousse dans le jardin ?*

Les trois compagnons s'entre-regardèrent. Où cet homme-là voulait-il en venir ? D'un geste, Firmin de Maignelay les rassura :

— Cette phrase n'est point mienne, messires. Elle est écrite sur les Grands Livres de l'école de Salerne. Elle me paraît juste. Elle illumine, en quelque sorte, les ténèbres de ces temps difficiles... La sauge, c'est l'herbe sacrée, la *salvia salviatrix*, l'herbe qui sauve... Elle doit ses vertus à son *salviol* ou *camphre de sauge*... Elle arrête les sueurs, empêche les fièvres, les rhumes ; apaise les toux et douleurs d'estomac... Je l'ai administrée à des filles pubères pour hâter leur formation.

— Nous ne sommes pas des donzelles, ricana Barbeyrac, mais des guerriers qui allons devoir affronter un ennemi invisible dont on ne peut triompher par l'épée.

Il concevait nettement qu'il devenait irrespectueux. Il avait peur, lui aussi. Il en voulait au mire de prendre

1. Robert d'Avesbury écrit qu'ils venaient de Zélande et de Hollande et que certains traversèrent la Flandre pour se rendre à Londres. Ils portaient des chapeaux arborant une croix rouge sur le devant et le derrière. Après s'être fustigés, ils s'étendaient à terre de tout leur long, les bras en croix. Certains organisaient des processions nocturnes, aux flambeaux.

son temps. Ogier vit sur le front de son compère les brillances d'une sueur plus éloquente que des mots.

— Holà ! dit Firmin de Maignelay. On dirait, messire, que la crainte vous hante... Votre regard vif est pourtant le signe d'une bonne santé !... Si je dois vous fournir un conseil à tous trois, c'est celui-ci : éloignez-vous des hommes, femmes, enfants corrompus. Vous les reconnaîtrez : ils répandent autour d'eux une odeur de latrines... Point de pitié : fuyez la contagion. *Morbi contagioni !* Voilà votre devise, votre bouclier, votre sauvegarde !... Sachez que respirer l'air des malades est le meilleur moyen de se condamner à cette phlegmasie mortelle !

Le mire secouait sa tête maigre avec plus de violence que précédemment. L'impatience de Barbeyrac l'avait, au plein sens du terme, ébranlé. Il dit enfin, après avoir considéré son cerf cornu comme pour obtenir son avis :

— Je vais vous donner ou plutôt vous vendre quelques pintes d'un vin dans lequel j'ai fait macérer une décoction de sauge... Je vous vendrai également un tonnelet de vinaigre auquel j'ai incorporé de la sauge... Le vin, vous le boirez tout au long de votre chevauchée. Quelques gorgées suffiront... Le vinaigre ? Vous vous en frotterez le corps matin et soir avec un linge... Je vous vendrai en complément un électuaire de sirop cordial... Vous pourrez ainsi vous engager résolument sur les chemins de Normandie. Mais surtout, surtout, messires, conservez pour vous trois ces remèdes !... Essayez de chevaucher au bord de la mer : l'air du large n'est point souillé. Mangez des huîtres, des palourdes et autres coquillages. Privez-vous de pain : il peut avoir été pétri par des mains malades... Soyez propres et circonspects.

— Et vous croyez qu'ainsi... commença Loïs de Saveuse.

— Je ne crois pas, messire. Je suis certain que votre corps sera préservé de l'épidémie plus parfaitement que ne le ferait votre armure de fer.

— Supposez que l'un de nous soit atteint ?... Faudra-t-il l'abandonner ?

Ogier se demanda si ses craintes n'allaient pas susciter, chez Firmin de Maignelay, une compassion mensongère. Sitôt tous ses médicaments vendus, il se soucierait aussi peu de leur pouvoir que du sort de ceux qui les avaient emportés. Cependant, le vieillard n'éluda point ces questions :

— Si l'un de vous se plaint, faites-lui des saignées afin de le soulager d'un sang impur. Mûrissez les aposthèmes, ou si vous préférez, les bosses, avec des oignons cuits, pilés, mélangés à du levain et du beurre. Une fois ouverts, traitez-les comme des ulcères... Je vais vous donner une boîte qui contient un onguent à la sauge...

— Sauge qui peut ! s'écria Barbeyrac une fois dehors.

Cette saillie fut sans effet. Ogier qui portait sous son bras le tonnelet de vinaigre se demanda si les affusions qu'il s'en donnerait seraient aussi efficaces que Firmin de Maignelay l'avait prétendu.

Barbeyrac souleva la tourie de grès à col étroit, entourée d'un mantelet d'osier pourvu d'une anse, que le mire lui avait remise « en mains propres ».

— J'aimerais que ce vin fût mauvais pour résister aux tentations d'en boire jusqu'à plus soif.

— Mauvais ou non, Étienne, crois-tu que tu pourras en disposer à ta volonté ?... Voudrais-tu en abuser ? Adonques étrécir notre part ? Tu n'aurais point de cet onguent si le mal t'envahissait. Nous te laisserions crever.

Ogier se demanda si Saveuse était sincère. Quelque chose semblait désunir ses compères. La haine du Goddon les avait accordés ; la peste les séparait.

— Il nous a dit aussi de prendre des gargarismes de

lavande !... Où pourrions-nous en trouver ?... Ce mire est un fou !

— Ou un sage, Étienne. Dans son onguent magique, il y a du romarin et du thym... Il ne nous manque plus que quelques tranches de viande...

Ogier ne disait mot. Il eût aimé, comme avant un combat, éprouver dans son être une impression de vigueur latente, de plénitude, d'impatience. Ce soir, dans les rues vides d'Abbeville, rien ne le revigorait, pas même la certitude que le *Chapon couronné* était un asile sûr et que bientôt, il y ferait un bon repas. Rien ne le distrayait du pressentiment lugubre que Blandine l'appelait et que l'étreinte du mal se refermait sur elle et sur leur fils, — car il ne doutait plus, soudain, qu'elle eût enfanté un mâle.

Saveuse décida de dormir un moment. Barbeyrac en fit autant. Ogier se retrouva seul dans une chambre aussi nette qu'une cellule de moine, et parce que cette analogie, fortuite ou non, lui paraissait propice à un grand effort d'espérance, il s'agenouilla et joignit les mains.

Il pria pour la sauvegarde de son épouse et de leur enfant ; il pria pour la protection de sa famille et des serviteurs de Gratot ; il pria pour son chien et son cheval. Son cœur battait. Était-il suffisamment fervent, suffisamment pur pour que Dieu l'entendît ? Un an d'attente ; la joie du retour et, soudain, l'abominable morille !

Ses genoux le cuisaient. Il se releva sans que son courage eût été conforté, sans qu'il eût senti son âme s'alléger, sans que son cœur fût soulagé par la certitude qu'il arriverait à temps.

Combien de journées pour gagner Gratot ? Quelles embûches couvaient sur les chemins de mer ?

A table, il mangeota. Si ses compagnons s'étonnèrent de son manque d'appétit, ils lui épargnèrent les propos oiseux sur les aliments créateurs et mainteneurs de force. Saveuse, qui buvait dru, fit une allusion à la vigueur prodiguée par le vin de Bourgogne.

— A côté de ce breuvage, dit-il, le claret des Goddons semble une pisse d'âne.

Près de la cheminée, un couple se restaurait, face à face. L'homme avait quarante ans, sa compagne dix-huit ou vingt. Le mari, l'épouse ou l'amante ? Le père et la fille ? Bien qu'on distinguât mal les traits de cette jeune femme, son visage, comme tiré vers le bas, exprimait une angoisse infinie. Elle était à peine moins rousse que Blandine. Ses paupières cillaient peut-être sur des larmes. Parfois, une clarté jaillie du foyer illuminait sa pommette et accusait le pli d'une bouche exsangue. Aucun doute : toute sa personne dégageait de la tristesse et de la frayeur. Quelque chose de frileux apparaissait dans la courbe de son dos et le resserrement de ses bras le long du corps.

L'esprit d'Ogier vacillait : il avait tant songé à Blandine qu'il était sûr que cette inconnue lui ressemblait, ou du moins, en ranimant les traits de son épouse dans sa mémoire prenait-il plaisir à leur donner ceux de cette personne. Afin de chevaucher à son aise, elle s'était vêtue en homme : chausses grises qui révélaient le long fuseau de la cuisse, heuses noires ; pourpoint de velours ocre sur lequel moussait un peu d'hermine aux poignets et au cou et qui serrait une poitrine étroite et comme innocente. Une chair ferme et moelleuse à la fois. Des courbes douces et tièdes auxquelles Saveuse n'était point insensible.

L'homme avait le teint légèrement bistré, un nez en fer de serpe, des yeux petits, obliques, chargés d'inquiétude. A cause de sa compagne ? A cause de la peste ? L'hôtelier, maître Voivenel passait ; Barbeyrac l'appela :

— Qui sont ces gens ?

— Des mariés.

L'hôtelier souriait comme s'il avait été le médiateur de cette alliance absurde.

— Elle est bien trop belle pour lui, dit Saveuse. Hein, compères ?

— Depuis quand, la bénédiction ? interrogea Barbeyrac.

— Hier, messires, murmura le gros homme en se penchant un peu.

Sa main pelue s'appuya sur la table. Ogier en éloigna son pain, tandis que Saveuse exprimait la pensée de tous :

— Ils n'ont pas l'air d'un couple heureux.

— Ils se sont battus cette nuit, messire. Elle lui a résisté, mais ce soir... Comprenez-vous, c'est un mariage forcé... Elle a perdu sa mère, elle est seule... Il y a trois ou quatre ans qu'il la veut...

— Ils sont d'Abbeville ? demanda Ogier.

— Oui, messire... Mais lui revient des Allemagnes. Il est drapier.

— Il n'est pas chevalier mais il porte une épée.

— On prétend qu'il sait s'en servir.

Ogier chercha le regard de son hôte :

— Pourquoi sont-ils céans s'ils habitent Abbeville ?

— Elle était pauvre, sans presque rien. Il a clos sa demeure et l'emmène à Angers... Il va l'y emmurer, si vous voulez mon avis... Ils s'en vont demain matin.

Saveuse jeta un regard oblique à Ogier. L'hôtelier s'éloigna.

— Et si nous partions demain ? proposa Barbeyrac.

Incarcéré dans le présent, — du moins quant à son corps —, Ogier se délivra de sa maussaderie.

— Demain, oui... J'ai peur d'arriver trop tard...

— Nous avons tous peur... *Elle aussi*, mais pas pour la même raison.

Ogier ne savait trop ce qu'il mangeait. Du chou, sûrement ; du porc, sans doute, et des lardons. C'était nourrissant et apprêté de main de maître. Il n'y avait rien au fond des écuelles de Saveuse et de Barbeyrac — qui s'abandonnaient aux délices d'un vin suave et lourd à la fois, dépourvu de la moindre parcelle de sauge.

Lorsque la maigre servante qui s'occupait d'eux et du couple reparut, ce fut comme une intrusion dans leur incertitude à propos de cette jeune épousée qui se refusait au devoir conjugal. L'œil du mari, posé fréquemment sur elle, avait tout de celui d'un rapace. Ogier se souvint de Charles d'Espagne. Sans en avoir les mœurs efféminées — encore qu'elles ne se devinassent que rarement —, ce drapier avait la sécheresse et la voracité de l'ami particulier du duc de Normandie. Saveuse se pencha :

— Ce sera un tourment cette nuit, pour cette pauvrette, que de céder à ce palefrenier endimanché.

Son visage devait le brûler tant il était rouge. Ogier sentit que, vif et prudent à la fois, le regard de la jeune femme cherchait le sien. « Ah ! non... C'est ainsi que j'ai connu Blandine... Je l'ai délivrée de son agresseur... Mon cœur et mon esprit lui ont appartenu... Et pour quels délits[1] ? Quelques nuits de bonheur et la détresse ensuite. »

— Il faudrait la sauver, murmura Barbeyrac.

Saveuse se leva :

— Je vais prévenir l'hôtelier que nous partons demain. Je lui laisserai mon gage et lui demanderai, en échange, un gros baril d'eau-de-vie. Entre notre vinaigre à la sauge et cet élixir, nous saurons quel est le meilleur remède !

Le Cambrésien s'éloigna. Sinuant entre les tables, il heurta volontairement le drapier sans fournir la moindre excuse.

« Qu'il se lève », souhaita Ogier. « Qu'il lui demande raison. Qu'ils s'affrontent ! »

Mais le négociant, flairant une querelle, essuya d'une main son épaule touchée.

— Cette dame, Étienne, me fait pitié.

— Elle me fait envie. En l'état de jeûne où je suis, je lui ferais l'amour comme elle en doit rêver.

— Tu me parais présomptueux... Je peux t'aider à la délivrer, mais es-tu assuré qu'elle voudra de toi ?

Barbeyrac pinça les lèvres, fit une inspiration longue et forte comme s'il allait disparaître dans une eau profonde d'où il sortirait transi :

1. Délices, plaisirs.

— Si elle ne veut pas de moi, je me désisterai en ta faveur.

La jeune femme s'était détournée. Ses yeux las eurent une lueur sur la signification de laquelle les deux compagnons ne purent se méprendre. Saveuse, qui revenait satisfait, se tourna vers elle et lui sourit. Puis il s'attabla devant Ogier :

— Un tonnelet d'eau-de-vie et des vitailles pour un jour. L'hôtelier du *Chapon* est accommodant... Il m'a recommandé cette gentilfame...

Et brusquement :

— Nous la devons secourir. Sa nuit de noces ne sera rien d'autre qu'un viol. Nous ne pouvons permettre une telle infamie... Je sais son nom : Rosamonde.

Barbeyrac exprima doucement sa pensée :

— Souvenez-vous, compères : c'est Rosamonde qui a guéri Élie de Saint-Gilles, quand il fut malade à mourir, en lui faisant boire un breuvage composé de neuf herbes.

— Ce breuvage, Étienne, fut un bain. Élie ne le but pas, mais s'y trempa longuement sous les yeux de la vierge, ce que Rosamonde n'est plus, j'en jurerais.

— Soit, Ogier... Mais qu'importe. Tu sembles indécis...

— Je le suis. Et je ne m'emploierai à la sauvegarde de cette dame que si je l'entends jupper[1]. Je me refuse, amis, à ce que notre aide ait l'apparence d'un rapt. Cet homme est certainement puissant...

— Elle loge dans la chambre près de la mienne, précisa Saveuse.

— Tout est dit, fit Barbeyrac entre deux grosses lampées. Je vide mon gobelet à la santé de Rosamonde et à la réussite de notre dessein.

— Des seins qu'elle a fort beaux, dit Saveuse, rêveur.

1. Crier.

Deux chandelles brûlaient dans la chambre d'Ogier. Adossé contre la porte, il observait ses compères assis sur le lit et absorbés dans une parlure à voix basse.

Ils étaient montés dès le départ de Rosamonde et de son époux, silencieusement comme ce couple mal apparié dont Saveuse souhaitait la dissension. Pour ne pas effaroucher sa femme, l'homme avait pris une chambre vis-à-vis de la sienne. Bientôt, il frapperait à l'huis. Si le verrou était mis, il le ferait sauter d'une seule épaulée.

Aucun bruit. Ogier sentait la maison ensommeillée se réduire aux seules dimensions de sa chambre et de celle de Rosamonde. Dehors, une nuit brumeuse dont la traversée pouvait être mortelle — comme d'ailleurs le jour qu'elle enfanterait.

— Bon sang de merde, soupira-t-il, avions-nous besoin d'une telle rencontre ?

Ni Barbeyrac ni Saveuse ne lui fournirent une réponse.

Il faisait froid. Une mince lame d'air glacé s'insinuait sous le châssis de la fenêtre. La faible lueur des chandelles n'atteignait pas les angles de la pièce où l'obscurité semblait s'épaissir. Tout prenait un air revêche, même les visages de Loïs et d'Étienne ; même celui de l'Homme cloué sur la Croix, au-dessus du lit ; un visage de bois gros comme une noisette.

— Il va y aller... dit Saveuse.

Dans la chambre contiguë, le pas vif du mari de Rosamonde trahissait son impatience. Il était aisé de l'imaginer, le front bas, les épaules rentrées comme un taureau prêt à l'attaque ou à la saillie.

Un bruit : la retombée d'une clenche sur son mentonnet. Il y eut, ensuite, quelques coups contre l'huis de chêne épais, verrouillé de l'intérieur.

— Ouvrez-moi, Rosamonde !... Cessez la simagrée !

Les frappements prirent de la force et l'injonction redoubla.

Saveuse et Barbeyrac se levèrent. Ogier, l'oreille

contre le châssis de la porte, entendit le drapier haleter. L'on eût dit qu'il parvenait au terme de l'étreinte à laquelle il prétendait.

« Avons-nous le droit de l'en priver ? Il a reçu, *et elle aussi*, le sacrement de l'Église. »

Ogier, perplexe, se détourna de ses compères prêts à s'élancer.

L'homme marcha puis cessa, hésitant à revenir devant le logis condamné.

— On ne sait pas son nom à ce porc ! dit Saveuse. Holà ! Argouges, te sens-tu mal ?

Ogier s'était laissé choir sur le lit. Un attentat contre la beauté allait se commettre. Il avait l'occasion de s'y opposer mais n'en ressentait pas la nécessité. Saveuse et Barbeyrac se posaient en justiciers, or, c'était indûment qu'ils allaient secourir la belle. Ils se réjouissaient de se montrer bons et charitables envers une créature dont, après tout, les charmes pouvaient distiller du venin. Il recouvrait en eux, soudain, cette jactance des prud'hommes qui l'avait tant incommodé avant et pendant les batailles. L'inconnu ne lui avait nui en rien. Saveuse et Barbeyrac allaient démanteler ses rêves, ses désirs, ses ambitions, son orgueil alors qu'il n'avait commis à leur égard aucun acte attentatoire.

— Il est dans de beaux draps, compères, ce drapier. A quoi bon aggraver sa vergogne !

La face hautaine, déplaisante, du marchand dissimulait peut-être des sentiments élevés. La beauté, chez les hommes et les femmes n'était pas toujours garante de qualités de cœur insoupçonnables chez les laids.

— Laissez-les s'affronter et vider leur tençon[1], ajouta Ogier, tout bas.

Sa volonté d'indifférence s'effrita, cependant, lorsque les coups devinrent furieux contre la porte de Rosamonde. Il se leva, écarta Saveuse et entrouvrit l'huis de la chambre.

L'homme avait un visage rouge, convulsé, déterminé.

1. Querelle.

— Au lieu de l'enfourcher, je crois qu'il va l'occire.

Il y eut un craquement : celui de la gâche arrachée au chambranle sous le heurt d'une épaule. Un cri d'effroi mit Barbeyrac et Saveuse en mouvement ; Ogier leur céda le passage.

« Pourquoi m'être effacé ? Pourquoi ne les ai-je pas devancés ? Que vont-ils penser de moi ? »

La vérité lui apparut dans sa crudité : il ne voulait plus se mêler d'une affaire en laquelle une femme était impliquée.

Quand il fut sur le seuil de la chambre interdite, il vit le drapier maîtrisé allongé sur le lit, les poignets liés avec sa ceinture, les jambes enfoncées jusqu'aux jarrets dans l'enveloppe du traversin. Tel un mors en tissus, la manche d'une chemise le condamnait au silence. La lueur d'une chandelle se jouait sur ses sourcils froncés, sur ses pommettes hautes et saillantes, sur son cou maigre, bleui d'un peu de barbe.

— Voilà !... Nous avons rendu notre justice.

Saveuse souriait, serrant Rosamonde par l'épaule : elle lui tenait la taille et l'on eût dit que c'étaient des mariés victimes d'un dévergondé. Ils sortirent, se soutenant l'un l'autre. Barbeyrac sourit :

— Il n'était armé que de son braquemart.

Ogier regarda l'homme humilié dans sa dignité, ses amours et sa virilité. Il avait clos ses paupières et semblait inanimé. Son teint vineux se tavelait de gris. Il semblait incapable de nuire, mais ce n'était qu'une apparence.

— Il vaut mieux partir maintenant.

— A la mi-nuit !

— Cet homme sera délivré bientôt. Sa fureur me paraît mortelle : il voudra l'assouvir et reprendre son bien.

Le drapier grognonna et remua sa tête en avant : c'était un signe d'assentiment. Ogier s'en désintéressa.

— Sache ma pensée, Étienne : nous n'avions pas besoin d'une pareille aventure...

— Bah !... Bah !... Ce n'est qu'un marchand.

Ogier se garda de répondre quoi que ce fût. Il ne minimisait ni la vigueur ni l'habilité aux armes d'un notable. Celui-ci portait une épée dont maître Voivenel assurait qu'il en faisait parfois un usage efficace.

— Ce n'est qu'un manant, Argouges. Il ne sait manier qu'épingles et ciseaux. Et puis, la dame est belle. La beauté justifie tout.

Ogier regagna sa chambre. La jeune femme s'y trouvait, toujours vêtue de ses habits masculins. Il ne put s'empêcher d'évoquer sa cousine, bien que Rosamonde appartînt à une autre espèce. Tancrède était d'une fermeté soyeuse, audacieuse, tout en se confinant dans un constant mystère. Elle tenait ses admirateurs en lisières. Et pour cause ! Il y avait chez Rosamonde une douceur probablement simulée. Sous la pulpe charnelle odorante et rosée, l'on sentait percer des épines. Aussi la pouvait-il comparer à la pimprenelle dont on usait parfois pour rehausser les sauces. Amère et poivrée comme les feuilles de la plante, elle allait pimenter l'existence de Saveuse tant avec son corps qu'avec les déceptions qu'elle lui infligerait.

Il sentit contre son oreille mutilée le souffle de Barbeyrac :

— Loïs s'emploie à la réconforter, mais c'est toi, Argouges, qu'elle regarde... Tu ne l'as pas secourue, tu ne t'es pas compromis ; c'est pourquoi la rancœur flamboie dans ses yeux.

— Vous êtes deux. Cela m'a paru suffisant.

Rosamonde attendait une réponse à sa question muette : « Pourquoi pas vous ? » Il n'avait point à se justifier.

— Vous ne m'aimez pas, dit-elle, les joues soudainement colorées.

Elle s'était exprimée d'une voix lente, pesante, chargée d'un ressentiment dont elle retenait la violence. Il feignit la surprise et la réprobation. En fait, elle ne le troublait ni ne l'inquiétait.

— J'espère parvenir à être votre amie.

Son sourire, lent à naître et soudain bref comme une

éclaircie dans un ciel d'orage, était trop sec, trop éblouissant : la brebis délivrée pouvait être une louve.

— Vous avez en Loïs un prud'homme accompli. Il vous protégera comme dix !

La présence de cette femme les troublait tous. Dès qu'ils cessaient de l'épier, ils se sentaient enveloppés par son regard. Il émanait de Rosamonde, sous une douceur mélancolique, une force que, pour sa part, Ogier supportait mal. Il vit maître Voivenel apparaître en chemise, échevelé, indécis.

— Je n'ai pu accourir avant.

« Parce que tu chevauchais une de tes servantes. »

Barbeyrac ferma la porte sur le couple nouveau, toujours embrassé :

— Nous vous paierons, messire, le bris de cette porte et le changement de verrou, bien que nous n'y soyons pour rien.

— Nous allons descendre avec vous, messire, dit Ogier, et préparer nos chevaux.

— Vous partez cette nuit !

— Nous partons omniement [1] et dame Rosamonde avec nous... Vous allez nous montrer son cheval ou sa haquenée.

— Qu'avez-vous fait de messire Franque-Vie ?

— Hein ? fit Ogier.

— Ou Morel, ajouta maître Voivenel... Messire Guillaume Morel est un substitut du héraut d'armes de Valenciennes, familier de Guillaume de Hainaut, comte d'Ostrevant... dont on dit aussi qu'il peut être le bâtard... Quand le comte adouba son fils, voici dix ans, messire Franque-Vie apprêta la cérémonie... Autant vous dire que ce marchand sait tenir une épée... Il va s'exerciser avec les Teutoniques chaque fois qu'il se rend aux Allemagnes. C'est Jean d'Avesnes, seigneur de Beaumont, la fleur de la chevalerie, qui lui donna ses premières leçons [2].

1. Tous ensemble.

2. Jeanne de Valois, sœur de Philippe VI, avait épousé, le 19 mai 1305, Guillaume Ier le Bon, comte de Hainaut et de Hollande, fils de Jean d'Avesnes. Après la mort de son mari, le 7 juin 1337, elle se retira au monastère de Fontenelles, commune de Maing, près de

— Pourquoi vit-il si loin de son pays natal ?

— Sa mauvaiseté l'en a fait chasser... il y a dix ans.

— Pourquoi ?

— Deux ou trois occisions de maris jaloux qu'il leur ait emprunté leur femme.

Ogier considéra froidement Barbeyrac. Il le trouvait tout à coup déplaisant. Différent de ce qu'il avait été jusque-là.

— Voilà, Étienne, une belle et bonne action qui peut s'achever dans le sang de l'un d'entre nous. Rosamonde est mariée...

— Elle le fut si peu !

— Nous ne serons rien d'autre que ses ravisseurs.

Maître Voivenel acquiesça, les yeux mi-clos, la face indéchiffrable. Cet esclandre lui avait plu et pourtant il éprouvait un malaise. « Le même que le mien », se dit Ogier, qui ajouta :

— Avec la peste devant nous et ce Morel derrière, — car je suis sûr qu'il nous pourchassera —, nous commençons notre retour dans le royaume sous les plus noirs auspices.

Il hésita. Il concevait nettement qu'il devenait hargneux, désagréable. Mais pourquoi pas ? Par amitié, il ne devait point redouter les exigences d'une vérité qu'il commençait à craindre :

— Il se lancera à notre ressuite. Ne venez pas vous plaindre !

Et fermement, il ajouta :

— Ni *elle* !

Valenciennes. Le 30 juin 1345, Philippe VI, bien que le trésor fût à sec, lui fit don de 1 000 écus d'or. (Voir annexe I.)

DEUXIÈME PARTIE

NEUF CHEVALIERS FAROUCHES

I

— Le voilà ! s'écria Ogier.

Depuis deux jours qu'il se maintenait à l'arrière, moins pour déjouer un assaut de Franque-Vie que pour assister à son apparition, ses prévisions sinon ses craintes se trouvaient confirmées : l'époux de Rosamonde venait d'accéder au sommet d'une butte, à moins de cinquante toises. Maintenant, il tombait en arrêt, hautain et menaçant sur un fond de ciel livide.

— Que vous avais-je dit ?

Contrairement à Barbeyrac, Saveuse ne se retourna pas. Cessant de paroler avec sa protégée, il remua un poing haut et impétueux. Puis, sa fureur épuisée :

— Il n'osera nous assaillir. Il est seul.

Ogier trouva cette fermeté de ton et d'attitude insincère.

— Qui sait, Loïs ? dit-il. S'il se montre, c'est qu'il se sent puissant. Quand on a de quoi payer, il est aisé de s'entourer de satellites... Je vous avais prévenus qu'un tel homme pouvait se montrer dangereux. Il nous en fournira la preuve. La vengeance le hante et lui chauffe les nerfs.

— Il est seul, affirma Barbeyrac. C'est perdre son temps de le craindre.

Rosamonde jeta un bref regard par-dessus son épaule :

— Défiez-vous de lui.

Le conseil s'adressait à Ogier. Saveuse le prit à son compte :

— Ce malandrin ne saurait m'effrayer. Ne redoutez point, m'amie, qu'il vous reprenne.

Ogier se retourna encore.

Franque-Vie montait un coursier blanc à crinière et queue gris sombre. Une houppelande rousse tombait de ses épaules jusqu'à la croupe de son coursier. Sa senestre tenait les rênes contre le pommeau de sa selle ; son bras dextre pendait le long de son flanc. Une épée nue, miroitante, le prolongeait. Il avait des heuses rouges, de la même couleur et du même cuir que son pourpoint.

Sans qu'il reçût l'éperon, le cheval changeait continuellement de pied. Son arrière-train tendu donnait à penser qu'il allait bondir sur la pente et galoper. Franque-Vie observait, méditait, impassible, mystérieux, tous ses sens imprégnés d'une haine infinie, les yeux fixes au bord de son chaperon noir.

Le coursier encensa comme s'il approuvait une confidence assortie d'une détermination hardie. Ogier, qui avait laissé partir ses compagnons, défia cet homme aussi net et féroce qu'un coup d'estoc.

— Je réprouve ce rapt mais je ne te plains pas !

Avait-il hurlé cette phrase ? L'avait-il seulement suscitée dans sa bouche ?

Le cheval blanc parut tout à coup desrayé [1]. Franque-Vie l'assagit de la voix en levant haut son épée. Ils disparurent sur l'autre versant de la butte.

Ogier, d'un court galop, rejoignit ses compagnons auxquels il ne dit mot : tout commentaire lui paraissait oiseux. Rosamonde alentit l'amble de sa jument louvette.

— Êtes-vous inquiet ?

— Moins que vous, belle dame, et plus que mes compères.

Ogier se tut dans l'attente d'une remarque sur lui, sur *l'autre*, mais le silence de Rosamonde persista. Il en fut

1. Indomptable, ingouvernable.

irrité. Un long frisson glacé lui parcourut l'échine. Il eut à nouveau conscience de côtoyer des êtres très différents de lui. Il les accompagnait ou ils l'accompagnaient ; cependant, il était seul.

Il se retourna comme pour mesurer les limites de son isolement. Son regard se porta sur une autre bosse herbue, voisine de celle où l'apparition s'était produite. Franque-Vie était là. Un homme coiffé d'une barbute et qui montait un cheval noir se trouvait auprès de lui.

— Ils sont deux, maintenant, releva Barbeyrac. S'il engage un homme à chaque lieue, c'est une armée, bientôt, qu'il nous faudra combattre.

Ogier se tint coi. Persuadé d'avoir à livrer bataille, il ne disposait encore d'aucun indice pour en prévoir le lieu, le jour et la forme. Il fallait qu'il s'exerçât à l'arc. S'il était certain de n'avoir rien perdu de son habileté, il avait besoin de s'en administrer la preuve.

— Il me tarde que nous fassions halte, dit Saveuse. Vous n'en parlez pas, m'amie, mais vous êtes tanée[1]. Voulez-vous un petit repos ?

Rosamonde ignora cette amabilité : la sollicitude dont Loïs l'entourait ne la touchait pas, — et même l'enfelonnait[2] sans qu'elle osât trop le laisser paraître.

— Je suis las, moi aussi, avoua Barbeyrac.

— Rien, dit Ogier, ne répond à nos espérances.

Il avait plu toute la matinée. Ils avaient contourné des cités et des bourgs accablés d'une pluie fine, — une fumée d'eau que le vent lacérait en charpies qui s'accrochaient aux ronces et aux coqs des clochers. Transis de froid et d'inquiétude, ils s'étaient abrités dans le chœur d'une église ruinée par les Anglais lors de leur chevauchée de l'été 1346. Un soleil de misère était apparu. Ils avaient épuisé leurs victuailles avant de remonter en selle à peu près secs. Ils devaient trouver dès maintenant un asile et de la nourriture. Ils passeraient la nuit à

1. Fatiguée.
2. *Enfelonner* ou *enfélonnir* : irriter.

veiller non seulement sur Rosamonde, mais sur eux-mêmes. Un guet sans faille s'imposait.

— D'où vous vient cette navrure à l'oreille, messire ?

— On me l'a faite, dame, voici un an, dit Ogier en portant la main à sa tempe senestre. Une sagette galloise lors d'une bataille, à Sangatte.

Il ne put qu'apprécier le bel ovale du visage de Rosamonde que des prunelles d'un bleu intense illuminaient d'une sorte de naïveté, de malignité sans doute : c'était une lueur d'un éclat froid, émanation d'un sentiment aigu et violent qui résistait à l'analyse. Même enfermé dans son armure, il s'en fût senti percé. Il n'avait rien commis qui méritât la gratitude de cette femme et c'était pourtant lui qu'elle dévisageait dès que les autres étaient occupés à des entretiens brefs, qu'elle devait juger vains. De pareils rapports limités à des regards, jamais à des sourires, ne pouvaient qu'engendrer chez lui, passé l'incertitude du premier soir, de la prévention, voire du recul. Il eût pu ne l'aimer guère, or il ne l'aimait point. A plusieurs reprises, elle avait fait en sorte que leurs mains se touchassent, ou leurs coudes, leurs hanches. Elle n'éprouvait pour lui qu'une espèce d'appétit sensuel, — car il était certain que sa virginité lui avait été ravie depuis longtemps — ; une male faim qu'il se refusait d'autant plus à satisfaire que les lieues diminuaient entre Blandine et lui. Quant à Barbeyrac et Saveuse, il advenait aussi qu'il en fût ennuyé : pour détourner à son profit l'attention de Rosamonde, Loïs parlait d'abondance. Elle connaissait désormais toutes ses appertises [1]. Il lui avait narré la mort de Kemper, sur la *George*, sans qu'elle en eût semblé horrifiée. Parfois, elle interrogeait Barbeyrac. Il répondait sans ambages mais la brièveté du ton la rebutait.

« Et moi, Argouges, qui ne dis rien... ou si peu ! »

Essayaient-ils de l'entreprendre que sans se soustraire complètement à l'entretien, il écourtait ses phrases et

1. Prouesses.

retenait ses pensées. Ses assentiments n'étaient que des mensonges par lesquels il aspirait à la quiétude. Une fiévreuse impatience des liens gros ou ténus dont il était entouré le prenait parfois, et, surtout, l'idée d'en tresser même d'infimes pour Rosamonde lui était intolérable. En fait, il ne se sentait à l'aise qu'en sa propre compagnie. Certes, après une année de vie commune à Bunbury, Barbeyrac était devenu un parfait compère ; parce que quelque chose d'autre que des paroles avait présidé à ce qu'il pouvait appeler une fraternité d'armes. Saveuse n'était qu'un guerrier de rencontre. Les eût-il connus en d'autres circonstances — tout simplement dans l'armée royale — qu'il n'eût pas été tenté d'en faire ses amis. Il savait qu'en ceignant son cœur d'indifférence, il aggravait sa mélancolie, mais c'était ainsi et il n'y pouvait rien.

Revenant chevaucher à l'arrière, il trouva un léger réconfort à évoquer son épouse. Il l'avait souvent déprisée, condamnée sans que quiconque eût reçu ses confidences.

« Si elle me reçoit avec joie, à bras ouverts... Si notre nuit est pareille à celle de nos noces... »

Le visage de Tancrède occulta celui de Blandine. Puis sa personne tout entière, altière et resplendissante comme une lame de cristal.

« Qu'est-elle devenue ? Même Hugues Calveley, quand nous étions à Bunbury, n'en put obtenir des nouvelles. »

Avait-elle quitté l'Angleterre après les joutes d'Ashby ? Était-elle revenue en Aquitaine ?... Vivait-elle à Bordeaux d'où elle était partie ? Seule ou en compagnie d'un homme ou d'une femme ?... Jamais il ne pourrait la juger loyalement.

« Non, je ne l'aime pas... Je ne l'ai jamais aimée. Elle est seulement pour moi la tentation faite femme. Toutes les femmes et toutes les tentations. »

Il n'eût point voulu y penser, or, la vacuité de son existence présente l'y contraignait. Rien entre eux n'avait été simple, même après qu'elle eut détruit sans précaution la légende de leur cousinage. Volontairement ou non, elle avait désenchanté ses espérances dans le grand lit de Rechignac où elle l'avait entraîné sans plaisir mais sans répugnance pour le juger sans doute impitoyablement. La brûlure de cette déception le rapprochait d'elle par la mémoire, bien qu'il s'attribuât l'échec de ces moments-là sans la moindre indulgence. Il eût aimé pouvoir se réhabiliter. Elle y eût consenti quand à Ashby le danger les menaçait et qu'elle implorait son aide.

« Non, elle n'implorait pas. Elle n'implore jamais ! Si nous nous revoyons... »

Il n'osa inventer des étreintes lascives et pour s'en protéger, il essaya de recréer Blandine. De quelque façon qu'elle apparût dans sa mémoire, elle n'excitait jamais son imagination. Pourtant, lorsqu'il songeait à leurs premières nuits, il était certain d'avoir atteint les sublimités de l'amour. Après cette flambée de leurs ardeurs comblées, quelques semaines avaient suffi pour que morose, passive ou presque, son épouse s'accommodât de certains embrassements où ni son cœur ni sa charnalité pourtant révélée n'intervenaient plus... Et ç'avait été les marchandages implicites : « *Paie-moi ce manteau.. Fais-moi présent de cette robe.* » Il n'osait trop se les remémorer.

Il avait peur pour elles deux. Blandine, indolente et fragile, pouvait succomber aux pestilences noires. Tancrède la garçonnière semblait plus solide... Et cependant... Fonder sa vie en dehors des coutumes et des conventions avec la conviction de la rendre meilleure, c'était vouer son avenir, de chute en chute, à la débauche, à la perversité. C'était infailliblement s'affaiblir.

« Elle est en vie, j'en suis certain. »

Cette pécheresse ne méritait point la flétrissure ignoble et nauséabonde. Et Rosamonde, qui lui décochait une œillade ? Saveuse bourdonnait auprès d'elle comme une abeille autour d'une écuellée de miel, mais c'était à lui, Ogier, qu'elle réservait son attention. Les reproches dont ses regards étaient chargés passaient de la douceur à la vivacité. Aucun doute : il avait pénétré, envahi son cœur sans même qu'il s'en fût donné la peine.

Mieux valait qu'il pensât à Blandine. Et pourtant...

L'amour avait tôt fait de se dévorer lui-même quand il ne disposait d'aucun autre aliment. C'était ce qui leur était advenu. Leur malefaim rassasiée, la vie s'était substituée à l'envie. Leurs jeux et leurs ris s'étaient restreints par la seule volonté de Blandine, ses reniements et ses plaintes, jusqu'à leur prohibition. Cette scission venait de ce qu'ils n'étaient point adaptés l'un à l'autre, de ce qu'elle se refusait à préférer le présent au passé et à l'avenir. De ce qu'elle croyait pouvoir subroger l'arbitraire de sa volonté aux réalités de l'existence. Et pourtant !... Dès le moment qu'ils s'étaient vus aux joutes de Chauvigny, ils avaient senti qu'ils avaient besoin l'un de l'autre. L'amour ne pouvait vivre de simagrées et de contraintes. Désormais, quand il s'évertuait à le ressusciter, il lui trouvait un goût de cendre, une odeur de pluie ou de feuilles pourries ; l'automne d'une passion. Pour étreindre son épouse, il avait appris à connaître l'avilissement. Cet abaissement, il se fût défendu de le montrer à son pire ennemi.

« On s'est désaccouplés », songea-t-il. « Je me dois, cependant, pour l'enfant qui est nôtre, de feindre un sentiment dont je suis dépourvu. Seule la charité me soutient et me guide. »

L'absence les avait changés l'un et l'autre. Ce serait pour se soustraire aux atteintes de la morille que Blandine, *si elle vivait*, se précipiterait dans ses bras. Point d'amour, seulement un désir fiévreux de protection qu'il se savait impuissant à satisfaire. On ne pouvait lutter contre la pestilence. Dieu lui-même et Son Fils en étaient incapables — à moins qu'ils ne l'eussent voulue. Mais pour quelle raison ?

Plus il approchait de Gratot, plus il sentait sur le château et sa mesnie la pesanteur irrémédiable du mal maudit.

— Une cité enfin ! dit Barbeyrac. Voyez ces feux !

Ils s'approchèrent lentement. Quinze jours plus tôt, leur circonspection les eût fait sourire ; maintenant, elle leur collait à l'esprit : ils ne pouvaient s'en dispenser.

Le ciel était exangue, des coups de vent inégaux et glacés cinglaient les herbes, les arbres. Les feuilles dont le sol était jonché par endroits toupinaient avec un bruit de crécelle.

— Je n'aime pas, dit Rosamonde.

Ils atteignaient l'entrée du petit bourg quand deux hommes armés de fourches sautèrent d'un talus et leur interdirent le passage :

— Allez-vous-en !... La peste tue nos gens !

— Nous venons d'en antoiser[1] vingt ! Ils brûlent !... Guerpissez !

Ils obéirent, et tandis qu'ils respiraient cette fumée de mort que les souffles tantôt drus, tantôt clairsemés, mais âpres, poussaient vers le Ponant avec une émulation cruelle, ils durent ouïr des cris désespérés, des sanglots et gémissements. Rien ne subsisterait, sans doute, de ce village, pas même ceux qui en empêchaient l'approche.

La nuit posait sur la campagne un velum sulfureux, de sorte qu'on y voyait encore. Il y avait toujours des mamelons herbus, mais rien n'en venait occuper le sommet.

— *Ils* se sont arrêtés... Ils ne nous pourchasseront qu'en plein jour.

Ogier ébaucha un sourire sans malice à l'adresse de Barbeyrac : depuis que Rosamonde chevauchait en leur compagnie, il déraisonnait presque autant que Saveuse.

— S'arrêter, c'est peut-être nous perdre. Ils sont derrière nous. Il faut nous trouver un gîte, brûler du bois pour en chasser les miasmes et attendre demain pour manger... Un lieu qui soit exhaussé afin que nous puis-

1. Mettre du fumier en tas.

sions mieux nous défendre et même déceler les approches.

— Regardez ! Je ne me nomme plus Loïs si ce que j'entrevois n'est pas un châtelet !

Des formes noires s'érigeaient devant eux.

— Nous nous sommes trop anuités. Comment savoir si c'est un château ?

— J'ai bonne vue. C'est un château, dit Rosamonde.

— Hâtons-nous, dit Saveuse. Je suis las de noqueter[1].

Tous exigèrent un ultime effort de leur cheval.

Le vent soufflait de plus en plus, par courtes rafales humides. Ogier sentit l'air frais pénétrer ses narines, ses paupières mi-closes, sa poitrine. Se retournant un peu, il fut ébahi : tout en malmenant du poing et du talon sa haquenée, Rosamonde pleurait — de froid, de lassitude et d'angoisse.

— Courage ! dit-il.

Lui-même était hodé[2]. L'inquiétude l'avait affaibli autant que la chevauchée. La sensation pénible d'aller au-devant d'un malheur et la faim qui le tenaillait entretenaient dans toute sa personne l'espèce de vertige que Rosamonde devait éprouver : elle chancelait sur sa selle.

Aucun bruit, derrière eux, n'indiquait qu'ils étaient suivis de près. Parfois, cependant, brèves et inattendues, des ombres semblaient se mouvoir, s'approcher, hésiter, reculer avant de disparaître. Ogier serra et tapota l'étui contenant son arc, persuadé qu'il allait devoir l'extraire pour préserver sa vie et celle des trois autres. Il préféra croire que ces fantômes étaient engendrés par une imagination malade, encline à tout empirer. Activant son Noiraud, il précéda les autres.

— Courage ! répéta-t-il. Ils sont au moins cinq à notre ressuite.

Il était possible que Franque-Vie et ses satellites eussent perdu leur trace dans la traversée de quelque vallon enténébré, ou qu'ils eussent décidé de s'arrêter en vue,

1. Errer la nuit. Trembler de froid.
2. Recru de fatigue.

précisément, de ce château dont les contours, enfin, se précisaient. Les chevaux s'étaient remis au pas ; le silence où ils piétaient devenait plus menaçant que le veneur d'Abbeville et ses limiers.

— Ils vont renoncer pour la nuit, dit Saveuse. Nous demanderons au baron qui vit là de remonter son pont.

— Il se peut qu'ils nous aient perdus, dit Barbeyrac.

— Crois-tu ? Ces hommes sont des loups et agissent comme tels.

— J'ai cru dans la journée en voir quatre ou cinq.

— Moi aussi, Étienne, dit Rosamonde. Des routiers, des malandrins... Ils devraient le meurtrir et lui prendre son or !

Pressant derechef leurs chevaux, ils parvinrent devant de hauts murs au faîte desquels rien ne bougeait. Le pont était baissé, les vantaux béaient sur une cour où l'obscurité s'accrochait à des ronces. Les murailles noircies par des feux anciens regardaient les visiteurs de leurs orbites glauques. Un château déserté mais qui les observait ; un château fier, vigoureux. Un être de ténèbres et de pierres blafardes dont le silence était comme un reproche. Il se livrait avec une emphase terrible aux regards des égarés.

— Je n'aime pas, dit Rosamonde.

Passant de la frayeur à la hautaineté, elle considérait ce moribond dont les tours, les courtines, les échauguettes sécrétaient, sous les lueurs blêmes de la lune, quelque chose de rude et de pernicieux. Ogier la vit frémir ; ses frissons se propagèrent sur la robe de sa jument qui, elle aussi, semblait soudainement perplexe et, les naseaux levés bien haut, flairait peut-être un danger plus redoutable que celui que la nuit diluait en arrière.

— On entre plus avant ? insista Rosamonde.

— Je passe le premier, dit Saveuse.

— Comme il vous plaira, messire.

— Nous n'avons pas le choix, dit Barbeyrac. On va...

Il se tut, oppressé, toussotant, serrant les rênes de Bucéphale avec une énergie dont il usait rarement. Il avait perdu son aisance, voire son agressivité. La massiveté des pierres, leur dénuement et leur quiétude singulière offraient à son esprit et ses regards des sujets de méditation et d'étonnement qui excitaient une nervosité dont il n'était point coutumier.

— Ce château paraît mort, murmura Rosamonde.

— Il faut, dit Ogier, visiter la machinerie. Si nous pouvons lever le pont, notre sécurité sera meilleure, sinon, nous devrons veiller toute la nuit... sauf évidemment vous, dame Rosamonde.

Sa voix lui parut désagréable, en accord avec toutes ces pierres : lourde, rugueuse, désolée.

— Tu as raison, dit Barbeyrac.

Les tours portières et la courtine du châtelet d'entrée qui les joignait l'une à l'autre les étouffaient dans leurs ombres mêlées. Ils n'eussent guère été surpris de voir des archères s'illuminer successivement au passage de quelques errants vêtus d'un suaire.

— Il nous faut un flambeau, dit Barbeyrac en mettant pied à terre.

Saveuse offrit ses bras à Rosamonde ; dédaignant cet empressement, elle sauta de sa monture et s'éloigna de quelques pas. Les ténèbres l'absorbèrent.

— Non, Loïs, dit Ogier. Ne comprends-tu pas qu'il lui faut être seule ?

Le flambeau ? interrogea Barbeyrac.

— Il se peut, Étienne, que tu en trouves un sur chacun des seuils de ces tours : les usages sont partout les mêmes.

— Tiens, dit Saveuse, prends cette escarcelle. Tu trouveras dedans la pierre, la bourre et le fusil.

Barbeyrac s'éloigna. Quand il revint, devançant de peu Rosamonde, il brandissait un moignon suffisamment enflammé pour aider à d'autres investigations.

— Attendez-moi, dit-il. Je monte jusqu'au châtelet pour voir si l'on peut faire bon usage du treuil et des chaînes.

Ils attendirent, immobiles parmi les chevaux las et silencieux. Enfin, au-dessus d'eux, quelque chose grinça. Le pont remonta aussitôt, par secousses immodérées entrecoupées d'hésitations bruyantes qui laissaient prévoir ce qu'il advint : parvenu aux deux-tiers de son relèvement, le tablier s'immobilisa dans un hoquet sourd et définitif.

— Il n'en peut mais ! hurla Barbeyrac dans la tour.

Il réapparut, un nouveau flambeau dans son poing, trois autres sous l'aisselle, réjoui que tout assaut donné à la forteresse fût impossible.

— Tenez, compères, allumez ces torches à mon feu en attendant d'enflammer des cierges et des chandelles si nous en trouvons quelque part.

— Il nous faut surtout trouver un endroit pour dormir.

Disant cela, Saveuse lançait sur Rosamonde un regard lui aussi enflammé. Elle n'en parut point ravie. Contournant sa jument, elle voulut se soustraire à la vue du Cambrésien qui en trois pas la rejoignit.

— Ce Saveuse est un sot, murmura Ogier.

— C'est toi qu'elle guigne, dit Barbeyrac. C'est dans tes bras qu'elle voudrait reposer.

— Elle n'est pas plus pour moi que je ne suis pour elle. Loïs ne pourra pas nous reprocher de lui créer des difficultés.

— C'est elle, je le crains, qui va nous en créer.

Ne leur en infligeait-elle pas depuis Abbeville ? Elle les avait précipités dans une aventure pleine d'ennui, de fatigue et d'absurdité.

— Une pute ? interrogea Barbeyrac.

— Il se peut, Étienne. Mais elle fait des choix. Et Saveuse, tout comme Franque-Vie, ne la met point en appétit... Tiens, ils reviennent.

Ogier sentit sur lui le regard inexorablement pareil de Rosamonde : vif, chargé de mystère et de lucidité, tandis que Loïs, parlant d'abondance de cœur, faisait en sorte de capter l'intérêt de la belle sans pouvoir y parvenir.

— Allons-nous au donjon ?

— C'est là, Étienne, qu'il convient de passer la nuit.

Je crains qu'il ne soit vide... S'il y avait céans un baron et ses gens, nous en serions entourés.

Chacun mena son cheval en silence, foulant des herbes sous lesquelles on sentait encore un pavement. Craignant de respirer des miasmes mortels, Ogier se retenait de gonfler ses poumons. Il ressentait l'influence quasi magique des pierres livides et des recoins saturés d'ombres sans même en définir les impressions, et le Noiraud qui soufflait fort sur la main crochetée à son frein devinait, lui aussi, qu'en ces lieux déserts couvaient plusieurs menaces. Pourquoi cette vacuité ? Les Goddons avaient-ils passé au fil de l'épée tous les êtres qui vivaient là ? La peste avait-elle effacé toutes les existences, — y compris celles des animaux — ? Il crut entrevoir, dans l'orbite d'une archère, une lueur aussi brève qu'un éclair. Non ! Il venait d'avoir une *vision*. Ce ne pouvait être que le reflet de la lune dans une étroite cavité de la muraille.

Le donjon était rond, sévère. L'accès pouvait en être interdit par un pont heureusement abaissé.

— Entrons tous, dit Saveuse. Même les chevaux.

Sitôt le seuil franchi, les flammes soudain plus vives projetèrent une clarté tremblante et carminée sur les murs dont la concavité accentuait l'énorme apparence.

— Holà ! fit Ogier. Où sommes-nous tombés ? Un tinel[1] ou un temple ?

Environ une toise au-dessus de leurs têtes, des statues de guerriers plus grands que nature peuplaient des niches avec la sévère ordonnance d'un rang de saints au portail d'une cathédrale. Ils étaient neuf, le heaume en pot reposant contre leur cheville dextre. Tous portaient le camail, le haubert ou la broigne. Ils tenaient leur épée massive par la prise, l'estoc planté entre leurs pieds. Leur hanche senestre servait d'appui à leur écu. Ils étaient peints ; les teintes de leurs cottes d'armes variaient de l'ocre brun au vermillon. Tous avaient un

1. Grand-salle où le seigneur recevait, donnait des festins et rendait justice.

air de famille. La rotondité du lieu orientait leurs regards opaques vers les étrangers ahuris d'un pareil accueil. Ces yeux exorbités, entre d'imperceptibles paupières, exprimaient on ne savait quoi. L'orgueil certainement, mais encore ?

— Je me sens tout petit, résuma Barbeyrac. Pas toi ?

Ogier acquiesça. Il était ébaubi, inquiet, lui aussi, de voir ces hommes figés dans la même position solennelle et rigide des vieux gisants. Les flammes des flambeaux qui ne cessaient d'assombrir et d'envigourer les traits de leurs faces blêmes, leur donnaient un éclat, une vivacité, une malignité peu communes : on les eût dit ensorcelés. Il était gêné de sentir converger sur son compagnon et sur lui toutes ces curiosités froides, hautaines et inextricables tandis que palpitaient sous les mailles et les tabards aux cannelures mouvantes, des poitrines de pierre envahies d'un inconcevable courroux.

— Eh bien, je t'en fais l'aveu, Argouges : dormir céans sera pour moi plus malaisé que je ne le croyais. Je me sens oppressé. Mon sang se rafraîchit !

Barbeyrac frissonna. Son visage las s'était animé difficilement. Sa parole hésitante, singulièrement monotone, aggrava le mésaise d'Ogier accoutumé à la loquèle, sinon à la faconde de son compère. Peu à peu, cependant, la voix de Barbeyrac redevint vive, sonore ; ses yeux furent de nouveau pleins de lumière et de détermination tandis que les mots redevenaient abondants sur ses lèvres :

— Si nous ne l'avions ni connue ni délivrée, nous n'en serions pas là ! Nous aurions cheminé plus longuement. Notre amitié serait toujours aussi solide, alors que je la sens, ce soir, se fissurer.

Pour conjurer le mauvais sort, il n'osait prononcer le nom de Rosamonde.

— Je ne suis point cause de quoi que ce soit. Loin de moi l'envie de la forniquer !

Le rire silencieux de Barbeyrac trahit une appréhension affreuse :

— Je n'y tiens pas plus que toi, mais Loïs peut le penser... Et puis, faire l'amour dans ce château de haine...

Ils examinèrent le même visage multiplié par neuf des témoins de leurs propos : têtes de guerriers avant une bataille, lorsque les pennons et bannières ne sont point encore déployés ; rire mort, insolent ; yeux blancs et bombés dont l'aversion s'était semblait-il diluée dans une moquerie sans fin. Barbeyrac rompit son immobilité.

— Ce tinel est vide. Approche encore, Ogier. Regarde cette cheminée. Pas le moindre grain de cendre : elle est balayée comme si quelqu'un hantait cette demeure.

— Ni table ni faudesteuil ni dressoir...

— Ni *rien !*

— Pas un fétu, un brin d'herbe, une crotte de rat... *Holà ! y a-t-il quelqu'un céans ?*

Barbeyrac avait hurlé si fort qu'Ogier en tressaillit. Il sentit ses genoux fléchir, ses reins se glacer : le froid posait sur son corps une coquille pesante, douloureuse. Il voulut réagir contre cette influence pernicieuse dont il semblait supporter seul la mauvaiseté. Barbeyrac eut un sourire de compassion épicé d'un grain de moquerie :

— Tu me parais plus las que moi... Viens... Montons ces marches : elles doivent nous conduire au sommet de la tour.

Il désignait un escalier dont il venait de découvrir l'amorce près d'un des jambages de la cheminée.

Soudain, il hésita. Ogier le sentit chargé de la même indécision, sinon du même maléfice qui l'avait pénétré. Rechignant à gravir un degré de crainte qu'un vertige ne le prît avant même qu'il eût atteint le sommet, il fit demi-tour :

— Je sens une présence qui s'ajoute à celle de ces barons de pierre.

Ils entendirent des pas. C'étaient ceux de Loïs et de Rosamonde.

Était-ce la présence perçue par Barbeyrac ? Y en avait-il une autre ? De quelle espèce ? Tangible ? Intangible ?

— Eh bien, que faites-vous ? Savez-vous où nous allons dormir ?

Loïs s'ébaudissait et bombait la poitrine. Il avait sa main posée — clouée pour ainsi dire — sur l'épaule de Rosamonde. Elle ne se défendait pas mais jugeait de l'effet que produisait cette sujétion inattendue sur deux hommes dont l'indifférence ou la défaveur courtoise à son égard constituait un mystère qu'elle se refusait à sonder.

— Holà ! reprit le Cambrésien en examinant les murs. Par ma foi, je me croirais presque dans l'abside de Saint-Pierre de Douai, sauf que les saints y sont apprêtés pour la guerre !

S'il subissait, lui aussi, l'espèce d'envoûtement sécrété par ces hommes, leur courroux et leur orgueil fabuleux, indéfectible, Rosamonde n'éprouvait rien. Elle opposait à chacun des visages qu'elle détaillait avec un déplaisir évident, une froideur nette, dédaigneuse, — outrancière : elle les défiait et cette hautaineté répondant à la leur conférait à son visage et à son attitude un aspect redoutable, presque minéral, en accord avec les pierres, — qu'elles eussent ou non forme humaine.

— Montons-voir, dit-elle en prenant le flambeau de Barbeyrac.

Tant de hardiesse décontenança plus encore Saveuse que ses compères. Ils la suivirent, nullement subjugués par son audace, mais résolus à ne se point séparer les uns des autres. Saveuse avait emboîté le pas à la jeune femme ; ensuite venait Barbeyrac et enfin Ogier que la lumière de la torche éclairait petitement. Il avait hésité à monter ; il atteignit avec plaisir le dernier palier mais n'osa emprunter l'échelle d'échauguette pour accéder au faîte crénelé où le vent s'écartelait en volutes longues et plaintives.

— Maudit temps ! dit Barbeyrac.

Rosamonde poussa une porte.

— Voilà, dit-elle tandis qu'un sourire de supériorité décollait ses lèvres pâles.

Ils découvrirent une chambre : un lit, un bahut, deux chaises.

— On s'approche ? proposa Saveuse.

Dans ce lieu déserté où l'ombre et la lumière entamaient un tremblotant conflit, sa voix prenait une résonance particulière. Plus douce, plus faible. On eût dit qu'un respect s'y était infiltré. Ogier cessa de l'observer pour regarder à l'entour : il sentait rôdailler des choses innommables et percevait des bruits feutrés. Le lit, couvert d'une courtepointe bise, prit pour tous une importance exagérée sitôt que Saveuse se fut exclamé :

— Il n'est pas vide. On remue là-dessous.

Du bout de son épée, il releva la couverture.

Il y eut un cri de stupeur et d'horreur mêlées, chez les hommes, à la vue d'une jeune femme allongée, morte depuis trois ou quatre semaines : nue, noire, et dont cinq ou six rats qui venaient de s'enfuir avaient festiné.

De longs cheveux dorés moussaient autour de la tête effrayante, sorte de melon coti d'où les dents plutôt que les lèvres rongées exprimaient une grimace colérique. Les yeux n'existaient plus, ni le nez, ni les oreilles. Les orbites noires, suppurantes, regardaient les poutres du plafond. Quant au reste du corps, c'était une sorte d'éponge immense, visqueuse, d'où sourdaient des humeurs et des sérosités.

— Elle empunaise, dit Barbeyrac.

— La peste, dit Saveuse.

— Elle n'avait pas vingt ans, sans doute, dit Ogier.

— La morille ! Encore elle ! enragea Barbeyrac.

C'était la conclusion de tous, une évidence, un décret d'une simplicité insigne. Ogier se détourna. La vue de cette martyre paraissait avoir fourni à Rosamonde, muette, un surcroît de courage et de joie d'exister.

Barbeyrac recula le premier. Ogier le suivit, puis Rosamonde. Saveuse ne les rejoignit que lorsqu'ils furent sur le seuil de la chambre d'en dessous, indécis et hagards, tremblants et suants comme des évadés de l'enfer.

— Qui ose ? demanda Barbeyrac en touchant l'huis de chêne alourdi de ferrures.

Quoi qu'il eût accompagné sa question d'une espèce de rire, il paraissait le plus atteint, le plus craintif. Ogier eut envie de redescendre. Sa chair n'était que boue de la tête aux chevilles ; son cerveau lui pesait. Des fibrilles de froid l'enfermaient dans leur trame. La fatigue, l'incertitude, le sommeil peut-être aussi, troublaient sa vue. Il sentait l'étreinte des pierres, leur moiteur glacée, leurs suints. Ses sens exacerbés par la vision d'en-haut lui enjoignaient de partir : la peste lui apparaissait comme une espèce d'animal satanique dont, de la tarentule au serpent, il ne pouvait définir ni l'aspect ni les dimensions terrifiantes.

Saveuse poussa l'huis d'un coup de pied.

Il y eut un peu partout les cris pointus des rats dérangés dans leur bombance et Rosamonde s'avança, levant haut son flambeau comme une menace à tout ce grouillement de petites bêtes obscures dont certaines passèrent entre ses jambes sans pour autant l'épouvanter.

— Une chambre encore, dit-elle d'une voix ferme que les murs répercutèrent. Ce n'est pas là non plus que je viendrai dormir !

« Bon sang ! « se dit Ogier, « elle est de la race de ce Franque-Vie : hardie, insensible sous un visage, un sourire et des yeux d'ange. »

Elle remua très haut son poing crêté de flamme.

— Encore des dormeurs, dit furtivement Barbeyrac en montrant le lit duquel un rat venait de sauter pour disparaître sous un coffre.

Il n'osait plus avancer mais regardait avec une attention extrême ce couple visiblement enlacé sous les draps troués et souillés. Il ajouta : « Partons » et recula d'un pas.

Un soupir — un aveu — s'exhala des lèvres de Saveuse :

— Je n'ose approcher...

Ogier n'en jugeait pas l'utilité. Il retrouvait dans cette chambre le même agencement que dans celle d'au-dessus. Sans doute était-ce celle des parents de la jeune morte. Voyant sa femme atteinte après le trépas de leur fille, l'homme, pour la rassurer, l'avait prise dans ses bras, consolée, caressée, baisée. La peste s'était communiquée à lui avec cette promptitude qui, dans l'horreur, la distinguait des autres contagions. Ils étaient morts en s'étreignant.

Un temps de silencieuse méditation sépara les visiteurs. L'anxiété infusait désormais dans leur sang. Mieux encore que sur la *George*, Ogier prit conscience de l'épouvante qui le saisirait s'il découvrait tout à coup sur son corps la présence d'un abcès, d'un ganglion, d'un anthrax. Rosamonde, volontairement ou non, le toucha de son coude : elle échangeait son flambeau contre l'épée de Saveuse.

— A quoi bon... dit-il tandis qu'elle soulevait les draps.

Les corps gisaient sur le flanc, face à face ; les chairs en étaient durcies, blêmes, tavelées de noir. Les rats avaient rongé le sexe de l'homme et pénétré largement dans son flanc ; on voyait, blanchâtres, quelques-uns des os qui avaient encagé le cœur et les poumons. La femme n'avait plus de seins ; une de ses jambes, de la cuisse au genou, réduite à l'état de vermine, grouillait d'on ne savait quoi.

— La dernière étreinte, commenta Rosamonde. Nous trouvons cela laid, effrayant, mais c'est peut-être beau de dévier[1] ainsi... quand on s'aime, évidemment.

Ogier ne reconnaissait plus la dolente personne qui, au *Chapon couronné*, avait forcé sa compassion. Elle appartenait à une autre espèce que celle de toutes les femmes qu'il avait approchées, — y compris Tancrède, Ethelinde et Odile de Winslow. Tout autant que la découverte des horribletés de la peste, elle le plongeait dans un univers ténébreux, incontournable et mortifère.

1. Mourir, sortir de la vie.

— Descendons, dit-il. Cette odeur de poutie[1] est insupportable.

De nouveau, Saveuse s'éloigna le dernier. Quand il les eût rejoints dans la grand-salle, il révéla :

— J'ai ouvert les bahuts et les chetrons[2] des coffres. Rober des écus à des morts pour assurer sa vie et celle de ses compagnons n'est ni un larcin ni un péché mais une nécessité.

Ogier regarda les neuf chevaliers dans leurs niches. Naïvement sans doute, il craignit leur courroux. Il décida pourtant :

— Il faut dormir céans. Nous ignorons ce qu'il y a dans les autres logis à l'entour du donjon, mais ce que nous venons de voir me décourage de continuer la visite.

Barbeyrac et Saveuse acquiescèrent. Eux aussi se sentaient subjugués par neuf regards de pierre et peut-être neuf volontés. Si la clarté avait été plus diffuse et plus forte, ils n'eussent point subi cette espèce d'envoûtement lesté d'une crainte sourde, étrangère aux visions dont leur mémoire tarderait à se purifier. Mais tout était pénombre, tressautements de flammes, inertie traversée de vents frais et coulis dont on eût pu penser qu'ils étaient l'ultime souffle, le suprême gémissement de tous ces trépassés privés du sacrement extrême. Parfois des cris de rats pointillaient le silence, aigres comme toujours, mais apparemment gais.

— Il serait dommage que l'un de nous soit mordu par une de ces bestioles... Il recevrait le mal irréparablement.

Regardant les chevaliers, Ogier eut la conviction qu'ils l'écoutaient ou que quelqu'un d'invisible, placé sous leur protection, prêtait une oreille attentive à ses dires. Prenant le flambeau du poing de Rosamonde sans souci du mécontentement de celle-ci, il entreprit le tour du domaine restreint où passer une nuit paisible, repo-

1. Ou *poutries* : ordures.
2. Sortes de tiroirs aménagés sur le côté des coffres.

sante, lui semblait une impossible gageure. Il n'osait défier aucun preux mais en portant ses yeux sur le pavement rouge dont certaines dalles disjointes basculaient sous son talon, il le trouva aussi entretenu que l'étaient le foyer et le contrecœur de la cheminée. Avec l'infaillibilité d'un bon veautre, conduiseur de meute, il tomba en arrêt sur l'empreinte d'une semelle. Récente car elle était humide. Il eût pu révéler : *« Il y a quelqu'un de vivant ! »* Il conserva cette conviction pour lui-même. Dévisageant soudain deux chevaliers de pierre, il crut voir apparaître, aux commissures de leurs lèvres et de leurs paupières, une même expression de fureur menaçante. Il se détourna de ces bouches et de ces yeux emplis d'une injonction qu'il ne pouvait comprendre.

— Les chevaux... commença Barbeyrac.

— Il faut les desseller et les mettre dehors.

— Non, Loïs... Oyez ces grésillements au-delà du seuil. Il pleut à verse. Ils passeront la nuit avec nous.

— Nous devrions trouver les écuries. Peut-être y a-t-il du fourrage qu'ils mangeraient et dont nous ferions nos litières.

— Bonne idée, Loïs, approuva Barbeyrac. Mais avant, il me faut défardeler l'armure d'Ogier et la mienne.

Un rire. Il était sec, volontairement offensant. Ogier n'en goûta pas l'accent de supériorité moqueuse, surtout lorsque Saveuse ironisa :

— Tu ne veux tout de même pas t'adouber pour la nuit afin de te soustraire à l'appétit des rats ?

Pour affirmer, devant Rosamonde, une suprématie indue, le Cambrésien, sans vergogne, commettait un péché d'orgueil dont Barbeyrac fut piqué. Ravalant son courroux, il repoussa le propos d'un mouvement de main et commenta d'une voix malaisément débonnaire :

— Parce que je préfère passer pour un sot et vivre, je mettrai mes gantelets pour toucher à ce fourrage. Si un rat me mordille, il ne m'atteindra pas à travers le cuir et les mailles. Je suis sûr qu'Ogier te prêtera les siens... Il me semble que tu ne sais discerner ce qui sépare la précaution de la couardise... Pas vrai, Rosamonde ?

La jeune femme, pour toute réponse, bâilla en se tapotant la bouche. Ogier vit qu'elle avait conservé l'épée du Cambrésien. Se souvenant de l'usage qu'elle en avait fait, elle la restitua à son propriétaire, la pointe en avant, et il s'en fallut peu qu'il n'eût été blessé en la saisissant.

— Holà ! m'amie... Gardez-vous de me fournir un coup d'estoc !

Ce fut au tour de Barbeyrac de s'ébaudir :

— Discernement vaut mieux que hâte !... Par ma foi, elle aurait voulu te navrer à la main qu'elle ne s'y serait pas mieux employée.

— Oh ! vous, enragea Rosamonde en défiant le malvenu.

Elle eût pu démentir ; elle n'en fit rien. Loïs de Saveuse, maussade, remit sa lame au fourreau.

Les yeux de Rosamonde trahirent une sorte d'inquiétude.

— Nous voilà seuls, dit-elle d'une voix un peu trop douce et dont l'éloquence, peut-être, lui échappait.

— Seuls ? s'étonna Ogier. Voyez ces neuf guerriers : ils me regardent ; ils vous contemplent.

Il s'était par deux fois éloigné de la belle. Ne pouvant plus reculer, il s'adossa contre un des jambages de la cheminée, aussi large et aussi haut que lui et se vit tout à coup statue sur un sépulcre. D'un violent pas de côté, il s'arracha à la pierre. Ce fut pour heurter le pied-droit de l'escalier. Il s'assit sur la première marche.

Rosamonde hésitait à faire un mouvement. Ainsi, elle paraissait attentive au bruissement de la pluie, au clapotement des mokières [1] et aux psalmodies des gargouilles

1. Chéneaux.

et des gouttereaux. Un frisson la parcourut et, croisant les bras, elle amena frileusement ses mains sur ses épaules.

— Vous ne m'aimez pas, dit-elle enfin.

— Vous me l'avez déjà reproché.

Ogier éludait une réponse franche, d'une discourtoisie à vrai dire peu nécessaire. Un temps de silencieuse réflexion les sépara encore.

— Ne suis-je point selon vos goûts ? Ne suis-je point appétissante ?

— Vous l'êtes, mais je n'ai point faim.

Tout en s'exprimant d'une voix enjouée, Ogier eut le sentiment singulier que la créature qui hantait le donjon, admise et même protégée par les hommes de pierre, les écoutait avec une attention têtue, passionnée. Peut-être même les voyait-elle, lui assis, les coudes sur les genoux, le menton étayé dans ses paumes ; Rosamonde débout, son ventre devant ce visage d'homme qui s'en détournait non par répulsion mais pour exorciser le démon de la tentation qui s'éveillait en lui après plus d'une année d'abstinence charnelle.

— L'appétit, chevalier, peut vous venir demain. Avez-vous jeûné en Angleterre ?

— Comme un moine en carême ou un anacorite !

Sans doute, plutôt que d'escarmoucher ainsi, eut-il dû proférer des plaisanteries bien crues dont Rosamonde eût fait ses délices. Il se sentait aussi incapable d'énoncer des jengles, gabois et gailles[1] que de lui tenir un suave discours ; aussi peu enclin à bavarder avec elle qu'avec Barbeyrac et Saveuse.

— Nous allons passer une mauvaise nuit, Rosamonde. Je vous cède ma place ; asseyez-vous...

Il s'était levé ; elle s'approcha. D'une feinte brève, il évita une étreinte : il avait pressenti cette audace. Il commençait à la connaître, à la percer d'une autre façon que celle à laquelle elle aspirait. Ses hardiesses assouplies par sa félinité, ses œillades enténébrées d'une sorte

1. Plaisanteries, moqueries, etc.

de connivence qu'il ne ressentait pas et refusait d'éprouver le contraignaient à une surveillance d'autant plus accrue de lui-même que Saveuse était absent.

— C'est allongée, dit-elle avec un bâillement des plus lascif, oui, c'est allongée qu'il me sied de passer la nuit... Je pourrais dormir à même le pavement pourvu que ce fût en vos bras.

— Nous vous prêterons des habits que vous enfilerez sur les vôtres.

— Comme cela ?

Elle passa ses mains sur ses épaules, ses arrière-bras, son ventre, ses hanches comme pour retenir la tiédeur des vêtements et demanda :

— Dormez près de moi.

Il l'interrompit d'un ton indigné :

— Non... Je veillerai aux créneaux. Avez-vous oublié que votre mari veut notre mort ?

— Le pont est relevé. Il y a une herse... Je l'ai vue... Avez-vous peur de mon époux ?

— Franque-Vie ne saurait m'effrayer.

Ogier souriait. Il n'avait point participé au rapt de cette dévergondée ; s'il l'avait souhaité, il s'en repentait. Certes, il avait connu des femmes à l'esprit ambieux, — Blandine surtout —, mais celle-ci s'affirmait comme la pire d'entre elles. Elle aggravait à son insu et à son détriment, sans doute, le malaise généré par toutes les présences réunies autour d'eux, qu'elles fussent tangibles ou immatérielles. Il y avait dans l'air une odeur de sépulcre ; il la respirait comme une putréfaction supplémentaire.

— Va-t-il falloir que j'aille les chercher ! dit-il en souhaitant le retour de Saveuse et de Barbeyrac. S'ils n'ont rien découvert, qu'ils reviennent en hâte !

— Que craignez-vous ? La jalousie de Loïs ?... Je ne suis point sienne.

Il allait sûrement se passer quelque chose. Quelque chose qui pouvait encore être évité. Une tragédie sur la nature de laquelle Ogier s'égarait en conjectures. Il se remémora l'apparition de Franque-Vie sur la butte, puis son second surgissement. Et le troisième ! Soudain tourné vers les hommes de pierre, il vit que deux d'entre eux, au centre, l'observaient avec une espèce de moquerie acerbe.

— Regardez-moi, Ogier. Pourquoi ne m'aimez-vous point ?

Impossible de rester serein en présence de cette femme !

— Je suis marié. Je vais, après un an, retrouver mon épouse.

— Je vous parle d'amour non point de mariage !

La voix de Rosamonde s'élevait vers l'aigu. C'était un cri, presque une sommation qui semblait lui brûler la gorge. Ogier se sentit enveloppé par une exigence folle et tout aussi solidement empêtré dans les mailles de celle-ci qu'un sécuteur sur lequel se fût déployé le filet du rétiaire.

Un pas ; Rosamonde le prit dans ses bras.

L'étreinte avait été si fortuite, si prompte, qu'il ne put s'en dégager aussi vivement qu'il le souhaitait.

— Traître !

Il entendit simultanément le gémissement de Rosamonde, vigoureusement repoussée, le hurlement de Saveuse, endolori dans ses espérances et se méprenant sur la nature d'un enlacement dénué de l'amour qu'il y croyait trouver.

— Traître !... Tu savais bien qu'elle m'appartenait !

Rosamonde marcha droit au Cambrésien :

— Qui vous a fait penser que je serais à vous ?

— Vous-même m'avez dit : « *Apprivoisez mon cœur.* »

Ogier ne bougeait pas. Il éprouvait les affres d'une irrésistible noyade dans le mystère, la fange et l'horreur du plus cruel automne qu'il eût vécu. La nécessité de sauver son existence l'avait poussé jusqu'à ce châtelet. Avant qu'il y fût entré, il avait redouté d'y trouver la peste et ses charognes. Il avait désormais l'intuition de sa mort : une mort rouge et non noire, par l'acier tranchant que Saveuse empoignait.

— Holà ! s'écria-t-il, perds-tu la raison ?

Il avait devant lui un adversaire hargneux, l'esprit vidé de tout entendement. Aux lueurs de la torche brandie par Barbeyrac, il reconnaissait l'homme impitoyable qui, sur la *George*, avait précipité Kemper dans la mer avant même qu'il eût expiré. Quelle que fût sa répugnance à pacifier ce hutin, il devait essayer d'en amoindrir la rage.

— Remets, Loïs, cette épée dans son feurre[1].

Il suffisait qu'il réduisît en charpie l'équivoque d'un embrassement auquel, avec ou sans témoin, il eût mis promptement un terme.

— Allons ! Rentre cette lame. Tu ne crois pas, j'imagine, que je vais t'affronter pour une femme qui ne m'est rien !... Nous ne sommes ni des routiers partageant un butin ni des cerfs en rut !

— J'allais gagner son cœur !

Il y eut un rire : celui de Barbeyrac. Rosamonde y joignit le sien.

— Ils se moquent de toi. Veux-tu donc qu'ils te plaignent ?

Ogier s'était exprimé d'un souffle, d'une voix plate, débonnaire. Cependant, plus il dévisageait Saveuse, plus l'expression de haine qu'il découvrait sur ses traits le décevait et l'inquiétait.

— Tu m'as trahi !

Humilié par tous, Saveuse n'aurait cure des plus habiles formules lénitives. Un courant d'air désagréable coucha les flammes des flambeaux : on eût dit une haleine furibonde.

— Tu n'as plus ta raison. Laisse passer la nuit. Demain...

— Tu m'as trahi !

— Il n'y a pas trahison ! intervint Barbeyrac en repoussant une Rosamonde blafarde. Ni *elle* ni Ogier ne t'avaient fait des promesses !

Il souhaitait, lui aussi, apaiser la fureur d'un homme

1. Fourreau.

qu'il ne reconnaissait plus et ménager les nerfs d'un compère excédé, dont il savait l'habileté aux armes. Il ajouta, tout en accompagnant cette assertion d'un geste las et résigné :

— C'est ce lieu qui nous est funeste... Ce sont ces hommes-là qui vous troublent les sens !

Il désignait d'un ample mouvement, les chevaliers fabuleux, attentifs, comme rencognés dans leur niche, et dont les lueurs dansantes animaient les tabards avec une vraisemblance prodigieuse.

— Demain, dit Ogier, nous guerpirons à l'aube. Nous livrerons bataille à Franque-Vie.

Sous l'acuité de la colère engendrée par sa discorde avec Saveuse tout aussi bien que par l'impression d'intérêt et d'hostilité des neuf témoins immenses, il recula d'une enjambée : ces murailles et ces statues sécrétaient invinciblement quelque chose d'abominable. Il devait s'éloigner, s'esseuler n'importe où ; laisser à ses compagnons et surtout au Cambrésien le temps et l'occasion de se ressaisir. Les flambeaux grésillaient ; Saveuse happa celui de Rosamonde et le jeta en direction du « traître » avec un grondement de rage inassouvie.

— Tu deviens vraiment fou !... Nous n'allons pas...

Ogier sentit la lame du mécontent fouetter l'air au-dessus de sa tête. Rosamonde cria. Barbeyrac voulut s'interposer mais l'estoc de Saveuse piqua son ventre :

— Ne t'en mêle plus, Étienne !

— Argouges a raison : la folie te hante !

Il y eut un silence bref. Quelque chose d'acide et de lugubre s'y mêla. Ogier écarta ses bras pour signifier à l'imprudent qu'il ne souhaitait pas dégainer Confiance.

— Remets ton épée dans son feurre... Apaise-toi, Loïs... Tu es vif, emporté. La raison va te revenir... et l'amitié...

Il reculait encore, cette fois sous la menace d'une arme aussi longue que la sienne, et ce qu'il voyait du visage ennemi différait carrément de ce qu'il en savait ; il ressemblait à ceux des guerriers de pierre : haine, hautaineté, violence et cruauté en constituaient l'essentiel. Des yeux exorbités de Saveuse sourdaient des lueurs formidablement homicides. Oui, c'était un dément qu'il avait devant lui.

— Tu as tort d'être iré contre moi... Si tu y tiens, eh bien, je te fais des excuses... Je te demande pardon !

Saveuse ne l'écoutait plus ; il n'écoutait que son ressentiment.

— Sors ton épée.

— Obéis ! hurla Barbeyrac. Tu t'es suffisamment abaissé !

Sa voix se multiplia, terrible, comme si les chevaliers de pierre avaient entonné ses paroles.

Ogier tira Confiance hors du fourreau.

« Je ne ferai que me défendre. Ainsi j'épuiserai le courroux de ce marmouset ! »

Saveuse lui porta un coup de banderole[1] qu'il évita d'un saut de côté, récusant de toutes ses forces l'envie qui le prenait de désarmer d'un grand taillant ce forcené dont le souffle bruyant n'était plus celui d'un homme sensé. Des courants ténébreux s'infiltraient dans son corps. Il se sentait devenir lourd et différent. Neuf volontés semblaient s'incruster dans la sienne. Neuf bras soutenaient le sien. Ses regards n'avaient jamais été si vifs, si clairs, si perçants. Ils semblaient tout à coup multipliés par neuf.

« *Tu deviens fou. Ressaisis-toi.* »

Il savait qu'il serait incapable d'exorciser cette hantise, peut-être démoniaque, de châtier Saveuse aussi durement qu'il le méritait.

— Je ne tiens pas à t'occire, Loïs... Ne m'en fournis pas l'occasion !

— Je te vaincrai !

Toutes les digues d'une amitié récente, solide en apparence, tous les arguments de la raison s'étaient rompus, disloqués. Saveuse attaquait avec une forcennerie d'épileptique ; il fallait rompre encore. Ogier rompit, maugréant de passer pour un couard et recouvrant tout

1. Coup porté de biais, d'une épaule à la hanche opposée.

au fond de sa bouche le goût inassouvi du sang et des sanies.

Il voyait, à chaque éclair de lame, le visage du Cambrésien changer. Blêmir progressivement sans jamais se teinter de la rougeur des flammes. Évitant la cheminée afin que Rosamonde, qui s'y était réfugiée, ne reçût aucun coup de lame, — intentionnel ou non —, il trouva un refuge au seuil de l'escalier. L'étroitesse du cantalabre de pierre s'opposait aux taillants et presque aux estocades. Il décida de ne point reculer, éluda deux atteintes et d'un sursaut se dégagea. La lame de Saveuse frappa la muraille de sa pointe mais ne se rompit pas sous la force du coup.

— Réconcilions-nous, Loïs !

Ogier sentit son épaule endolorie par un coup orbe.

Rien ne justifiait cette violence. Surtout pas Rosamonde. En fait, ils s'humiliaient autant l'un que l'autre devant elle.

Saveuse, lui, ne pensait à rien d'autre qu'à occire. Et après, s'il y parvenait ?

— C'en est trop ! hurla Ogier. Ma patience est morte !

Son front s'était emperlé. Il doutait que Rosamonde seule fût au cœur de cette querelle fratricide. Il s'accorda une nouvelle tentative :

— Cessons. Toi le premier, Loïs...

Égaré dans la tourmente de ses amours bafouées, Saveuse n'entendait rien. Il dispersait ses coups ; des forces surnaturelles semblaient l'avoir subjugué. Les éclairs nacrés de son épée sifflaient, craquaient sur Confiance, et, reculant encore, Ogier savait quelle figure se dissimulait sous le visage net, serein, qu'il offrait à son adversaire et à ses compagnons : c'était celui d'une fureur sans limites, irréductible, irrémédiable. Il l'avait éprouvée parfois ; elle le réintégrait et lui devenait insupportable.

— Soit !... Tu l'auras voulu.

Il fallait regagner le centre de la salle. Alors, les gestes redeviendraient plus vastes, partant plus terribles.

Rosamonde s'approchait. Elle se délectait de ce combat. Elle l'avait souhaité peut-être. Saveuse grognait à la façon d'un sanglier blessé. Ses coups, quoique nombreux, devenaient imparfaits. Souvent, il aspirait goulument l'air âpre et frémissant, crachait des mots et semblait peiner à soulever son arme.

Prompt et ménager de sa lame, Ogier sentait ses reins, ses genoux le brûler cruellement. La fatigue en était cause. Et le froid, un froid de sépulcre ou de panthéon : autour de lui, autour d'eux, c'était toujours l'espèce d'attention fascinante des hommes de pierre. Il sentait leurs regards sur ses épaules, ses coudes, ses poignets.

« Il y a des yeux devant lesquels il faut vaincre... vaincre... vaincre ! »

Qui lui avait dit cela ?

« Les yeux de Rosamonde, non. Mais les autres ! Ah ! oui, les autres... »

Une buée venue d'il ne savait où, et qui pouvait bien être son haleine, ternissait parfois sa vue.

Saveuse se précipita. Sa lame se leva ; celle d'Ogier aussi, le temps d'atteindre l'épée adverse et de la rabattre au sol si violemment qu'elle quitta les mains de son propriétaire. Furibond et désespéré, le vaincu se jeta sur Confiance avant qu'elle n'eût été baissée pour s'y embrocher jusqu'à la garde.

Saveuse chut sans un cri, sans une plainte. Barbeyrac aussitôt s'agenouilla près de lui.

— Mort ! dit-il. Il l'a fait exprès, j'en jurerais !

Ogier se pencha sur ce visage désormais paisible dont il abaissa les paupières sur des yeux qui brillaient encore. De même qu'une méditation pouvait s'emparer d'une figure vivante et lui donner un aspect inerte, pierreux, — comme mort extérieurement —, une sorte de bénignité pénétrait celle de Saveuse. L'ossature sur laquelle reposait la chair se confondait déjà avec celle-ci. La face pétrifiée prenait une apparence nouvelle, d'une noblesse et d'une sérénité si parfaites qu'elles rendaient incroyables les spasmes de fureur qui l'avaient animée.

— Je ne veux plus penser à son courroux.

— Moi, si... J'en fus témoin.

De l'avant-bras, Ogier écrasa la sueur amassée sur son front. Par d'irréguliers intervalles sortait du plus profond de sa poitrine un souffle rauque, témoignage de la violence d'un affrontement dont il évaluait difficilement la rigueur et la forcennerie. Il en discernait les grands faits, les attitudes défavorables d'où il était sorti indemne, les retouches à ses erreurs, comme sa sortie de l'embrasure de l'escalier, puis cette mort donnée involontairement après qu'il l'eut souhaitée. Quelle frayeur quand il s'était senti sous la domination d'un rival dont il avait sous-estimé les mérites !

— Dieu ait son âme, dit-il.

Rosamonde s'éloigna. Ils la virent se diriger vers sa jument, fouiller dans son maigre bagage, en tirer un jupon qu'elle déchira. Elle revint, saisit Confiance dans la dextre d'Ogier et l'essuya soigneusement avec le pan de mollequin[1] qu'elle jeta dans la cheminée.

— Regardez, dit Barbeyrac. Son visage est vidé de son sang. Il... noircit !

Ils se penchèrent tandis que Barbeyrac dégrafait le pourpoint du défunt.

— Regardez ! Je comprends pourquoi il n'était plus le même ! Sous les poils gluants des aisselles, il y avait deux *pommes* noires.

— Il se savait atteint depuis peu. Il a voulu finir sa vie en chevalier plutôt que de trépasser d'une façon répugnante. Il lui fallait un prétexte... Sa jalousie était feinte.

— Crois-tu que c'est là-haut qu'il a pris mal ? dit Ogier en rengainant Confiance.

Une peur le prenait, indécise : la mauvaiseté de ce château s'était manifestée sur Saveuse. Allait-elle s'apaiser ou ses méfaits deviendraient-ils plus puissants ?

— Non, ce n'est pas là-haut, affirma Barbeyrac. Il

1. Mousseline de coton.

était condamné depuis un jour ou deux, mais refusait de nous quitter...

— Heureusement qu'*elle* s'est défiée de lui !

— Sache aussi te défier d'elle !

Ils n'osaient s'intéresser à Rosamonde. Ils en délibéraient comme si elle aussi n'existait plus. Une atroce sujétion les maintenait près de ce corps qui allait vivement noircir, se corrompre et les menacer de male mort.

— Il s'est jeté sur ton épée pour trépasser par toi... Noblement.

— Puissions-nous fuir cette malfaisance !

— Et surtout en triompher !

— J'ai grand froid, dit Rosamonde en ramassant un flambeau éteint.

Nul besoin de la regarder pour la savoir pitoyable, dans une attitude humble, véritablement effrayée. Rien ne serait possible avec aucun des deux : elle devait s'y résigner. Elle s'approcha de Barbeyrac, appuya son flambeau contre le sien sans qu'il parût s'en rendre compte. Les flammes pétillèrent.

— Vous n'allez point m'abandonner ?

Ils ne la regardaient toujours pas. « Non, non », firent-ils d'un remuement de tête ; puis, après s'être concertés d'un coup d'œil :

— Il faut emporter Loïs dans la cour. Demain, avec du fourrage et du bois, nous ferons un bûcher où nous le jetterons... sans lui adjoindre ceux du château.

— Tu as raison, Étienne. Ce soir, mettons-le seulement dehors, loin du seuil, puis occupons-nous des chevaux... Ils ont peur, dirait-on. Vois comme ils sont troublés. Nous devons avoir suffisamment de courroies pour les enjarreter [1] tous les quatre.

Quand les roncins furent entravés, Ogier, déjouant les manœuvre de Rosamonde, tira son arc de son fourreau de cuir, y assujettit une corde et en éprouva la souplesse. L'if n'avait pas souffert de l'humidité ; le chanvre soigneusement tressé par Shirton avait la fermeté d'un fil

1. Un cheval enjarreté a les pieds liés au moyen d'une entrave.

d'acier. Quant aux sagettes, leurs empennes étaient intactes et leurs pointes brillaient autant que des joyaux.

— Espères-tu en faire usage ?

— Demain... Je dissuaderai nos poursuivants d'estuper[1] nos mouvements.

Barbeyrac proposa sans paraître à son aise :

— Rendons à Franque-Vie son épouse et partons !

— Non ! Non ! s'écria Rosamonde en lui jetant son flambeau à la tête.

Elle chut à genoux devant les deux compères qu'elle empoigna, l'un au mollet, l'autre à la cheville, en versant des pleurs qui sans doute étaient vrais.

— Ne m'abandonnez pas !... Pitié ! Pitié, messires !

Barbeyrac se dégagea le premier ; Ogier fut dessaisi sans qu'il eût protesté. Les rats s'enhardissaient dans l'ombre : leurs couinements se mêlaient aux sanglots de la désespérée, aux sabotements des chevaux et aux plaintes infatigables du vent.

Ogier touchota Rosamonde à l'épaule :

— Relevez-vous. Allons, dame, relevez-vous. Nous ne sommes point des saints devant lesquels on se prosterne... Je n'ai pas l'intention de vous restituer à votre époux. Toutefois, sachez-le : si nous trouvons une cité où votre vie... je veux dire votre santé ne me semblera pas menacée, je vous y laisserai sans le moindre regret.

Elle se releva. Elle baissait la tête. Il demeura immobile, muet, gêné, devinant sous la pâleur d'un front toujours pur une confrontation de pensées diverses, maussades et passionnées. Leurs regards enfin se pénétrèrent ; il découvrit dans celui que la belle rivait au sien, une lueur qui n'était ni de soulagement ni même de reconnaissance. Était-ce donc le feu d'un persistant dépit ?

Longtemps, ils s'observèrent, incapables de sonder les profondeurs de leur âme ; enfin, le visage de l'insensée s'amollit ; tel un rapide coup de couteau, un sourire éclaira sa bouche.

1. Étouffer.

— Soit, dit-elle en effaçant ses larmes du bout des doigts. J'accepte de vous quitter ainsi...

Barbeyrac s'était reculé.

— Dommage, dit-il, que nous ne puissions faire une bonne flambée. Je n'aime pas ces lieux... ni ces hommes, là-bas !

— Les craindrais-tu ?

Ramassant le flambeau jeté par Rosamonde, Ogier, d'un souffle, en activa la flamme. Il partit éclairer longuement les statues afin de conjurer leur éventuelle malveillance. Il allait lentement, les défiant de l'œil, persuadé qu'il ne s'en repentirait pas tant son audace était fondée.

— Les Neuf Preux... J'aurais dû y penser... Ce sont eux !

Il les considéra d'aussi près que possible. La flamme qui dansait au bout de son poing conférait à chacun d'eux une animation à la fois externe et interne. Elle illuminait et vivifiait des yeux hagards, arrachait un frémissement aux bouches et narines figées sur des respirations d'un autre âge ; elle ne se satisfaisait pas d'entretenir l'illusion que ces hommes vivaient d'une vie extraordinaire : elle attestait de leur présence physique et de leur intérêt pour les événements présents auxquels ils assistaient et dont peut-être ils revendiquaient la naissance et le déploiement lugubre. Comme ensorcelée par la braise rouge, vivante, qui les révélait, leur substance minérale se faisait chair, esprit. Ils dominaient de toute leur splendeur légendaire ces trois humains bien vivants qui leur avaient offert le spectacle d'une discorde tragique.

Ogier recula d'un pas, subjugué par la transmutation qui s'opérait dans ces corps froids et figés, ces regards peints, ces lèvres prêtes à lui dicter un commandement. Il dit, sans s'étonner que sa voix fût changée :

— Regarde, Étienne, regarde ! Et vous aussi, Rosamonde... Voici Josué, le bras et l'épée de Moïse... David, guerrier, chevalier, pénitent et prophète ; Judas Macchabée qui délivra son peuple... Hector, le plus vaillant des Troyens et Alexandre qui ne vit jamais le bout de son empire... César qui fit de Rome un immense pays... Artus le créateur de la Chevalerie, Godefroy de Bouillon, terreur des Mahomets... Charlemagne de France... On dirait qu'ils se sont unis pour nous attendre !

— Il semblerait, Ogier, que Loïs t'ait donné sa folie... Vaut mieux cela que la peste... Mais tu es dans le vrai : ce sont bien les Neuf Preux.

Barbeyrac souriait mollement. Il ajouta pour exorciser des craintes inavouables :

— Si tu crois à leur protection, est-il nécessaire de veiller ?

Quoique détourné des statues, Ogier se sentit atteint de leurs regards. Elles attendaient sa réponse avec autant d'avidité que Barbeyrac.

— Oui, je veillerai... Seul... J'ai besoin d'être seul. Mais avant, allons jeter Saveuse aux orties.

Quand ce fut fait, il revint en hâte au donjon. Le carquois et le *long bow* de Shirton gisaient sur le pavement. Il les ramassa et partit.

Une lune d'opale et des étoiles rares. Affaiblies par des nuages bas et nombreux, leurs clartés n'illuminaient que les merlons des courtines. En deçà du parapet, l'étroit chemin de ronde restait dangereusement obscur.

« Je suis vivant... Saveuse a bien failli m'occire ! »

Quelque part, un invisible bûcher flambait : la géhenne insatiable de la peste. Le vent, son complice, rabattait des fumées puantes jusqu'au visage d'Ogier dont le regard parfois s'étrécissait lorsqu'il scrutait, à travers la brume de son souffle toujours oppressé, la campagne immobile et transie.

La froidure l'incommodait. La grenaille tenace et brillante du frimas pénétrait tous ses vêtements. Autour du château sans nom, un silence pareil à ceux de Gratot développait ses mystères et semblait consolider la morne et fallacieuse léthargie des êtres, des arbres, des herbes et des pierres. Maintenant, dans les cités en deuil, grinçaient les essieux des charrettes mortuaires. Sous quels murs avaient-ils entendu, mêlés aux plaintes des manants, des rires et des appels joyeux ?... La peste n'allait pas immoler que des gens. Elle allait putréfier les vertus des survivants, remplacer les devoirs réels par des élans factices, changer les amours vraies en simulacres et substituer à la résignation de mourir une sorte de perversité de vivre. A la corruption des corps correspondrait celle des âmes.

Et la guerre, dans cette conjoncture ?

Un mot latin revint en mémoire d'Ogier. Il exprimait ce qu'il redoutait : *recrudescere*. Cela signifiait devenir plus violent. Moins nombreuses qu'à Crécy, les armées seraient d'autant plus acharnées à s'entre-détruire. Car la peste avait franchi la mer ; son flux mortel devait avoir atteint non seulement Londres, mais aussi Winslow et Bunbury.

Il se détourna brusquement : *on l'observait*. Il craignit un moment que ce fût Rosamonde.

« Non, pas elle... C'est impossible. »

Quelque courageuse qu'elle fût ou se prétendît, l'éphémère épouse de Franque-Vie n'eût pas eu l'audace de le rejoindre de crainte de trébucher sur le corps de Saveuse.

Alors qui ?

Posant son arc et rejetant dans son dos son carquois, il se frotta la poitrine, les bras, les épaules. Le gel se manifestait : ses pieds commençaient à froidir dans ses heuses.

« J'ai dû rêver. »

Le malaise éprouvé dans la salle aux Neuf Preux continuait de s'imprimer dans son esprit alors que le regret d'avoir meurtri Saveuse commençait à s'évaporer. Il se demandait quelle nouvelle mésaventure se préparait, à sa seule intention, lorsque quelque chose de blanc ou de gris parut surgir des ténèbres pour les réintégrer si promptement qu'il douta de ce qu'il avait vu.

« Quelqu'un est bien passé sur ce chemin de ronde ! »

Loin, certes. *Quelqu'un de vivant*. Quelqu'un d'autre qu'Étienne et Rosamonde.

Il demeura immobile, tourné vers ce qu'il pouvait voir du château, méditatif et prudent, furieux de n'entendre que le frémissement des herbes, des rameaux, et parfois les larmes des gargouilles tombant dans les flaques d'eau formées par des pluies anciennes.

— Je deviens fou ! enragea-t-il à mi-voix.

La nuit lui paraîtrait sans doute interminable. Ces ténèbres aussi étouffaient Gratot dans leurs gantelets de laine brumeuse. Rien d'autre, bientôt, ne le soucia que la distance qui l'en séparait et cette crainte, née à Calais, d'en franchir le seuil trop tard.

« Combien de jours, de nuits, de lieues avant le Cotentin ? »

Il n'y fallait pas songer. *Il n'avait point été secoué par une illusion : quelqu'un était venu ; une forme s'était effacée sous ses yeux*.

Il eut hâte, soudain, de voir paraître les premières lueurs de l'aube. Cette vaste demeure tout ensemble tragique et glacée lui paraissait plus inquiétante encore, maintenant qu'il la croyait habitée.

Il n'osa marcher pour échapper à l'impression tenace, engourdissante, qu'on l'épiait encore. Le vent prenait de l'audace. Il s'immisçait entre les tours portières, glissait sur le tablier du pont-levis, tournoyait dans la cour, ressuscitant plutôt que de les disperser de vieilles odeurs d'étable.

« Marche !... Marche et tu rompras ce sortilège. Tu verras que tu es seul ! »

Il tressaillit et jura. Ce n'était qu'un hibou à l'envol floconneux.

Il se secoua, se frotta les mains, les arrière-bras, les cuisses et fit face à la nuit.

Loin devant, les ténèbres se blafardaient d'un trait livide. Le vent, qui semblait accourir de par là, gémissait parfois comme s'il s'était brûlé au travers de quelques bûchers. Cette noirceur nocturne et ces plaintes discontinues eussent pu attiser l'inquiétude d'Étienne et de Rosamonde s'ils avaient quitté la grand-salle. Quel en était l'effet sur Franque-Vie et ses hommes ? Et quel était leur nombre, maintenant ?

« Ils ont été deux, puis trois... Davantage. Sans être cousu d'or, ce drapier a de quoi composer une herpaille[1]. Ils ne vont point s'approcher en tumulte... et il se peut qu'ils soient tout près. »

Ogier soupira. Il savait ce qui allait se produire. Il percevait la haine de Franque-Vie aussi nette que la détestation qu'il vouait, lui, Argouges, à son épouse. Plutôt que de le vivifier, il éprouvait par tout le corps un sentiment de paresse.

« Ces malandrins ignorent que nous avons perdu un homme. S'ils sont plus de cinq, ils nous vaincront... A moins que le *long bow* de Shirton ne fasse un miracle !... Ils s'approchent. Je les sens. »

Il y avait du chien dans sa nature. Ses yeux fouillèrent le tréfonds de l'obscurité, ses narines humèrent le vent, ses oreilles se firent attentives.

« Holà ! des bruits menus. Les rats n'y sont pour rien. Ni Étienne ni Rosamonde. Je ne suis plus seul ! »

Ce ne pouvait être un sicaire de Franque-Vie. Alors qui ?

— Montrez-vous, murmura-t-il.

Un petit craquement. Rien d'autre. Était-ce un pied sur une branchette ?

Il ramassa son arc, encocha une sagette puis, à la réflexion, renonça. Il s'aperçut qu'il tremblait sans que le froid en fût cause : toute l'angoisse de la créature qui l'observait venait de refluer dans son être. Le besoin de parler, de lui parler, picotait sa gorge comme un chardon.

— Montrez-vous !... Qui êtes-vous ?

1. Bande de malandrins.

Cette fois, il avait haussé le ton et son gosier semblait égratigné davantage.

— Cessez d'atermoyer !

Rien.

Il se morigéna. Bon sang, avait-il peur ?

« Piète... Fais le tour de cette enceinte si tu le peux. »

Marcher n'effaça pas ce sentiment pénible qu'un être *vivant* s'intéressait à sa personne. On guettait et surveillait ses mouvements, mais à l'inverse de ceux des chevaliers de pierre, les regards qui l'observaient demeuraient sans mauvaiseté.

Un bruit ténu aiguisa son attention. Des pas. Des semelles légères.

— Holà ! dit-il à mi-voix. Où êtes-vous ? Qui êtes-vous ?

Accoutumées à la pénombre, ses prunelles voyaient distinctement le château, ses logis, la chapelle menue ; le donjon dont la proéminence noire se perdait dans les vapeurs du ciel. Une petite blancheur frémissait à l'angle d'une des tours portières

— Attendez !... Qui êtes-vous ?... Je ne suis pas enfantômé[1] comme vous le croyez peut-être !

Au risque de tomber et de rompre son arc, il descendit vivement l'étroit escalier par lequel, de la tour, on accédait au chemin de ronde. Plus rien ne l'attendait ou semblait l'avoir attendu.

Il leva la tête. Une femme, — une jouvencelle sans doute —, le considérait de l'encoignure d'une baie qui, le jour, devait éclairer la machinerie de la herse et du pont-levis. Ses yeux intensément ouverts brillaient comme des perles noires. Ses cheveux blonds ruisselaient de part et d'autre de son visage d'un blanc opaque dont il vit frémir la bouche.

— Non, messire !... N'avancez pas !

Il obéit, scrutant autant qu'il le pouvait cette apparition dont il ne savait que penser, sinon qu'elle ajoutait un attrait réconfortant aux noirceurs qui, depuis son arri-

1. Épouvanté par un ou des fantômes.

vée, mêlaient dans son esprit une angoisse et une perplexité dont l'aurore, peut-être, atténuerait la vigueur.

— D'où venez-vous ? Pourquoi demeurez-vous céans ? Ce châtelet est maudit !

— Vous n'eussiez pas dû y entrer.

— La mort le hante ! Même s'il est vôtre, il vous le faut quitter !

Ils chuchotaient ; lui de crainte d'être entendu d'Étienne et de Rosamonde ; elle, pour respecter le sommeil des pierres.

— Vous avez bien dû voir les... dormeurs du donjon !

— La mort m'épargnera. J'en suis certaine.

— Elle n'a point épargné vos parents et votre sœur... si toutefois les corps que j'ai vus étaient les leurs... Elle n'a sûrement point épargné les hommes, femmes et enfants à votre service !

— Elle m'épargnera, vous dis-je ! *Ils* me protègent.

— Qui ?

— Les Neuf Preux.

Ogier envia sans oser le lui dire, la confiance de l'inconnue.

— Ils veillent sur ma vie, messire.

— Ce ne sont que des hommes de pierre !

— Ils valent mieux que les vivants.

Il faillit objecter qu'ils avaient été incapables de protéger toute la mesnie [1] du château et particulièrement sa famille.

— Ils m'ont vue dès ma naissance. Je les aime comme des parents.

— Libre à vous d'affirmer qu'ils vous protégeront.

Était-elle folle, *vraiment* folle, pour vivre en compagnie de transis, de rats audacieux et avides, et de preux dont la vue pouvait épouvanter.

— Puis-je monter ?

— Vous ne sauriez m'atteindre. Il y a un pas-de-souris [2] par lequel je m'enfuirai.

1. L'ensemble du personnel du château augmenté des maîtres.
2. Petit escalier dérobé.

Elle allait disparaître. Il tenta de la retenir par une astuce dont la mièvreté ne lui échappait pas :

— Vous êtes belle.

Il la voyait à peine, cependant. Il était certain qu'il se fût délecté à la contempler avec une minutie d'orfèvre... ou d'amant. Méchante lune, avaricieuses étoiles qui ne lui accordaient que de chiches clartés !

— Laissez-moi vous approcher. J'en meurs d'envie !

— Mieux vaut cela que de trépasser par la peste !

Ogier ressentait un prodigieux émoi à découvrir, au cours d'une nuit d'incertitude et de sang, cette jouvencelle vive, obstinée, — désarmante. Elle semblait régner sur ces pierres funèbres comme une divinité au fond d'un sanctuaire. Elle avait accueilli son compliment avec une indifférence un peu compassée qui décelait sans doute un mépris des louanges.

— La beauté ne doit pas demeurer invisible. Permettez-moi de vous...

Un mouvement de recul, en même temps qu'il couvrait d'ombre l'encolure d'une houppelande nacrée de lune, donna au visage de la jeune fille une matité ambrée due peut-être à une brusque roseur provoquée par un trouble qu'elle ne maîtrisait plus.

— N'insistez point !

— Je vous supplie de partir avec nous.

— J'ai fait serment de demeurer.

— Vous allez manquer d'aide et de nourriture.

J'ai ce qu'il faut.

L'émail d'un regard mouillé scintilla.

— Votre compassion me touche, messire. Cette femme avec vous... elle vous a porté grand tort. Je vous ai vu croiser le fer.

— De quel endroit ?

— Je vois tout, et je sais qu'ils sont dix au-dehors à épier le seuil de *ma* demeure. Vous, vous n'êtes que deux à cause de cette...

Une gracieuse main remua :

— Je l'ai vue baiser votre ami sur la bouche avant

qu'il ne trépasse. Or, il avait la peste : elle l'a attrapée... Défiez-vous d'elle.

— Je m'en défierai... Dites-moi votre nom. Je le porterai dans mon cœur.

— Vous êtes marié... *Ils* en ont parlé. *Il* la dissuadait de s'éprendre de vous... Adieu.

— Non ! Non !... Ne partez pas encore !

Mais il n'y eut plus rien au bord de la fenêtre. Une porte se referma quelque part.

Ogier remonta sur le chemin de ronde et fléchit les genoux, saisi de crainte et d'intérêt : Franque-Vie et ses hommes étaient là. Sur l'injonction de leur chef, deux d'entre eux se séparèrent du groupe immobile. Chacun tenait un grappin attaché à un rouleau de corde. Ils le lancèrent en même temps.

Les dents crochues mordirent le tablier du pont-levis. Les hommes tirèrent sur le chanvre afin d'assurer leur prise et se laissèrent glisser dans le fossé pour réapparaître ensuite, grimpant avec la vigueur et la vivacité des singes.

Le *long bow* de Shirton était déjà bandé, une sagette encochée.

Le trait partit. L'homme transpercé poussa un cri et tomba dans le vide. A peine avait-il chu que son compère le rejoignait, mort sans doute.

Il y eut des murmures et les fantômes noirs disparurent.

II

— J'ai dormi, dit Étienne en bâillant dans ses mains. Moult dormi, en vérité !

— Je ne t'en fais point reproche.

— J'aurais dû venir te remplacer.

— Ce sera pour une autre nuit.

La confiance avait reparu dans le regard d'Étienne. Pour combien de temps ?

— *Elle* dort encore, dit-il.

Le souvenir de Rosamonde afflua sur Ogier. Sans elle, ils n'eussent pas cherché refuge en ce château ; Franque-Vie ne les eût pas pourchassés ; Saveuse, peut-être, fût demeuré vivant.

— Tu vas devoir, compère, éveiller la dormeuse. Il nous faut quitter ces murailles : elles empunaisent la mort.

Une clarté brumeuse, frileuse, montait du sol avec les vapeurs de l'aurore. Sur sa meule vermeille, le soleil semblait affûter la flèche d'un clocher près duquel une fumée venait d'éclore.

— Il nous faudra contourner ce hameau. La peste nous a devancés. Ce qu'on y voit brûler n'est pas de la fournache[1].

1. Amas d'herbes, de racines et de feuilles qu'on brûle dans les champs.

— Oui, Étienne. Tourne-toi de ce côté. Une autre mort nous attend.

A cent toises, face au pont-levis, Franque-Vie et ses mercenaires, tous à pied, se préparaient pour un assaut.

— Regarde !... Trois portent une épée, trois un arc et deux une arbalète.

— Et Franque-Vie se prend pour un dixième Preux !

L'époux de Rosamonde était armé d'un branc[1] dont le pommeau dépassait son épaule.

— Regarde en bas, Étienne, ces deux corps. Je les ai percés aisément.

Barbeyrac se pencha et se releva, éberlué :

— Par le sel de mon baptême, tu n'as rien perdu de ton coup d'œil !

— Ces bateleurs avaient jeté leur hérisson sur le devant du pont... J'ai deux sagettes en moins dans ce carquois. Il m'en reste dix. C'est maigre. Je peux maintenant, d'entre ces deux merlons, atteindre un homme. Les autres disparaîtront et prendront l'aguet pour nous assaillir cette nuit. Or, nous ne pouvons séjourner dans ce tombeau de pierre au-delà de la matinée.

— Même si nous lui abandonnions Rosamonde, ce hutin ne cesserait de vouloir se venger. Loïs va nous manquer. Nous ne pouvons espérer aucune aide.

Ogier soupira en se remémorant la blondeur et la voix de la jeune inconnue. Au cours de leur bref et stérile entretien, il avait oublié tout ce que sa condition avait de précaire. Maintenant, sous l'effet du danger, cette singulière rencontre se désaffublait de tous ses sortilèges.

— Il nous faut forcer le passage.

— Comment, Étienne ? Deux arbalètes, trois arcs. Leurs traits s'abattront sur nous comme une pluie.

— Ils n'ont peut-être pas ton habileté.

— Alors, je crains qu'ils ne s'en prennent aux chevaux... Leur mort précéderait la nôtre. Je n'ose imaginer le sort de Rosamonde... ou plutôt si !

1. Ou *brand* : épée massive à deux mains.

Barbeyrac heurta ses poings l'un contre l'autre. Il commençait à se courroucer.

— Il faut sortir, Ogier... Sortir avec nos chevaux. Nous ne pouvons négocier avec ces gens la restitution de Rosamonde et nous ne pouvons demeurer à la merci de toutes ces pestilences.

Ils marchèrent sur le chemin de ronde, Ogier devant, Étienne à peine en retrait. Sitôt près de l'étroite courtine réservée à la machinerie, Ogier regarda, dans la boue du fossé, les hommes dont il avait interrompu l'ascension. L'un gisait sur le dos et l'autre sur le ventre.

— Deux jeunes affamés de pain autant que d'or.

— Tu ne vas pas t'apitoyer !

— Non. Je rends grâce à Shirton. Sans les leçons qu'il m'a données, ces deux malandrins seraient parvenus à rabattre le pont. Franque-Vie aurait perdu des mercenaires. Nous serions morts... Pourtant, il conviendra d'abaisser ce pont.

— Quoi ? rugit Étienne, ahuri.

Une montée de sang empourprait son visage. La signification de ce qu'il entendait prenait dans son esprit des contours abrupts, hostiles. Pour lui, si Franque-Vie et ses hommes entraient, c'était *la fin de tout*. Il ne le pouvait tolérer.

— Non, Étienne, je ne suis pas fou. Nous abaissons le pont. Ils pensent : « *Ils vont sortir*. » Or, nous restons en deçà des murailles. La haine et la curiosité les poussent à entrer prudemment, un par un, pour se rassembler dans la cour... Rien. Aucun cheval en vue... Bien sûr, nous ôterons le corps de Saveuse afin qu'ils pensent que nous sommes toujours trois...

— Continue.

— Ils s'avancent, se dispersent. Certains prétendront que nous avons trouvé refuge au donjon, d'autres que nous avons découvert une issue pour disparaître. Ils s'enhardiront encore, tu verras. Quand ils seront suffisamment éloignés du pont, celui-ci remontera, leur empêchant toute fuite.

— Qui le manœuvrera ?

— Rosamonde, puisque nous aurons, nous, à occire ces malandrins.

Barbeyrac fit la lippe : il voyait la bataille et la trouvait funeste. Cependant sa vision s'embruma ; l'espérance le prit :

— Rosamonde consentira-t-elle ? Saura-t-elle remonter ce pont ?

— Elle sait que si Franque-Vie la reprend à ses hommes après qu'elle les ait subis, sa vie ne sera qu'une succession de sévices. Liberté ou servage ? Tel est son choix. C'est pourquoi bon gré mal gré, elle est obligée de nous obéir. Elle acceptera. Je lui montrerai comment manœuvrer la signole[1]. D'ailleurs, sous le poids du tablier, les chaînes, une fois décliquées, s'abaisseront toutes seules.

— Soit... Nous serons, cependant, toujours deux contre neuf.

— Sans pour autant me prendre pour Shirton, je peux diminuer le nombre de ces hommes.

— J'en suis sûr, mais tout de même...

— Ce ne sont que des fredains[2].

— Tu peux en occire deux... trois...

— Quatre... Regarde : tous les bâtiments ont leur porte close, sauf l'écurie que nous allons fermer. Ils n'auront aucune refuite[3] pour échapper à mes sagettes ; j'aurai tout loisir de les transpercer.

— Ils sauront de quel lieu tu les ajusteras !

— C'est pourquoi il me faut meurtrir les archers et les arbalétriers.

A toutes les objections de son compère, Ogier trouvait une réponse non seulement prompte, mais sensée. Il n'avait jamais été favorisé par les conjonctures ; il se sentait présentement imbu d'une telle somme de possibilités qu'il découvrait, dans l'événement le plus ingrat et le plus dangereux de cette matinée, la seule astuce

1. Manivelle du treuil.
2. Scélérats.
3. Refuge.

qui lui permettrait de poursuivre son cheminement vers Gratot. Il n'avait point imaginé un départ aisé ; en lui, pour le réussir, s'incarnait du malandrin plutôt que du chevalier. Mais la différence était-elle si énorme ?

— Je te fais confiance, Ogier, mais...

— Par le sel de ton baptême, c'est parce que tu ne peux faire autrement. Tu resteras près de moi. Quand nous apparaîtrons, ce sera pour reculer dans le donjon.

— *Reculer* !... Tu devrais détester ce verbe !

— Je le déteste, mais c'est encore, en l'occurrence, une cautelle[1] qui nous sauvera !

Barbeyrac cette fois, leva les bras au ciel. Deux carreaux vrombirent au-dessus de sa tête.

— Ils sont impatients, dit Ogier. Garde-toi.

Il s'accroupit, le dos contre un merlon, dans l'encoignure de la tour portière. Barbeyrac, l'échine courbée, l'y rejoignit.

— Ce matin, Étienne, quand le jour s'est levé, je suis revenu sur le seuil du donjon. Juste sous le porche d'entrée, il y a un assommoir. Nous nous tiendrons dessous et reculerons quand ils seront à dix ou douze pas. Lorsqu'ils avanceront, les pierres qu'il contient les écraseront.

Un rire. Il s'y attendait.

— Si Rosamonde est occupée au pont levis, elle ne pourra aussi manœuvrer l'assommoir... De plus, nous ignorons comment on y accède.

— C'est vrai, mais quelqu'un nous aidera... Quelqu'un qui nous observe et connaît nos propos...

Ogier s'était mis à élever la voix. Il regardait l'archère qui défendait le flanquement de la tour portière où il avait entr'aperçu la blonde et fervente inconnue. Il avait besoin que la divinité topique de ces lieux fût présente, aux aguets, et qu'elle les secourût.

— De qui veux-tu parler ? demanda Barbeyrac.

Ogier descendit dans la cour. Il regarda de bas en

1. Ruse.

haut cette tour que hantait un fantôme vivant. Il fallait qu'il fût là maintenant et disposé à lui venir en aide.

— Pour que ce châtelet recouvre sa sérénité, il me faut, il nous faut du secours !

Il avait crié. Barbeyrac secoua sa tête furibonde :

— Marmouserie[1] !... Qui, en dehors de Dieu, pourrait suppléer au trépas de Saveuse ?

— J'ai entrevu cette nuit une blonde et belle alliée.

— Tu es fou et désespérant !

— Je suis fou d'espérance et voudrais que tu le sois aussi. Va réveiller Rosamonde... Ne perdons plus de temps... Je remonte là-haut pour épier nos ennemis... Dommage que je n'aie pas, à ma disposition, une gerbe de sagettes ! Je vais devoir vider tout mon carquois.

Il parlait toujours plus haut qu'il n'était nécessaire. Barbeyrac le quitta. Du bout de son index, il se frappait le front.

Les hommes de Franque-Vie ne se dissimulaient pas. Lorsque trois d'entre eux eurent fait le tour de l'enceinte à la recherche d'une poterne ou d'une brèche favorable à une incursion, ils se réunirent autour de leur chef qui, cédant aux effets de la déconvenue, menaça de son poing la muraille.

— Évidemment, dit Ogier suffisamment haut pour qu'il fût peut-être écouté, ils n'ont rien découvert. Dès que le pont sera baissé, ils accourront. Nous combattrons pour sauver une dame dont ni Étienne ni moi ne sommes épris !

Il tressaillit. Quelque chose venait de choir sur le sol. Quelque chose qu'on avait jeté par l'unique fenêtre de l'étroite courtine comprise entre les tours portières.

Ogier se pencha, les yeux écarquillés.

— Deux pleins carquois de sagettes !

1. Folie.

Elle l'avait entendu. Il s'en réjouit : tout commençait selon ses vœux. Crier sa gratitude eût été chose vaine. La Providence que le blond fantôme incarnait se manifestait avec une opportunité qui participait du miracle.

— Je crois en vous, dit-il, autant qu'en Notre-Dame...

Qu'elle l'écoutât ou non, peu importait. Elle lui avait fourni la conviction qu'il survivrait à cette nouvelle épreuve où l'horrible et le bon se mêlaient sans jamais se désassembler.

Étienne et Rosamonde, échevelée, apparurent. Ils empoignèrent par les pieds la dépouille de Saveuse. Après l'avoir traînée sur le sol boueux, ils l'abandonnèrent dans l'écurie dont Étienne verrouilla les vantaux. Ce fut en s'approchant qu'il vit les deux carquois. Il leva les yeux :

— Où les as-tu trouvés ?

— C'est un présent du Ciel. Laisse-les : je les prendrai en descendant. Montre à notre protégée, sans toucher aux instruments, comment on abaisse le pont et comment on le relève.

— Je ferai de mon mieux, promit-elle. Allons-y, Étienne.

Ils disparurent sous la voûte du châtelet. Ogier, bientôt, les entendit : leurs voix s'échappaient par l'archère ouverte sur le chemin de ronde. Étienne s'exprimait avec brièveté ; Rosamonde acquiesçait : « Oui, oui. Je saurai. » Elle dit enfin :

— Quand faudra-t-il relever le pont ?

— Observez Ogier. C'est lui qui, par deux fois, vous signifiera d'agir.

— Et s'il en est empêché ? S'il est mort ?

— Ayez l'œil sur eux, sur nous, par cette baie. Qu'ils ne vous voient pas et croient que Saveuse s'emploie à manier ce treuil.

— J'y veillerai.

— Quand tous ces malandrins seront au milieu de la cour, relevez le tablier. Actionnez ainsi la signole. Le touret tournera en sens inverse ; les chaînes s'enrouleront, vous verrez.

— J'ai peur qu'ils montent jusqu'à moi.

— Ils ne le pourront pas et... nous avons tous peur. Ce sera un affrontement inégal... Descendez. Quand je serai sorti, verrouillez la porte de l'escalier... Tiens ! ce mur sonne creux. Sans doute existe-t-il un passage secret et un souterrain qui traverse la cour... Allons, Rosamonde !... Obéissez pour votre sauvegarde.

— Et la vôtre, précisa-t-elle d'une voix presque enjouée. La vôtre aussi, messire.

— Crois-tu qu'ils vont venir ?

— Nous le saurons bientôt.

Prêts à combattre, Étienne et Ogier attendaient l'ennemi sous la voûte enténébrée du donjon. Levant les yeux vers l'embrasure de l'assommoir et de la sarrazine[1], puis les détournant sur le passage, invisible du seuil, par lequel on accédait à la chambre de la herse[2], Étienne exprima des doutes sur le fonctionnement d'une machinerie en sommeil depuis longtemps.

— Tu aurais dû me laisser manœuvrer deux ou trois fois ces appareils. S'ils défaillent, nous ne pourrons résister longtemps... Ne crois-tu pas qu'il serait préférable de nous mucer et catir[3] derrière les vantaux demiclos de l'écurie après avoir fermé celui-ci ? Ils penseraient que nous sommes à l'intérieur. Quand ils seraient disposés à entrer, tu pourrais en percer quelques-uns dans le dos.

— Ils sauraient d'où j'aurais décoché mes sagettes. L'écurie n'est pas un sûr refuge... Trop de paille... Ils pourraient y bouter le feu. Ainsi, nous péririons rôtis car il n'y a aucune issue pour fuir : le mur du fond est celui de l'enceinte... J'ai pensé comme toi quand l'aube se levait. J'ai erré dans la cour sans rien trouver qui me satisfasse.

1. La herse.

2. On l'appelait ainsi bien qu'on y trouvât toutes les machines défensives : pont-levis, herse, assommoir.

3. *Mucer* : cacher ; *catir* : se faire le plus petit possible.

— Si je sors vivant de ce maudit château, j'apprendrai à tirer à l'arc ! Comment vais-je t'aider ? Je ne puis courir au-devant de cette crapule !

— On nous aidera.

— Qui ? Les Neuf Preux ? Comment ?... Ah ! tu vois : tu ne sais répondre !

— J'ai bon espoir.

— Tu commences à croire aux fées !

Ogier serra les dents sur un cri de colère. Puisqu'un pas-de-souris permettait à un bienfaisant fantôme de quitter la machinerie de l'entrée, ce passage secret ne pouvait mener qu'au donjon — ou dans un lieu qui communiquait souterrainement avec lui.

— Je crois aux fées. Les Argouges y ont toujours cru. Je me demande seulement comment celle que j'ai entrevue fera pour atteindre la chambre de la herse. Ces carquois que tu vois ne sont pas venus seuls. On me les a lancés. *Elle* me les a offerts.

— Ta derverie[1] m'effraye !

Ogier s'abstint d'un commentaire acerbe sur la couardise inavouée de son compère. Une jouvencelle était là, qui les épiait depuis leur arrivée dans l'enceinte. De l'énigme de cette survivante, il ne voulait rien savoir d'autre que son alliance à leur cause, justifiée par le don de deux carquois emplis de sagettes neuves. Qu'elle n'osât se montrer était certes dommage, mais puisque c'était sa volonté, il acceptait de lui complaire. Certes, une étrangeté régissait les gestes et les propos de leur singulière accointance. Mieux valait que ce fût un charme bienfaisant qu'une sorcellerie.

— Tu ne dis plus rien, Ogier.

— As-tu senti ce brusque coup de vent ? Je me dois d'y penser en lâchant mes sagettes.

— Tu vises au cœur... Un souffle et tu manques ton homme.

— N'aie crainte : je ferai de mon mieux. Si je meurs et que tu survis, va tout de même à Gratot... Et ne perds

1. Folie.

pas ton temps à m'ensépulturer. Offre-moi en pâture aux regards des Neuf Preux.

Ogier toucha soudain le bras d'Étienne :

— Les voilà !

Un second coup de vent apporta, d'au-delà du fossé, une rumeur de rires et de jurements qui se fortifiait sans interruption, indice qu'à défaut d'en posséder vraiment, on se donnait du courage : on s'ébaudissait pour dominer son émoi ; on avait le cœur froid et du fiel sur les lèvres.

Bientôt, la horde apparaîtrait et s'élancerait sur le pont dont le tablier frémirait et bourdonnerait un bref moment sous des semelles impétueuses. Pourvu que Rosamonde pût dominer sa terreur et relever le tablier qu'elle avait su si bien baisser.

— Nous les aurons à merci, dit Ogier avec une assurance que le frémissement de sa voix démentait.

Étienne resserra d'un cran son ceinturon et dégaina son épée :

— J'en formule le vœu...

Ils s'égosillaient, maintenant. Avant même qu'ils l'eussent passée, la voûte d'entrée était emplie de leurs voix et du tintement de leurs armes. Le bruit s'atténua, se grapilla, se dégonfla pour devenir une espèce de gros murmure de délibération et d'incertitude.

Il fallait attendre et voir. *Les voir*. Maintenant, ils ne riaient ni ne parlaient. Un frisson d'impatience traversa Ogier des épaules aux reins.

— Les voilà !

Le pont retentissait sous des foulées précipitées.

— A la grâce de Dieu ! dit Barbeyrac en se signant.

Les arbalétriers, résiduaires d'une phalange certainement vaincue, portaient la cervelière à nasal et le haubergeon. Barbes noires, ébouriffées ; visages rougeauds, le dos voûté par le port d'un pavois imaginaire, ils avaient encoché leur carreau et semblaient assurés de leur habileté. Les trois archers, camail de mailles au vent, semblaient, dans leurs haillons, des mercenaires gascons égarés en Normandie. Leur arc était un *long bow* que le plus grand et plus âgé avait peint en vermillon. Les trois derniers, l'épée d'arçon au poing, la hache d'armes au côté, montraient sous leur chaperon vermeil des faces glabres, sereines.

— Bien vêtus, ceux-là, murmura Barbeyrac. Flotternel[1] doublé de fourrure, belles chausses et houseaux de cuir...

— Eux aussi, des malandrins.

— Trois capitaines dévoyés.

« Gros gibier », songea Ogier.

Un gibier différent des autres ; un gibier à sa semblance qu'il examinait avec une curiosité singulière et un appétit mortel. Trois têtes jeunes, fières. Trois corps élancés, vigoureux, qu'il allait falloir détruire.

Par une superstition qui l'eût égayé la veille encore, Ogier portait dans son dos un des carquois de la pucelle en robe blanche et venait d'encocher une de ses sagettes. Repliée sur la poignée de cuir du *long bow* abaissé, sa senestre ne tremblait pas. Pour survivre et porter ses coups promptement, il allait devoir oublier tout, sauf ces hommes qui s'approchaient sans hâte, l'arbalète ou le grand arc prêt à cracher son dard.

— Franque-Vie est derrière, Étienne. Invisible pour le moment... Il conduit un troupeau de bêtes effrayantes. C'est la peste qui les a engendrées !

Ces hommes redoutables, ce n'était pas l'orgueilleuse truanderie d'un Robert Knolles, ni la plèbe insolente et féroce qui composait l'avant-garde des armées d'Édouard III, ni la tourbe éruptive qui ceignait çà et là les champs clos et que le goût et l'odeur du sang subjuguaient. C'était, à les bien observer dans leurs mailles ternies, haillonneuses, l'élite des maufaiteurs, l'incarnation du mal patient et joyeux, car l'arbalétrier qui devançait ses compères venait de se mettre à chanter, le regard droit, faisant à ses dons de promptitude et de précision une confiance outrancière. Le second, à peine moins hardi, souriait, tandis que son regard volait

1. Pourpoint, casaque.

sur tout ce qui composait la cour : murs, toitures, portes, arbrisseaux, et le puits sur la margelle duquel deux pigeons roucoulaient. Les autres mercenaires présentaient des mines réjouies. Tout était simple : ils vaincraient. Ils avaient oublié le sort de leurs deux agiles compères lors d'un médiocre et mortel clair de lune.

— On ne voit que le chapel de fer de Franque-Vie. Il a dû se courber ou...

A quoi bon paroler. Il n'en était plus temps.

— Prends garde, Étienne. Quand ils seront au puits, j'avertis Rosamonde !

Les pigeons s'envolèrent. Ogier bondit et leva son bras droit. Le bruit des chaînes relevant le pont se fit aussitôt entendre, suivi du cri de rage de Franque-Vie, vêtu de mailles, lui aussi, et qui, malgré leur poids, courait vers l'huis cuirassé de fer de la tour portière et s'enfelonnait à l'ouvrir.

Les malandrins s'étaient arrêtés, indécis. L'arbalétrier chanteur s'affaissa, touché au ventre ; le second lâcha son arme et chancela, une main sur sa poitrine traversée de part en part. Un archer s'avisa du puits et voulut s'y protéger ; une flèche vibra dans sa gorge avant qu'il y fût parvenu.

— Trois ! s'écria Étienne.

Son rire s'enrouait, désagréable. Une sagette siffla, enlevant dans son vol un fragment de pierre du chambranle. Ogier avait baissé la tête. Quand il la releva, il sut ce que la pâleur d'Étienne signifiait. Il lui avait connu ce visage à Ashby, avant son mortel combat contre Simon de Brackley. Au lieu que ce fût de la peur, une résolution terrible le défigurait.

— Nous les tuerons tous ! Hâte-toi d'en finir avec ces archers !

L'un d'eux courait, cherchant un refuge. D'une voix stridente de rage et d'un doigt qui tremblait, Étienne commanda :

— Lui ! Lui !

L'archer se replia sur lui-même, jetant un cri rauque,

mi-partie douleur, mi-partie horreur tout en essayant d'extraire le bois qui lui pourfendait le ventre.

Les survivants hurlaient et cherchaient un abri. Franque-Vie s'était retourné. Le dos collé à la porte de la tour, il offrait une cible parfaite.

Ogier banda son arc ; le trait hâtivement décoché se rompit contre une penture, au-dessus de la tête de l'homme.

« Un arc, trois épées, Franque-Vie », songea-t-il.

— Ils courent vers nous ! gronda Étienne.

Ogier tira une sagette hors du carquois, ajusta le dernier archer.

— Merdaille ! enragea-t-il. Manqué.

Passé la jubilation des coups meurtriers, il s'accusait de présomption et s'indignait d'avoir tenté l'impossible : il n'était pas Shirton et ne le serait jamais.

— Reculons, décida-t-il.

L'ombre les dissimulait, Étienne et lui. Il vit les malandrins hésiter.

— En avant ! hurla Franque-Vie. Son carquois est vide !

Une flèche vrombit, attestant le contraire.

— Allons, couards que vous êtes ! Je double votre paie... Vengeons nos morts !

Le drapier apparut sur le seuil du donjon, suivi de près par ses mercenaires.

— Reculons, Étienne...

Quatre pas : ils seraient sous la herse et l'assommoir. Trop attentifs à ce qui se passait devant, aucun d'eux ne lèverait les yeux vers la voûte.

— Courage, Étienne.

Les paroles d'Ogier s'étranglèrent. Il souhaita de tout son cœur, de toutes ses forces, de toute sa foi que l'inconnue fût en haut, prête à manœuvrer les machines. Son visage s'enflamma et son sang le brûla quand il vit, dans la pénombre, la première lueur d'une épée.

Il jeta son *long bow* loin de lui, dégaina Confiance et se tint prêt. Le fourreau vide, contre sa cuisse, et dans son dos le carquois demi-plein lui seraient une gêne. Il la supporterait.

« Que saint Michel et notre belle dame nous accordent leur secours ! »

Un homme se précipita, tenant à deux mains son épée ; puis un autre qui soulevait la sienne en signe de victoire, et enfin Franque-Vie. Les deux suivants, prudents, en retrait, se consultaient du regard quand soudain, les yeux exorbités de plaisir et de merveillement, Ogier vit choir sur eux, dans un roulement énorme, l'avalanche qu'il souhaitait.

— L'assommoir, Étienne. Pourvu, maintenant, qu'*elle* ne touche pas à la herse...

Il y eut des hurlements funèbres sous la voûte ; quelques grosses pierres rebondirent et se rompirent. Le grondement se répandit dans tout le donjon, effrayant les chevaux qui hennirent et sabotèrent autant que leurs entraves le leur permettaient. L'écho et le silence alternèrent avec les cris des mourants et, bientôt, le cliquètement des lames.

— Il n'en reste que trois, Étienne !

Ogier sentait son cœur soulevé d'allégresse. D'emblée, Franque-Vie s'était jeté sur lui. Il savait manier une épée. Maître Voivenel, l'hôtelier d'Abbeville, n'avait point exagéré ses mérites.

— Tu vas mourir. Ça t'apprendra à rober une femme !

Ogier détourna un taillant à l'épaule. Franque-Vie le renouvela, grognant en assenant son coup avec une lenteur qui en contrariait l'efficacité.

— En as-tu trop de deux, Étienne ?

— Non... Point pour le moment. Occis ton homme et rejoins-moi !

Impossible de regarder du côté de Barbeyrac. Impossible de lui venir en aide.

— De l'ose[1], Argouges !... Montrons-leur qui nous sommes !

1. Audace.

Grâce à sa longue épée, Franque-Vie valait bien deux hommes à lui seul. Sous l'effet d'un accès de rage, perdant toute prudence, il manœuvra en grands taillants répétés qu'Ogier détourna sans mésaise. Il suffisait de parer promptement et de repousser l'homme vers les pierres qui venaient d'écraser ses compères. Alors, il trébucherait et tomberait.

« Difficile... C'est plutôt lui qui me pousse ! »

Franque-Vie ne sentait pas le poids de son haubert. Ni celui de son arme qui, sans doute, avait été forgée en Écosse : une longue prise où les deux mains étaient à l'aise ; des quillons droits, fortement abaissés, une lame à deux tranchants [1]. Les routiers de Knolles en maniaient quelques-unes.

« Quelle vergogne, en vérité, si tu mourais sous les coups d'un drapier ! »

— Courage, Ogier ! hurla Barbeyrac. N'aie de crainte pour moi !

Ne pas répondre. Essayer d'en finir promptement. Il redoubla ses coups au moment où son adversaire en faisait autant. Non, non : un manant fortuné ne pouvait point l'occire. Trêve. Les corps penchés ; les yeux dans les yeux. Franque-Vie avait une face blême, tendue, baveuse. « Et moi ? » Il s'époumonait. Il sentait sa chair le picoter ; ses cheveux se poissaient sur son front. La cicatrice de son oreille lui faisait mal, soudain, comme si, derechef, une sagette venait d'en entamer un morceau. Vaincre ce malfaisant !... Il se sentait de pauvres muscles. Sa salive, rare, devenait plâtre. Bouche en flammes. Elle s'ouvrit à la recherche d'un air frais, bienfaisant.

1. On appelait cette arme une *claymore*. Un malentendu a fait attribuer ce nom-là à des épées dont la garde est constituée d'un réseau de fer qui enveloppe et protège la main. Or, les épées de ce type, qui datent du XVIe siècle, proviennent de Venise et furent appelées *schiavona*. C'étaient les armes des Esclavons ou gardes des Doges. Certaines sont estampillées du lion ailé de Venise. Les tableaux de Pietro della Vachia montrent souvent des personnages armés de cette épée. Il existe, cependant, une épée traditionnelle écossaise de cette forme nommée *broadsword* ou *claybeg*.

« J'ai perdu des forces, à Bunbury ! Je vais devoir m'exerciser comme autrefois... A moins que je ne sois atteint de la morille... Non ! Non ! »

Une face tordue oscillait devant lui. Confiance frappait, fauchait avec une espèce de vaine démesure. Franque-Vie s'ébaudit :

— As-tu fini, coquin, de trancher du vide ?

Brusquement, une forme blanche jaillit dans l'ombre. L'inconnue abandonnait l'escalier d'accès à l'assommoir.

« Pourquoi n'a-t-elle pas attendu que nous en ayons fini ? »

Franque-Vie flaira cette présence étrangère. La jouvencelle allait s'enfuir dans la cour quand il l'entrevit.

Laissant son adversaire ébaubi par sa reculade, le mari de Rosamonde courut vers la jeune fille.

— Ah ! putain... C'était toi !

Détachant un taillant formidable, il atteignit la fugitive de plein fouet et s'aperçut alors qu'elle n'était pas son épouse.

La jouvencelle chut sans une plainte. Sur son col s'étalait une tache vermeille. Ogier gronda comme un fauve blessé.

— Saligot !

— Rosamonde ou pas, j'ai fait justice. A toi, maintenant !

Franque-Vie attendait la charge de pied ferme. Ogier fut sur lui. En opposant Confiance, acier plat contre tranchant, il sentit les vibrations du heurt lui entrer dans le bras, dans le corps.

— Je vais te châtier ! Te réduire en charpie !

Ogier poussa, tailla avec tant d'à-propos que le drapier dut reculer. Il trébucha sur le corps de sa victime, l'enjamba, donna un coup de pied dedans.

« Morte ?... A Dieu plaise qu'elle n'ait pas trépassé ! »

Ogier étouffait de haine. Il entendit cliqueter les épées d'Étienne et de ses adversaires sans pouvoir discerner si son compère savait aisément résister.

Il recula volontairement. Pour rejoindre Étienne. Un « Ah ! » lui apprit qu'un des agresseurs était blessé.

Il descendit un degré, un autre. Il se trouvait sur le seuil du tinel. Les Neuf Preux l'observaient de leurs grands yeux de pierre.

« Recule encore... Il s'agite un peu trop ! »

Le sang martelait les tempes d'Ogier. Il écumait. Il avait envie de hurler. La prise de Confiance suait dans ses paumes. Parfois, ses jarrets tremblaient ; ses genoux le cuisaient. Quelles que fussent la vigueur et l'astuce de ses attaques, le drapier les repoussait. Muet, rieur, attentif, il savait avancer puis se dégager, rompre encore et encore et tout à coup lancer un taillant effréné.

Ogier commençait à connaître et à prévoir ces gestes violents qui fatiguaient visiblement son adversaire aux coudes, aux épaules et surtout aux avant-bras. Il répondait à la roideur par la souplesse, à la fougue par la raison, au taillant par une esquive. Chacune de ses dérobades était suivie d'une attaque. Acier contre acier, volonté contre volonté. A un coup d'allonge que lui détachait Franque-Vie, il répondit par une estocade au ventre puis recula vivement.

Pour son malheur, le mari de Rosamonde voulut aussitôt affirmer sa suprématie par un fendant des deux mains sur le dessus du crâne. Mal lui en prit : sa lame manqua son but ; l'épaule d'Ogier s'esquiva tandis que Confiance partait en avant, prompte comme une flèche. Son estoc pénétra dans les mailles treslies, rompit, dériveta les anneaux de fer, suivi d'un bon pied d'acier qui trancha au passage et le cœur et la voix.

Franque-Vie ouvrit la bouche, écarquilla les yeux ; ses mains lâchèrent son arme ; ses bras battirent. Il tomba sur les genoux tandis que Barbeyrac, qui bataillait avec ardeur tout en reculant, trébuchait sur son corps et risquait de tomber.

— Il n'en reste qu'un, Ogier, mais il sait estiquer[1].

— Je te l'abandonne.

1. Combattre d'estoc.

Ogier courut jusqu'à la jouvencelle. Il s'agenouilla, la serra dans ses bras.

— Damoiselle !

Le corps restait inanimé. Du sang poissait les cheveux blonds, l'épaule. De la bouche serrée sur un cri, une plainte, un peu de sang coulait. Les yeux le regardaient avec une expression curieuse.

— Parlez ! l'adjura-t-il cependant qu'un cri de douleur et de rage retentissait : l'adversaire de Barbeyrac tombait, touché à mort.

Une ombre ; un souffle précipité.

— Tu vois bien, compagnon, qu'elle vient de dévier !

Elle avait conservé son nom et son secret.

Ogier leva enfin les yeux vers Barbeyrac dont le visage convulsé exprimait davantage de souffrance que de malerage. Son épaule senestre saignait abondamment.

— Ces démons ont failli m'avoir, dit-il. Regarde !

Ogier se leva et scruta la blessure après avoir écarté la déchirure de la tiretaine.

— Les chairs sont étroitement tranchées jusqu'à l'os... qui par bonheur a résisté. Il n'est point nécessaire de te recoudre.

Il fut alors préoccupé par les regards qu'Étienne posait sur la jeune morte.

— On dirait que tu la reconnais !

— Pas elle, compère. Pas elle, mais *les signes*.

Barbeyrac se baissa et promptement déchira l'encolure de la robe, faisant apparaître deux petits seins purs et des aisselles gonflées de deux affreuses tumeurs noires.

— Regarde... D'après ce que je crois, elle se savait atteinte.

— Pour ne pas nous contaminer, elle refusait de se montrer... Je lui ai parlé cette nuit... Elle nous a aidés... Deux pestes l'ont frappée : la noire et Franque-Vie.

— Elle était belle, dit Étienne songeusement.

Un clair visage. Plutôt que de l'altérer, la mort affinait sa beauté vers une perfection dont Ogier demeurait douloureusement ébahi. Elle était jeune, — quinze ans — ; elle avait dû être gaie, turbulente, peut-être même, certains jours, ressembler à ces pimpesouées qui se croyaient des qualités inégalables en tout et n'incarnaient qu'une intarissable sottise.

— Oui, Étienne, elle était belle... Dieu est injuste et nous le prouve mauvaisement !

Une vie toute spirituelle rayonnait de la jouvencelle. A travers l'espèce d'abandon de ce corps d'où la pureté refluait sans que l'ivoire précieux de la carnation fût profané encore, Ogier percevait l'incessante mobilité d'une jeunette rêveuse, frivole, et quelquefois touchée par la mélancolie que ce vieux château distillait. Elle avait su se jouer de la sévérité des hauts murs comme de celle de ces Neuf Preux qui jamais, quelque belliqueux qu'ils parussent, ne l'avaient effrayée. Il se pouvait même qu'elle se fût complue en leur compagnie.

Tourné vers les statues, il les trouva différentes, sans doute à cause de l'irruption d'un rayon de soleil dans la salle. Leur forme lui parut comme rajeunie, naturelle, dépourvue de présomption. Il ne redécouvrait en ces demi-dieux ni leur farouche arrogance ni cette austérité d'allure qui, la veille, à la lueur des flambeaux, lui avaient donné quelques frissons. Leur pose paraissait moins affectée. Leurs yeux s'éclairaient à la lumière du dehors ; leurs bouches avaient perdu toute leur malveillance. Il pensa qu'il était admis dans leur cénacle et qu'ils étaient heureux d'avoir assisté à des combats mouvementés. Ils avaient reçu l'offrande de chair et de sang des génies de la guerre.

— Ils ont changé.

— Qui, Ogier ? demanda Étienne.

— Eux.

Barbeyrac regarda, s'approcha des statues de Charlemagne et de Godefroy de Bouillon.

— Hé ! Hé ! fit-il.

Il ne retrouvait plus, chez ces figures nettoyées par la coulée de soleil, ni cette activité secrète de la matière vivifiée par le fervent ciseau de l'imagier, ni ce regard figé, attentif et brutal, ni même cette attitude froide et présomptueuse qui lui avaient donné du mésaise.

— Ce terrible château ne ressemble aucunement au mien, Dieu merci ! Même au grand jour, il paraît fait de rêve et de pierres funestes.

Se détournant, Barbeyrac vit son compagnon, la morte dans ses bras.

— Méfie-toi ! Tu peux être contagionné.

— Il me faut l'enterrer.

— Je propose que ce soit avec Saveuse.

Ogier acquiesça et sortit dans la cour.

— Pauvre enfant, dit Étienne en le rejoignant. Il doit bien y avoir à l'écurie une pelle et une pioche. Cela m'afflige qu'elle ait péri... Au moins son trépas aura-t-il été prompt, tandis que si la peste seule avait dû la tuer, elle aurait souffert avec une horribleté pareille à celle de Kemper.

— Elle est venue à nous comme un ange du ciel. Sans elle, nous aurions péri...

— Voilà, compère, un ange noir qui s'approche.

C'était Rosamonde, pâle mais rassurée ; souriante. Ogier n'eût su dire s'il la détestait. Elle les avait aidés. Il était étrange, d'ailleurs, qu'ils dussent, Étienne et lui, leur survie à deux femmes. « Que vaut celle-ci ? » Il l'ignorait encore, mais si Rosamonde en possédait, sa sensibilité manquait de finesse :

— Qui est-ce ? Où l'avez-vous trouvée ? Elle est morte !

Elle recula dès qu'elle eut aperçu les aisselles noires et gonflées.

— Ne l'approchez pas !... Ne la touchez pas !

Ogier laissa Étienne fournir à la jeune femme les explications qu'elle lui demandait. Il portait le deuil d'une inconnue et ne ressentait point d'horreur à la tenir contre lui. Sa tristesse, sa reconnaissance envers elle le protégeaient des terribles émanations. Cependant, pour éviter d'être contaminé, il prit une décision : sitôt qu'il aurait enseveli la jouvencelle, il boirait du vin aux herbes et se laverait les mains, les bras, le visage avec la préparation de Firmin de Maignelay. Ces remèdes destinés à prévenir le mal avaient diminué depuis Abbeville, mais il en restait. Il avait bien, ce jour, le droit d'en abuser.

Il entendit l'exclamation joyeuse de Rosamonde :

— Le voilà mort !... Est-ce vous ?

— Non. C'est Ogier.

— Les autres ?

— Occis !... Nous allons fosser la terre pour Saveuse et cette pucelle.

— C'est perdre son temps !... Oh ! votre épaule... Avez-vous mal ?... Il y a dans la tour une grande bannière et de quoi, là-dedans, bandeler cette plaie... J'ôterai ce sang... Me détestez-vous toujours autant ?

Ogier déposa l'inconnue sur le sol, tout près du corps de Saveuse.

— Eh bien, Étienne... Cette bêche ou cette pelle !

Il s'irritait sans savoir pourquoi. Il ajouta, mauvais :

— Avant qu'elle ne te soigne... Porter cet outil n'aggravera pas ta navrure... D'ailleurs tu as deux bras !

Barbeyrac marcha vers l'écurie. Rosamonde alla en sens inverse.

— Non ! s'exclama Ogier. Ne m'approchez pas !... Allez plutôt rabattre le pont... Hâte-toi de trouver cette bêche, Étienne : Saveuse est devenu une pourriture et la pucelle noircit !... Tu te feras soigner après. C'est moi qui fosserai...

Ogier creusa une tombe profonde. Il y jeta le corps de Saveuse, le couvrit de terre et fit tomber dessus la dépouille de l'inconnue.

— Que le Bleu Paradis t'accueille, dit-il en se signant.

Et à grosses pelletées, il combla la fosse.

Il revint au donjon. Les chevaux étaient prêts. Rosamonde soignait Barbeyrac.

— Je boirai bien quelques goulées de vin aux herbes.

Le tressaillement de Rosamonde ne lui échappa point.

Nouant les bandes qui maintenaient immobile l'épaule de Barbeyrac, elle dit sans se retourner :

— J'ai... J'ai cassé la tourie. Je ne l'ai pas vue, dans l'ombre...

Ogier marcha sur les dalles, s'étonnant que le récipient eût été brisé sans répandre son contenu sur le pavement.

— Le vinaigre à la sauge... dit-il.

— Le tonnelet est vide, dit Rosamonde. Il en restait... quelques gouttes. J'ai cru que je pouvais...

De rage, Ogier frappa de son pied, invisibles dans leur cage d'osier, les débris de la tourie. Il marcha jusqu'au tonnelet, le prit et le fracassa dans la cheminée. Lançant à Rosamonde un regard dédaigneux, il ne put que grommeler : « Oh ! vous... » puis il prit doucement le Noiraud par son mors, jeta aux Neuf Preux un regard qui se voulait de connivence, et quitta le donjon, enjambant les grosses pierres et les corps des malandrins qu'elles avaient rompus. Il se sentait seul ou, plutôt, il eût aimé être seul. La cour ensoleillée lui parut plus lugubre encore que dans la nuit. Le soleil avait la blondeur d'une longue et soyeuse chevelure. Du moins voulait-il qu'il en fût ainsi.

— Allons, l'ami, dit-il à son cheval, quittons vélocement cette enceinte.

Il chaussa l'étrier.

Ce fut alors seulement qu'il vit, bien attachés à sa selle, son arc et ses carquois. Trois carquois. Il se retourna : Barbeyrac et Rosamonde suivaient à distance. Le cheval de Saveuse portait les armures et le sac contenant le crâne de Guillaume.

— Ils tarderont à me rejoindre. Ils ont mal accepté mes paroles et mon ire. Mais quoi ?... Après avoir séduit Saveuse, la voilà qui voudrait circonvenir Étienne. Et ce grand bêta se laisse embobeliner !

Ils s'éloignaient au pas, l'un derrière l'autre, le roncin de Saveuse, redevenu sommier, suivant docilement sans lien d'aucune sorte. Nul ne soufflait mot, pas même Rosamonde qui mettait pourtant, d'ordinaire, une espèce d'acharnement à patrociner. Pâle, transie et se merveillant d'être en vie, elle ne regardait rien d'autre, semblait-il, que les oreilles de sa jument.

Étienne courbait parfois l'échine pour amoindrir la souffrance de son épaule. Regrettait-il Saveuse ? Il avait découvert, nouées à l'arçon de selle du Cambrésien, deux bourses robées dans les chambres du donjon. Il les avait conservées. Et comme il y songeait, il commenta :

— Avec de l'or et de l'argent on obtient tout.

Sans doute espérait-il entamer un entretien susceptible d'alléger la lourdeur d'un silence qui les incommodait tous.

— Tout ? s'étonna Ogier. Même la santé quand la peste vous court après et qu'il faut désespérer d'une trêve ?

Il s'en voulut de se montrer désagréable et sentit aussitôt, pareils à quatre picots de fer, les yeux de son compère et ceux de Rosamonde pointés sur son dos. Qu'importait ! Il était las, déçu d'avoir eu à se battre. L'idée le pénétra qu'il cheminait pour rien. Qu'il arriverait trop tard. Un mystérieux et impérieux désir de solitude emplissait son esprit quand, songeant qu'ils avaient parcouru sans doute un quart de lieue, il contraignit le Noiraud à un brusque demi-tour que le cheval, tiré de sa nonchalance, acheva par une ruade.

— Regardez !

Une lourde fumée s'échappait des archères et de la guette du donjon. L'écurie, elle aussi, devait flamber. Et la chapelle. Cette orgie de boursouflures noires, pétillantes d'étincelles et de flammèches, barbouillait le ciel d'un semblant d'orage.

— Est-ce toi, Étienne, qui a bouté le feu juste avant notre départ ?

— Non. Nos deux flambeaux s'étaient consumés avant l'aube.

— Alors, est-ce vous Rosamonde ?

— Non... Comment aurais-je fait ?

Son visage livide prenait un relief troublant dans le désordre de ses cheveux mal peignés. Des lueurs de courroux lui jaillissaient des yeux et sa bouche tremblait, bien qu'elle s'efforçât de la maintenir close.

— Qui donc a mis le feu ? demanda Barbeyrac.

Ogier soupira, incapable de répondre. Un essaim de questions volait autour de lui. La jeune morte n'était-elle pas seule ? Un homme de Franque-Vie avait-il survécu ? De rage avait-il voulu se venger sur la forteresse ? Les Neuf Preux avaient-ils un pouvoir *démesuré* ? Allaient-ils cheminer avec leur malédiction ?

— Il me semble sortir d'un sommeil infernal.

— Mon épaule navrée me prouve le contraire !

— Mon époux mort également, dit Rosamonde d'une voix assourdie d'une tristesse tellement fausse qu'Étienne ne put s'empêcher d'en rire.

Ogier regarda de nouveau la fumée. L'incendie gagnait en force et se dispersait.

« Demain tout sera noir, là-bas. Cette forteresse, elle aussi, paraîtra victime de la morille. »

Il frémit comme s'il était pris d'une fièvre maligne, comme si le château lui appartenait. Son gosier se serra. Il sentit des picotements dans ses yeux au souvenir de sa jeune et éphémère alliée.

— Dieu est cruel, marmonna-t-il. Cruel et injuste.

— Peut-être, dit Étienne, aurions-nous dû emmener les roncins des vaincus.

— Pour provoquer des convoitises mortelles... Non, crois-moi, Barbeyrac, ils sont bien où ils sont.

Et tapotant l'épaule de son Noiraud avant de retomber dans sa mélancolie, Ogier reprit sa lente chevauchée.

III

Le froid, le vent et quelquefois la pluie. Des villages dépeuplés où brasillait un bûcher ; deux si l'épidémie s'y montrait particulièrement cruelle. Des arbres décharnés, juchoirs de paisibles confréries de corbeaux gros et lourds, — comme gavés des noirceurs de la peste. Dans les champs, de sombres bouffissures pelées, surmontées de quelques croix sous lesquelles s'enchevêtraient des corps. Silence et putréfaction. L'air sentait la cendre et la pourriture.

Les graviers des chemins craquaient sous les sabots. Esseulées dans les terres, des maisons se mouraient, elles aussi. Pas une voix, pas un cri : les oiseaux seuls piquetaient le silence. Ruines sur la mosaïque des prés abandonnés. Friches, roncières ; parfois le sombre gonflement d'une vache ou d'un cheval endormi à jamais.

Ogier ne se sentait point enclin à commenter ce qu'il voyait. C'était lugubre à en regretter l'Angleterre et surtout Bunbury. Tous les visages des vivants suaient la mort. Les bourgs où subsistaient des centaines de manants épargnés par l'infection semblaient clos, verrouillés sans trêve. Dans certains, on jetait les morts hors de l'enceinte ; ils s'entassaient et se corrompaient au pied des murs ; leur punaisie montait à l'assaut des créneaux. Ces cités ne pouvaient inspirer que l'horreur. Elles avaient perdu et leur âme et leur nom.

Il fallait cheminer vers le Ponant ; c'était tout ce à

quoi Ogier songeait pour remédier à l'écœurement qui souvent le prenait au spectacle de toutes ces *choses*. Pas une cathédrale en vue afin de se dire, puis d'annoncer : « C'est par-là ! » Le froid l'envahissait. La nuit tombait vivement, le jour tardait à paraître. Heureusement, l'herbe était abondante, les chevaux solides. Il y avait toujours dans un creux de vallon une masure, une encoignure où s'abriter. Il y avait toujours un hameau où l'on pouvait acquérir du pain noir et une volaille malingre à condition d'en quadrupler, voire d'en sextupler le prix.

L'humanité n'avait jamais enduré rien de plus effrayant que cette inexorable invasion d'un mal invisible et sournois. On eût dit que la foudre était tombée partout. Décrépitude et discorde, car il advenait que l'on vît des gens se colleter autour d'un mourant, les uns souhaitant l'exhorter, les autres voulant l'occire pour abréger son angoisse. Le crépuscule des existences condamnées ruinait les santés et les caractères. Il semblait que personne ne se sentît l'aptitude à vivre ses ambitions, ses amours et ses rêves. Le courage manquait ; la frayeur augmentait. Des croix de carrefour avaient été mutilées. La ferveur, elle aussi, était contaminée.

Étienne regardait. Rosamonde baissait fréquemment les yeux. Des bûchers et des matelas de terre au-dessus des fosses communes. Partout !

« Non ! Cela ne peut être pareil à Gratot ! »

Ogier se fortifiait de cette négation comme d'un aliment amer. Parfois, il était tenté de pousser son cheval ; parfois, il était enclin à le retenir : il se tolérait cette couardise.

Il se dédoublait : il entrait à Gratot et trouvait le château mortellement vide ; il franchissait le porche de la porte charretière, et Blandine était là, qui l'avait attendu. Ce retour, il l'avait vécu cent fois à Bunbury. Il avait puisé dans l'expérience d'un autre lui-même des souvenirs réconfortants ; il lui avait emprunté des sensations, des aventures, des volontés. Il avait tout prévu, tout éprouvé. Il avait vu les lieux où il cheminerait. La peste détruisait toutes ses illusions.

— Cette cité au loin... Est-ce Rouen ?

— Sans doute.

— Y dormirons-nous ? demanda Rosamonde.

Sitôt à proximité des murailles, ils virent les feux autour desquels semblaient danser des hommes noirs. « Nous, nous sommes vivants et en bonne santé. » Rouen était atteint et ils étaient vivants. La morille les ignorait. Pour eux trois, la vie restait et resterait belle.

— Dormir en ces murs, dit Rosamonde, c'est peut-être exciter la mort...

— Plus que nous, dit Ogier, nos chevaux méritent une halte et un toit.

— Nous crois-tu assez forts pour défier la peste ?

— Je ne le sais vraiment, Étienne. Nous avons pris les remèdes de messire Maignelay. Nous avons bu son vin de sauge. Nous avons achevé, hier, son électuaire. Nous voilà dépourvus de notre dernière armure contre l'épidémie. Nous sommes purs encore. On brûle les charognes et nous sommes vivants.

Des rues vides et, sans doute, des chambres vacantes dans les hôtelleries. Quatre hautes fumées noires sur le ciel d'un bleu froid. Oublier ces corps, ces centaines de corps qui rôtissaient en grésillant ; ces têtes noires, ces aisselles noires, ces aines noires... Crépitement du bois, chuintement des graisses humaines. Visages de monstres ; bras pareils aux sarments d'une vigne vendangée par la mort... A Gratot y avait-il un bûcher ? Y avait-il eu un bûcher ? Oublier les gémissements des vivants que l'on offrait au feu : un peu plus tôt, un peu plus tard, il faudrait bien les arser[1]... Oublier les cris des parents offrant leur enfant mort aux flammes dévoreuses... Oublier *comment* ? On ne pouvait oublier.

« Je les regarde de mes yeux vivants. Je passe devant eux... Je les offense de ma bonne mine ! Rouen sera-t-il pour nous un piège mortel ? »

Les archers du guet confabulaient avec deux filles follieuses. Leurs rires cessèrent au passage d'un charre-

1. Brûler.

ton empli jusqu'en haut des ridelles. Certains bras remuaient à travers les barreaux : il semblait que ces trépassés adressaient ainsi leur bonsoir à la cité. La mule qui tirait ce chargement funèbre était couverte d'un houssement rouge, sans doute pour prévenir les passants de la nature du charroi. Deux porteurs de flambeau la précédaient. L'odeur exécrable des fumées et pourritures mêlées incommoda si fort le Noiraud qu'il joua du sabot et faillit ruer.

— Holà ! cria l'un des archers en s'approchant d'Ogier. Où allez-vous ainsi ?

— Nous venons d'Abbeville et nous cherchons un gîte.

— La cité n'est point hospitalière !

— C'est vrai. Mais nous sommes las.

— Vous trouverez aisément, tout droit, *Le Grand Ours*..., dit une des filles, — une grosse cagne aux cheveux rouges, nue sans doute sous sa houppelande de peau de mouton, ceinturée d'un cuir aussi large que sa main. Et si vous voulez du plaisir, on peut...

Elle aperçut Rosamonde et, sur un ton gourmé :

— Je vois que vous êtes pourvus à demi. Puis-je me joindre à vous ?

Ils passèrent. La rue vide empestait. Des lumières jaunâtres fluaient à travers les cœurs et les trèfles des contrevents. On entendait parfois des pleurs, une prière. Les échoppes semblaient closes depuis toujours.

— Nous nous jetons peut-être dans la gueule du loup, mais qu'importe ! dit Étienne. J'ai mal.

— Je vous soignerai, dit Rosamonde. J'aurai plus d'aise à le faire que ces deux derniers jours.

Une placette se présenta, au fond de laquelle se dressait une maison plus haute que large. Au rez-de-chaussée, des fenêtres décloses révélaient une salle enfumée où des ombres se mouvaient. Ogier mit pied à terre et entra.

Deux douzaines d'hommes menaient un grand tumulte pour le plaisir, sans doute, de s'en savoir capables. Sergents, manants, portefaix et marchands, après avoir liché pour oublier la peste, s'affrontaient en des joutes verbales obstinées dont aucun ne sortait vainqueur. Une frénésie de gesticulations et de convictions les opposait d'une table à l'autre, et de celles-ci au comptoir, dans la brume dégagée par l'âtre rutilant. L'odeur que leur haleine et leurs chairs dégageaient fut presque aussi pénible à Ogier que celle qui flottait à l'entour des bûchers.

« Un coupe-gorge, sans doute », se dit-il. « Mais tu ne peux reculer. »

Quatre grosses lanternes illuminaient les faces de la chalandise [1] et celle de l'hôtelier, un Hercule, aux cheveux abondants, décolorés par une canitie précoce. Il était habillé ainsi qu'un forgeron — chemise et tablier de cuir — et portait aux poignets des bracelets de basane. Ogier lui trouva une face de dogue.

« S'il n'était aussi haut et chenu, je le prendrais pour Guesclin ! »

Il n'y avait plus un bruit, maintenant, hormis celui des respirations oppressées.

« Un autre que moi rebrousserait... Or, je suis las... Nous sommes las... Et de plus nous savons nous défendre. »

Ogier, d'un pas aisé, sinua entre les tables, évita un croc-en-jambe et s'adressa au colosse :

— Avez-vous deux chambres, de la nourriture pour trois et du fourrage pour quatre ?

— Avez-vous des écus ?

Ogier brièvement étudia l'aubergiste. Un visage mafflu, des yeux de perverti, une bouche à la lèvre supérieure tranchée, naguère, par une lame. Un malandrin sans doute. Il se pouvait qu'il eût servi dans les armées

1. Clientèle.

royales. Ces deux suppositions n'étaient pas incompatibles.

— J'ai des écus.

— D'où venez-vous ?

— Nous venons d'Abbeville et allons à Coutances. Vous n'êtes point prévôt pour que j'en dise plus.

Il y eut des rires. Ogier se retourna, défiant toutes les faces poisseuses aux regards fixés sur lui, inventoriant, ensuite, la gobeleterie, les chopes de grès, les hanaps bosselés comme de vieilles cuirasses, la longue procession des fioles et des pichets ainsi que les tonneaux et tonnelets empilés le long d'un mur, dans le sens des longues solives cornées de suie. Existait-il de meilleures hôtelleries ? Évidemment. Cependant, il était las ; il avait faim. Rosamonde était fourbue. Étienne avait du mal à se tenir en selle.

— Deux chambres.

— Et ils sont trois ! ricana un galfâtre qui s'était approché de la fenêtre.

Mieux valait s'arrêter ; passer la nuit allongé, habillé, l'oreille attentive et l'épée à portée de main.

— Alors, l'homme ?... Vas-tu te décider à nous conjouir ou pas ?

Le tavernier devina qu'il avait devant lui un homme hardi, prudent, qui, sans avoir fait escale dans tous les ports du vice, était suffisamment au fait de la truanderie pour déjouer toutes sortes d'entreprises.

— Soyez le bienvenu, dit-il. Ayez confiance.

Venant d'un gros herlos[1] qui n'en inspirait aucune, cette amiableté parvint à égayer Ogier. Son sourire passa pour un acquiescement à l'instant même où il se promettait de redoubler de vigilance.

— J'ai confiance... en moi.

Après le château des Neuf Preux, ce *Grand Ours* tout aussi inquiétant que le fauve dont il s'appropriait le nom, aggravait son humeur lugubre.

Il vit avec regret ses compagnons entrer alors qu'ils

1. Maraud.

eussent dû demeurer près des chevaux. La pâleur d'Étienne effaça son courroux. Rosamonde était blafarde aussi : contrariée, elle ne s'en était point cachée, par les inconvénients de la nature. Aux sifflets qui avaient salué leur apparition succéda un silence bref, indéfinissable.

— C'est votre épouse ?

— Qu'elle le soit ou non, en serez-vous... marri ?

— C'est celle de votre compère !

Ogier n'osa dissuader l'hôtelier de son erreur. L'homme aux cheveux précocement blanchis eut un sourire entendu. Son instinct l'avertissait que Rosamonde était disponible. « Hé ! Hé ! » fit-il entre ses dents. Aussitôt, d'un regard prompt et connaisseur, il dévêtit la jeune femme, la soupesa, l'investit, la jugea.

— Messire, dit-il avec une tranquillité feinte, j'ai trois chambre si vous voulez.

— Deux qui se jouxtent, séparées par une porte intérieure.

L'homme dévisagea effrontément Rosamonde : nul doute que son désir d'elle pouvait contaminer ses compères. Il souriait toujours, pensant bien faire, et tous les visages hâves, gras, décharnés, hirsutes, scrofuleux, ouvraient ou entrouvraient des bouches presque toutes dégarnies ou crénelées sous l'embroussaillement des barbes de tout poil.

— Messire, vous pourriez dormir avec elle... Votre ami m'en paraît incapable.

Il y eut des rires, moins copieux que ceux qu'Ogier redoutait.

— Ne vous mêlez point de cela, tavernier, mais si vous voulez savoir pourquoi mon ami est navré à l'épaule, c'est simple : des routiers nous ont assaillis. Ils étaient dix, nous deux, et je le puis jurer sur la Sainte Croix... Je vous laisse tirer la leçon de cette échauffourée.

L'homme leva les mains. Son grognement fut celui d'un veautre qui laisse partir sa proie :

— Je n'en demande pas tant, messire !... Mais si

vous voulez savoir sans façon ce que je pense, moi, Jolivet, de votre compagne, eh bien, par tous les saints du Paradis, j'affirme que cette dame est bien belle... Les Sarrasins disent qu'on ne doit rien craindre d'une jument quand on la monte, mais tout redouter d'elle quand on met pied à terre.

Le drôle contrefaisait cet adage ; il fallait remplacer *jument* par *cheval*. Cependant, le conseil ne manquait ni d'opportunité ni de sagesse. Ogier lui accorda volontiers un sourire.

— Laissez votre jugement à l'écurie, tavernier !... Faites-y mener nos chevaux... Montrez-nous ces chambres et qu'on nous y porte nos repas... J'ajoute que je vais aller moi-même défardeler nos bêtes et que je ne veux pas qu'on ouvre ce qu'elles portent.

— Ce sera fait.

— Même si mon compère est navré à l'épaule, il est encore ardent et bataillard... Il rendrait coup pour coup s'il était agressé... Lorsque nous serons hors de cette salle, faites-en part à vos amis !

Le tavernier s'inclina. Quelque chose anima l'ombre de ses pupilles. Ogier se sentit aussitôt transpercé, méjugé en dépit de sa ferme attitude.

« Je ne mangerai pas », décida-t-il. Puis il se ravisa : « Un peu de pain, tout de même. »

D'un geste il invita ses compagnons à le rejoindre.

Ogier se détourna.

— Dormez-vous ? dit-il à voix basse.

— Non, chuchota Rosamonde. Et vous, Étienne ?

— J'allais céder au sommeil.

— Rejoignez-moi doucement.

Rosamonde se leva et trébucha sur Étienne emmitouflé dans une courtepointe, au pied du lit.

— Point de frainte[1], recommanda Ogier.

1. Bruit.

Immobile dans l'embrasure de la fenêtre, il vit ses compagnons approcher et les retint de faire un pas de plus.

— Que redoutez-vous ? demanda Rosamonde.

Il ne distinguait d'elle que les brillances de ses yeux. Comme en pleine clarté, ils semblaient exprimer à son égard un défi, une insolence. Il lui trouva l'haleine chaude, fétide, et fut saisi d'une inquiétude qu'il sut insérer dans une autre :

— Nous avons craint que des malandrins ne viennent forcer notre porte. Or, il semble que seuls nos chevaux les attirent... Vois, Étienne, à quoi se préparent ces hommes.

Ils étaient quatre. Ils avançaient de front vers l'écurie, sans souci du rayon de lune qui dénonçait leur présence et mieux encore : leur intention.

— Qu'allez-vous faire ?

Ogier crut voir frissonner Rosamonde. Sa voix semblait changée : moins vive, rauque et comme essoufflée. Avait-elle seulement peur ? N'était-il pas trop enclin à déceler partout de funestes présages ?

— Je ne regrette pas, dit-il, d'avoir choisi cette chambre : je peux sauter sans crainte dans la cour. On ne se blesse pas en tombant d'une toise.

Dans l'escalier accédant au premier palier, il s'était retourné. Comme il s'y attendait, les faces levées des chalands du *Grand Ours* avaient perdu leur gaieté. Les regards révélaient l'audace, l'esprit de décision et surtout la plus terrible des ardeurs : celle d'occire. Le tenancier avait insisté pour qu'ils prissent une chambre au second ; il avait refusé sans consulter Étienne. Il s'en félicita.

— Il est possible d'intervenir... Ma lame, Rosamonde.

Il reçut Confiance nue, à sa convenance. Ensuite, il se pencha :

— Aucun de ces larrons ne possède une épée, mais je vois luire un couteau... Nous avons bien fait, Étienne, de conserver nos habits et nos heuses.

— On saute et les assaille ?

La question de Barbeyrac révélait une satisfaction si âpre qu'Ogier s'en montra mécontent :

— Tu peux te rompre un membre et ils peuvent t'occire. Songe un peu à l'état où tu es !

— J'y songe et ne saurais ni ce soir ni jamais faire deffaute[1] à un ami.

Ogier se résigna. Pour obvier à la défaillance d'un bras, Barbeyrac ne mettrait que plus de fureur et de vivacité dans ses coups. Il objecta, cependant :

— Nous ne pouvons les assaillir sans savoir s'ils veulent vraiment rober nos chevaux.

— L'écurie ne contient que nos quatre roncins... Mais attendons qu'ils les sortent.

Ogier ouvrit précautionneusement la fenêtre. Une puanteur familière et une humidité poisseuse l'enveloppèrent. Sur les panneaux disjoints du grand huis de l'écurie, la lumière, pourtant avare, semblait gluer. Aucun bruit ne sourdait de la rue toute proche, et ce silence, un cheval en perçut la menace : il hennit et sabota. Aussitôt, les hommes s'arrêtèrent. L'un d'eux les invita, d'un geste, à continuer. C'était le tavernier.

— C'est Jolivet leur chef, dit Ogier.

— Êtes-vous ébahi ? demanda Rosamonde.

Elle haletait. Était-ce uniquement un effet de la peur ? Étienne s'approcha et se pencha :

— Il tire la porte... Ils entrent tous.

— Une lueur, dit Rosamonde. Ils allument une lanterne.

Oui, son haleine était désagréable. Elle gratta son cou, une de ses aisselles. « Impossible », songea Ogier. « Ce n'est pas *cela*... Ce mal abject m'effraye tellement que je le flaire et redoute partout. » Il enjamba le bord de la fenêtre et se laissa glisser en se retenant, d'une main, au bois du cantalabre.

Il tomba fermement sur ses jambes et d'un geste

1. Manquer au moment du besoin.

invita Étienne à le rejoindre. Le saut fut sans dommage, mais l'épée, mal tenue, tinta contre le mur.

— Viens !

Ogier désignait une encoignure. Ils s'y blottirent. Une ombre apparut : le tavernier.

— Que vois-tu, Jolivet ? demanda une voix.

— Rien, Marcel... Hâte-toi.

L'hôtelier réintégra l'écurie. La lueur de la lanterne n'y dansait plus : accrochée à quelque piton, elle permettait à chacun des hommes de délicoter un cheval.

— C'est bien ce que je craignais, Étienne : ils s'apprêtent à les emmener pour les monter ou les saigner... Les voilà ! Oublie ta navrure à l'épaule et reste dans le noir : il faut qu'ils me croient seul... N'apparais pour me chevir[1] que lorsque la nécessité t'y poussera.

Ogier s'était porté au milieu de la cour. Tenant à deux mains son épée de biais sur sa poitrine, il s'inclina devant les malandrins avec une cérémonie dont il eût fait usage en présence de princes.

— Messires, ces chevaux sont miens. C'est un délit d'importance que de s'approprier ce qui est à autrui... Quel usage en vouliez-vous faire ?

— Monter dessus, pardi ! s'exclama le plus âgé, le plus gros et le plus outrecuidant des quatre hommes. Et bider[2] hors de cette cité hantée par la male mort !... Aussi vrai que je suis Grégoire Lechanteur, dit Tranchefer et fèvre en chômage !... Et je vous promets que vous ne pourrez m'interdire quoi que ce soit !

La voix du coquin, tout d'abord légère, avenante, s'était au fil des mots imprégnée d'une lourdeur comminatoire ; quant au rire qui achevait son défi, il exprimait la gaieté, la confiance et le mépris. Son tablier de cuir

1. M'aider.
2. Trotter.

bombait sur son ventre, noir, tavelé de taches blanches et de trous. Peut-être avait-il reçu mission de jeter des morts dans de la chaux vive. Quelque chose luisait sur son cou : une chaîne composée d'anneaux de toute espèce, ôtés ou arrachés des doigts des trépassés.

— Voilà, messire, tout ce qui est clair, pour moi, cette nuit... J'aimerais que vous nous accordiez le passage... Je peux m'ouvrir la voie avec cette clé pointue !

Un couteau brilla au bout de l'énorme poigne.

— Auriez-vous quatre lames de cette espèce, enfants de Belzébuth, sachez que je ne crains pas les coutillades !

Tandis qu'il parlait, Ogier vit le plus jeune des larrons saisir aux mains de ses compères la bride des chevaux inquiets et nerveux, et les contraindre à reculer avec le Noiraud, qu'il avait choisi pour son usage.

— On passera, messire, affirma-t-il.

— On trépassera, dit Ogier.

« Trois contre un, mais Étienne va me rejoindre... Ils sont fous ! »

Ces malitornes aux faces indistinctes eussent pu rivaliser en bestialité avec les malfaisants qui, à Angle-sur-l'Anglin, s'étaient fait un plaisir de lui rompre une jambe. Ils paraissaient, cependant, moins malpropres et guenilleux. L'espèce de décence qu'ils affectaient donnait à leur stature une dimension singulière sans pour autant leur conférer la bourgeoisie. L'éloquence brève, moqueuse, du forgeron et le respect de ses compères — doublé, chez Jolivet, d'une admiration éhontée — ne pouvaient qu'engendrer l'inquiétude.

L'aubergiste se tenait au milieu. A sa droite, le nommé Marcel, sans doute, remuait une anelace à large et courte lame. De l'autre côté, Tranchefer, ce barbu aux joues pleines, au cou musculeux, à l'œil vif, et dont le sourire impudent révélait toutes sortes d'appétits assouvis par la force, balançait un haussart dont l'acier, taillé en dent de scie, n'avait jamais coupé de pain.

— Messire, dit Marcel d'une voix chaude, crapuleuse, tel que vous me voyez je suis sergent du roi... J'ai tous les droits.

— Dis plutôt que tu te les arroges.

— Je déteste qu'une volonté s'oppose à la mienne... Soyez assuré que j'ai toujours mené mes desseins à leur terme.

— Cette nuit, je vais mettre un terme à ton dessein.

— Oyez l'impertinent, compères !

Marcel eut un rire : une espèce d'aboiement qui s'acheva par une toux de coquelucheux. Comme il levait son poing où brillait un couteau, il crut bon d'ajouter d'un geste dédaigneux :

— Votre épée ne saurait m'effrayer.

— Tu as tort. Tu n'es qu'un homme d'armes et je suis chevalier.

La figure verruculeuse de l'homme eut un frémissement. Ses paupières cillèrent, son poing s'abaissa.

— Laissez ces chevaux et partez.

— Vous êtes seul, messire. Nous sommes quatre, observa Tranchefer.

Ogier dominait une hâte fébrile : celle d'attaquer. Il n'eut pas à le faire : Jolivet s'en chargea dès qu'il eut tiré le perce-mailles qu'il portait en verrouil[1] contre ses reins.

La promptitude et la vigueur de cet assaut ébahirent les complices du tavernier. Si brève que fut leur hésitation, Ogier l'employa pour frapper : sa lame vola vers la face de l'homme et la tailla de biais, de l'oreille au menton. Aveuglé, saoul de douleur et de haine, Jolivet lança son arme. Elle tinta aux pieds de Barbeyrac.

— Achève-le, Argouges !... Prends garde à Tranchefer !

Ogier se méfiait de cette agression-là : Confiance décrivit une courbe brève, à contre-sens de celle dont Jolivet venait de subir la fureur. Ce revers inattendu frappa le forgeron au bras dextre, qu'il entama et brisa au-dessus du coude. Le gros impotent voulut fuir : Bar-

1. Horizontalement.

beyrac lui empêcha le passage. Il y eut un cri et, sur le pavement, le bruit mou d'une chute.

Alors Marcel, le sergent si imbu de lui-même, déguerpit, suivi du jouvenceau qui lui criait de l'attendre. Les chevaux indécis commencèrent à saboter ; Ogier saisit deux brides et Barbeyrac deux autres.

— Que fait-on ?

— La cité n'est pas sûre. Les deux dévergondés que nous venons d'effrayer peuvent rassembler des compères. Nous n'aurons sûrement pas autant de bonne chance.

Ogier renversa Jolivet de son pied. Il se pencha sur la face sanglante.

— Il vivra.

— Achève-le.

— A quoi bon... Et le gros Tranchefer ?

— Mort... Il me paraît inutile de remettre les chevaux en place. Va chercher Rosamonde. Descendez vos fardages[1] ; j'irai chercher les miens après.

— La lanterne brûle toujours. Remettons les roncins où ces coquins les prirent et revenons tous deux dans la chambre.

— Quoi ?

— Rosamonde m'inquiète. Elle est peut-être atteinte...

Ce pressentiment égaya Barbeyrac :

— Allons !... Elle a traversé tout ce pays pourri sans défaillance. Elle est robuste.

Ogier ne put maîtriser un geste d'impatience. Mieux valait se soucier du sort de Rosamonde que de la croire exempte de toute espèce de mal, et particulièrement de la peste.

— Parmi tous ces infortunés que la morille a vaincus, certains avaient une santé de fer. N'as-tu pas remarqué qu'elle avait changé depuis notre arrivée ?

— Non.

Ogier sentit pour la première fois passer entre Étienne

1. Bagages.

et lui un souffle de discorde, à moins que ce ne fût un soupçon d'inimitié.

— Elle est malade, te dis-je... Allons, obéis-moi, je t'en prie. Remettons les chevaux à l'attache et montons.

— T'obéir ! T'obéir !... En voilà un langage.

Barbeyrac riait d'un rire acide : ce n'était pas de bon cœur.

Couchée sur le dos en travers du lit, insensible au froid qui avait envahi la chambre, Rosamonde respirait fort par sa bouche tordue, les mains agriffées au collet de son surcot pour tenter de le déchirer afin de fournir plus d'ampleur à son souffle : une sorte de sifflement étouffé, discontinu, comme si des chardons égratignaient sa gorge.

— Pourquoi ? demanda-t-elle entre deux halètements furieux. J'allais bien... et soudain, ces maudites brûlures.

Dans les affres de l'âme et les tourments du corps, elle recouvrait sa voix d'enfant ; une voix pointue, infiniment claire. Un irréductible sentiment d'insécurité transperça le cœur d'Ogier. Il vit la malade accomplir un effort et ne balbutier subitement que des mots incolores où revenait parfois ce *Pourquoi ?* auquel il ne pouvait répondre.

En quête d'un mouvement susceptible de l'aider à dominer sa frayeur, il remit Confiance au fourreau, posé sur une chaise, après en avoir essuyé la lame avec un pan du drap sur lequel gisait la malade. Il avait beau nier tout ce qu'il éprouvait, proclamer en soi-même que cette expiation monstrueuse avait peut-être pour origine les événements d'Abbeville et qu'elle était requise dans l'ordre de l'univers, il n'en éprouvait pas moins la certitude que Rosamonde était injustement sacrifiée. Il avait admiré cette beauté ; il avait cru qu'elle s'obstinerait à le vouloir séduire. Or, elle s'était assagie sans que son attitude envers elle l'y eût contrainte. Par amour de lui ?... La promptitude avec laquelle le mal était apparu l'emplissait de résignation et d'effroi. Il se sentait incapable d'extraire de son esprit des mots susceptibles de rendre à la jeune femme un peu du courage qu'il lui avait connu, et de l'exhorter à affronter son destin. Il n'osait la toucher, pas même ses cheveux éparpillés et moites.

— Fuyez, dit-elle. Laissez-moi ! Je vais devenir horrible et maléficieuse !

— Elle a raison, dit Étienne.

Ogier ne cessait d'observer le beau visage de la mourante, et ses yeux humides de pleurs qu'elle semblait retenir. Il demeurait à demi ployé dans sa stupeur tandis qu'elle s'abandonnait aux soubresauts de la douleur et de l'angoisse, échangeant avec lui des interrogations sans réponses, les lèvres fermées, aplaties sur des gémissements, le regard quasiment immobile. La peur, la compassion retenaient chez Étienne tout autre mouvement que celui de gratter son front — aussi poisseux et fripé que celui de Rosamonde.

— Jamais je n'aurais pu penser... dit-il penaudement.

— Partez, Étienne !... Entraînez-le ! Je vous en prie et supplie.

Rosamonde fondit tout à coup en pleurs :

— Pourquoi Dieu m'a-t-il condamnée ? Pourquoi ? Pourquoi ? Il y avait dans cette obstination à *savoir* un frémissement vain, dérisoire, de fureur illimitée, un stérile et vibrant désir de vengeance.

De grosses larmes roulèrent sur ses tempes. Déjà, la consomption enflammait ses poumons ; déjà son visage se couvrait de sombres macules. Bientôt, des convulsions irrémissibles annonceraient l'approche de tourments plus terrifiants. Par un geste qu'elle fit vers ses aisselles, Ogier sut que les affreux apostèmes se gonflaient avec une hâte implacable.

— Non ! hurla-t-elle en secouant la tête, les yeux mi-clos sur ses propres horreurs imaginées.

La gerbe de cheveux épars sur l'oreiller, sali d'une

sueur abondante, balaya le front tourmenté. La bouche, affreusement, pencha sur le côté, révélant la nacre des dents d'une petitesse juvénile. Les joues commençaient à perdre leur proéminence : elles se creusaient, se ridaient, noircissaient. Les arcades aux sourcils fournis et réguliers tressaillaient dans l'effort vain, opiniâtre, de recouvrer une vue qui faiblissait. Le nez s'effilait, et c'était bien la seule parcelle de blancheur charnelle qui subsistait dans cette face crispée, ténébreuse.

— Pauvre amie... balbutia Étienne.

Il demeurait à trois pas, la lanterne dans sa senestre, la dextre, inerte, contre sa cuisse, résistant piteusement à l'envie de quitter cette chambre emplie de miasmes et de plaintes.

— Ne me regardez pas ainsi !... Partez !

Une larme apparut à la commissure d'un œil dont les paupières gonflaient et brunissaient ; elle roula sur l'aile du nez, blanche et terne comme un pus.

— Je veux mourir toute seule ! Partez, Ogier... Conservez de moi...

La voix flétrie révélait une tendresse d'âme qui arracha un râle à Étienne. Toute une ferveur inemployée, toute une âme sevrée d'espérance semblaient réfugiées dans cette voix fragile que chaque souffle rapetissait.

— Nous allons vous soigner... Ne désespérez pas !

Ogier mentait éperdument. Ceint maintenant de son épée, ses mains vides, inutiles, le gênaient. Le sang qu'il y sentait fourmiller était-il encore pur ?

— Allez-vous en !... Votre présence auprès de moi vous porte un préjudice mortel... Je suis bien punie : c'est moi qui, au château des Neuf Preux, ai bu tout le reste du vin aux herbes...

Elle rit, se prenant soudain en dérision. Elle avait cru en l'efficacité de ce remède ; elle en avait privé ses compagnons, cassant la tourie après s'être assurée que nul ne la voyait pour faire accroire à un accident involontaire.

— Je m'en étais douté, dit Ogier. Vous avez vidé

puis rompu la cruche. Les dalles étaient sèches au lieu d'être mouillées.

— Et vous vivez, vous, d'avoir été privé de ce vin !

Ogier se tourna vers Étienne. Savaient-ils au juste pourquoi ils vivaient ?

— Nous sommes en sursis, Rosamonde. Le mal est partout, multiple... et le bleu Paradis est unique. Il vous attend, m'amie. Vous y serez heureuse. C'est moi, Ogier, qui vous le dis.

Il fallait qu'il la rassurât. Tout ce qu'elle éprouvait dans son cerveau et son corps avait son retentissement dans les siens. Il comprenait cette détresse et cette résignation, ces tourments acharnés, cette désespérance : c'étaient celles qu'il avait éprouvées, précisément au château des Neuf Preux, en présence de la jeune inconnue. Il ne pouvait prier. Le Ciel assurément suscitait le fléau.

— Sachez, Rosamonde, que malgré cette improbité, je vous tenais en estime...

— Moi, je vous amourais...

— Je n'ai jamais douté de votre sincérité.

Le bruit des trois respirations emplissaient le silence. Étienne dit : « Partons. » Ogier, le regard brouillé, fit un geste vers cette main que Rosamonde semblait lui tendre.

— Non ! cria Étienne. Bon sang, te crois-tu invincible ?

— Il dit vrai, fit Rosamonde d'une voix brisée.

Un spasme violent la secoua ; la colère plus que le mal en était cause. Son cou se tordit sur l'oreiller ; ses bras se tendirent dans un mouvement répulsif et l'on eût pu penser que c'était lui, Ogier, qui était atteint et pouvait la contaminer. Avec une vigueur incroyable, elle déchira le col de son surcot et de sa camisole ; ses seins jaillirent. L'exquise nudité de cette chair encore vierge de souillure rendit plus pénible encore aux deux hommes la découverte des deux boules noires sous les goussets légers des aisselles.

— Viens, Ogier, dit Étienne. Obéis, toi aussi !

Il avait ouvert la porte. La peur du mal s'était insinuée jusque dans sa voix soudain basse et comme abâtardie. Il tira de la pièce l'arc et les carquois, le sac renfermant le crâne de Guillaume de Rechignac et ceux contenant les armures.

— Viens, laissons le reste... Tout cela sans doute est infecté...

— Je ne... commença Ogier.

— Pars ! hurla Rosamonde.

Il allait donc la quitter sur une image funèbre, un cri, un commandement qui était aussi une supplication.

— Viens ! Viens !... Ne vois-tu pas qu'elle vomit... que nous sommes en pleine punaisie !

C'était vrai : une odeur insoutenable venait d'envahir la chambre. Y demeurer, c'était périr. Ogier suivit Étienne sans oser se retourner.

Appesantis et encombrés par leurs fardeaux, ils enjambèrent le corps de Tranchefer. Jolivet avait disparu. Ils apprêtèrent les chevaux en s'observant du coin de l'œil avec cette connivence qui d'emblée, en Angleterre, avait présidé à leurs rapports. Pourtant, ils se sentaient tout à coup différents parce qu'ils portaient différemment, sans doute, le deuil de Rosamonde.

— Elle est vaillante, dit Étienne pour dissiper sans doute le silence qui, depuis leur descente de l'escalier, s'était instauré entre eux.

— Je l'avais méjugée... Elle t'a... et elle m'a effrayé.

Ils avaient désormais quatre chevaux. Barbeyrac s'octroya la jument de Rosamonde ; Ogier prit l'autre.

— Je crois que je te quitterai bientôt.

Ogier tressaillit :

— Quand, Étienne ? As-tu peur ?

— De mourir, non... D'être atteint, oui. La Normandie me semble un bourbier. Une pourriture.

— La France tout entière est une pourriture.

— Je sens une menace sur mon épouse et mes fils. Une hâte me prend de les revoir vivants... Tu dois comprendre cela !

— Évidemment.

— J'irai jusqu'à Gratot.

Ogier suspendit au troussequin du Noiraud, la fardelle contenant son armure, puis son arc et ses carquois. Il noua la besace contenant le crâne de son oncle à l'arçon et sauta en selle.

— Je resterai fort peu à Gratot. J'ai juré d'emporter à Rechignac cette relique... Guillaume était une espèce de saint. Peut-être, s'il avait survécu à son combat contre Dartford, serait-il passé voir mon père... Peut-être aurait-il succombé à la peste... Alors, il vaut mieux qu'il soit mort les armes à la main.

Tirant Carbonel et la monture de Rosamonde par la bride, Étienne traversa la cour et s'engagea sous la voûte au-delà de laquelle c'était l'obscurité des rues, la bonace et l'incertitude. Un bruit le fit se retourner en même temps qu'Ogier.

Un corps demi-nu gisait, proche de celui de Tranchefer.

— Elle ne remue pas, dit Étienne.

— Elle a écourté son trépas.

Les sabots des chevaux clapotèrent sur les pavés où des flaques grasses luisaient. De loin en loin, des jonchées de paille humide dégageaient une puanteur de charnier : on eût dit que des trépassés se putréfiaient dessous. Le silence lui-même semblait pourri.

— Dieu ait son âme, dit Étienne.

Rouen dormait, replié sur ses deuils, ses secrets, ses espérances. Les yeux écarquillés afin de déjouer une possible échauffourée, Ogier savourait une sorte d'apaisement : après la mortelle querelle du *Grand Ours*, il pouvait se pénétrer une fois encore de sa force et de son énergie sans pour autant se rassurer sur sa capacité à triompher d'autres épreuves.

— Nous ne serons en sécurité qu'en dehors des

murailles, dit Barbeyrac d'une voix au timbre pâle et comme usé.

— Souffres-tu de ton épaule ? Es-tu capable de chevaucher ?

— Rassure-toi. La force du cœur supplée la faiblesse des membres. A Gratot, tu me porteras la santé.

— Gratot... soupira Ogier. Je redoute qu'une déception terrible ne m'y attende. Je n'ai jamais cessé d'encourir la male chance.

A sa perplexité, aux remous de son sang lorsqu'il songeait soit à sa demeure, soit à son épouse et à toute la bonne gent qui enfermait Blandine et leur enfant dans un cercle étroit et chaleureux, se mêlait une inquiétude infinie. Il ne pouvait se retenir de craindre que la fatalité dont il était le jouet depuis son adolescence ne lui réservât, une fois rendu, quelque épreuve supplémentaire. Les événements qu'il affrontait depuis Calais ressortissaient à un songe effrayant lors duquel il avait éprouvé et éprouvait encore les sensations les plus corrosives qu'il eût jamais connues.

— Quoi qu'il advienne, je resterai à Gratot.

— Et si le roi t'enjoint de le rejoindre à l'ost ?

Ogier ne répondit pas. Champion du roi de France. La belle distinction ! Il lui devait la mort, à Sangatte, de ses deux meilleurs soudoyers, plus une année de réclusion en Angleterre. Contrairement à ce qu'il avait cru lorsque Guillaume de Rechignac et Blanquefort avaient fait de lui un prud'homme, le plaisir suprême consistait moins, lors d'une vie de chevalier, dans l'application des préceptes de l'ordre ancestral que dans l'abandon d'une vocation dont l'objet essentiel se résumait à un seul mot : la guerre. Une fois réinstallé à Gratot, il oublierait le métier des armes. Il saurait reconquérir Blandine et contribuer, même au prix de certaines démissions, au renouveau de leurs amours.

— J'aurais dû par ma foi désobéir au roi. Trouver une astuce pour rester auprès des miens. Cependant, il me faut te l'avouer, Étienne, je suis parti pour l'ost avec satisfaction.

Cette fuite — car c'en avait pour lui l'aspect — ne participait-elle pas d'un égoïsme répréhensible ? N'en payait-il pas encore le prix ?

— Tu n'as cessé, Ogier, d'accomplir ton devoir. Même inutile et meurtrière, la conquête de ta tour de Sangatte demeure une prouesse dont tu peux t'enorgueillir.

— Le bel exploit en vérité !... Je me suis sacrifié pour la France au détriment de ma famille... J'ai désormais payé ma dîme au roi.

Ogier entendait pour un autre destin, l'appel de voix impérieuses. Elles n'émanaient pas de ses ancêtres, bien qu'il les eût parfois senti revivre dans son sang. Elles ne tombaient point du Ciel puisque Dieu l'avait déserté. Barbeyrac, circonspect, caressa l'encolure de Bucéphale puis s'avisa de Carbonel qui suivait docile, proche de la jument de Rosamonde. Enfin, il fournit sa réplique :

— Tu prétends désormais, Argouges, que la servitude du chevalier vaut moins que la condition d'époux et de père accessible à tous. Tu t'apercevras que cette existence est morne et fastidieuse parce que sans incidents, sans périls et sans chevauchées. Pour les hommes que nous sommes, la Chevalerie n'est pas autre chose qu'une maîtresse exigeante que nos épouses, quelles que soient leurs qualités, voire leur lasciveté, sont impuissantes à extraire de notre vie. Si tu quittes la Chevalerie, ce sera pour la réintégrer au galop. Et si le roi te prie de le servir encore, tu diras *oui* comme on dit...

Barbeyrac chercha un mot définitif. Ogier suppléa cette soudaine carence.

— *Amen*, dit-il en s'enfonçant sous la voûte d'une porte abandonnée par le guet et dont le grand vantail béait sur la campagne.

IV

Ils avaient décidé d'éviter les grandes villes. Ils s'engagèrent sur le chemin d'Elbeuf et contournèrent Bernay. De là, ils rallièrent Orbec et Vimoutiers. Renonçant à faire halte à Falaise, ils gagnèrent Thury-Harcourt, Aunay-sur-Odon, Saint-Martin-des-Besaces et Torigny.

La plupart de ces cités présentaient encore des traces de l'invasion anglaise, deux ans plus tôt. Quant à la peste, il suffisait de voir, *extra-muros*, les buttes des fosses communes comblées et les excavations prêtes à recevoir des corps pour être édifié sur la permanence du mal. Ogier se sentait incapable d'étouffer son angoisse.

— Plus nous avançons, plus le pays empunaise la mort et plus mes craintes augmentent !

Étienne se taisait, rongé de fatigue et d'anxiété.

Ils cheminaient de l'aube au soir, lentement. Parfois, dans un hameau, ils obtenaient un bout de pain et quelques œufs. Ils couchaient dans les bosquets les plus branchus : des rumeurs nocturnes révélaient des passages suspects. Des cavaliers et des piétons erraient dans la campagne. Il se pouvait qu'ils fussent honnêtes ; ils se pouvait aussi qu'ils ne le fussent pas.

Ils venaient de laisser Torigny derrière eux et chevauchaient droit sur Coutances, — ignorant résolument Saint-Lô, à leur dextre —, quand, avant le détour d'un chemin, les bêlements et meuglements d'un troupeau invisible les firent s'arrêter.

— Est-ce une illusion ? dit Étienne.

Se hissant sur ses étriers pour dominer la haie qui lui bouchait la vue, il demeura un long moment dans une espèce de contemplation béate et dit, en se rasseyant :

— Quatre vaches et six bœufs gros à souhait ; quinze moutons derrière cette orière[1]... Des hommes assemblés... Sens-tu ce que je sens ?

— Une odeur de rôti.

— Ces gars font bombance... Allons voir !

Ils quittèrent leur selle et marchèrent dans l'herbe afin d'étouffer le bruit des sabots. Ils trouvèrent la brèche par laquelle on accédait au champ. Ils y entrèrent lentement, laissant les chevaux libres de leurs mouvements.

— Le bonjour, dit Étienne en enlevant son bassinet. Ogier, si j'en crois ma vue, voilà les premiers hommes heureux que nous rencontrons depuis plus de cent lieues !

Ils étaient une douzaine, accroupetonnés autour d'un feu et d'un mouton embroché. L'apparition de deux seigneurs armés n'en fit lever aucun, et seules quatre ou cinq mains se portèrent sur des houlettes auxquelles étaient assujettis soit un fer de vouge, soit un épieu.

— Nous ne vous voulons aucun mal, dit Ogier en s'immobilisant.

— Êtes-vous seuls ? demanda un vieillard vêtu de peau de daim, à demi enveloppé dans une cloche[2] de velours noir, boueux, doublé d'écureuil.

— Nous sommes seuls.

Étienne tapota l'escarcelle suspendue à sa ceinture d'armes :

— Je suis prêt à vous donner quelques pièces en échange de quatre ou cinq tranches de cette épaule divinement dorée...

Les hommes s'étaient levés. Ils faisaient front sans nulle malveillance. Tous étaient couverts de houppelandes fourrées de mouton.

1. Bord d'un champ entouré de haies.
2. Long manteau de voyage fendu devant et derrière.

— Qui êtes-vous messires ? demanda le vieillard.

— Deux chevaliers qui s'en vont à Coutances. Et vous ?

— Nous sommes les bouviers d'Olivier de Sarceaux.

— Nous allons en France, messires, dit un jouvenceau à l'allure effrontée.

— En France ? s'exclama Étienne en se détournant. N'y sont-ils pas ?

— Si tu étais Normand, répondit Ogier, tu dirais, toi aussi, que tu t'en vas en France.

L'Ancien se leva. Dans son regard voilé par l'âge et la fatigue, quelque chose passa, qui pouvait être l'expression d'un orgueil mal dompté.

— Notre maître, Olivier de Sarceaux, n'a pas voulu quitter sa demeure par crainte de la peste [1]. Nous devons vendre ses bêtes au meilleur prix au-delà de la Normandie. La famine qui sévit sera d'un bon rapport... Et nous sommes nombreux pour défendre notre troupeau... et nous défendre nous-mêmes.

Les hommes acquiescèrent. Ceux qui avaient empoigné leur houlette en semblaient embarrassés. Cependant, Ogier se méfiait des jugements précoces : par ces temps d'abusions de toute espèce, un mouton — justement — des plus innocents pouvait devenir enragé.

— Nous avons décidé d'éviter les marchés pour ne point acquitter le tonlieu [2]. Nous irons s'il le faut jusqu'à Vire, Alençon...

— Point de tonlieu, certes, dit Ogier, mais des lieues et des lieues de chemins incertains. Quand vous serez rendus, vous aurez dévoré vos moutons !

— Si l'occasion se présente, nous les vendrons avant. Qu'un tonloier [3] ou non nous en offre un bon prix, il aura le troupeau et nous repartirons.

1. Conséquence des précautions prises par ce grand marchand de bestiaux : quelques-uns de ses bouviers contractèrent la peste et la lui apportèrent à domicile. Il en mourut.

2. Ou *tonnieu* : taxe sur les marchandises transportées. Droit de place et d'étalage sur les marchés et les foires.

3. Seigneur au profit duquel était perçue la taxe de tonlieu.

Étienne désigna le mouton sacrifié, léché de hautes flammes claires :

— Acceptez-vous de nous conjouir parmi vous ?

— De bonne grâce, dit le vieillard.

— Je vois, dit l'Effronté, que les chevaux ne vous font point défaut.

Il cherchait à se faire valoir auprès des siens sans pourtant parvenir à les intéresser. Accommodant et facile à vivre, le vieillard, d'un geste l'invita à modérer son ardeur, tandis qu'Étienne révélait :

— Nous étions quatre ; la morille nous en a pris deux il y a quinze jours, de sorte que nous sommes sains et que cette santé gonfle mon appétit.

Désireux de prouver ses bonnes intentions, il marcha vers les chevaux, planta son épée au sol et lia les rênes de Carbonel à sa prise ; Ogier en fit autant pour son Noiraud, regrettant de ne pouvoir surprendre les regards ou les gestes des bouviers. Restaient à attacher le Bucéphale et la jument de Rosamonde.

— Apporte deux houlettes, dit-il au jouvenceau. Les fers en terre, elles suffiront.

— J'accours, messire.

— C'est Robert, mon neveu, dit le vieillard. Dix-huit ans... Ferait un bon sergent... voire un bon écuyer.

Ogier comprit :

— Nous sommes pauvres... Ruinés par la guerre. Je ne sais en quel état je vais revoir mon châtelet, mon épouse, mon père et tous les serviteurs.

L'homme leva les mains à hauteur des épaules et, paumes en avant :

— Je ne vous force pas à le prendre avec vous. Asseyez-vous, tirez vos couteaux et contentez votre faim. Nous n'avons ni pain ni vin, mais cette viande est bonne. Savez-vous que le mouton est le seul animal à brouter une herbe qu'il n'a jamais foulée ni souillée ?... Une herbe saine comme vous et nous... Bon appétit !

Tous mangèrent. A quoi bon parolier : à peine rencontrés, il faudrait se quitter. Ogier, cependant, demanda si la peste, à Saint-Lô et Coutances, était aussi meurtrière qu'ailleurs.

— Il semble hélas ! messire, qu'il en soit ainsi, dit un homme.

— Plus les cités sont grandes, plus les morts s'y entassent, plus les pestilences sont mortelles, dit un autre.

— Les mires y sont plus nombreux, dit le jeune Robert, mais la morille ne les épargne pas... Des clercs les remplacent.

— Je crois que chaque guérison est un miracle du Seigneur, fit Étienne après avoir craché un bout de nerf.

Une espèce d'indulgence apparut dans le sourire du vieillard :

— Un miracle, en vérité... Mais ceux qui prient le plus ne sont pas épargnés... Ce que je sais d'une façon certaine, c'est que la peste est entrée en Normandie à la Saint-Jacques [1]. Elle venait du Levant ou du Nord. Dès lors, elle a lancé ses bras abjects sur Elbeuf, Dieppe, Beauvais, Rouen [2], Lyons-la-Forêt [3], Vernon, Évreux, Lisieux, Bayeux, Sainte-Marie-Laumont... Notre maître était bien informé sur son approche... A Bayeux, les chanoines furent priés de s'enfuir [4]. A Balleroy, il ne demeura plus personne... Puis la morille tomba sur Vire. L'épouvante y fut telle que les manants s'éparpillèrent, laissant les morts dans leurs lits et trouvant refuge dans la forêt. On raconte qu'ils ont refusé d'inhumer la châtelaine de la Lèverie, une grande, belle et noble dame... S'il le faut, cependant, nous irons jusqu'à Vire.

— N'y a-t-il pas, demanda Ogier, des lieux où le mal est moins fort ?

1. 25 juillet 1348.

2. On y fut obligé de créer en hâte un nouveau cimetière : celui de Saint-Martin-sur-Renelle. Il en fut de même à Dieppe, mais en 1351 : le 3 juillet de cette année-là, on y re-enterra les morts de 1348.

3. Par un acte du 21 janvier 1350, les commissaires du bailli de Gisors concluent à la vacuité de la ferme de la prévôté de Lyons-la-Forêt.

4. Octobre 1348.

— Non... Et vous avez bien fait d'éviter Saint-Lô. Les manants y disposaient de deux marchés qui, bien sûr, sont devenus de toutes petites choses : l'un le jeudi, l'autre le dimanche. Pour apaiser la colère du Ciel, on a déplacé celui-ci : il a lieu maintenant le samedi, mais on n'y voit personne. Ce que je sais aussi qui concerne Coutances, c'est que le couvent des Dominicains est devenu une espèce de maladrerie.

— Je te sais bon gré de me dire cela !

Ogier jeta derrière lui un dernier morceau de viande. Il n'avait plus faim. Un rouquin, le plus maussade d'entre tous, émit un « Oh ! » réprobateur.

— Tout ira bien, tu verras, le rassura Étienne.

Il trouvait le mouton succulent. Il s'en délectait à petites bouchées qu'il laissait fondre lentement dans sa bouche. Il était à l'aise parmi ces gens. « Et moi, Ogier, n'y suis-je pas ? » Ils étaient de sa race. Il percevait, audedans des propos du vieux conduiseur de bestiaux, une bienveillance infinie. Cependant, des regards s'allumaient çà et là quand ils se portaient sur les chevaux et même sur les armures.

— Passer par Saint-Lô raccourcit votre chemin, dit l'Ancien. Mais n'y allez pas. La cité avait déjà moult souffert de la conquête anglaise ; elle se meurt de la peste. L'Hôtel-Dieu est plein...

— Il vous en parle en connaissance de cause, dit Robert en posant une main familière ou protectrice sur l'épaule de son oncle.

Il fallait qu'il se mît en évidence. Sous son aumusse de cuir noir, il avait un visage blême, inquiet ; un sourire incertain et tremblant. De tous, et parce qu'il était le plus jeune, c'était lui qui craignait les affres d'une mort autre que celle qu'il imaginait parfois : celle d'un preux, une Durandal à la main.

— L'Hôtel-Dieu est plein, reprit le vieillard. La salle neuve, réservée aux femmes et aux enfants, abrite aussi des hommes. Je vous laisse à penser ce qui peut s'y produire... C'est par le ventre que se fait la corruption des corps et des âmes ! La pouillerie[1] fume jour et nuit, mais il faut bien que l'eau s'évacue... La Vire est corrompue, elle aussi. La peste a infecté ce fleuve. Malheur à qui veut y laver son linge ou y pêcher. Les dons affluent aux pieds de sainte Madeleine et saint Lazare. La ville entretenait des médecins. Ils examinaient les gens suspectés de morille ; ils sont morts. Et si vous passez par le centre de Coutances, un homme nous a dit, hier, que des pénéants y venaient d'arriver.

— Des flagelleurs ? s'étonna Ogier.

— Oui, messire... Aussi vrai que mon nom est Benoît Ledentu, ce sont des gens dont la religiosité dépasse la nôtre. Ils ont des escourgées[2] aux lanières lestées de bossettes de fer ou de gros hameçons. Ils s'en donnent des coups et s'en font donner. La chair de leur poitrine et de leur dos se déchire et saigne. Ils prétendent que leur sacrifice apaise la colère divine.

— C'est marmouserie !

— Qu'on leur désigne un Juif : ils l'occisent avec joie. Ils clament que les Juifs et les Espagnols sont responsables de la propagation de la peste parce qu'ils sont sales et répugnants. Il paraît qu'ils ont des femmes à leur dévotion. Elles soignent et guérissent vélocement leurs plaies.

Il y eut un silence. Le rouquin renifla et s'essuya la bouche avec une espèce de rage :

— Faut châtier les Juifs s'ils sont coupables. C'est vrai qu'ils sont répugnants.

« Tu ne dois pas souvent te voir dans un miroir », songea Ogier. Toutefois, ostensiblement, il détailla l'homme de bas en haut : de son aumusse noire, déchirée, à ses heuses alourdies d'une boue plus dure, sans doute, qu'un mortier.

— D'après ce que je sais, la peste vient de Gênes.

1. Étuve pour la désinfection des hardes.
2. Fouets.

— Ça, dit le rouquin, c'est des jengles[1]. On ne sait pas d'où ça vient. Mais ce qu'on sait, c'est qu'où il y a des Juifs, il y a la peste.

Fallait-il poursuivre ? Ogier vit sourciller Étienne. Il ne disait mot. Pensait-il, lui aussi, comme ce goguelu ?

— Bah ! fit Robert en consultant son oncle du regard, pour accuser, faut des preuves.

— Y a pas besoin de preuves pour les Juifs.

Le rouquin entrouvrait ses lèvres pâles sur des dents de fauve. Son rire fut comme le déshabillement de son âme. Ogier sut qu'il ne commettait point d'erreur en disant :

— Je suis sûr que c'est toi qui saignes les moutons.

— Oui. Pourquoi ?

Il souriait. Il aimait le goût et l'odeur du sang.

— Tu saignerais un Juif ? Une Juive ?

— S'il le fallait.

— Ah ! fit Étienne.

Dans le silence épais l'on entendit, seule, la respiration puissante du rouquin. Il était heureux, fièrement heureux, de se montrer intraitable.

— Et si l'on t'amenait Notre Seigneur Jésus et qu'on l'accusait de répandre la peste ?... Te sentirais-tu prêt à l'occire... en le crucifiant, bien sûr ?

Le rouquin se dressa sans fournir de réponse. Il s'en alla vers le milieu du champ et marcha, donnant aux herbes de violents coups de pied. Ses compères l'observaient sans rire. Certains d'entre eux, sans doute, approuvaient ses propos.

— Vous lui avez rivé son clou, dit un barbichu en remettant son couteau dans son fourreau.

— Il ne savait pas que le Christ était Juif, dit un autre en essuyant sa lame sous son aiselle.

— Il a compris, je crois, dit Benoît.

Il souriait à peine. Il devait tolérer le rouquin comme le rouquin le tolérait. Il était chanceux que son neveu veillât sur sa personne. La face contractée, Robert

1. Plaisanteries.

observait l'homme, au milieu du champ, marchant et marmonnant tout en foulant les herbes.

— Laurent est fou, dit-il. Il a le plaisir d'occire.

— Il en dit plus qu'il n'en ferait, affirma le barbichu. Mais moi, si je voyais un Juif souiller l'eau d'un puits ou pisser dans une rivière...

Il se tut et plongeant sa tête dans ses paumes, il avoua enfin :

— Je ne sais pas ! Je ne sais pas !... Mais j'ai peur de mourir comme j'en ai vu mourir certains !

Puis avec un accent de rage épouvantable, ses yeux soudain rivés dans ceux d'Ogier :

— Si je savais que les Juifs sont coupables, eh bien, messire, je les occirais avec joie... Oui : avec joie !

Il y eut un nouveau silence et le doigt de l'homme se pointa, tremblant, accusateur :

— Vous en feriez autant !

Les bouviers s'interrogèrent du regard. Aucun n'osa parler. Ogier se sentit jugé. Peut-être condamné. « Il est temps que nous partions », songea-t-il en se demandant quelle était, désormais, l'humeur d'Étienne. Plutôt que de s'en occuper, il observait Laurent, qui revenait.

Le rouquin reprit sa place. Il regarda le feu et ce qui subsistait du mouton.

— Vaut mieux, dit-il enfin, pas parler de ces choses. Mais ne vous déplaise, messire : je tiens les Juifs pour coupables de notre tençon[1] !

Il riait. Il n'en avait point envie. Ogier cessa de s'en soucier.

Robert aida son oncle à se lever. Le vieillard porta ses mains blêmes et maigres à ses reins. La grimace qu'il fit n'était point outrée : chaque lieue parcourue lui était pénible, et pourtant, il allait au pas lent des bêtes, surveillant plus qu'aucun de ses compères, sans doute, les abords des chemins qu'empruntait le troupeau.

— Nous avions une mule, dit-il.

— Une nuit, reprit Robert, l'un des nôtres s'est enfui

1. Querelle.

avec... J'ai couru pour le rejoindre mais il avait trop d'avance... J'en ai pleuré de rage !

Sous l'aumusse élimée, les prunelles, grises, brillaient sans la moindre insolence. Le manteau de mouton, ouvert sur un surcot noir, propre mais rapetassé, révélait une poitrine pourvue de bons et solides poumons. Les chausses de futaine, un peu grandes, faisaient songer à deux vis de pressoir qui s'enfonçaient dans des houseaux de cuir entretenu. Les souliers avachis révélaient un marcheur. Robert portait à la ceinture un couteau large comme une anelace, au manche dédoré, enfoncé dans un fourreau de bois qui, à force d'être empoigné, s'était comme ardoisé et brillait aux lueurs d'un matin pourtant avaricieux en lumière.

« Il ferait un bon écuyer... Mais il m'encombrerait... Il nous serait un fardeau. »

— Je ne sais combien de lieues nous allons piéter, dit Benoît Ledentu. Il n'y a pas si longtemps, j'aurais pu couvrir vingt lieues sans en sentir le poids dans mes jambes... Maintenant, mes reins se regimbent de loin en loin... C'est pourquoi nous n'irons sûrement pas jusqu'en France... Fasse Dieu que nous trouvions un acquéreur... Pas vrai, Laurent ?

Interpellé, le rouquin grommela : « Fallait pas venir. » Ogier s'en détourna :

— Eh bien, Benoît, je sais comment te regracier de ton hospitalité. Nous avons quatre chevaux : c'est trop. Je troque notre jument louvette que tu vois là contre ce qui reste de ton mouton.

— C'est trop inégal. Vous perdez au change !

— Non... Ce qui subsiste du mouton va nous permettre d'atteindre Coutances sans avoir à chercher notre pitance. Si tu acceptes, que l'un de tes hommes le fourre dans un sac.

Tandis que le vieillard et son neveu se concertaient à voix basse, Ogier n'osait se détourner vers Étienne. Nul doute que son compère devait trouver cet échange excessif. Il était heureux d'y procéder.

Robert courut vers un monceau de bagages et de vêtements, près du seuil de la prairie. Il apporta bientôt deux sacs : un vide, l'autre gonflé par quelque chose de lourd ; il le souleva :

— C'est un bacon entier, messire. Mon oncle vous l'offre... Nous vous en faisons *tous* présent car cette jument nous permettra de nous reposer les uns après les autres...

Il y eut des murmures approbateurs et un seul grognement : celui d'Étienne.

— Tu n'aurais pas dû !

— C'était sagesse. Nous avons de quoi manger une semaine. Il se peut qu'il y ait la disette à Gratot et que ce bacon ou ce qu'il en restera y soit le bienvenu.

Ils cheminaient, genouillère contre genouillère. Ogier se retourna :

Regarde-les. Ils nous observent... N'as-tu pas remarqué que leur vrai chef, c'est ce rouquin solide et fumeux [1] ?... S'il avait hurlé : *« A l'arme »*, ses compères se seraient rués sur nous et le bienveillant Benoît et son neveu n'auraient pu les en empêcher.

Or, nous n'avions pas nos épées... Ils nous auraient estoqués !

Les sabots des chevaux crissaient et glissaient parfois sur le chemin pierreux, raviné par les pluies, où se voyaient çà et là les empreintes des pieds des bestiaux.

— Ils étaient bienveillants, dit tout à coup Étienne.

— Leurs regards démentaient leurs sourires aimables. Ce n'est pas parce qu'ils sont Normands que je leur aurais donné ma confiance.

Ogier se retourna encore :

— Ils agitent leurs mains. Continuons longtemps... As-tu vu la hure du rouquin lorsque je lui ai rappelé que Jésus était Juif ?

1. Violent.

— Non... J'étais doulousé pour lui.
— Pour qui ?
— Pour Jésus !
Leurs rires se mêlèrent. Il y avait longtemps qu'ils ne s'étaient ébaudis avec autant de cœur.

V

Si l'hiver se montrait relativement doux, le ciel contredisait cette bénignité. C'était, au-dessus de Saint-Lô, une nuée funèbre, composée inégalement de la fumée d'un holocauste et de celles des cheminées. Cette opulence de noirceur incitait à la prudence.

— Dommage que nous nous soyons égarés, dit Ogicr. Nous sommes, heureusement, à une lieue de la cité... Je m'y reconnais enfin !... En allant par ce chemin, nous atteindrons Coutances. Qu'en penses-tu, Étienne ?

— Fais à ta volonté.

La ramure étendait ses membres ténébreux au-dessus de leurs têtes, et devant eux, les troncs à broussins semblaient révéler la présence d'arbres mortellement atteints, eux aussi, par la peste. Des corbeaux innombrables aggravaient de leur vol et de leurs cris la désespérance du temps. Le vent commençait à sentir le sel.

— Penses-tu que nous y serons avant la nuit ?

— Six lieues... Quand nous arriverons, il fera jour encore.

— Elle se serait réjouie de parvenir enfin quelque part.

Étienne ne pouvait délivrer son esprit du pénible souvenir de Rosamonde. Il lui avait accordé, sans doute, un intérêt plus serré qu'il ne le croyait. Rien n'aurait pu, maintenant, troubler la méditation où il se confinait. Il regardait les champs gras, onduleux, les étincelles des gouttes parmi les herbes, les ombres que les nuages étendaient sur les friches. On n'avait ni labouré ni semé. Les bras manquaient et, assurément, le courage.

— Si Rosamonde était restée avec nous, je vous aurais demandé de vous faire passer pour époux...

— Pour rassurer ta Blandine !

Ils rirent, mais sans joie, et derechef Ogier regarda cette Normandie qu'il reconnaissait à peine. Des maisons mortes, — ruinées, brûlées, arriflées[1] par les Anglais en 46 — et, maintenant, des maisons solides, mais à l'abandon pour cause de male mort. Quelques chiens errants qui se défiaient des hommes et devaient se repaître d'immondices passaient au loin. Et toujours des corbeaux, des freux et des corneilles, comme pour aggraver la noirceur de la terre et du ciel.

— Ce pays pue le deuil !... S'il en est ainsi du mien, je crois que j'en pleurerai !

— Eh oui, dit Ogier.

Une désolation pareille lui apparaissait comme consonante à sa mélancolie. Elle le confondait et le fascinait. Il se plongeait dans des abîmes de crainte, d'impatience vivement refrénée et redoutait tout ce qui portait des traces de gaieté comme préjudiciable à son devenir : le sifflement d'un merle ou le roucoulement d'un ramier ; le chant d'un coq invisible et qui semblait se rire de la fatale infection pénétraient son cerveau sans jamais parvenir à en éparpiller les ténébreuses pensées ; les bruissements des ruisseaux avaient perdu leur charme d'antan : leurs eaux terreuses semblaient elles aussi pestiférées. Son cœur était lourd de Blandine alors qu'il eût dû le sentir léger comme aux premiers jours de leur rencontre.

Il retrouva sans grand plaisir la vision tant de fois évoquée : la motte de Coutances sublimée par les flèches de la cathédrale en voie d'achèvement. Plutôt que

1. Rasées.

de traverser la cité, il la contourna sans talonner le Noiraud afin qu'il allât vélocement ; sans même chercher à savoir si la peste étalait là aussi ses horreurs.

— Étienne, il ne nous reste qu'une lieue.

— Heureusement : mon épaule me peine, j'ai des reins de plomb et Carbonel rechigne.

— Tu vas avoir un bon lit pendant une ou deux semaines. Nous irons à Rechignac ensemble et nous y séparerons...

— Et peut-être qu'un jour, si cette guerre continue, nous nous retrouverons à l'ost pour aller quelque part affronter les Goddons !

— Pourvu... commença Ogier.

Pourvu que Gratot fût tel qu'au moment de son départ pour l'armée ! Pourvu que Blandine fût saine et sauve et accommodante ! Pourvu qu'il revît son père et toute la gent du château ! Pourvu qu'il revît son cheval et son chien !

Il ne desserra plus les dents jusqu'à ce qu'il fût en vue de la tour de la Fée, à travers la trame des ramures. Alors il avoua :

— J'ai peur.

Les quelques maisons qu'il avait aperçues étaient vides. Aucune fumée ne sortait des cheminées. En revanche, celle qui s'élevait au-dessus de Gratot ne sortait pas d'un conduit ordinaire : elle provenait de l'étable ou de l'écurie.

— Regarde, Étienne !... Je ne sais qui commet cette arsion [1], mais ce ne peut être mon père... Contrairement aux usages, le pont-levis est baissé...

Bien qu'il le sût fortrait et tremblant sur ses jambes, Ogier demanda un ultime effort au Noiraud. Le cheval l'accomplit tête basse en aratelant [2] fort.

1. *Ardoir* et *ardre :* brûler ; d'où *ars*, brûlé, *arsure, arsion* et *arsin :* action de brûler.

2. Haletant.

Passé les portes piétonne et charretière aux vantaux grands ouverts, la cour ensoleillée apparut. Jamais, lors de ses songeries éveillées, Ogier ne l'avait imaginée telle qu'il la découvrait en cette fin de jour.

Les murs et la toiture de l'étable, en partie dévorés par des flammes à présent mortes, dégageaient des fumées grises à travers lesquelles brasillaient quelques fragments de poutres. Parfois, une langue rouge s'y révélait et s'éteignait. Et c'était tout ce qui remuait dans l'enceinte.

— Que s'est-il passé ?

— Retourne-toi, compère !

Ogier vit tout d'abord les chiens : Péronne, égorgée, les trois autres la peau déchirée par ce qui semblait être des lanières de cuir armées de fer. Les malheureuses bêtes, obéissant à un commandement ou de leur propre volonté, avaient assailli les intrus et subi leur fureur.

— Cela remonte à quand, selon toi ?

— Je n'en sais rien, dit Étienne en mettant pied à terre et en allant lier la jument de Rosamonde à l'anneau du montoir. C'est tout proche. Tout frais...

Il laissa Carbonel libre. Ogier quitta péniblement sa selle :

— Je ne vois pas Saladin.

Il n'osait le croire mort. Il s'avança dans la cour, pantelant d'inquiétude et se refusant à regarder les chiens. Une angoisse, un remords lui penchaient les épaules.

— Ils ont fait bombance... Regarde, Ogier, ce gros tas de cendre et ces os...

— Nous avions une vache... Il n'en reste que le crâne, les cornes et les sabots... Ces maufaiteurs devaient être nombreux... Ils ont mangé sans même se soucier des chiens morts !... Puis ils s'en sont allés...

Maugréant contre son armure qui lui empêchait toute course, Ogier fit quelques pas en direction du logis seigneurial.

— Père !... Père !... Blandine !... Holà ! y a-t-il quelqu'un céans ?

Sa sueur ruisselait ; son cœur battait douloureusement. Il avait craint que le château ne fût envahi par la peste ; il l'avait été par des routiers.

— Ce feu de mangeaille a été allumé après none [1]. Les cendres sont chaudes dessus et rougeoient dessous... Veux-tu que je t'accompagne ou que je fasse seul l'inspection ?

Ogier ne sut que répondre. « *Des routiers. Combien ?* » Par quelle ruse ces malandrins s'étaient-ils introduits dans l'enceinte ? Quels crimes y avaient-ils commis *car l'odeur du sang se mêlait à celle de la fumée*. Devant le seuil de l'écurie, un homme gisait mort, éventré.

— Le connais-tu ? demanda Étienne.

— Oui, c'est un arbalétrier : Delaunay.

— Et celui-là, le connais-tu ?

Haletant de male rage, Étienne tirait péniblement un corps par les chevilles.

— C'est Marcaillou, un de mes soudoyers...

— Viens voir !... Il y en a un tas là-dedans !

Résigné au pire, Ogier s'approcha de l'écurie. Le malheur tombait sur lui. Tel un manteau dépenaillé, puant, ignominieux, il le sentait flotter autour de sa personne. Il eût voulu agir, crier ; il se mouvait lentement et sa gorge était si serrée qu'il était incapable d'émettre un grognement. Ses yeux le picotaient sans qu'aucun pleur en fût cause : la fumée qu'exhalaient les ruines incommodait sa vue. Il percevait les pulsations désordonnées de son cœur sur ses tempes douloureuses et jamais, depuis Sangatte, son oreille mutilée ne l'avait brûlé à ce point.

— Encore heureux, dit Étienne, qu'ils aient... respecté le château... Du moins d'après ce que j'en vois !... Par Dieu, je flonge [2] d'écœurement !

1. Midi.
2. *Flonger :* tituber.

Ogier l'entendait à peine. Il trébucha sur une pierre et vit les corps. On les avait jetés du seuil jusqu'au mitan de l'écurie, sans doute après les avoir balancés en les tenant par les aisselles et les pieds. Il imagina les rires, le bruit des chairs et des têtes heurtant le pavé ; le sang coulant ou suintant des plaies. Il vit des dos et des flancs nus lacérés et rayés de longues écorchures : les chiens n'avaient pas été seuls à périr sous le fouet. Il se pencha, renversant parfois un corps afin de scruter un visage :

— Asselin, je crois, car on lui a écrasé la face... Jourden... Barbet... Bertrande... Madeleine... Isaure... Jeannette... Violées, j'en jurerais... Crescentini, le Génois... Le Hanvic qui était avec moi à Sangatte... Ils se sont laissés abuser. Aucun ne s'est méfié !

Cette funèbre investigation accomplie, Ogier se releva. Il étouffait d'indignation. Il ne pouvait qu'imaginer soit les couteaux, soit les lanières, les uns tranchant les chairs, les autres les mordant et y demeurant parfois accrochées. Il ne pouvait parler, persuadé que toute parole, toute plainte, tout cri d'horreur se perdrait dans le vide et le silence ; et pour tenter de se réconforter, il se disait que ni Blandine ni son père ne figuraient au nombre des victimes. Il redoutait, cependant, un redoublement d'horreur s'il en découvrait d'autres ailleurs.

Étienne le suivit dans la cour, muet, accablé par tant de férocité.

— Ils ont fait leur feu à mangeaille juste sur ce qui était la tombe de ma mère !

— Qui sont ces maudits ?

— Il n'y a que des routiers pour commettre de pareilles horribletés !

— Ton épouse et ton père ?

— Je ne sais... Père a dû faire baisser le pont...

Immédiatement, sans doute, ç'avait été l'assaut et ses foudroyantes conséquences.

— Ceux qui n'avaient pas trépassé de la peste sont morts de la main de ces malandrins... Et comment les venger ? Holà, ce craquement ! Reculons !

Une partie de l'étable s'effondra en bourdonnant, expulsant par le toit crevé du gris, du noir, des flammèches et des étincelles.

— Tiens, vois sur le perron : c'est Mahé... Là, toute proche : Bertine...

Ils enjambèrent le corps du soudoyer. Ogier, du pied, poussa l'huis de la grande-salle.

— Père !... Père !

Le vieillard gisait près de la cheminée, le flanc percé par un couteau qui n'avait pas atteint le cœur, puisqu'il vivait encore.

— Père !

Le sang avait coulé et s'était encroûté. Le sang toujours. Cette fois celui des Argouges.

— Ne touche pas cette arme... Je mourrais d'un seul coup...

Ogier gémit de désespoir. La stupéfaction le glaçait, le violentait et le muselait. Il se sentait irrésistiblement entraîné vers d'invisibles périls.

— Père, on va vous soigner...

Il s'agenouilla, n'osant soutenir ce corps las, douloureux ; n'osant aussi se pencher sur cette face crevassée par l'âge et les douleurs dernières, cette face qu'il avait imaginée rieuse, rajeunie par la joie de le voir revenir. Après un gros soupir, il demanda :

— Que s'est-il passé ?

Il était plein d'une ardeur malsaine et s'insurgeait d'être désarmé par un malheur si vaste et tellement inattendu qu'il le privait de la moindre douleur : le sang s'évacuait de son cœur plus vélocement qu'il se retirait du corps de son père.

— Dites-moi !... Que s'est-il passé ?

Les paupières lentement s'ouvrirent ; deux larmes roulèrent. Les mains ne purent monter jusqu'à la blessure.

— Ils m'ont laissé pour mort... fredains[1]. Une trentaine... des femmes...

1. Scélérats.

— Vous avez toujours été soupçonneux !... Et vous leur avez ouvert !

— Quatre vêtus de bure... Moines de... Bayeux, disaient-ils... allant au Mont prier saint Michel... Les autres, derrière... La poussée... Rien pu... Dieu m'a permis d'attendre ta revenue.

Les paupières se fermèrent. Était-ce la mort ? Non, le souffle subsistait, petitement. « La mort ! » Cette évidence martelait le crâne d'Ogier, proliférait dans son corps et dévorait ses entrailles. Il enragea soudain contre la destinée : *pourquoi ?* Les Argouges n'avaient-ils donc point souffert en suffisance ?

— Que n'étions-nous ici quatre à cinq jours plus tôt !... Mais Blandine ?

Dehors, justement, Étienne cherchant partout hurlait : « *Blandine !... Holà y a-t-il quelqu'un de vivant ?* » Que croyait-il ? Qu'elle accourrait ?

— Blandine, mon fils, est morte de la peste... Trois semaines...

La destinée, toujours. Il fallait tout savoir :

— Mon enfant ? Est-il un fils ?

— Non : une fille... Thierry l'a prise avec lui.

Encore des mots qui embrasaient la gorge :

— Aude et son enfant ?

— C'était un fils... Sont morts... Ta fille s'appelle Luciane.

— Le nom de Mère... Où est allé Thierry ?

Ogier contemplait ce visage qui se décomposait. Le désespoir ajoutait à la douleur éprouvée un air de fragilité qu'il ne lui connaissait pas ; qu'il ne lui avait jamais connu — pas même au château de La Broye, quand on avait dépouillé ce preux de sa chevalerie.

— Je n'en... sais rien... La peur... a saisi Thierry... Il a pris Luciane... Parti au galop...

— Nos serviteurs ?... Mes soudoyers ?

— La peste... Quelques-uns nous avaient quittés... avant.

Ogier se sentait inexorablement repoussé vers ce monde épuisant d'où il avait cru parvenir à s'extraire :

celui de la fatalité. Les révélations de son père l'indignaient au point qu'il en oubliait toute peine.

« Pourquoi ?... Pourquoi *moi* ? Pourquoi nous ? N'avons-nous pas souffert en grande suffisance ? »

Il retira son gantelet et saisit la main du vieillard. Main décharnée, dure, immobile. Il regarda une fois de plus cette dextre puis cet homme sur lequel la mort, plus que le crépuscule du soir, jetait sa froidure et ses ombres. Il l'avait chéri de loin. En raison de l'absence et de l'éloignement de plus en plus grand, et parce qu'il connaissait sa vaillance, il lui avait donné des dimensions hors du commun. A son retour du Périgord, en 1345, il l'avait trouvé vieilli, blafard, comme rapetissé par les tourments de l'opprobre. Désormais, ce seigneur foudroyé reprenait consistance et grandeur. Le retrait du sang donnait à son visage une apparence de pierre. A le scruter intensément afin que son esprit en fût à jamais marqué, il se brûlait les yeux et les paupières. Ce petit grain d'ambre, sur la tempe ; cet autre, au-dessus du sourcil blanc et touffu ; cette cicatrice à la joue ; cette barbe plus grise que blanche...

— Père, le temps m'a manqué pour vous dire combien je vous aimais et admirais...

Il s'interrompit, sentant sous sa paume la main déjà si faible devenir dure comme le granit de Gratot. Il y avait du sang au revers de leurs dextres jointes ; deux taches quasiment rondes tels des sceaux de cire rouge. Et c'étaient leurs vies qui se descellaient !

— Père...

L'armure gênait Ogier aux genoux et aux coudes. Il eut froid. Froid autant que son père.

La résignation incrusta dans le visage aimé une sorte de faux sourire.

— Dieu est bon, mon fils, qui a voulu que nous nous retrouvions.

L'impuissance, l'incrédulité et le courroux du garçon éclatèrent en un furieux blasphème :

— Je ne me soucie pas de Dieu présentement. Il n'est enclin qu'à l'injustice et l'inclémence !... Blandine morte ! Aude morte ainsi que son enfant ! Nos serviteurs morts de main d'homme ou de pestilences affreuses. Et vous prononcez Son Nom !

La tête remua imperceptiblement et les paupières frémirent : les clartés animant ces yeux-là n'étaient déjà plus celles de la vie.

— Dieu nous aime. Il m'appelle... Je serai heureux... enfin ! Ta cousine...

— Tancrède ?

— ... nous est venue un jour... nous a dit que tu vivais alors qu'on te croyait mort... Nous te savions absent pour un an... Pardon : je n'en peux plus.

Depuis longtemps, depuis la bataille de l'Écluse et ses douloureuses conséquences — huit ans, déjà —, Ogier s'était familiarisé avec l'idée qu'un jour il ne verrait plus jamais cet homme, qu'il ne l'entendrait plus, ne lui parlerait plus. Et pourtant, maintenant qu'il le voyait sur le point d'expirer, avec ses yeux éteints, sa sérénité de vaincu ; maintenant qu'il touchait ses mains mortes, il ne savait quels ultimes mots prononcer.

— Père, je t'aimais bien...

Le vieillard ne pouvait lui répondre. L'éternelle sérénité venait d'adoucir ses traits, de donner à ses lèvres une expression de plaisir infini, et ses paupières, d'elles-mêmes, s'étaient closes.

Ogier se releva et se signa. Dehors, Étienne appelait toujours. Il le rejoignit :

— Cesse de jupper de la sorte... Père est mort... Blandine est morte de la peste... Et ma sœur et mon petit neveu... Thierry, mon beau-frère, a emporté Luciane, ma fille. Hélas ! Je ne sais où ils sont allés...

Le poids de ses reins descendit dans ses jarrets ; il eut envie de s'asseoir, mais le montoir était trop loin. Il y avait du sang sur les marches. Étienne avait ôté la dépouille de Mahé.

— Viens... Nous allons le mettre sur cette herbe.

Ils transportèrent le corps de Godefroy d'Argouges dans la cour. Ils le firent avec des précautions extrêmes, comme s'il vivait encore et pouvait souffrir d'un mouvement trop sec. Ils le déposèrent entre les chiens. Cambré, Barbeyrac aspira par courtes gorgées l'air imprégné de sang, puis cracha.

— Que faisons-nous maintenant ? La nuit tombe...

— Nous allons les ensevelir tous ensemble, comme ils ont vécu.

Ogier chercha, sous les cendres, les traces de la sépulture de sa mère. En vain. Peut-être avait-elle été exhumée en son absence et ensépulturée au cimetière.

— Nous allons passer partout : les chambres, les logis des meschins et meschines [1], ceux des soudoyers.

— Soit... Si la peste n'était pas entrée céans avant eux, ces malandrins auraient été repoussés.

— Nul ne s'était méfié... Il y avait, devant eux, quatre presbytériens... Faux, bien sûr... Je ne puis m'empêcher d'imaginer la mort de mes amis. Je ne puis me retenir de *voir* quelles horribles choses sont devenues Blandine et ma sœur !

Infortunées beautés ! Au plus épais des ténèbres où elles gisaient, il les découvrait. Hideuses !... Pourquoi n'avait-il pas eu le bonheur de les retrouver *un seul jour* telles qu'il les avait conservées *vivantes* en sa mémoire ? Comment chasser la vision de leur fin ?

Il sentit une main ferrée sur son épaule.

— Il m'advient, dit Étienne, de douter de la miséricorde divine.

Ogier approuva sans oser regarder le corps de son père au flanc duquel le couteau demeurait.

— Dieu m'ignore une fois de plus. Passerais-je devant une Croix que je serais prêt à tirer la langue à Son Fils !

— Peut-être sommes-nous punis de ne point croire assez... De douter de leur existence chaque fois que le malheur nous saisit...

Étienne parlait rarement de Dieu, du Ciel, voire de saint Michel. Peut-être était-il d'esprit fort, plus endurci

1. Domestiques.

aux sévices que la vie ou la fatalité exerçait sur tous les êtres humains. Il fallait se reprendre et recouvrer un fragment de courage. Comment ?

Ogier marcha jusqu'au pont-levis et désigna le cimetière :

— Regarde !

Toute proche de l'église, une butte de terre révélait que les pestiférés avaient été ensépulturés là.

— Je voudrais savoir s'il y a la morille à Poitiers.

— Si elle n'y est pas, regretteras-tu d'en avoir tiré Blandine pour l'amener à Gratot ?

— Oui... J'en aurai du remords.

— Oublies-tu que les Anglais assiégeaient la cité et que les femmes ont subi leurs ardeurs ?

— J'oubliais... Ces deuils me troublent l'esprit... Il me faudra pourtant prévenir sa famille...

— Ne te hâte pas.

Derechef Ogier regarda le gros édredon de terre sous lequel dormaient les victimes.

— Combien sont-ils et qui sont-ils ?

— N'y pense plus ! Tu ne fais qu'envenimer ton esprit et ton sang !

Ogier marcha jusqu'au seuil de l'église. Il voulut pénétrer à l'intérieur et fut satisfait de voir que le portail était clos.

— Les malandrins ne sont pas venus jusqu'ici... Je sais où est la clé.

— N'entrons pas... Nous avons mieux à faire, si j'ose dire. Regarde...

Sous le porche, il y avait, appuyées de biais contre le mur, deux pelles et deux pioches.

— On creuse maintenant. Nous apporterons les corps ensuite.

— Comme tu veux, Étienne.

— Il y a, tout près de la première fosse, un emplacement suffisant...

— Tu as raison.

— Je me demande où sont partis ces démons.

— Ils n'ont guère eu le temps d'aller loin.

Ogier soupira. Il redoutait de parler davantage, bien que sa pensée fût précise. Sa mémoire lui restituait, mieux qu'en tout autre lieu, le souvenir de son départ pour Sangatte. Blandine, morose, et lui rechigné, engourdi dans son ressentiment, — presque sa haine. Comment eût-il pu alors imaginer qu'un fléau terrifiant rendrait leurs retrouvailles impossibles ? Il s'en voulait d'avoir cheminé lentement. Jamais il ne reverrait son épouse et jamais, surtout, il ne lui avouerait...

— Je lui étais plus attaché que je ne le croyais. Notre enfant, notre fille... Luciane, c'est son nom... Luciane serait sans doute parvenue, sans même le savoir, à resserrer nos liens... Te rends-tu compte ? Elle lui a donné le nom de ma mère... Thierry a pris l'enfant bien avant l'arrivée des malandrins, sans doute quand la peste a tué Aude, sa femme, et leur fils... Et Blandine...

— Évidemment. Cela doit-être un baume sur ta souffrance.

— Un ulcère. Où sont-ils ? Que sont-ils devenus ?... Vois-tu, ce qui m'ébahit, c'est que ces linfars[1] n'aient pas profané notre église.

— Ils n'en eurent sans doute pas le temps... Et puis, après s'être livrés à tant de crimes, certains d'entre eux ont dû redouter l'exécration divine.

Cette fois, Ogier sourit avec indulgence :

— Tu jangles[2]. Dieu fut leur allié, par son indifférence, dans les horribletés qu'ils commirent.

Étienne préféra rester silencieux. Il saisit une pelle et une pioche et, d'un mouvement du menton, exigea d'Ogier qu'il en fît autant. Ils avancèrent sans mot dire. Leurs pas faisaient craquer les graviers. L'on eût dit qu'ils écrasaient une jonchée de petits os. Laissant traîner le fer de sa pioche, Étienne traçait un sillon noir dans la blancheur des pierres. Soudain, il se baissa et, tandis qu'il touchait la chose du bout de son soleret :

— Qu'est ceci ?

1. Mauvaises gens.
2. « Tu plaisantes. »

Ogier reçut sur sa paume trois gros anneaux d'argent : deux plus grands et épais que des doigts[1], reliés par un ovale. Le chaînetier qui les avait assemblés n'avait pas jugé bon de les souder : ils s'étaient détachés sous l'effet d'une forte traction. Sans doute deux hommes s'étaient-ils disputés ce butin.

— C'était à ma mère... La ceinture de ma mère... Je ne suis pas encore entré dans les logements mais...

— Mais je peux te le dire, à présent, Ogier... Je ne voulais pas ajouter à ta peine...

— Ils y sont entrés... Ils ont robé, détruit ?

— Oui... Et sans doute un des leurs est-il venu jusqu'ici pour cacher ses prises... Il a laissé tombé cela...

— Quelle que soit la raison pour laquelle il est venu, malheur à lui ! Allons, aide-moi à ôter cette armure. Je haverai[2] ce sol avec aisance...

— Je vais aussi quitter mes plates, dit Étienne. La nuit vient... Il nous faudrait un flambeau...

— Surtout pas !... L'on doit ignorer que nous sommes céans... Regarde la lune : elle brillera bientôt autant qu'une lanterne.

— Eh bien, hâtons-nous, compère... La terre est meuble et à nous deux nous ne passerons pas la nuit !

Un charreton était intact dans l'écurie. Ils y entassèrent les morts. Ogier s'attela aux brancards, Étienne poussa. Ils jetèrent un à un les corps dans la fosse et quand il n'en resta qu'un, Étienne demanda :

— Lui aussi ?

— Père aimait tous ces gens. Il est juste qu'il les rejoigne... Maintenant, mettons les bêtes et couvrons.

Godefroy d'Argouges et les chiens disparurent sous les premières pelletées.

1. On appelait ainsi les bagues et les joncs.
2. *Haver* : creuser.

Les deux compagnons se hâtèrent de combler la sépulture : les dépouilles exhalaient une puanteur qui leur rappelait celle de la sentine d'Ashby où ils avaient fait connaissance.

— C'était aussi la nuit, dit Étienne.

— Nous étions pleins d'ardeur, de confiance et d'espérance !

— *Ils* n'auront rien : ni croix ni messe ni presbytérien.

— Un jour Gratot recouvrera son rang. Il y aura un chapelain... Je ferai ce qu'il faut — une mont-joie [1], sans doute — pour que leur mémoire subsiste... Allons, viens, Étienne : je sais où trouver des flambeaux... Je veux voir ce que ces forcenés ont fait à l'intérieur.

Dans la cour, les chevaux attendaient, paisibles. Ils furent emmenés à l'étable et le Noiraud occupa la place de Marchegai. Il y avait du fourrage au galetas ; ils en reçurent en abondance. Ensuite, Ogier alluma un second flambeau afin de visiter les bâtiments.

— Vas-tu rester ? demanda Étienne dans son sillage.

— Il me faut retrouver Luciane et mon beau-frère.

— Qui, pendant ce temps-là, protégera ces lieux ?

— C'est mon tourment. Je remettrai Gratot en état de défense. J'y vivrai avec ma fille, Thierry et les gens qui voudront être miens. Je suis las de la guerre.

Ogier eût pu arguer de tous les prétextes pour étayer ses propos ; il n'en ressentait pas la nécessité. D'ailleurs, Étienne partageait son écœurement et sa fatigue. Seuls l'un et l'autre, l'un près de l'autre et chevaliers, ils ne se sentaient pourtant aucune identité en raison, sans doute, de leurs origines différentes et des lieux où ils avaient vécu. Barbeyrac, homme du soleil, était enclin à la gaieté ; lui, Argouges, homme des brumes, de la mer et de la pluie ne pouvait souvent vaincre son humeur chagrine et suspicieuse. Leur amitié n'avait

1. Monceau de pierres, parfois surmonté d'une croix, pour marquer les chemins ou pour rappeler un événement important. La croix qui surmontait ces élévations.

jamais atteint ces formes de communion qu'il avait connues avec Thierry. Ils riaient ensemble, quelquefois, mais s'émouvaient différemment.

— Je prendrai dès demain toutes les décisions.

— Tu es le champion du roi. S'il apprend que tu vis et te demande...

— Non, Étienne. Non !... Je n'irai pas à Paris pour lui dire : « *Sire, je suis vivant prêt à me dévouer.* » Ah ! non.

Les flambeaux grésillaient. Ils les levèrent bien haut en entrant dans le tinel où, près de la cheminée, se croûtait le sang de Godefroy d'Argouges. Ogier vit alors les bancs cassés, les murs souillés de mangeaille et, sur la table jonchée des reliefs d'un festin, deux rats occupés à ronger un morceau de lard.

— Regarde, Étienne !... Ils ont jeté les écuelles sur le mur... Ils ont même chié sur le pavement, ces fils de putes !

— J'ai vu... Continuons...

Ogier hésita. Son indignation amassait dans sa gorge des grognements et des phrases sans commencement ni fin, mais dont l'essentiel était *vengeance*. Étienne, de son pied, bougeait des écuelles, des cuillers, des fragments de pichets rompus. Son visage durci par la fureur et la lumière qu'il remuait au-dessus de son poing semblait de cuivre, et la sueur, en lui donnant un brillement inhabituel, ajoutait à cet aspect quelque chose d'imprévisible : on l'eût dit évadé de la nuit des temps.

— Viens, Ogier.

Ils montèrent au sommet de la tour de la Fée. C'était là que Blandine avait vécu. Ogier trouva la chambre dévastée, le lit cassé, le berceau de Luciane ruiné.

— Ce fut notre litteron, à Aude et à moi, dans notre jeunesse prime. *Ils* n'ont rien respecté... Rien !

Il y avait du sang et des glissures de fientes sur les murs. Quelqu'un, qui s'était réfugié là, avait voulu interdire le seuil de la chambre à la vermine. Ce pouvait être Bertine. Recroquevillée dans un angle, elle s'était fait occire avant qu'on la jetât dans la cour.

— Je pense à Alix, dit Étienne. A nos enfants... Les routiers sont partout. Aussi terrifiants que la peste.

— On ne peut rien contre la peste. On peut se revancher sur les routiers.

Ogier poussa la fenêtre et s'accouda contre son appui. Comme tant de fois naguère, il laissa ses yeux errer sur les logis, l'étable irrémédiablement détruite et, au-delà, sur les champs. Jamais sa vue et son esprit ne s'étaient abîmés ainsi dans la contemplation de ce qui, d'un coup, devenait sa chevance [1]. Un amour anéanti et une femme morte ; une enfant disparue qui peut-être, elle aussi, avait cessé de vivre ; et maints trépassés... Seul pendant plus d'un an ; seul ce soir... Il allait devoir retrouver Thierry. En quel lieu ? Sûrement pas au manoir de Blainville... Il irait tout de même voir qui y habitait... Ensuite ? Il passerait le Cotentin au crible... Prier ? Non : il ne ressentait pas la nécessité d'une aide invisible et surhumaine pour parvenir à ses fins. Gratot, dans la nuit, paraissait plus funèbre encore que lorsque ses gens, réduits à l'indigence et à l'opprobre, luttaient contre l'adversité personnifiée par Richard de Blainville et ses sicaires.

Avant de redescendre, il se saisit d'un fragment du berceau. Il fut tenté de l'enfouir sous son pourpoint mais renonça. Point de relique : *Luciane vivait.*

— Viens, dit-il à Étienne. Allons à l'armerie. Je suis sûr qu'ils y ont tout robé.

Bien que la salle fût plongée dans l'obscurité lorsqu'il en poussa la porte, Ogier sut qu'il allait y recevoir confirmation de son pressentiment. Portant haut son flambeau, il resta sur le seuil de ce lieu quasi sacré où, dès son plus jeune âge, il était venu contempler les armes, les défenses de corps, les boucliers et les bannières de ses ancêtres et de son père. Les armes, c'étaient son orgueil et sa délectation. Elles représentaient la force, la vaillance, la puissance des Argouges, leur fidélité au

1. Son bien, sa propriété dans sa totalité.

seigneur de Marigny[1] et leur féauté à la Couronne. Les hauberts, les tabards, les bannières, pennons et gonfanons constituaient l'ornement de l'armerie. Quoique disposés sans trop de soin, comme il sied aux choses de la guerre, il en avait goûté l'exaltante harmonie. Leurs luisances et parfois leurs scintillements, les couleurs vives ou fanées des étoffes et des écus armoriés s'emparaient de ses regards, s'insinuaient en lui, prenant une possession intime, souveraine, de sa personne. Quittait-il ce sanctuaire que les miroitements dont il s'était délecté éblouissaient longtemps sa mémoire et ses songeries. Il n'était jamais las de telles rémanences.

— Il ne subsiste rien, Étienne, j'en jurerais !

Il avança. Les épées avaient été tirées de leurs logements, les armes d'hast avaient disparu du râtelier. Il n'y avait plus un haubert ni les vieilles broignes des ancêtres. Les bannières avaient elles aussi disparu. Il restait un écu : celui que Godefroy d'Argouges avait pris à un Flamand au mont Cassel[2] : *de gueules à la croix d'argent engrêlée.*

— Ils n'ont osé toucher à cette croix !

Ogier s'arrêta devant l'armoire où son père enfermait ses livres, liasses de cédules, fers de lance, gantelets, mors de bride à la française et à la geneste ; éperons neufs, usés ou désassortis. La porte en avait été forcée,

1. « Raoul d'Argouges, fils de Guillaume et de Jeanne de Gratot, fait chevalier en 1252, à cause de ses belles actions, avait épousé Jeanne de Granville, dame de Granville, Donville, Saint-Pair et autres lieux ; il vivait encore avec elle en 1275. Jeanne de Granville était fille de Thomas de Granville, chevalier. Son fils Philippe fut curé de cette paroisse, qui eut plus tard deux autres curés de cette famille, Pierre d'Argouges en 1310 et, après lui, Jean d'Argouges, son frère...

Cette seigneurie (Gratot) vint à la famille d'Argouges par le mariage de Guillaume d'Argouges avec Jeanne de Gratot, vers 1251. C'était une dépendance de Marigny ; en 1384, un Guillaume d'Argouges rendait aveu du fief de Gratot, à la seigneurie de Marigny... », in *Études géographiques et historiques sur le département de la Manche*, par M. de Gerville, Cherbourg, 1854.

2. Cette bataille eut lieu la veille de la Saint-Barthélemy, le 23 août 1328.

les planches ôtées, jetées sur le pavement, et l'on voyait les pierres de la muraille[1] dans l'enfoncement soudain éclairé.

— Rien ! dit Étienne avec rage.

— Ils ont tout emporté, même les parchemins. Il y avait là-dedans toute l'histoire de ma famille, des livres précieux, des...

Quelque chose étincela au bas de la niche de pierre. Ogier se pencha et se piqua.

— Une molette d'éperon !

Faite en bronze doré, d'un diamètre de trois pouces, elle avait la forme d'une étoile à huit branches flammées dont le centre, jamais, n'avait été percé.

— Il avait acheté ces éperons à Vincennes lorsqu'il était allé, avec les Normands, soumettre au roi le grand dessein d'envahir l'Angleterre[2]. Godefroy d'Harcourt avait apposé son sceau sur la charte...

Ogier fit sautiller la molette sur sa paume :

— J'ai fait des ricochets avec de vieilles choses comme celle ci quand j'avais huit-dix ans... Sais-tu que lancée hardiment, cette étoile peut devenir une arme ?

— Voici l'autre, dit Étienne en se baissant. Elle débordait de sous cette planche. Il lui manque une pointe.

— Donne tout de même.

Ogier glissa les molettes dans la poche intérieure de son pourpoint.

— C'est tout ce qu'il me restera de lui... Quant à moi, j'avais ramené de Rechignac l'épée de Hermann de Salza, le Grand Maître des chevaliers Teutoniques. Je ne sais comment mon oncle l'avait obtenue, mais il me l'avait offerte. J'enrage moins de l'avoir perdue que de la savoir en des mains répugnantes. Viens !

Ils parcoururent les logis et ressortirent dans la cour. Leur ébahissement et leur fureur n'avaient cessé de croître. Ogier sentit la main d'Étienne sur son épaule.

1. L'armoire était alors un placard pratiqué dans un mur.
2. 23 mars 1339.

— Crois-tu que quelques serviteurs leur ont échappé ?

— J'en doute. Après la peste, ces endiablés ! Je les veux retrouver et les occire tous !

— Alors, compère, il te faut prendre des forces. Nous devrions manger.

— Tu as raison. Ils n'ont point trop exillé[1] l'échansonnerie. Le temps leur a manqué. Il doit bien rester quelque tonnelet de vin, de cidre et des chopines à emplir... J'y vais. Prépare la vitaille.

— Où mangeons-nous ?

— A l'écurie. C'est encore le lieu le plus propre.

Ils dînèrent d'un reste de mouton et burent une pinte de vin.

— Ce tinel[2], dit Ogier tourné vers le logis seigneurial, je ne me sens pas le cœur de le nettoyer. Ce sang, ces rats, ces infectes macules sur la table et les murs m'inspirent plus de peur que de répulsion !

Naguère, c'était le lieu le plus animé de Gratot. A Bunbury, il avait souvent imaginé les veillées qui, à chaque vesprée, réunissaient devant l'âtre flamboyant, son père, Blandine et les serviteurs. Il s'étonna que les truands eussent respecté les cathèdres où Godefroy d'Argouges et sa bru avaient sûrement pris place jour après jour. Les chefs s'y étaient assis pour se reposer de leurs meurtres.

— Je ne reverrai personne... à moins d'un miracle. Les seuls êtres que je veux retrouver sont Thierry et ma fille. Je les chercherai jusqu'à la limite de mes forces.

Il fallait qu'il abandonnât Gratot ; qu'il le laissât militer seul contre l'inévitable assaut des herbes et des arbustes, des ronces et des lierres, des fleurs et des oiseaux.

Les fleurs pourprées des flambeaux dansaient gaiement.

— Je partirai, dit soudain Barbeyrac.

— Tu m'as déjà prévenu.

1. Ravagé.
2. Grand-salle où le seigneur recevait.

Ce n'était pas un reproche. Ogier sourit, sachant qu'il était insuffisamment maître de ses pensées pour énumérer les raisons susceptibles de maintenir Étienne auprès de lui.

— En revenant dans mon pays, je peux passer à Rechignac et déposer en bonnes mains la relique de ton oncle. Tu pourras ainsi vaguer en Normandie sans te soucier de ta promesse. Il y a bien des gens qui auront vu ton beau-frère et ta fille.

— Certes !... Mais lesquels ? Les avoir vus, d'ailleurs, ne suffit pas ; il me faut savoir où ils sont allés.

Ogier n'osait respirer trop amplement de crainte de sentir son cœur marteler ses côtes. Ses muscles durcis par l'usage immodéré de la pelle et de la pioche étaient devenus pesants, et, toujours oppressante, fluant et refluant, la peur d'une solitude définitive hantait son esprit, suscitant des souvenirs : visages, voix, rires, scènes de bien-être et de paix douce-amère. Plus le jour de leurs retrouvailles s'était approché, plus il s'était senti enclin à recréer son amour pour Blandine sur les vestiges de leurs discordes. Sa perte l'affligeait ; cependant, elle n'errait pas dans ses pensées avec autant de vérité qu'Aude, Adelis ou Griselda. Elle avait trop sombrement marqué sa mémoire. Vivante, le passé pouvait s'annihiler ; morte, il subsistait.

— Toi, Étienne, tu retrouveras ton épouse et tes fils.

Il parlait pour remédier à une amertume plus insoutenable que son chagrin. Il regarda, au-dehors, l'herbe ténébreuse sur laquelle la clarté de l'écurie répandait une flaque blême.

— Ma mère, Étienne, était ensépulturée dans la cour. J'ai cru, en arrivant, que sa tombe était sous les cendres, mais non : elle avait été ensevelie plus à dextre. Je suis certain qu'elle n'y est plus.

Il avait fréquemment souhaité l'exhumation et la translation du corps au cimetière. Maintenant que ce vœu se trouvait exaucé, il n'éprouvait aucune satisfaction et se sentait incapable de définir ce qui se passait en lui de morne et d'irrémédiable. Un vide sans fond, une fatalité sans limites se révélaient dans tout son être par des sensations de froid, de furieux battements de cœur, une respiration qui sans raison devenait anhéleuse. D'autres ténèbres l'entouraient, plus denses et insondables que celles de la nuit. Le trigone de ses amours — filial, conjugal, paternel — trouvait à Gratot un tombeau adéquat. Pourquoi fallait-il que toutes les personnes auxquelles il était heureux d'offrir son cœur, sa tendresse et son amitié, assortis du désir de ne plus guerroyer, eussent disparu d'un seul coup de son existence ? Étienne, lui aussi, le quitterait bientôt, *mais de façon naturelle*. Restaient Thierry et Luciane. Où l'avait-il emmenée ? Pourrait-il assurer toujours sa protection ?

— Je n'aurai de repos de l'âme et du cœur tant que je ne les aurai pas retrouvés. Les Argouges ne savent point renoncer.

Étienne le dévisageait, comprenant cette adoration sans idole, ce culte sans liturgie, cette volonté sans objet, cette angoisse qui, malheureusement, prenait force et consistance.

— Ton beau-frère avait-il des parents ? Des amis ?

— Sa famille était la mienne. Il a une belle-sœur à Rechignac. C'est là-bas que je l'ai pris pour écuyer.

— Il se peut qu'il y soit allé avant le passage de ta cousine... et qu'il te croie donc mort.

— Non... Il s'en est allé quand il a perdu sa femme — ma sœur. Il doit savoir que je suis vivant.

— Et s'il était absent quand Tancrède est passée ? S'il n'est revenu qu'au moment où la peste entrait à Gratot ?... Il doit bien rester, à Coutances ou ailleurs, des survivants !

— Cesse de m'en parler, je te prie... Je ne sais plus que penser... Je ne sais plus qu'espérer... J'aviserai demain...

— Demain, murmura Étienne. Où allons-nous coucher ?

Ogier soupira. Un soupir qui semblait presque un gémissement.

— Je n'ose revenir dans ce qui fut ma chambre... notre chambre. Il reste de la paille, céans. Je préfère dormir dedans, auprès de nos chevaux.

— Tu as raison.

Le sommeil pour Ogier vint difficilement. Il s'imagina, errant à la recherche de Thierry et de Luciane dans des cités et des hameaux inconnus. Il se sentait capable de toutes les énergies, de toutes les patiences. Il ne doutait pas du dévouement constant de son beau-frère à sa fille, et même de sa bachelerie[1] s'il fallait qu'il tirât l'épée pour sa protection. Se pouvait-il qu'il fût allé à Rechignac, comme le suggérait Étienne ?

« Aude est enterrée à Gratot. Il y reviendra : il l'aimait trop pour mettre entre elle et lui des centaines de lieues ! »

Devait-il attendre la réapparition de Thierry à Gratot ou devait-il sans tarder partir à sa recherche ? Attendre, c'était perdre du temps et s'angoisser chaque jour davantage.

L'insomnie lui révéla l'étendue des fatigues et des déceptions contre lesquelles, muscles et cœur, il aurait à lutter. Parce que particulièrement éprouvé par la peste, le Cotentin devait être devenu un pays providentiel pour les gens de truanderie. Il se sentait de taille à les affronter et s'il rencontrait l'engeance qui avait dépeuplé Gratot, eh bien, il la mettrait hors d'état de nuire. Confiance en ses mains, il serait tout aussi hardi et habile, tout aussi inexorablement efficace que Guillaume Fierbrace résistant seul à cent mille Sarrasins dans les plaines illustres d'Aliscans !

Le sommeil le prit sur d'ardentes et absurdes images de bataille. Ses rêves s'échevelèrent, rouges et criards, imprégnés de malheur — un malheur sans forme ni contours ; un malheur de brume et de sang.

L'aube vint. Se réveillant, il s'étonna de l'absence d'Étienne. Il se leva et ne vit que son Noiraud. Il chercha, sous les plates de son armure, le sac contenant le

1. Vaillance, chevalerie.

crâne de son oncle. En vain. La besace aux provisions avait également disparu.

« Il est parti !... Il ne peut être loin ! Il ne m'a rien laissé. Rien ! »

Alors, il s'élança et traversa la cour en hurlant : « *Étienne ! Étienne !* » Le pont-levis béait. A l'extrémité de la chaussée déserte, une pie s'envola.

— Étienne !... Reviens !

Les mains réunies en cornet retombèrent. Il resta immobile au milieu du tablier, se disant qu'après tout mieux valait qu'ils n'eussent pas échangé un dernier salut, un ultime encouragement et que ce fût Étienne qui remît à Tancrède — si elle séjournait à Rechignac — la funèbre relique.

Il décida de revenir à Coutances. Rasé tant bien que mal, lavé de l'eau du puits, glacée mais revigorante, vêtu en manant, il chevaucha sur le chemin tant de fois parcouru dans des états d'esprit divers. Son arc et son carquois tressautaient dans son dos ; les pièces de son armure assemblées dans la fardelle liée à son troussequin s'aheurtaient parfois désagréablement. Et c'était bien la première fois que ce bruit-là lui procurait de la déplaisance.

« Tout de même, il aurait pu me réveiller !... Il est parti comme un... »

Comme un quoi ? Il n'y avait pas eu trahison. Étienne passerait par Rechignac et c'était de sa part la preuve d'une amitié sincère. Néanmoins ce départ accablait Ogier. A sa détresse et sa déconvenue s'ajoutaient, maintenant qu'il chevauchait en plein champ, les atteintes d'un froid mordant, et le ciel plombé annonçait de la neige.

La voie caillouteuse et pentue devint une rue pavée. De part et d'autre, ce fut une succession de porches obscurs et de portes condamnées par des lattes clouées aux chambranles. Des croix rouges, sur les huis et les pierres, signalaient les logis infectés. Au fond des venelles et des culs-de-sac, des rats couinaient en se disputant des butins répugnants. Une odeur de charogne imprégnait l'air. Un chien s'enfuit, emportant dans sa gueule ce qui semblait être un bras de nouveau-né.

Saladin était-il mort, lui aussi ?

Un peu plus haut et sans surprise, Ogier retrouva la piteuse animation des êtres qui, péniblement ou vaillamment, résistaient au mal noir. Certaines femmes à la démarche prudente entraient dans les rares échoppes ouvertes. Deux manants vêtus de penailles sordides tiraient un chariot contenant cinq ou six corps nus et roides ; quatre filles faillies engoncées dans des galvardines amarante et dont les cheveux flottaient au vent suivaient ces victimes dont les familles n'existaient plus. De toutes les créatures terrestres, c'étaient elles qui eussent dû être contaminées les premières ; or, avec un orgueil farouche, à coup sûr jubilatoire, elles exhibaient leurs formes, leur insolence et leur santé. Le Noiraud les dépassa et trotta dans l'ombre de la cathédrale. Indifférent à leurs clignements et sourires, Ogier mit pied à terre : l'intention lui était venue, soudaine, irrésistible, de prier pour ses morts puisqu'il s'en était dispensé à Gratot.

En prévision de l'affluence des jours de marché, — heureux temps révolu où l'on venait de loin, à Coutances, pour vendre, acheter puis, le cas échéant, purifier son âme —, il y avait une rangée d'anneaux scellés dans le mur du chevet. Ogier lia solidement le Noiraud à l'un d'eux. Par précaution, il soulagea le cheval du sac contenant son armure, qu'il étaya tant bien que mal sur son dos. Ignorant les saints du portail, il entra dans la nef et négligea délibérément le bénitier dont une eau rare, saupoudrée de poussière, éclairait le fond.

— Mon fils !... Mon fils !... Où avez-vous l'esprit ?

Ogier avança toujours, contraignant la main crispée sur son épaule à lâcher prise. Il ne s'était pas détourné :

peu lui importait le mécontentement de ce clerc dont la voix, d'ailleurs, demeurait affable.

— Mon fils, je vous adjure...

— Cette eau bénite est sale, mon père.

— La qualité du geste, mon fils... Allons, allons ! Où allez-vous ainsi avec cet arc, ces carquois et ce... cette armure enfardelée dont les pièces, en s'aheurtant, font une frainte[1] irrespectueuse ?

Comme ils passaient dans la lumière d'un vitrail, ils se reconnurent presque simultanément :

— Frère Peynel, le tourier de Hambye !

Le vieux bénédictin acquiesça et sourit :

— Ogier d'Argouges... Tu vins me voir à l'abbaye voici...

— Trois ans.

— Tu as commis un sacrilège... et même deux : aucun signe de croix et le mépris de l'eau bénite...

— Je me serais signé plus tard. N'en doutez point.

Frère Peynel s'arrêta pour dévisager ce jeune pécheur qu'il avait connu enfant. Un sourire mit un peu de blancheur dans sa barbe dont un soupçon de roux persistait çà et là.

— Je ne regrette pas cette rencontre. Dieu l'a sûrement voulue... Je puis sans orgueil me prétendre informé d'à peu près tout, mais il y a bien six mois que je ne sais rien des tiens. Vont-ils bien ?

— Ils sont morts, ma fille et mon beau-frère ont disparu.

Tous deux s'examinèrent intensément, cherchant à pénétrer l'un l'autre leurs dispositions secrètes. Courroux pour le jeune, bénignité pour le vieux qui, sans attendre davantage, parut mâchonner un juron.

— La peste !... Cette infernale morille.

— La peste en premier lieu, en second des routiers.

— Double calamité... Je comprends désormais cet accès d'impiété dont tu fis preuve... Te voilà maître de

1. Vacarme.

Gratot *per obitum*[1]... Viens, marchons jusqu'au chœur : nous y serons à l'aise. Je devine que tu vas errer à la recherche de ta fille...

Ogier laissa le moine s'engager dans la travée centrale, entre les sièges désertés. Frémissant de froidure et d'émoi, il respira cette odeur de brume inséparable des églises, composée des exhalaisons des cires et des suifs mêlées aux encens purificatoires dont les vertus curatives devaient s'être affaiblies. Il suspendit son pas afin de mieux embrasser l'immense vaisseau dont, pourtant, il connaissait la gigantesque carène et les bordages de pierre. Inquiet de ne plus entendre les tintements de l'armure, Frère Peynel se retourna :

— Eh bien ?

— J'ai prié tant de fois, mon père, dans cette nef !

Pendant un an, à Bunbury, pour dominer sa mélancolie, parfois son désespoir, il avait reconstitué jusqu'à la satiété Gratot, ses habitants, ses campagnes. Dès que sa foi et sa confiance l'abandonnaient, il érigeait ce saint lieu dans sa mémoire : Notre-Dame de Coutances. Avec moins de ferveur, sans doute, mais avec plus d'instance que lors de ses méditations profanes, il avait recomposé dans son harmonieuse fusion l'essor de sa façade et l'éblouissement de ses clartés dans un ciel tout aussi tourmenté que lui-même. Cependant, peu à peu, le temple de ses rêveries avait perdu sa netteté, ses dimensions, ses couleurs. L'élan ascensionnel des colonnes, l'immense éclosion des gerbes de pierre étirées en fuseaux dans lesquels la lumière semblait s'égarer pour se perdre et ressusciter ; la magnificence et la profusion des saillies, gables et pinacles le confondaient, maintenant, comme s'il les voyait pour la première fois. Les vitraux lui faisaient l'hommage de leur splendeur. Le dessin finement ourlé des figures vitrifiées lui semblait un prodige de vérité, une merveille de représentation à lui seul destinée. Tout ce qui s'était dissous dans ses souvenirs reprenait vie et consistance.

1. Par la mort.

— Asseyons-nous là, proposa le bénédictin.

Il désignait un banc. Ogier s'y laissa choir après s'être débarrassé de son armure, de son arc et de ses carquois.

— Je ne puis demeurer longtemps près de vous... Mon cheval...

— Ne crains rien : quiconque robe et se fait prendre est aussitôt pendu.

— Alors, mon père, à la grâce de Dieu !

Ce n'était pas un blasphème, mais presque, par la façon dont ç'avait été dit. Un silence passa entre les deux hommes. Frère Peynel s'agita et son visage prit une expression d'anxiété. Soudain, sa bienveillance parut s'envoler à tire d'aile comme un oiseau débusqué du nid. Elle alla se percher au-delà des frondaisons de pierre, vers un abri connu ou inconnu, et Ogier se sentit privé de ce qui faisait sa force.

— Pardon, mon père, dit-il, sincère.

Il se signa et feignit de prier : l'envie lui en était passée.

La basilique n'était point entièrement vide. Elle avait pourtant un air d'abandon et une majesté dont Ogier, bientôt, perçut l'enflure. Soudain, il n'y sentait point Dieu. Les pas furtifs des chrétiens en quête de paix et de réconfort ne troublaient aucunement cette sérénité massive ou peut-être ce sommeil des choses épuisées, inutiles à force d'avoir trop servi. Les gouttes d'or des cierges jaillissaient, en gerbes scintillantes, des chandeliers d'airain, cependant que, lointaine et quasiment obscure, la chapelle Saint-Michel captivait l'attention d'Ogier. Son père l'avait préférée entre toutes. Fréquemment, tandis qu'il pénétrait dans l'édifice à leur suite, il avait vu ses parents et sa sœur comme attirés par ce foyer de bénédiction et d'ardeurs. Ils s'agenouillaient devant l'archange dont le visage glabre, efféminé, s'éclairait aux lueurs des quatre grosses chandelles préparées tout exprès à Gratot. L'affluence, derrière, était grande. Le chapitre assemblé dans le pourtour du chœur psalmodiait les litanies coutumières. Les esprits s'épuraient — à moins qu'ils ne s'endormissent. Puis les cloches sonnaient à herle[1]...

« Plus rien de ce bon temps ! »

Et pourtant, la chapelle Saint-Michel existait ! Mais, ce jour d'hui, les chants s'étaient tus. La liturgie n'existait plus, ni le sourd grondement des actions de grâce. Les survivants — morts en sursis — avaient compris l'inanité des prières contre un mal pis que la guerre : si l'on pouvait pourchasser et occire un ennemi, on ne pouvait débucher la morille. Le silence frémissait sous le souffle d'une douzaine de supplications chuchotées, de rancunes inavouées. Le faisceau de leurs bruissements s'élevait vers les voûtes sans en atteindre le faîte, donc sans espoir aucun d'émouvoir le Très-Haut.

— Pries-tu, Ogier ?

— Je prie, mon père, et vois mon créateur.

— C'est bien. Je suis sûr qu'il te voit aussi.

« Aurais-je dû lui avouer qu'il s'agit de Godefroy, mon père ? »

Au fond, un jeune couple faisait oraison sous l'œil attentif d'un prêtre. Deux manants de seize ans, pas plus. Courbés pieusement, ils se donnaient la main. Une toux, quelque part, les fit se retourner. Leur pâleur, leur réciproque confiance en eux-mêmes et en Dieu leur prêtaient une ressemblance. On eût pu affirmer qu'ils étaient frère et sœur. Peut-être, malgré leur jeunesse, étaient-ils mariés.

Ogier fut troublé par cette conjecture. L'idée que ses amours étaient définitivement mortes lui pinça la gorge sans pour autant lui tirer une larme. Derechef son regard effleura les amants. La passion qui les rapprochait couronnait leurs têtes penchées comme deux auréoles blondes. Il ne fallait pas être devin pour comprendre qu'ils intercédaient afin que le bonheur, dont il semblait qu'ils eussent consommé les prémices, fût prolongé aussi longtemps que leurs yeux pourraient s'admirer et leurs lèvres se joindre. Le clerc les écoutait, les rassu-

1. A la volée.

rait, leur montrait Jésus sur sa croix, et semblait les bénir gaiement.

— As-tu vraiment prié, mon fils ? Si tes mains restaient jointes, ton cœur cherchait-il ardemment à joindre Notre Seigneur ? Le fait de réunir ses paumes et de mêler ses doigts n'est qu'un geste qui, même en ce saint lieu, peut être fallacieux.

Ogier soupira et leva les yeux vers la voûte. Une sorte de brume y flottait. Plus le temps passait, plus il sentait qu'il s'était fourvoyé. Il éprouvait la même impression d'inquiétude que lors de son enfance prime, quand il pénétrait dans cette nef prodigieuse, murée à son extrémité, là où le Christ, bras ouverts, le regard droit, — contrairement à tant d'autres —, semblait commander : *« Halte ! »* et ensuite : *« Aimez-moi. »* Cette rupture d'équilibre entre les forces de la pesanteur et la fragilité des pierres, entre le lourd couvercle et les minces étais, lui donnait du mésaise. Ce jour d'hui, son inquiétude était d'une autre espèce. La présence du clerc contribuait à son aggravation.

— Solide, commentait le tourier de Hambye. Notre-Dame fut bâtie non seulement à la gloire de la Sainte Vierge mais pour des hommes vêtus de haillons ou d'armures de fer... Des femmes également, des enfants, des jouvenceaux sur lesquels pèsent toutes les fatalités de la terre et qui n'ont qu'un désir dès qu'ils entrent en ce lieu : échapper, par la prière, à notre monde imparfait et s'affranchir de tout ce qui noircit leur âme...

— Les corps aussi, mon père, noircissent promptement. Les prières sont vaines : elles ne sauraient vaincre les ténèbres de la morille.

Ogier perçut le soubresaut du vieux moine.

— Tu regardes toutes ces pierres. Sais-tu ce que les maçons voulurent, en bâtissant ce temple ?... Ah ! tu ne le sais pas... Eh bien, c'est exprimer par l'ascension même de la matière, leur volonté d'atteindre la suavité céleste ; inciter les croyants que nous sommes à exhausser leur esprit plus haut que cette voûte...

— Ceux qui viennent prier, mon père, n'ont cure de

ces intentions. Ils s'agenouillent alors qu'ils seraient mieux assis. Ils essaient provisoirement de s'exclure d'un monde qui les maltraite. S'ils tournent le dos au portail, c'est pour oublier les mensongères clartés du dehors.

Cette fois, frère Peynel préféra être sourd.

— Regarde cette ogive... Une fleur de pierre... Elle est, dirait-on, spiritualisée par le ciseau qui la toucha. La pierre vit...

— Cela, je l'ai compris en voyant Gratot blessé.

— Toutes ces baies sont ajourées ; c'est pourquoi tous les vents de l'esprit vont et viennent céans à leur aise. Je voudrais qu'ils te pénètrent jusqu'au cœur car je sens ta foi défaillante. J'aimerais la savoir pure, solide, élancée comme les flèches hélas ! inachevées de ce saint refuge.

— Lisez-vous en moi, mon père ?

Le jeune couple passait, enlacé, à travers les hauts fûts de pierre ainsi qu'entre les arbres d'une avenue familière. Ils étaient pauvres, apeurés. Pourtant, ils avaient senti Dieu. Ogier les salua de la main, voulant les rassurer. La jouvencelle lui sourit. Elle portait en elle une espérance neuve et son visage ingrat s'était transfiguré.

— Ces deux-là, mon père, vont affronter la morille. Ils la vaincront peut-être... J'aimerais... ah ! oui, j'aimerais qu'ils en triomphent.

— Leur foi sera leur arme et leurs prières leur bouclier.

— Le croyez-vous vraiment, mon père ?

Ogier se sentait toutes les audaces, même en ce lieu où le courbement de tête appartenait aux usages. Il eût voulu céder au plaisir de rejoindre ces amoureux pour les congratuler de tant s'aimer. Il les eût aussi exhortés à fuir une cité infectée, sans doute, jusque dans ses églises.

— Eh bien, dit frère Peynel, je prierai pour leur âme.

— Pour leur santé, mon père, et pour leur sauvegarde !

De son pied, Ogier caressait son armure. Le seul avantage qu'il retirait de cet entretien, c'était qu'il lui permettait de se reposer.

— Je te vois le visage blanc, mon fils, et les traits tirés. Tu vas souffrir lors de tes recherches. Réjouis-toi dans tes échecs et pense à Dieu : tu progresseras grâce à la volonté qu'Il te fournira.

— Vous me souhaitez du plaisir !

Frère Peynel ferma les yeux pour s'exprimer plus à son aise :

— Je sens monter en toi, Ogier, une protestation, voire une rébellion tandis que je conçois les perplexités où ton esprit s'égare. « Si c'est un Dieu équitable qui nous a créés », te dis-tu, « comment se fait-il qu'il nous soit si peu charitable ? Malveillant... Néfaste... De quelle méchante façon nous juge-t-il pour détruire nos espérances et accroître nos peines ? Pourquoi nous donne-t-il, à chaque aube nouvelle, un faix si pesant à porter ? Pourquoi le trépas nous guette-t-il à chaque détour de notre chemin et finit-il par triompher de notre personne et de notre foi ? » C'est bien cela, mon fils, que tu te dis depuis que tu as retrouvé Gratot ?

Ogier défia le regard enfoncé dans le sien. Il regrettait d'être entré dans la cathédrale et d'avoir été reconnu. Il fit un effort pour parler :

— Je n'ai pas, mon père, retrouvé Gratot, car il n'est plus ni celui de mes enfances primes ni celui de mon retour du Pierregord ni celui que j'ai quitté pour rejoindre l'ost du roi et me faire quasiment occire à Sangatte.

— Dieu a veillé sur ta vie !

— C'est plutôt à un homme, un Goddon, que je dois ma résurrection, si j'ose dire : Gauthier de Masny.

— Cet ennemi ne fut que le truchement du Très-Haut.

Comme il était aisé de paroler ainsi ! De s'en remettre à Dieu pour tout ! De quel œil serein le Seigneur tout-puissant devait-il contempler les milliers de morts de la peste et les malheureux de Gratot !

— Dieu, mon père, est absent de...

— Non ! Non !... N'ajoute point, mon fils, un blasphème à l'ignorance insigne dont tu fis preuve en entrant céans !... Je prierai pour ces omissions ; j'intercéderai pour ta famille...

Ogier se retint de sourire et, d'un ton de fausse bénignité :

— Vous êtes un homme d'Église, mon père. Vous n'avez point créé de famille ni... procréé. Vous ne pouvez savoir quel vide immense m'entoure, ni concevoir cette froidure qui rétrécit mon cœur et me glace le sang.

Une main rêche, pierreuse et qui déjà évoquait le tombeau, tapota la dextre qu'Ogier venait de poser sur son genou.

— J'ai eu un père, une mère, trois frères et deux sœurs. Penses-tu que je n'ai point éprouvé de déchirement quand je les ai quittés ainsi que mes amis pour me placer au service de Dieu ? J'avais quinze ans, l'âge des afflictions profondes. Ensuite, ma famille fut celle de Notre Seigneur. J'ai vu mourir dans la béatitude des compères en réclusion. Je les aimais comme des frères de sang... Encore des déchirures... Et je ne pensais pas qu'ils allaient droit au ciel quand les campanes de Hambye sonnaient leur glas. Je pensais, cependant que mon égoïsme saignait : « *Ils ont disparu de ma vie.* » C'est en tant que créatures de chair et d'esprit que leur abandon m'était pénible.

— Certes, mon père. Mais il y a des sentiments, des émois, des sensations qui ornent une vie de chair et d'esprit que vous n'avez point éprouvés. Vous ne pouvez savoir ce que c'est que d'aimer.

Ogier s'animait. Le sempecte[1] à barbe blanche tachetée de roux semblait prendre plaisir à ces digressions oratoires qui le soulageaient, peut-être, d'inguérissables frayeurs. C'était pour ce vieillard un agrément, presque une volupté, d'user d'une dialectique dont il croyait fer-

1. Nom que l'on donnait, dans les monastères de Saint-Benoît, aux *pères jubilaires*, c'est-à-dire aux religieux qui avaient passé plus de cinquante ans dans l'Ordre.

mement à l'efficacité. Par la grâce d'une ferveur sans fissure, ses paroles se transposaient en une matière lumineuse, absolue et impondérable ; toutes convergeaient à une seule expression, une seule source, une seule référence : Dieu en lequel il respirait, vivait, existait.

— Certes, dit-il, certains émois me sont inconnus. L'amour du Créateur a suppléé l'autre.

— Ma fille, née d'amours charnelles, a disparu. Je ne l'ai jamais vue. Si mon père, en mourant dans mes bras, ne me l'avait révélé, j'ignorerais jusqu'à son nom.

Frère Peynel ébaucha un sourire embarrassé. Toutes ses rides en parurent plus creuses :

— J'ai octante années, Ogier. La peste m'a jusqu'à ce jour épargné... avec l'aide de Dieu. Je comprends que tu sois persuadé qu'il y a un scandale éhonté, une iniquité inacceptable dans l'existence d'un homme tel que toi. Tu es affligé parce que tu regardes en dehors de toi. Or, c'est en toi qu'il faut quérir la vérité... Je suis venu dans cette cité pour aider les mires débordés alors que l'épidémie devenait tellement hideuse qu'elle tuait chaque jour les Coutançais par pleines charretées. J'ai vu des hommes conjurer Notre Seigneur avec une ardeur qui m'est à moi-même inconnue. Or, derrière ces fronts penchés, que pouvais-je lire ?

— La peur.

— Point celle de Dieu, mon fils !... Uniquement celle de trépasser. L'idée même du Paradis aurait dû les conforter, leur donner la sérénité au détriment de cette affliction qui les défigurait ! Certains, scrutant la face du Christ, l'adjuraient ainsi, j'en suis sûr : « *Seigneur, épargnez-moi, mais faites en sorte de rappeler à Vous mon épouse afin que je puisse me consacrer à la femme que j'aime* » ou bien « *Seigneur, emportez mon frère qui doit hériter bientôt.* » Hélas ! Je conçois que certaines brebis égarées puissent interpeller le Seigneur en ces termes.

— Si ces pécheurs furent exaucés, que faut-il en conclure ? Devons-nous avoir le courage et l'impudence d'intenter un procès à l'Éternel ou à Jésus son Justicier ?

Ogier crut déceler, sur le visage poilu et d'autant moins révélateur des sentiments qui l'agitaient, les atteintes d'une détresse en laquelle couvait la même perplexité que la sienne quant à la qualité de l'équité divine.

— Mon enfant ! Mon enfant !... Le Père Éternel se refuse à secourir les pécheurs éhontés !... Mais...

— Mais ?

— Certains se sont repentis, j'en suis sûr, de leurs abominables prières. Le vrai remords grandit et purifie les âmes. Plus nos pleurs sont nombreux, mieux nous nous lavons la face des impuretés qui étaient en nous.

Dans le bleu mat des yeux de cet homme qui jamais, sans doute, n'avait versé une larme, et malgré maints cillements dissimulateurs, Ogier discernait un désenchantement, une apathie, une fatigue, — et même un certain dégoût de la vie. Quelque effort qu'il fît pour défendre Dieu et son Fils et les exhausser dans le cœur d'un chevalier rendu, par son malheur, vulnérable à l'impiété, toutes ces morts auxquelles il avait assisté, impuissant, avaient appauvri sa foi et son courage.

— Maints presbytériens sont morts, mon père. Cela signifie...

— Qu'ils sont au Ciel, mon fils. Que Dieu n'épargne pas ses plus chers substituts. Par l'absence de discernement que tu sembles lui reprocher, il nous prouve la perfection de sa droiture.

Quelques années, et même quelques mois plus tôt, Ogier eût gobé ces affirmations avec un certain délice. Il n'avait pas plus faim de Dieu que d'hostie ; pas plus soif de compassion que de vin consacré ou de sermons sur la compassion divine.

— Tu me décourages, mon fils, et je veux croire que tes affronts ne sont dus qu'aux errements d'un cœur en peine.

Le sempecte semblait atteint d'une détresse extrême devant tant d'hermétisme de la part d'un chevalier qui eût dû, par principe, accepter les divins verdicts et les trépas infinis sans broncher. « *Dieu m'a distingué pour que je souffre !* » Eh bien, lui, Ogier, se regimbait contre ce privilège. Un pareil choix, un tel honneur, une telle grâce ne sublimisaient ni son deuil ni son affliction, et plutôt que de se sentir grandi par le malheur, il se rapetissait et se recroquevillait en lui-même.

— Mon fils, insista frère Peynel avec son plus aimable sourire, forge-toi une armure de courage et d'abnégation à l'épreuve des malignités et des tentations indignes.

— Je ne crois pas, mon père, qu'une telle protection me soit nécessaire. Ma famille est détruite, mes desseins anéantis. Dieu m'aime-t-il ? Dans l'affirmative, il me le prouve horriblement... Aurais-je été moins vertueux, serais-je devenu ou truand ou routier que je n'eusse pas subi, sans doute, cette punition qui ne vous émeut point.

Le vieux bénédictin caressait la pointe de sa barbe tout en acquiesçant à lents mouvements de tête. Il eut un plissement des lèvres qui, sans doute, se voulait un sourire :

— Si la souffrance était bannie de notre monde, aucun de nous ne serait ce qu'il est. Ce qui engendre notre valeur et ce qui crée les différences, c'est notre aptitude à supporter les affronts, les déceptions, les malheurs. Le Très-Haut, qui nous observe, peut ainsi évaluer notre courage, notre constance, notre foi, et décider de notre sort futur sur la terre comme au ciel. Plus ta douleur sera violente, mon fils, plus tu seras certain que Dieu compatit à ton épreuve.

Ogier eut un rire bref, achevé par un déglutissement de fiel :

— Je ne partage point votre certitude.

Une envie de cracher l'avait pris tout à coup. Il eût même vomi sur l'autel tellement ce qu'il entendait lui semblait déraisonnable. Plutôt que d'absterger et résoudre les blessures de son âme, cette médication ecclésiastique les enflammait et corrompait. La caresse des plaies était faite à l'étrille.

— Je l'ai, moi, cette certitude ! reprit frère Peynel consterné. Je t'en souhaite la possession. Un jour viendra où tu sentiras la fraîcheur du doigt de Dieu contre ton front.

Ogier se leva. Une main vive, exigeante, le ramena sur son banc.

— Tu ne peux, toi, le fils du pieux Godefroy, dédaigner mon soutien sous des voûtes qui l'ont vu moult fois agenouillé dans des obsécrations longues et sincères !... Regarde !... Ne crois-tu pas que Dieu nous envoie Sa Lumière ?

Embrasée tant par son luminaire que par un soudain flamboiement du soleil — amplifié, magnifié, répercuté de vitrail en vitrail —, la grande nef semblait une châsse immense où toutes les couleurs s'émaillaient et palpitaient. Du fond du chœur, le Crucifié ouvrait ses bras aux fidèles. Eh bien, lui, Ogier, fils du très chrétien Godefroy d'Argouges, il ne se sentait aucunement enclin à accepter cette étreinte.

— Accomplis tes devoirs, mon fils, et tu oublieras.

— Où sont-ils, désormais, mes devoirs ?

— Tu es chevalier. La guerre se poursuit en Bretagne. Il y a des routiers partout ailleurs et des prud'hommes s'allient pour les combattre...

— La guerre !

— Édouard III la répand avec joie. Ses armées occisent, violent, arsent[1] jusqu'aux églises...

Quelque chose gronda dans la gorge d'Ogier : l'homme de robe, par essence débonnaire, l'incitait à guerroyer au nom, sans doute, de l'évangélique formule : *Tu ne tueras point*. Perdant toute faculté de discrimination, il laissa son esprit basculer dans l'outrance :

— Vous parlez de la guerre à votre aise, mon père ! Croyez-vous qu'il soit aisé de meshaigner[2] son prochain, même s'il est un ennemi ? Croyez-vous que le

1. *Arser* : incendier.
2. Maltraiter.

meurtre devient plus enivrant lorsqu'on se dit : « *Ce forcené a détruit des églises, des moutiers, violé des nonnes, des pucelles, des femmes et des enfançons* » ? Avez-vous parfois imaginé une bataille ? Avez-vous songé au galop des chevaux que l'on va sacrifier ? Au vol abominable des sagettes ?... Aux mêlées qui engloutissent les hommes et d'où peu se sortiront ?... J'accepte en chevalier l'obligation de rejoindre l'ost quand le roi m'en prie ; je consens à la nécessité de haïr, lors des affrontements, ceux qui veulent ma mort. Mais j'en suis sûr maintenant : il n'y a ni raison ni Dieu dans les batailles. Et j'en ai assez de subir, d'obéir, de me chercher des prétextes à tailler, estoquer, trespercer des hommes qui ne sont pas plus mauvais que moi et dont certains eurent des Cotentinais pour ancêtres !

— Tu combats, mon fils, pour l'honneur du royaume et de la Normandie. L'amour de son pays est une évidence tout aussi claire que l'amour de Dieu.

Ogier n'osait plus regarder le sempecte par crainte de l'offenser d'un rire. Qu'il aimât la Normandie, soit. Mais le royaume de France ? Il avait souffert dans son âme et son corps d'être Français. Il se fût assurément trouvé dans une disposition différente si la France avait eu un autre roi, d'autres maréchaux et remporté sur les Goddons des victoires décisives.

— J'étais à Saint-Lô, mon fils, quand les Anglais assaillirent la cité. Il y avait parmi les défenseurs un chevalier et ses hommes qui s'acharnaient à repousser les envahisseurs. Il se nommait Alain de Tribehou. Il avait ton âge et certainement ta vaillance. Le connais-tu ?

— Non, mon père.

— Eh bien, comme ils allaient en manquer, Tribehou cria à ses archers d'aller quérir quelques gerbes de sagettes dans un charreton pas très loin du mur dont ils assuraient la défense. Pour cela, il fallait courir dix toises sans nul abri pour se musser... Redoutable appertise[1]

1. Prouesse.

puisqu'il y avait, en face, une compagnie d'archers gallois...

Le vieillard haletait en revivant la scène. Il prit, dans ses enluminures lointaines, le grand Christ à témoin de ce qu'il allait dire :

— Tribehou demanda, pour accomplir cette action, un soudoyer de bonne volonté. Il s'en présenta deux. « *Non* », dit-il à l'un des hommes, « *n'y va pas, Garnier : tu es veuf et tu as deux enfants !* » Et l'autre de répondre : « *C'est justement, messire, parce que j'ai deux enfants que j'irai.* » Il fut outrepercé...

— C'était un sot, mon père, ou un présomptueux. Il eût dû chercher à vivre pour élever ses enfants... Ou c'était un couard : incapable d'assurer à ceux-ci une existence convenable, il préférait quérir la mort.

Ogier se délectait dans l'exagération sans, cette fois, parvenir à irriter le vieux moine.

— Te serais-tu dérobé, mon fils, à la place de cet archer ?... Ah ! Ah ! Tu hésites à te livrer !... La magnanime réponse de ce Garnier, je l'ai fréquemment dans mes oreilles. Elle y tinte et propage dans tout mon être des frémissements de joie à l'égard de ce cœur vaillant.

Ogier fut de nouveau tenté de se lever. Ses semelles tapotèrent les dalles poussiéreuses. Il n'avait plus envie de rien. Pas même de répondre au vénérable donneur de leçons. Il sentit son sein picoté par l'une des molettes qu'il conservait sous son pourpoint et grimaça en tapotant sa poitrine, côté cœur. Le sempecte aussitôt se méprit :

— T'aurais-je touché ? Cloué le bec ?

Il avait maintenant un visage un peu rouge, presque joyeux. Cette expression dérangeait l'harmonie habituelle de ses traits et leur enlevait tout caractère de religiosité. Elle incita Ogier à conclure :

— En périssant, votre homme a fait deux misérables... Il a nui sciemment au devenir de ses enfants !... Qui s'est occupé d'eux ? Des voisins ? Ils sont sûrement pauvres et chargés de famille... Alors qui ? Des clercs ?

Les moutiers sont pleins d'orphelins. Des seigneurs ? Ce serait pour en faire des serfs ou en jouir !

— Oh !

— Jamais je n'aurais dit, sachant que j'encourais la mort, face aux Gallois : « *C'est pour mes enfants que j'agis en écervelé.* » Je serais demeuré en retrait ; j'aurais veillé sur ma vie, et peu m'eût importé qu'on me prît pour un couard.

— Mon fils ! Mon fils !... Pour ce brave homme, cette phrase, — celle que j'ai dite et non la tienne ! —, cette phrase émanait de Dieu. Elle lui était soufflée par le bon sens divin !

— En vous exprimant ainsi, mon père, vous minimisez l'acte délibéré de ce soudoyer. Il n'est plus qu'un jouet auquel Dieu insuffle Sa volonté.

— Tu te fais plus mauvais que tu n'es.

— Mauvais ou clairvoyant ? Le vain exploit de cet homme d'armes vous grise plus encore qu'il ne vous contente. Vous y découvrez Dieu, l'amour de la famille et, au-delà, de la Normandie. J'y vois de la marmouserie et un injustifiable oubli de la paternité... J'ai moult guerroyé. Il m'advient de me demander si certaines vaillantises ne sont pas accomplies par des simples d'esprit. L'apologue du soudoyer vertueux peut émouvoir vos ouailles. Ne l'exploitez jamais devant des chevaliers. Les uns seraient courroucés de l'importance que vous lui donnez ; les autres s'en ébaudiraient, je le crains.

Le vieux bénédictin se leva. Ogier sentit sa main osseuse et rude sur son épaule.

— Tu es, mon fils, hanté de rêves dissolvants. Tu as chu dans le pire des pièges : celui de la méfiance, du doute et de la contestation. Ressaisis-toi. Étreins entre tes bras ceux qui te tendent les leurs.

— Je voulais recevoir dans mes bras ma famille ; je n'ai embrassé que du vide... Je n'ai jamais pensé, comme vous, que la mort était une délivrance. Et je me refuse à croire que les miens sont heureux en Paradis !... Je leur manque, ils me manquent, et je doute que Dieu comprenne mon chagrin !

Ogier se sentait dans son droit. Son irrévérence n'était qu'un sursaut de franchise et non point, comme ce vieux religieux confit dans ses principes s'en persuadait, une offense de plus envers le Créateur.

— Mon père, dit-il en se levant, conservez dans vos mains l'auréole dont il vous eût été agréable de me parer. Je lui préfère, pour le moment, le tortil ou la torque[1] de mon heaume... Rassurez-vous aussi : je ne saurais, dans l'état d'impiété où vous me voyez tombé, vous faire grief de vos leçons. Elles découlent des enseignements de votre sacerdoce. Mais avant de nous séparer, il me revient une formule. Notre cher Arnaud Clergue l'employait lorsque le vin de table et non le vin de messe le plongeait dans des béatitudes que vous eussiez réprouvées : *primum vivere, deinde philosophari*[2]. Peut-être devrions-nous l'adopter nous aussi.

Il remit son arc et ses carquois dans son dos, enleva le sac contenant l'armure et le jucha malaisément sur son épaule, puis, s'inclinant devant le Christ lointain et lui adressant un signe de Croix si familier que frère Peynel en fut transi de honte, il s'éloigna.

Il se sentait débarrassé de quelque chose. Mais de quoi ?

Sitôt dehors, Coutances lui parut d'une beauté revêche. Le ciel pesait sur les toits d'ardoise, et les arbres nus, noirs, gluants d'une pluie récente, semblaient atteints de male peste.

— Que vas-tu faire ?

Ainsi, frère Peynel l'avait suivi !

1. Le *tortil* était un bourrelet en torsade au centre duquel s'érigeait l'emblème du jouteur et du tournoyeur. La *torque* lui ressemblait ; c'était également un bourrelet d'étoffe tortillé des deux principaux émaux de l'écu, quelquefois posé sur le beaume en guise de cimier.

2. Vivre d'abord, philosopher ensuite.

— Moissonner des indications, mon père, et me lancer dans une quête dont je mesure les difficultés, les détours et les déceptions... Il me faut retrouver Luciane et Thierry.

— Je conçois ton impatience... Est-ce ton cheval que je vois là-bas ?

— C'est mon cheval. Un roncin d'Angleterre.

Était-il possible qu'en prononçant ce nom : *Angleterre*, il se sentît un peu déraciné ? Depuis l'aube, son année d'otagerie auprès d'Hugh Calveley lui semblait avoir passé moins lentement qu'il ne se l'était figuré. Parce qu'il n'y était pas seul comme il l'était désormais : frère Peynel n'était qu'une espèce de fantôme dont la Providence avait voulu qu'il croisât le chemin pour l'aider à se décharger, peut-être, du fardeau de ses rancunes.

— Où vas-tu passer la nuit, mon fils ?

— Je ne le sais... mais ce dont je suis sûr, c'est que je ne dormirai point si je couche à Gratot.

Le sempecte toussota. Il redoutait sans doute une autre controverse et, surtout, il souffrait de leur dissentiment. Un malaise le prenait, une sorte de honte d'avoir été parfois *désarmé* par des arguments hélas ! bien dignes d'un guerrier.

— Il va être none... Je loge au couvent des Dominicains. La pitance y est parcimonieuse mais le vin baptisé « remède » coule dru... Viens-tu ?

— Voilà, mon père, ce que je ne saurais vous refuser... Je remets mes fardeaux sur ma selle et vous suis.

Quand ce fut fait, Ogier, tenant le Noiraud par la bride, marcha auprès du vieillard.

— Pourquoi souris-tu, mon fils ?

— Je vous ai hoché le mors avant celui de mon cheval [1].

Peut-être outrepassait-il les limites d'un respect natu-

1. *Hocher le mors* à quelqu'un : s'efforcer de l'exciter, de le contredire.

rel et sincère, mais le sempecte rit de cette irrévérence. Dieu n'y figurait pas.

— Je préfère, Ogier, ton hardement[1] à moult hypocrisies que je sais discerner sans trop de peine... tout en feignant de les ignorer. Pour être, en ce moment, aussi hardi que toi, je t'avoue que je hais doublement cette peste. Parce qu'elle est horrible et parce qu'elle m'a tiré de Hambye. Ce n'est pas couardise, crois-moi, que de se confiner dans un moutier.

— Je l'ai toujours pensé, mon père, mais si j'ose dire, grâce à la peste, vous savez désormais combien l'on peut souffrir de se savoir impuissant devant l'adversité.

Hors de la cathédrale, Ogier se sentait plus à l'aise. Des souvenirs colorés l'assaillaient de ses errances et de ses jeux dans cette cité en fête, à présent morne et redoutable, peuplée d'autant de mourants que de bienportants en sursis. Chaque détour, chaque rue, chaque échoppe l'avaient vu passer, enfant, jouvenceau, damoiseau, chevalier.

— A quoi penses-tu ?

Il pouvait satisfaire cette curiosité :

— Je pense, mon père, à mon retour de Rechignac, lorsque je suis passé vous voir à Hambye pour essayer d'apprendre de vous ce qu'était devenue ma famille.

— Je m'en souviens... Je n'ai guère pu t'éclairer.

— C'est vrai... Mon inquiétude, alors, a redoublé. C'est ici, mon père, que j'ai rencontré Radigo de Lerga et ses sicaires... Il y avait avec moi Thierry, qui n'était point encore mon beau-frère, Adelis et un saint homme : Girbert Bressolles.

— Un clerc ?

— Une espèce de saint sans froc de bure... Un maçon de la Langue d'Oc. Un maître maçon... Je vois votre nez se froncer... Non, il ne sentait point le soufre.

Frère Peynel ne dit mot, le laissant à ses rêves. Adelis... Blandine.

1. Hardiesse.

« Blandine ! »

Il fallait s'arrêter devant les étals, acheter ce qui lui plaisait. Il se fût ruiné pour ressusciter leur belle entente des débuts de leur mariage. Pourquoi Coutances plus que son esprit lui imposait-elle ces brèves remembrances ? *Blandine !* Ils s'étaient accoutumés à la mélancolie d'être deux. Jamais ils n'avaient goûté pleinement la douceur de l'intimité conjugale. Avait-elle trépassé en conservant le souvenir de leurs discordes ? Avait-elle imploré le Ciel qu'il fût présent à son chevet ? Comment le savoir ? Tous les visages qu'il découvrait lui étaient étrangers. Les lueurs des regards étaient celles des bûchers où tout un peuple, par fragments épais, s'était réduit en fumées et pourritures. Qu'était-il advenu de ces âmes en flammes ?

Tracées à larges coups de pinceau, des croix rouges maculaient les portes et les contrevents. Certaines, toutes fraîches, semblaient bavocher du sang.

— Ce sont là des maisons hantées par la morille. Certains hommes, certaines femmes y sont revenus après avoir ensépulturé un parent. La plupart se sont contagionnés ; les autres ont survécu mais nul ne les approche. Les voisins, s'ils sont charitables, déposent un peu de nourriture sur leur seuil... La faim en a fait sortir quelques-uns. Ils ont failli être lapidés. Assurés de la miséricorde de Dieu et de la compassion des humbles serviteurs que nous sommes, ils sont venus au couvent... Nous n'avons pu les rejeter.

Le Noiraud allait d'un pas ferme, heureux de vivre, lui ! Ses fers cliquetaient sur le pavé. Certains passants s'arrêtaient pour voir et envier, sans doute, ce moine et ce jeune homme aux visages sains et sereins.

— Lorsque je suis parti rejoindre l'ost, Coutances était ensoleillée. Ce jour d'hui, c'est une clarté funèbre qui l'envahit. Le ciel se gonfle, se rassasie de nuages noirs : il va neiger mais, mon père, cette blancheur dont la cité se revêtira ne sera qu'une illusion.

Ogier ajouta avec une espèce de hargne :

— Je vous observe... Vous semblez ne rien voir.

— En effet... Mes yeux sont emplis de monceaux de corps sans vie... Je n'ose regarder les hommes, les femmes, les enfants... *Je les vois mourir*, comprends-tu ?... Chaque fois que l'un d'eux franchit la voûte du couvent, je devine si je le soignerai ou pas... et je ne commets aucune erreur... Alors j'essaie de ne pas les voir... Je conçois que tu sembles ébaubi... *No contemplantibus nobis quae videntur, sed quae non videntur. Quae enim temporalia sunt, quae autem no videntur, aeterna sunt*[1].

Ogier sourit sans malice :

— Et devant un chapon farci, apprêté sur un lit de lentilles ?

— Ah ! s'exclama le vieillard en passant prestement une main sur sa barbe, à l'emplacement de sa bouche, comme pour s'interdire un gémissement. Voilà l'exemple des tentations bénignes dont je pourrais être l'objet... Eh bien, si je pouvais survivre à cette peste, et si nous nous retrouvons, je te promets de quitter Hambye le temps d'un dîner. Je paierai le chapon, tu paieras la boisson.

— Et Dieu ? demanda Ogier, perfide.

— Eh bien, eh bien, mon fils, nous lui porterons la santé !

Puis, le front soucieux et les paupières basses, le sempecte se signa.

1. « Nos regards ne s'attachent point aux choses visibles, mais aux invisibles. Car les choses visibles ne sont que pour un temps ; les invisibles sont éternelles. » (II Corinthiens-IV ; 18).

VI

Il y avait du vin à la table des clercs. Du vin de Normandie : il pénétrait dans la gorge d'Ogier avec la force et l'âcreté d'un barbillon de sagette.

— Pères, dit-il en se tournant vers les deux compagnons de frère Peynel, si votre vin de messe a quelque qualité, vous devez lui trouver le goût du grenache, comparé à ce breuvage. Vient-il de Laigle ? Il en a la griffe !

Ils sourirent et replongèrent leur cuiller dans leur écuellée de brouet. Des croûtons de pain, des rondelles de panais et quantité d'oignons rôtis, coupés en deux, épaississaient ce bouillon dont Ogier se délectait après tant de repas froids absorbés en hâte.

— Notre pitance, dit frère Anselme, — un petit homme étique au visage glabre, hâve, couleur de beurre rance —, notre pitance n'a pas varié depuis trois semaines. Il faut croire au pouvoir bienfaisant de ces humbles herbes comme il faut croire aux vertus des choses les plus simples. N'est-ce pas, mon fils ?

— Il est vrai, mon père, dit Ogier, rechigné. J'ai traversé humblement la Normandie en prenant les repas les plus humbles qui se puissent imaginer. La peste me laisse en paix...

— La paix du Seigneur, mon fils, dit frère Gérard, l'autre clerc. Il était bossu, de sorte que ses lampées de brouet et de vin semblaient s'accumuler dans son dos plutôt que dans son ventre. Grand sans doute, s'il n'eût été contrefait, il avait une tête ronde un peu rose, des yeux globuleux, couleur de châtaigne, qui faisaient penser à ceux d'un veau. Sa bouche, en revanche, avait la voracité d'un loup.

— Les épreuves ne m'ont pas manqué, mon père, contrairement à ce que vous pourriez penser.

Ogier n'en dit pas davantage, et tandis qu'il buvait quelques gorgées de vin, il entendit les chuchotements de frère Peynel qui, sans doute, informait succinctement ses compagnons desdites épreuves, leur promettant d'y revenir plus amplement lorsque l'occasion s'en présenterait.

Le bossu, les yeux levés sur les solives, eut un soupir profond d'homme rassasié.

— J'ai vu la mort de près multipliée cent fois. J'ai vu tous les aspects qu'elle pouvait avoir. Les uns l'acceptaient comme un châtiment sans s'interroger sur son équité ou son injustice, les autres comme une marque de l'inimitié divine. Tous continuaient de croire, de toute leur ferveur chrétienne, au miracle qui allait effacer leurs enflures.

— Et Dieu, dit Ogier, ne fit aucun miracle.

— Comment le sais-tu ? demanda frère Anselme.

Il semblait ébaubi. Il laissa sa cuiller en suspens audessus de son écuelle, hésitant à avaler jusqu'à ce que sa faim l'emportât sur son irrésolution. Il engoula sa soupe ; son œil d'inquisiteur s'emplit de sainteté :

— Mon fils, douterais-tu que les miracles existent ?

— De Calais à Coutances, mon père, je n'ai assisté à aucun prodige... J'en ai souhaité deux qui concernaient des femmes. L'une était toute jeune et l'autre de mon âge. Elles étaient dissemblables en beauté, en esprit. Elles méritaient de vivre. Leur trépas me paraît aussi injuste que...

— *Que... Que...* Que vas-tu dire ? interrogea frère Anselme, soucieux. La peste n'est rien d'autre qu'une purification divine. C'est pourquoi nous devons prier pour l'apparition d'un miracle immense : universel. Il ne faut pas que notre foi succombe, mais qu'elle s'affermisse et se surpasse. Le mal qui nous assaille, je le dis sans orgueil, je l'avais prévu au cœur même du couvent. Les rumeurs qui, telle une marée montante, venaient en battre les murs, renforçaient ma conviction que notre monde était devenu enragé, dissipé, haineux, jouisseur... Je savais que les fidèles désertaient les églises et préféraient s'adonner aux plaisirs qu'aux méditations salutaires, prières et dévotions bénéfiques... Or, mon fils, quand on néglige Dieu, quand on doute de Sa Présence, quand le Saint Sacrement provoque des parlures, c'est que la piété défaille, — comme ce me semble être le cas de la tienne. C'est au cours des épreuves les plus terribles en apparence que Dieu et le Saint Sacrement finiront par affermir leur présence dans les esprits hantés par le doute et la désespérance.

— Ceux qui sont morts se sont rebellés contre Dieu.

— Ceux qui sont morts sont morts... et la vie continue. Et la foi persiste... Tu vois, mon fils, je n'entonnerai pas le *dicite nobis placentia*[1] pour nous soulager l'âme. La tempête est certaine et le monde chavire. Dieu, quand il le jugera convenable, étendra Sa bienveillance sur l'univers apaisé. L'existence sera plus féconde et plus belle, et cela pour l'éternité.

— Comment, mon père, pourrait-elle être belle ? Il y aura un vide autour de nous... Dieu ne me rendra ni mon épouse ni mon père ni mes amis !

— Tu les retrouveras en Paradis s'ils en étaient dignes.

Frère Peynel et frère Anselme échangèrent un regard. Frère Gérard prit la parole :

— Je conçois ta peine, dit-il d'une voix assourdie d'un soupçon de douceur. Qu'elle ne te place pas au centre du monde !... Et ne sois pas tenté, chevalier, de nier la Seigneurie de Dieu, maître de l'univers, et ton Suzerain !... Ne te couronne pas d'épines et, surtout, ne te prends pas pour un martyr. Ton épreuve commence...

1. Dites-nous ce qu'il nous fait plaisir d'entendre.

— Non ! s'indigna Ogier. Elle ne fait que se poursuivre. Elle empire ! Elle s'envenime !... Vous, frère Peynel, qui savez ma vie après celle des miens, oserez-vous prétendre le contraire ? Ne pensez-vous pas que j'ai suffisamment souffert dans mon honneur, dans ma chair et jusque dans mes amours ?

Le dernier mot lui avait coûté : comment des moines eussent-ils pu comprendre quelque chose à d'autres sentiments que le culte divin ? Ennuyé, frère Peynel souriait d'un sourire ascétique ; son visage s'en trouvait tout illuminé. Il dit, grattant sa barbe où perlait une goutte de vin, près de la commissure des lèvres :

— Cesse, Ogier, de te rebeller contre ta destinée.

— Tu nous consternes, dit frère Anselme. Sache-le d'avance, mon fils : plutôt que de les préjudicier, ces épreuves vont renforcer ton cœur, dilater ton courage, exhausser ta foi !

— Elles la rapetissent, mon père. Elles l'émiettent sans que j'y puisse rien. Les évidences m'éblouissent !

— Songe à ton cœur, à tes entrailles, à ta foi, insista frère Anselme. Les évidences, parfois, sont fallacieuses.

— Ma foi était, mes pères, à la solde de Dieu, à son service... Jamais en servitude. Ma vénération Le laisse indifférent. Pis encore : Il s'en moque !

— Tu blasphèmes, mon fils ! s'écria frère Peynel. Ton franc-parler nous émeut et nous indigne.

Cherchant une diversion à son malaise, Ogier mâchonna un croûton de pain tout en regardant, par l'étroite fenêtre, ce qu'on pouvait voir du dehors. Un mur, des voûtes, un arbre défeuillé. Une rumeur montait de ce lieu qui, d'ordinaire, devait être empli de silence. On eût dit que toutes ces pierres exsudaient du malheur. Des vies en perdition palpitaient entre ces murailles grises, et si les cris désespérés ne les franchissaient pas, ils suintaient et composaient cette espèce de bourdonnement qui n'était plus celui des prières mais celui des supplications, des souffrances et des angoisses irrémissibles.

Frère Gérard pencha sa lourde tête vers le sempecte

de Hambye, puis vers frère Anselme. Ses gros yeux cillèrent. Il parut mesurer, soupeser tout ce qu'il allait dire et sa voix se feutra comme s'il allait se livrer à une confidence qui ne devait point être entendue aux tables voisines, occupées par une vingtaine de clercs :

— Dieu me paraît débordé... Il veille sur nos âmes, mais il se peut que l'attention qu'il nous accorde jour et nuit se soit quelque peu desserrée. Il est las comme nous le sommes, de sorte que Belzébuth, Bélial, Asmodée ont profité de ce cruel relâchement pour étendre sur l'humanité toute la mauvaiseté dont nous les savons capables... Ils règnent maintenant... provisoirement sur les peuples... L'Europe tout entière est en grand état de putréfaction.

— Mais comment ces maudits ont-ils pris le pouvoir ?

Frère Anselme ouvrait la bouche avec cette avidité qui caractérisait un appétit incapable de se satisfaire des seuls repas sacrés.

— La guerre, répondit frère Gérard, impassible. Les guerres sont des inventions démoniaques... Eh oui, messire Argouges... Le continent tout entier sue de peur et de sang... Dans le sud, le ban de Bosnie, celui de Valachie, le podestat des Moldaves, le roi des Bulgares se soumettent les uns aux autres. Plus loin, Louis Ier le Grand, roi de Hongrie, après avoir vaincu les Saxons et les Valaques, marche ou va marcher sur Rome[1]... En Pologne, Casimir suit l'exemple de son beau-frère, roi de Hongrie : il l'aide dans ses conquêtes et enlève une partie de la Russie aux Lithuaniens dont le chef, Olgerd, se venge en détruisant ce royaume... La Russie est en guerre avec Valdemar, roi du Danemark, de Suède et de Norvège. Ce tyran qui, dit-on, s'est emparé du denier de Saint-Pierre, vient de vendre l'Esthonie à l'ordre Teutonique et on lui prête l'intention d'aller à Jérusalem porter le glaive au lieu des paroles de paix[2]. L'Alle-

1. Il en revint avec la peste.
2. Valdemar IV (1320-1375) se rendit en Palestine d'où il revint pestiféré.

magne prétendait soutenir ses empereurs contre le Saint-Siège ? L'Italie lui envoie ses malédictions et son fléau... Les Visconti règnent à Milan et entrent en guerre avec le Pape... A Rome, un fol esprit, Rienzi, veut rétablir la république des anciens temps sur les ruines du Capitole avec l'aide des manants pestiférés. Cette crapule, en chassant les nobles de Rome, leur a rendu un inestimable service : elle leur a épargné l'atteinte de la morille. On dit que Rienzi s'est enfui [1]. On ne sait où il est.

— Venise et Gênes... commença frère Peynel.

— Sont en guerre ! triompha frère Gérard. A Naples : famine et corruption ont engendré des milliers de malandrins... L'Espagne ? Elle lutte contre les Maures, la peste et le choléra [2]... Seul, dans toute cette fange, Étienne Douchan, empereur de Serbie [3] apparaissait comme un sage. Or, on prétend qu'il s'apprête à conquérir Constantinople !

Tournés soudainement vers Ogier, les regards des frères Peynel et Anselme signifièrent : « Quel homme ! » Il sourit au religieux austère et volubile :

— Vous savez tout, mon père, à ce qu'il me paraît !

— Le couvent, notre gîte, est un excellent lieu d'asile dans lequel on sait tout sur le destin du monde. Le voyageur qui, venu de loin, a su apprendre et observer, tient toujours à nous faire partager ses découvertes et à nous fournir son opinion sur l'état des pays qu'il a traversés.

Ogier acquiesça. Il était las ; cependant, les digues de sa fureur refermées, il se sentait serein, capable de tout entendre et de tout supporter.

1. Le 15 mars 1347.

2. Alphonse XI, dit le Vengeur, né en 1311, mourut de la peste à Gibraltar, le 27 mars 1350. Son armée fut quasiment anéantie par le fléau.

3. Etienne Némanitch XI Douchan, dit le Fort, roi, puis tsar de Serbie, né à Scutari en 1308, mort à Devoli en 1355, avait été couronné roi en 1335 et empereur en 1346. Son règne marque l'apogée de la grande Serbie qui s'étendait du Danuble aux Termopyles. On le surnommait le « Charlemagne des Serbes ».

— Soit, dit-il, la peste est un châtiment divin. Dieu l'a voulue pour punir le monde de son irréligion, de ses mœurs dépravées, de toutes les punaisies qui nous entourent... Mais trop, c'est trop !... Dieu frappe trop fort et au hasard : Dieu est injuste !

Frère Gérard parut secouer sa bosse, regarda son écuelle vide et soupira :

— Tu te montres étonné par l'ampleur de ce mal ?... Eh bien, je te dis, moi, que les chevaliers et leur piétaille en sont responsables. La peste est transportée par les hommes d'armes. Les armées du roi de France, en traversant notre pays de part en part, n'y ont point répandu la gloire des armes mais la puanteur de leur présomption et les putridités de la morille.

— Et que dire, demanda frère Peynel, de ces sectes qui se répandent, elles aussi, dans le royaume, et prétendent éloigner l'épidémie par la flagellation ? Louable est leur intention, néfaste le procédé.

Frère Gérard se tourna vers Ogier. Pour lui sourire :

— Tel que je crois te connaître, mon fils, tu ne te donneras aucun coup de fouet pour repousser le mal qui tourne autour de toi.

— Comme autour de chacun d'entre nous ! acheva frère Peynel.

— Quel qu'il soit et quel que soit celui qui le donne, un cinglon ne saurait être un remède pour le corps et pour l'âme.

Ogier entendait, de loin en loin, les plaintes des désespérés. Un mal indéfini s'immisçait dans son corps, appesantissant son esprit et son sang. Où étaient Luciane et Thierry en ce moment même ? Il oubliait presque la présence des trois clercs, respectueux de sa tristesse mais incapables de la comprendre : ni le sempecte ni les deux autres, quelle que fût leur perspicacité, ne pouvaient deviner ce qui se passait dans les abîmes de son cœur. Blandine avait pu crier sa frayeur de mourir comme cette femme qu'il venait d'entendre dans la cour. On devait la porter sur une civière ; elle voyait le ciel de plomb, le ciel de neige ; elle doutait peut-être qu'il y eût un Paradis si haut, si loin.

— Oyez, dit-il, cette malade qu'on emporte. Sa voix, quoique meurtrie, est jeune. Il se peut qu'elle ait l'âge de ma défunte épouse. Le malheur est sur elle, sur nous... La mort va la contraindre au silence...

— Dieu la voit. Il la prendra en Lui au moment prévu pour l'éternelle justice, dit frère Gérard, sans la moindre sévérité. Toi, mon fils, tu dois vivre... Pour retrouver ta fille... Tu vas errer longtemps, sans doute, comme le Christ en Palestine... Il te faut te munir d'une médecine pour ne pas succomber au mal... Le mire qui nous visitera cet après-midi t'en fournira une. C'est un des nôtres : frère Guillaume, qui vient de Charlieu pour nous apporter son aide, à la demande de frère Anselme, dont il est le frère puîné.

— Ah ? dit Ogier.

Il feignait l'intérêt et se demandait où était Barbeyrac et s'il pouvait cheminer en paix. « *Passera-t-il vraiment par Rechignac ? Y verra-t-il Tancrède ? S'en montrera-t-il épris ?* » C'était à peine s'il entendait la voix pourtant sèche, pondérée, de frère Gérard :

— ... combattu la peste avec des moyens dont il doit nous entretenir. Mais qui, selon frère Anselme...

— ... sont des recettes de Galien et de Pline, contresignées par Avicenne et Averrhoès...

— Il serait bon que tu assistes à notre entretien.

Ogier sentait ses paupières s'alourdir.

— Mon frère a passé cette nuit en prières avec moi. Il a la foi, le cœur du grand saint Dominique...

Ogier entendait de moins en moins. Barbeyrac et Tancrède !... Qu'allait-il imaginer ! Était-ce lui ou frère Peynel qui venait de répéter les paroles de l'Apôtre : « *J'ai trouvé la femme plus amère que la mort* » ? Il dut serrer fort ses mâchoires pour se retenir de bâiller.

En compagnie de frère Peynel, Ogier rendit visite au Noiraud esseulé dans une écurie où se trouvaient réunis une vache, une douzaine de brebis et, dans un clos, deux ânes et une mule dont le sempecte caressa les chanfreins :

— Ces humbles serviteurs appartiennent à l'évêque. Vois ce chaff[1] préparé à leur intention : il satisfait ton cheval... Les autres animaux erraient dans les prairies. Nous les avons recueillis comme ces enfants qu'on nous apporte ou qui viennent d'eux-mêmes trouver céans asile et réconfort. Hélas ! ils sont atteints et leur mort m'est cruelle.

— Je deviendrai fou, mon père, si je retrouve Thierry seul !

— Te connaissant mieux et concevant ta peine, je n'ose te conseiller de prier Dieu souventefois. Mais j'intercéderai pour toi avec une ferveur particulière.

Le Noiraud broutillait son fourrage. Sa queue battait vigoureusement sa croupe épaisse comme si les clartés qui la couvraient de leurs frisonnements argentés l'agaçaient plus encore que les mouches, l'été. Une impression de force fière, mais docile, émanait de ce roncin. Ogier en fut réconforté :

— Nous allons parcourir autant de lieues qu'il le faudra. Il ne me fait point oublier Marchegai, mon fidèle compère. Cependant, nous sommes fort unis, lui et moi...

— Tu devrais le laisser au repos un jour ou deux.

— C'est ce que je pensais... Il me faut, d'ailleurs, demeurer à Coutances afin de voir si quelques gens de Gratot ne s'y sont pas réfugiés.

— Bonne idée... Quant à moi, je regrette Hambye. Je me sens un horzain[2] dans cette ville épiscopale. Hé ! oui... Tu m'as parlé selon ton cœur ? Accepte que je t'entrouvre le mien...

1. Anglo-normand. Mélange de foin et de paille hachés ensemble en proportions égales.

2. Un étranger.

Le sempecte hésita et dit, fermant les yeux afin d'ignorer l'influence de son aveu sur les traits et l'attitude de son confident éphémère :

— La mort m'incite à regagner mon moutier. Certains jours, je ne me sens plus capable de supporter le poids des angoisses et des douleurs auxquelles je dois remédier... Les nobles demeurent en leur château. Certains refuseront d'abaisser leur pont pour te recevoir ; d'autres, j'en suis marri pour toi, te chasseront à coups de sagette. Le vieux Bricquebec s'est reclus pire qu'un moine en sa cellule. Même Godefroy d'Harcourt a peur... C'est du moins ce que j'ai ouï dire...

Ogier soupira. Il lui faudrait *aussi* interroger Harcourt. Plus aisée chez les gens du commun, sa quête prendrait chez les barons cotentinais une malignité, une nocivité quasiment mortifère. Tous le croiraient contaminé. Tous le repousseraient. Les champions des champs de bataille se trouvaient désormais au même niveau que leurs piétons et leurs meschins [1]. On l'accablerait de soupçons, de quolibets, d'outrages et parfois, frère Peynel disait vrai, de traits d'arc ou d'arbalète.

— Où a-t-on mis mon armure et mon *long bow* ?

— Dans la sellerie qui jouxte l'écurie... Tu devrais y déposer ton épée : tu n'as, céans, à redouter la moindre roberie.

— Je sais... Son poids à mon côté me rassure...

Dans la cour vide et grise, des duvets voletaient. Le ciel conservait une funèbre apparence. Sa pesanteur persistante laissait présager un après midi froid et blanc, à moins que le vent qui soufflait du Ponant ne déplaçât les nuages.

— Demeure une semaine auprès de nous, Ogier, dit frère Peynel en dispersant quelques flocons collés sur sa bure. Le froid se durcit. La neige rendra ta chevauchée pénible. Les chemins engelés seront autant de pièges où tu pourras te casser un membre ; et si ce n'est pas toi, ce sera ton cheval.

1. Domestiques.

— Je sais, mon père.

— Les chevaux sont rares et tu n'en as qu'un seul. Je te vois mal sur un mulet... Viens : montons cet escalier. Il mène à la librairie du couvent.

Bientôt, le sempecte poussa une porte.

Ogier vit tout d'abord un grand feu de sarments. Sa puissante chaleur le saisit par le flanc et il en soupira d'aise. Ici, dans la pénombre rougeoyante, l'hiver semblait d'un coup privé de son mordant.

Ayant salué les moines dont son apparition avait interrompu l'entretien, Ogier embrassa d'un coup d'œil cette pièce percée d'une seule fenêtre dont les murs disparaissaient sous des planches étançonnées par de grosses poutres de chêne. Dessus, des livres voisinaient avec des pots de grès, des rouleaux de cédules, une procession de ciboires, navettes, patènes, calices et burettes d'or et d'argent ternis. Et des livres encore, les uns posés de chant et les autres à plat.

Çà et là flambaient des chandelles. Buisson ardent jailli d'un luminaire dont le pied formait une croix pattée, il y en avait cinq sur la table ronde autour de laquelle trois clercs conversaient : les frères Gérard et Anselme et, entre eux, un personnage roux, à face exsangue, rébarbative. Ses mains efféminées frottaient parfois la pièce de velours rugueux étalée devant lui comme pour en écraser les plis.

Sur le plateau jonché de parchemins, trois encriers cernaient une poignée de plumes taillées dans des pennes d'oies sauvages.

Frère Peynel s'assit face à ses pairs. D'un mouvement de son menton pointu, frère Anselme désigna un faudesteuil près du lutrin de fer sur lequel reposait, ouvert en son milieu, un gros ouvrage à l'aspect d'antiphonaire.

— Seyez-vous s'il vous plaît.

Ogier tournait le dos à la cheminée. Le regard hostile que le visiteur posait sur son épée lui fut indifférent.

— C'est Ogier d'Argouges, précisa le sempecte avec une espèce d'humilité, comme s'il redoutait d'être tancé d'amener un intrus, alors que, sans doute, frère Anselme avait annoncé sa venue.

— Voilà un chevalier, dit frère Gérard, qui peut se rendre auprès de Guy de Chauliac, en Avignon, pour obtenir de lui quelques-unes de ses recettes pour vaincre la morille.

« Hein ? » songea Ogier ébranlé par ce coup. « Il ne saurait en être question ! »

Deux regards fureteurs avaient convergé sur sa personne : celui de frère Anselme dont frère Gérard, sans doute, s'était approprié l'idée ; celui de frère Peynel, mécontent que ses pairs disposassent d'un homme qui avait son mot à dire — et le dirait sans circonlocutions. Quoi qu'il en fût, Ogier sentit que sa présence perturbait l'espèce de somnolence dans laquelle ces clercs semblaient soudain s'installer. Il comprenait qu'ils fussent las, ensommeillés. Il admirait leur dévouement. Il ne pousserait pas le sien jusqu'en Avignon, fût-ce pour s'entretenir avec le plus grand des mires.

« Dommage que Barbeyrac s'en soit allé. C'était son chemin. »

Puis il redevint attentif et, se laissant aller contre le dossier de son siège, il observa frère Guillaume qui semblait se justifier auprès du sempecte en précisant :

— Je suis venu à l'appel de mon frère.

Le regard de ce religieux au teint d'ivoire affirmait plus d'autorité que de foi. Maigre, mais de constitution robuste, frileux et comme ramassé sur lui-même, il avait jeté sur ses épaules une chaucemante fourrée de renard qui n'avait rien d'ecclésiastique. Ses yeux d'hématite — était-il enrhumé ? — bridés, étincelants, étaient plutôt ceux d'un prédicateur que d'un reclus. Tandis qu'il se justifiait auprès de frère Peynel, ses doigts pâles, fuselés, continuaient de lisser le velours de la table, un tissu d'une couleur roussâtre, guère différente de celle de ses cheveux coupés à l'écuelle et dont le chiendent occultait sa tonsure.

— Nous nous réunissons, mon frère, dit l'ascétique

Anselme, afin de confronter les remèdes que nous employons et que tu emploies contre le mal noir...

Il n'osait prononcer le nom terrible. Son puîné en parut mécontent :

— La peste ! La morille !... Le mal des aines... La *mortalega grande... L'anguinalgia !* N'ayons pas peur des mots si le mal nous effraie [1].

Se sentant regardé, Ogier dit simplement :

— Je souhaite que vous vainquiez ce mal... avec l'aide de Dieu.

Frère Guillaume, les poings sur la table, se pencha :

— Nous sommes maintenant aussi bons que les mires... Nécessité fait loi. Chacun de nous a moult lu et appris. Du convers au prieur, nous étions voués à la sauvegarde des âmes. Nous voilà soignant les corps. Les unes et les autres s'accordent, mon fils.

— J'en conviens, mon père : une âme dolente ne peut hanter un corps sain sans le corrompre... Mais on ne sait guérir les corps par la purification des âmes... et il y a des âmes pures qui se satisfont d'un corps délabré. Peut-être, lorsqu'on saura guérir parfaitement les âmes, guérira-t-on les corps sans avoir recours aux remèdes que vous connaissez tout autant que les mires.

— C'est vrai, dit frère Guillaume, visiblement à contrecœur. Je suis de ceux qui ont rédigé la consultation que le roi a demandée aux médecins de la Faculté de Paris... Je connais Gilles de Corbeil qui est l'un des plus grands mires de notre temps. Eh bien, il m'a dit son impuissance et son désespoir devant la peste... Car dix guérisons pour des centaines de trépas ne le satisfont point. Sa foi en Dieu est dangereusement atteinte.

Frère Guillaume semblait soudain triste et las. Quelque effort qu'il accomplît pour paraître solide, confiant, et d'une aptitude extrême à vaincre l'ennemie commune

1. Le *Petit Thalamus*, relatant l'apparition de la peste à Montpellier, la désigne : *mortalitat, mortandat, empedimia de bosses*, en langue romane. Les tumeurs, grosses comme une pomme ou un œuf, se nommaient vulgairement *gavoccioli*.

aux Français et à l'humanité tout entière, il souffrait de l'inanité de ses remèdes. Alors que ses voisins semblaient dorénavant, — du fait de sa seule présence — dans un état de consolidation de la sérénité, il donnait l'impression de rechercher des convictions et des pouvoirs éparpillés au vent du doute et de l'inefficacité. Pourtant, il se reprit :

— Le déclin des royaumes, mes frères, — et vous aussi, chevalier — est la conséquence des abusions qui s'y sont commises. Les pestilences noires ne sont rien d'autre que les fruits pourris des vergers de Satan !... Plus les êtres, les princes, les rois et les institutions se dévoient, se fourvoient, s'abêtissent, plus leurs indignités et leurs fornications s'étalent sans vergogne et sans frein, plus ces royaumes offrent leurs flancs putréfiés aux glaives de l'Éternel.

— La peste s'étale, dit Ogier. Dieu frappe et justicie sans discernement.

— En vérité, mon fils. Plus Il frappe et plus Il nous montre son courroux.

— Je suis ébaubi que la divine justice affirme son incapacité à choisir. Elle sévit sans tenir compte de l'âge, des sexes, des lieux, des défauts et des vertus.

— Elle déblaie sans mansuétude les ruines d'un royaume à mi-chemin entre Sodome et Gomorrhe... Mais je puis affirmer, car j'en suis convaincu, que sur ces ruines naîtront des êtres vigoureux, vertueux, admirables de ferveur, de dévouement, de compassion et d'amour !

Frère Guillaume se rengorgea ; Ogier courba le front, incapable d'accorder le moindre crédit à une prophétie pareille. Ce qui lui importait, c'était le monde où il vivait et souffrait. Le futur Paradis terrestre lui paraissait une imposture, une invention des clercs destinée à permettre aux mal-heureux d'accepter l'adversité sous quelque forme que ce fût, sans se regimber contre l'injustice humaine et céleste.

— Il doit bien exister, mon père, d'autres remèdes que les prières pour conjurer la morille.

Cette remarque en forme de question, frère Guillaume semblait l'avoir attendue. Une sorte de tressaillement le secoua du séant à la nuque, si fort que sa chaucemante tomba. Son puîné voulut la ramasser ; il l'en dissuada d'un geste.

— Savez-vous, messire Argouges, mes frères, ce que Gentilis de Fuligo, qui eut à affronter la peste avant nous, préconisait pour s'en guérir ?... La saignée, tout simplement, mais la saignée jusqu'à la syncope : *phlebotomiae debent fieri usque ad syncopius*... Eh oui, la saignée, mes frères, c'est la rédemption par le sang versé.

— Ne pensez-vous pas, mon père, que la perte de sang affaiblit plutôt qu'elle ne fortifie ?

Frère Guillaume sursauta, frappé profondément, semblait-il, par cette observation formulée d'une voix que le respect seul avait rendue hésitante. Ne la lui avait-on jamais faite ? Ne se l'était-il jamais adressée ?

— Non, chevalier. Le sang se régénère. Il suffit aussi, m'a-t-on rapporté, qu'un malade soit touché par l'anneau de notre Saint-Père le Pape pour qu'il soit ragaillardi. Cet anneau soutient une émeraude.

— L'on m'a dit, murmura frère Gérard par crainte, sans doute, de proférer une sottise, que la thériaque avait, outre ses propriétés bien connues, qualité pour vaincre la peste.

— Évidemment ! fit frère Guillaume, les bras écartés, les mains levées comme s'il officiait. Soixante-quatorze substances entrent dans la composition de ce remède... et je conçois que vous en soyez dépourvus.

— L'anneau du Pape suffit-il vraiment ? insista frère Gérard.

— Gentilis de Fulgio nous dit : *Si teneatur — smaragdus — in mensa, virtutem veneni debilitat, et si in ore, virtutem inficiandi diminuit*. Autrement dit...

— Cette émeraude affaiblit l'impureté des aliments quand elle est à proximité. Elle l'affaiblit davantage si on la garde dans la bouche...

Frère Anselme acquiesça. Son regard était terne,

fatigué : à trop fixer la divine lumière, il semblait condamné à la cécité. Il se leva et marcha, les mains enfouies dans ses manches de bure, la lourde croix de bois oscillant au bout de sa cordelière. Quand il fut parvenu devant les livres alignés sur les planches, il fit front. Ses paupières palpitèrent :

— Dieu, dit-il, a puni les pécheurs endurcis avant que de jeter un épervier de feu sur des multitudes indignes.

— L'Histoire est un continuel renouvellement, dit frère Guillaume.

— Regardez ces ouvrages, reprit frère Anselme. Vous aussi, chevalier... *Les Georgiques*, livre troisième... Nous y apprenons, je l'ai lu récemment, que sous le règne d'Éaque, aïeul d'Achille, la peste désola Égine où tous les excès avaient été commis et où d'autres, conséquence inévitable du fléau, furent perpétrés...

Ogier sourcilla : ce Dieu que les trois clercs et lui-même servaient n'appartenait pas à la même espèce que les idoles des Romains et des Grecs. Aucun rapprochement n'était donc acceptable.

Frère Anselme avait saisi l'ouvrage avec respect. Il le déposa sur le lutrin, à l'opposé de l'antiphonaire, et l'ouvrit à la page marquée s'un signet. Une main sur le texte, il leva l'autre comme s'il prêtait serment :

— Ne dirait-on pas, mes frères, que nous sommes à Coutances et non à Égine en lisant ceci : « *Au milieu de leur malheur, nul frein ne retenait les hommes dans la voie du plaisir, de la débauche, de l'impiété* »... Les symptômes du mal étaient les mêmes. Oyez : « *La langue est âpre et gonflée, la bouche aride s'ouvre à des vents brûlants* »... L'on aurait pu penser qu'après les Éginètes, l'humanité se serait assagie pour éviter que cette male mort se reproduise... Eh bien, non : au IVe siècle avant notre Seigneur Jésus-Christ, les Thébains furent frappés. Le grand Sophocle prétendit que les Dieux étaient irrités par les crimes d'Œdipe. En fait, ils étaient furieux contre tout un peuple... Puis vint le tour de Troie...

Abandonnant le lutrin, frère Anselme s'en alla toucher le dos d'un livre :

— Homère atteste que Troie fut frappée par la morille sans qu'Hélène en fût cause. Les Troyens dissolus méritaient cette épreuve. Si féroce était la colère des dieux qu'Hippocrate échoua dans la composition des remèdes. Il fallait qu'aucun pécheur ne survécût !

Ogier étouffa un bâillement tandis que frère Anselme touchait le dos d'un autre ouvrage :

— Denis d'Hallicarnasse relate comment la peste sévit à Rome... vers 461 avant Notre Seigneur... Diodore de Sicile rapporte qu'elle dépeupla Athènes. Les oiseaux, les bêtes qui se nourrissaient de chair malade périssaient eux aussi et leurs charognes ajoutaient leurs pestilences à celles des êtres humains... J'ai tout lu... Eh oui, frère Peynel... Lu tout ce qui, entre ces murs, concerne la peste : Suétone, Marc-Aurèle, Galien... Grégoire de Tours qui raconte une épidémie dans les Gaules... Et voyez ce *Livre des miracles de saint Jean...* Eh bien, il nous apprend qu'en 540, la peste entra dans Paris avec autant de férocité qu'elle est entrée dans Coutances, Saint-Lô, Bayeux et d'autres bonnes cités normandes...

Ogier avait écouté cette voix de plus en plus forte et qui, prétendant peut-être jeter des flammes sur un auditoire attentif, n'avait fait qu'y répandre des cendres. Frère Gérard avait bâillé ; frère Guillaume avait haussé les épaules, mouvement qui semblait signifier : « *Je sais tout cela.* » Soit, la peste avait existé. Pourquoi ? Moins comme châtiment, sans doute, que comme une conséquence de certaines malpropretés tangibles : le fumier, les mouches, les latrines, les viandes mornées. Elle s'était jetée sur la Grèce, sur Rome, sur la Gaule comme une haute vague noire contre des rochers friables, — insuffisamment friables, cependant, pour les rompre et les dissoudre !

— Quel est, frère Guillaume, le meilleur des remèdes ?

La réponse arriva, prompte comme un défi :

— La prière, chevalier. La fervente prière !... Nous qui prions, mon fils, sommes-nous atteints ?

C'était vrai que tous ces tonsurés semblaient réfractaires au mal. Mais pour quel laps de temps ? Ils étaient bien chanceux, c'était tout ! Ogier se permit une observation :

— Sans vouloir vous désobliger, mon père, j'ai rencontré en chemin des saints hommes de l'abbaye de Bayeux qui fuyaient justement parce que leurs coadjuteurs mouraient aussi vélocement que de simples mortels. Or, je ne saurais les accuser de mollesse ecclésiastique.

La réponse claqua, mais c'était frère Gérard qui la proférait :

— Et si, mon fils, ils n'avaient pas prié suffisamment le Tout-Puissant ? Il y a des moutiers dans lesquels la piété n'est point tout à fait affirmée.

— Frère Anselme, dit le moine Guillaume à son puîné, ton érudition est une merveille, mais en l'occurrence, point trop n'en faut. C'est la peste de *maintenant* qui requiert notre attention, celle qui nous agenouille, autant que faire se peut, devant la Sainte-Croix... S'il m'advient de dormir un tantinet, c'est hélas pour devenir la proie de rêves infernaux... *Animus meminisse horret*[1] !

L'horreur à laquelle le visiteur faisait allusion s'empara des autres moines. Tous baissèrent le nez et se recueillirent. Enfin, les têtes blêmes se relevèrent et frère Guillaume se tourna vers Ogier :

— D'où venez-vous ?

— De Calais.

— Vous avez traversé toute la Normandie !

Ogier s'étonna que le moine ne se fût pas exclamé : « Calais ? Mais la cité appartient aux Anglais ! » Frère Guillaume ne se connaissait d'autre ennemi que la peste.

1. Mon âme tremble d'horreur à évoquer ces souvenirs.

— Avez-vous vu, chevalier, des malades différemment infectés ?

— Non, mon père. Chez tous ceux que j'ai vus, le cœur et les poumons semblaient se consumer ; leur visage pâlissait puis rougissait jusqu'à prendre une teinte foncée. Alors, on voyait apparaître ces boules noires aux aisselles et aux aines.

Il y eut un silence. Ogier se demanda ce qu'il signifiait. Ces moines avaient vu mourir des centaines de malades ; ils leur avaient administré le saint Chrême, l'onction extrême, lorsqu'ils le pouvaient. Sur leurs faces austères, nulle trace n'apparaissait ni de leur effroi ni de celui des mourants au chevet desquels ils s'étaient penchés.

— Nous faisons brûler les vêtements et les meubles, frère Guillaume, dit le moine bossu.

— Fort bien, frère Gérard. Mais ce sont les maisons qui devraient disparaître au moment même où l'on emporte les morts en chariot ou sandapile [1].

— Le vulgaire est plus atteint que les membres du clergé, les nobles, les hobereaux...

— Je l'ai constaté aussi, mon frère.

— Les Juifs meurent davantage...

— Ils sont malpropres, frère Peynel. On les accuse çà et là d'avoir empoisonné les puits. Je réfute cette suspicion : ils boivent de l'eau comme nous.

— Les astronomiens prédisent... commença le sempecte de Hambye.

— Holà ! tonna frère Guillaume. Ne mêlez point ces gens aux propos qui sont nôtres, frère Peynel !... La guérison n'est pas dans les étoiles. Elle est dans la prière et les macérations !

En était-il si sûr ? Ogier, scrutant les yeux de glace, en douta. Cet homme avait peur. Il savait que rien ne pouvait vaincre le mal et s'opposer à sa propagation.

1. Civière dans laquelle les Romains portaient les cadavres de leurs esclaves et des pauvres jusqu'au lieu de sépulture.

— Que préconisez-vous, mon frère, pour corriger la malice de l'air ?

Frère Peynel avait posé sa question d'une voix insidieuse, non exempte d'un mépris que seul, sans doute, Ogier discerna. Il lui fut répondu fort obligeamment, — et frère Guillaume eût employé le même ton bavoché pour divulguer une recette de cuisine :

— Des fumigations avec de l'olibane et des graines de genièvre. L'ase empêche la putréfaction de la chair, chasse les puanteurs et les corruptions. Il est recommandé de mettre dans le feu des figues fraîches.

— En cette saison ? s'étonna frère Gérard dont la bosse dodina pour aller s'appuyer, ensuite, sur le dossier de son siège.

Ogier avait failli sourire. Se procurer des figues fraîches en plein hiver équivalait à gauler des noix en juillet. Il avait craint de perdre du temps, or, son attention ne cessait d'augmenter.

— Il convient également, poursuivit frère Guillaume, d'arroser les chambres d'eau de rose ou, si l'on en manque, d'y répandre du vinaigre. Il est recommandé, ensuite, de les joncher avec de l'osier, des nénuphars et des feuilles de vigne.

Frère Anselme leva les yeux au ciel ; frère Peynel et frère Gérard se consultèrent du regard, et ce dernier, penché en avant, secoua ses mains jointes. Ogier n'eût guère été surpris d'y entendre tinter des cailloux.

— Nous sommes fin décembre, mon frère ! Les vignes sont défeuillées...

— Point de feuilles de vigne, alors, dit frère Gérard.

Il avait regardé du côté de la fenêtre. Il frémit, ayant senti le froid du dehors.

— Faut-il prendre des bains ? demanda frère Anselme. Les étuves sont closes mais l'on peut les rouvrir.

— Il importe que les bains soient tièdes, mon frère. Ils détendent et humectent le corps. J'ai vu un mire déconseiller de se mouiller à un manant aux humeurs grasses et compactes, et qui semblait être touché par le mal noir. Il lui a prescrit des purgations pour nettoyer les intestins...

— Vit-il encore ?

Frère Guillaume grimaça. « Non », fit-il d'un lent mouvement de tête.

Un gros homme entra, emmitouflé dans un manteau de peaux de renards dont les queues, — une douzaine —, touchaient le pavement par leur extrémité. Sous son chaperon rouge façonné en crête, il ressemblait à un coquelet : yeux jaunâtres, nez sombre et crochu, petite bouche méprisante. Son goître rougi au froid, sorte de caroncule, ajoutait à la ressemblance. Il s'ébroua ; les flocons qui pailletaient les poils de son vêtement tombèrent. Il tendit ses mains vers l'âtre crépitant, les frotta, lava et rinça aux flammes. Alors, il fit front et frère Anselme sourit avec ravissement.

— Messire Legagneur est médecin à Caen. La peste l'a bouté hors des murs et il a trouvé refuge à Coutances. Sa réputation est grosse et méritée.

Le compliment n'atteignit point le visiteur. Il ôta son manteau, son chaperon. Il avait des cheveux noirs et une vaste tonsure, de sorte qu'il s'intégrait aisément dans l'espèce de synode auquel on l'avait prié. Il passa devant Ogier en l'ignorant et prit place à table, auprès de frère Gérard dont la bosse fit un écart afin que l'homme eût ses aises.

« Il ne me voit pas », se dit Ogier. « Il ne veut pas me voir. Me prend-il pour un manant ? »

D'un autre, cette indifférence l'eût affecté, mais l'outrecuidance du visiteur était telle qu'il se promit d'intervenir dans l'entretien pour contrarier ce Legagneur dont la renommée, sans doute, n'avait pas dépassé les murailles caennaises.

— Nous allions, messire, dit frère Anselme, parler des aliments qui sont propices soit au rejet de la peste, soit à la protection de nos bonnes gens contre les assauts de ce mal infernal... Comment nous armer, si j'ose dire ? Certes, nous avons bien quelques idées. Nous voudrions savoir si elles sont en concordance avec les vôtres.

Messire Legagneur se gratta la tempe, cherchant une introduction qui fût digne de lui et de son savoir.

— Le pain, dit-il. Oh ! je sais bien qu'il se fait rare... Il faut qu'il soit pourtant de bonne qualité, avec un petit peu de son et d'orge.

— Et le vin ? demanda frère Gérard en abaissant ses paupières afin d'éteindre la flamme que ce seul mot avait suscité dans ses prunelles.

— Le vin, mon père, doit être le meilleur.

— Les viandes ? demanda frère Anselme qui, apparemment, était un petit mangeur.

Messire Legagneur eut un frémissement des lèvres et frotta ses yeux de sa paume comme pour leur interdire la vue de l'encrier, des plumes et des parchemins étalés sur la table ou leur substituer, imaginairement, des écuellées d'aliments copieux et succulents.

— Les viandes, mes bon pères ?... Eh bien, du veau d'un an, des chevreaux, connils[1], volailles, oiseaux, — particulièrement des videcoqs[2] et des alouettes gamalcones[3]. Il convient de faire rôtir ces viandes et non de les mettre à bouillir.

Frère Peynel sourcilla :

— Toutcs ?

— Hé oui !... Mais si vous préférez les viandes bouillies, je ne saurais trop vous recommander de les apprêter avec du gingembre, des clous de girofle, du poivre de cubèbe, de la cardamome, noix muscade, safran, cannelle.

C'était dit sèchement, sans mépris, avec même un soupçon d'indulgence envers cet amateur de viandes aussi pâles que sa propre chair. Pour ne pas demeurer

1. Lapins.

2. Bécasses. Prononcer videcô. Il existe, en Normandie, une paroisse du nom de Videcoville.

3. Il existe maintes variétés d'alouettes : calandre, calandrette, cochevis, lulu, otocoris, sitli, etc.

en reste et avec une expression qui signifiait, sans doute, qu'il n'accordait aucun intérêt à la bonne chère mais savait toutefois la distinguer de la mauvaise, frère Guillaume tendit sa face morose en avant :

— Et les poissons ? Chaque moutier a son vivier...

Il suscita un cri de réprobation si violent qu'il dut s'entendre jusqu'aux écuries après qu'il eut fait sursauter tous les moines.

— Non ! Non !... Surtout pas ! Ne mangez point de poissons des viviers et des marais ! Ils sont également corrompus par le mal !

La voix de maître Legagneur se radoucit et devint aussi onctueuse qu'un coulis de perdreaux ou d'écrevisses.

— Allez pêcher en mer, mangez des coquillages mais surtout, abhorrez pour un temps les anguilles et les carpes !

Sauf frère Guillaume toujours sûr de soi, les moines acceptèrent le conseil sans broncher. Cependant, ils se sentaient traités ainsi que des enfants et dissimulaient mal leur vergogne. Ogier voulut les secourir et, d'une voix parfaitement innocente :

— Et les herbes ?

La réponse tomba, claire et glacée :

— Bourrache, épinards, blettes, persil, oseille, choux bien cuits. Et des figues, toujours des figues et des limons [1].

— Nous ne sommes ni en été ni en Espagne, messire.

La remarque d'Ogier fut loin d'indisposer maître Legagneur. Après un claquement de langue, il poursuivit de cette voix plate et quelque peu rugueuse que frère Peynel semblait détester lui aussi :

— Le tout accompagné d'une saignée afin de chasser les miasmes du corps. Il convient également de se purger afin que le nettoiement soit complet. Un bon remède mochlique [2]...

1. Citrons.
2. *Mochlique :* qui purge.

— Lequel ? interrompit frère Anselme.

Maître Legagneur sourcilla. Le prenait-on pour un livre ? Ces hommes en bure ne savaient-ils rien hormis leurs sempiternelles prières ? Il en connaissait, lui, des purgatifs !

— De l'agaric, de l'émeraude [1]... Prenez des électuaires dyanthos, des pilules d'aloès, de myrrhe, de safran... Respirez des aromates chauds, du camphre... Conservez vos bures dans des aromates, et vous aussi, messire, vos vêtements.

— Même mon armure de fer ? interrogea Ogier d'une voix feutrée, frémissante, cependant, d'une indissimulable insolence.

— Même votre armure !... Le fer se corrompt, s'enrugnit... Et qu'est-ce que la morille sinon une rouille noire ?

C'était net, indiscutable. Ogier fut tenté de sourire, mais frère Anselme tirait un parchemin d'une liasse posée près d'un candélabre. Trempant ensuite une plume dans l'encrier, il prit un air solennel :

— Donnez-nous, je vous prie, quelques recettes. La

1. On écrasait parfois des pierres précieuses dans des préparations destinées à la guérison des maladies tenaces ou mortelles affectant de grands personnages. Cependant, il s'agit ici de l'*émeraudine*, nom vulgaire de la cétoine dorée, appelée hanneton des roses.

L'émeraudine, cétoine *(Cetonia)* est un insecte coléoptère de la famille des *scarabéidés* (lamellicornes) et du groupe des cétonites, beaux insectes aux couleurs brillantes, au corps ovalaire à antennes courtes terminées par une massue oblongue formée de trois articles et semblable dans les deux sexes. Longue de 16 à 22 mm, elle est semblable à un hanneton. On en compte une centaine d'espères répandues en Europe et en Asie. Elles vivent sur les fleurs, dans les plaies des arbres (rosacées, ombellifères, etc.) Ce sont les émeraudines de Geoffroy.

La larve de l'émeraudine, à peu près semblable à celle du hanneton, vit dans le bois pourri, le terreau, et se trouve parfois en grand nombre dans les fourmillières. Le *Cetonia aurora* n'est pas, à proprement parler, un insecte nuisible. Desséché et réduit en poudre, il fut considéré comme un remède contre la peste. Avant la dernière guerre, quelques provinces de la Russie méridionale l'employaient comme un spécifique contre la rage.

peste continue. Nous avons perdu douze frères, et les manants trépassent toujours sans que rien ne vienne annoncer une atténuation du mal... Les Coutançais se sont dissociés. Il y a ceux qui prennent du plaisir en oubliant leurs parents, leurs enfants, leurs voisins mortellement atteints ; il y a ceux qui se tordent dans les affres de la male mort. Parmi les bons qui subsistent et qui sont moins de cent, il y a ceux qui s'enferment et veulent oublier tout ce qui les entoure et ceux dont le dévouement et la piété font merveille et qui, n'en doutons pas, seront à la dextre du Seigneur... Et puis, messire Legagneur, il y a le Clergé qui, hélas ! se recrobille dans sa coquille, et il y a nous, qui devons affronter le mal et les malades si fréquemment qu'il nous advient d'avoir peur, non pas de dévier[1] mais de transporter les germes de cette mort sur notre peau, sur notre bure, et d'envenimer la population saine encore... Vous et frère Guillaume avez combattu la peste. Donnez-nous l'un et l'autre des formules de pilules, de trocisques, voire de boissons que nous essaierons de composer, bien que nous soyons plus pauvres en médications qu'en livres !

Maître Legagneur fut touché par la voix chevrotante de frère Anselme : on le suppliait presque. Il se leva et, devant le grand feu craquant et pétillant, il réchauffa ses mains ainsi que sa mémoire.

— Je connais, entre autres remèdes préventifs, une pilule dont je puis affirmer qu'elle est bénéfique.

— Dites !

Cette fois, c'était frère Gérard qui suppliait. Messire Legagneur lui adressa un coup d'œil d'une irrévérence qu'un mince sourire atténua :

— Prenez l'aloès socotrin : une once[2] ; une demie de myrrhe, une demie de safran d'Orient. Mélangez avec du suc de mélisse, de la buglosse ou, tout bonnement, du vinaigre... Avalez...

Cela semblait tout simple. Les moines s'entre-regar-

1. Mourir.
2. 30, 594 grammes. (Voir annexe V, p. 465.)

dèrent : ils n'avaient ni aloès, ni safran d'Orient, mais la buglosse devait être aisée à trouver... ce qui ne servait à rien s'ils ne disposaient de l'entièreté des éléments.

Le mire se mit à marcher, allant des livres à la fenêtre d'un pas lent, se chauffant au passage l'avers du corps au feu, puis le revers, et soupirant d'aise. Les moines l'observaient avec un respect des plus parcimonieux, mais ils étaient aimables. « Et puis quoi ? » se dit Ogier. « Ils sont disposés à toutes les patiences pour obtenir un de ces remèdes fabuleux dont ils savent bien, tout au fond de leur esprit et de leur foi, qu'aucun d'eux ne saurait exister ! » Faisant front, soudain, maître Legagneur s'adressa au bossu, la plume levée, la pointe biseautée, noire et luisante d'encre :

— Écrivez, mon père... *Trocisques*... Le premier... De la gomme claire, de la semence de cresson, storax blanc, safran byzantin, asaret, encens, bois d'aloès d'Inde... Trois gros[1] de chaque substance... Un demi-gros de camphre ; une demi-once de pierre... Triturer le tout avec de l'eau de rose et confectionner des dragées de la grosseur d'une noisette. En jeter une ou deux par jour dans le feu.

D'un imperceptible mouvement d'épaule qui ne put, pourtant, passer inaperçu, frère Gérard exprima ses doutes sur l'efficacité du médicament ou son dépit de ne pouvoir se procurer tout ce qui entrait dans sa composition.

— A défaut d'être un remède souverain, dit frère Peynel, c'est un remède de souverain.

Maître Legagneur prenant cette saillie pour un compliment des plus justifié, s'inclina, marcha jusqu'à son manteau et en tira quelques feuilles qu'il déplia tout en enjoignant à frère Gérard :

— Écrivez... Voici un second trocisque... Une demi-once de feuilles de romarin, deux gros de spode[2] ; deux

1. 12 grammes.
2. Oxyde de zinc impur obtenu par calcination et cendre résultant de l'ivoire brûlé : ici, cendre d'ivoire.

gros et demi de santal citrin ; bois d'aloès, cardamome, amidon, camphre... Prenez garde !... Deux scrupules [1] de camphre seulement... sucre blanc : trois gros ; préparez tout cela avec un mucilage de psyllium dans de l'eau de rose [2].

Aucun moine n'osa demander ce qu'était le psyllium. Ou ils étaient instruits ou ils avaient compris que la visite de maître Legagneur était d'ores et déjà inutile. La bienséance voulait qu'ils écoutassent religieusement cet homme autoritaire et frileux qui leur proposait :

— Un troisième ?

— Nous vous en prions, dit obligeamment frère Anselme.

— Eh bien, soit : cannelle, girofle, épi de nard, bois d'aloès, mastic [3], noix muscade, grande cardamome, écorce de limon : de chacune de ces substances, le poids d'un écu d'or... Dix grains de musc [4]...

La plume grattait, infatigable. Quand elle fut relevée, aussi attentive, semblait-il, que celui qui la tenait, maître Legagneur laissa tomber :

— Arrosez le tout avec du vin.

Il y eut un silence. Le feu lui-même interrompit ses craquements. Ogier vit frère Guillaume sourciller. Se retenait-il de demander : « Du vin de quelle espèce ? » Le moine s'avoua vaincu :

— Je crois, dit-il, que nous ne pourrons composer aucun de ces remèdes. Nous sommes tellement démunis !

Maître Legagneur, qui doutait peut-être d'inciter les quatre clercs au respect pour sa personne et pour son art, rejeta son buste en avant afin de soustraire son dos à la chaleur de l'âtre.

— Je vous dis ce que je sais. Certains... riches se frottent le corps avec de l'*opobalsamum*, baume de La Mecque. Les femmes étant frêles en principes...

1. Le scrupule équivalait à 1, 274 décigrammes.
2. Semences de *plantago psyllium* employées comme laxatives.
3. Encens de Perse.
4. 50 centigrammes environ.

— C'est vrai ! approuva frère Anselme qui semblait émerger d'un rêve bref mais profond.

— J'ai composé un médicament qui, je puis vous en faire serment sur la sainte Croix, fait merveille chez toutes celles qui m'ont consulté.

— Ah ! s'exclama frère Peynel avec soulagement.

— Écrivez, frère Gérard... Mêler en parties égales des semences de citrouille, de concombre, d'endive, de laitue, pourpier, rose, santal, aloès... Ajouter de la cassiafistule — le poids de trois grains d'orge — et un gros et demi des substances précédentes... Mélanger à du sucre d'orange et des pommes maciaines... Il convient de prendre ce remède dans un gros de grenades aigres trois ou quatre fois par semaine, le matin au réveil.

Cela dit, le mire croisa ses bras, statue de la souveraineté médicale attendant tous les maux de pied ferme, cependant que frère Gérard, en se relisant, s'écriait :

— Holà ! votre remède ne peut convenir qu'à une femme riche... Et ceci me pousse à vous demander, avec toute la révérence qui vous est due, messire Legagneur, ce que vous prescrivez au roi et à la reine.

Quoique mollement décochée, la sagette possédait une pointe acérée. Maître Legagneur étant plus bardé[1] qu'un cheval de bataille, ce fut à peine s'il frémit :

— Il y a trois semaines, mon père, les remèdes destinés au roi et à la reine sont partis, par chevaucheur, au palais royal.

Ogier s'informa d'une faveur insigne :

— Dites-nous de quoi ils se composent !

Messire Legagneur s'inclina devant cette sollicitation proférée avec tant de respect qu'il ne pouvait, tout subtil qu'il parût, en déceler la gaieté forcenée. Il consulta ses petits rectangles de parchemin et brandit l'un d'eux avec un sourire de victoire :

— Je suis tout ouïe, dit frère Gérard en secouant sa grosse gibbosité toute pleine, soudain, de bonne

1. Caparaçonné.

humeur, tandis qu'avec cette enflure qui se faisait jour chez lui, le nouvel Hippocrate s'exclamait :

— La pomme d'ambre, mes frères !... Là est le remède essentiel... L'ambre possède la propriété de réjouir les sens et de tonifier le corps. Il doit ces qualités à la puissance de son arôme, à l'éclat de sa couleur, à la dureté de sa substance... Alors, oyez, vous, surtout, frère Gérard : une pierre d'ambre très pur de deux onces, plus trois gros de chaque élément que voici : storax calamite, gomme arabique, myrrhe, encens, aloès. Il faut également un gros de roses rouges, deux gros de santal et de musc, un gros de noix muscade, girofle, macis...

— ... *macis*, souffla frère Gérard.

— *Macis* ? s'étonna frère Anselme. Qu'est-ce que cela ?

— L'arille entourant la noix muscade et que l'on emploie, mon père, comme condiment ou aromate.

— Ah ! bon... J'écris cela aussi, dit frère Gérard... Permettez que je change de plume... Celle-ci est usée. Je viens de faire un pâté !

— Continuez, messire, dit frère Guillaume, agacé.

Arrêté au milieu de son élan, le mire jeta sur les moines un regard chargé d'un mépris dont ils ne s'aperçurent. Exclus de cette animadversion, Ogier s'en trouva courroucé : il n'existait pas. Il se leva et se retira lentement devant l'âtre à l'instant où, mu par la même idée, maître Legagneur allait y placer son imposante personne. Renonçant à se réchauffer, l'homme de science marcha lentement et dicta :

— Un demi-gros de ce qui suit : noix de Gen, coquilles inférieures et supérieure de l'huître byzantine ; karabé [1], calame aromatique, semence de basilic, marjolaine, sariette, menthe sèche, racine de giroflier...

Maître Legagneur ne flânait point : il se hâtait, au

1. Ambre jaune, résine fossile : *karabé* est un mot persan qui signifie tire-paille.

contraire, d'atteindre le bout de son remède sans même jeter un regard sur son texte.

— *Giroflier*, soupira frère Gérard tout en s'appliquant à la calligraphie.

— Ce n'est pas tout : un scrupule d'épi de nard ; un demi-gros de cannelle, garingal, grande cardamome... Une demi-once de bois d'aloès ; un gros d'ambre ; un gros et demi de musc et un demi-scrupule de camphre... Mêler tout cela à de l'huile de nard[1] et à de l'huile simple, puis ajouter un fragment de cire blanche...

— De quelle taille ? interrogea frère Guillaume, qui trouvait le temps long.

— Un fragment, répondit froidement le nouvel Hippocrate.

— Est-ce tout, messire ? demanda frère Gérard dont le front s'embuait.

— C'est tout.

— Et vous dites...

Cette fois, maître Legagneur cala ses poings sur ses hanches, mettant en valeur, sous son surcot de velours noir, un embonpoint commençant :

— Je ne dis pas, *j'affirme* qu'en prenant ce remède à courtes doses, la famille royale sera tout entière épargnée[2].

Ogier fut suffoqué par tant d'outrecuidance. Il lui parut urgent de retrouver la rue. Pour aller où ? Rencontrer qui ? Personne ne l'attendait maintenant, ni en Normandie ni en un quelconque endroit du royaume. Le seul homme sur lequel il eût pu appuyer sa détresse, Barbeyrac, s'il chevauchait sans difficulté, devait être à huit ou dix lieues de Coutances.

1. Huile de muscatelline, huile végétale essentielle : *adoxa moschaleiliua* : musc végétal.

2. La peste s'abattit sur la famille royale. Bonne de Luxembourg, duchesse de Normandie, mourut le 11 septembre 1349 ; la reine de Navarre succomba, laissant sa couronne et ses biens à un fils de dix-sept ans, le futur Charles le Mauvais. Il se peut, cependant, que la peste ne soit pas la véritable raison de sa mort. Le duc Eudes de Bourgogne périt également. D'autres encore...

Il s'inclina avec une déférence dont il fut lui-même étonné :

— Pères... et vous, maître Legagneur, j'ai été merveillé par tout ce qui s'est dit céans... Dieu vous garde...

Frère Peynel lui adressa une sorte de clin d'œil.

— Je m'en vais errer dans Coutances avec l'espoir d'y rencontrer des gens de connaissance.

— Et si tu n'en vois point ?

Ogier dévisagea le sempecte avec toute la bienveillance qui subsistait en son cœur :

— J'irai revoir Gratot une dernière fois, puis je chercherai Luciane et Thierry... Pour ce soir, j'aimerais que vous m'accordiez votre bienveillante hospitalité jusqu'à l'aube prochaine... Je n'ose aller dormir au château.

— Dieu nous ouvre son cœur ; nous t'ouvrons nos portes, mon fils, dit frère Anselme. Un Argouges est toujours céans le bienvenu.

Cela n'avait pas toujours été ainsi. Oubliant l'opprobre du passé, Ogier s'inclina :

— Je vous regracie, mes pères.

Sitôt dans la cour, il ressentit crûment sa solitude. Déjà, il était las, tout occupé de son malheur et n'ayant ni faim, ni soif, ni froid, ni surtout envie de marcher. Il le fallait pourtant !

Frère Peynel le rejoignit. Porter la bure ne l'empêchait pas de rire :

— As-tu vu ces mires ?... Retiendras-tu la composition de leurs remèdes ?... Je n'ai jamais ouï tant de sornes... En vérité, rien ne peut guérir la morille lorsqu'elle a jeté son... son épervier sur quelqu'un !... L'orgueil de ces gens qui se prétendent bien fondés en clergie[1] est semblable à celui de la grenouille qui, à ce qu'on dit, s'enfle à éclater pour séduire les mâles !

— Ils ne sauraient même pas me guérir de mon mal !

— C'est un remède pour l'esprit qui te conviendrait. Et je conçois que la prière peut être vaine.

C'était un aveu de taille.

1. Savoir, science.

— Je m'en aperçois maintenant, mon père. Le seul lieu où l'on ne pense pas, c'est un champ de bataille quand seules les armes se parlent et fulminent. Je me sens comme un forain, un horzain [1] à Coutances.

— C'est ce que j'ai éprouvé quand j'y suis revenu après moult années d'absence.

Sous ses cils tremblants, les yeux du sempecte semblaient d'une extraordinaire clarté. Ils avaient, plus que jamais, une façon de regarder au-delà de ce qu'ils voyaient. Que trouvaient-ils, hormis Dieu et la Mort, en ces lieux inaccessibles ? Sous la barbe généreuse la petite entaille de la bouche fanée trembla :

— Je voudrais tant pouvoir t'aider !

C'était avouer, en l'occurrence, l'inanité des prières.

— Votre sollicitude, mon père, ne cessera de me compagner où que j'aille.

Ogier se faisait l'effet d'un rocher battu par la mer et la tempête. Une grande envie de s'épancher le prit, mais la crainte d'entendre citer Dieu, la Vierge ou les anges l'en empêcha.

— Croyez-vous, mon père, que la religion subsiste, à l'entour de nous, chez tous les êtres qui ont peur ?

— Certes, mon fils. Mais je te l'avoue : notre influence s'appauvrit. Nous ne pouvons rien pour faire prévaloir notre foi sur tout ce que la morille a corrompu. L'austérité, l'honnêteté des mœurs n'existent plus. Peut-être étaient-elles trop sévères. La sobriété des principes s'est dissoute dans toutes sortes de gaspillages. La fidélité aux offices liturgiques, l'assiduité dans la pratique des sacrements se sont envolées et s'envolent encore avec la fumée des bûchers. Le Christ semble exilé du monde de la pensée. Ce sera bientôt Noël... Qui sentira Dieu et son Fils dans la simplicité de son cœur ?... Les sentiras-tu, toi ?

— Certes.

— Parce que ton cœur sera vide d'espérance !

Ogier n'osa répondre qu'il l'était déjà, mais qu'il ne

1. Étranger.

cesserait de lutter par devoir, par amour, parce qu'il était certain — sur le moment — que son enfant vivait.

— Il y a céans une chapelle. Viens-y le soir de Noël. Nous prierons ensemble.

Ogier acquiesça. « Je n'ai rien à perdre et je lui ferai plaisir. » Le désespoir le transformait. Il ne s'était jamais senti aussi plein de contradictions et ne se familiarisait guère avec cet homme à demi vaincu auquel frère Peynel, compatissant, tapotait l'épaule.

— Courage, mon fils !

En possédait-il encore ? S'il en était provisoirement dépourvu, qui pourrait lui en donner ?

— Quel jour sommes-nous, mon père ?

— Lundi 17 décembre, dit frère Peynel. Que le Seigneur te protège... ou, si tu préfères : que la morille t'épargne.

Et le dos voûté à peine moins que celui de frère Gérard, le sempecte s'en alla.

VII

Les flocons tombaient dru, serrés comme une grêle. Dans les rues où la neige noircissait sitôt posée, les rares Coutançais pataugeaient, s'embouaient sans souci de souiller leurs souliers et les pans de leurs robes. Le temps et les événements n'incitaient personne à la frisqueté[1]. Ogier remarqua que ces gens vêtus de sombre piétaient en hâte, au risque de tomber, de crainte de respirer les miasmes mortels ou de se contaminer en se dépassant ou se croisant, fût-ce de loin. Personne ne s'arrêtait plus, comme autrefois, pour lier conversation. Il semblait qu'on s'ignorait de voisin à voisin, de marchand ou brelandinier[2] à chaland. Aucun enfant, aucun jouvenceau ne traversait la chaussée en courant et riant. Les pucelles dont la grâce égayait la cité avaient, elles aussi, disparu. Il se pouvait que la jeunesse eût trépassé ou qu'on la protégeât, au-dedans des maisons, des pestilences du dehors.

— Bon sang, j'aurais dû emprunter à maître Legagneur sa pelure de renards !

Dépourvu de manteau et de chaperon, Ogier se sentit livré à la froidure humide et regretta que Barbeyrac ne lui eût pas laissé quelques pièces en vue, précisément,

1. Élégance.
2. Marchand qui a un petit éventaire sous ou devant une porte cochère.

d'acquérir des vêtements chauds. La vacuité de cette sombre journée l'étourdissait un peu. Un an de captivité feutrée en Angleterre lui avait enseigné la patience. Qu'était-ce qu'un jour de perdu dans la recherche de Thierry et de Luciane ? Rien. Il les trouverait. Il obtiendrait ici, à Coutances, les éléments qui favoriseraient sa quête.

Comme il s'interrogeait sur la façon d'obtenir des provisions de bouche, il s'aperçut que la plupart des échoppes qui, naguère, entouraient d'un réseau bruyant et animé la cathédrale, étaient fermées.

— Les moines me viendront en aide.

A condition qu'il promît de les rembourser.

Il allait cheminer vers l'église Saint-Pierre lorsqu'il vit devant lui, avançant dans la direction qu'il avait choisie, une femme dont l'aspect lui était familier. Vêtue de noir, insensible à la boue et au froid, elle marchait avec cette souplesse qui, à Gratot, la distinguait des autres meschines. Elle portait sous son bras un grand panier d'osier d'où sortait le plumet d'une botte de poireaux. Il n'y avait qu'elle pour donner à sa démarche un air de gaieté qui semblait incongru dans cette rue étroite et sombre au bout de laquelle, sortant peut-être de l'église, apparaissait un charreton tiré par deux hommes, et dans lequel se trouvaient quelques corps. Derrière suivaient deux fossoyeurs et un presbytérien en aube.

Ogier laissa passer le funèbre cortège. Il allongea le pas et son cœur battit tandis qu'il appelait :

— Guillemette !

Elle se retourna. Son visage humble, passionné, prit l'expression de ravissement qu'il lui avait connue après l'amour.

— Messire Ogier !

Deux pas et elle fut, éplorée, contre lui.

Ils s'étaient l'un et l'autre agrippés aux épaules. Par amitié, par plaisir, pour se soutenir et se sentir vivants. Ils se baisaient aux joues, au front, aux lèvres avec une avidité qui semblait ne pas devoir cesser, riant parfois lorsque leurs regards se rencontraient. Guillemette avait toujours ce visage enfantin, ce menton hardi, ce petit nez retroussé parsemé de quelques taches rousses, et ces longues tresses châtaines sur lesquelles il avait tiré, parfois, pour approcher sa bouche de la sienne. Il semblait que les menaces de la peste ne pouvaient dénaturer cette âme claire, combative, et que la Providence veillait sur ce corps qu'il avait connu dans ses abandons et ses ardeurs bien avant de rencontrer Blandine. C'était un cri de joie et de soulagement qu'il avait poussé en la recevant contre lui. Dans la présente géhenne, ils prenaient rang d'immortels.

— Tu n'imagines pas comme je suis heureux !

— Oh ! si... car mon bonheur est le reflet du vôtre.

— Tu as pris de la poitrine...

— Vous trouvez ?

Point de *messire*. Elle lui offrit ses lèvres une nouvelle fois, avec le même plaisir, la même soumission que naguère, mais il devina que c'était là l'ultime gage d'une passion défunte dont il semblait qu'elle eût vergogne.

— Tu n'étais pas à Gratot et j'en suis bien aise... Des routiers y sont passés, conduits par quatre faux presbytériens. Marcaillou a dû remonter la sarrasine [1]. Aussitôt, ces malandrins se sont éparpillés dans l'enceinte pour y occire tout ce qui vivait, même les chiens.

— Quand ?

— Hier. Je tiens cela de mon père : il a expiré dans mes bras... Dieu ne fait, devant moi, qu'entasser les épreuves.

Guillemette courba le front, cherchant ses mots. Elle était peu langagière, autrefois ; elle l'était demeurée. Elle se mit à pleurer doucement sans qu'Ogier trouvât la force de la consoler. A la joie de la revoir succédait la tristesse d'un deuil qui les concernait mêmement.

— Tu ne vivais donc plus à Gratot ?

Elle le considéra d'une façon penaude, s'approcha

1. La herse.

brusquement de lui, lâcha son panier ; il sentit son front contre son épaule et, sur sa poitrine, ce petit cœur qui s'était autrefois embrasé pour lui.

— Il semble que tu as quelque vergogne d'être partie.

Elle fit non de la tête. Il semblait que l'aveu qu'elle avait à lui faire serait plus aisé si elle était assurée de n'en point voir les immédiates conséquences sur son visage.

— J'ai épousé Raymond et nous sommes partis.

— Mon écuyer !

— Mon mari, désormais. Il est accort, vaillant...

— Tu ne m'apprends rien.

— Nous nous sommes mariés deux semaines après l'Épiphanie. Nous avons vécu à Gratot. Notre fils y est ensépulturé... Puis Raymond m'a convaincue de partir pour Coutances... Votre père y a consenti.

Elle ne le dévisageait toujours pas. Il regardait la raie qui séparait sa coiffure en deux nappes chatoyantes cependant qu'autour d'eux et dans leur mémoire, c'était la spire des moments secrets, inoubliables. Il l'avait vue grosse en ignorant de qui. Il n'osa lui parler de cet enfant mort.

— Il faudra, quand tu le pourras, que tu me racontes tout.

Elle dénoua son étreinte et ramassa son panier. Elle avait désormais le regard et les façons d'une bourgeoise aisée. Sa beauté s'était affirmée en même temps que sa volonté, affranchie par le mariage. Était-ce bien Raymond qui l'avait engrossée ? Le sentiment de son importance lui donnait un air quasiment austère dont elle savait pourtant se débarrasser aussi aisément que, naguère, de ses vêtements.

— Venez... Nous demeurons en bas de la cité... J'ai quelques emplettes à faire. Vous m'accompagnerez.

— Volontiers... De quoi vivez-vous ?

— Aux veillées de Gratot, Raymond, pour employer son temps, s'était mis à faire des selles, des ceintures et des renges à épée[1] ; des harnois et autres choses. Il vous les montrera... Il s'est établi et nous nous en trouvions bien... jusqu'à l'arrivée de la peste.

— Et toi ?

— Je l'aide. Je couds et découpe le cuir... Nous aurions été heureux si notre fils...

Aucune larme, mais un éloquent serrement des mâchoires.

— Je te savais grosse... Il m'est advenu de penser à toi.

— Nous avons quitté Gratot le dimanche des Rameaux. Le lendemain du passage de votre cousine.

— Tancrède ? Je l'ai su par mon père avant qu'il ne trépasse.

Pourquoi, en prononçant ce nom, subissait-il toujours cette écorchure au cœur. A moins que ce ne fût, une nouvelle fois, le picotement d'un éperon.

— Nous avons été moult réjouis. Tous... Raymond, Thierry et les autres vous croyaient mort depuis Sangatte.

— Blandine ?

— C'était elle la plus joyeuse. Nous allions une fois par semaine à Gratot... Et puis, un jour, sur le pont-levis, Marcaillou nous a crié : « *N'entrez point... Il y a des malades. On craint que ce soit la peste.* » Mais nous sommes entrés.

Guillemette battit des paupières. Cette fois, ses cils étaient mouillés.

Je me suis inquiétée pour votre épouse et pour sa fille... Votre fille... Votre père...

— Il m'a dit son nom. C'est celui de ma mère.

— Votre épouse a été atteinte la première. Pendant que j'essayais de la soigner, Raymond a galopé jusqu'au manoir de Blainville pour prévenir Thierry et votre sœur... Trop tard : ils venaient d'ensépulturer leur fils. Ils avaient décidé de l'appeler Ogier... Puis, c'est Aude qui fut atteinte...

1. Baudriers.

Elle le considérait avec une tendresse inconnue. Il s'émut sous le feu de ce regard bleu pâle où s'allumaient des éclairs fugitifs. Une curiosité le pressait d'en savoir davantage sur elle, sur Raymond, sur les autres, mais elle semblait peu encline aux confidences. Elle rougissait de raconter à cet homme, à ce maître auquel elle n'avait rien refusé, les malaventures dont elle s'était péniblement dépêtrée. On eût dit qu'elle se sentait coupable d'avoir survécu au mal dont avaient succombé la fine fleur des Argouges. Elle s'était mise à marcher ; elle s'arrêta :

— Tancrède, votre cousine, est une bien belle dame !

— En vérité.

— Elle se rendait...

— A Rechignac ?

Guillemette approuva de la tête sans paraître s'apercevoir de l'émoi qui, soudain, étreignait Ogier.

« Rechignac ! Le bon temps comparé à la géhenne de maintenant. »

— Elle n'était point seule, continuait Guillemette. Quatre chevaliers étaient là, circonstans[1]. Ils avaient débarqué nuitamment à Barfleur. Le Cotentin, vous le savez, n'est plus aussi sûr que naguère. Les Anglais, parfois, y chevauchent...

— Ils ont dû s'arrêter chez Godefroy d'Harcourt.

Cette probabilité parut indigner Guillemette :

— Il est de nouveau pour la France.

Ils durent s'arrêter sous un porche pour laisser le passage à une autre charrette mortuaire. Guillemette se signa. Ogier trouva son geste dérisoire.

— Votre cousine était passée pour nous dire à tous que vous étiez vivant et reviendriez en décembre car vous vous étiez engagé, contre un non-paiement de rançon, à demeurer chez un chevalier goddon...

— Hugh Calveley.

— C'est cela... Votre épouse l'a fort bien reçue.

— Ah ?

1. Entourant Tancrède.

— Pensez !... Elle était moult heureuse de vous savoir en vie. C'est la première fois, depuis votre absentement, que nous l'avons vue réjouie... Votre cousine et les quatre hommes sont demeurés deux jours. Les Anglais couchaient dans la grange, bien que votre père leur ait offert de bons lits. Tancrède, elle, a couché seule : votre dame lui a laissé sa chambre...

— Eh bien !

— Quand ils sont partis, votre épouse était tout autre. Elle chantait, elle carolait avec votre fille dans ses bras...

Ogier sentait sa gorge se nouer. Blandine heureuse de le savoir vivant !

— Dès le matin, elle chantait. Aux veillées, elle se montrait plus avenante avec chacun... même avec Saladin... Votre père avait perdu sa mine doulousée. En fait, il ne manquait que vous...

Ogier écoutait Guillemette avec un émoi qu'il ne lui dissimulait pas.

— J'avais donc un neveu qui s'appelait Ogier.

— Il était blond et beau... Luciane est belle et blonde...

Il ne doutait point qu'elle fût belle : Blandine l'était. Impossible de rester serein. Il devait user d'une échappatoire :

— Comment était Tancrède ?... Avait-elle ses longs cheveux ?

Il y avait de quoi déconcerter Guillemette. Elle se ressaisit et sourit ; ses grands yeux clairs resplendirent :

— Par ma foi, elle était coiffée à l'écuelle. Un haubert l'emmaillait du col jusqu'aux genoux... Vint le soir : elle s'est mise en robe... Elle était cointe comme une reine... Blandine sut faire pièce à tant de frisqueté.

— Je n'en doute point.

— Votre cousine, je vous l'ai dit, se rendait pour quelque temps au châtelet de votre oncle Rechignac...

— Guillaume est mort devant nous dans la lice d'Ashby.

— C'est ce qu'elle nous a dit. Elle a ajouté que vous

iriez aussi à Rechignac quelque temps après votre retour, ce qui...

Guillemette hésita ; puis le souvenir d'une scène ressuscitée fit basculer sa velléité de céder à la tentation du silence :

— ... ce qui a contristé votre épouse.

— Tu sais bien que tu peux me parler sans contrainte.

— Je n'ai rien d'autre à vous dire, sinon que les Goddons ont été reçus dignement. Raymond, qui les hait, a fait l'effort de se montrer courtois. Il dit que la guerre reprendra bientôt parce qu'après la peste, les hommes seront encore assez fous pour se détruire.

— Ma joie est grande aussi de le savoir vivant.

Près de Guillemette, Ogier respirait un air chargé d'amitié, un air salubre qui le rassérénait et reconstituait sa confiance éprouvée.

— Je n'ai pas vu, dans la cour de Gratot, les tombes de ma mère, de Gerbold et de...

Il laissa sa phrase en suspens, ne se souvenant plus de qui était l'autre.

— Votre épouse a obtenu de votre père qu'on les ensépulture, votre mère dans l'église, les deux autres au cimetière. Car je dois vous dire que votre présumée mort les avait réunis dans la peine.

Guillemette regardait devant elle, soit le ciel gris sombre entre les encorbellements des maisons, soit le pavé gras qu'elle attaquait d'un talon ferme.

— J'essaie d'oublier tous ces morts, dit-elle à voix basse. Ce que je sais encore, c'est que c'est votre père qui a enjoint à Thierry d'emmener Luciane loin de Gratot. Mais je ne sais où ils sont allés.

— Quand était-ce ?

— Au commencement d'octobre, je crois.

Ils étaient parvenus devant l'échoppe d'un poissonnier.

— Je ne prends que du poisson d'eau profonde, dit Guillemette : du lieu, des maquereaux, du germon et des plies. La mer est si proche qu'ils n'ont pas le temps de se corrompre entre l'estran[1] d'Agon et Coutances.

— Les mires que je viens de quitter en recommandent l'usage. Ils proscrivent les poissons des rivières et des étangs. Tous les viviers sont infectés...

— Attendez-moi... Je reviens tout de suite... Vous resterez chez nous le temps qu'il vous plaira.

Ogier patienta. Deux femmes passèrent. Au fond de leur panière, des poissons brillaient de toutes leurs écailles. Ils avaient été pêchés le matin même et sentaient à peine. Naguère, ils eussent été placés sur une jonchée de lauriers ou de fougères — fussent-elles roussies par les premières gelées ; maintenant, ils étaient posés à même l'osier, mais les acheteuses n'eussent pas veillé davantage sur un trésor. Sans cesse elles regardaient autour d'elles, dans la crainte évidente d'être agressées.

— Il faut se défier de tout, dit Guillemette en réapparaissant. Certains bouticliers refusent de servir des hommes, des femmes et même des enfants dont ils savent qu'ils ont eu des proches pestiférés. Alors, ces mal-heureux s'embûchent aux coins des rues. Certains arrachent les paniers, les bissacs ; tout ce qui peut contenir de la nourriture. D'autres menacent d'un couteau et même tuent... Les escarcelles ne tentent plus personne... Venez... J'ai pris un germon, des huîtres, quelques oursins et des palourdes.

— Je n'ai pas un denier.

— M'en voyez-vous marrie ?

Ogier sentit contre son coude cette petite main qui connaissait son corps.

— Nous ne sommes pas trop éloignés du logis... Ce n'est pas grand, vous verrez, mais nous avons une grange, une écurie, un cortil[2]... Vous pourrez mettre votre cheval chez nous, car je suppose que vous n'avez pas piété ainsi de Calais à Coutances.

Son cheval ! Il demanda soudain :

1. Le petit port.
2. Jardin.

— Marchegai ? Saladin ?

Guillemette se détourna :

— Raymond vous racontera. Je ne puis tout vous dire : il se courroucerait et il aurait raison.

Soudain, comme ils traversaient le parvis de la cathédrale, des cris, des hurlements retentirent accompagnés de frappements étranges entrecoupés de chants de religieuse espèce.

— Les pénéants ! murmura Guillemette. Je les ai aperçus avant-hier matin. Ils sont... terribles.

Ils devaient l'être : elle semblait près de défaillir.

— Éloignons-nous !... Je déteste ces gens. On dirait des truands... Nul ne sait où ils gîtent...

A peine avait-elle dit cela qu'ils apparurent.

Quatre presbytériens en bure ouvraient la marche, portant, appuyée sur leur ventre, la hampe d'une croix processionnelle. Ils allaient à pas lents, les pieds dans des sandales, l'échine courbée. Sous leurs cheveux longs et gras, leurs faces barbouillées de moustache et de barbe leur donnaient un aspect dont Dieu Lui-même se fût défié. Guillemette ne se perdit pas en supputations inutiles :

— Des truands, répéta-t-elle à voix basse.

Derrière, nus jusqu'à la ceinture, vacillant plus ou moins, piétaient une trentaine de rédempteurs. Certains se macéraient eux-mêmes ; d'autres étaient justiciés soit par un compère, soit par une guenipe rude et vigoureuse. Ogier compta quinze femmes associées à cette théorie singulière ; quinze sectatrices échevelées, de tous âges et toutes formes, vêtues de haillons croûtés de crasse et de boue. Pour que le sang éclaboussât les dos et les poitrines, des clous et des hameçons brillaient aux extrémités des longes des grands fouets et des scorpions[1] ; et tandis que les flagellés hurlaient ou gémissaient de douleur, ceux et celles qui les frappaient ainsi que les inutiles du fond du cortège, chantaient :

1. Fléau armé de lanières.

Ave regina pure et gente !
Ave Maria stella !
Hé ! douce, royale vierge pure,
Priez que pour nous soit pitié.

Que cette mort soit détournée.
Que le Saint-Esprit soit régnant
En nos cœurs par humble pensée,
Car d'aide avons métier grand !

— Des gaupes ! Des putes ! dit Guillemette. Je ne sais si la bonne Vierge les voit... Elles ne font que souiller son image !

La maigre clarté faufilée entre les nuages donnait aux lacérations vermeilles moins d'éclat et d'atrocité qu'elles n'en méritaient sans doute. Écœuré, Ogier ne pouvait détacher ses regards des manieuses de lanières : toutes se délectaient à frapper, maculer, écorcher ; leurs visages glauques, par leurs stigmates de jouissance et de perversion, repoussaient l'idée même de la féminité.

Des manants s'enfuyaient à la vue de ces martyrs, de ces bourreaux et bourrelles. D'autres se signaient au passage des Croix et fermaient les yeux sur le reste. A défaut d'une odeur de sainteté, il y avait dans l'air une puanteur de fanatisme et de corps malpropres. Ogier détesta ces pénitents. Les uns se fouettaient avec une ivresse, une volupté d'autant plus suspecte que leurs chairs restaient à peu près nettes de toute égratignure ; les autres saignaient abondamment sous les sanglades des femelles. Leurs anciennes navrures, fraîchement cicatrisées, se rouvraient ; aussi réclamaient-ils plaintivement un répit, une trêve, quelques moments de compassion.

— Ceux-là, Guillemette, ne font pas partie de cette maraudaille. Ce sont des prisonniers ; ceux qui se frappent eux-mêmes en se ménageant sont les complices de ces quatre presbytériens qui me semblent être des goliards[1] et même, tout bêtement, des malandrins évadés de leur geôle.

Un homme chut et pour se relever offrit son dos, ses reins à sa tourmenteuse.

— Pitié ! cria-t-il en retombant sur le pavé.

La femme considéra sa proie en balançant son fouet composé d'un manche et de cinq ou six lanières.

— Pourquoi pitié, méchant pécheur ?

Elle était plus que grosse : une montagne de chair blette, échevelée comme un buisson. Trente ans et déjà hideuse, grisonnante ; une carogne maussade, habillée de bure, ceinturée de corde, chaussée de sandales. Elle devait être couverte de vermine, mais la vermine, eût prétendu frère Peynel, n'était-elle pas la révélation que celui qui la tolérait sans broncher prétendait à la sainteté ? Charles de Blois s'y vautrait. L'on mettait au nombre des qualités de Pierre Thomas, le cardinal-légat, une repoussante négligence de sa personne : elle attestait la volupté de mortification d'un prélat par lequel l'odeur de sainteté affleurait celle de la merde.

— Pitié ! hurla l'homme flagellé une nouvelle fois.

Un porteur de Croix se retourna et s'en fut, en hâte, poser un pied sur la nuque du pénitent étendu, l'obligeant à se souiller la face :

— Prie et supplie, mon fils, et tu obtiendras la clémence et la miséricorde du Saint-Esprit par l'intercession de notre Viviane. Prie pour toi ! Prie pour nous ! Prie pour les Coutançais !... Relève-toi !... Réunis tes mains et va quêter pour notre subsistance !

Un sanglot répondit.

— Obéis !... Obéis, mon frère !... Il y va de ton salut... de ta piteuse dépouille ! tonna le presbytérien.

C'était certainement le plus solide des quatre. Longs cheveux onduleux, barbe noire, yeux bruns petits et malicieux. Il avait écourté son froc afin de se mouvoir avec aisance. Il pataugeait dans la boue sans en sentir

1. On appelait *goliards* les clercs défroqués, du nom de Golias, un évêque licencieux, auteur d'écrits obscènes.

le froid. Ses mains étaient cornues comme des avillons[1] et ses ongles noirs, effilés, aggravaient cette apparence.

— Dieu te voit !

L'homme se tourna vers la cathédrale. Son regard étincela. Il brandit sa haute croix par trois fois avant de s'agenouiller devant le Christ et les saints de pierre du portail ; puis, se levant brusquement :

— Dieu te voit, frère Philippe... Fais la quête ou ce soir tu seras près de Lui !... C'est moi, frère Bertrand, qui t'en fais la promesse !

Les autres clercs s'étaient délestés de leur croix. La hampe de celle-ci maintenue obliquemment par leur dextre, ils se frottaient le ventre qu'ils avaient gros, sans la moindre ride mais, certainement, affreux à voir. Ils se signèrent. Derrière eux, les flagellants avaient cessé tout mouvement. Les fouets pendaient au bout des mains. Les tourmentés reprenaient haleine. Des gouttes rouges allaient se confondre à la boue.

Soudain, la grosse Viviane entonna :

Jesu, dulcis memoria
Dans vera cordis gaudia
Sed super mel omnia
Ejus dulcis praesentia.

— Ce n'est pas parce qu'elle chante en latin qu'elle est chrétienne !

— Tu as raison, Guillemette.

— Rien que des filles follieuses...

— Peut-être pas. Regarde ces deux jouvencelles. Elles semblent effrayées. Deux femmes les surveillent...

Elles avaient sur leurs bras nus des marbrures suspectes. L'une d'elles semblait avoir subi le fouet : ses jarrets étaient tavelés de taches rougeâtres ; elle boitillait.

— La pauvre !... Mais vous ne pouvez rien pour elle et sa voisine. Rien !

Ce n'était pas l'expression d'un regret, mais une exi-

1. Doigts des oiseaux de proie.

gence née de la peur. Ogier acquiesça tandis que flagellants, flagellés et presbytériens reprenaient à tue-tête, avec l'énorme Viviane :

Nil canitur suavius,
Nil auditur jucundius,
Nil cogitatur dulcius,
Quam Jesus Dei Filius.

Toute la hideur de la peste, toute la froidure et la morosité du temps, toute la forcennerie d'une foi hypocrite et cruelle débordaient de ce magnificat insincère. Il subjuguait cependant, au-delà des pénitents les plus atteints et dont certains s'étaient assis ou agenouillés, les quelques Coutançais réunis sur le parvis. Ce chant d'amour semblait un chant de guerre et les quatre conduiseurs de cette meute affreuse avaient manifestement, appuyés sur la hampe de leur croix aux branches fourbies, lumineuses, l'apparence de chefs de route.

— Ces malandrins empunaisent les pouties [1] et le crime.

Sur un geste du gros Bertrand, acclamé par les pénitents qui se stigmatisaient eux-mêmes à mols coups de lanières, les fouets des commères recommencèrent à grêler, cingler, lacérer, arracher. Ces gaupes se délectaient à fustiger les hommes éprouvés tout en blâmant leur couardise. Viviane clama que ces pécheurs manquaient de cœur pour expier leur coulpe, et Philippe se leva.

— Pitié ! hurla-t-il. Dieu ne veut pas...

Une fouettade lacéra sa figure et son cou. Il s'affala, se releva péniblement pour une génuflexion pesante. Du sang se mêlait à ses larmes.

— Grâce ! supplia-t-il.

— Assez, par la mordieu ! s'écria l'aînée des jouvencelles. Un corps tomba, du rouge imprégna le bourbier.

1. Les ordures.

— Tonnerre ! gronda Ogier. Ces hommes ne sont pas des martyrs volontaires.

Nullement rassasiées de plaintes et de sang, les fouetteuses se tournèrent vers les deux jeunes filles qui s'étreignirent sous la menace de Viviane.

— Elles ne vont pas subir... balbutia Guillemette.

Quelques manants avaient crié leur horreur de voir ces corps de quinze ou seize ans sacrifiés, eux aussi, au zèle invétéré des gaupes de la meute. Bertrand, levant sa croix, rassura ces anxieux.

— Dieu de bonté, dit-il, face à la cathédrale, délivre-nous de la peste ! Dieu tout-puissant, donne-nous de quoi subsister ce jourd'hui !

Ogier soupira :

— Si l'Éternel le voit, qu'il vomisse dessus, à défaut de chier sur sa fausse tonsure !

Le barbu psalmodiait ; son extase était feinte. Une espèce d'hymne de gloire jaillit des bouches des bourreaux et des suppliciés. Les fouets cessèrent de cingler.

— Les monstres... On dirait qu'ils sont ivres !

Guillemette cracha, trouvant cette fausse mysticité répugnante.

Nec lingua valet dicere
Nec littera exprimere...

Soudain, arrêtant le chant d'un mouvement de croix, Bertrand tonna, sa senestre appuyée sur son cœur :

— Les Juifs nous ont apporté la peste.

— *Les Juifs nous ont apporté la peste !* reprirent aussitôt une quarantaine de voix.

— Y a-t-il des circoncis et leurs femelles dans votre cité, mes frères et sœurs de Coutances ?

Aucune voix ne répondit. Les Coutançais qui s'étaient agglutinés comme pour se réchauffer, se réconforter, partager la terreur suscitée par ces fous de Dieu ou du diable, commencèrent à se disperser.

— La peur, dit Ogier, leur ronge les entrailles.

— Ces males gens sont pires que la morille.

Guillemette frissonna. Ogier posa sa main sur son épaule. Ils virent la grosse Viviane s'approcher d'eux, lentement, balançant son fouet dans l'intention peut-être d'en faire usage. Quand elle s'immobilisa, hautaine, devant Guillemette, Ogier, d'un regard oblique, vit qu'elle avait, sous ses cheveux en friche, une face trouée de petite vérole. Elle semblait nue sous sa bure. Entre les lanières qui se croisaient dessus, ses pieds et ses chevilles étaient piquetés de sang.

— Es-tu de Coutances ?

— Oui, dit Guillemette.

— Sais-tu, ma bonne dame, où s'est mussée la vermine juive ?

Elle s'était délectée d'effrayer Guillemette ; celle-ci, au contraire, la considérait avec un ineffable et tranquille mépris auquel Ogier ne se sentait pas étranger.

— Il n'y a pas de Juifs à Coutances.

— S'il y en avait, les dénoncerais-tu ?

— Je ne sais.

— Ce n'est pas une réponse ! tonna la grosse gaupe. Quitte ton mari ou ton amant... Dégage ton épaule... Tu as la tête d'une sainte... Nous avons grand besoin de femmes comme toi...

Ogier s'était senti dévisagé sans haine. Guillemette, troublée, recula. D'un geste net, Viviane lui intima de la suivre : un haussement du menton, péremptoire, lui épargna le « Viens avec nous » en suspens sur ses lèvres épaisses et gercées.

— Y a-t-il des Juifs à l'entour, mes frères ? hurla-t-elle derechef. Il faut sévir !... Dites-nous qui ils sont, où ils sont !... Leur corps résiste à la morille, et je suis sûre qu'il y en a grand-foison dans votre cité puisque le mal l'a si terriblement frappée !

Les Coutançais présents se dérobaient toujours, excédés par ces visions nauséeuses, à l'opposé de la sainteté. Ogier leur adjoignait sans effort, — tout comme Guillemette et sans qu'ils se fussent concertés d'un regard —, des images rien moins que rassurantes. « Leur folle piété leur permet de commettre tous les outrages et toutes les énormités ! » Tandis qu'il observait les presbytériens, quelque chose troublait sa mémoire sans qu'il parvînt à savoir quoi, cependant que l'énorme prêtresse, excédée, réintégrait la meute.

— Partons, dit Guillemette. Je ne sais s'ils peuvent vaincre la morille. Ils me font plutôt l'effet de semeurs de choléra !

Bertrand le crapuleux s'approcha d'un jeune homme :

— Toi, connais-tu un Juif ?

— J'en connais un. Il est mort. Il était veuf et sans famille.

— Emmène-nous chez lui : nous visiterons sa maison.

— Elle a été visitée, mon père. Tout ce qu'elle contenait a été mis au feu... C'était avant-hier matin.

— Que faisait cet Abraham ?

— Je l'ignore... Mais ce que je sais, c'est qu'il était pauvre.

— Les Juifs ne sont jamais pauvres !

Laissant le jouvenceau pantois, Bertrand s'approcha d'un autre :

— Connais-tu quelques Juifs ?

— Je n'en connais aucun.

Bertrand interpella ses pénitents :

— Une ville sans juiverie ?... C'est impossible !

— Impossible ! clama une matrulle aussi affreuse que Viviane.

Elle se tourna vers l'assistance et la menaça de son fouet :

— Bonnes gens, dites-nous où se sont mussées ces déglandés qui vivent en chapel de feutre jour et nuit !... On ne leur coupera pas que la barbe ! Où sont leurs femmes, leurs putasses d'épouses et les filles d'icelles ?... Chantez, mes frères ! Chantez, mes sœurs !

Quelque trente voix entonnèrent :

Ave, Regina coelorum
Ave, Domina Angelorum
Salve radix, salve est porta

Ex qua mundo lux est orta,
Gaude, Virgo gloriosa.

Les badauds, les hommes et les femmes penchés aux fenêtres des maisons saines encore, — du moins en apparence —, furent épouvantés par ces voix éraillées auxquelles se mêlaient les plaintes des martyrs. Les pigeons juchés sur les arbres noirs et les corniches de la cathédrale se réunirent en un vol serré qu'un tourbillon poussa vers l'église Saint-Pierre.

Quelque chose d'intangible et de putride souillait le chant divin ; pourtant, de vieux Coutançais s'approchèrent afin de voir un flagellant se rudoyer lui-même si méchamment que son sang rejaillit sur les deux jouvencelles. La plus jeune, pâmée, serait tombée si son amie ne l'avait retenue. Et les gaupes se mirent à refrapper les hommes tout en piaulant à tue-tête.

Philippe et l'autre pénitent demeuraient dans la boue, inertes, sans provoquer la moindre compassion des bourrelles et de certains manants soudain accointés dans une volupté sanguinaire. Les pucelles, serrées l'une contre l'autre, hâves, échevelées, éplorées, frissonnaient sans que le froid en fût cause. Leurs regards trouvèrent celui d'Ogier.

« *Secourez-nous !* » suppliaient-elles.

— Les pauvrettes, dit Guillemette. Elles ne sont pas céans de leur bon gré. Nul ne peut les sauver, pas même vous, messire.

Ce *messire* signifiait qu'elle avait conservé intacte l'admiration d'autrefois pour le chevalier dont la revenue, après cinq ans d'absence, avait sauvé Gratot de la ruine.

— Pas même moi, dit-il. Comme le tien, mon cœur macère dans l'abomination, mais ces malandrins sont trop nombreux... Et les manants qui s'étaient éloignés reparaissent. La morille n'a pas corrompu que les chairs : les âmes, elles aussi, sont infectées. Si j'étais hourdé [1] de quelques soudoyers, je taillerais cette meute

1. Entouré, escorté.

en pièces. Je suis seul et te dois avant tout protection... L'idée de mourir ne m'est rien, mais je mourrai *après*...

— Après quoi ?

— Après avoir retrouvé ma fille.

L'âcre goût de fiel dont la gorge d'Ogier se trouvait infectée devint si insupportable qu'il cracha en direction de Viviane. Occupée à inciter les tourmenteuses à déployer plus de vigueur envers les hommes tavelés de rouge, elle ne vit rien, mais frère Bertrand, qui n'avait pas les yeux dans sa coule, brandit un poing menaçant :

— Prends garde, manant !

— Un manant avec une épée, chuchota Guillemette. Ou il est sot ou il est intentionnellement méprisant. Mais... mais on dirait qu'ils s'en vont...

Les flagellants, suivant les quatre porteurs de croix, entreprirent le tour de la place. Des pièces et des piécettes tombèrent des fenêtres et s'enfoncèrent dans la boue comme de larges gouttes d'or et d'argent mêlées au vol plus nombreux des flocons.

Vexilla, Regis prodeunt
Fulget Crucis mysterium
Qua vita mortem pertulit
Et morte vitam protulit...

Au chant des faux témoins de Dieu se mêla celui de trois presbytériens de passage, incapables de discerner la foi véritable d'une hideuse hypocrisie. La fureur d'Ogier se mit à rouler en torrent quand Viviane la mafflue, la fessue, enjoignit aux jouvencelles éplorées de saisir chacune le fouet qu'une gaupe leur tendait.

— Prenez !... Allez stimuler ces fainéants de Philippe et de Marcel !

L'on eût dit une maquerelle intimant à deux nouvelles venues de lui prouver leur savoir.

— Elles vont le faire ?

— Cessons de les observer, Guillemette.

— La foi poussée jusque-là, c'est... comment dire ?

— Cela n'a pas de nom. Mais vois : les Coutançais

sont loin de partager ta répugnance. Ils croient assister à des macérations qui leur seront profitables. Or, ces clercs sont des malandrins ! Ceux qui se mortifient eux-mêmes sont des coquins : regarde, ils saignent à peine, sauf un dont, même de loin, le visage est horrible. Et ils ne sont que huit ou dix.

— Ces femmes...

— ... sont des geôlières qui tourmentent des prisonniers. Mais dénonce cette fallace[1] et ces imposteurs : tu seras huée, accusée de juiverie, d'hérésie et sûrement occise en même temps que moi.

Ogier voyait s'approcher le formidable cortège. Quelque chose de plus impérieux que l'orgueil le maintenait immobile auprès d'une jeune femme tellement angoissée que d'un bras, elle lui ceignait la taille.

— Jamais Dieu ne devrait permettre de telles abusions.

Il attendait, pâle, anxieux, un signe de fureur ou de désapprobation divine qui peut-être eût été l'envol ou la chute simultanée de tous ces fouets ; mais les longes lestées de fer frappaient les dos et les poitrines, et les chants étouffaient les plaintes et les pleurs. Soudain, sur un signe de Bertrand, la procession s'arrêta devant eux et fit silence. Plus de cinglons sur les chairs ; plus de chants, mais le halètement d'une quarantaine de gorges. Des mains se mirent à frapper en cadence, toutes les mains sauf celles des quatre clercs. Les femmes lâchèrent leur fouet et dansèrent. Les deux jouvencelles durent, elles aussi, tressauter parmi les fouettardes dont les faces exprimaient moins de jubilation que lorsqu'elles écorchaient les mâles.

— Regarde, Guillemette, ces mal-heureux.

Les hommes s'étaient assis. Aucun d'eux n'osait examiner ses plaies. Ils regardaient les seins branlants, les croupes étiques ou rebondies. Contraignant Guillemette à reculer avec lui, Ogier se demanda quels offices nocturnes rassemblaient ces clercs et leurs ouailles.

1. Fourberie.

Des pièces churent encore au centre de la danse. Des écorchés se levèrent et dansèrent tout en se molestant soit eux-mêmes soit avec le concours d'un compère. Et de la menue monnaie tomba des fenêtres. C'était le symbole mystique, le signe que ces soi-disant martyrs étaient défrayés de leurs peines et que bientôt, par leur entremise, le mal maudit cesserait ses ravages.

Le plus âgé des moines interpella Ogier :

— Holà, toi qui es ceint d'une épée... As-tu connaissance de puits dont les eaux sont corrompues ? Des chiens ne sont-ils point morts d'en avoir lappé ?... Sais-tu que les Juifs empoisonnent les eaux ?

« Voilà que cela recommence », enragea Ogier tandis que le clerc s'approchait.

— Je t'enjoins de répondre au nom de Dieu !

Le visage était gris, blet sous la barbe grasse. Les yeux petits, noirs, malveillants. Une bouche édentée, une haleine puante.

— Réponds, te dis-je !

Ogier sourit tout en reculant d'un pas afin d'échapper au souffle insoutenable de son vis-à-vis.

— C'est marmouserie, dit-il, de paroler ainsi. Je ne vois pas pourquoi les enfants d'Israël commettraient des actions pareilles. Je ne les imagine point souillant les puits... et d'ailleurs avec quoi ?... Je me refuse à croire qu'ils errent dans les campagnes pour y putréfier les viviers, les ruisseaux !... Ils boivent tout comme nous.

Le clerc avait bronché, sursauté. Il était maintenant roide comme une figure de pierre. Soudain, sa haute croix se mit à se balancer. Il la tenait à deux mains, l'extrémité entre ses pieds. La hampe de frêne cloutée d'argent était salie de tavelures sombres : du sang qu'on n'avait point effacé.

— Chacun ses idées, messire le défendeur des Juifs !... Ces fils d'Israël, comme tu dis, sont nos ennemis, les adversaires de Dieu, la pire des engeances ; le cloporte, le crapaud sont plus beaux à mes yeux que ces males gens que tu fréquentes !

— Je n'en fréquente aucun !

— Tu mens !... Sans quoi tu ne parlerais pas ainsi.

Bertrand, de loin, suivait avec intérêt cette empoignade verbale. Ogier en fut à la fois réjoui et contrarié. Mais les filles, les femmes dansaient toujours, et les chants absorbaient les paroles échangées.

— Les Juifs sont la pire des engeances ! Je le dis, je le proclame.

— C'est votre idée.

— Dis-moi où ils logent.

— Même le sachant, vous ne le sauriez point.

— Prends garde !

La croix s'était levée. Ogier tapota son épée :

— Vous n'avez, messire moine, ni l'aspect d'un religieux ni celui d'un martyr... Je n'aurais aucun scrupule à vous pourfendre ni aucun remords après votre occision. Reculez... Et sachez que Jésus était Juif.

L'homme en bure eut un mouvement de répulsion.

— C'est ce que des fous prétendent !

Ogier sentait sur son flanc la main tremblante de Guillemette. Il eût dû s'éloigner. Quelque chose de plus fort que l'orgueil le maintenait immobile devant ce simulateur effrayant. Jamais, non jamais il ne fournirait à ce fredain [1] le moindre gage de subordination. De loin, le gros Bertrand essayait d'imaginer les péripéties de cette escarmouche et, n'y comprenant rien, commençait à s'approcher.

— Partez !... Aussi vrai que je suis chevalier, je vais vous outrepercer si vous demeurez plus longtemps devant moi !

— Es-tu Juif pour me tenir de tels propos ?

Ogier tout à coup ne trouva plus ses mots. *Juif, lui !* Il faillit dégainer Confiance. « *Eh bien, quoi ?* » se dit-il. « *Te crois-tu insulté ?* » Il émit un « *Hum !* » peu compromettant, cependant que Guillemette se courrouçait à son tour :

— Partez, moine... ou vous allez mourir... expier votre...

1. Scélerat.

Elle aussi ne savait quelles phrases employer.

Bertrand fut devant eux, brandissant sa croix aussi nerveusement qu'un jeteur d'anathèmes.

— Va-t'en, Michel, dit-il à son compère.

Le gavache obtempéra. Bertrand fut tout sourire en s'adressant d'une voix paterne à une Guillemette aussi blême et tremblante que si le diable l'eût interpellée.

— Veux-tu te joindre à mes pénéantes, ma fille ?

Les yeux à demi vitreux s'éclairèrent sous les feux d'un plaisir infect :

— Danse un petit... Tu me contenteras... ainsi que Dieu qui nous assiste !

— Non, balbutia Guillemette. Je pense que Dieu se courrouce en voyant vos simagrées. Craignez Sa colère, vous qui souillez Son nom !

— Viens, m'amie, dit Ogier. Tais-toi... Allons-nous-en.

Ce fut alors qu'il découvrit ce qui, depuis qu'il observait Bertrand, lui donnait un souci différent de l'anxiété qui avait serpenté en lui dès l'apparition de la horde. Le moine parait sa poitrine d'une petite croix d'argent ajustée sur un anneau d'or. Ce joyau avait appartenu à Luciane d'Argouges. Derrière, ceignant la bure d'un autre clerc, brillait la ceinture d'orfèvrerie dont Barbeyrac avait ramassé trois anneaux. Enfin, une grosse femelle qui, époumonée, venait de cesser ses gambades, avait à ses oreilles les pendants préférés de la baronne de Gratot.

L'équivoque s'évanouit ; l'abjecte imposture se dilua dans une certitude cruelle : Ogier sut qu'il avait affaire aux meurtriers de son père et de ses amis. Il ne pouvait présentement rien contre eux, sinon les regarder avec une aversion dont le gros Bertrand, le plus atteint, ne s'incommodait guère :

— Joins-toi à nous, l'homme, même si tu portes une épée. Prie avec nous et chante avec ta femme !

— Lorsque je prie, c'est en silence... Elle aussi... Le Très-Haut se courroucerait de me voir adhérer à votre confrérie.

— Tu me molestes et me ramposnes[1]. La charité de Dieu tombera du ciel par l'exemple que nous lui donnons de notre amour et de nos repentirs !

— Quels sont ces repentirs ? Envahir les châteaux ? Y occire des hommes et femmes charitables ? Rober des pentacols comme celui que tu portes ?

Ils surent en même temps qu'ils s'étaient découverts et que l'un occirait l'autre. Le faux presbytérien recula de deux pas ; sa croix de fer aux branches aussi aiguisées que le tranchant d'une guisarme ou d'un vouge oscilla au-dessus de la tête d'Ogier tandis que sa voix prenait une onction menaçante :

— Garde-toi, mon fils, d'attenter contre moi ! Tu courroucerais Dieu qui t'entretient par ma bouche et je serais contraint de te chapeler le portrait pour te faire éprouver Sa colère !

— Ton conseil me va droit au cœur, Judas, fils de Bélial ou d'Asmodée ! Mais un conseil en vaut un autre : quitte Coutances avec ton herpaille. Je suis chevalier et me fais fort de t'en faire chasser par le Clergé de cette cité, pour peu que tu sois dur d'oreille... Et donne-moi ceci qui ne t'appartient pas !

D'un geste violent, irrésistible, Ogier empoigna le joyau de sa mère et tira sur la chaîne qui le maintenait au cou du malandrin. Il y eut un seul cri indigné : celui de la grosse Viviane, puis un murmure des trois thuriféraires indécis.

— Sacrilège ! s'indigna enfin le nommé Michel. Approchons-nous !

— Sacrilège, grommela un vieux Coutançais avant de s'enfuir.

— Sacrilège, en effet, dit Ogier.

Il défiait, au-delà des quatre pourceaux attentifs à ses mouvements, le menaçant troupeau de leurs fidèles. Craignant d'assister à une querelle inégale et mortelle, la plupart des curieux s'éloignaient. Parmi eux, un jeune à chaperon noir se retournait sur Guillemette. Il la con-

1. « Tu m'injuries et me défies. »

naissait. Il en avait envie et la voyait, désolé, serrer la taille d'un homme qui n'était pas son époux ; un horzain[1] qui posait une main aimante ou protectrice sur son épaule. « *Il l'aimait. Il se peut qu'à présent il la déteste... Il me hait !* » Le regard d'Ogier tomba sur celui dont Bertrand l'apostat enveloppait sa compagne.

— Holà ! Porte une nouvelle fois les yeux sur elle comme tu viens de le faire et Satan lui-même te punira de ta concupiscence !... Et vous aussi, frères convers dont les croix sont des armes viles !... Honte à vous !

— Tu es d'un sang vif ! soupira Bertrand. Garde-toi de le répandre.

— Demain, après-demain, tu pisseras le tien.

Ogier vit la croix de fer frémir au bout de sa hampe. Personne autant que lui ne pouvait mesurer les pulsations de cette fièvre meurtrière dont ce Bertrand sans foi ni loi était hanté. « *Il n'osera frapper : il se dénoncerait.* » Mieux valait, cependant, se retirer sans hâte.

— Viens, Guillemette. Je vomirais si je restais là plus longtemps.

Une huée souligna ce trait. Ogier eut le temps d'embrasser d'un regard la face convulsée du chef de meute et celles, désespérées, des deux jouvencelles. Mais quoi ? Il ne pouvait rien pour elles. « *Ils sont trop nombreux. Cerné de toutes parts, ils me tailleraient en pièces.* » Malgré ces évidences, il y avait dans sa gorge, pareille à un tison ardent, une envie de hurler à la profanation, à l'imposture et d'en appeler lui-même, face à la cathédrale, à l'excommunication et à la mort de ces routiers et de leurs femelles, et à la délivrance de leurs prisonniers. Une main se crispa sur son coude : frère Peynel était là.

— J'arrive... Tu es marri de ce que tu as vu... Je te sais bon gré de l'être.

— Ces hommes sont des porcs et ces femmes des louves !

— En vérité... Je sens en eux, outre l'ostentation, le

1. Étranger, pour un Normand.

soufre de l'enfer et les cornes du bouc... Mais que veux-tu : ils rassurent tous ceux que la morille effraye... Ces pauvres gens croient à des actes propitiatoires. Ils se disent que Dieu conduit et bénit ces suppliciés volontaires.

— Tenez, mon père... Voici un pentacol qui appartenait à ma défunte mère. Ce Bertrand satanique le portait à son cou. Une femme s'est parée des pendants d'oreilles d'argent verré que cette gentilfame mettait aussi...

— Je conçois ta malaisance et ton courroux... Pour accuser ces gens, il te faut amonceler les preuves.

— Je n'en ai pas besoin d'autres pour dénoncer ces houssepilleurs...

— A qui ? La Justice à présent est absente en ces murs. Tous ceux qui l'exerçaient sont morts.

— Je l'exercerai, moins au nom de Dieu que pour satisfaire aux vœux secrets de ces mal-heureux que l'on meshaigne contre leur gré. Dieu est aveugle. Je vous l'ai dit déjà et le répète encore !

Le sempecte joignit ses mains sur sa croix pectorale. Il paraissait désespéré :

— Tu blasphèmes, toi aussi. Tu es hanté par trop de malheureux fantômes. Tu veux faire justice, te battre encore et encore... Un nouveau monomaque [1] est arrivé sur terre. C'est toi et j'en suis terrifié.

Ogier n'osa demander la signification d'un mot qu'il entendait pour la première fois. A en juger par la véhémence du clerc, un monomaque était quelqu'un d'exécrable. Il sourit, cependant, étonné que l'indulgence fût passée de son côté.

— J'irai cet après-midi, mon père, quérir mon cheval et mon harnois. Cette nuit, dame Guillemette m'offre son hospitalité. Elle était de Gratot...

Bien que peu instruit des choses matérielles, frère Peynel fronça les sourcils, imaginant sans doute des

1. *Monomaque :* qui aime à se battre en combat singulier. Surnom de Constantin IX, empereur d'Orient (1042-1054).

scènes d'une lascivité ardente — éhontée. Ogier ne chercha point à l'en dissuader.

— Soit, mon fils... Dieu te protège.

Le moine s'éloigna, lissant sa barbe. Il suivit de loin les flagellants avec une sérénité qui, volontaire ou non, s'opposait à la forcennerie des voix et des gestes.

— Ce saint homme, Guillemette, n'a qu'un remède à toutes choses : Dieu.

— Il m'a considérée de son haut, comme si j'étais une fille faillie.

— Il est moins informé que toi des choses qui se passent dans de beaux draps ou sur la paille des écuries !

Elle ne répondit pas et baissa la tête, livrée à des pensées bien différentes de celles qui entretenaient la tendresse d'un homme et la fureur d'un chevalier. Puis elle se décida :

— Je commence à croire à la présence de Satan.

— Et moi, le monomaque, à la froidure de l'hiver !

Il fallait arracher un rire à Guillemette. Essayer de la retrouver telle qu'autrefois pour se rasséréner ne fût-ce qu'un moment.

— Dieu, *messire*, a créé ce monde de soleil et de ténèbres. Il a bien raison de nous laisser affronter toutes les hideurs que nous avons créées nous-mêmes... Allons, venez chez moi : nous nous réchaufferons...

Laissait-elle volontairement sa phrase en suspens ?

— ... sagement, compléta Ogier.

Leurs regards se croisèrent. Leur étreinte se dénoua. Ils rirent. Un grand soulagement chassa les miasmes amoncelés sur le parvis de la cathédrale.

— Regarde, m'amie !... Plus personne... Nous sommes seuls au monde.

— C'est fausseté... Voyez ces gens aux fenêtres...

— Et tous ces saints qui nous observent... L'on peut dire, comme d'une femme, que Notre-Dame a de beaux saints.

— Ce n'est pas une raison pour regarder les miens avec tant d'appétit !

Guillemette se courrouçait presque. Elle avait bien changé, semblait-il.

— Allons, venez !... Mon époux sera tout ébaubi de vous voir.

Elle eût pu dire : *Raymond.*

— As-tu vu ce jouvenceau qui te regardait ?

— C'est Richard Lecrônier, le fils d'un dinandier de Villedieu qui est venu ouvrir une boutique pas très loin de chez nous...

— Il semble t'aimer... Par jalousie, il dira sans doute à Raymond qu'il nous a vus fort près l'un de l'autre.

— Eh bien, Raymond s'ébaudira !

Elle avait accepté de courir le risque de passer pour une épouse infidèle. Mieux : la crainte d'être méprisée de ce Richard s'était changée en un sentiment de plaisir quasiment capiteux. Dans un geste qui se voulait courtois, Ogier posa sa dextre sur une épaule frémissante. Guillemette l'en retira et mit son panier entre eux.

— Ah ! non, c'est trop, dit-elle. Allons voir mon époux.

Assis sur une escabelle devant l'étroite fenêtre de son atelier, Raymond ajustait, à petits coups de marteau, la bouterolle d'un fourreau gainé de basane. Entendant approcher le pas vif de sa femme, il demanda sans lever la tête : « Es-tu passée... » puis il se détourna et se dressa, lâchant son ouvrage :

— Messire ! Dieu est bon qui vous rend au pays !

Un émoi violent, douloureux, l'animait cependant qu'il ouvrait les bras pour une étreinte dont la violence et la durée révélaient une affection qui rendait Ogier pantois. Jamais il n'avait soupçonné que l'attachement de Raymond à sa personne atteignait cette rareté.

— Si tu continues ainsi, tu vas me broyer les côtes !

— Messire, je leur disais, il y a peu : « *Il reviendra dans quelques jours !* » C'est fait. Tu vois que j'avais raison, Guillemette !

« A *qui* disait-il cela ? » se demanda Ogier tandis que

l'écuyer cessait son accolade pour aller saisir sa femme à bras-le-corps et tourner, tourner de bonheur jusqu'à lui donner le vertige.

— Lâche-moi, gros bêta !... Vous voyez comme il est, messire !

Une émouvante ardeur submergeait Raymond tandis que la qualité de cet instant contraignait Ogier au silence. Cette joie dont il était et l'auteur et l'objet dépassait ses prévisions et débordait, déprisait, abrogeait l'ancien hommage lige. Les mots *seigneur, vassal, chevalier, écuyer* tombaient en caducité. Il riait de bon cœur, lui aussi. Toutes ses mésaventures semblaient s'achever dans cet atelier qui sentait le cuir, le tanin, la colle de poisson. Il avait rêvé d'amours recouvrées ; il obtenait, en compensation de sa méprise, la dévotion et la constance de deux êtres qui n'appartenaient ni à sa race ni à sa famille.

— Je vous ai vu tomber à la tour de Sangatte. Nous avons voulu, Thierry et moi, vous secourir. Le roi et son ainsné fils, Jean, nous en ont empêchés. Avec quelle forcennerie, pourtant, nous voulions vous rejoindre !... Thierry hurlait ; moi, j'étais comme un jouvenceau qui voit trépasser son père. Et pourtant, je suis plus âgé que vous !

— Quand on est frères d'armes, l'âge ne compte point.

Oubliant Guillemette, ils courbèrent le front, soudain accablés par ce souvenir et par cette guerre sans frein, sans fin. Ils écoutaient passer dans leur âme en friche les chevauchées de fer qui ne menaient à rien, les clameurs et les râles. Le cœur d'Ogier battait à grands coups douloureux. Il n'osait dévisager Raymond par crainte de voir ses yeux mouillés des mêmes larmes que les siennes.

— Quelle vie avons-nous menée !

Les façons et le regard de Raymond étaient ceux d'un homme émancipé des contraintes de toute sorte. Bien qu'il s'occupât de selles, renges à épées, fourreaux et autres pièces du harnois de guerre, il s'était affranchi du métier des armes.

— Quand j'ai su que vous étiez vivant, je me suis soûlé !

— C'est vrai, messire, confirma Guillemette. Mais tu n'étais pas seul. Même votre père, messire, a liché très fort... et votre cousine !

Ogier sourit. Godefroy d'Argouges et Tancrède lui portant la santé. Il n'osa demander ce que faisait Blandine et révéla d'une voix tremblante, assourdie :

— J'ai pensé à vous souventefois... Tiens, vous avez un chien !

A quoi bon ajouter qu'il aboyait comme Saladin.

— Hé oui, messire, soupira Raymond. Maintenant, aux hardelées[1] de morts que nous avons vues vous et moi ont succédé celles de la peste noire. Je me disais, on se disait — pas vrai, Guillemette ? — : « *Pourvu qu'il n'attrape pas la morille en chevauchant en France puis en Normandie, puis en Cotentin !* » Mais vous êtes là !

Jamais, naguère, ils n'étaient allés très loin dans les confidences ; ils se contentaient de se voir, de se sentir fermement accointés. La netteté de leurs rapports, leur réciproque dévouement suffisaient pour qu'ils se connussent mieux que par des bavardages. Lui, Argouges, se montrait content de son écuyer ; Raymond, qui méprisait l'ostentation, prouvait son attachement par un service parfait, sans révérence exagérée. Maintenant, ils s'appréciaient en hommes et non en gens de guerre, et c'était mieux ainsi.

— Je me sens ton égal et n'en suis point marri !

— Vous me voyez bourrelier, cordouannier, harneschier. Je devais m'établir par devoir d'époux et de père, car si notre fils est mort, Guillemette et moi-même en voulons un second. Pas vrai, dis ?... Tiens, elle s'en est allée !

En attendant le retour de Guillemette, Ogier examina

1. Monceaux.

l'atelier. « *Raymond l'aventureux converti en manant !* » Des peaux de mouton tannées ou en toison pendaient aux poutres. Des tréteaux en supportaient d'autres : veau, porc, sanglier. Il y avait aussi, ployées comme des serpents morts sur des perches, des rênes et des ceintures. Un tonneau contenait de la laine, un autre de la bourre et de la paille. Une banne d'osier était emplie de crin. Une table basse soutenait des rouleaux de toiles et, dans des compartiments aménagés à l'extrémité du plateau, des boucles, des grillettes, des bossettes. Contre un mur, un billot, une clouère[1]. Dans un angle, des lattes de frêne.

— Tu te plais en ce lieu ?

— Faut bien. Mes soldes réunies ont suffi pour que je m'établisse.

— Je ne te savais pas si chiche de tes deniers.

— La peste a ruiné ma pratique. Qui, craignant de périr ce jour d'hui ou demain, serait assez sot pour me commander une selle, un chanfrein clouté ou une ceinture d'armes ?

— Guillemette est heureuse à ce qu'il me paraît.

— Elle est vaillante, mais je peux vous dire que j'ai moult regret et remembrances de nos randons de naguère, même s'ils pouvaient parfois s'achever par la mort... Venez !

— Bon sang ! Ton chien donne de la voix... Où vas-tu me conduire ?

— Pour une fois, messire, obéissez sans broncher.

Le visage de Raymond semblait blême, hagard, dans la pénombre, et pourtant, il souriait. En son for intérieur, Ogier se dit qu'il n'était décidément plus le même. Il avait affaire à un manant dont il se sentait incapable d'influencer les gestes et les pensées. Plongeant son regard jusqu'au fond des yeux clairs, — les plus brillants qu'il eût connus à ce compagnon dévoué —, il demanda dans un murmure :

1. Petite enclume, — surtout à l'usage des cloutiers.

— Quelle fallace[1] me prépares-tu ?

— Venez dans notre ouche[2] et vous le verrez bien !

Raymond poussa la porte de l'atelier.

— Lâche-le, Guillemette ! cria-t-il.

Ogier eut l'impression d'une irréalité.

Le vantail d'une écurie venait de s'entrouvrir. Un grand chien jaune au front tacheté d'un croissant blanc courait vers lui. Avant qu'il eût pu faire un mouvement et prononcer son nom, le chien bondissait, ses pattes antérieures s'agriffaient à ses épaules tandis qu'il aboyait, gémissait et que sa longue queue fouettait l'air avec une vigueur qu'Ogier ne lui avait jamais connue.

— Saladin !

Un bruyant sanglot lui écorcha la gorge. Des pleurs qu'il ne devait ni à la neige qui tombait dru ni au vent qui soufflait fort, mouillèrent ses paupières. Une douleur le transperça, d'autant plus violente qu'elle était d'une espèce inconnue.

— Saladin !

Tandis qu'il caressait l'encolure soyeuse, quelque chose surgit en lui qui dépassait la reconnaissance. Son cœur vide se gonfla, s'embrasa d'un étrange enchantement. Sa vie se recréait. Il était content d'être là, dans ce jardin en friche, content d'être avec *eux*, content que Raymond, Guillemette, Saladin l'eussent attendu. Une réalité précieuse, palpitante, s'était substituée à la vacuité de son existence. Son attente était en partie comblée. Saladin vivait ! Saladin se frottait durement à ses jambes. Il y avait de l'interrogation dans ce regard aimant, anxieux, et ces babines entre-closes. « *Tu es revenu pour longtemps ? Pour toujours ?* » Il pressa le col trapu, touchota les oreilles mouvantes, effleura le flanc secoué d'un émoi si fort qu'il pouvait sentir le cœur de ce témoin de sa jeunesse prime battre aussi vélocement que s'il avait couvert plus d'une lieue à la course.

1. Fourberie.
2. Jardin.

— Ah ! Saladin...

Il s'était cru vidé de toutes ses larmes. Eh bien, non. Mais il riait aussi. Il y avait dans les yeux de cette bête aimée la même prière qu'il avait vue dans ceux de Blandine lorsqu'il était parti pour Sangatte : « *Reste !* » C'était une imploration émouvante et terrible. Il s'agenouilla et, caressant ce museau qui flairait ses vêtements :

— Je ne pourrai rester mais je t'emmènerai.

Le chien ne bougea pas. La seule preuve qu'il avait compris ces paroles fut l'espèce de plainte qu'il laissa échapper de sa gueule frémissante, tandis que sa queue battait fort pour s'abaisser ensuite et rester immobile.

— Oui, je t'emmènerai... Tu me diras, Raymond... ou toi, Guillemette, comment vous avez fait pour qu'il soit avec vous.

— C'est simple, messire. Dès mon retour de Sangatte, il ne m'a plus quitté... Quand nous sommes partis de Gratot, votre père nous a dit : « *Prenez-le... Il est dolent céans de ne pas voir mon fils.* » Nous avons accepté.

— Mon épouse n'a rien dit ?

— Non, fit Guillemette. On aurait même cru que ça lui faisait plaisir.

Ogier surprit le coup de coude que Raymond donnait à sa femme. Il se releva.

— Blandine n'a jamais aimé Saladin. Elle le tolérait. Je comprends, Raymond, qu'il se soit fié à toi. Il y a toujours eu plus d'amour dans un seul regard de ce compère qu'il n'y en eut jamais dans tous ceux de ma femme.

Ni Raymond ni Guillemette ne protestèrent.

— Quand nous sommes revenus de Sangatte sans vous, dit l'ancien écuyer, il a fallu l'attacher : il serait parti à votre recherche.

— Oh ! oui, approuva Guillemette. Quelque chose, à présent, le retient près de nous... Oyez, messire !

Un hennissement profond sortit de l'écurie. Ogier dévisagea Raymond :

— Dis-moi que je suis fou et que c'est impossible.

Raymond sourit et prit un air embarrassé :

— Je n'ai pas voulu les séparer... Je savais que si le cheval était chez nous, Saladin y resterait.

Ogier hâta le pas jusqu'au seuil de l'écurie. Une fièvre inconnue brûlait et frappait ses tempes. Sa poitrine était dure et comme rétrécie. Il cria d'une voix brisée :

— Marchegai ! Marchegai !

Il faillit tomber en trébuchant sur le pavé. Il jura et le vit devant lui, statue noire moirée de luisances bleutées dans la pénombre familière à senteur de muscles et de fourrage.

— Marchegai !

Un hennissement long et plaintif s'éleva et le grand étalon se mit à piétiner allègrement sa litière.

— Mon compère !... Je redoutais que tu m'aies quitté !

De la gorge d'Ogier s'échappa un second cri de joie et de compassion pour ce destrier qui, depuis un an, avait dû se contenter de petites chevauchées indignes de sa beauté, de sa nature et de son esprit d'aventure.

— Marchegai, mon compain !... Enfin, je te retrouve.

Derrière eux, Raymond et Guillemette ouvraient les doubles vantaux.

— Comme tu m'as manqué !

D'emblée, des certitudes affluaient, enivrantes : ils allaient recouvrer le bonheur d'ambler, de galoper, de cheminer au pas comme de vieux compères qui se comprennent sans avoir à parler. Bientôt, avec Saladin qui s'approchait, la langue pendante d'émoi, ils chercheraient Thierry et Luciane.

— Mes amis !

Ils étaient seuls, maintenant : Guillemette et Raymond les avaient laissés à leurs retrouvailles.

Ogier contourna son coursier. Le front brûlant, les joues en feu, il essuya de son avant-bras la sueur qui troublait sa vue. Quand il fut adossé à la mangeoire et au râtelier, il flatta le chanfrein dur et doux de l'animal, incapable de dire autre chose que « Marchegai, Marchegai » tandis que Saladin haletait, passant d'entre ses jambes à celles du cheval.

— Mon grand !... Mes deux amis !

Il balbutiait de l'émoi que lui dictaient ces paroles, cependant que Saladin se frottait contre ses heuses et que Marchegai encensait.

— Marchegai !

Il ne pouvait qu'admirer son coursier, sa robe tendue, frémissante, à vagues reflets d'azur ; son long ventre incurvé, les saillies musculeuses de sa croupe et de ses épaules. Il retrouvait, quasiment intacte, cette énergie forcenée, arrogante, et qui parfois, dans les joutes, devenait presque infernale, — tout au moins pour les seigneurs désarçonnés. Ce destrier parfait pouvait devenir un cheval d'Apocalypse. Seules les ombres et les clartés modifiaient l'uniformité de ce pelage d'un noir total, expression irréfutable de la majesté dans la puissance.

— Tu es en vérité un noble et grand seigneur !

Il l'examinait comme s'il ne l'avait jamais vu. Marchegai, les oreilles mouvantes, l'observait de ses yeux d'onyx, — des yeux qui condensaient à eux seuls les vaillances et les fracas des batailles.

— Le dieu des destriers jusques aux palefrois !

Ogier examina les sabots fins et sûrs, les pâturons solides, et se releva pour effleurer de sa paume le garrot allongé puis la pointe de la fesse où la lumière, avivée sur la neige, versait une traînée d'or.

C'était un délice, voire une volupté que d'effleurer de l'œil et toucher de la main ce compagnon magnifique. L'inclinaison d'une épaule, la netteté d'un tendon, l'oblongue saillie d'un muscle, l'assiette d'un pied ou l'emmanchure d'un boulet lui procuraient plus de plaisance qu'une poitrine ou une cuisse féminine.

— Bon sang, murmura-t-il, un pli soucieux rapprochant ses sourcils, quel dommage qu'il fasse un tel temps : nous aurions galopé jusqu'à Gratot !

Comme il se fût réjoui d'accomplir cette course ! C'était impulsivement qu'il était de nouveau tenté de flatter le velours tiède des naseaux, de sentir sous sa paume le long frémissement de l'encolure qui s'inclinait avec une docilité, un émoi peut-être... Galoper. Percevoir, pareil au sien, le plaisir de Marchegai, lui donner le champ libre ; libérer toute sa force et sa vélocité ; se courber sous les cintres des branches basses. Il connaissait les caprices de ce cheval, ses foucades, ses craintes nerveuses quand il le voyait paraître en armure de fer. Jamais avec lui cet admirable compère n'avait usé de ces rebellions sournoises qui apparentaient certains caractères de coursiers et roncins à ceux des jouvenceaux.

Saladin aboya.

— Tu sais, Roxelane que tu aimais, Tancrède l'a contrainte à pouliner... J'aurais voulu que vous ayez un fils... Oui, Saladin ! Je pense à toi... à elle...

Tancrède. Il l'avait vue un jour passer sa dextre aux ongles roses sur l'encolure du géant noir et la gratter, suscitant une ondée de frissons moirés assortis d'un hennissement étrange. Il y avait plus que de l'amitié dans ces titillations tout aussi agaçantes pour lui, Ogier, que pour le cheval. Dire que Tancrède n'éprouvait que de l'aversion envers les mâles constituait une fausseté.

Où se trouvait-elle maintenant ? A Rechignac sinon auprès de qui ?

Saladin huma l'air, courut jusqu'au seuil et gémit doucement en griffant le pavé, puis revint. Ogier sentit un souffle léger sur sa paume.

— Tu veux sortir. N'aie crainte. Tu seras comblé !

Le chien s'assit sur son séant, releva la tête et de sa gorge monta un lugubre cri de détresse.

— Tu devines qu'ils ont péri.

Ogier sortit dans la ruelle. Saladin sauta et appuya ses pattes antérieures sur ses épaules.

— Dès que je le pourrai, nous partirons.

Le chien le regarda de ses grands yeux noisette, ébahis, rassurés, pleins de la même espérance que ceux de Marchegai, puis il partit se rouler en boule sous le râtelier, et ses yeux disaient : « Tu vois, c'est ici, très souvent, que j'espérais ta venue. » Marchegai dodinait de la tête. Lui aussi s'était langui.

— Alors ? demanda Raymond en réapparaissant.

— Tout est bien.

Un soupir, une hésitation peut-être. Et soudain :

— Je ne pouvais pas les laisser l'un sans l'autre. Votre père a dit : « *Prends-le.* » Thierry m'a dit : « *Prends-le.* » Je n'ai pas demandé l'assentiment de votre épouse.

— Elle te l'aurait donné.

— S'il n'y a que Marchegai dans l'écurie, c'est que Tencendur est mort.

Ogier se sentait trop heureux pour demander comment.

— Pour m'établir, reprit Raymond, j'ai fait des dettes... Pas trop... Mes créanciers m'ont demandé de leur vendre Marchegai... J'aurais préféré tomber dans la misère. Il est votre cheval et bien plus encore... Deux mois après qu'on est revenus de Sangatte, Thierry s'est aperçu qu'il avait un ancœur[1] au poitrail. J'ai eu peur, pas votre beau-frère. Il a dit : « *C'est la mélancolie. Ça passera.* » Il avait raison : l'ancœur a disparu peu à peu.

— Pensais-tu que j'étais mort dans l'assaut de Sangatte ?

— Oui... J'ai vu la tour de merrain tomber. J'ai pensé : « *Il est dessous !* » Mais non : vous férissiez un homme en armure qui vous a meshaigné... Je vous ai vu choir dans l'herbe. J'ai pensé : « *C'est fini* » et j'ai...

Raymond baissa le front afin de dissimuler son trouble.

— Thierry et les autres ont dit : « *Voyez, les Goddons l'emportent. Il vient de dévier.* » Certains ont pleuré. Le soir même, on a décidé de revenir à Gratot. La douleur d'Aude et de votre père a été ce qu'on craignait.

— Et celle de mon épouse ?

1. Nom vulgaire donné aux tumeurs siégeant au poitrail du cheval.

Raymond conserva un front bas, soucieux :

— Elle est partie... Peut-être qu'elle a pleuré. Peut-être pas... Mais ce que je sais, parce que Marcaillou me l'a dit un jour qu'il venait à Coutances, quand la peste commençait, c'est qu'elle a soigné des malades...

— Marcaillou est mort. Des routiers sont entrés dans Gratot. Ils ont usé d'une fallace terrible.

— Je sais. Guillemette m'a dit.

Le front soucieux se releva brutalement :

— Il faut les venger tous. Il doit être aisé de châtier ces malandrins ! Guillemette m'a dit aussi que vous savez qui c'est...

— Je sais qui ils sont... Mais nous serions deux. Ils sont une quarantaine car je n'excepte pas les gueuses qui appartiennent à cette herpaille.

— Nous en reparlerons seul à seul... Venez manger.

Ogier se retourna et tapota la cuisse de Marchegai :

— Je n'ose te quitter, mais il le faut.

Il suivit lentement Raymond vers la maison sans s'étonner que Saladin fût demeuré auprès du cheval. Depuis le temps qu'ils vivaient en parfaite accointance, celle-ci s'était resserrée dans l'attente d'un retour dont ils s'étaient persuadés.

— Dommage, Guillemette, que Marchegai soit si gros, dit Raymond en franchissant le seuil. *Il* t'aurait demandé de l'inviter à notre table !

Oubliant le brouet avalé au couvent, Ogier se jeta, tout à coup affamé, sur la tranche de germon déposée dans son écuelle.

— J'ai fait de mon mieux pour ôter les arêtes, mais ne vous hâtez point, recommanda Guillemette. Il se peut qu'il en soit demeuré une ou deux !

Elle rit. Raymond restait soucieux sans que son épouse parût s'en apercevoir.

« Pourquoi semble-t-il tourmenté ? » s'interrogea Ogier.

Il n'était pas un loup dans une bergerie. Si Guillemette s'offrait à lui comme autrefois, il la repousserait. Bien qu'il trouvât cette absurde conjecture comme indigne d'elle et de lui, il se sentait gêné et quelque peu honteux d'être face à son écuyer, près d'une femme qui lui appartenait désormais, et dont il avait connu les étreintes, — ce que Raymond ne pouvait ignorer.

Vive et souriante, Guillemette servait. Le feu de cheminée était si violent qu'elle n'était pas très couverte. On voyait, sous la tiretaine bleue, la pointe de ses seins. Était-ce pour cela que Raymond s'attristait ?

— Elle et moi, fit-il soudain dans un souffle, on n'a pas grand-chose à vous conter. On a vécu comme vous vous en doutez ; on est partis, je crois, quand il fallait.

Il se tut. Il avait cessé de manger. Guillemette, sans doute accoutumée à ces moments de méditation, avait suspendu le vol de ses mains autour des écuelles et de la lèchefrite où pétillaient quelques louches de lentilles. Ogier retrouva sur ces visages soudain figés la même anxiété que celle qui, brusquement, venait de lui serrer la gorge.

— Pauvres amis, dit Raymond. La peste, les routiers... Si seulement on retrouvait Thierry...

— Et votre Luciane ! dit précipitamment Guillemette.

— C'est ce que j'allais ajouter, reprocha Raymond. Il faut faire quelque chose !

Ogier vit l'inquiétude se répandre sur le visage effaré de Guillemette. Elle avait pâli. Il se recueillit, cherchant à dire : « Bien sûr, tu demeureras, Raymond, auprès de ton épouse », mais les mots se regimbèrent. Il secoua la tête en tous sens, incapable de donner à ce mouvement une signification quelconque.

— Bien sûr, Raymond : il faut faire quelque chose.

S'il avait pu voir le regard passionnément attentif de Guillemette, sa bouche pincée, son front soudain ridé, Raymond se fût abstenu de proférer un mot de plus, mais c'était un homme d'action, un guerrier, un écuyer, *toujours un écuyer*.

— On fera ce qu'il faut, messire. On le fera...

Guillemette se retourna et se pencha vers l'âtre. Ogier regretta de ne pas voir l'expression de sa physionomie. Raymond cligna de l'œil et sourit :

— Vous savez tout de nous, messire... Et vous, en Angleterre ?

Ogier ne pouvait plus différer le récit de ses mésaventures. Il fut aussi compendieux que possible, omettant sciemment de rapporter tout ce qui concernait Rosamonde et Barbeyrac.

— Il suffit pour ce soir, dit soudain Guillemette. Ne vois-tu pas, mon époux, que messire Ogier ne tient plus debout ?

— Il me faut aller chercher mon cheval, mon armure, mon arc...

— Votre arc ?

— Eh oui : Shirton dont je viens de te parler m'a fait présent d'un *long bow*... Je te montrerai ce que je sais faire.

— Allons quérir tout cela, messire !... Vous dormirez dès votre retour : il y a de la place pour votre cheval dans l'écurie.

Sitôt dehors, à quelques pas de la maison, Raymond exprima ses pensées :

— Je dois vous aider à retrouver Thierry !

Ogier le remercia d'une tape sur l'épaule :

— Tu ne dois pas sacrifier Guillemette.

— Pour le moment, je ne songe pas à partir... Et vous, ne prenez pas le mors aux dents ! Songez que Marchegai a besoin de réapprendre à fournir de longues courses... Je connais des gens. Je les interrogerai... Il vous faudrait revenir tous les quinze jours à Coutances.

Raymond frissonna sous sa houppelande élimée :

— Quelle froidure !... Demain, il y aura de la neige... Tant de neige que nous en aurons aux chevilles... Ce serait fou de cheminer par ce temps.

Ogier glissa sur une flaque d'eau gelée. Raymond, d'une poigne solide, le retint de tomber :

— Vous voyez !... Voulez-vous que Marchegai se brise une jambe ?

Le couvent, devant eux, dressa son échine noire. Des torches enfumées animaient les étroites baies de sa façade.

— Le fourreau de Confiance est usé. Les viroles s'en vont et la bouterolle branle.

— Je vous en ferai un... Je m'y mettrai demain !... Je suis toujours votre écuyer... Au printemps, si vous ne les avez pas retrouvés d'ici là, je vous accompagnerai.

— Nous verrons... L'écurie est là-bas... Allons-y !

Ogier s'étonna d'avoir pris, en disant cela, un ton autoritaire.

Il s'était courroucé quand Guillemette lui avait annoncé : « Nous vous cédons notre chambre. Nous dormirons dans le solier[1]. » Il avait refusé, mécontentant Raymond : « Nous vous devons, messire, l'hommage lige. Vous nous devez l'hommage lit. » A quoi bon résister à tant de bienveillance.

Il s'allongea sous les couvertures, souffla la chandelle et demeura les yeux fixes, les pensées épaisses, les bras et les jambes parcourus de tressaillements d'aise : il y avait bien longtemps qu'il ne s'était enfoui dans un aussi bon lit. Et bassiné !

Il ne dormait toujours pas quand, par la fenêtre, les étoiles commencèrent à pulluler. Il entendit Saladin pénétrer lentement dans la pièce et, tout comme autrefois, il pressentit son bond. Avec un soupir d'aise, le chien s'étendit près de lui.

Il était toujours éveillé quand le ciel grisonna. Sous ses pieds de gisant, Saladin reposait. « *Où sont-ils cette*

1. En Normandie : grenier.

nuit ? Où Thierry a-t-il pu emmener Luciane ? » Brusquement, il sombra dans un sommeil affreux : son beau-frère s'était rendu au Mont Saint-Michel pour y confier Luciane à Bressolles. Hélas ! en arrivant, la petite était morte.

Il quitta les ténèbres la bouche amère, les paupières gonflées d'une lassitude qui empira jusqu'à l'angoisse lorsqu'il se fut remémoré son rêve. Puis sa pensée fut pour Guillemette ; il pouvait entendre son pas dans la cuisine, et sa voix car elle chantonnait. Raymond devait clouer ou assembler quelque chose : son marteau tapotait avec un soin extrême, cessait ses frappements puis les reprenait. « Je suis sûr qu'il entreprend le feurre [1] de Confiance. » Saladin n'était plus dans la chambre. Il y avait, sur une escabelle, un grand seau d'eau fumante ; dessous, un autre vide et, sur le pavement, une cruche, deux serviettes, un rasoir, du savon. Un miroir brillait, accroché à la porte.

Guillemette avait préparé le déjeuner : un chaudeau, des œufs durs et du cidre. Elle appela Raymond. Ils mangèrent tous trois tandis que Saladin, de retour de l'écurie, attrapait au vol des quartiers de pain trempé.

— Vous les avez bien nourris.

— On a fait ce qu'il fallait.

— Tout est blanc.

Ogier se leva et gagna la fenêtre. Un soleil vif faisait étinceler la neige. Coulant du toit pentu de l'écurie, elle formait, en fondant le long des tuiles arêtières, de longues pendeloques de cristal.

— On dirait, fit Raymond, des cornes d'unicornes.

Des moineaux sautillaient ; ils s'envolèrent quand un corbeau et deux pies vinrent troubler leur concile. Ogier ouvrit la fenêtre sans effrayer ces gêneurs. Il respira amplement. L'air était sec, un petit vent poivrait les lèvres et les yeux. Un jour encore et il partirait. Vers où ? Le Mont Saint-Michel peut-être. Un soupir s'échappa de ses lèvres. Il allait être seul, désormais.

1. Foureau.

« Non. Tu auras Marchegai et Saladin ! »

Était-ce raisonnable de les emmener ? Saladin serait las dès la seconde lieue ; Marchegai après la troisième. Ils devaient réapprendre à piéter.

— J'ai pensé cette nuit à votre quête. Je n'ai pas dormi.

— Ne prends pas, Raymond, cet air coupable. Je te sais bon gré de tout ce que tu as fait avec Guillemette.

— Rien n'était plus aisé.

— En prétendant cela, tu augmentes encore tes mérites et ceux de ton épouse.

Ogier souriait d'un sourire insincère. Une journée s'ouvrait devant lui, composée de froid, d'incertitude et de crainte. Il écoutait, avec une sorte d'étourdissement dû peut-être à la blancheur répandue sous ses regards, les piaillements des oiseaux, le souffle de Saladin qui se frottait à ses jambes, le tintement d'une campane dont il n'eût su dire si c'était celle de Saint-Pierre ou de la cathédrale. Raymond semblait recru de fatigue : les veines de son cou se gonflaient ; ses paupières cillaient sans que la neige en fût cause.

— On peut bien connaître le Cotentin et s'y perdre... ou plutôt y perdre sa vie. Le froid, les routiers... J'attendrais le printemps, si j'étais vous. D'ici là, Thierry peut repasser par Gratot.

— L'Angleterre où j'étais ressemble à notre contrée. Pourtant, je m'y suis souventefois senti seul, perdu. Je n'aurai pas, où que j'aille en Normandie, ce sentiment désagréable.

— Qui sait ! (Raymond baissa la voix.) Dites-moi de venir !

— Tu te dois à ta femme... Je vais aller étriller et panser Marchegai. Je ne monterai pas par ce temps. J'irai en ville et reviendrai pour dîner. Le repas pris, je crois que je redormirai. Puis je me préparerai à vous quitter.

— Vous êtes fou ! Le ciel s'ennuage. Il est plein de neige ou de grésillins.

Ogier acquiesça. Il ne voulait tenir compte ni de l'adversité des forces de la nature ni de la male chance qui, trop assidûment, se manifestait contre lui. Par une idée sans doute exagérée de sa résistance, il se croyait toujours maître de son destin.

— Vous cherchez le malheur, on dirait, fit Raymond.

— Vous êtes fou, en vérité, insista Guillemette.

Ogier se retourna. Elle semblait furieuse. Elle avait passé son manteau et serrait dans le creux de son coude l'anse d'un panier d'osier.

— C'est aller quérir la male mort ! cria-t-elle en claquant la porte.

— Vous avez vu, messire, sa fureur ? demanda Raymond, un soupçon de sourire aux lèvres. Quelle frainte[1] si je décidais de partir avec vous !

Midi. La table était dressée. Après avoir tapé ses pieds sur le seuil pour se dépêtrer de la neige collée à ses heuses, Ogier se lava les mains dans l'évier que Guillemette avait empli d'eau tiède puis céda la place à Raymond.

— Eh bien, messire ?

— Rien. Il y a si peu de manants dans les rues que c'eût été un miracle d'y rencontrer quelqu'un de connaissance.

Saladin s'en alla lamper, sous la fenêtre, le contenu d'un godet de grès.

— Nous avons, lui et moi, erré dans la cité. Je lui disais parfois : « *Cherche Thierry !* » Il a flairé, flairé en vain... Il y a trop longtemps que mon beau-frère est passé.

— Trop de neige et de boue, grommela Raymond en se taillant une tranche dans la miche. Vous tenez toujours à partir demain sans savoir où aller ?

1. Vacarme.

— La raison et le temps ne peuvent amoindrir cette envie.

— Et la prudence ? demanda aigrement Guillemette.

Ogier se sentit dévisagé d'une façon singulière : « Elle doute, elle aussi. Pourquoi veut-elle me retenir ? » Saladin l'observait, repu de son errance.

— Il vous faudra le ménager, dit Raymond. Baille-lui, femme, un peu plus de poisson. Il était assoiffé, maintenant, il a faim.

— J'ai grand-faim, moi aussi, confessa Ogier. La désespérance me creuse.

Ils s'assirent, sauf Guillemette occupée devant l'âtre. Ogier se sentait le gosier serré. Raymond lui versa à boire. Il vida d'un trait le plein gobelet de vin piquant puis demeura immobile, à regarder le récipient d'étain avec une telle véhémence d'attention que Raymond toussota plusieurs fois avant de révéler :

— Guillemette a vu Le Guevel.

— Un de mes soudoyers !... Vous ne m'aviez pas dit qu'il était toujours vivant !

— Vivant et marié depuis un an, messire, avec une fille d'Agon. Autant vous dire qu'il a abandonné les armes.

Soit, Le Guevel était devenu un manant. C'était son droit. Ogier ne se sentait aucunement affligé par cette révélation. Guillemette jeta une brassée de bois dans l'âtre et s'attabla :

— Le Guevel a vu Thierry et la petite.

— Pourquoi as-tu tardé à me le dire ?

Ogier s'en voulut d'avoir recouvré sa voix d'autrefois : sa voix d'amant et de maître. Raymond y parut insensible. Guillemette s'en courrouça :

— J'ai pensé que ça vous nouerait l'estomac, voilà !

Puis, avec une facilité qu'elle n'avait jamais eue :

— C'était quelques jours après leur départ de Gratot. Votre fille se portait bien. Le Guevel et sa femme allaient à Hauteville, chez la mère de celle-ci... Ils ont cheminé ensemble jusqu'au bourg et jusqu'à la vesprée. Thierry a dit : « *Accueillez-nous, dame Le Guevel, chez votre mère.* » Il était las et ne savait où passer la nuit. La petite avait faim... Quand Le Guevel et son épouse sont repartis pour Agon, Thierry ne savait plus s'il allait partir pour le Mont ou pour le châtelet de Rechignac, près de Pierreguis[1], où il avait de la famille... Prenez garde ! C'est la Hauteville près de Montmartin. Pas l'autre[2].

— La belle-mère de Le Guevel vit-elle encore ?

— Oui, à ce que j'ai cru comprendre. Avec son ainsnée fille qui est veuve.

— Il se peut qu'elle sache où Thierry s'en est allé...

Les idées s'enchaînaient dans la tête d'Ogier. Il devait sans délai se rendre à Hauteville ; il y verrait ces femmes ; *il saurait !*

— Lui as-tu demandé les noms de ces deux dames ?

— Je ne sais que celui de la belle-mère de Le Guevel... C'est dame Aude Ledentu... Mais restez à table, messire... Demeurez !... Raymond, fais-lui donc entendre raison !... Je vous ai apprêté une grosse gougère !... Messire ! Le temps se gâte !... Voyez tous ces nuages !

Peu importait le temps. Si détestable qu'il fût, il fallait l'affronter. Les révélations de Guillemette avaient ressuscité chez Ogier un pouvoir d'action qui dépassait les capacités dont il s'était cru pourvu.

Il s'empressa de seller Marchegai, entraîné, subjugué par une espérance qui grossissait, grossissait toujours jusqu'à inquiéter Raymond tout à coup présent.

— Prenez garde à vos nerfs.

— Ils sont en feu.

— Défiez-vous. La neige, c'est comme le sable : elle absorbe les forces. Marchegai n'est pas encore...

— Je sais. Je n'abuserai pas de sa bonne volonté.

Ogier tremblait sans que le froid en fût cause. L'ave-

1. Périgueux.

2. La Hauteville près de Montmartin n'a toujours été qu'un hameau. L'autre, entre Saint-Lô et Coutances, fut celle des conquérants de la Sicile, dont elle porte le nom : Hauteville-la-Guichard. Il en existe une autre près de la pointe du Rozet.

nir, soudain, se désemplissait du malheur. Fallait-il qu'il lui fît confiance ? Pour une fois depuis Calais, il se sentait l'âme toute simple. Aussi simple, sans doute, que celle de Saladin qui venait d'apparaître, l'air enjoué, la queue haute et battante.

— Voulez-vous que je vous compagne ?

Raymond avala sa salive dans l'attente, sans doute, d'une acceptation —, à moins qu'il n'osât exprimer toute sa pensée.

— Demeure auprès de Guillemette. Tu es bon... Je sens qu'un jour j'aurai vraiment besoin de ta présence.

Ogier sentait à sa portée une sorte de victoire. Un chapelet d'années heureuses et faciles se présentait à son imagination. Les bras croisés, solennel, Raymond l'observait d'un air méditatif ou désapprobateur.

— Soyez prudent... Ne laissez pas vos pensées vaguer vers ce qui réjouirait votre cœur.

C'était assurément un excellent conseil.

— Si je ne les trouve pas, au moins saurai-je où ils sont allés.

— Qui sait ? murmura Raymond en ouvrant toute grande la porte de l'écurie.

VIII

Le ciel était de plomb ; il neigerait encore. Le monotone gargouillis des sabots sur la neige fondante maintenait Ogier dans une espèce de veille. Il avait été fou d'écourter son repas et d'enjoindre à Raymond de demeurer chez lui. Maintenant, il se sentait seul, les narines, les paupières et la gorge glacées. De longs frémissements le parcouraient que Marchegai percevait : il s'ébrouait avec une espèce de rage.

— Tu ne vas pas prétendre, ami, que tu regrettes l'écurie !

Les taillis et les bosquets obscurs au-dessus desquels volaient des corbeaux et des mouettes paraissaient morts. Des haillons de suaires demeuraient accrochés à quelques branches hautes ou aux boules de gui pareilles à d'immenses nids abandonnés. Bien qu'en pays connu, Ogier se sentait la poitrine oppressée comme s'il allait, à quelque détour du chemin, découvrir deux corps étendus, roidis depuis longtemps par la mort noire : Thierry et Luciane.

Non ! Non ! Cela ne se pouvait !

— Galope un peu, cela nous réchauffera !

Marchegai obéit sans être talonné. L'ancienne connivence avait repris ses formes et son langage. Le cheval allongea le pas comme pour certifier sa joie et sa vigueur. Ses foulées rudes firent gicler, autour de lui, des plâtras de neige noire. Saladin, qui courait loin devant, se retourna et attendit. Son regard et son aboiement signifièrent : « Viens vélocement ! Soyons heureux même par ce temps ! » Marchegai hennit et alentit sa course.

— Hé là ! Serais-tu déjà épuisé ?

Non : le chemin déclinait. Ogier entrevit la mer parmi les déchiquetures d'un boqueteau de chênes et de blancs-arbres. Une vapeur légère flottait au-dessus de son acier terni. Sa senteur montait à l'assaut des terres mi-brunes mi-blanches.

— Une flaireur de mort, Marchegai... Hâte-toi !

Une pointe de feu perça le cœur d'Ogier lorsqu'il vit paraître, à moins d'un quart de lieue, les toits enfarinés de Hauteville.

« Heureusement, par ce temps, que ce n'est pas l'*autre*, à quatre lieues de Coutances : Hauteville-la-Glorieuse ! Les fils de Tancrède, — un homme, lui ! — naquirent en ce lieu : Robert, Guillaume Bras-de-Fer et Humfroy, qui conquirent la Pouille et la Calabre ; et Robert Guiscard qui s'offrit la Sicile... En ce temps-là, les Normands étaient craints du monde entier... Ils ont vaincu les Mahomets... Que sommes-nous devenus ? L'Anglais nous malmène, la morille nous tue... Nous avons perdu notre courage et notre force. Moi-même je ne vaux pas plus qu'un fétu. »

Une mélancolie l'accablait à l'instant même où il eût dû frémir d'une juste espérance : il allait savoir. Quel que fût le nombre de lieues qui le séparaient de sa fille et de son beau-frère, il les couvrirait en hâte, alternant sa chevauchée sur Marchegai et le Noiraud.

Avant qu'il eût atteint le hameau, il entendit des voix émanant d'un boqueteau de chênes dont les feuilles, épargnées par la neige et plutôt que d'être dorées comme à l'ordinaire, étaient devenues noires, contaminées par les miasmes de mort. Il s'approcha et découvrit, l'un debout, l'autre assis, deux soudoyers coiffés de fer entourés de chouettes, de chevêches et de hiboux immobiles et comme empaillés. L'homme levé en portait un, énorme, sur une perche-juchoir.

— Holà ! garçons... Que faites-vous céans avec ces oiseaux ?

L'homme assis, voyant les éperons dorés après l'épée, ne douta point d'avoir affaire à un chevalier. Il se dressa et s'inclina. Sa voix se fit onctueuse :

— On en attend d'autres, messire : on a jeté à l'entour quelques morceaux de viande... Ils ont du flair, faut croire... En plus, tant de neige les a comme aveuglés.

— Il fait si clair, la nuit, dit l'homme à la perche, que ces bêtes-là en sont devenues malades... Et affamées. Les petites bestioles dont elles sont friandes restent par ce temps dans leur trou.

— Elles sont soûles de blancheur.

Ogier douta de ce qu'il entendait, mais la présence des rapaces, la plupart de forte taille, ne laissait pas de l'ébahir et même de l'inquiéter. Dans quel monde chaviré se trouvait-il ?

— On partira bientôt, dit l'homme à la perche, car il semble que le temps froidisse encore.

Point de respect chez celui-là. Il devait commander à l'autre.

— Qu'allez-vous faire de ces volailles ?... Les manger ?

— Pouah ! messire... Leur chair est dure, sèche et déplaisante comme celle d'une vieille pute !... Notre maître, le sire de Montmartin, les mettra dans une grange obscure avec d'autres afin qu'elles guérissent... si elles le peuvent. Puis il les relâchera.

— Il a bon cœur.

La face de l'oiseleur à la perche s'éclaira et sa réponse fut un geste sec, précis, qui désignait le ciel où quelques mouettes frayaient avec des corbeaux.

— Tout doux, messire. Oulphart de Montmartin aime à chasser la nuit aux cris de la gent qui vole... Point question de donner de l'escap[1] à ces oiseaux-là comme à ses faucons... Une fois guéris et relâchés, ils

1. Faire, donner de l'*escap* à un oiseau : lui faire connaître le gibier qu'il doit poursuivre.

seront libres de mourir... Le sire de Montmartin chassera contre eux à l'arbalète... Il aime à noqueter[1] seul dans le noir. On dirait qu'il cherche aussi des fantômes... s'ils existent !

Une courte lueur traversa les prunelles sombres de l'oiseleur :

— A chacun sa façon de prendre du plaisir[2]. Nous, on sait pas ce que son épouse en pense, mais à la place de messire Oulphart, vu qu'elle est belle...

Il s'interrompit, craignant d'en avoir trop dit devant un compère dont il se défiait peut-être et qui, pourtant, n'avait cessé de l'approuver.

Ogier les abandonna.

« Pauvres bêtes !... Être sauvées, transies de froid et à demi-aveugles pour servir, la nuit, de papegais ! »

Le vent soufflait, piquait. Le ciel sans Dieu se gonflait d'importance.

« Je souffre des yeux, moi aussi. »

Comme si le mal de son cœur ne suffisait pas !

La froidure prenait ses aises. Le printemps était loin, très loin avec sa chaleur, sa joie de vivre et l'espèce de transparence, lumineuse et paisible, de ses nuits courtes et tièdes. Attendre comme le suggéraient Raymond et Guillemette ? Non. Aussi perdu qu'il se sentît dans sa solitude, il ne le serait point dans son pays.

Sa malaisance s'aggrava. Il s'illusionnait sans doute en croyant trouver Thierry et Luciane à Hauteville ou apprendre vers quel asile ils s'en étaient allés. *Seul !* Les sabots de Marchegai tapotaient ce vide aussi étale qu'une eau dormante et les aboiements rares de Saladin semblaient les encourager, lui, Argouges, et son cheval, à aller de l'avant toujours et toujours avec, à l'esprit, cette insistance douloureuse d'aboutir et de revivre.

Point de sentier. Une neige molle où les pattes des

1. Errer la nuit ; trembler de froid.

2. Le roi Pèdre Ier de Castille aimait à tirer ainsi, la nuit, à l'arbalète, sur les voix qui l'importunaient. Il manquait rarement ces cibles invisibles.

oiseaux semblaient avoir copié, parfois, les hermines de Bretagne. Le ciel s'empêtrait de brouillard et prodiguait sur Hauteville des charpies fuligineuses.

Il les trouverait ! Il ne pouvait plus tolérer qu'une influence maléficieuse tînt Luciane éloignée de ses bras et de sa tendresse.

— Aucune fumée !... Bon sang ! La peste a-t-elle tué toute cette gent ?

Après l'heureux pressentiment qu'il allait réussir, le doute, soudain, s'ingérait dans sa confiance. « *Je veux et je vais savoir !* » Cette unique et terrible pensée domina toutes les autres. « *Je vais savoir !* » Il ne sentait plus le froid sur ses membres. Il ne sentait plus rien que son cœur douloureux. Le village semblait mort. Vide. Rien qui bougeât. Pas même un moineau, une mouette ou un freux au-dessus des maisons et des granges.

Il n'était plus qu'à cinq ou six toises de Hauteville quand Saladin cessa d'avancer pour aboyer avec forcennerie.

— Holà, que te prend-il ? Il n'y a rien au détour de ce chemin.

Le flair du chien n'était point émoussé : une femme apparut, foulant à courtes enjambées la neige épaisse et dure sur laquelle aucun pas ne s'était apposé. Elle tenait dans ses bras un enfant enveloppé de langes propres, la tête protégée d'une aumusse fourrée ayant, d'évidence, appartenu à un homme.

« Ce ne peut être Luciane : Thierry ne l'aurait confiée à personne ! »

Brune, déchevelée, la femme avait vingt ans. Grande, maigre, empêtrée dans un manteau de mouton dont les pans lui battaient les chevilles, elle tremblait de froid autant que de frayeur. Un front haut, un menton pur. Sa face était rouge — ce redoutable rouge qui annonçait les premières atteintes de la morille. Ses prunelles dilatées scintillaient.

— Arrêtez !... Pour l'amour de Dieu, arrêtez, messire !

D'une main preste, elle agrippa le frein de Marchegai.

Le noir coursier fit un écart sans pouvoir libérer son mors de cette dextre maigre, affermie par le désespoir.

— Arrêtez !

Ogier se sentit percé jusqu'au fond des yeux.

— Lâchez mon cheval ! Vous lui faites mal : depuis presque un an, il a perdu l'habitude du mors... Vous voyez bien que nous ne bougeons plus !

Elle lâcha prise. De sa gorge enrouée par l'émoi et la course, un râle s'exhala :

— Je vous ai vu venir... Je suis sortie... La morille est à Hauteville. Tous les loudiers[1] sont morts, excepté ma Murielle et moi.

La morille, elle la portait en elle. Elle repoussait cette pensée vénéneuse. Elle ahanait, elle anhélait, pourtant, le front plissé sous le fouillis de ses cheveux qui depuis plus d'une semaine, sans doute, n'avaient connu ni la brosse ni le peigne.

— Sauvez ma petite !... Partez à Coutances... Je vous y rejoindrai... Dites-moi où... J'irai !

Elle serrait sa fille contre sa poitrine. Pendant un moment, Ogier n'entendit que des plaintes entrecoupées de sanglots, tandis que la malheureuse berçait le petit être immobile dont il n'apercevait ni le visage ni les mains.

— Descendez, je vous en supplie !... Prenez Murielle ! Prenez-la seule...

Se savait-elle atteinte ? La fièvre de la peste et la fièvre du désespoir la ravageaient. « Merdaille !... Avais-je besoin de faire cette rencontre ? » La crainte paralysait Ogier. Il se découvrait une insurmontable inaptitude à compatir à cette frayeur, à cette détresse, à ces cris et supplications. Il recouvrait l'horreur des journées disparues. D'une main tremblante, hésitante, il refusa l'enfant qui lui était offert :

— Je ne fais que passer. Je suis un chevalier errant qui cherche son beau-frère et sa fille... Ils ont logé un temps chez les Ledentu... Dame Aude Ledentu...

1. Paysans.

— Ils sont tous morts !... Tout le village est mort !

« *Non ! C'est impossible... Ou bien Thierry et Luciane en sont partis avant !* »

La femme saisit la main d'Ogier. Une main que sa longue chevelure couvrit tandis qu'elle y apposait un baiser dont il trouva la douceur immonde :

— Prenez ma Murielle... Vous voyez bien que je vais dévier !

— Je ne le puis, femme.

— Vous êtes bon ! Il faut que vous sauviez mon enfant !

Le manteau de mouton s'était ouvert en grand. A travers la tiretaine de la robe brune, Ogier voyait palpiter cette poitrine que le mal terrifiant embrasait.

— Messire !... Messire ! Dieu vous voit... Je vous verrai d'En-Haut !

Elle avait maintenant les lèvres entre-closes et pressait plus fort cette main d'homme pétrifiée d'incertitude. Plus fort encore afin qu'il vidât les arçons.

— Vous n'êtes donc point bon ?... Je me suis fiée à votre visage... Je me suis dit : c'est un archange... Dieu me l'envoie !

« Bon, moi ? »

Le silence d'Ogier devint lourd de cette question. La femme maintenant haletait davantage ; il sentait sur sa main prisonnière une haleine brûlante et mortifère dont Marchegai lui-même était incommodé.

— Lâchez-moi !... Défiez-vous de mon courroux !

— Prenez-la... Prenez Murielle... Dès ce soir, au ciel, je prierai pour vous !

Il y avait dans le regard de la pestiférée une telle supplication, une telle certitude qu'Ogier fut parcouru d'une rage inutile. « C'est frère Peynel qui devrait être à ma place ! » Elle rebaisa sa main et demanda :

— Que dites-vous ?

Il avait donc parlé tout haut ? Dire oui, c'était revenir sur ses pas. Accepter de croire que Thierry et Luciane... Allons bon ! Il devait les imaginer vivants.

Nul mot ne sortait plus des lèvres de la femme,

excepté ce râle intermittent qu'il connaissait trop bien. Elle ne pleurait plus. Elle avait dépassé sa propre douleur. Il aurait voulu pouvoir la réconforter, lui ouvrir ses bras et prendre son enfant qui ne bougeait pas, *qui n'avait jamais bougé depuis qu'ils étaient en présence*. Elle le suppliait du regard. Il vit, dans ces yeux exorbités, la flamme noire du désespoir.

— Avez-vous de la neige dans le cœur ? Voulez-vous que ma Murielle trépasse ?

Elle brandit son poing :

— Je vous maudirai, vous savez, si vous refusez !

Elle rugissait, maintenant, le visage empourpré de peste et de fureur à demi mangé par des cheveux fous.

— Elle mourra si vous refusez !

— Dame, dit Ogier doucement. Ne savez-vous donc pas que votre fille est morte ?

Il venait de voir la joue de la petite ; ses lèvres ouvertes. Elles étaient noires, charbonneuses. Il y avait sans doute trois ou quatre jours que Murielle avait perdu la vic.

La femme regarda fixement son enfant, se rejeta en arrière en gémissant, chancela, recula, les doigts ensevelis sous l'aumusse d'où dépassaient quelques cheveux blonds.

— C'est votrc fautc ! A tant tarder à me donner votre consentement, vous l'avez tuée !

Ogier fit reculer Marchegai. Dans son geste, il se sentit piqué par une molette d'éperon et s'étonna de les avoir conservées sur sa poitrine comme deux amulettes dont il n'espérait rien. Son front le démangeait : la sueur y perlait, roulait dans ses sourcils. Son cœur avait des soubresauts douloureux et fugaces.

— C'est vous !

La femme se baissa, saisit une motte de neige dure et la lança.

— Monstre !... Tueur d'enfants !

Cette rencontre semblait irréelle. Et pourtant ! Une folle sur le point de trépasser ; une enfant qu'elle venait de jeter sur la neige meuble où son petit corps s'enfonçait comme au creux d'un suaire immense ; les aboiements de Saladin outré qu'on insultât son maître ressuscité, tout cela existait, étourdissait. La conscience d'Ogier devenait celle d'un béjaune poussé hors des limites d'une vie et d'un territoire aussi feutrés que les blancheurs de Hauteville. Il éprouvait, comme une impardonnable tare, le poids de sa jeunesse et de sa vigueur tout en ne sachant plus que faire. Assister cette femme en ses derniers moments ? Ensépulturer sa fille ? Il n'était empli que de répulsion. La condamnée se roulait dans la neige en exhalant les mêmes plaintes que Rosamonde.

— Partons, Marchegai... Viens, Saladin !... Obéis !

Tournant bride, Ogier s'éloigna au galop.

Il fit ambler son cheval quand, s'étant retourné, Hauteville fut hors de sa vue. Alors, il descendit vers la mer. Une fois sur le sable dur, il quitta la selle.

Cassant à coups de talon le miroir terni d'une mare, il plongea ses mains dans une eau glacée qui, elle aussi, semblait morte. Il les frotta longuement, écœuré que la femme eût baisé l'une d'elles.

Tandis qu'il se relevait, un grand vol d'oies sauvages traversa le ciel. Un V d'ailes battantes dont il pouvait entendre le bruit régulier, feutré comme une immense caresse. Elles allaient peut-être au château de Pirou [1].

Il se remit en selle. Il n'eût pu traduire en mots son humeur. Il devait se laisser porter, guider. Par qui ou par quoi ? Vers qui ou vers quoi ?

Les floches de la nuit et les flocons tombaient quand Ogier pénétra dans Coutances.

— Alors ? dit Guillemette en ouvrant la haute porte par laquelle on accédait à l'écurie.

1. Voir annexe III.

— Alors, rien, m'amie. Hauteville tout entière est morte.

Ogier posa un pied sur le montoir pour offrir les rênes à Raymond soudainement sorti de l'ombre.

— Avez-vous décidé de faire quelque chose ?

— Aller au Mont... C'est le meilleur refuge. Thierry a dû y penser...

— Je vous laisse, dit Guillemette.

Elle se sentait importune. Ogier lui sourit. Toute la journée, sans doute, elle avait discuté de cet homme esseulé qu'elle avait connu, tout comme Raymond, dans la plénitude de sa force et de son estoc[1] et qui n'avait plus d'ascendant sur personne.

— Partir au Mont... murmura Raymond.

Ils s'étaient engagés dans l'allée du jardin où les pas de Marchegai formaient de longues chaînes noires grossies de nœuds profonds, çà et là. La morsure du vent du soir ressemblait à celle d'un chat ; il en avait d'ailleurs le feulement.

— Oui... Je dois aller au Mont. C'est comme un aiguillon qui m'y pousse.

— Un autre aiguillon me contraint, messire, à vous compagner. Le chemin est long. Il y a, dans cette contrée de Bretagne, moult herpailles[2] sans pitié. L'une d'elles a Guesclin pour chef. Il ne vous aime point !

— Je lui rends sa détestation. C'est lui, tu le sais, le meurtrier d'Adelis...

— Je ne l'ai pas oubliée. Elle était belle et bonne et de fort grand courage... Il vaut mieux que nous soyons deux... Votre feurre est presque prêt... Vous pourrez prendre une lance, j'en ai...

— Je préfère mon arc.

— Je vous emprunterai votre Noiraud. Il est brave. Je l'ai sorti dans les prés... Ses fers ont besoin d'être changés.

— Nous les changerons demain matin. Ensuite, j'irai

1. Race.
2. Hordes de mauvaises gens.

dire aurevoir à Gratot. A l'aube d'après-demain, nous partirons.

— Nous partirons.

Raymond ne s'était pas référé à Guillemette. Sans même en avoir conscience, il venait de recouvrer sa voix et sa docilité d'antan.

A none[1], le lendemain, au sortir du dîner, Ogier gagna l'écurie pour y harnacher Marchegai. Raymond l'y rejoignit : il lui portait Confiance enfermée dans son fourreau de hêtre revêtu de cuir noir orné de broquettes à tête ronde et d'une longue bouterolle de cuivre.

— Vous l'emmenez ?

Ogier considéra l'arme que l'écuyer lui présentait comme autrefois, sur ses mains à plat, les coudes ployés touchant ses flancs.

— Une merveille, compère ! Tu as des doigts de fée... Suspends-la à ma selle.

— Vous m'emmenez ?

Raymond contourna le cheval. Ogier ne vit rien d'autre que le galeron de feutre noir qu'il portait à l'arrière du crâne.

— Reste auprès de Guillemette. Demain, si tu demeures dans cette intention, nous irons au Mont ensemble.

La tête de Raymond n'apparaissait toujours pas. Il s'était d'ailleurs baissé pour vérifier la tension de la ventrière.

— Défiez-vous, dit-il. Marchegai se gonfle parfois. Tout comme moi, il s'est désaccoutumé des harnois... Mais nous nous y remettrons !... Saladin est bien chanceux : il a toujours vécu sans contrainte.

Le chien les attendait au seuil de l'écurie. Il jappa de plaisir en voyant Marchegai s'avancer vers lui avec

1. Midi.

cette majesté qui dissimulait mal sa nature vivace et ardente, désireuse, semblait-il, de marteler le monde entier sous ses sabots.

Quand il fut parvenu devant l'ermitage de Gerbold dont les ruines fuligineuses n'avaient pas été relevées, Ogier, renonçant à gagner Gratot, conduisit Marchegai vers le manoir de Blainville en coupant à travers champs.

— Une lieue et demie, dit-il à Marchegai, c'est peu !

Le manoir, lui aussi, était à l'abandon. Ogier n'osa guider Marchegai au-delà du milieu de la cour. C'était ici qu'Aude et Thierry avaient vécu de belles nuits et de beaux jours. C'était ici que Jean de Montfort, captif de Richard de Blainville, s'était évadé pour obtenir, ensuite, un bref mais sûr refuge et des soins à Gratot. Il y avait une tombe entre le puits et le logis seigneurial ; persuadé que c'était celle de sa sœur et de son neveu, Ogier se signa du haut de son cheval.

Le jour déclinait. Des nuages pourprés enflammaient le Ponant. Où naguère passaient des manants et pêcheurs, Ogier ne découvrit que du vide. La neige qui ondoyait, blême et craquante, n'était pour rien dans cette vacuité. Il ne pouvait s'accoutumer à cet isolement, au silence, à l'air sec maléficié de froid et de peste. Il eût pu revenir aisément à Coutances par les mêmes traverses qu'à l'aller, mais il tenait à revoir son château quel qu'en fût devenu l'aspect.

Il retrouva sans plaisir les petites collines obscures, pareilles à de gros animaux endormis, entre lesquelles il avait conduit Adelis à la mer. Il revit les levées le long desquelles, seul ou avec Aude, il aimait à grapiller des mûrons. Les frênes et les noisetiers y poussaient en désordre. Aucun oiseau ne s'envolait à son approche. Saladin, loin devant, musardait et, de lassitude sans doute, ne levait plus la patte.

Pareille à la fumée d'un feu de bois vert, une brume épaisse dissimulait Gratot. L'obscurité des lieux s'aggrava peu à peu sous la ramure épaisse des grands ormes qui, pendant plus de cent toises, menaient soit au château soit à l'église. Marchegai par deux fois trébucha. Ogier mit pied à terre et le mena jusqu'au clocher. Le chien les rejoignit et se coucha sur les dalles sèches du porche dont le vantail avait été forcé.

— Demeurez ici tous les deux... Surtout ne bouge pas, Saladin !

Le peu de clarté d'un ciel privé d'étoiles révélait des bancs remués, un autel vide, une niche privée de sa Vierge à l'Enfant, une autre de son saint Michel. Ces images étaient en pierre revêtue d'or. Les robeurs s'étaient mépris sur leur apparence.

Au fond du chœur, le Christ était intact. Ogier se signa, fit demi-tour et ce faisant heurta une dalle inconnue.

« Mère est là-dessous. »

Il eût pu prier ; il n'en eut pas la force. Quelque chose d'hostile l'enveloppait qui n'était ni le vent ni la froidure. Les herbes enneigées semblaient suspendre sous ses pas des conciliabules secrets.

Croyant apercevoir une lueur à l'intérieur de l'enceinte, il décida de s'en approcher sans toutefois y pénétrer.

— Le châtelet est vide... Je n'ai pourtant rien à craindre.

Il flatta l'échine de Saladin qui l'observait avec une espèce de reproche, apparemment inquiet de le perdre à nouveau.

— Tu retrouves les lieux que tu aimais, toi aussi... Reviens auprès de Marchegai. Je n'en ai pas pour longtemps.

Personne. Aucun bruit. Aucune clarté sauf celle de la lune qui tremblotait dans l'eau noire de la douve où parfois apparaissait un cercle d'argent révélant un poisson ou une anguille.

La demeure des Argouges avait cet air d'abandon qu'il lui avait connu lors de son arrivée en compagnie d'Étienne, et plus il s'en approchait, lentement, sur la jetée jonchée d'une neige embouée, plus le silence lui paraissait singulier : trop net, trop épais et comme hostile.

« Si Thierry était de retour, il aurait fait une grosse flambée pour réchauffer Luciane et cuire leur nourriture... à moins qu'à la vue des dommages commis, il n'ait préféré se musser quelque part en attendant l'aube... On a piétiné cette neige pour qu'elle soit devenue si sale... »

Un pas encore. Cette fois, sur le pont. Un autre.

Mieux valait entrer dans la cour.

— Thierry !... Thierry !... Est-ce toi ?

Soudainement dix torches s'embrasèrent.

— Merdaille !

Les flagellants semblaient l'attendre. Hommes et femmes, attentifs, souriaient de contentement. Il entrevit les deux jouvencelles à l'écart, parmi les blessés épuisés, immobiles, à terre. Nul doute que ces jeunettes, délibérément ou non, avaient tenté d'apaiser les feux de certaines blessures : chacune tenait un linge humide, rouge sombre à force d'avoir étanché les sangs et les humeurs.

Ogier se retourna. Les portes piétonne et charretière se trouvaient occultées. Des ombres y remuaient. Il fit front et sa male-rage augmenta.

Séparés par quelques enjambées de leurs répugnantes ouailles, les quatre moines scandaleux l'observaient. Loin d'être contemplative, leur immobilité révélait une sorte de perplexité ou, plus certainement, pour une même intention, — la mort —, des divergences de procédés. Leurs prunelles brillaient pareillement ; la même expression de menace inexorable s'inscrivait sur leurs faces pelues : un vertige infernal associait ces hommes.

— Nous t'avons ouï venir, dit Bertrand sans rien bouger d'autre que ses lèvres. Notre regard[1] — son doigt désigna le sommet de la tour de la Fée — notre regard nous a fait le signe convenu pour un homme seul et à pied. Car tu es seul, pas vrai ?

1. Guetteur.

— C'est à votre regard de vous le confirmer.

Cette repartie au sens double provoqua un murmure. Ogier sentit le sol s'enfoncer sous ses semelles. « *Non ! Non ! je n'ai pas peur !* » Un rire, et Bertrand reprit :

— Bien sûr, nous avions mis nos torches à l'abri... Là, là et là, sous ces voûtes.

Le bras pesant retomba.

— Bien sûr, nous nous sommes dit : « *Qui est-ce ?* » Et c'était toi.

Ogier sentait quarante paires d'yeux vrillés sur sa personne. Il subissait, depuis quelques moments, le choc désagréable de sentiments corrosifs. Rage contre lui-même et son insouciance. Quel absurde désir que celui de franchir la jetée ! Quel fourvoiement que d'espérer retrouver Thierry à l'intérieur de l'enceinte ! Le ton paterne du malandrin signifiait qu'il avait décidé de se montrer beau joueur. Lorsque le jeu l'aurait lassé, qu'adviendrait-il ? Il fallait parler, endormir sinon assoupir sa surveillance et, au-delà, toutes ces vigilances bestiales.

— J'aurais dû me défier de la neige : elle était trop merdeuse sur le pont-levis !

Les deux jouvencelles se concertèrent d'un regard puis reculèrent vers le petit pont qui, enjambant la douve, permettait l'accès aux friches et boqueteaux où elles pourraient disparaître. Deux commères s'attrapèrent par la taille pour se chuchoter quelques mots. Nul autre bruit que la voix de Bertrand ne troublait un silence aussi épais que la puanteur de cette fange humaine.

— Approchez un peu, mes frères et mes sœurs. Juste un petit peu pour voir la frayeur de notre hôte... *Voir*, j'ai dit. Vous y toucherez plus tard si je vous le permets !

Les femmes arrivaient sans bruit. Elles s'arrêtèrent sur un geste de la grosse Viviane, soudainement apparue. Quelques hommes bougèrent. C'étaient les bien portants, les dévergondés de la horde. Ils se mouvaient pour complaire à leur chef et à ses lieutenants, nullement par curiosité malsaine comme les harpies soumises à dame Viviane.

Ogier les épiait à travers des larmes de sueur. Son cœur serré d'incertitude, ses poumons oppressés devenaient des fardeaux qui pesaient sur son foie, ses intestins, ses genoux. Un des presbytériens fit un pas en avant :

— Tu ferais mieux, ami, d'abdiquer tout orgueil et d'entrer dans notre confrérie plutôt que de nous offrir cette face haineuse... et angoissée. Tu vis, tu es solide et sembles impénétrable à la morille... Sois des nôtres...

— Des vôtres ! Pour recevoir des coups de lanières comme ces prisonniers que je vois étendus !

— Ils sont des nôtres mais ils ont, les uns, désobéi, les autres, cherché à quitter notre congrégation... Aussi vrai que je suis Paillot !

— Si vraiment tu es un clerc, l'homme, où est ta compassion ? Ta miséricorde chrétienne ? Où est ta religion ? Dans ton cœur ou au fond de tes braies ?

Le vent redoublait de froidure. Ogier le sentait s'insinuer entre ses vêtements et ses chairs. Il regretta l'absence de Raymond. A eux deux, ils se fussent épaulés, rassurés ; l'un ou l'autre eût trouvé l'astuce qui leur eût permis, à défaut de vaincre ces malfaisants, de les fuir en toute hâte. Il vit des ombres s'approcher : certains pénitents s'appuyaient maintenant sur des baliveaux récemment écorcés jusqu'à l'aubier et qui luisaient, tels des aciers, à la clarté des flammes.

Les yeux mornes de Bertrand cillèrent :

— Te décides-tu ?

— Cela demande un peu de méditation.

— Il pourrait s'offenser d'une telle réponse ! hurla l'ascétique Michel.

— Ah ! oui, cria Viviane en secouant l'espèce de quenouille qui constituait sa coiffure. Voilà que tu pratiques la charité, Bertrand, désormais ?

— Ferme ta goule, femme, ou je te fais couper les lèvres.

Ogier vit un clerc se glisser vers son flanc droit,

Michel vers le gauche, dans l'évidente intention de l'assaillir par les côtés si Bertrand le leur commandait. La haute croix du meneur oscilla, tantôt rouge, tantôt dorée par les flammes. Celle de Paillot en fit autant.

— Décide-toi ! hurla quelque part une femme.

Ogier croisa les bras. Sa poitrine battait si fort qu'il sentait, parfois, les molettes des éperons piqueter sa chair avec une singulière instance. Cette présence était un révulsif et un soutien : il ne devait succomber ni à l'angoisse ni à la désespérance. Mais comment échapper à cette crapaudaille ? Endoloris par l'effort accompli pour demeurer immobile, ses membres commençaient à le faire souffrir.

— N'attends pas, Bertrand, conseilla une gaupe. C'est moi, Ermengarde, qui te le conseille... Jamais ce damoiseau ne nous appartiendra.

— Jean, Léon... Emparez-vous d'elle et boutez-la dans l'eau !

Un étonnement mêlé d'effroi et de singulière fascination apparut sur le visage des deux hommes. Ils s'éloignèrent. Il y eut des cris, des gémissements et le bruit d'un corps tombant dans la douve.

— Voilà !... Qu'en dis-tu, damoiseau ?... Comment te nommes-tu ?

— Tu règnes en maître !... Je t'en fais compliment. Et quels obéissants sujets !... Peu importe mon nom : il serait souillé par ta bouche.

Sur les visages des femmes, les stigmates de l'abjection occultaient ceux de la piété dont elles se réclamaient autant sinon plus que les hommes. Un éclair d'attention suffit à Ogier pour distinguer les regards violents, pervers, haineux que toute cette confrérie de mâles, maintenant armés d'escourgées, dirigeaient sur sa personne. Certains blessés, même, s'étaient saisis d'une lanière ou d'un scorpion dans l'espoir d'obtenir, en frappant eux aussi, la rémission de leurs tourments. Tous se recommandaient de Dieu et de Jésus alors que leurs Patrons, c'étaient Bélial et son aide immédiat : Burgibus [1].

1. Le portier de l'enfer.

— Le temps passe, damoiseau, mais j'ai une patience infinie... Un trésor de courtoisie... Allons, montre ta bonne volonté : salue tes frères de miséricorde !

Il fallait se soumettre. Ogier salua de la main. La bienveillance attristée qu'il feignait d'accorder à ces trucheurs, la bruyante alacrité qu'ils lui témoignaient, les hommes avec des grognements de porcs, les femmes avec des gloussements d'ivrogresses, étaient aussi mensongères l'une que l'autre. Ogier fut certain qu'à l'abomination succéderait la haine. Rien ne la pourrait contenir, pas même l'autorité de Bertrand Barbenoire. Sa bonne mine indignait les malandrins. Ses nerfs durcissaient d'inquiétude. La pointe d'une molette lui perçait un téton. Surmontant sa répugnance, il fit front à Paillot qui soudain remarquait :

— Messire, quelle bonne santé que la vôtre.

— C'est un miracle, mon père. J'ai traversé la Normandie sans encourir la male mort.

Il n'osait trop défier l'homme du regard. Vrai ou faux, le moine s'exclama :

— Par le sang de Jésus, je te reconnais enfin : c'est toi qui, sur le parvis de Notre-Dame de Coutances, a robé le pentacol du bien-aimé frère Bertrand !

— Ce joyau, mon père, avait été robé ici même. Il appartenait à une dame que j'ai connue. Elle est morte.

— Nous ne l'avons pas occise !

— C'est un fait, mais il se peut que vous en ayez meurtri moult autres.

Bertrand intervint. Il agita sa croix et obtint le silence :

— Cessez ces parlures !... Nous avons besoin, mon fils, de compères de ton espèce. Vois : nous sommes vingt-cinq hommes et quinze femmes. Nous voulons être cent, mille... Que les églises soient inaptes à nous contenir. Que nos prières puissent être ouïes jusqu'en Avignon et plus loin encore : à Jérusalem !... Dieu sera bien contraint de descendre sur cette terre merdeuse et d'embraser à tout jamais tout ce qui fut touché par la morille !... Viens avec nous : demain, nous partons pour

Avranches... Viens ! Tu seras heureux dans ta chair et ton esprit resplendira comme le nôtre.

La gaieté factice du malandrin parut à Ogier une menace moins sournoise et redoutable que les ricanements des femmes assemblées devant lui. Leur haleine commune semblait avoir emprunté sa fétidité aux pestilences, leurs rires flairaient le stupre. L'une d'elles, qui portait les boucles de Luciane d'Argouges, semblait posséder un empire étrange sur Viviane. Elle lui caressa l'épaule et souffla des mots à l'oreille puis, ses bras de singesse écartés comme pour une étreinte :

— Je vous dirai nuement, messire, que je vous trouve beau... Beau à marquer au fouet...

Une abominable félicité apparut sur ses traits ; sa bouche noire, certainement édentée, cracha quelque chose. Le regard d'Ogier trouva les deux jouvencelles. Elles hésitaient encore à déguerpir.

Elles regardaient la femme avec une espèce de déférence craintive et cette soumission effrayée laissait tout supposer. Que la mégère ou Viviane leur enjoignit de faire quelque chose, elles devaient l'exécuter quel que fût le degré de leur écœurement. « Un bordeau en marche... Une compagnie de forcenés des deux sexes... On se flagelle devant les gobe-mouches, les passants, les presbytériens... Et puis, la nuit venue, on se vautre dans la luxure, on fornique sur le fumier. » Pourtant, derrière l'aveuglement de ces deux jouvencelles, on devinait que la servitude atteignait ses limites. Elles disparurent.

Bertrand remua sa haute croix pastorale.

— Nos femmes, ricana-t-il, sauront accoutumer ta blanche peau à la caresse du scorpion. Ensuite elles t'oindront d'huile... Tu coucheras avec si tu en a envie... Il y a deux jeunettes qui font encore des manières, mais cela leur passera : elles sont, tout comme nous, au service de Dieu... Elles ne sont près de nous que depuis quatre jours... Je te les prêterai lorsque j'en aurai fait l'usage... Je n'y ai point touché par charité chrétienne, car elles sont aussi craintives que des écureuils !

Des hommes rirent, certains grondèrent : ils croyaient

à des prérogatives établies selon les mérites et l'ancienneté. Quant aux femmes — les unes accoutumées à la lubricité, les autres à la résignation —, elles s'étaient contentées de hocher la tête.

— Il n'y a pas de différence entre les hommes de guerre et ceux que j'ai placés au service de Dieu !... Qu'en dis-tu ?... Rien ?... Serais-tu devenu sourd ?

Ogier observait les mâles : traits pointus, cheveux fricheux, regards farouches, bouches terribles, si noires qu'on croyait y entrevoir l'âme même de ces damnés.

— Voilà trois mois qu'on flagelle et se flagelle au nom de Dieu, dit l'un d'eux, un grand diable échevelé comme ses voisines, Ermengarde et Viviane. Regarde !

Il ouvrit grand son pelisson, montrant un torse glabre, rayé de quelques cicatrices refermées depuis longtemps.

— Trois mois que nous cherchons les Juifs et les Espagnols pour les occire car ils sont affreux. Frère, ce sont eux qui ont souillé l'air et les puits, le vent et les rivières.

« S'ils ont fait cela, que ne l'ont-ils fait avant ? » se demanda Ogier.

En l'occurrence, il devait se garder de défendre ces accusés. D'ailleurs, il n'eut pas loisir de dire un mot, Bertrand complimentait son satellite :

— Bien, Yvain, tu commences à savoir ta leçon. Demain, ce sera toi qui fouetteras l'Henri.

— Non ! hurla un homme. Non ! Mes plaies suppurent encore !

Yvain sourit de toutes ses gencives :

— Je ne te frapperai pas fort.

Il ne s'était même pas détourné vers sa future victime. Il souriait à Bertrand avec un air de connivence lourde. C'était un de ces hommes auxquels on pouvait tout demander, et dont la soumission devenait jouissance.

— Si, tu frapperas fort, Yvain, enjoignit frère Paillot à l'ouaille récalcitrante. Dieu serait mécontent que ton bras soit trop mol !

— Pitié, Bertrand ! Pitié, Loubens ! Aide-moi, Loubens, toi qui m'aimes tant !

— Point de pitié, l'Henri ! dit le dernier clerc. *Boudious !* Aussi vrai que je suis Guy de Loubens, tu as commis, ce soir, un larcin qui mérite un châtiment. Tu as robé le morceau de pain bénit destiné à Viviane...

Ogier doutait de ce à quoi il assistait. Ce moine qui menaçait le *pécheur* de sa croix s'exprimait avec l'accent de la Langue d'Oc. Quelque chose d'infect brûlait dans son regard dont le feu insupportable contraignait ses acolytes à s'en éloigner. Des coulures souillaient sa bure guenilleuse. Son gros visage hirsute, son embonpoint de glouton, son air de parfaite santé démentaient cette religiosité dont il semblait se prévaloir. Il y avait en lui de l'aigle et du pourceau.

— Hé, toi !... Damoiseau ! Entre dans notre confrérie. Je t'y soignerai comme une mère... et davantage encore si tu te montres... pieux !

— Un refus, mon ami, dit Paillot avec une componction tellement feinte qu'elle égaya Bertrand, nous rendrait enragés !

Il éleva sa croix. Tous les fouets se levèrent, claquèrent et sifflèrent simultanément. Ogier frémit, l'esprit envahi d'angoisse et de reproches. Quel sot d'avoir laissé Confiance suspendue à sa selle et d'avoir récusé la présence de Raymond ! Marchegai et Saladin se trouvaient à près de cent cinquante toises. Ils ne bougeaient pas. Aucun de ces malandrins ne pouvait soupçonner leur présence. Hélas ! courir vers eux, c'était périr.

Un imperceptible pas de côté vers la porte d'accès au logis des hommes d'armes et à la machinerie échappa à la vigilance des flagellants.

« Encore un », s'adjura-t-il en regardant, au-delà de l'attroupement terrible, cette cour dont il connaissait les recoins.

« Les boves !... Il te faut gagner les boves ! [1] »

Il devait promptement les atteindre ; fuir sous leurs voûtes énormes, se faufiler dans ces réduits étroits et ténébreux comme des ergastules. S'il parvenait à s'élan-

1. Les caves.

cer avec quatre ou cinq foulées d'avance, il pourrait distancer la meute, fermer les portes successives, gagner le souterrain et ressortir libre de l'autre côté de la douve. Et guerpir pour revenir exercer sa vengeance.

Un petit pas. Il essuya d'un revers de main son front gluant. Ce faisant — tout en lançant un sourire à Viviane —, il remua, dans la poche intérieure de son pourpoint, les molettes des éperons. Derechef, une pointe aiguë pénétra sa chair.

« Un geste... Un geste prompt... Même deux... »

Il simula une suffocation et tira sur le col du vêtement qui s'ouvrit.

Un flagellant s'approcha de Loubens. Ogier eut un haut-le-cœur en voyant sa face hâve et revêche, couturée, dont un œil gluait, coulant à demi de l'orbite. C'était, en vérité, la figure la plus démoniaque qui existât cette nuit à Gratot. Il l'avait entrevue, mais de loin, à Coutances.

L'homme avait une joue à demi arrachée, le front couvert de griffures suintantes, les oreilles essorillées. Toute l'horreur du monde semblait avoir convergé sur cette tête sans contours, mais vivante de haine, de malédiction *et de piété :*

— Laisse-moi, Loubens, convertir cet homme à la laidcur !

La voix grinçait ainsi qu'une vieille poulie.

— Non, Jésus... Non !

« A elle seule sa face offense Dieu. Et le nom qu'il a pris est un hideux blasphème ! »

— Laisse-moi, je t'en supplie !

L'homme s'était agenouillé. Il tenait Loubens par les jambes ; il se prosterna et lui baisa les pieds.

— Non, Jésus ! intervint Bertrand. Tu es le meilleur d'entre nous. Notre saint. Notre exemple !... Tu sais te macérer, toi !... Ton corps t'importe peu pourvu que ton âme s'épure !... Mais ce damoiseau n'a pas ta foi immense... Allons, lève-toi... Va-t'en soigner tes stigmates !

L'éborgné se releva. Au mouvement qu'il fit pour

remonter ses chausses, Ogier s'aperçut que du sang suintait de ses paumes trouées. Il les frotta contre son cœur, l'une après l'autre, et disparut derrière ses compères.

— C'est assez, Bertrand ! s'écria Loubens. Il ergote... Il a le dos au mur, comme Jésus, et marche comme les crabes.

Ogier avait effectivement fait un écart. L'angoisse et l'espérance comprimaient sa gorge. Un émoi d'une simplicité atroce le tenait debout, immobile, véritablement désarmé devant la fureur de ce clerc. Jamais Gratot ne lui avait paru si lugubre, même au soir de son retour de Rechignac, après cinq ans d'absence, lorsqu'il avait trouvé les êtres dans un tel état de décrépitude qu'il avait désespéré de remettre les gens et le château debout... Maintenant, en râclant son dos contre le mur, il était proche de l'escalier par lequel on accédait, à droite, à la machinerie, à gauche, à la chambre des soudoyers... Il traverserait cette chambre. Une porte, au fond et vingt degrés à dévaler. Ensuite, le seuil des caves. Il s'y dirigerait sans la moindre lumière. L'une après l'autre, il verrouillerait les portes sur son passage. Il aurait le temps de parvenir à la trappe du souterrain.

— Que tu le veuilles ou non, nous te flatterons l'échine, annonça Bertrand avec une solennité dont l'outrance suscita des rires. Un coup chacun. C'est ainsi que nous baptisons nos compères... Aux femmes, évidemment, nous leur donnons des verges !

Bertrand seul s'ébaudit. Ogier distingua, dans le murmure frémissant des commères, un plaisir trouble. Elles étaient affriandées de sang.

Jésus réapparut. Son œil noir clignotait sur des lueurs sauvages.

— Ça va chabler, l'ami, et tu l'auras voulu. Dieu, mon père, te voit. Je sais qu'il t'abomine !

De nouveau, dans le mouvement qu'il fit pour interrompre l'avancée du Défiguré, de Bertrand et de Loubens, Ogier sentit contre son cœur la piqûre d'une pointe de bronze.

— Attendez ! dit-il en évasant davantage l'encolure de son pourpoint. Je vais ôter moi-même mon vêtement.

Il fallait que sa main puisât promptement les molettes dans sa poche, et qu'importait s'il se blessait à leur contact. C'étaient les seules armes qu'il possédait. Il allait les lancer à la face de ces marmousets aussi promptement et sûrement que des cailloux plats sur le lit d'une rivière. Ils ne ricocheraient pas mais créeraient une brève confusion dans la horde.

Toute son énergie lui revenait. Il ne ressentait aucune crainte : rien qu'un immense dégoût devant ces faces blêmes, attentives, jubilantes ou compassées. Avec l'agilité d'une chatte, Viviane bondit, ses mains griffues, crochues, tendues vers le pourpoint :

— Laissez-moi faire, damoiseau !

Il lui fournit une jouée[1] terrible, la plus forte qu'il eût jamais donnée à quelqu'un. La grosse follieuse hurla et recula, sa senestre brunâtre appuyée sur sa joue.

— Vous avez vu ! Vous avez vu !

Les grognements recommencèrent. Bertrand, souriant, consulta Loubens d'un coup d'œil.

— Tu as, damoiseau, des façons que j'apprécie.

Jésus le regardait sans ciller. Ogier sentit ce demi-regard chassieux atteindre le tréfonds de son âme pour y découvrir la terreur qui reprenait possession de son corps.

Vivre !... Vivre pour Luciane ! Vivre pour se venger !

Peur et fièvre. Secoué par les affres de l'attente, il se sentait condamné maintenant que Viviane avait interrompu le cours de ses desseins. Les femmes la consolaient et bronchaient. Malgré leurs différences de traits et de corps, elles avaient un air de famille. Toutes eussent pu rouler dans une de ces charrettes qui suivaient les armées à distance. Toutes, ce soir, semblaient arrachées aux litières où elles avaient gési, empoignées et réempoignées par les mâles, et sûrement par les porteurs de croix.

1. Gifle.

— Ma parole d'honneur, dit Bertrand, tu me plais. Je sais apprécier le courage... Surtout quand il est fou !... Viviane, damoiseau, est bonne et généreuse de son corps... Tu l'as offensée... Je dois sévir...

— Tu veux moins sévir, Bertrand, fils de Bélial, que m'avilir devant tes ouailles !

Les torches fumaient ; flammes lugubres. Il ferait moins clair, bientôt.

— Tu as deviné ! Après ton irrespect envers notre compagne, il nous faut procéder à une consultation. C'est la règle que nul ne transgresse. Le fouet serait une douceur... On peut te mettre au pilori et passer derrière ton cul pour te faire goûter, l'un après l'autre, à notre Joyeuse... Mais, d'une part, les femmes seraient privées de ce régal, et d'autre part, qui sait si tu ne prendrais pas plaisance à servir de fourreau à tant d'épées de Charlemagne !... Je suis pour l'équité, bien qu'elle ne soit pas de ce monde.

Les femmes gloussèrent. « *Ha ! Ha !* » firent les hommes.

— Moi, dit Ermengarde, je n'ai pas d'épée de Charlemagne... sauf celles que mes compères me prêtent... Mais j'ai un tranchelard... Regarde !

La large lame triangulaire étincela.

— Je te donnerai le coup de grâce quand on t'aura émasculé.

Tous ces regards calamiteux équivalaient à des crachats. Toutes ces bouches n'étaient que des ulcères noirs ennuagés par des haleines rauques, oppressées. Ogier sentait avec les feux qui convergeaient vers lui, toutes ces fureurs sourdes, lourdes, irrésistibles. Quelques flambeaux épars se rallumèrent. Bientôt, s'il n'agissait pas *maintenant*, il ne pourrait voir venir les coups. Dieu ou Belzébuth prendrait sa vie en charge. Seul ! Immensément seul. Sous sa chair transie, son cœur, ses poumons se déchiquetaient.

Il fit un nouveau pas de côté. Il vit des bras de femmes se lever. Dix couteaux les prolongeaient. Sous les lueurs jaunâtres et cramoisies, la matité des lames semblait due au givre qui commençait à tomber sur Gratot.

— Si Dieu vous voit, mes amis, dit Jésus, craignez sa colère. Mon père vous punira !

— Ferme ton clapet ! tonna Loubens. Il n'y a pas de Dieu puisqu'il y a la peste !

Ogier pouvait voir l'expression de délice qui passait sous des sourcils froncés ; la morve d'une enrhumée qui lui coulait jusqu'à la lèvre supérieure et qu'un coup de langue effaçait.

Bertrand et Loubens firent un pas, mettant une espèce de pompe dans leur démarche d'ivrognes. Des coadjuteurs suivaient, que Jésus essaya en vain de repousser. Il n'y avait plus de neige en cet endroit. Rien qu'un bourbier.

— N'avancez plus !

Les crapules ne se soucièrent pas de la sommation. Bertrand riait ; Loubens agitait sa croix. Derrière eux, les coutils à croc et les couteaux brillaient, et les cuirs des fouets remuaient comme des branchettes sous le vent.

— Nous n'avançons plus. Fais ta prière...

Les yeux de Loubens scintillaient autant que les fers coupants de sa croix.

— Qu'attends-tu maintenant ? Que nos commères te déshabillent ?

— Non, j'attendais *cela* pour t'en faire présent !

Ogier plongea sa dextre dans sa poche, saisit les molettes, les remonta et sépara avec une rapidité foudroyante. Il lança la première à la face du Bertrand qui hurla aussitôt de surprise et d'effroi : « *Je ne vois plus !* » L'autre fut pour Loubens. Un cri. Deux ou trois pointes acérées s'étaient enfoncées dans sa gorge : il s'effondra dans les bras d'Ermengarde.

Ogier courait dans les ténèbres familières.

Derrière lui suivait la moitié de la meute. Trop avides de le rejoindre, les hommes se heurtaient, se gênaient, s'invectivaient. Une ardeur surnaturelle les animait. Leurs cris et leurs piétinements se répercutaient d'une façon lugubre sous la voûte de l'escalier de la salle des gardes et ensuite, après qu'ils eurent enfoncé la porte, dans celui qui menait aux boves.

« Je dois avoir sept ou huit toises d'avance ! Ils sont avantagés par leurs flambeaux. »

Première porte. L'ouvrir, la fermer, verrouiller. Il était temps ! Des poings puis des épaules en martelaient le chêne... Noir... Avancer bras tendus pour prévenir les obstacles... Bras écartés... Tendus... Ne pas trébucher... C'était bien là : une autre porte. Ouvrir, fermer, verrouiller.

Un craquement : ils étaient venus à bout du premier huis.

Avancer. Creuser dans l'ombre noire une brèche vivante. La bove était exiguë : il en touchait les parois de ses coudes. Derrière, une rumeur de meurtre et de rage assemblés.

Dernière porte. Pourvu qu'elle fût ouverte, elle aussi !

L'huis béait. Il était, celui-là, pourvu de quatre verrous.

Clore... Le bois épais, presque aussi large qu'une main, ne céderait pas aisément.

Il y avait toujours les barriques alignées le long du mur, jusqu'au plafond. Ogier trouva, à sa hauteur, une des poutres de soutien et la tira vers lui, faisant pivoter l'ensemble.

Il se glissa dans l'encoignure ainsi obtenue et trouva instantanément le couvercle de la trappe.

Il le souleva. Une odeur de moisi lui sauta aux narines, épaisse et agréable en l'occurence.

Le pied sur la première marche de pierre, l'autre sur la seconde. Rabattre tout l'alignement des tonneaux vides contre le mur après avoir, peu à peu, refermé le couvercle qu'il maintenait à demi levé sur son crâne.

Il allait, avant de se clore, laisser un peu de la peau

de ses mains sur la poutre et sur la trappe, mais ce n'était rien comparé à ce qui l'attendait s'il était repris !

Les cris et les menaces avaient cessé. Il y avait, derrière l'huis, une sorte de bourdonnement fait de rancœur et de male rage.

« Certains sont sûrement remontés pour trouver une poutre. Quand le chêne cédera, ils iront droit devant. Ils ne songeront pas à bouger les barriques. Ils verront la petite porte de la poterne et croiront que je me suis enfui par la douve, à la nage. »

Déjà, il atteignait le sol du souterrain. C'était bien ce à quoi il avait pensé : des frappements lents, puissants, ébranlaient la porte condamnée.

Noir absolu. Humidité. C'était un souterrain moins large que celui de Poitiers dans lequel il avait conduit Blandine et sa mère. N'y pas songer.

Courber la tête et avancer.

« Ces horrifiques créatures méritent... »

Pavés glissants, flaques profondes. Avancer lentement afin de reprendre haleine. Il devait se venger de toutes ses frayeurs. Mortellement.

Il était loin quand retentirent le fracas de la porte défoncée et les cris âcres de la horde.

Les couinements d'un rat le rassurèrent. Il approchait de la sortie. Comment auraient-ils pu deviner, ces suppôts de l'enfer, qu'il avançait sous la giste[1] joignant la berge au pont-levis ?... Qu'il dépassait la rive et atteignait le cimetière ?

Le premier degré d'une marche. Un autre. Il y en avait quinze.

Il souleva la dalle d'une tombe. Fausse tombe et qui était censée abriter la dépouille de Marie de Bloville, qui n'avait jamais existé.

1. Jetée.

Brutalement arraché à l'ombre, il dut ciller des yeux en découvrant le ciel d'où tombait, à défaut de neige, une pluie à verglas.

Il enjamba le bord du sépulcre, remit la dalle en place et courut vers l'église.

Marchegai et Saladin l'attendaient. Les deux jouvencelles aussi, le visage détrempé par la pluie, la misère, les larmes ; affreusement semblables bien que l'une fût brune et l'autre blonde.

— Sauvez-nous, messire !

— Nous voulions sauter sur ce cheval, mais il sabotait fort et le chien menaçait...

— Ne les laissez pas nous reprendre !

— Mieux vaut mourir !

Dans l'enceinte, les cris redoublaient.

— Ils me cherchent. Ils me croient toujours dans les murs... Sautez sur mon cheval... Allons ! Je tiens la bride... Sois sage, Marchegai... Il déteste les femmes... Je vous tiens le pied... Marchegai, sois généreux...

La blonde s'enleva la première, la brune suivit.

— Partons lentement, à travers ce champ : la neige étouffera le bruit des sabots.

Ils cheminèrent dans la nuit sans mot dire tandis que Saladin recouvrait les us d'autrefois, allant devant, derrière, épiant, flairant, arrosant quelquefois une herbe ou un rocher.

— Où nous menez-vous, messire ? demanda la jouvencelle brune.

— Coutances.

— Ils veulent y revenir ! dit la blonde. Ils nous chercheront...

— Vous serez en sécurité où je vous mène et dès demain, j'ai l'intention de les retrouver et de faire justice.

— Tous ne sont pas mauvais. Ceux qu'on fouaille sont bons.

— C'est ce que j'ai cru comprendre.

Ogier, las mais prudent, marchait auprès de Marchegai sans lui tenir la bride. Ardente, maléfique, la peur restait en lui. Des événements incroyables s'étaient passés sous ses yeux depuis son retour d'Angleterre. Des fantômes horribles emplissaient son cerveau. Ces deux filles, elles aussi, avaient été les témoins de la forcennerie des hommes et des matrulles. De degré en degré, de déchéance en déchéance, elles eussent pu s'enfoncer dans la fange. Elles connaissaient les mœurs des racailles enfantées par la morille.

— Jésus nous avait pris sous sa protection.

— Quel Jésus ? Le vrai ou cet horrible borgne ?

— Le borgne, messire, dit la blonde, mécontentant la brune. C'était le seul homme franc et loyal de cette herpaille.

— Sa piété l'a mis dans un affreux état !

Il pleuvait toujours quand Coutances apparut. L'aube allait poindre. Le ciel bas pesait sur les prés encore blancs, les friches, les boqueteaux. Des essaims de corbeaux piochaient la terre là où elle apparaissait. Loin, très loin, en dehors de la cité, une brume montait, rousse et noire. Un bûcher exhalait sa mortelle fumée. Après les événements de Gratot, comme la nature semblait douce, accueillante malgré les sévices du froid !

— Je vous confierai à des amis sûrs. La femme, Guillemette, vous procurera des habits...

— Vous êtes bon, messire.

— Vous tenez nos vies entre vos mains.

Ogier ne savait qui parlait. Il avait hâte de se débarrasser de ces jouvencelles et de partir sur les traces de Thierry.

« Quelles traces ?... Je ne sais. Mais il me faut Raymond ! »

— D'où êtes-vous ?

— Toutes deux de Saint-Lô.

— Tous nos parents sont morts.

— Emmenez-nous, messire. On sera vos servantes !

La blonde lui faisait cette proposition.

— Je vous ai séparées de cette tourbe abjecte. Je ne puis vous aider davantage.

— Nous voudrions vous suivre.

Cette fois, c'était la brune.

Pourquoi songeait-il tout à coup à Tancrède ? A Rechignac ?

— Je connais un endroit où vous vivriez bien. Mais c'est à des centaines de lieues.

— Nous irons si vous y allez !

— Hélas ! je n'irai pas... Je dois errer en Contentin jusqu'au jour où je retrouverai Luciane, ma fille, et mon beau-frère.

— Je m'appelle Blanche, dit la blonde.

— Et moi, Marie, dit la brune.

Ni Guillemette ni Raymond ne dormaient. Assis de part et d'autre de la table, devant une chandelle à moitié consumée, ils se levèrent en même temps sans trop paraître ébaubis de l'intrusion, dans leur intimité, de deux jeunettes blafardes et dépenaillées.

— Les pauvrettes du parvis ! Vous les avez délivrées !

— Elles se sont libérées toutes seules, Guillemette. Il les faut, maintenant, protéger.

Tandis que Blanche et Marie s'approchaient de la cheminée où crépitait un feu qui n'avait cessé d'être entretenu pour lui, Ogier décrivit à grands traits sa malaventure en éludant de son récit les détails les plus abjects par décence envers Guillemette. D'ailleurs le temps pressait : il devait se venger.

— Va chercher, Raymond, mes sagettes — mes deux carquois de sagettes — et mon *long bow*... Je retourne à Gratot.

— Vous êtes fou !

— Non, Guillemette. Je veux que ces malandrins expient de ma main leurs meurtres et destructions. Je veux les voir périr juste au sortir des murs ! Je sais, m'amie, en quel lieu je vais m'embûcher. Je n'aurai aucune pitié pour les femmes qui sont, s'il est possibles, pires que les hommes !

— C'est vrai, dit Marie en frottant ses mains au-dessus du feu. Viviane et Ermengarde, surtout !

— Seul, dit Raymond, et quelque habile que vous soyez à l'arc, vous y perdrez la vie. Je viens.

Guillemette n'émit aucune protestation. Il ajouta sans regarder son épouse :

— J'ai mon épée, bien sûr. J'ai aussi l'arbalète et les carreaux que Sapienza m'a donnés lorsqu'il a fait l'achat d'une arbalète à cranequin... Les carreaux en étaient plus longs ; c'est pourquoi...

Ogier entendait à peine. Deux contre quarante : folie, derverie [1] même !

« Non point ! » décida-t-il. « Les prisonniers s'enfuiront. Ils sont quinze. »

— Dommage que nous n'ayons pas Sapienza avec nous, regretta Raymond.

Inutile de savoir ce que l'arbalétrier génois était devenu. Le temps pressait.

— Marchegai n'en peut mais. Nous allons prendre le Noiraud et le chevaucherons à deux, comme jadis les Templiers. Je vous laisse Saladin, Guillemette : il ne s'est point ménagé depuis nos retrouvailles et doit prendre, lui aussi, du repos.

Ogier sortit dans la rue, poussa la haute porte d'accès à l'écurie et mena Marchegai à travers le jardin. Il soulagea l'étalon de son harnois et se ceignit de Confiance. Il ne sellerait pas le Noiraud : il supporterait mieux, ainsi, la charge des deux hommes. A une demi-lieue de Gratot, ils mettraient pied à terre et fouleraient la neige d'un raccourci menant au chemin de Coutances et de Saint-Malo-de-la-Lande. Quelle que fût la cité choisie par Bertrand et ses suppôts pour une nouvelle exhibition de pénitence et de piété, l'affreuse procession passerait

1. Diablerie.

à portée de sagette et de vireton[1]. La stupeur ôterait à tous les malandrins le bénéfice du nombre. Ceux qui échapperaient aux traits s'exposeraient aux tranchants de deux lames.

— Ils sont peut-être partis avant notre venue.

— Non, Raymond. Leurs feux fument encore au mitan de la cour. Il doivent s'apprêter... Sans doute, après le tumulte de cette nuit, ont-ils dormi plus que de coutume.

— Regardez, messire, au-dessus de nous... Un grand vol de bouhaureaux[2] ! Ils ont senti le froid et partent vers Avranches... Dommage qu'ils soient si loin !

— Ceux-là au moins sont purs. Un bon rôti aurait été le bienvenu pour ton épouse...

— Leur passage annonce une froidure accrue... Vous ne devriez pas courir les grands chemins. Vous vous y gèlerez les pieds, les poumons, la patience...

Protégés par une roncière épaisse, toute saupoudrée de givre, ils pouvaient entrevoir les portes de Gratot. Quand la hideuse confrérie quitterait le château, ils courraient s'aposter à quelque trente toises. Ils domineraient la horde. Ogier avait déjà fiché dix sagettes au lieu choisi par lui pour commencer l'embûche. Et plus loin douze encore : Shirton et les Gallois eussent procédé ainsi. A l'abri d'un talus, de l'autre côté du chemin, Raymond avait disposé ses carreaux — trop courts pour être plantés — à plat sur l'herbe.

— Les voilà... Pourvu qu'ils s'approchent à portée de nos armes !

— N'aie crainte, Raymond. Ils ont déjà pris ce che-

1. Carreau armé d'un fer pyramidal auquel des lames obliques d'empennage imprimaient une force de rotation, de manière à rendre la blessure plus profonde.

2. Canard sauvage dit *collet vert* ou col-vert.

min : la neige y est devenue boue alors que les autres sont encore quasi blancs... Tiens, regarde Bertrand : il ouvre la marche... Derrière, il y a Viviane, Michel et l'immonde Paillot... et puis celui qu'ils appellent Jésus et que, malgré son nom, je te conseille d'occire tant il est répugnant à voir...

Ogier écarta deux branchettes.

— Je ne t'ai pas menti. Regarde le gros bandeau du Bertrand. On dirait un Sarrasin. Je l'ai bien éborgné cette nuit... Il manque un clerc. Je l'ai donc égorgé d'un coup d'éperon.

— Je n'aurais pas pensé à faire usage des molettes, mais je retiens la leçon. J'en porterai toujours sur moi.

Il y eut un silence, et dedans, le craquement d'une quarantaine de pas sur la neige durcie de la jetée.

— Ils vont lentement, comme à la procession du Saint-Sacrement.

Perclus de froid, Raymond s'impatientait. Il réchauffa ses doigts sous ses aisselles, puis caressa l'arbrier de son arbalète tout en soufflant en l'air.

— Heureusement qu'il y a un peu de brume, sans quoi, ils verraient notre haleine.

— Ils ne verront même pas arriver nos sagettes !

Raymond sourit sans éprouver, semblait-il, le même plaisir d'occire qu'autrefois.

La confrérie tout entière avançait le long des parapets, traînant ses semelles sur le sol glacé, heurtant parfois, çà et là, une pierre ; balançant les épaules comme si chacun de ses composants souffrait de claudication. Certains toussaient. Derrière, les portes piétonne et charretière béaient sur les fumées des feux mourants.

— Je me porte garant, Raymond, que ce soir ils ne reviendront pas souiller ma demeure !

— On dirait, messire...

Raymond observa Michel et Bertrand qui, tête basse, piétaient avec une lenteur pénible.

— On dirait qu'ils ont la mort dans l'âme.

Ogier considéra de biais son ancien écuyer, l'esprit et le corps aussi tendus que la corde de son arbalète. Il venait de lui redonner du *messire*. Bien qu'ils se retrouvassent pleinement dans cet aguet, leurs rapports différaient de ceux d'autrefois et contredisaient ce qu'ils en avaient auguré au seuil de leurs retrouvailles. Il n'y avait pas que Guillemette entre eux. Il y avait une séparation d'un an qui, sans modifier leur aspect, avait différencié leur esprit, leur cœur, leurs façons et leur comportement vis-à-vis l'un de l'autre. Changement si ténu qu'il avait échappé, sans doute, à l'attentive Guillemette ; nullement à Raymond. L'écuyer percevait une brèche dans leur familiarité d'antan, et lui, Ogier, une sorte d'entaille dans la domination, pourtant légère, qu'il avait exercée sur cet homme. Il n'y avait, dans leurs propos et manières, aucun semblant de malaise mais une espèce de réserve dont aucun des deux ne pouvait prédire si elle s'accroîtrait ou disparaîtrait à la longue. Ils n'avaient, jusqu'à maintenant, évoqué aucun de leurs souvenirs communs de guerriers ou de pérégrins sevrés d'aventures lors desquelles, parfois, leurs coudes s'étaient touchés comme maintenant dans l'attente de répandre le sang.

— Ils sont laids, messire... Ce ne sera pas un méfait de les occire.

— La grosse, derrière les faux clercs, c'est Viviane. En suite, Ermengarde.

Devançant la harde des femelles, ces deux furies n'avaient rien perdu de leur exécrable aspect. Avec leurs pommettes saillantes, leur bouche molle, leur nez rougi par le froid et l'abus de boissons fortes, leurs faces étaient plus laides encore au grand jour que la nuit. Échevelées, haillonneuses, elles incarnaient la turpitude, la débauche, la crasse. Elles balançaient un scorpion aux lanières lestées de clous et d'hameçons.

— Regarde bien, Raymond, ce qu'elles ont empoigné. Les Goddons appellent cela des chats à neuf queues. Ils en cinglent les prisonniers, les mariniers et les soudoyers indociles. Pour le moment, personne ne se frappe ou frappe son voisin. Il faut qu'il y ait foule autour d'eux.

— Les Juifs et les Espagnols qui tombent en leur pouvoir...

Raymond s'interrompit et grimaça comme s'il éprouvait, sur la peau de son dos, les morsures des lanières. Ogier, l'échine basse, continua d'observer ses ennemis.

Bertrand essayait de sourire au soleil pâle tout en grattant sa bedaine ; Michel sermonnait Jésus qui flairait ses paumes percées, fleuries de rouge. Derrière les femmes, les prisonniers avançaient, tête basse, la cervelle obstruée par la peur des coups.

— Épargne ceux-là, Raymond. Ils souffrent. En hommes vrais, ils auraient dû se regimber, mais ils ne sont pas de notre espèce. Si la carogne qui les surveille, à l'arrière, exigeait qu'ils aillent à quatre pattes, tu les verrais obéir... Ils s'éparpilleront dans les bosquets et les prés...

La femme désignée pour surveiller ces hommes était grande, assez belle. De noirs cheveux aux mèches serpentines se tordaient, convulsés, sur ses épaules. Son pas sûr, décidé, son port hautain révélaient une énergie furieuse, incapable de soumission. Toute la sensualité morbide des autres succubes, toute la passion de la perversité dont elles étaient atteintes, s'alimentaient dans la vision de ces captifs dont elle semblait contempler les séants tout en faisant parfois claquer son fouet pour le seul plaisir d'en entendre le bruit et de voir tressaillir quelques dos couverts de loques vaguement rouges. De quel mystérieux abîme ou de quel insondable bourbier était-elle sortie ? Quelle foi, quelle ambition, quels désirs inracontables l'avaient poussée à s'encanailler ? Croyait-elle pouvoir, à force de fouettades, éloigner la morille ou différer son châtiment ?

— Faut-il l'occire, elle aussi ?

Raymond s'y était donc intéressé !

— Il convient de l'occire. Je m'en chargerai... Cette nuit, elle voulait m'écorcher vif. Elle levait bien haut une dague immense. Tiens, regarde : la lame nue brille à sa hanche... Laisse-moi faire : elle n'aura pas le temps de se voir trépasser... On n'est pas toujours déshonoré pour avoir commis ce que certains nomment une mauvaise action. Car cela dépend de la façon dont on s'y prend. Le déshonneur, c'est de s'attendrir, de pardonner et de le regretter ensuite !

— C'est possible.

Raymond n'acquiesçait pas. C'était son droit. « Il doit me trouver bien changé... » Lequel des deux était le plus à plaindre ?

— Viens... Ils sont à portée de nos traits. Courons !

Bertrand sentit venir la male mort. Il porta sa dextre sur son œil valide. La sagette d'Ogier traversa la main, l'orbite, et s'enfonça dans la cervelle. Le moine scandaleux chancela et s'abattit, la face et la Croix dans la boue.

Michel périt le cou percé de la seconde flèche, cependant que la tête de Jésus semblait éclater sous la force du premier vireton décoché par Raymond.

La préposée à la surveillance des flagellés éprouva la sensation d'une mort imminente. Dans l'horreur d'être traversée d'un trait, elle poussa un cri, courut vers une haie suffisamment fournie pour se musser derrière. La flèche d'Ogier s'enfonça dans son épaule. Elle chut et se releva. Un second trait l'outreperça de flanc à flanc. Elle parut voleter puis tomba, immobile.

Les autres malandrins avaient lâché leurs fouets. Hommes et femmes couraient obliquement vers la seule prairie où des accidents de terrain se couvraient de broussailles. L'un d'entre eux, la nuque trouée d'un vireton, eut pour sépulture une fondrière ; un autre, une sagette dans la hanche, fit un bond, s'affaissa et rampa dans la neige jusqu'à ce qu'un carreau se fichât dans ses vertèbres. Ses mains agrifèrent une poignée d'herbe pâle et sa tête, un moment levée, retomba.

Viviane couraillait, la poitrine ballottante, la robe retroussée jusqu'aux genoux, vers les échines broussailleuses qui dissimulaient en partie les ruines de la maison Anquetil. Une sagette lui cloua le bras dextre contre le flanc. Elle hurla, essaya d'écarter son coude, puis d'extraire la flèche. Elle ne fit qu'en rompre le bois et succomba, le cou troué d'un vireton.

— C'est trop aisé, dit Raymond.

— Surtout ne la plains pas : elle était satanique.

Les captifs avaient tourbillonné quelques instants, courbant leurs dos lacérés sous les sifflements des traits.

— Ils se croient assaillis par vingt ou trente archers !

Ogier les vit s'enfuir du côté de l'église en s'appelant les uns les autres à grands cris, hurlant aussi : « *Pas nous !* » sans même concevoir qu'ils étaient épargnés.

— Ah ! voilà la plus belle qui sort de son trou !

Ermengarde voulut se joindre à la horde des malingreux. Trois d'entre eux se retournèrent, revinrent sur leurs pas et tombèrent sur la grosse bourrelle qui demeura debout, rendant coups de poing et coups de pied avec une furie désespérée. Un homme parvint à la ceinturer ; un autre dégaina le couteau qu'elle portait à la ceinture et l'en frappa au ventre et à la poitrine. Elle tomba vomissant du sang et des injures.

Alors, poussant des « *Noël ! Noël !* » les trois compères se ruèrent sur un tas de bois, se servirent et revinrent gourdiner le corps immobile.

Ogier, satisfait, vit avec plaisir qu'aucun coquin n'échappait à l'œil vif de Raymond et à ses traits.

— Bon sang ! enragea-t-il, on perd un temps précieux à recharger cette arme pour attremper[1] ces coquins. Je vous envie votre arc et votre habileté !

— Je t'apprendrai à t'en servir... si nous restons ensemble.

— Celle-là ? demanda Raymond en désignant la dernière succube.

— Elle a une face de sorcière. Elle était au premier rang de celles qui voulaient m'émasculer. Laisse-la-moi !

1. Ajuster.

— Elle est vieille...

— L'âge, à la vilenie, ne saurait être une armure. Crois-moi, c'est un bienfait que de la mettre à mort.

Raymond hocha mélancoliquement la tête. La femme tomba, percée au cœur.

— Que va-t-on faire de tous ces corps ?... Les enterrer ?

— La terre est dure, et d'ailleurs le feu s'impose. Nous allons les entasser sur un lit de fagots et de paille : il n'en manque pas à Gratot !

Raymond, cette fois, laissa dire. La crémation des malandrins semblait lui répugner ; néanmoins, il marcha vers la chaussée du château, l'arbalète pendante, enjambant, sans leur jeter un regard, les corps immobiles. Ogier le suivit, lugubre, le fiel à la bouche, apaisé mais dolent de ce qu'il avait fait.

— Vous avez trait [1] comme un Gallois !

— Je rends grâce à Shirton qui m'enseigna cet art.

— Même s'il est indigne d'un chevalier de toucher à un arc devant ses vassaux et plus encore en présence de ses pairs, vous avez fait merveille.

— Suis-je toujours chevalier ? Parfois, je n'en sais rien.

Raymond se retourna ; il souriait à peine. En toute autre occasion, il eût exprimé son plaisir d'avoir vu un chevalier s'abaisser à pratiquer ce qui, dans l'armée royale, était œuvre de manant, et moins encore. Ogier savait que son attitude lui avait semblé d'autant moins naturelle que, pendant un moment, il lui avait fourni avec délice l'image d'un homme cruel, insensible à la pitié.

— Si tu avais été près de moi cette nuit, tu n'aurais point souci de ces morts.

— Je ne saurais en avoir souci. Ils étaient maléficieux. Deux truands ont pu s'enfuir. Pas loin : les tourmentés les ont rejoints. Justice est faite.

— Nous allons sortir tout ce qu'il faut pour une

1. Tiré.

grosse flambe. Nous réunirons tout au milieu de la cour. Ensuite, nous amènerons le Noiraud pour tirer, jusqu'au grand champ où j'ai transpercé Viviane, les fardeaux les plus lourds. Nous trouverons bien des cordes pour lier tous ces corps par les pieds. Il les traînera... Nous nous salirions les mains à les porter.

Raymond courba le front avec une docilité prompte et morne :

— Vous avez bien changé.

— Crois-tu ?

Ogier ne trouva point le regard qu'il cherchait.

— Je ne crois pas... J'en ai la certitude.

— Quel geste ou quel propos te fait dire cela ?

Raymond ramena son arbalète sur sa poitrine. La corde en était lâche. « Pas comme lui... Il est franc et loyal. Son opinion m'importe ! » Ogier sentit le coude de l'écuyer toucher le sien. C'était un geste intentionnel, sans pourtant contenir la moindre familiarité.

— Et elle ? dit-il en désignant du menton le dernier corps vautré dans une mare d'eau, de glace rompue et de sang. Cette grande brune, voilà un an, vous ne l'auriez pas occise.

C'était une affirmation. Ogier fit une réponse évasive :

— C'est peut-être vrai... L'espèce de beauté que tu lui reconnais ne fut qu'un leurre... C'est sûrement vrai aussi que j'ai changé. Je ne te l'ai pas dit, mais à Hauteville, j'ai hésité à prendre dans mes mains l'enfançon que me tendait une jeunette atteinte de la morille. Il y a un an, j'aurais mis pied à terre et conforté cette pauvrette... J'aurais saisi sa fille dans mes bras... même si, comme ce fut le cas, elle était morte et déjà noire. Oui, c'est sûrement vrai, Raymond : j'ai changé... Je doute de la miséricorde divine. Je m'insurge fréquemment contre Dieu que je ne sens pas suffisamment présent dans ma vie *et dans celle des autres*. J'ai vu cette femme brune cette nuit devant moi, entre Viviane et Ermengarde. C'était la plus acharnée à ma perte. Elle m'aurait dépiauté avec une joie... éperdue... J'ai vu mon oncle Guillaume faire grâce à Lionel de Dartford, un chevalier goddon, et périr de sa main pour l'avoir épargné !... Je crois qu'on perd son âme à trop bien se conduire : elle s'amollit et l'on devient victime de sa bienveillance !... Et puis, quoi ? Oublies-tu les forfaits commis par cette engeance ?... Tous tes amis et toutes tes amies de Gratot morts percés, égorgés ; les femmes, avant la mort, subissant viols et tourments... As-tu pensé que Guillemette et toi...

— J'ai pensé que nous aurions subi le même sort. J'ai pensé que c'était une bonne action d'anéantir cette herpaille. J'ai avué[1] ces hommes et ces femmes sans faiblesse et j'ai usé de mon arbalète à plaisir...

A voix basse et comme on se repent, Raymond acheva :

— Mon plaisir n'était rien à côté du vôtre.

Ogier considéra ce compère de haute taille au visage immobile, aux paupières lasses et que son arme semblait embarrasser. Taciturne, obéissant, impétueux à la bataille, Raymond avait été un écuyer aussi parfait que son prédécesseur : Thierry. Il se pouvait qu'il le fût toujours ou qu'il le redevînt — s'il en avait envie.

— Toi aussi, Raymond, tu as changé. Je te sens le cœur un peu plus gros... et m'en réjouis ! Après-demain, je partirai au Mont...

Saisi d'un étonnement respectueux, Raymond s'arrêta devant la porte piétonne et s'adossa au chambranle de pierre :

— Je pensais que vous laisseriez passer la froidure et la neige. Vous êtes capiteux[2]. Plus entêté que naguère.

— Puisque tu le dis...

Ogier se retint d'ajouter : « Tu en ferais autant à ma place. » Raymond et Guillemette avaient perdu un enfant. Ils s'étaient apparemment remis de cette male chance, et peut-être parviendraient-ils à en engendrer

1. Avuer : suivre des yeux.
2. Obstiné.

un second. Il lui restait à lui, Ogier, l'espérance forte, vivifiante, de retrouver le sien.

— Tu comprends mes raisons et les approuves.

— Certes, mais pour la quête que vous voulez entreprendre, la patience et la prudence valent mieux que la vélocité.

Ils se turent, Ogier, à court de pensées, Raymond n'osant visiblement proférer les siennes. Et soudain :

— Nous avons surtout, messire, été créés pour occire. Pas pour mettre des enfants au monde... Les enfants, parfois, portent le malheur avec eux.

Ogier n'osa dévisager l'écuyer tandis qu'il exprimait cette conviction terrible. Il frissonna. Jamais il n'avait eu si profondément froid. Il s'aperçut qu'il avait les doigts gourds : ils demeuraient crispés sur son arc ; il ne pouvait les en détacher. Son cœur aussi semblait gelé.

— Oui. Raymond, *pour occire*. J'en conviens. Mais qui nous pousse ainsi à commettre le mal ?

La question demeura sans réponse. Une bourrasque fit frissonner les deux hommes. Raymond sourit pauvrement :

— Je sais quel bienfait je vais commettre : je viendrai avec vous au Mont Saint-Michel, même si Guillemette en est affligée... Je vous dois bien cela... Mais après...

Ogier, d'une main, refusa d'écouter la suite :

— Ne parle pas d'*après*. Le présent seul importe.

— Ça, messire, c'est de la parlure. On s'accommode du présent parce qu'il y a un *après* dont on espère qu'il sera meilleur que ce qu'on a vécu.

Ogier fut contraint d'acquiescer. Raymond lui damait le pion sans plaisir, sans sécheresse, presque avec mélancolie. Vraiment, il avait changé.

— Le Mont est isolé. Thierry peut avoir eu l'idée d'y retrouver Girbert Bressolles en espérant obtenir auprès de lui une petite place pour votre fille et pour lui. Mais il peut aussi avoir décidé de chevaucher vers Rechignac. Le châtelet de votre oncle est un sûr refuge.

— Je sais. J'irai au Mont, puis je cheminerai en Normandie... Ensuite, j'irai à Rechignac.

— C'est une année qu'il vous faudra.

— Je sais.

Ogier fit quelques pas et s'arrêta. D'un lent coup d'œil circulaire, il contempla le berceau de son enfance. Jamais il n'en avait ressenti aussi fortement l'ancienne beauté qu'en ce jour de mort, de boue et de neige. Jamais les débris de cette dignité et le silence qui les couvrait ne lui avaient parlé si véhémentement. Mais que disaient-ils ? « *Pars* » ou « *Reste* » ?

— Avec toi, Raymond, et Thierry... oui, à nous trois nous pourrions, en une semaine, remédier à ces destructions. Et je vais vous abandonner !

— Il n'y a pas de choix possible, messire. Vous vous devez à votre fille.

Ogier laissa monter dans son esprit et son cœur les réminiscences de l'histoire de ses aïeux vikings, les légendes de leurs appertises et de la Fée qui, par sa mort, avait permis sans doute au malheur de s'insinuer dans les murs. Ces légendes et ces prouesses restées vivantes de père en fils, de mère en fille, Luciane devrait les connaître afin de les transmettre à sa postérité.

— Je cache mon angoisse ; elle fermente. Je la refoule ; elle s'accroît. Je n'ai que toi, Raymond, pour me vider l'esprit de ce tourment.

— Et Dieu ?

— Non. Pas Dieu... Je n'ai plus d'espérance en Lui... Viens : enterrons ces pervers. Il se peut qu'ils Le rejoignent, ce qui me semble une conjecture dont j'ai honte pour Lui !... Toi, tu es bon. Je t'aime bien.

Ogier saisit Raymond aux épaules, le temps d'une accolade brève, sincère, chaleureuse.

C'étaient des hommes durs, d'insensible apparence. Toute la matinée, rassemblant les morts, le bois et la paille du bûcher, ils n'osèrent se regarder.

Ils revinrent lentement à Coutances, piétant de part et d'autre du Noiraud insensible au froid et sans doute heureux de cette longue marche, bien qu'il trempât sans trêve ses sabots dans la neige et la boue, éclaboussant parfois les deux hommes.

— Qu'allez-vous faire à présent ?

— Aller au Mont, je te l'ai dit.

Devant eux, le chemin traçait un vaste sillon noir, presque droit. Ils n'apercevaient aucun être humain, aucune maison, aucun oiseau. Les arbres nus avaient la noirceur des corps décharnés par la peste. Ogier regardait de temps en temps la brume de son haleine se mêler à celle du cheval et disparaître dans le crachin venu de la mer. Tout était paisible en apparence.

— Viendras-tu ?

— Je ne le sais encore.

Le silence était d'une sérénité magnifique. Raymond semblait en avoir profité pour se montrer d'une sincérité qui peut-être l'humiliait.

— Tu as raison d'atermoyer.

Les pensées et les sensations qui les avaient stimulés pendant leur œuvre de justice et que leur « victoire » avait si étrangement absorbées se ranimèrent chez Ogier. Les folles et pernicieuses espérances des derniers jours revinrent enténébrer son cœur. Une fois de plus, il éprouva une impression de petitesse infinie — celle d'un rat ou d'un mulot injustement aux prises avec la vastitude du Cotentin et des terres voisines.

— Les chemins ne seront pas sûrs... Je te comprends.

— Ce n'est pas ça ! protesta Raymond indigné par une supposition pourtant informulée. Ce n'est pas la peur !... Mais si nous ne trouvons rien au Mont, ma déception sera pareille à la vôtre. Je souffrirai autant que vous.

De son poignet, Ogier essuya ses yeux. Ce n'était pas la froidure qui, pour une fois, l'obligeait à larmoyer.

— Tu viens de me rendre, ami, dit-il d'une voix brisée, oui, tu viens de me rendre le plus beau des hommages liges.

IX

Le Couesnon dont les eaux s'écaillaient de glaçons fluait dans des terres poudrées d'une neige tenace. De loin en loin apparaissait une cahute de pierraille ou de torchis maigrement couverte de chaume, percée d'une fenêtre pareille à une archère et d'une porte où passaient indifféremment la famille, les volailles, les brebis et le chien.

Raymond désigna les herbages incultes dans lesquels Saladin venait de s'engager :

— Par là. Nous gagnerons une demi-lieue. Le chien a besoin de repos.

— Tu dis vrai. Il est toujours aussi vaillant, mais...

Ogier conserva dans sa bouche : « il vieillit ». Il ajouta, cependant, avec une sorte d'étonnement mêlé de fureur contenue :

— On dirait que le Mont recule à mesure que nous avançons... Recule *en nous voyant* comme s'il craignait notre approche !

Son illusion, qui s'était affaissée comme le sentier sur lequel il suivait Raymond, se renouvela tandis que Marchegai gravissait une butte. La grande et sombre pyramide aux contours déchiquetés semblait inaccessible.

— Thierry a dû penser que le Mont étant ceint par la mer, la morille n'y pouvait pénétrer.

Ogier se répétait, seul moyen dont il disposait pour entretenir et consolider sa confiance.

— Es-tu de mon avis, Raymond ? Crois-tu que la morille a épargné le Mont ?

— Je n'en sais rien. Comme les animaux sont également atteints, une mouette malade a pu voler jusqu'à cette merveille...

Raymond cambra soudain son dos endolori. Il n'était plus accoutumé aux chevauchées.

— Je ne dis pas cela pour vous décourager. Je le dis parce que c'est la vérité.

— Tu sembles t'en repentir !... Je me dis, moi, que Thierry a dû penser d'un seul coup au Mont et à Girbert Bressolles.

— Je ne veux pas vous contrister, mais Bressolles a pu partir.

— J'ai bon espoir qu'il soit demeuré. Oui, bon espoir. Souviens-t'en, compère : quand le maître maçon nous a quittés, voici trois ans, c'était pour trouver au Mont la quiétude et peut-être un refuge... Thierry s'est dit que même si le saint lieu était interdit à ceux qui venaient de Normandie et de Bretagne, Bressolles parviendrait à les y faire entrer, ma fille et lui.

— A condition qu'il y soit encore.

Ogier acquiesça et contint son amertume.

— Je me dois de mettre fin à cette incertitude avant de les chercher en Cotentin. Je sens qu'ils sont tout proches...

Il frissonna. Il devait être midi et le froid s'affirmait. Les herbes très fournies conservaient encore quelques lambeaux de neige glacée. Leur immense marée fluait jusqu'aux sables privés du vert miroitement des eaux. Lors d'une solitude aussi morne, un délaissement aussi complet que celui où il se sentait — malgré la présence de Raymond —, dans ce pays de fin de monde onduleux comme l'océan, écumeux et blanchâtre comme ses vagues, le Mont ne cessait de lui paraître hostile. « *Nous y parviendrons ! Nous y entrerons !* » Il était troublé, ahuri, inquiet de le savoir là, dans les grèves maléfiques.

Il ne savait ce qu'il devait regarder davantage : le sol mou, sous les sabots de Marchegai, ou le faîte des bâtiments abbatiaux qui mangeaient le ciel à belles dents.

Saladin s'arrêta, la langue pendante.

— Je sais que tu es las, que tu as soif et faim. Allons, l'ami !... Encore un soupçon de courage ! J'en ai aussi besoin que toi !

Ogier se sentait vieux, usé. Des semaines de maladie n'eussent pu le réduire à cet état de mollesse, de faiblesse, issu de cette chevauchée de quatre jours qui les avait conduits de la Haye-Pesnel à Avranches et enfin à Pontorson, trois cités où la peste avait meurtri la plupart des manants.

Raymond se laissa rejoindre. Son visage était pâle, tiré. Des rides soulignaient les contours de sa bouche et le doute rendait son regard trouble sous des paupières gonflées.

— Essayez d'espérer.

— Sais-tu à quoi je pense ?

— Comment le saurais-je ?

— Aux cheveux blonds-roux de Blandine... Luciane doit avoir les mêmes. J'aimerais sentir ses petits bras autour de mon cou... Je lui ferai présent des joyaux de ma mère. Ils ne sont plus souillés maintenant que Guillemette les a nettoyés... Luciane, c'est un beau nom. Elle doit être rieuse...

Il lui semblait entendre la voix de sa fille dans les souffles légers du vent.

— Moi, je pense à Bressolles. Il se peut qu'il soit au Mont et qu'il ait revêtu la bure. S'il y est encore, il sera tout ébaubi de nous revoir !

Puis Raymond tendit la main :

— Voyez ces pieux plantés dans le sable. Ils vont jusqu'aux murailles. Mettons pied à terre et cheminons entre eux.

Ce fut fait. Saladin lui-même avança entre les baliveaux écorcés par les flots. Le sable gorgé d'eau avait la consistance d'une suie grisâtre, molle, et qui adhérait aux semelles. Les pattes du chien y imprimaient de fugaces fleurs noires. Parfois, une mouette venait voler au ras du sol, puis s'élevait avec un cri aigre vers ses compagnes aux ailes immobiles. Elles semblaient voguer sur d'invisibles vagues.

Le Mont prenait plus de hauteur et d'épaisseur sans qu'il parût pour autant inhospitalier — ou redoutable. Fripée par le flux et le reflux, l'espèce de chaussée conduisant aux rochers soutenant le colosse, ondulait entre des palus dont les mares grouillaient d'araignes et de crabes. Très loin, le moutonnement blanc-gris des eaux annonçait peut-être la marée montante.

— Il nous faudra passer la nuit, dit Raymond. Nos chevaux sont fortraits.

Il renaudait un peu selon son habitude. Ogier resta silencieux. Un sentiment de défaite, lourd, irrésistible, rapetissait ses poumons. Il allongea le pas sans que la crainte de la marée ni la hâte de voir sa fille l'y eussent obligé. Quelle immanente exigence lui donnait tout à coup cette envie de courir ?

Le sable se couvrait de varechs, de coquilles. Des puces sautillaient auprès d'une méduse morte, persillée de moucherons. Tout cela semblait visqueux, intouchable. Plus de mares. Çà et là, une eau grumeleuse qui s'enfonçait avant qu'on l'eût atteinte.

— Courage, messire Ogier !

« Il sait que mes genoux fléchissent et que la lassitude n'y est pour rien ! «

Une dune s'éleva ; des graviers mêlés de coquilles apparurent. Ils précédaient un pavement rude et verdâtre sur lequel les chevaux glissèrent.

— Nous y voilà !... J'y suis venu deux fois avec Père... Te l'ai-je dit ?

Ogier s'arrêta et affronta le Mont.

Il n'avait plus les yeux extasiés d'antan. La rumeur du vent lui parut plus profonde ; les murailles plus sombres que dans ses remembrances. Cet ensemble de bâtiments placés au service de Dieu atteignait certes à la grandeur, à la beauté, mais exhalait une mélancolie qui ne pouvait que décupler l'anxiété d'un père à la recherche de son enfant et d'un écuyer incapable de contenir son inquiétude. Ce n'était pas un sentiment de respect ou d'admiration qui venait d'immobiliser les deux hommes, mais une espèce de vertige, d'écrasement. Du haut de leur perchoir, sur les grandes façades blêmes, des gargouilles bâillaient d'ennui ; une statue de saint, coiffée d'une calette de neige, tendait une main pour qu'un corbeau vint s'y poser. Plus haut, c'étaient des arcs, des ogives de pierre, des renfoncements d'ombre où processionnaient des pigeons. Et plus haut encore, tournoyant parmi les toits d'ardoise, des corneilles éparpillaient leurs cris grinçants.

— Il y a deux vegiles à la porte... Et d'autres, des archers, pas très loin derrière.

— Saladin, reste auprès de Raymond et des chevaux... Je vous devance un peu.

Ogier, tout en marchant, écrasa, sous son gant de laine, des larmes froides et importunes.

Les gardes étaient vêtus de cottes gambaisées, coiffés d'une aumusse de cuir. Leurs guisarmes se croisèrent.

— Holà ! jeune homme. On ne passe pas.

— Chevalier.

Le soudoyer grand et maigre, aux traits las ou paresseux qui avait interpellé le visiteur réprima une exclamation de mécontentement peut-être envers lui-même.

— Chevalier, on ne peut le deviner, messire, avec la cloche[1] qui vous couvre... N'importe. Chevalier ou pas, vous venez de la terre... et vous le savez bien : la morille y sévit !

Assez peu à son aise, Ogier se fit un plaisir de seigneurier[2] ce vilain :

— Mon nom est Ogier d'Argouges. Je suis champion du roi et il me faut passer ! Je dois voir un clerc qui vit au Mont.

— Je les connais presque tous... Qui voulez-vous voir ? Je puis le faire chercher !

1. Long manteau de voyage fendu devant et derrière.
2. Traiter un homme avec mépris.

Les hommes apostés devant et sous la porte s'assemblèrent autour des gardes et des visiteurs. Saladin grogna. Marchegai joua des jambes. Un barbu qui semblait être un capitaine fit d'un geste cesser les murmures :

— Qui êtes-vous ?

— Ogier d'Argouges, chevalier.

— Le fils de Godefroy !... J'étais en Flandre avec lui il y a dix ans. Nous avons combattu en Thiérache, à Cambrai et au Mont Saint-Martin... Ah ! ces damnés Flamands et leur Jacques Artevelde !

Était-ce de bon augure ? Ogier ne fut point surpris de la bonne renommée de son père. Il crut opportun d'ajouter :

— Mon père est mort il y a quelques jours.

— La peste ?

— Les routiers... Messire... Je vous le demande en grâce : laissez-nous passer.

— J'ai reçu commandement de ne laisser entrer personne, mais la mer monte, le Mont est un asile et vous êtes le fils de Godefroy d'Argouges...

Le capitaine s'adressa au garde soudain aimable :

— Laissons-les passer, Castegny[1]. L'abbé Nicolas nous approuvera. Ils peuvent establer leurs chevaux avec les nôtres.

Ce fut fait. Conservant Saladin auprès d'eux, Ogier et Raymond franchirent les portes successives qui, à l'inverse de la première, n'étaient aucunement sujettes à surveillance, bien que la Porterie dont l'huis était entrouvert parût pleine de gens d'armes attablés pour un copieux repas.

— Pour le moment, messire, Dieu nous aide.

Ogier se contenta de hausser les épaules. Des clercs et des manants montaient ou descendaient la ruelle entrecoupée d'escaliers dont les hauts degrés ne tardè-

1. Geoffroy de Castegny devient capitaine du Mont. Il l'était encore le 11 juillet 1357 et fut remplacé à ce poste par Bertrand Guesclin (13 décembre 1358). La garnison, au moment des faits ci-dessus, était commandée par l'abbé Nicolas le Vitrier.

rent pas à rebuter Raymond pourtant à l'aise dans le roquet de cuir fourré de mouton qui lui descendait à la taille.

— Nul ne s'étonne de voir les deux forains[1] que nous sommes et un chien monter vers l'église !

— Nous avons bonne mine.

— Tout est simple.

— Je n'aime guère quand tout est simple. J'ai peur.

— Une église... dit Raymond en se détournant un peu.

— Passons devant. Il nous faut atteindre la Merveille, comme disent les pèlerins.

Ils y parvinrent, et Raymond se tint coi en présence de cette forteresse vigoureusement élancée vers les nuées toujours lourdes et menaçantes.

— Viens... Hâtons-nous.

— Bon sang, messire...

C'était tout ce que l'écuyer trouvait à dire.

— Soit, prend ton temps... Remire[2].

Tout à son angoisse, Ogier ne prêta qu'une attention distraite à l'essor prodigieux des pierres. Pour lui, cette ascension était moins destinée à exalter un Ciel inaccessible aux vivants qu'à concentrer, à magnifier une ferveur qu'il sentait en son cœur prête à s'anéantir. Bien que sa volonté tentât d'en refuser l'augure et l'imminence, les moments qu'il allait vivre lui paraissaient déjà empreints de souffrance et de déception.

— Si c'était une forteresse, nul assaillant ne pourrait en venir à bout !

— C'est, Raymond, la forteresse de la foi. Dieu en est le seigneur suprême et les gens du clergé qui le servent, les soudoyers... sans autre arme que la prière.

La voix d'Ogier tremblait. Il s'administrait son propre vertige. Il avait nommé Dieu pour tout exorciser et se trouvait toujours désemparé. Devant ce titan de granit

1. Étrangers.
2. *Remirer* : regarder avec une particulière attention, à plusieurs reprises.

dont l'envol fournissait aux regards et aux songes de Raymond une réalité magique, il ne ressentait qu'un malaise. La matière sanctifiée par l'usage qui en était fait se dépossédait, pour lui, de tout son pouvoir sacré. Au contraire de l'écuyer, il ne voyait ni une citadelle ni un temple, mais une paroi épaisse et haute interposée entre Luciane et lui.

— Avançons maintenant.

Il écouta bruire leurs semelles et leurs éperons sur les dalles d'une salle basse. Il ne voyait rien sauf, parfois, Saladin dont le col et le flanc frôlaient son genou. Avant même d'en subir l'épreuve, il supportait le joug de la fatalité. Il avait beau s'exhorter à l'espérance, il en pressentait l'inutilité.

Il cilla en atteignant un cloître comme suspendu en plein ciel mais ne prêta nulle attention aux ornements qui l'entouraient. Une sueur mouillait sa vue, brouillant l'ordonnance des piliers et des arcades. Ils avaient couleur d'ossements. Il frissonna.

Des moines passaient, insoucieux. Saladin les observait, langue pendante ; une vapeur lui sortait de la gueule et des narines. Il avait froid mais semblait heureux.

— C'est beau tout à l'entoure, dit Raymond.

Béat d'étonnement ou d'admiration, transporté dans des contrées spirituelles jusque-là ignorées de lui, il se trouvait rassuré.

— Oui, oui, c'est beau.

A l'inverse de ce cœur simple et plutôt que de se rasséréner, Ogier s'irritait sans pouvoir se guérir de cette montée de colère. Il se sentait au bord du mystère, voire d'un péril dont l'immensité échappait à ses regards et à ses sens. Le monde, *son* monde, se limitait à cet îlot de verdure fleurie de quelques pétales de neige, à ce havre de pierre embellie de main d'homme. Peu lui importait la qualité des dogmes, la netteté des scènes exprimées sur les chapiteaux des colonnes, la perfection des accords où la rudesse des gestes se tempérait de la douceur ou de l'indifférence des visages. Il n'avait que faire de l'ordre qui présidait à ces élans furieux, doucereux ou passionnés. Il n'en ressentait point l'harmonie. Une scission s'opérait en lui : il vivait à côté de tout. A l'inverse de son compagnon étrangement silencieux, il refusait de voir, en marchant, les acteurs du drame sacré qui debout, penchés, couchés, assistaient à son passage ainsi que ceux, bien vivants, qui servaient le sanctuaire avec une assiduité pointilleuse. Il se sentait déjà trahi par le Très-Haut.

— J'ai peur.

— Vous êtes fou, si je puis me permettre.

Ce fut Raymond qui aborda un clerc et insista pour comparaître devant l'abbé.

— Lequel ? Le préposé à l'accueil...

— Celui, mon père, qui a regard sur tout. Celui qui pourra rendre à ce chevalier...

— Rendre quoi, mon fils ?

Raymond murmura une explication.

— Suivez-moi.

Il fallut s'engager sous d'autres voûtes, tantôt sombres, tantôt claires. L'austérité de la foi, le courage de la servir, les convictions des fantômes en coule semblaient s'être incrustés dans le nouvel édifice où les deux hommes furent introduits, synthèse de toutes les architectures entrevues jusque-là. Ils s'assirent sur un banc fruste, face à un Christ ensanglanté plus que nécessaire. Ogier posa ses mains rouges d'engelures sur ses genoux et Raymond se permit un geste téméraire : il tapota l'une d'elles, la dextre.

— Allons, messire !... Vous êtes Ogier d'Argouges et n'avez peur de rien !

Un moine parut, grand, chenu, la barbe courte, les yeux tout aussi froids que la glace au-dehors.

— Vous êtes en quête de quoi, mes fils ? Nous n'avons point coutume...

— ... d'être soustraits à vos prières, mon révérendissime, acheva Ogier. Pardonnez-nous, pardonnez-moi, surtout... mais je suis un père angoissé. Je cherche ma fille et mon serourge[1]. L'on m'a dit... suggéré, plutôt, qu'ils avaient pu venir au Mont pour y trouver de l'aide...

Le moine acquiesçait à petits coups de tête.

— L'aide de quelqu'un, reprit Ogier après une inspiration profonde.

— L'aide de qui, mon fils ? Parlez, je vous en prie... et rassurez-vous. L'on dirait que vous n'avez pas mangé depuis trois ou quatre jours : vous branlez sur vos jambes.

Ogier remercia et s'assit. Raymond l'imita. Du bout de ses orteils, qui affleuraient sa sandale, l'abbé désigna Saladin :

— Il vous semble attaché.

— Il est ma seule vraie famille... Lui, c'est Raymond, un ami fidèle.

Un silence. Le malaise s'épaissit. L'ogive d'une fenêtre béait sur le ciel sombre. Le vent devenait turbulent. Une singulière paralysie s'était emparée de tous, même du chien qui retenait son souffle et sa langue.

— Je devrais sévir auprès des hommes d'armes. Outre que l'on vous a accordé le passage, l'on vous a permis de monter jusqu'à moi.

— Nul ne s'y est opposé, dit Raymond.

Ogier, lui aussi, contraignait son souffle. Il se sentait sombrer. Si, à l'entour du Mont, des imprudents s'enlisaient dans la vase, il descendait lentement en enfer. Ses pensées ne lui appartenaient plus ; celles du moine les dominaient. En cet instant culminant de son existence, il touchait par l'esprit au désespoir, il en goûtait le fiel et se pétrifiait.

— N'avez-vous pas reçu, il y a trois ans, un maître maçon qui voulait achever sa vie au Mont et se nommait Girbert Bressolles ?

Le moine sourcilla, cherchant à établir des rapports entre ce visiteur et ce Bressolles qui semblait lui avoir créé maintes fureurs et déceptions.

1. Beau-frère.

— Il avait vécu quelque temps à Rechignac, en Pierregord, au châtelet de mon oncle Guillaume.

— Je sais, je sais...

— Mon beau-frère, qui est comme moi, chevalier, le savait au Mont... Il le connaissait moult bien... J'ai pensé que Thierry s'était dit que sur cet îlot, en se joignant à vos hommes d'armes, il vivrait séguremen[1]... et que Bressolles pourrait témoigner de sa vaillance et de son honnêteté... J'ai vu, venant céans, quelques femmes. L'une d'elles aurait pu prendre soin de ma fille...

Ogier se savait confus, décousu. Son propos perdait de sa force et de sa signification dès le bord de sa bouche. L'émoi qui l'étreignait le rendait hésitant. Le religieux vint à son aide :

— Vous avez pensé que Bressolles serait en quelque sorte la clé qui permettrait à votre parent de forcer nos portes !

Ce dernier verbe était outrancier. Ogier n'en eut cure :

— J'ai souhaité qu'il puisse vivre céans avec ma fille en attendant mon retour.

— Ah ! vous étiez absent.

— J'étais en Angleterre, prisonnier... Un an...

Maintenant, tout était simplifié. Ogier voyait le moine au profil clair : un front haut, obstiné, des lèvres boudeuses ou dédaigneuses. Il s'était, dans un glissement de sandales à semelles épaisses, approché de la fenêtre. Il parut sonder le ciel de suie. Ensuite, oublieux du Christ sanglant sur sa croix mais aussi brillante qu'un miroir, il fit front, et sans courroux mais aussi fermement que possible, il révéla ses pensées :

— Bressolles était hérétique, cimatique[2], patarin... C'était, je m'empresse de le dire, une espèce d'homme sain dont l'esprit pernicieux selon les saintes lois de l'Église, empêchait qu'il fût un saint homme. Nous

1. En sécurité.
2. Scsmatique.

avons eu, seul à seul, des collations[1] qui me firent songer à celle de Fanjeaux... Celle du miracle : la Bible très chrétienne volant au-dessus d'un brasier alors que celle des patarins s'y consumait !

L'abbé se frottait les mains d'excitation. Il releva son menton épais dont il caressa la barbe, et soudain, tout en renouant sa cordelière :

— Vous ne m'avez pas dit qui vous êtes.

— Ogier d'Argouges.

— Ah ! bien...

Nouveau silence. L'abbé fit quelques pas. Son visage était dur, verrouillé sur des pensées auxquelles Ogier n'avait point accès. Les yeux soudain ardents, la figure enflammée, presque impétueux, il lança :

— Chevalier...

Il ne devait aimer les hommes d'armes que lorsque leur présence le rassurait.

— Bressolles est mort, dit-il sans émoi ni finasserie.

— Ah ! fit Ogier.

Il était trop plongé dans sa propre tristesse pour s'émouvoir d'une *absence* à laquelle il s'était accoutumé. Il avait fréquemment évoqué Girbert Bressolles. Comme un saint, voire davantage : un homme d'*Ailleurs*.

— Il a chu d'une échelle en voulant atteindre un échafaud, non loin d'où nous sommes... Vous savez que l'on œuvre chaque jour à la beauté du Mont... Messire Girbert nous était utile... Cette perte nous a contrariés.

« Mais point affligés », se dit Ogier.

— Mon fils, reprit l'abbé, sachez-le : mieux vaut être attaché à la vie par le perpétuel désir de servir Dieu assidûment et fermement, qu'en être désabusé par la satiété, le doute ou l'espérance qui est vôtre... Bressolles m'avait parlé de vous...

— Quand est-il mort ?

— Il y a six mois.

1. Entretiens, discussions.

— Savez-vous si mon beau-frère, le chevalier Thierry Champartel est venu au Mont ?

— Je ne saurais vous répondre. S'il y est venu, c'est sans que je le sache... En me quittant, allez vous enquérir de son passage, si passage il y eut, auprès des sergents du guet.

Chaque fois que l'occasion s'en présentait, cet homme confit en dévotion devait éprouver le besoin de solenniser le moment vécu, de se donner l'illusion, peut-être, que Dieu était son compère et même son débiteur. Il joignit ses paumes uniquement par habitude.

— Bressolles m'avait parlé de vous... Hé ! oui... Comme d'un chevalier hardi, prompt et irréprochable. Il vous prédisait une haute destinée.

C'était une révélation sans chaleur ; cependant, pour Ogier, elle avait un poids de feu.

— Je ne sais si ma destinée sera haute, mon père, dit-il avec une lenteur involontaire mais qui appesantissait chaque mot. Je suis le champion du roi... jusqu'à preuve du contraire.

— Ah ? fit évasivement le moine.

Et comme en un combat où l'on rend coup pour coup :

— Êtes-vous un *héros* ? Vous prenez-vous pour tel ?

Un *héros* ! Le mot n'existait pas dans le langage courant. C'était un mot latin. Ogier en connaissait la signification.

— Je ne suis point, mon père, un héros. Ni Hercule, ni Ulysse, ni Achille.

Il eut une prompte pensée pour Arnaud Clergue, le chapelain de Rechignac, qui lui avait enseigné tant de choses, en particulier l'existence des dieux et des champions de la Grèce et de Rome.

— Je n'ai pas été nourri du lait des bêtes sauvages... ni élevé loin des miens par un berger... A l'inverse des héros, je n'ai eu, mon père, dans ma jeunesse prime, ni courage ni générosité... Je n'ai point meurtri quelque parent proche ou lointain. Je n'ai tué ni la Chimère ni la Gorgone ni le Sphinx ni le Minotaure ni le serpent Python...

Mais il avait vaincu l'Hydre des flagellants. Le moine l'observait sans malice apparente ; enfin, il décocha son trait :

— Et l'infidélité ? Comme tous les héros êtes-vous infidèle ?

Ogier se leva, outragé par un rire aussi inattendu qu'incongru.

— Ne me répondez point. Nous ne sommes pas à confesse... J'aime que vous soyez pareil à votre père : pieux et fidèle à l'inverse de moult chevaliers qui jusque devant moi se prenaient pour des dieux !... Tous voulaient, par l'épée, obtenir une renommée merveilleuse afin de se survivre, si j'ose dire. L'on dit : *fort comme Hercule, rusé comme Achille* et moult sornettes encore ! Ne souhaitez-vous pas que l'on dise : *Hardi comme Ogier d'Argouges* ?

— Il existe un Ogier le Danois qui pourrait être de mes ancêtres.

Raymond toussota, trouvant que l'on s'égarait. Il caressait le front de Saladin, allongé, immobile, et dont l'essoufflement s'apaisait. Ogier sut qu'il avait échoué. Accablé, harassé, consterné, il fut soudain pris d'une compassion sincère envers ces chevaliers méprisés par ce prieur dont le nom lui importait peu. Une armée de guerriers fantômes traversa sa mémoire ; non point des *revenants* pétris de brillance et d'orgueil, mais des hommes d'armes affligés, atteints dans leur fierté autant que dans leur chair. *Crécy* où l'on trépassait d'un coup par centaines ; *Sangatte*, moindre mal mais petite géhenne... Le clapotement des sabots et les hennissements des coursiers ; les claquements de l'oriflamme et des pennons ; le cliquetis des armes vermillonnées en des plaies irrémédiables ; les membres épars... Dans les champs du malheur, l'éternel sommeil de milliers d'hommes pour que ce bigot[1] vécût en paix dans l'inféconde volupté

1. Qui manifeste une dévotion outrée, mais aussi, à l'époque, surnom d'un Normand.

des prières. Devait-il lui dire son fait à cet égoïste moqueur ? Devait-il secouer de paroles cinglantes cette morne hébétude qui les prenait tous les quatre — Saladin lui aussi restait figé, glacé — ? Devait-il débrider sa résignation de guerrier vaincu, d'époux endeuillé, de père esseulé ? « *Je devrais hurler à la mort !* » Faces de Crécy, toutes pareilles dans la suprême stupeur, barbouillées de sang et de lune. Et celles des communeux du Tournaisis, à Sangatte, résignées dans la mort comme elles l'avaient été dans la vie. Sangatte où Joubert, son pennoncier, avait trépassé près de lui tandis que le vaillant Tinchebraye disparaissait à jamais.

Ogier se campa solidement sur ses jambes :

— C'est votre droit, mon père, de détester les armes et de dépriser ceux qui les portent. Moi qui suis parfois écœuré de les voir maniées, moi qui me suis réjoui, récemment, d'occire des malandrins en bure qui, comme vous, se recommandaient de Dieu, je vous le demande en grâce pour tous les guerriers qui viendront à ma suite : abstenez-vous de tirer des guerres et des batailles des leçons définitives. N'attaquez point ceux qui les font. Un moine de Hambye a voulu, sur ce sujet, m'administrer comme autant de remèdes à mon dégoût et ma mélancolie, ses apophtegmes, ses apologies, ses sentences... Je n'ai fait que le décevoir... A Dieu !

Il tourna les talons. Ses éperons tintèrent. Saladin passa devant lui, joignit les pattes antérieures et s'étira en arrière : il était aise de partir. Raymond bâilla sans le moindre scrupule. C'était fini.

Des pas sur les dalles sonores. Une lourde porte qui se clôt. Le cloître et ses colonnes d'un blanc de craie. Des marches. Des voûtes ténébreuses où passaient, claires, des tonsures. A quoi bon dire un mot. Il se pouvait que Luciane et Thierry fussent vivants, tout proches. Il se pouvait qu'ils fussent morts, tout proches également.

— Bon Dieu ! enragea Raymond.

— Bon ou mauvais ?

— Mauvais... Ce n'est plus Dieu !

— Qu'en sais-tu ?

Ils essayaient de partager leur déconvenue, leur chagrin, leur fureur. Un même dégoût leur poissait la bouche. Ils s'arrêtèrent, assommés de désespoir et d'irrésolution. Ogier s'adossa à un merlon ébréché par les ans. La mer, en contrebas, répandait son écume.

— Le Cotentin est immense... Y sont-ils seulement ?

— Quand je vous regarde, messire, j'ai peur. Je me dis : « Il se recrandesist[1]... » Il ne le faut pas. S'ils ne sont en Cotentin, ils sont à Rechignac.

— N'aie crainte. Chaque affliction, plutôt que le briser, a renforcé mon dessein.

Ogier cessa de regarder les flots dont le bruissement montait jusqu'à lui. Une poigne visqueuse étreignit son cœur. Il s'aperçut que Raymond le considérait avec cette anxiété farouche qu'il lui avait connue, naguère, quand les difficultés redoublaient devant eux.

— Qu'allez-vous faire ? finit-il par demander. Regardez-moi ce ciel. Regardez-moi ce temps... Un vent de froidure se lève. Vous ne pouvez errer...

— Si, Raymond... Il le faut... Peut-être un jour prochain, au détour d'un chemin, les verrai-je l'un et l'autre. Il faut qu'ils soient ensemble pour que je sache qui est ma fille... Seule, je peux la croiser sans savoir...

— C'est ce que je me disais... une fois de plus.

— Nous allons coucher au Mont. Il y a, je le sais, une salle des hôtes. Saint Louis y a reposé... Mais nous irons dormir avec les soudoyers.

Ogier soupira. Il était impatient, tout en sachant que c'était déraisonnable.

Ils marchèrent, s'arrêtèrent. Saladin, devant eux, flairait des pans de mur et levait parfois la patte. En contrebas, la mer, d'une blêmité mate, semblait bouillir. Les vagues accouraient. On entendait de mieux en mieux leur grondement sauvage.

— La prudence, messire, exige bien des choses.

Ogier se tourna derechef vers Raymond. En ses yeux

1. Il s'affaiblit, de guerre lasse.

vivaient encore les joies et les horreurs de leurs communes aventures. La mélancolie peut-être aussi.

— Putain de vie !

C'était avoue tragiquement son impuissance.

— Oui, putain de vie ! répéta Ogier avec une âpre insistance. J'en violerai le secret ! Je retrouverai ma fille !

Il retomba dans cette songerie morne et débridée qui lui devenait familière.

— Je retrouverai Luciane. C'est tout de même plus aisé de réussir dans cette quête que dans celle du saint Graal !... Et si tu veux m'aider...

Il s'était exprimé les yeux mi-clos. Raymond également rétrécit son regard. Leurs pensées se rejoignirent sans se confondre. Les lèvres de l'écuyer remuèrent pour un mot, un seul, qu'il ne prononça pas, mais qui décidait de tout.

— Je suis marié, dit-il enfin. Sans moi, Guillemette serait perdue.

X

En s'efforçant de ne clocher qu'à peine, — il s'appuyait sur le bout de son pied dextre au lieu que ce fût sur la plante —, Godefroy d'Harcourt s'approcha d'un petit dressoir de chêne sculpté dont il ouvrit la porte centrale. Il tira de l'ombre deux gobelets et une bouteille ventrue à long col qu'il posa sur le dessus du meuble :

— Approche, Ogier. Tu seras à la fois plus près du feu, plus près de l'eau-de-vie et plus près du... diable !

— Je n'ai pas soif.

— Par ce temps à mourir soit noir de peste, soit blanc de neige, il convient de te réchauffer les sangs !... Crois-moi : je n'offre pas toujours de ce divin liquide même à mes vieux amis. J'en consomme quatre grosses lichées par jour et m'en porte bien, comme tu peux le vérifier.

Ogier frissonna, hésita. Saladin harassé s'allongea devant l'âtre, près d'une grosse chienne noire, poilue, qui devait détester l'hiver.

— Je suis bien aise et honoré de t'accueillir, Ogier. Jamais je n'aurais pu penser que tu viendrais à Saint-Sauveur... Ne te sens point humilié. Tu es Normand de très longue et ancienne lignée. Cela seul importe. Portons-nous la santé !

Godefroy d'Harcourt se mit à rire de ce rire gras qui, lorsqu'il cessait, laissait dans l'air une vibration singulière.

— Bois, te dis-je ! Faut-il que j'appelle quelques hommes et que tu choisisses toi-même un crédencier[1] parmi eux ? Qu'il goûte tout d'abord à cet élixir puis aux mets que je vais t'offrir, car tu vas demeurer quelques jours parmi nous... Si !... Il fait un temps épouvantable. Ton cheval n'était pas très beau à voir... Je pense qu'il est gêné par une bleime[2] à la jambe arrière dextre. Il le faudra soigner. Ne t'es-tu pas aperçu qu'il boitait ?

— Si... Je ne l'ai pas contraint. Nous avons chevauché lentement jusqu'ici. Ce n'est pas une bleime mais un fer qui loche[3] à la jambe avant dextre.

— Par ce temps, je ne te confierais même pas un de mes chevaux en échange du tien.

Ogier acquiesça, mal à l'aise. Godefroy d'Harcourt lui sourit. Il avait oublié leurs rancunes, leurs discordes. Il leva son gobelet, Ogier saisit le sien.

— Marchegai est au chaud ; ton chien savoure et le feu et le repos qu'enfin tu lui accordes. Moi, — cela peut t'ébahir —, j'aime mieux les bêtes que les gens, sauf évidemment ceux de ma mesnie.

Ogier but l'eau-de-vie à petits coups. De menus brandons incendièrent sa gorge et se répandirent dans son corps. Il se sentit presque revigoré.

— En veux-tu encore ?

— Non... Je me sens mieux...

Godefroy d'Harcourt vida son gobelet, se pourlécha et invita son hôte à l'accompagner jusqu'au banc disposé face à l'âtre immense :

— Tu as vu Saint-Sauveur !... Les soudoyers du roi et toute sa ribaudaille l'ont mis en piteux état lorsque j'étais absent. Mais je reconstruirai... Les bras ne manquent pas... Et toi ? Où étais-tu ces temps derniers ? On m'avait dit que tu étais mort à Calais.

1. Le crédencier (de *crédence*, le meuble) goûtait les mets servis à la table des princes.

2. Contusion, meurtrissure de la face plantaire du cheval dont le fer est mal ajusté.

3. *Locher :* branler en parlant d'un fer à cheval.

— Les Goddons m'y ont fait prisonnier.

— Tu as vécu sur la Grande Ile ?

— Un an. Je n'aime guère en parler.

— A ton aise... Tu m'as dit que ton père était mort, que tu avais châtié ses meurtriers... Bien... Dis-moi enfin ce qui t'amène !

— Ma femme a succombé à la morille... Ma sœur aussi.

— Ta femme était fort belle.

— Nous avons eu un enfant...

— Je sais. Une fille... J'ai rencontré ton père, un matin, dans Coutances.

— Thierry, mon beau-frère, a quitté Gratot avec Luciane... Je ne sais où ils sont allés...

Ogier regarda Godefroy d'Harcourt bien en face :

— Le roi vous a fait capitaine pour les baillages de Rouen et de Caen. Vous devez être informé de tout ce qui se passe en Normandie et particulièrement en Cotentin... Thierry a sûrement laissé çà et là une marque de son passage !

Un sourire effleura la bouche du Boiteux :

— Il est vrai que je suis assez satisfait de ce titre. J'ai le droit de lever des impôts, d'assembler les gens d'armes — chevaliers et piétons — et de les contraindre à s'armer pour la guerre... Je sais à peu près tout...

Ogier fit un effort pour dénouer sa gorge :

— Je voudrais, par votre entremise, tenter de retrouver Thierry et Luciane.

Godefroy d'Harcourt frotta ses mains épaisses puis en présenta les paumes aux flammes :

— J'en chargerai mon lieutenant, Robert de Thibouville. Mais je t'avoue que je n'ai guère confiance : la grande mort frappe partout. Je ne sais si Robert obtiendra des indices. Ton beau-frère est connu... Un autre gobelet ?

— Non.

Ogier vit, sous la moustache grisonnante, les lèvres malicieuses dessiner d'abord une phrase muette, dans une subtile ondulation, puis se durcir avant de lancer le trait :

— Tu me détestais... et te voilà chez moi en ardent quémandeur !

— C'est que je suis désespéré.

Il fallait du courage pour l'avouer, même tête basse. Godefroy d'Harcourt se remit à se frotter les mains comme un homme qui vient de triompher d'un marchandage. Cependant, l'accent de compassion qu'il mit dans sa voix et qui contredisait la vivacité du geste, n'était pas feint :

— Je connais moi aussi, parfois, le désespoir et l'angoisse. Ils sont d'une autre espèce que les tiens. J'en subis l'horreur certains jours, certaines nuits. Je me sens seul, maudit... Seul surtout car sans hoir[1] pour continuer mon sang... Toi, tes amours sont mortes naturellement : la peste les a rompues. La femme que tu aimais ne t'a pas trahi. Elle n'a pas renié sa promesse...

Ogier demeura tête basse, pensif. La brisure de ses fiançailles avec Jeannette Bacon, le fait qu'elle se fût alliée aux Bricquebec par mariage avec l'insignifiant Guillaumet, fils bien-aimé du chevalier au Vert Lion, avait fait de Godefroy d'Harcourt un aigri, un solitaire, un malheureux qui voulait qu'on parlât de lui quel que fût le moyen employé pour y parvenir. Il se revanchait de sa déception et de son humiliation en se montrant différent de ce qu'il était vraiment. Il y avait plusieurs hommes en lui — comme d'ailleurs, songea Ogier, en chaque être normalement constitué — : un boiteux qui souffrait de sa claudication, un seigneur attaché à sa contrée et se jugeant digne, de par sa lignée, d'être duc de Normandie ; un chevalier peu soucieux des préceptes de l'Ordre mais exigeant sur le respect des promesses et des serments, surtout lorsqu'ils étaient transcrits sur parchemin ; un soupirant bafoué dans ses espérances. Certains jours, tous ces hommes-là se disputaient en lui. De leurs colères et contradictions naissait alors cette espèce de monstre qui s'était

1. Héritier.

donné à Édouard III sans se vendre et qui revenait à Philippe VI en guettant les premières défaillances du roi afin d'en profiter. Mais dans quel but ?

— Nous sommes tous à plaindre par ces temps de male mort. Parfois, j'enrage que Guillaume ait conquis l'Angleterre. Sa victoire n'a provoqué que des discordes...

Ogier considéra cette tête ébouriffée qui semblait, dans l'or et le vermillon des flammes, un énorme chardon. Le tumulte des lumières issues des bûches crépitantes accusait la hardiesse du menton, la perspicacité du regard, la vigueur d'un nez accoutumé à flairer vents et choses pour découvrir leurs avantages et leurs inconvénients, le pli remuant de la bouche avide, sans doute, de baisers.

— J'aime que tu sois venu me voir. Ne pense pas surtout que tu t'es humilié. Nous sommes parents. Tous les Normands sont parents !... Tant que ceux qui nous entourent ne comprendront pas que nous formons une immense famille, notre duché ne sera point ce qu'il doit être... Tu m'as pris pour un traître ? Je voulais et je veux simplement une Normandie meilleure.

— De cela, je n'ai jamais douté.

— J'ai défendu la Charte aux Normands parce qu'elle est garante de notre liberté, de notre dignité. N'oublie point qu'elle est une espèce de trésor inviolable. Ton père l'a défendue avec autant de passion que moi [1] !

1. Les privilèges accordés aux Normands avaient été consignés dans une ordonnance de Philippe le Bel, le 19 mai 1314, complétée par son successeur, Louis le Hutin, le 22 juillet 1315. Ce sont ces deux documents qui furent désignés sous le nom de *Charte aux Normands*. Les rois de France étant des faux-monnayeurs, les Normands avaient exigé qu'ils rétablissent dans leur duché, la monnaie de Saint Louis, qu'ils ne lèvent plus ni tailles ni subventions, qu'ils ne rappellent plus leurs feudataires sous les armes, une fois leur service à l'est entièrement accompli ; qu'ils ne mettent aucun homme libre à la torture ; qu'ils laissent les épaves aux seigneurs côtiers et que l'Échiquier de Rouen fût la seule cour de justice apte à juger les Normands. C'étaient là des avantages substantiels qui mécontentèrent les Valois sitôt qu'ils furent au pouvoir.

— C'est vrai.

Le Boiteux désigna, suspendue contre un mur, une épée plus que centenaire :

— Et nous pouvions aussi nous combattre entre nous !... Le roi Philippe, en prenant le parti de Bricquebec, a envenimé les choses.

— Certes ! Mais cela suffisait-il pour que...

Ogier s'interrompit. Les querelles de son hôte et du roi avaient ouvert la voie aux Goddons.

— N'avez-vous aucun remords, parfois, d'avoir conduit Édouard III sur nos terres, et plus loin encore : jusqu'à Crécy ?

Godefroy d'Harcourt cracha dans le feu :

— Je suis arrivé à faire en sorte de tout rendre possible et acceptable pour moi en le légitimant par devers cette Charte...

Ogier trouva cette explication bien aisée.

— Je conçois, dit-il, que la fortune... ou plutôt la bonne chance puisse déployer moult appétits et audaces, mais je doute qu'elle augmente les bons sentiments... Nous vivons dans un royaume qui fut faible avant que d'être malade et dont l'outrecuidance m'écœure. Notre monnaie nous ressemble : elle est vile, hypocrite et suspecte aux marchands. Hélas ! messire, dans les autres espèces d'échanges, il n'y a aussi que de la fausse monnaie. Les sentiments sont tous dénaturés, les promesses ne sont jamais tenues, la piété n'est qu'un mot derrière lequel se mussent, parfois, le crime et la dérision... La morille met la France en péril de mort et l'on s'en prend aux Juifs et aux Espagnols plutôt qu'à la façon dont les manants et les loudiers[1] vivent : les fumiers dans les rues, les pisses et les merdes qu'on y répand ; l'eau rare, souvent impure ; les viandes assaillies de mouches, l'été, aux étals des boucheries... On a tué les chats, grands chasseurs de rats... Or, ce sont les rats qui ont amené la peste... et les mouches qui se posent sur les

1. Paysans.

plaies et phlegmons et vont ensuite sur des personnes saines... Ne pensez-vous pas qu'il faudrait...

— Qu'il faudrait quoi ? demanda aigrement Harcourt. Rassure-toi pour les chats. J'en ai six et ils font leur ouvrage. C'est peut-être pourquoi, si j'en crois ton discours, le mal n'a pas franchi mon enceinte, bien qu'elle ne soit plus ce qu'elle était lorsque ma famille tout entière y demeurait. Reste ! Tu ne craindras rien ni de la morille ni de l'hiver... De plus, je vais recevoir Charles de Navarre. C'est un damoiseau impétueux qui, descendant du Hutin, devrait régner sur la France. Il est bon que tu le connaisses.

— Je n'y tiens pas. Je n'ai qu'une idée : retrouver mon beau-frère et ma fille.

Harcourt soupira et, du bout de son pied, titilla une patte de Saladin qui ne fit qu'ouvrir l'œil et le refermer.

— Il est las. Si tu veux le conserver longtemps, ne le fais point errer par ce temps de misère. Ameline va te montrer ta chambre...

Harcourt frappa dans ses mains. Une jeune femme brune, d'allure douce, soumise, entra dans un clapotement de semelles de bois. Elle avait des yeux bleus, des lèvres purpurines. Elle sourit et s'inclina sans mot dire.

— Ameline, m'amie, va lui montrer sa chambre. Que l'on y fasse un feu dru comme dans une étuve et qu'une moine [1] lui soit préparé pour cette nuit.

La cour était immense. On y voyait les traces des déprédations commises par les capitaines et les soudoyers de Philippe VI lorsque le Boiteux avait été contraint d'abandonner sa demeure pour n'être plus qu'un fugitif. Il était passé par Gratot. Godefroy d'Argouges l'avait hébergé. Ensuite, il avait gagné le Brabant et, de là, l'Angleterre. Après Crécy et le pardon royal, il était revenu dans des ruines solides. Ses gens l'y avaient rejoint. L'existence commune avait repris son cours.

La cheminée de la maréchalerie fumait. On entendait un marteau frapper alternativement le fer rouge et l'en-

1. Sorte de bassinoire entourée de lattes de bois.

clume. Un cheval hennissait. Dans une bouverie proche de l'écurie, un bœuf meugla. Des hommes pelletaient la neige. Rien n'était mort ici malgré l'hiver, cet éteignoir des vies actives. Par la porte entre-close de la chapelle, Ogier put voir, dans un triangle de lumière, des aïeules courbées dans des agenouillements suppliants et des enfants aux mines enjouées. Un chapelain chantait d'une voix forte tout en clouant, sur l'embrasure d'une baie béante, un grémail robé dans une cathédrale.

— C'est tout ce qu'il a trouvé, dit Ameline, pour s'opposer à la froidure.

— Y a-t-il eu des morts à Saint-Sauveur ?

— Non, messire. Il faut vous dire que peu de gens quittent les murailles. Parfois Godefroy et ses compères passent le pont pour chasser. Bien que le maître soit hospitalier, nul forain [1] ne peut entrer... sauf s'il est un ami, comme vous. Ainsi les pestilences du dehors ne nous contaminent point.

Ameline souriait en trottinant sur un étroit chemin ouvert dans la neige. Elle avait la voix douce, la voix de son regard. Parfois, elle se mordillait les lèvres. Sa robe de cambrésine safran sur laquelle elle avait passé un jaque de mouton qui peut-être appartenait à Godefroy d'Harcourt, collait parfois à un corps bien fait dont le Boiteux devait connaître les contours.

— Vous logerez au-dessus de l'échansonnerie.

Ogier songea qu'en arrivant à Rechignac après l'Écluse, en 1340, c'était là que Mathilde, la concubine de son oncle, lui avait assigné résidence. C'était là qu'il avait connu Anne. C'était là...

« Anne et sa douceur... »

Mais qu'allait-il soudain la faire revivre ici ? Pourquoi le forçait-elle à songer à elle ? Il la voyait comme à travers la buée d'une vitre ou la pâleur d'un parchemin huilé. Était-elle en péril ? La peste, là-bas aussi ?

Une brève envolée de hauts degrés de pierre. Une porte vermoulue.

1. Étranger.

— C'est là... *Il* doit faire changer cet huis de bois cani[1].

La chambre était petite, austère. Un crucifix d'argent, sur la hotte de la cheminée d'angle, en était l'unique ornement. L'âtre était bien pourvu en paille, bûches et bûchettes. Le lit avait été préparé depuis peu.

— On aurait dit que Godefroy vous attendait... Il parlait quelquefois de vous sans mauvaiseté...

Elle disait *Godefroy* comme elle eût dit : « mon homme ». Et il apparut, un flambeau grésillant à la main.

— Alors, cela te plaît ? Ces deux chandeliers te suffisent ?

Ameline s'éloigna et, se retournant sur le seuil :

— Je ferai entretenir le feu. Ce soir, je vous ferai porter le moine et du bois pour passer la nuit.

Elle disparut. Le Boiteux, promptement, fit jaillir les flammes. Il éteignit sa torche et la posa, fumante, sur le linteau de la cheminée.

— Je ne puis l'épouser.

— Si vous l'aimez vraiment, faites-le, dit Ogier. Ayez des enfants... C'est ainsi qu'on se survit. J'ai compris cela depuis que je cherche Luciane.

C'était ce qui tempérait son humeur sombre. C'était ce qui lui donnait des forces lorsque sa volonté défaillait. Saladin sauta sur le lit couvert de peaux de renards et de moutons. Godefroy d'Harcourt n'y trouva rien à redire.

— Des enfants... Un bâtard... J'y ai songé... Pourquoi faire un enfant à une meschine s'il n'est pas légitimé par le mariage ? On peut rêver d'avoir un descendant et se trouver pourvu, comme toi, d'une fille... Si j'avais un gars et qu'il me ressemble, ce serait humiliant... pour lui... Et s'il ne me ressemblait pas, ce serait offensant pour moi. Les runes me le déconseillent.

Et brusquement assis auprès de Saladin :

— Dis-moi, Ogier, pendant qu'il en est temps : si

1. Bois qui commence à pourrir. Le château de Saint-Sauveur avait souffert de l'occupation « française « .

j'obtiens des informations sur Luciane et ton beau-frère, à qui dois-je les faire tenir ?

— Chez Raymond et Guillemette... Il est bourrelier, non loin de la cathédrale... C'est le seul de Coutances : tous les autres sont morts. Je reviendrai chez eux toutes les deux ou trois semaines... jusqu'à la fin du printemps.

— Et si, par malheur, tu échoues dans ta quête ?... Que feras-tu après ?

Ogier se balança sur ses talons. Soudain, il ruisselait de sueur. Quelque chose lui coula d'un œil qui ne pouvait être une larme. Qu'est-ce donc qui se dissolvait en lui après sa foi en Dieu ? Son courage ?

— Après... répéta-t-il.

— Et de quoi vivras-tu ? Je ne t'ai pas vu d'escarcelle.

— J'ai quelques écus que m'ont prêtés ces amis.

— Le pain est rare et la viande encore plus.

— Je sais, dit Ogier, obstiné.

Mais il baissait la tête avec accablement.

Il s'assit auprès du Boiteux qui se leva et posa sa dextre sur son épaule.

— Nul ne nous voit céans et nul ne peut ouïr nos propos. Je ne puis te détourner d'une folie que je commettrais peut-être si je me trouvais à ta place. Je suis pourvu, tu es démuni. Je ne puis être ton banquier n'étant ni Juif ni Lombard et, de plus, j'ai envers les Argouges moult reconnaissance. Tu ne peux pas refuser l'aide que je te propose.

Ogier regarda cet homme qu'il avait détesté, dont le visage et l'attitude étaient empreints d'une sérénité résolue. Il se sentit rougir d'une espèce de honte. Il n'était point question de protester, de chercher une contenance digne d'un Argouges. S'il voulait *à tout prix* retrouver Luciane, il devait accepter cette offre, ce prêt, et devenir tributaire du Boiteux.

— J'accepte... avec regret mais j'accepte quand même.

D'une paume, il essuya son front moite.

— Tout est bien, dit Harcourt. Je t'aiderai.

Ses yeux flambaient d'une flamme étrange.

— Nous sommes parents, t'ai-je dit. Nous devons être dignes de nos aïeux : ceux qui, dans leurs snekkars, avec force coups de rames, remontèrent la Seine jusqu'à Paris !... Je regrette souvent qu'ils ne l'aient pas conquis. Par Odin et par Tyr[1], je le regrette ! Un an de siège[2]. Il ne fallait point se décourager ni, surtout, traiter !... Jamais je n'aurais fait la paix à Saint-Clair-sur-Epte ! Qui sait si, sans cet arrangement funeste...

— Qui sait si, de descendance en descendance, vous ne seriez point roi de France !

Ogier s'attendait à un gros ébaudissement. Il n'en fut rien. Godefroy le Boiteux frotta son front têtu.

— Je règnerais et tu serais mon connétable.

Ogier sourit sans acquiescer. Il pensait à Odin, le dieu de ses ancêtres ; Odin qui, peut-être, était encore plus puissant que le Père de Jésus.

« Tu blasphèmes ! » se reprocha-t-il.

Pourquoi, sur un pareil sujet, eût-il dû s'abstenir de laisser vaguer son esprit vers des contrées plus rassurantes ? Godefroy le Tort ne s'était point gêné de s'en remettre au Dieu des Anciens, d'interroger les runes et de leur obéir.

— Nous valons mieux, toi Ogier, moi Godefroy, et tous les Normands, que cette populace sans estoc[3] qui s'appelle France. Nos ancesseurs[4] auraient dû la vaincre ! Car ce n'est pas un peuple, c'est un mélange... et les mélanges sont les poisons des races. La petite Angleterre les domine déjà, ces Franklins qui n'ont de courage que dans la jactance.

— Vous êtes injuste.

Ogier s'aperçut que sa protestation avait été des plus molle. Harcourt également.

1. Tyr, fils d'Odin, dieu de la mythologie scandinave invoqué par les guerriers en raison de sa force et de son courage.
2. En 885.
3. Sans race, sans noblesse.
4. Ancêtres.

— C'est Odin qui me guide. Pas l'*Autre*.

Il se pouvait, pour un Normand de l'espèce de Godefroy, pour les Normands de *leur* espèce, qu'Odin leur fût propice, et que le Valhalla de leurs ancêtres fût préférable au Bleu Paradis, — si toutefois il existait.

Le Boiteux caressa l'échine de Saladin, puis il entrouvrit la porte :

— Reposez-vous, le chien et toi. Ameline viendra vous convier au souper. Essaie, Ogier, d'oublier ta fille. Si elle vit toujours, tu la retrouveras.

Le battant vermoulu se ferma. Un pas inégal s'éloigna.

Le feu craquait et crépitait. Dehors, le vent mugissait avec une forcennerie qui semblait copiée sur celle de la mer. Incapable de se recueillir, Ogier s'allongea auprès de Saladin.

— Nous ne pouvons cheminer par ce temps. Tu mourrais, Marchegai mourrait et moi aussi... Demeurons céans quelques jours.

Le chien eut un soupir. Il approuvait à sa façon.

— Thierry est quelque part au coin d'un âtre pareil à celui-ci. Il tient Luciane sur ses genoux... Je les vois... Ils vivent.

Et la question tomba, écrasant dans sa chute un soupçon de bien-être :

— Où sont-ils ?

XI

— Je vous le redirais cent fois s'il le fallait : vous n'avez pas eu affaire à l'abbé Nicolas de Vitrier mais au frère coadjuteur... Ce moine vergogneux [1] vous a-t-il dit son nom ?

— Tout s'est passé si brièvement, au début, que je ne le lui ai pas demandé... Nous vous l'avons déjà dit, Guillemette, lors de notre retour du Mont ! A quoi bon revenir sur cette déception ?

— Oui, femme, dit Raymond sans dissimuler son amertume. A quoi bon revenir là-dessus. Voilà trois semaines que cela s'est produit. Depuis, messire Ogier a erré dans le Cotentin sans rien obtenir d'autre que des pernions [2], sans rien trouver d'autre sous ses regards que des cités et des hameaux en deuil.

Ogier baissa la tête. Raymond en fit autant. Guillemette commençait à les irriter. Était-il besoin qu'elle fût revenue, une fois de plus, sur leur visite au Mont ? Se réjouissait-elle de les prendre en défaut sur ce point précis de leur quête ? Sans doute : elle était femme et prompte à s'émouvoir.

— Certes, confessa Ogier du bout des lèvres, mon renoncement fut trop hâtif. Tu n'as point tort, m'amie.

1. Honteux.
2. Engelures.

Toutefois, ce n'est pas en insistant là-dessus que tu me fourniras la paix de l'âme !

— Ah ! vous, les hommes...

Le soupir de Guillemette, prolongé à l'excès, suscita les rires étouffés de Blanche et de Marie vers lesquelles Ogier n'osait trop appuyer ses regards.

— Je ne crois pas que Godefroy le Boiteux vous aidera.

— Pourquoi, Guillemette ? Je vous l'ai dit avant que nous nous mettions à table. Il s'est montré courtois... Plus accueillant que les Bricquebec !... Comme j'insistais pour qu'ils baissent leur pont, j'ai senti le froussement de deux ou trois sagettes.

— Godefroy le Tort n'a jamais eu d'enfant... Pas même des bâtards... Cela se verrait... Il ne peut rien savoir de votre angoisse... Mais vous voilà de retour... Vous vous serez éloigné de nous quinze jours pour rien !

Elle le considérait avec une tendresse profonde, tout en remuant, de sa louche de bois, une soupe qui, à la lumière des deux chandelles posées sur la table, s'imprégnait de reflets dorés. Ogier en détourna ses yeux pour en trouver d'autres plus attentifs encore : ceux de Blanche. Il s'émut sous le feu de ces prunelles sombres où s'allumaient de fugitifs éclairs. Une curiosité jalouse naquit dans celles de Marie.

— Où irez-vous maintenant, messire ? demanda-t-elle.

Ogier se contenta d'un geste d'ignorance. Il songeait : « Dix-sept ans. Passionnée. » Le jeune visage, en cet instant même, trahissait une fièvre, un ravissement qu'il ne méritait point. « Acesmée[1], elle serait plus belle encore. » Une soyeuse chevelure, un front doux mais volontaire, un bel arc de sourcil mince et lisse, et des yeux qui n'étaient pas bleus mais ténébreux, pailletés de miel.

« Si je veux, elle voudra. Et même on l'y poussera. »

1. Bien vêtue, parée.

A la demande de Guillemette, Marie se leva pour tisonner la braise. Ses épaules juvéniles, fermes, un peu étroites, dégageaient une impression de force fluide. Sous la robe de cariset, noire, trop ample pour elle, la ligne du dos, pure, gracieuse, bougeait à peine, mettant ainsi en valeur des courbes qui pouvaient embraser l'imagination d'un homme à jeun depuis plus d'un an.

La jouvencelle fit front. L'expression de son visage fut : « Êtes-vous satisfait ? Voulez-vous l'être davantage ? » Ogier conserva cette sérénité qui, tout en la consternant, semblait accroître son audace. Était-ce, entre eux, un jeu qui s'instaurait ? Il n'osa même pas se répondre à lui-même.

Rien, en tout cas, n'avait échappé à Blanche. Loin de se contrister, elle sourit sans la moindre effronterie, avec une sorte de complicité. Appuyé sur un coude au plateau de la table, il porta une main à son oreille blessée. Le désir violent, inassouvi, de retrouver sa fille se dissolvait. Un autre s'y substituait qu'il pouvait satisfaire.

« Quinze jours... Et je leur ai manqué à toutes deux autant qu'à Raymond et Guillemette. »

En les quittant un matin pour gagner Saint-Sauveur, il s'était accusé de présomption et de marmouserie. Il gelait à pierre fendre. Comment voir ou croiser Thierry et Luciane alors que les survivants de la peste se confinaient dans leurs maisons ? Il s'était évertué à tenter l'impossible. Maintenant, il s'en repentait. Un soir, sur un chemin verglacé, Marchegai était tombé sans heureusement se casser un membre. « Si j'avais été en selle, il me broyait une jambe ! » Saladin, qui avait voulu être de cette errance, n'avait cessé de gémir à partir du cinquième jour.

— Il faut renoncer, murmura Raymond. Attendre le printemps.

— Tu as raison.

— Mangez, messire, demanda la voix suave de Blanche.

— Elle a raison, dit Marie. Vous êtes hodé [1].

1. Très fatigué.

— Je n'ai pourtant chevauché que quatre lieues.

— Êtes-vous sûr que tout va bien ?

— Oui, Guillemette... J'ai remonté le pont-levis de Gratot et suis passé par-derrière. Le petit pont... C'est par là que Marie et Blanche se sont enfuies.

C'était là, un soir, qu'il l'avait embrassée. Pourquoi ce souvenir lui revenait-il ? Il se tourna vers les jouvencelles et, oubliant son découragement, essaya de leur sourire autant que le lui permettaient les gerçures de ses lèvres :

— Êtes-vous à l'aise et rassurées ?

— Réconfortées, dit Guillemette. Je n'ai pas à m'en plaindre. Elles m'aident.

Mais, visiblement, cette vie ne pouvait continuer longtemps.

Raymond, qui venait de lamper sa soupe, se leva. Il s'essuya les lèvres d'un revers de main :

— Il me faut changer les litières du Noiraud et de Marchegai.

— Si tard ? s'étonna Guillemette.

— Nous avons beaucoup parolé, femme, depuis le retour de messire Ogier. Marchegai a besoin, ce soir, d'une bonne épaisseur de paille pour reposer et réchauffer ses membres. Vous l'avez ménagé, messire, mais il se ressent de ces cheminements dans la froidure. Vous l'auriez dû couvrir d'un houssement épais.

Ogier accepta ce reproche implicite. Il bâilla, soupira.

— Quel dommage que je sois devenu le champion du roi !

— Holà ! messire, s'écria Raymond. Il vous fit grand honneur en vous conférant ce titre.

Ogier acquiesça et vida son gobelet. Puis, d'une voix tout aussi âpre que le vin qu'il venait de lamper :

— Si j'étais demeuré ce que j'étais avant qu'on me fît cet honneur, autrement dit ce que mon père était et ce que je suis maintenant du fait de son trépas : l'homme lige du seigneur de Marigny, je n'aurais pas eu à répondre au devoir d'ost. Le roi, tu le sais, Raymond, ne convie point à l'ost les sous-fieffés, mais les suzerains. A eux, ensuite, de décider...

— C'est vrai, dit Raymond sombrement.

— C'est d'ailleurs pourquoi, n'étant point le suzerain des Argouges, Blainville, après l'Écluse, ne pouvait rassembler une cour de justice au nom du roi, même s'il se présentait comme son substitut. Les textes sont formels et je les connais bien [1].

— Qu'allez-vous faire ? demanda Guillemette.

Ogier haussa les épaules. Il ne savait trop que décider. Il essaya de rejeter son amertume.

— Il est évident que j'aurais à payer le *relief* pour la reprise du fief de Gratot.

— A qui ?

— Mon suzerain, messire de Marigny. De plus, je devrai effectuer, en même temps, l'hommage que je lui dois.

— Sinon ? demanda Raymond.

— Sinon, je risquerais de perdre ma chevance [2]. Mais j'attendrai. Qui sait si la suzeraineté à laquelle je suis assujetti ne changera pas. Qui sait si elle ne passera pas aux Harcourt... Aux Anglais...

— Vous voyez tout en noir, dit Guillemette. Tout en noir !... Comme si la morille ne suffisait point !

— Cette affaire d'hommage lige m'ouvre les yeux, dit Raymond. Elle m'emplit d'admiration pour feu votre oncle Rechignac. S'il s'en alla rejoindre l'ost en Normandie, avant l'Écluse, c'était de son plein gré. Il ne

1. « *Le seignor ne doit metre main... el cor ni el fié de son home, se ce n'est par l'esgart ou par la conoissance de sa court* »... Si le seigneur faisait emprisonner son homme « *sans esgart ni sans conoissance de court* », les pairs du vassal étaient tenus de le délivrer. Et encore, en langage moderne : « *Messire le prince ne peut punir aucun de ses barons ou de ses feudataires, tant au civil qu'au criminel, sans le conseil ou le consentement de ses hommes liges, ou de la majorité d'entre eux. S'il advient qu'un homme lige commette un homicide ou une trahison, que doit-on faire ? Le seigneur ne peut le punir ni l'emprisonner sans que le jugement ait été prononcé par les autres hommes liges de la principauté.* »

2. Les biens, la propriété.

se reconnaissait aucun suzerain puisque le Pierregord appartenait presque tout entier aux Goddons.

Ogier approuva son ancien écuyer puis, emplissant son gobelet :

— Ce que je t'ai dit pour Gratot concerne surtout la Normandie. Les règles y sont nettes... comme les haines qui peuvent y naître.

Le mot *haine* parut pétrifier Guillemette, Blanche et Marie. Cependant, elles lui sourirent. Il but. Il avait soif de tout : vin, quiétude, beau temps, Luciane et Thierry. Il tremblait d'espérance : Luciane l'attendait, toute proche, mais un voile rendait intangible cette enfant souriante ; un voile qui n'était ni de brouée [1] ni de givre mais d'une matière inconnue, si subtile qu'elle se confondait avec l'air et la lumière. C'était comme un obstacle invisible et infranchissable — désespérant.

— Si Gratot redevient ce qu'il était, dit Guillemette, nous y retournerons sans doute.

— Certes, dit Raymond. Et je suis prêt à participer à son renouveau.

— Moi aussi, dit Marie.

— Et moi, ajouta Blanche.

Ogier la regarda plus que sa voisine. Que pouvait-il trouver dans le fond de ses yeux ? Que s'il la prenait dans ses bras, elle se livrerait tout entière ?

Il posa ses coudes sur la table, prit sa tête entre ses mains et ferma un instant les paupières.

— Vous devriez aller vous coucher, dit Marie.

Sa voix était de miel. Cédant à une sorte d'impulsion imprévisible, Raymond se leva si violemment qu'il fit tomber son siège.

— Je pars m'occuper des chevaux.

Au passage, il caressa Saladin et sortit. Guillemette leva les yeux vers les poutres :

— Il n'est plus le même depuis son retour du Mont. Il a comme un remords d'avoir échoué.

1. Brouillard.

— Que dirais-je, m'amie, moi qui l'ai entraîné vers cette déception !

— Vous retrouverez votre fille, affirma Blanche, souriante.

Elle semblait, en ce moment, si différente de Marie qu'Ogier demanda, pour en recevoir le démenti :

— Êtes-vous sœurs ?

— Oui... Marie est ma puînée. A la mort de notre mère, nous nous sommes trouvées seules et déconfites. Nous gagnions quelques sous chez un drapier qui mourut, deux jours après notre mère... La morille nous effrayait. Nous n'osions plus sortir... Une nuit, j'ai dit à Marie que des bruits de pas et de voix rudes me faisaient peur... Qu'il fallait qu'elle souffle la chandelle pour que notre maison semble vide...

— Je l'ai fait ! s'écria Marie.

Elle se courrouçait. Sa protestation celait une menace.

— Tu l'as fait, mais si court qu'ait été ton retard, cette lueur nous avait dénoncées. Alors, messire, les pas, les voix, les rires se sont approchés. Les hommes de Bertrand ont renversé la porte et nous ont forcées...

— ... à les suivre, acheva Marie d'une voix si molle qu'Ogier sut à quoi s'en tenir sur la virginité des deux donzelles.

Il ne leur avait posé qu'une question. Il redoutait, maintenant, qu'elles ne fussent intarissables. Elles avaient vécu ensemble, partagé les mêmes repas, le même air, couché sans doute dans le même lit. Telles ces fleurs qui, dans une gerbe, s'écartaient de leurs pareilles pour s'ouvrir davantage aux ferveurs du soleil, elles s'offraient différemment à ses regards — et sans doute, pensaient-elles, à ses désirs. Quelle serait dorénavant leur vie ? Quoique établis, Guillemette et Raymond vivotaient. Elles ne pouvaient rester chez eux et grever leur pécule. Elles ne pouvaient revenir à Saint-Lô ni errer — par ce temps — dans les cités et les campagnes. Elles eussent, à Rechignac, trouvé le gîte et le couvert. Il devait bien rester là-bas quelques femmes, quelques hommes et peut-être Tancrède s'y était-elle réfugiée pour se soustraire au danger de la peste. Mener Blanche et Marie en Pierregord semblait une entreprise aussi folle que celle de rechercher Luciane. Vivre en leur compagnie à Gratot ? Certes, mais le château, présentement, était inhabitable.

Les béliers du vent s'acharnaient sur les murs. On l'entendait gronder quand il courait ailleurs assaillir une maison, une grange. Il neigerait encore. Ogier se tourna vers Blanche :

— Qu'allez-vous faire ?... Je ne sais comment vous aider.

Les lèvres et les fines paupières remuèrent et signifièrent l'étonnement. Plus jolie que Marie ? Non, mais plus caressante, plus altière. Elle haussa une épaule. Sa robe de tiretaine safran, aux manches retroussées, révélait des bras charnus sur lesquels se lisaient encore les traces des sévices exercés par la horde. Avait-elle pu résister longtemps à l'appétit de tous ces fauves enragés ?... Et Marie ?

En quelques cuillerées, Ogier but sa soupe. Les femmes l'avalèrent à petites gorgées.

— C'étaient des herbes du jardin, dit Guillemette. Des choux férus, des raves et quelques lardons que j'avais conservés dans de la graisse d'oie... Avec le pain trempé, ça tient au corps.

— Il ne te reste rien, dit Ogier.

Il n'obtint aucune réponse. Le silence valait un assentiment.

— Parle, Guillemette. Ta charité nous honore, mais...

— Raymond s'est accointé à un pêcheur d'Agon.

A quoi bon demander en quelle circonstance.

— Il le rejoindra deux fois par semaine. Ils iront en mer et ramèneront des poissons et des coquilles en attendant les beaux jours et la fin de cette malédiction... Ce jour d'hui, j'ai aperçu une charrette pleine...

Ni Blanche ni Marie ne souriaient. Elles savaient qu'elles étaient devenues une charge. Ogier contourna la table et, devant le feu, assis sur une escabelle :

— Je te viendrai en aide, Guillemette.

Il se renseignerait. Il devait bien rester quelques Juifs à Coutances. Il négocierait certains joyaux qu'il avait retrouvés dans les bissacs et les escarcelles des flagellants. Il ne pouvait procéder autrement. La nourriture était chère, soit, mais pendant quelques jours, ils satisferaient leur faim.

Il inspira un bon coup. Par ce temps de froidure et après ce qu'il avait enduré, il aimait cet air brûlant, presque capiteux en l'occurrence. Il desséchait ses lèvres et laissait au fond de sa poitrine une soif singulière qui peut-être était la soif de vivre et d'ajouter à sa propre chaleur celle de l'âtre crépitant. Saladin lui aussi, étendu devant la braise, appréciait ce répit après des lieues d'errance vaine.

— Même le bois à brûler doit coûter cher.

— Nous avons de quoi traverser l'hiver.

Ogier ne trouva rien à dire. Gantée d'une épaisse mitaine, une main passa devant son visage, puis un bras. Le chaudron d'eau fumante qui reposait sur le trépied de fer fut promptement enlevé.

« Qui ? Blanche ? Marie ? Guillemette ? »

Il n'avait pas levé le nez. Il entendait cliqueter la vaisselle et murmurer les femmes. « Que vais-je faire ? Après Bricquebec, je suis allé à Pirou. Rien. A Chiffrevast, rien. A la Haye-du-Puits, rien. Je suis revenu à Blainville. Rien. D'ailleurs, qui connaissait Thierry ? Cinq ou six soudoyers sur une cinquantaine... Marchegai n'en pouvait mais ; Saladin me regardait avec un air de reproche et de suspicion comme si je perdais la raison... J'ai eu faim. A Carentan, j'ai dû menacer un fournier [1] pour obtenir du pain. A Périers, j'ai dû tirer l'épée devant un fèvre [2] qui avait son étable pleine de fourrage et refusait de nourrir Marchegai... J'ai dormi dans des maisons vides, sales, glacées... » Et toujours sur son chemin, les larmes, les sanglots et les fosses communes.

« Je ne puis pourtant pas me résigner ! »

1. Boulanger.
2. Forgeron.

Ogier se leva.

— Où allez-vous ? s'étonna Guillemette.

— Rejoindre Raymond. Voir l'état de Marchegai.

— Prenez la houppelande...

— Non... Je me suis endurci... Reste au chaud, Saladin.

Il eut le temps de voir les visages rapprochés de Blanche et de Marie. Leur sourire.

La neige du jardin s'était caillée, durcie sur les revers du chemin que Raymond avait tracé à la pelle.

« Elles sont belles, ces manantes. Un jour viendra où Guillemette, si bonne soit-elle, ne les pourra plus supporter. »

Il commençait à songer trop souvent à leurs yeux étroits aux lumineuses prunelles, à leur nez à peine retroussé. A leurs seins et leur taille mince. Il les avait sauvées. Il était leur Dieu. Elles avaient occupé son lit pendant son absence ; elles coucheraient, cette nuit, dans la soupente. Pour ne point avoir de gêne, Guillemette y avait accroché de grands linges sombres, sur un fil tendu. Quelque charitable qu'il fût, lui aussi, Raymond ne devait guère apprécier ce voisinage.

« Il en serait différemment s'il était seul ! »

En souriant à cette idée d'un écuyer enclin à la fornication, Ogier poussa la porte de l'écurie. A la clarté de deux lanternes, Raymond fourchait de la paille fraîche qu'il disposait entre les sabots de Marchegai.

— J'aurais pu le faire reculer, mais il est las...

— Je sais ! Je sais et m'en fais reproche... Dis, compagnon, ces deux... pimprenelles sont une charge pour vous... Et moi également... Il ne faut pas que tu te ruines.

Dans la pénombre confuse, le regard de Raymond s'anima d'une lueur.

— Ne regrettez point que ces filles soient là. Et plutôt que de chevaucher Marchegai, moi, à votre place...

Ogier se sentit jugé.

— Tu ne peux comprendre ce besoin qui m'étreint

et qui n'a rien de commun avec celui auquel tu penses. Mais rassure-toi : je ne suis pas de bois.

Raymond fourchait toujours, grommelant. Ogier s'adossa contre la poutre qui soutenait le bat-flanc séparant le Noiraud de Marchegai.

— Je suis désespéré. Je sais qu'au-delà des chemins où je suis passé, ceux que Thierry et Luciane ont empruntés se comptent par centaines. C'est un dessein chimérique, indigne de moi peut-être, que de les vouloir parcourir.

Pendant quinze jours, les grandes voix de l'espace glacé lui avaient crié : « *Cherche !* » Certaines aubes, une allégresse infinie l'avait envahi à la pensée de trouver. Certains petits matins sombres, emplis de vent et de flocons mêlés, il s'était éveillé gelé, le cœur boursouflé d'angoisse : et s'il perdait la vie, lui, dans cette entreprise ?

— Faites, messire, confiance à Dieu et au hasard. Mais un conseil : demeurez à Coutances jusqu'au retour du printemps.

Tout en parlant, Raymond, sa fourche en main, épaississait la litière de Marchegai. Il s'arrêta et, presque solennel, étendit sa dextre sèche et brune en avant pour prévenir toute contradiction :

— Vous êtes fou. Demeurez avec nous, même si l'on se gêne un tantinet.

— Je suis fou.

Dehors, des pieds légers firent craquer la neige.

— Tiens, dit Raymond d'une voix serrée. Les voilà... Je m'en doutais.

Blanche et Marie venaient de se glisser dans l'entrebâillement de la porte. La houppelande de Raymond enveloppait la blonde, celle de Guillemette, au col relevé, engonçait la brune. Elles se donnaient la main et leurs visages reflétaient une entente qui, de beaucoup, dépassait la parenté. Ogier supposa qu'elles n'étaient pas du même père.

— Nous sommes venues, dit Blanche, vous souhaiter une bonne nuit.

Elles avancèrent à pas menus, prudents, la face claire, le reste du corps inondé de pénombre. Elles s'immobilisèrent et dirent simultanément :

— Qu'il fait froid !

— Faudrait les réchauffer, messire, murmura Raymond.

Il ne souriait pas. Peut-être était-il lassé de cette double présence. A moins, — malgré ses dires — que ce fût Guillemette.

Dans cette écurie paisible, Blanche et Marie apportaient un mystère qu'Ogier se jugea incapable de sonder. Était-il besoin, d'ailleurs, qu'il apprît de ces deux donzelles autre chose que ce qu'il en savait déjà ? Il en allait différemment pour elles. Une curiosité mesurée, quoique ardente, animait les yeux de Blanche. Marie restait songeuse avec une expression amère, presque vindicative dans son regard. Ogier les trouva cependant presque semblables malgré les gros vêtements différents, le sourire de l'une et la lippe de l'autre.

— Vous auriez dû vous coucher, dit Raymond, bourru.

— Nous irons, dit Blanche.

— Bientôt, fit Marie.

Ogier ne dit mot : il les considérait. Sa préférence allait à Marie. Parce qu'il en avait assez des blondes. Parce que rompant avec sa confusion, elle venait de l'envelopper d'un regard bref comme un coup de filet jeté sur ses épaules. Cette pâle figure et ce corps fluide, précocement mûris, n'eussent sans doute pas attiré ses regards en d'autres circonstances. Ils composaient tout à coup, par la brève magie d'un chiche luminaire, l'espèce d'enchantement qui contraignait son attention, captivait son esprit et ranimait ses sens. Alors que Blanche s'efforçait d'être avenante, pesait ses mouvements et pensait toujours ses paroles afin de plaire et de séduire, Marie demeurait simple, émouvante à son insu.

— Je rentre à la maison, dit Raymond.

Au passage, il tapota la cuisse de Marchegai puis celle du Noiraud. Parvenu sur le seuil, il recommanda, sans même se retourner :

— Surtout, fermez bien l'huis... Rien n'est pire que les vents coulis.

« Et maintenant ? » se demanda Ogier. « Elles sont venues ensemble. Elles n'ont aucunement l'intention de... »

Son imagination galopa. Quoique lui tenant la bride, un trouble familier le pénétra. Son sang se réchauffa et lui battit les tempes.

« Holà ! elles ne sont pas venues céans pour me souhaiter la bonne nuit ! »

Blanche penchait l'épaule sur celle de sa sœur avec une grâce nonchalante. Son vêtement s'était ouvert mais, sous sa robe, elle demeurait une énigme. Marie restait au chaud dans ses peaux de mouton. Il n'entrevoyait que son visage chagrin et la pâleur de cette chair forçait sa compassion. L'instant était plein de paix. Les chevaux eux-mêmes bougeaient à peine. Lui, leur fidèle compère, se sentait tout à coup béat et disponible. Il semblait que la male chance enfin lasse et contrite d'avoir préjudicié ses desseins, lui accordait une trêve et — pourquoi pas ? — une faveur. Une double faveur. Il acceptait ce don sans savoir encore comment il en jouirait.

Il désigna une banquette sur le dossier de laquelle Raymond avait installé les harnois et les lormeries des chevaux.

— Attendez...

Il déposa les selles et repoussa le reste. Il se sentait le visage brûlant. Les deux jouvencelles s'assirent.

— Qu'aviez-vous à me dire ?

Il n'avait plus d'idées ou plutôt, elles ne lui venaient plus que comme des apparitions brèves, aussi vives et flexueuses que les vagues de la mer.

— Allez-vous repartir ? interrogea Marie.

— Une fois peut-être.

Il s'était gardé de dire : « Une fois encore », mais il le regretta.

— Nous aimerions vous suivre... vous aider, dit Blanche.

Ogier trouva dans cet aveu le point d'appui qui, justement, lui manquait pour donner un nouvel essor à ses espérances.

— Il me faut être seul. Vous avez échappé à une engeance terrible. Il vous faut profiter de la leçon. Parfois, la nuit, j'ai ouï des bruits de galops, des cris... même des cris de femmes...

Il les pria, d'un geste, de lui faire place entre elles et sitôt assis, la tête renversée, les bras écartés le long du dossier, une paume courbée sur chaque épaule, il respira cette odeur juvénile dont il avait perdu souvenance. Un bien-être le pénétrait. Il sentait ses poumons s'élargir, son sang peut-être appauvri ou frileux, se régénérer.

— Je suis plaisié[1] de votre venue.

Il était sincère. Elles arrivaient au bon moment. Il avait connu dans leur intensité poignante, pendant quinze jours, toutes les espérances et toutes les détresses ; il avait versé maintes larmes tandis qu'il chevauchait le cœur sec, glacé lui aussi. Son énergie s'était durcie ; sa volonté avait pris une assiette plus ferme, et ce soir il fallait qu'il s'en débarrassât.

— Êtes-vous bien ? s'inquiéta Marie.

— Votre visage est sévère, dit Blanche. Est-ce à cause de nous ?

Il devinait que son nez, ses joues, ses lèvres couverts de gerçures et l'expression tourmentée de ses traits défiguraient le portrait accompli qu'elles s'étaient fait de lui

1. De plaire ; enchanté, charmé.

en son absence. Il se sentait vieilli, moins de corps que d'esprit. Parce que plus clairvoyante que sa sœur — ou plus éprise de lui —, Marie avait eu conscience de cette maturation dès l'instant de son retour chez Guillemette. Elles semblaient, maintenant, inquiètes toutes deux. L'onction de leurs gestes et paroles, l'intérêt constant qu'elles lui portaient semblaient être allés à l'encontre de leurs espérances. Il les rassura :

— Vous n'êtes en rien... coupables. Je suis aise de votre compagnie.

Après qu'elles l'eurent simultanément agacé de leurs prévenances, il éprouvait une satisfaction certaine à sentir contre ses paumes, à travers la toison qui les en séparait, les tièdes rondeurs des épaules. Songeaient-elles, elles aussi, à ôter ces houppelandes et enlever ces robes... Le lieu ne s'y prêtait point. Préférer une fille à l'autre eût été sciemment provoquer leur discorde. Elles avaient dû « en voir » chez les flagellants ! Blanche souriait, confiante et gonflée d'espérance. Marie se rencognait un peu, sournoisement, contre lui tandis qu'il caressait le haut de son bras. Sa sœur, apparemment, ne se doutait de rien.

— Vous ne pouvez me suivre, dit-il soudain. Ce serait décider vous-mêmes de votre mort. La saison vous oblige à rester à Coutances.

Il se mit à tâtonner Blanche de la même façon que Marie, sans que celle-ci en prît conscience. Naguère, au temps où il ne savait rien d'elles, les femmes avaient été pour lui ce que le cidre pétillant et doré représentait pour un buveur privé de la moindre chopine. Il révérait leurs visages, leurs rires, leurs formes à travers la mousse épaisse de leurs vêtements sous lesquels palpitaient les pulpes convoitées. Oui, il avait connu cette soif intense sans oser hardiment l'étancher avec celles dont les regards brumeux dissimulaient peut-être un consentement inavoué.

— Et puis, dit-il encore, s'adressant à lui-même, le Pierregord, c'est loin !

— Aussi loin que ce soit, nous voulons vous y suivre.

La nature de Blanche était entreprenante. Marie semblait plus circonspecte. Elle devait suivre assidûment le sillage de sa sœur : ainsi n'avait-elle pas à se fixer de choix. Elle avança ses lèvres en une lippe exquise :

— Nous ne pouvons demeurer à Coutances. Vos amis sont de bonnes gens, mais ils sont démunis. Raymond chôme bien au-delà du dimanche ; l'escarcelle de Guillemette est vide. Il nous faut partir.

— Où, Marie ?... Répondez... Je m'inquiète aussi du sort de mes amis.

La jouvencelle baissa la tête. Blanche leva la sienne, cherchant semblait-il dans les poutres une réponse introuvable.

— Vous n'êtes point ingrates et ce que vous pensez me confirme que vous êtes bonnes.

— La bonté, dit Marie, n'apporte ni pain ni viande.

— Avec les flagellants, nous mangions, dit Blanche.

Bien qu'elle l'eût accompagnée d'une moue de dédain, Ogier désapprouva cette observation. Puis elle l'écœura. Les reliefs d'un festin dans la cour de Gratot, parmi les morts — hommes, femmes, chiens — lui revenaient en mémoire. Blanche avait parlé « sans penser à mal » et s'en repentait. Il faillit la tancer. Marie prit les devants :

— Si c'était à refaire y retournerais-tu ?

— Non !... Et ce n'est pas ce que je voulais dire... La rapine et l'occasion profitent aux gens sans foi ni loi... Guillemette et Raymond, qui sont honnêtes, se trouvent dépourvus de tout... Voilà !

Ogier se demanda si ce n'était pas une folie d'aider ces jouvencelles à remonter le cours de leur déchéance. Il les regarda l'une après l'autre, brièvement. Belles, dès lors qu'elles étaient apprêtées comme des manantes. Étaient-elles un don de la Providence ?

A tout prendre, mieux valait se rattacher à la vie par le désir d'aimer — même le temps d'une étreinte — que d'être désabusé par la satiété. Qu'il baisât ces deux bouches-là, il serait sincère ; elles aussi. Il avait cru que les baisers dont il couvrait Blandine, au début de leur mariage, seraient les sceaux de leur amour. Quel âne !... Plus de sceaux, désormais, ni de sentiments élevés. S'il devait mourir demain ou après-demain de la morille, mieux valait profiter d'une double aubaine.

— Je sais que mes amis n'ont plus un sou vaillant, mais je les aiderai.

— Êtes-vous riche ?

— C'est mon souci... Vous le saurez peut-être. Il vous faut avoir de la patience.

— Nous en aurons, dit Marie.

— Puisque c'est votre désir, acheva Blanche.

Les rapprochant de lui, il se pencha vers l'une, puis vers l'autre, plusieurs fois pour toucher leur joue et leurs cheveux. Ces odeurs confondues en une seule lui donnaient une sorte de plaisir par la souvenance qu'il conservait des autres. Il le confirmait dans cette fidélité qu'il devait à *la* femme à travers toutes ses infortunes. Il s'était cru indifférent aux empressements de ces deux jouvencelles. Il se trouvait guéri de cette hypocrisie.

— ... votre désir, murmura Blanche.

Elle souriait. Bien que la lumière fût parcimonieuse, Ogier remarqua la pâleur de Marie. Elle lui saisit la main avec une promptitude insensée.

— L'autour, commenta-t-il, fondant sur une proie.

Aussitôt, de l'autre côté, Blanche en fit autant.

— Holà ! dit-elle, votre froidure me pénètre.

— Ah ! bien, fit Ogier.

Une imperceptible ivresse lui montait au cerveau. Deux sœurs qu'il pouvait conquérir l'une après l'autre. Jamais, présentement, au royaume de France, un homme n'était plus convoité que lui. Mais qui préférait-il ? Il soupira, perplexe. Marie balbutia :

— Votre chaleur me pénètre.

Il sourit. Son cœur s'épura de l'anxiété qu'il avait éprouvée en arrivant, las et transi, devant le seuil de ses amis.

— On vous aime, murmura Blanche.

Avec une ferveur presque mystique ou tout simplement exagérée, elle baisa la senestre qu'il lui abandonnait. Marie en fit autant, et même plus, en passant sa langue sur les doigts demi-serrés entre les siens, ce que voyant, Blanche prit une attitude prostrée.

— Tu n'as pas le droit, murmura-t-elle.

La déception se manifestait, assortie, sur son front soudain plissé, d'une souffrance réelle. Une larme roula jusqu'au bout de son nez.

— Je l'aime, dit Marie, défiant sa sœur.

Sa voix, quoique menaçante, vacillait. Ses yeux veloutés par la pénombre où, tout à coup, elle s'était réfugiée, cherchaient ceux de Blanche pour une injonction secrète.

— Je l'aime aussi. Il nous a sauvées toutes deux.

Elle se levèrent, prêtes à se colleter.

— Au lieu de vous meshaigner[1], dit Ogier en les retenant et en les contraignant à se rasseoir, vous devriez me demander mon avis.

Il se leva, détaché presque brutalement des mains avides.

— Plus tard, dit-il.

Il s'en alla auprès de Marchegai, lui flatta l'épaule, la croupe, et se tourna, sévère :

— Je ne veux point de tençon entre vous !

Il s'étonnait de se sentir aussi tranquille, bien que les senteurs de ces deux jeunesses fussent restées en lui, complexes, enivrantes.

— Je vais dormir, dit-il. Faites-en donc autant... Et ne vous griffez pas dans votre couche !

Il fallait franchir le seuil. Sentant le froid lui tomber dessus, il jeta, paisible, une ultime recommandation :

— Fermez bien cet huis !... Si vous attentez à la santé de ces chevaux, je vous... répudie sans façon !

1. Maltraiter.

Il s'allongea, éprouvant une satisfaction animale, délicieuse, à sentir les draps s'attiédir autour de lui. Il ne regrettait rien de sa conduite. La rivalité entre Marie et Blanche, soudainement révélée, le laissait indifférent. Odile et Éthelinde de Winslow lui apparaissaient, soudain, comme le seul modèle qu'il connût de communion complète entre deux sœurs. Mais que l'Angleterre était loin !

Il entendit crisser la neige. Des pieds légers... Le petit craquement d'une porte qu'on referme avec soin.

« Elles sont revenues. Elles vont se coucher. »

Il semblait que Blanche et Marie se fussent réconciliées.

Quelques degrés de l'escalier craquèrent. Des pas traînants caressèrent le plancher du galetas, puis il y eut des crissements : ceux d'un matelas de paille hachée menu recevant un corps.

« Une seule est montée. »

Saladin sauta du lit et se coucha sur la peau de loup étendue, à son intention, sur les dalles.

Le silence fut rompu par le clapotement d'un filet d'eau tombant dans un gobelet. Qui voulait s'abreuver ? Blanche ? Marie ?

Ogier se tourna sur le flanc et ouvrit les paupières sur une obscurité vaguement blême. La lueur d'une chandelle, dans la pièce voisine, fluait sous l'huis de la chambre. Puis ce fut le noir, le silence, l'absence de mouvement, semblait-il, de celle qui était restée. Car l'escalier demeurait muet ainsi que les combles.

Il ne pouvait dormir. Il était à l'aguet, recroquevillé, fiévreux peut-être, car son front s'était mouillé. Il attendait la suite, son oreille mutilée emplie de l'infime et lancinant bruissement du sang qui la réchauffait.

« Elle viendra, sinon elle serait montée. »

Il se morfondait un peu, repassant dans sa mémoire les phrases et les gestes qui l'avaient ébahi. Stimulée par ces souvenirs tellement récents qu'il croyait y assister encore sans rien perdre de leur précision, son attente enfantait des scènes suggestives que la raison authentifiait comme probables.

« Elle entrera ! »

Elle glisserait sur le pavement, discrète, prudente, réelle mais invisible. Il la voyait sans pouvoir lui fournir un nom. Elle avait à la bouche un sourire d'esclave.

Un souffle révéla enfin cette présence. L'intruse était là. Avec des précautions qui tenaient du sortilège, elle avait su ouvrir et refermer la porte sans qu'aucun bruit ne la dénonçât. Un peu de blanc montrait qu'elle était dévêtue. Les yeux écarquillés, il distingua les contours d'un corps indolent, diaphane. Était-il nécessaire qu'il en sût davantage ? Elle approchait lentement comme par crainte de se brûler. « Je te tisonnerai », songea-t-il. Son cœur battait. Il avait anticipé cette scène ; elle se réalisait. Il en avait imaginé d'autres et craignit qu'elles ne correspondissent point à ses espérances.

— Ne dites rien, fit-elle en entrant dans les draps.

Ce n'était qu'un murmure ; c'était aussi une injonction, une supplication exprimée d'une voix tremblante, humide, — du bout des lèvres et non du fond du cœur.

— Je vous attendais.

— Moi ?

— L'une ou l'autre.

— Mais moi, je vous aime.

Afin qu'il n'en doutât point, elle voulut coller sa bouche à la sienne, mais il se défendit, la tête renversée, le corps tout entier supportant soudain le poids léger de l'inconnue envigourée par une convoitise dont il réprouva l'audace. Il avait espéré une offrande modeste. Elle voulait le conquérir.

— Blanche ou Marie ? demanda-t-il.

Elle retomba sur le flanc et, rageuse, lui tourna le dos, se rencognant contre lui à coup de fesses impétueux destinés à ébranler ce qu'elle croyait être de l'indifférence. Or, c'était simplement de la circonspection.

— Je n'aime pas courir, dit-il, pour l'apaiser.

Il ne se sentait ni vainqueur ni vaincu. Il s'était cru destiné pour longtemps à la morosité de la solitude. Son monde se peuplait. Plus de femmes que d'hommes. Il voulut passer un bras autour de la taille frémissante, mais la jouvencelle se tourna sur le dos, puis sur le flanc. Il sentit les doigts fins d'une dextre avertie errer sur son torse et caresser une toison qui, après quelques semaines de mariage, semblait avoir répugné à Blandine.

— Qui es-tu ? Brune ou blonde ?

Aucune réponse. Blanche était plus langagière que Marie, mais comme il n'obtenait qu'un silence absolu...

La main s'était arrêtée. Blanche ou Marie n'osait ni monter ni descendre. Il la touchota, flatta, pinçota, égarant une paume sur des seins fermes et dardés, puis des contours d'amphore, jusqu'au val ennuagé de mousse tiède dont il atermoya pour percer le mystère.

Plus tard. Il avait le temps. Sa main était inerte, la paume contre cette bestiole à l'affût dans des cuisses mi-closes. Plus tard.

Ils s'entre-touchèrent. Cessèrent. Recommencèrent. Ogier se retint de bâiller.

— Tu aimes ?

Voilà qu'elle le tutoyait tandis que, le chevauchant, ses jambes se refermaient sur les siennes.

— Tu aimes ?

Une langue vivace mouilla l'oreille mutilée.

Il ne répondit pas et resta immobile. De son désir de s'épancher avec l'une ou l'autre sœur, et sans qu'il y comprît rien, il ne subsistait pas grand-chose. Parce qu'il était las ? Non. Il avait surtout besoin de bonheur, d'une intensité de bonheur qu'elle était incapable de lui donner. Avec *l'autre*, ç'eût été pareil, pensa-t-il tandis qu'il errait d'une main plus ferme mais légère, sur des rondeurs qu'il eût voulu voir.

Elle l'approuvait de soupirs prolongés, de bruissements de gorge. Derechef, elle le renversa pour se frotter à l'aise contre lui, sa longue chevelure époussetant son nez si malicieusement qu'il en éternua, ce dont elle profita pour s'agenouiller et s'ouvrir, soyeuse, ondoyante, — comblée.

Déjà, elle était en liesse et donnait toute sa ferveur, toute son application à fourbir cette épée qu'elle avait engainée. Elle le dominait, soupirant et murmurant des mots qu'il ne voulait comprendre tant il les devinait crus et salés. Son corps remplissait sa besogne mais ni un semblant d'amour ni un soupçon d'amitié, — encore moins de reconnaissance —, ne prenaient part à la fête.

Elle était satisfaite ; il ne se montrait point passif, mais complaisant, moins par goût que par gratitude pour tant d'audace. Il réprouvait la hâte qu'elle avait mise dans ses préparatifs en se reprochant toutefois de lui avoir abandonné toutes les initiatives. Le présent n'existait pas pour lui, même maintenant. Il n'y avait dans sa vie que l'avenir et le passé. Un passé virulent, un avenir amer. Le plaisir serait fade et, contrairement à ce que la donzelle pensait, sans lendemain. Elle avait cru le subjuguer. Fallait-il qu'elle fût naïve ! Ce devait être Marie.

— Pourquoi mets-tu tant de fureur à me fourbir ?

— Pour t'exciter.

Il devinait sa nature véritable : frémissante, gourmande, — sans plus. La fréquence de leurs sursauts faisait craquer le lit de toutes ses membrures. Raymond, Guillemette et *l'autre* devaient s'interroger. Peut-être sourire.

— Alentis...

— Je sens que cela vient... Et toi ?

Il eût voulu prendre les rênes, la conduire, en ménageant ses ardeurs, vers ce grand déploiement d'extase dont il avait tant besoin, mais elle remuait avec une force indomptable, heureuse de lui prouver, au lieu de sa vitalité, sa compétence et son énergie. Ne voulait-elle pas le suivre où qu'il allât ?

Il ne put se retenir de se dissoudre et serra les dents sur des soupirs consternés. Quelque soin qu'il eût mis à les étouffer, la chaleur qui la pénétrait lui révéla son triomphe.

— Tu es heureux...

Il semblait, apparemment, qu'elle n'eût rien éprouvé.

— Heureux ? insista-t-elle, penchée pour un baiser qui ne vint pas.

L'hypocrisie s'imposait.

— Oui.

Il était soulagé, sans plus. Pendant quelques instants, il avait presque tout oublié mais, cette noyade achevée, il remontait à la surface.

— Tu as répondu à mon attente.

— Si tu n'abdiques pas, on continue doucettement.

Sa volupté insatisfaite, allait-elle s'épanouir en prodiges d'attention ? Il n'en doutait plus, hélas ! Dans la horde des flagellants, elle avait subi tout d'abord effrayée, puis consentante à force de coups reçus, l'ardeur des mâles. Elle s'était dévergondée pour survivre. Comme les sombres marbrures de ses bras, des traces subsistaient, tout au fond de son corps, de ce violent apprentissage. L'âpreté qu'elle mettait à le vouloir satisfaire n'était que l'expression d'une envie d'en terminer en hâte. Mais où était, dans cette vélocité, l'amour sinon l'admiration dont elle se prévalait ?

Ils se fondaient l'un dans l'autre sans communier, sans échanger quoi que ce fût. Il eût pu se réjouir, or, jamais il n'avait été aussi sérieux, aussi gravement lucide. Aucun arrêt, aucun signe de lassitude ne lui permettait d'augurer la fin de ce corps à corps.

— Hé là ! dit-il quand il sentit contre sa joue la plainte tremblotée de la fête accomplie.

Elle cessa de se trémousser mais ne se dégagea point, et sans qu'il s'y attendît, elle se remit à s'acharner si fort qu'il entendit ses dents grincer.

Il voulut s'en dépêtrer. Elle gronda, rageuse : « Non ! Non ! » frénétiquement résolue à obtenir de lui un râle, un gémissement ou — pourquoi pas ? — quelques mots de gratitude.

Cette tyrannie, au lieu de l'exciter, le consternait mais, puisqu'il avait l'occasion de se soulager...

Une fois, deux fois. Il était hors d'haleine et il avait sommeil. Il se laissa désenchaîner, la bouche ouverte, le souffle court, déçu mais profitablement.

— Qui es-tu ? dit-il alors qu'elle s'allongeait près de lui.

Elle ne bougea pas, les jambes croisées, close et peut-être verrouillée sur un plaisir accessoire. Il n'avait point voulu en triompher ; elle l'avait dominé croyant « bien faire ». Avec de petits soupirs et déglutissements, elle semblait se repaître d'une victoire qui le rassasierait pour longtemps.

— Tu as fait de moi ta suzeraine.

Il eut soudain envie de s'ébaudir et serra les mâchoires afin d'étouffer un rire tandis que, prudemment, elle l'examinait en aveugle, laissant aller sa main de bas en haut, remontant parfois ses lèvres jusqu'à cette bouche d'homme pour lui ravir un peu de souffle.

— Tu ne m'aimes pas.

Était-ce une larme qui venait de briller entre leurs visages ?

— Je ne veux plus aimer. J'en ai fait la promesse.

— A qui ?

— A Dieu.

— Fais-toi presbytérien.

Il voulut la renverser, mais elle se coula le long de son corps, avide, goulue, pour ressusciter son ardeur par quelque malicieux prodige.

— Tu vois, je suis hodé [1]. Ce n'est point de ta faute.

Il reçut la tête ébouriffée contre son épaule tandis que de son pouce, il titillait un mamelon avec une prévenance dont il ne sentait plus la nécessité.

— Tu ne m'aimes pas.

Comme il lui caressait les hanches puis les flancs, ses mains remontèrent le long du corps vers la mousse des aisselles puis suspendirent leur cheminement.

« Merdaille ! »

Était-ce possible ? Oui. Sous les poils humides, il y avait deux boutons. Petits encore. Redoutablement petits.

1. Las, recru.

— Lève-toi, dit-il, la gorge soudain sèche et brûlante.

— Mais...

— Lève-toi.

— Qu'est-ce qui te prend ?

— Il faut qu'on te soigne. Va t'habiller en hâte... Presse-toi !

— Mais...

— Obéis !... Il nous faut sortir !

— Maintenant ?

— Maintenant.

— Pourquoi ?

— Tu le sauras... Il me faut t'emmener.

— Où ?

— Chez les Dominicains.

— Pourquoi ?

— Pour qu'ils te soignent !

— Qu'est-ce que j'ai ? Je ne me sens pas malade !

Ils avaient cessé de chuchoter. Ils parlaient haut. On devait les entendre.

Ogier sentit la jouvencelle se soulever. Elle sauta du lit si malencontreusement qu'elle tomba des deux pieds sur Saladin.

Le chien eut un cri de rage.

— Oh ! il m'a mordue.

Aucun doute, à présent : c'était la voix de Blanche.

— Cours... Habille-toi... Je t'attends à la porte.

— Qu'est-ce que j'ai ? Dis-le-moi.

Elle avait deviné mais voulait recevoir confirmation de son angoisse.

— La morille ?

— Oui, dit Ogier sans ménagement. Mais le mal pris à temps, l'on pourra t'en guérir !

Les brouillards de la mer avaient gagné la côte et poussé plus avant leur incursion. Coutances, vide, semblait noyée dans une sorte de nuage noir.

Ogier tirait Blanche éplorée par la main.

En quittant Guillemette, Marie et Raymond rassemblés, en chemise, dans la cuisine, elle avait sangloté qu'elle était punie pour ce qu'elle avait fait. N'eût été la gravité de l'instant qu'ils en eussent souri, sans doute.

Il l'entraînait sans mot dire, glissant parfois sur les pavés couverts d'une boue craquante.

« Si c'est la peste, je suis contaminé. Je mourrai. »

Il ne pouvait se départir de cette idée. Kemper, Saveuse, Rosamonde. Il les avait impunément côtoyés. Avec Blanche, il avait fait mieux — ou pire. Eh bien, si c'était mal d'en avoir profité, il expierait sa faute !

« Dieu... » songea-t-il. Non. Sa foi n'avait pas le caractère permanent de celle d'un clerc. Elle oscillait, s'éteignait. Ce qu'il y avait de meilleur en lui allait repousser l'infection. Et le meilleur, ce n'était point son âme mais son sang, ses muscles et ses viscères. Son courage. La religion simplifiait trop les idées. Il ne pouvait accepter ce nouveau coup du sort comme l'expression d'une volonté céleste ou d'une immense fatalité. Les capacités de son esprit suffisaient pour qu'il engageât sereinement le combat et qu'il triomphât de la morille, — si toutefois Blanche en était atteinte.

— Allons, lui dit-il, hâte-toi. Les mires du couvent sauront te guérir.

Les ongles de la jouvencelle égratignaient sa paume.

— Ne me serre pas tant. Tu ne vas pas te perdre.

— Je suis perdue !

— Non !

— Dieu m'a punie.

— Non ! Dieu dort en ce moment !

Il ne pouvait donner au reste de foi qui palpitait en lui une forme précise, mais il songeait à un oiseau qui se mourait et battait des ailes.

— Dieu...

Il n'osa blasphémer. Cette foi qui périclitait, c'était

le Très-Haut Lui-même qui l'avait blessée. Pourtant, c'était vers Ses serviteurs qu'il entraînait Blanche. En toute confiance.

Au couvent, personne ne dormait. Les moines et parmi eux les frères Peynel, Gérard et Guillaume veillaient sur quelques trente malades alités dans ce qui semblait être un ancien réfectoire : on avait allongé des enfants sur les tables.

— Te voilà ! s'étonna le sempecte.

Du menton, Ogier désigna Blanche, livide et frissonnante dans sa houppelande élimée.

— Elle est malade.

Disant cela, il entrevit derrière le vieillard des visages bleuis de froid ou de peste. Il flaira des puanteurs.

— Il faut examiner ton amie.

C'était sans plaisir, sans doute, et même avec répugnance que les clercs devaient dénuder les femmes. Frère Peynel considéra Blanche avec une sorte de solennité mêlée de bienveillance :

— Ne tremblez point... Avez-vous mal aux aines et aux aisselles ?

— Un peu sous chaque bras, mon père.

Le sempecte se rembrunit.

— Il me faut voir.

Tout au fond de la salle, une femme cria. Ce cri en provoqua d'autres, la plupart irrités, deux ou trois implorants. Un concert de malédictions s'éleva bientôt. L'on traita les clercs d'incapables, d'égoïstes ; on les accabla de jurons. Il y eut des pleurs, des sanglots, des voix perçantes, grondeuses qui toutes demandaient de l'aide et même l'extrême-onction.

— Je ne peux pas rester céans, dit Blanche. J'aime mieux mourir dans la cour.

Les mains tendues, les yeux mouillés, elle suppliait.

— Ne peut-on... commença Ogier.

— Suivez-moi, dit le sempecte. Mais c'est bien parce que c'est toi.

Il fallut avancer dans des couloirs glacés. Parfois, la chandelle que tenait frère Peynel semblait près de s'éteindre. Il en ravivait la flamme entre sa main demiclose. Blanche ne disait mot comme rassurée par le silence des murs et le claquement des pas sur les dalles. Son indignation contre elle-même était passée. Elle dominait sa peur et son impatience. Ogier, derrière elle, observait sa démarche. Il y avait en elle quelque chose de léger, de furtif que son vêtement épais ne contrariait pas. Un beau corps comme le sien ne pouvait se corrompre... Allons, bon ! Qu'allait-il penser. Rosamonde elle aussi était belle, vigoureuse. Lui, ses nerfs souffraient. Trop c'était trop. Cela ne finirait-il donc jamais ?

— Nous arrivons, dit frère Peynel.

Et plutôt que de se soucier de l'escalier devant lui, il éleva sa chandelle et son regard vers le plafond comme si, à travers les entre-vous et les poutres, il espérait découvrir une aide, une clémence, un réconfort.

Les degrés enjambés, il poussa une porte :

— C'est là... Voici mon lit. Demain...

— Si c'est la peste... balbutia Blanche.

— Si c'est la peste, il vous faudra prier.

Le sempecte posa la chandelle sur l'accoudoir d'un prie-Dieu.

— Tu prieras, Ogier. Cette fois, mon fils, je te le commande... Tiens, il y a trois cierges dans ce coin... Allume-les. J'ai besoin de clarté.

Ogier obtempéra.

— Approche-les du lit... Quittez, mon enfant, cette houppelande et abaissez le haut de votre robe... Allons, n'ayez crainte : mon regard est celui de Dieu.

« Dieu », songea Ogier. « Dieu partout ! »

Le doute qu'il fût présent pourtant le tourmentait à la façon d'un élancement douloureux. « Et si je suis atteint ? » Vers qui se tournerait-il ? A qui adresserait-il ses plaintes et ses prières ?

Blanche était allongée, nue jusqu'au nombril. Ogier s'emplit les yeux de cette demi-nudité dont frère Peynel n'avait souci. Les seins étaient beaux, fermes, pudiques sous la clarté légère et gaie des flammes qui semblait courir sur toute la surface de cette chair souple dont il connaissait la tiédeur et l'odeur. Les épaules d'ivoire n'étaient pas salies par l'ombre de la chevelure. L'encoche du nombril appelait le baiser. Blanche se laissait examiner : la prudoterie n'était point dans sa nature.

Le sempecte tendit un cierge à Ogier. Il essuya ses mains longuement à sa bure. De ses yeux las, brillants, Blanche l'interrogea.

— Comment puis-je savoir ? dit-il. Levez les bras. Croisez-les sous votre nuque.

Rejetée en arrière, Blanche ressentit soudain, outre un sursaut d'angoisse, la vergogne d'être livrée aux regards d'un clerc. Ses goussets d'or étaient si peu fournis qu'Ogier, sans avoir à se baisser, voyait entre les poils les boutons suspects. On eût dit deux cerisettes mûres.

— Je ne veux pas mourir, hoqueta Blanche.

Frère Peynel s'était penché, pénétrant d'un pouce mince et spatulé chaque cavité axillaire. Ses mains étaient d'une contexture ferme, couleur de pierre, avec des veines bleues, saillantes, des taches brunes çà et là et des protubérances pointues aux articulations. C'était presque une profanation qu'elles touchassent cette chair tendre et ces poils dorés.

— Je vais mourir, pas vrai ?

Frère Peynel se releva. Ogier enragea de ne pouvoir le dévisager : sciemment ou non, le vieux bénédictin lui montrait son dos et sa tonsure.

— Pardoint [1], mon enfant, ces attouchements, dit-il à Blanche, pâmée. Ils sont nécessaires pour déceler le mal.

— Je ne veux pas mourir ! Je ne veux pas mourir !

La jouvencelle s'était assise sur le lit. Ogier saisit une de ses mains au vol. Elle serra sa dextre si fort qu'il en gémit. Toute l'horreur de la mort noire figurait dans ce serrement. Il posa sur une escabelle, au chevet de Blanche, le cierge qu'il tenait dans sa senestre.

— Ne bouge plus, m'amie, tu le ferais tomber !

— Est-ce la peste ? sanglota Blanche. Cela m'est

1. Pardonne.

venu il y a trois ou quatre jours... Je n'en suis pas gênée. Je n'y pensais même plus quand...

— Quand Ogier s'en est aperçu.

— Oui, mon père.

Derechef, après les avoir flairées, le sempecte frotta ses mains contre son froc de bure.

— Mon enfant... Du courage et de la piété !

— De la pitié, mon père, rectifia Ogier.

Pour lui, Blanche ne pouvait mourir. Ce n'était point une pécheresse. La seule faute qu'elle eût commise, si faute il y avait, c'était d'avoir cédé — non sans lutte — aux hommes qui l'avaient entourée. Ils étaient trop puissants pour qu'elle leur résistât.

— Je ne puis me prononcer fermement, Ogier, mais...

Le sempecte s'adressa subitement à la jouvencelle :

— Allongez-vous encore... Relevez vos bras... Penche-toi, mon fils, de ce côté.

Ogier obéit, le cœur battant. L'excroissance rosée, dans l'intimité de la toison blonde, lui suggéra tout autre chose qu'un bouton maléficieux.

— Regarde l'autre... Ne crains pas d'écarter les poils... Si elle a cela depuis trois ou quatre jours, ces abcès auraient dû devenir brûlants et gonfler comme des pommes noires. Il me paraît inutile et il serait indécent de soulever sa robe pour voir ailleurs si elle en a.

« Si je n'étais présent, peut-être le ferais-tu, mon père », songea Ogier tandis que Blanche, les bras tout à coup baissés et les mains pudiquement réunies, s'écriait :

— Je n'ai rien céans !... Ogier en peut témoigner !

— Je n'en doute point, dit le moine avec un ambigu d'enjouement et de pruderie.

Ogier, la face soudain rouge, sentit la main de frère Peynel tapoter son épaule.

— Mon fils, regarde-moi... Rassure-toi. Je crois que cette jouvencelle s'est tourné les sangs... Ce que tu vois là, ce sont deux gros boutons qu'on appelle *antrac*[1].

1. Anthrax.

S'ils ne sont pas noirs demain, mais plus rouges encore, eh bien, elle sera sauvée.

Blanche voulut se lever. Frère Peynel la repoussa fermement.

— Holà ! ma fille... Où voulez-vous aller ? Entrez dans ce lit dont les draps sont propres. Je ne me suis pas couché depuis trois nuits. Quand j'ai sommeil, je dors sur le pavement, sans dommage pour l'ancien nattaire[1] que je fus... Demeure à son chevet, Ogier. Te sens-tu bien, mon fils, désormais ?

— Je me sens mieux, mon père.

Le sempecte cligna de l'œil et s'en fut.

Au matin, Blanche dormait encore. Ogier se sentit rassuré. De la fenêtre, il vit poindre le premier rai de lumière.

« Si elle vit, c'est que la peste, peut-être, a perdu son mordant. »

La lueur s'allongea, s'épaissit, triompha du brouillard avec une hâte de bon augure. Un coin de Coutances apparut, encore emmitouflé de brumes, mais un souffle du vent acheva sa délivrance. Un soleil rouge sang illumina les toits.

— J'ai dormi !

Blanche semblait s'en étonner. Ses grands yeux scintillaient d'une espérance folle. Ogier s'agenouilla au chevet de son lit :

— Te sens-tu mieux ?

Elle prit ses mains et les baisa.

— Allons, dit-il, cesse un peu. Je ne suis point évêque.

Elle avait conservé un visage blafard, mais ses yeux n'étaient plus ceux d'une malade. Elle l'étreignit presque sauvagement et pleura sur son épaule.

— Plutôt, dit-il, que de verser des larmes, allonge-toi sur cette couette et laisse-moi regarder ces boutons.

Elle rabattit les draps plus qu'il ne le fallait. Elle

1. Se disait d'un moine qui n'avait pour lit qu'une natte de jonc.

s'était dévêtue dans la nuit sans qu'il s'en fût douté. La fièvre, probablement.

— Holà ! dit-il en remontant au-dessus du nombril le drap et la couverture. Garde-toi d'attraper un rhume !

Bien qu'il l'eût entrevue dans son entièreté, sa nudité ne l'intéressait pas. Il avait d'ailleurs senti dans cette effronterie la présence d'une autre envie que celle de s'accoupler : celle de le captiver[1] corps et âme. Or, quelques étreintes nocturnes avaient suffi pour qu'il se sentît délivré de tout un fardeau d'appétitions obsédantes. Il toucha de l'index une épaule picotée de chair de poule.

— Fais-moi voir ces boutons.

Elle leva un bras. Dans son nid de mousse blonde, l'abcès avait mûri sans se développer. Au lieu d'être noir, il était rouge vif. Un point blanc affleurait à son extrémité.

— L'autre.

Blanche se soumit. Après leurs tâtonnements et solas[2] nocturnes, elle s'émouvait qu'il la vît de près.

— Même chose, dit-il. Rouge d'infection, sans plus. Ce n'était pas la morille... J'en avais grand-peur.

Un léger sourire anima une bouche exsangue.

— Pour toi ou pour moi ?

— Pour nous deux, bêtasse !

— Veux-tu voir l'endroit auquel ce moine a renoncé ?

C'était une suggestion inutile. Privée d'une réponse, Blanche s'étira de tout son long, mit ses mains sous sa nuque et souleva les jambes afin, sans doute, que le drap coulât sur elles des genoux aux chevilles. Ogier, d'une main, déjoua cette ruse.

— Non, dit-il.

Elle avait remédié à sa détresse. Il lui en savait bon gré. Après une nuit d'angoisse pour lui, de sommeil discontinu pour elle, il voyait une femme différente de la

1. Dans son acception initiale : *capturer*.
2. Plaisirs.

téméraire créature qui l'avait rejoint dans sa chambre. Plus hardie, — si toutefois cela était possible. Plus naïve aussi. Décidément, il lui préférait Marie.

Il marcha jusqu'à la fenêtre. Le soleil allait nettoyer les toits, embellir leurs saillies de pendeloques lumineuses, engluer les rues d'une boue glissante. Le froid reculerait. Où aller ? Repartir chez Godefroy d'Harcourt ?

« Lui seul peut m'aider, me guider. »

Devant le Boiteux, il était rempli de confiance, de gratitude et de crainte. Qu'un chevalier, un manant, un loudier[1] de connaissance le vît à Saint-Sauveur et il passerait pour un des satellites de ce fauteur de guerre.

— Habille-toi, dit-il à Blanche sans se détourner. Nous allons retourner auprès de mes amis.

— Et ce moine...

— Il va venir, j'en suis certain. Il verra que tu te portes bien. Si ç'avait été la peste, tu serais morte. J'ai vu quelqu'un mourir si vélocement que je n'en croyais pas mes yeux.

— Tu dis *quelqu'un*... C'était une femme, sans quoi, tu aurais dit : *un homme*.

— Soit, c'était une femme.

— Tu l'aimais ?

— Non.

— Menteur !

Et jalouse, en plus, d'une personne qu'elle n'avait pas connue. Comme il avait bien fait de se montrer réservé !

— Habille-toi.

— Où iras-tu quand nous serons revenus chez tes amis ?

— A Saint-Sauveur.

— Emmène-moi.

Blanche s'était levée. Nue. La contraction de ses sourcils révélait en elle une véhémence, un courroux qu'elle s'obstinait à contenir.

Les paupières clignées car le soleil l'éblouissait,

1. Paysan.

Ogier la considéra de haut en bas, promptement, et fut troublé.

— Tu es belle et j'aime à t'en faire compliment.

Blanche de nom et de peau, elle avait une grâce qui, du visage aux orteils, lui inspirait plus d'admiration que de concupiscence. Un front haut, un menton net, un nez malicieux. Le « reste » ? Des seins lourds mais solidement plantés, des hanches solides, des cuisses et jarrets d'excellente marcheuse. Elle disait d'ailleurs qu'elle le suivrait partout, même à pied s'il l'exigeait.

— Où que tu ailles, emmène-moi... A moins que tu préfères Marie...

— Je n'ai aucune préférence.

Cette beauté pour le moment dolente n'avait sur lui aucun empire. Elle ne le priverait pas, quoi qu'elle fît, du courage de partir seul pour Saint-Sauveur. S'il échouait dans sa quête, il chevaucherait vers Rechignac avec l'espoir de retrouver non seulement Thierry et Luciane, mais Tancrède.

— Souviens-toi, Ogier... Lorsque tu nous menais de Gratot à Coutances, tu nous as dit que tu nous mènerais jusqu'au châtelet de ton oncle.

— J'ai dit que vous y seriez en sécurité.

Il cessa de considérer cette fausse statue de la supplication, — car Blanche, tout à coup, avait joint ses mains.

— Emmène-moi... Emmène-nous !

Pensif et dédaigneux, il marcha vers la fenêtre et s'y emplit les yeux de ciel bleu. Jamais la douceur ne convaincrait cette obstinée.

— Habille-toi... et cesse de me tutoyer.

On toqua à la porte.

— C'est moi, dit frère Peynel à travers l'ais de chêne brun et luisant.

Ogier désigna, sur le tabouret de chevet, la robe, la chemise et la houppelande mêlées.

— Habille-toi... Voudrais-tu, comme te voilà, damner un saint ?

D'une tape sur la fesse, il envoya Blanche à ses vêtements. Soudain, il avait hâte de s'éloigner de Coutances. Seul avec son cheval et son chien. Godefroy d'Harcourt l'accueillerait avec joie. Le Boiteux devait se sentir bien seul dans ses murailles.

XII

— Verse-nous encore à boire, Ameline.

Ogier leva les yeux de son hanap. Il sentit aussitôt s'enfoncer dans les siens ceux de l'adolescent qui lui faisait face.

« Des yeux de loup », songea-t-il. « A moins que ce ne soient ceux d'un tigre. »

Il avait trouvé ce damoiseau en grand entretien avec Godefroy d'Harcourt lorsqu'il avait été admis, par Ameline, à pénétrer dans le tinel de Saint-Sauveur. Sans rompre le dialogue avec son hôte, le Boiteux lui avait montré un banc près de la cheminée. Assis devant le feu, les pieds proches de Saladin, il avait réchauffé ses membres engourdis en ignorant les regards que, du fond de la grand-salle, lui lançaient une demi-douzaine d'hommes d'armes qui n'appartenaient point à son hôte. Enfin, à court d'arguments et peut-être de souffle — bien que ces conjectures parussent contraires à son caractère —, Godefroy le Tort l'avait appelé : *« Viens, Argouges, que je te présente Charles d'Évreux, qui sera roi de Navarre... pour commencer ! »* Et de le placer, à table, vis-à-vis de ce garçon dont les yeux noirs et les sourcils charbonneux dans un visage de plâtre, ne cessaient de l'indisposer.

Charles d'Évreux ! Il en avait entendu parler comme d'un malicieux à l'intarissable faconde, faisant volontiers patte de velours à ses ennemis afin de mieux leur porter sa griffe. Perfide ? Assurément. Mais qui ne l'était point dans la famille royale ?

— Quel froid ! dit-il en se frottant les épaules. A Pampelune, hiver comme été, le soleil chauffe les êtres et les murs. Je veux, en mars, passer quelques jours à Olite[1]. Petite ville, grand châtelet... Lorsque le crépuscule embrase ces murailles, l'on dirait qu'il les barbouille de sang... ou de vin ! J'aime le vin... Celui de la Navarre est meilleur que celui de vos vignes !

— J'ai bu du vin d'Espagne en Angleterre, dit Ogier.

Cette simple phrase parut le rehausser dans l'estime que Charles d'Évreux semblait lui porter.

— Ah ! dit-il, vous étiez en Angleterre... C'est bien !... Savez-vous que les Anglais font commerce du vin avec les Espagnols, non seulement parce qu'il est bon, mais parce qu'ils obtiennent ainsi du bois d'if pour leurs arcs ? Pas de vin, pas d'if !

— Leurs arcs sont les meilleurs du monde, dit Godefroy d'Harcourt.

— Moi, je dirai plutôt que ce sont leurs archers.

— C'est vrai, Ogier, approuva le Boiteux.

— J'ai ramené un *long bow* de la Grande Ile.

— Ah !

Tourné tout à coup vers ses compagnons, le couteau, la cuiller ou le gobelet soudain immobiles, puis vers Godefroy d'Harcourt, Charles d'Évreux eut ce commentaire :

— Cet Ogier d'Argouges me semble bon à fréquenter.

Il rit. Tous en firent autant avant de se remettre à manger. Ogier leva son hanap :

1. Le château d'Olite existe encore. C'est un *parador* (hôtel). Soigneusement restauré, il constitue une des œuvres maîtresses de l'architecture civile du XIIe au XVe siècle. L'église Santa Maria la Real qui le jouxte est également unie à ce palais par des galeries souterraines. La restauration du château primitif fut entreprise par Charles III le Noble, comte d'Évreux et duc de Nemours vers 1387. Des artisans français y travaillèrent. Viollet-le-Duc emprunta un des éléments de sa restauration de Pierrefonds — la frise de la chapelle — à la décoration du château navarrais.

— Je bois à vos succès, messire Charles, et à votre futur royaume de Navarre !

— Tu aurais dû me dire, compère, bien familièrement, que tu buvais à mon royaume de France !

Ogier entrevit, au fond du regard velouté, derrière les prunelles immobiles, l'expression sans doute échappée d'une volonté de pouvoir capable de s'exaspérer jusqu'au crime.

— Il est vrai, dit-il, que si le trône vous était échu, nul ne pourrait y trouver à redire. Vous êtes, vis-à-vis du roi Philippe, dans la même espérance que le roi d'Angleterre.

— Mieux encore, dit Charles d'Évreux en cessant de ronger une cuisse de volaille. Je descends droitement de Philippe le Hardi par mon père Louis le Hutin et par ma mère Jeanne... sans omettre, bien entendu, mon aïeul, Philippe le Bel... et je descends aussi de Philippe le Hardi par mon aïeul, Louis d'Évreux, frère de Philippe le Bel[1]. C'est à moi, en vérité, que revient le royaume de Saint Louis !

« A quelque successeur qu'il revienne «, songea Ogier, « ce royaume serait en meilleures mains qu'en celles de Philippe et de son fils Jean. »

Il n'osa cependant proférer cet outrage.

— Je ne doute pas, messire, dit-il, de l'excellence de vos droits.

Charles se tourna vers Godefroy d'Harcourt et, l'œil plus clair :

— Tu vois !... Il n'y a pas que toi à soutenir mes vues.

Il se leva, son hanap à hauteur du front :

— Je bois à nos réussites... Droit au but à la façon du serpent ! L'on nous dira peccables et nous le sommes, mais c'est ainsi que nous obtiendrons bientôt le respect des honnêtes gens.

Ogier acquiesça. Par courtoisie. En l'occurrence, à la place de ce damoiseau, il eût tenu pareil langage en

1. Voir annexe III.

présence de gens de confiance. Il savait quelle honte pouvait ronger le cœur et l'esprit d'un jouvenceau lorsqu'il était forcément spolié, — ne fût-ce que de son honneur. Son regard lentement parcourut les convives. Tous avaient des visages à saigner à blanc des gens pas plus atteints de congestion que lui-même. Des malandrins, assurément ; superbement forts, obéissants comme des chiens de maison et mauvais comme des tigres. Des Espagnols chevelus avec des joues et des fronts tannés, aussi durs et sombres que leurs nasches[1]. Ils acquiesçaient toujours aux dires de leur prince et souriaient quand ses grosses lèvres d'avaleur de royaume se desserraient obliquement. Ils s'observaient les uns les autres, se consultaient du regard avec la vivacité de l'éclair et, soudain rassurés, gloutonnaient leur pitance. Aucun d'eux ne se fût risqué à reprendre leur maître, à contester d'une moue l'un de ses rires. En dehors de ses rages et de ses transports, Charles d'Évreux se plongeait dans des méditations rapides comme ses coups de dents. Ils en grognaient de satisfaction.

— Verse-moi encore de ce vin, Ameline.

Charles restait debout. Quand son hanap fut plein, il le vida d'un trait et, s'essuyant les lèvres :

— Le vin de Mortain est moins bon. Je ferai planter des vignes de Navarre. Oh ! je sais... Vous allez penser que des années se passeront avant que l'on y fasse la cueillette, mais j'ai le temps !

Petit, certes, mais grand par ses viscès et par ses attitudes. Son œil d'oiseau de proie cherchait à tout percer. Enclin à l'éloquence, à la persuasion, il semblait avoir amené à la perfection l'art de s'attirer des amitiés, sinon des affections. Ameline elle-même, — qu'il caressait d'un regard tendre à l'insu du Boiteux — semblait, à défaut d'être conquise, troublée par l'intérêt qu'il prenait à sa gorge.

« Voilà un gars qui sait gagner les esprits », se dit

1. Fesses.

Ogier. « Mais saura-t-il mériter son trône de Pampelune ? D'après ce que je sais — mais qui donc me l'a dit ? — son père Philippe et Jeanne, sa mère, n'étaient guère appréciés des Navarrais... Bah ! il se peut qu'il sache les prendre. »

— Que faites-vous, messire, en Cotentin ? S'il y a du soleil en Navarre, que n'y êtes-vous au chaud !

La réponse vint, prompte et sans malice :

— Je suis venu compter mes amis. Ils sont bien plus nombreux que je ne l'espérais.

Il eût pu s'en montrer fier ; il en parut gêné. Ses hommes l'approuvèrent sans qu'il eût besoin de leur assentiment. Il ajouta, souriant, avec une sorte de majesté qui laissait présager sa condescendance, lorsqu'il serait couronné :

— Je ne vous presse ni ne vous adjure d'en faire partie.

— Voilà qui est bien dit, intervint Godefroy d'Harcourt. Moins l'on met de hâte à choisir ses compères, plus on est sûr de ses sentiments réels envers eux... Mais un fait est certain, Ogier : si Charles, un jour, est roi de Navarre et de France, j'aurai pour moi le duché de Normandie tombé en déshérence.

« Quoi ? » s'étonna Ogier. « Ils occiraient volontiers les héritiers de Philippe et de Jean, qui sera Jean II à la mort de son père ? »

— Hé ! Hé ! fit le Boiteux.

Il n'avait jamais dissimulé son désir d'être duc. Ses yeux brillaient d'une joie enfantine. Il rit. Il semblait, à l'entendre, qu'il y avait vingt ans qu'il ne s'était point ébaudi de la sorte. Il riait à pleine gorge, les paupières plissées sur un mince filet de brillance. Et sa pomme d'Adam s'affolait dans sa gorge.

— Hé ! Hé ! fit Charles d'Évreux que ce rire importunait.

Ogier sourit mais au fond de son être, la colère se nouait. Qui *vraiment* était messire Charles ? Il était décontenancé par ces yeux insolents où passaient des langueurs, par cette figure irritante de beauté. Jamais ces accessoires de la séduction ne le pourraient charmer ; jamais il ne se joindrait à ces deux conspirateurs pour détrôner le roi Philippe et le duc Jean — quelle que fût son aversion pour ces deux sots. Jamais il ne fournirait son adhésion à quelque dessein homicide.

Il s'absorba dans la contemplation de ses mains posées sur le ventre de son hanap. Les engelures en rougissaient les doigts. Certains commençaient à se tuméfier, d'autres à perdre leurs squames. Difficile de tenir solidement une épée...

— Je vais partir pour Pampelune... Quand ? Je ne sais. Cette froidure m'indispose.

— Demeure à Saint-Sauveur, dit Godefroy d'Harcourt. Et toi aussi, Ogier !

Ameline passa, la démarche onduleuse. Elle avait de l'estoc[1], une grâce patricienne dont le Boiteux, peut-être, ne savait évaluer la qualité. Charles d'Évreux, au contraire, semblait prendre feu pour elle.

— Grand merci, dit Ogier, mais je dois repartir.

— Où ?

— Je ne sais.

— Je ne puis, dit le Boiteux, te conforter car je n'ai rien appris sur ton serourge.

— Qui est-ce ? demanda Charles d'Évreux soudainement intéressé.

— Thierry Champartel.

— Connais pas... Et vous, mes gars ?

Les soudoyers de Navarre grommelèrent en hochant la tête.

— S'il n'était point au Mont et s'il n'est pas en Cotentin, il est en Pierregord. Vas-y voir, Ogier... Si tu veux, je peux te prêter quelques hommes.

Ogier refusa de la tête. Charles d'Évreux se pencha :

— Nous pourrions cheminer ensemble !... Le Pierregord, je le traverse en gagnant la Navarre ! Pas vrai Fernandon[2] ?

1. De la race, de la « classe ».
2. Jean Fernandon (Ferrandon) fut l'écuyer du roi de Navarre.

— Devrait venir, dit de loin un brun barbu aux yeux de crapaud.

« Bon Dieu, non », songea Ogier. « La présence de ce baveur[1] déjà m'inquiète et me pèse. Que serait-ce si, pendant deux semaines, je devais partager sa vie et celle de ses hommes d'armes !... Ils semblent se nourrir de sang et de ténèbres. »

Bien que sa gêne fût devenue d'un coup plus virulente, il devait affronter ce damoiseau somme toute aimable.

— Je ne sais encore quand je partirai.

Charles le regardait de très près, fixement.

— Au printemps, Argouges, dit-il d'un ton âpre et qui se voulait convaincant. Pas maintenant. Tu me rejoins à Mortain ou ailleurs... Ou mieux encore : nous nous retrouvons à Saint-Sauveur dans les premiers jours de mars...

— Ou à Coutances, suggéra Godefroy d'Harcourt.

Tout au fond de lui-même, le Boiteux trouvait-il la compagnie de Charles d'Évreux déplaisante ?

— Je verrai, dit Ogier.

— Pourquoi atermoyer ? insista Charles, alors que cette hésitation suscitait une légère réprobation chez les Navarrais.

— D'ici, là, messire, je puis retrouver Thierry et ma fille.

— Ah ! oui, tu as une fille. Godefroy m'en a parlé à ton arrivée. Elle est peut-être morte, brouie[2] ou enterrée.

Le damoiseau ne mâchait pas ses mots. Une sorte de sourire glissa sur ses lèvres.

— Je ne pense pas comme vous, messire Charles.

Ogier eut conscience d'un reflux d'intérêt dans ce cerveau jeune et présomptueux. Peut-être même, la mésestime succédait-elle à la cordialité. Pourquoi s'en fût-il soucié ? Il allait partir.

Il prit congé cérémonieusement :

1. Bavard.
2. Brûlée.

— Non, demeurez assis... Je reviendrai... Je passerai vous voir, messire Charles. Je vous trouverai plus aisément que ma fille !

Son départ semblait une fuite. Godefroy d'Harcourt ne le retint pas, gêné sans doute par cette hâte imprévue à quitter Saint-Sauveur.

— A te revoir, dit-il. Prends soin de ta personne.

— Je vous sais bon gré du conseil, dit Ogier.

Ameline lui ouvrit la porte du tinel et la referma sur eux et Saladin.

— Vous avez, messire Ogier, offensé messire Charles.

— Sans doute, mais je ne suis ni son soudoyer ni son sujet.

— C'est un homme mauvais. Cela se sent... Et de plus, il ment... Godefroy feint de croire à ses menteries.

— Ah !

— Il donne à penser qu'il a déjà mis les pieds en Navarre et à Pampelune, mais c'est un mensonge... Il ne s'y rendra que pour ceindre la couronne.

Ogier se hâta de recueillir dans ses yeux le sourire de cette servante que le Boiteux aimait, certes, mais insuffisamment.

— C'est un damoiseau ambitieux qui a de bonnes raisons de l'être. Mais sa rancœur lui trouble l'esprit... Votre blanc-manger[1] était un délice.

— Je l'ai fait surtout pour vous...

Ameline le prit soudain aux épaules et lui donna un baiser sur les lèvres :

— La bonne chance, messire.

La porte se referma sur cette créature chaude et fiévreuse, au cœur peut-être affadi, singulièrement seule, elle aussi, dans les hauts murs de Saint-Sauveur.

1. Gelée faite avec du lait, des amandes, du sucre. L'on pense aux *mazapanes* des Tolédans dont l'origine date aussi du XIIIe siècle.

Nous avons mis, messire, votre absence à profit.

— De quelle façon, Guillemette ?

La jeune femme se tourna vers Raymond.

— Dis-lui, toi.

La soupe était servie. Blanche la buvait à petits coups. Marie baissait la tête comme fautive de quelque chose, — à moins qu'elle n'eût envie de pleurer. Tournant lentement sa cuiller, Raymond dispersa quelques morceaux de pain dans son écuelle et les laissa tremper.

— Voilà, dit-il. A Coutances, avec tous ces morts, il n'y a plus rien à espérer. Qui viendra m'acheter un renge à épée ? Une selle ? Une ceinture d'armes ?

— Personne, dit Guillemette.

Il semblait qu'une fatigue insurmontable l'alourdissait. Elle avait dû tergiverser longtemps, sans doute, avant d'accepter la proposition ou la décision de son mari. Elle craignait un échec, mais à propos de quoi ?

— Alors, poursuivit Raymond presque sèchement, on va retourner à Gratot.

— Hein ? dit Ogier, assommé de surprise. Tu veux en être le regard[1] !

Il n'éprouvait rien qu'une espèce de stupeur. Raymond mangeait son pain trempé à grosses bouchées lentes, bruyantes. Blanche regardait sa cuiller au creux de son écuelle vide. Marie caressait, posée sur sa cuisse, la tête ensommeillée de Saladin.

— Nous n'irons à Gratot que si vous consentez.

— J'y consens, Raymond... Mais c'est dangereux !

— Pas si l'on prend des précautions... Laisser le pont relevé, avoir cinq ou six chiens bons pour toutes les chasses, engager deux ou trois hommes sûrs.

— Il y a tant et tant de choses à reconstruire, objecta mollement Ogier.

— Ça c'est vrai, dit Guillemette. Nous y sommes allés tous les quatre avant-hier. J'ai vu...

— Et puis, vous n'avez pas de quoi...

1. Gardien.

— Que je n'aie rien à Coutances, interrompit Raymond, ou rien à Gratot, qu'est-ce que cela change ? Je chasserai, je me rapprocherai d'Agon et de la mer... Et puis nous allons vendre cette maison... Pas cher : il y en a tellement à vendre et même à occuper...

Que répondre ? Ogier se sentait accablé. De surprise et de gratitude inexprimée. Il voyait, sur la poitrine de Guillemette, la tiretaine grise suivre le rythme d'une respiration oppressée. Il éprouvait le besoin aigu de dire quelque chose et sentait, entre ses cils, une tiédeur humiliante.

— C'est bien, dit-il.

— Nous aurons Blanche et Marie avec nous, ajouta Guillemette.

Le regard d'Ogier rencontra celui de Blanche. Un désespoir profond, une inquiétude aussi, assombrissaient celui de la jouvencelle. « Elle voudrait que je l'emmène ! » Marie semblait accepter son sort.

— Je vous fais confiance à tous. Je partirai demain.

— Où ? Demanda Blanche.

Il eut un geste large. A quoi bon le leur dire. Il allait devoir vendre quelques-uns des joyaux repris aux flagellants et dissimulés dans une grosse aumônière que Raymond lui avait offerte. Il l'avait prélevée sur le corps de Paillot avant de jeter sa dépouille aux flammes. D'où ce démon tenait-il cette escarcelle ? Il n'y avait dedans que cinq ou six deniers.

— Vous n'avez pas un sou vaillant !

— C'est vrai, Guillemette. En devenant un chevalier d'aventure et en faisant arme, comme on dit, avec quelques seigneurs, je pourrai, à défaut de m'enrichir, obtenir de quoi manger à ma faim.

— A trop vouloir hanter les joutes et tournois, vous pouvez vous faire occire !

— Non point, Raymond.

— Certains clercs, à ce qu'on dit, prétendent que la morille nous est venue en réponse aux désordres des pardons d'armes !

— Lorsque nous étions à Chauvigny, un moine avait prédit la pestilence noire. T'en souviens-tu ?

— Fort bien... C'était un jeune sec et barbu.

— Si ma mémoire est bonne, il s'appelait Gyselbert. Les hommes de Guichard d'Oyré l'ont tourmenté à mort dans le souterrain d'Angle où je pourrissais. Peut-être s'est-il vengé de la présomption des chevaliers et de la fureur des malandrins.

— Si vous ne rencontrez personne pour jouter ?

— Je saurai convertir l'or en argent, l'argent en or....

Raymond n'insista pas.

— La bonne chance vous accompagne.

Ogier n'osa paroler davantage. Rechignac constituait sa dernière espérance. Une brève émotion l'exalta : « Si Tancrède y est, je n'aurai pas cheminé pour rien. » S'il ne trouvait ni Tancrède ni Thierry et Luciane, sa déception serait irréparable.

Une énergie factice comme celles que donnent quelques rasades d'eau-de-vie le remit d'aplomb :

— Je les trouverai !

— Dieu vous garde, fit Marie.

Il la remercia d'un sourire et acheva d'avaler sa soupe.

Il quitta Coutances avant l'aube. Marchegai, franc et docile, ne semblait ressentir ni son poids ni celui de l'armure enfardelée sur sa croupe. Saladin suivait gravement.

Il allait vers le sud, tâtant parfois sur une épaule les courroies de ses deux carquois, et sur l'autre la bretelle de la housse du *long bow* dont le bois lui semblait plus lourd que d'ordinaire.

Il ne se retourna jamais.

ANNEXES

ANNEXE I

DU NOM DE FRANQUE-VIE

Le nom de Franque-Vie semble avoir appartenu particulièrement à la région de Valenciennes, où Guillaume (dit *le Bon*), comte de Hollande et de Hainaut, avait sa Cour. Il fit adouber son fils, comte d'Ostrevant, dans cette cité, le jour de la Toussaint 1336, en présence de seigneurs français et étrangers dont les plus en vue étaient le duc de Gueldre, le comte de Fauquemont, le marquis de Juliers, Wallerand et Ligny, Jean de Beaumont, le seigneur de Cuick, envoyé du duc de Brabant, l'évêque de Lincoln, le comte de Salisbury et celui de Huntington, ainsi que les douze pairs du Hainaut qui étaient les seigneurs d'Avesnes, Chimay, Barbençon, Chièvres, Lens, Roeulx, Baudour, Longueville, Wallincourt, Silly (plus tard Enghein), Kevy, Rebaix ; et les six pairs de Valenciennes : de Jauche, Caudry, Prouvy, Trith, Fresne et Préseau. La cérémonie eut lieu en l'abbaye de Saint-Jean.

Après la messe, chantée par l'évêque de Cambrai, Jean d'Avesnes, seigneur de Beaumont, la fleur des chevaliers de son siècle, amena Guillaume, comte d'Ostrevant, son neveu, et le présenta à l'évêque en le requérant qu'il lui plût d'accompagner le désir de ce jeune prince, qui demandait la Chevalerie.

Le prélat fit les recommandations d'usage, pria Guillaume de lui dire *oui*, s'il voulait entrer dans l'Ordre. La promesse rituelle fut accomplie sur les saints Évangiles et Guillaume fut fait chevalier.

Alors, son père s'avança vers lui et, tirant son épée, la lui abaissa sur l'épaule :

— Je te donne la colée, mon fils, et te fais chevalier en l'honneur et au nom de Dieu tout puissant, et te reçois en notre ordre de Chevalerie. Qu'il te souvienne d'en garder toutes les ordonnances.

Le héraut d'Armes de Valenciennes, Morel, dit Franque-Vie, fit sonner les trompettes et les clairons et cria par trois fois :

— Vive, vive Guillaume de Hainaut, comte d'Ostrevant[1] !

Et l'on se retira pour le festin et les joutes en lesquelles le jeune chevalier fit merveille.

1. *Ostrevant*, héraut du Hainaut, accompagnait toujours Franque-Vie avec les attributs de ses fonctions et sa cotte d'armes, mais le héraut de Valenciennes ne lui permettait pas d'exercer dans l'intérieur de la cité. Ce jour-là, plus encore qu'un autre, il exigea de rester maître des cérémonies.

ANNEXE II

LA PESTE DE 1348

La *pestis anguinalgia* ou *pestis atra* (peste terrible) ou tout bonnement la peste noire de 1348 exerça des ravages particulièrement violents en Normandie. Hélas ! les textes qui lui furent consacrés sont inversement proportionnels à l'ampleur du fléau, à commencer par la *Normannia nova chronica*, qui semble assez peu documentée, quoique contemporaine de ce funeste événement. Elle signale que la peste cessa dans la dernière semaine d'août à Rouen après y avoir fait 3 000 victimes. Or, l'on sait qu'un nouveau cimetière fut créé en octobre : celui de Saint-Martin-sur-Renelle. Les Rouennais n'auraient pas laissé leurs morts sans sépulture pendant plus de deux mois, à la fin de l'été ; ils eussent rechigné à les déterrer pour les « ensépulturer » ailleurs, de crainte d'une réapparition du mal. Le nombre des morts apparaît bien faible eu égard à ceux des autres grandes villes.

Comme le constate Roger Jouet[1], les auteurs, faute de documents (il ne subsiste rien, par exemple, des archives de Saint-Lô détruites lors de la dernière guerre) ne peuvent être prolixes et précis sur cette épidémie qu'Yves Renouard qualifie à juste raison « *d'événement mondial le plus important du* XIV*e siècle*[2] ».

Il faut constater que les Normands se remettaient difficilement de leur première recession agricole (1315-1318), mais leur vulnérabilité n'explique pas tout. La force du mal était particulièrement terrifiante et l'hygiène était nulle. Aucune

1. *Autour de la peste noire en Basse-Normandie au* XIV*e siècle* (*Annales de Normandie*, 22e année, nº 4, décembre 1972, pages 265-276).
2. *Population*, tome 3.

prophylaxie vraiment efficace ne permit aux manants et paysans de se garder du terrible danger. Quant aux seigneurs et même aux personnes royales, la mort ne les épargna pas. Ils furent toutefois moins nombreux à succomber : leurs mires leur faisaient absorber des remèdes plus ou moins efficaces. L'on vit le médecin le plus célèbre de son temps, Guy de Chauliac, claquemurer le Pape Innocent VI dans son palais d'Avignon afin de le soustraire aux miasmes dont il avait été victime et dont il triompha.

Les autres ouvrages à consulter sont ceux que signale M. Jouet dans son étude : *La Peste en Normandie du* XIVe *au* XVIIe *siècle*, du Dr Louis Porquet, *The Black death*, de Ph. Ziegler (Penguin book, 1970), *Le Diocèse de Coutances*, de M. Laplatte (1942) ; les *Notes théologiques de Richard de Saint-Victor* (voir Coville : *Extraits contemporains sur la peste de 1348*, dans l'*Histoire littéraire de la France*, tome XXXVII, pages 325-390, 1938). C'est Richard de Saint-Victor qui situe l'entrée de la peste en Normandie le jour de la Saint-Jacques, donc le 25 juillet 1348.

On pourra lire également Léopold Delisle (*Actes normands de la Chambre des Comptes sous Philippe de Valois*) : il cite 3 lettres du duc Jean datées du 8 mai 1349, indemnisant des fermiers, dans son *Étude sur la classe agricole en Normandie au Moyen Age* (Paris, Champion 1913) ainsi que les *Extraits des délibérations du Chapitre de Bayeux*, publiés par le *Bulletin de la Sociétés des Antiquaires de Normandie*. Le chanoine Le Mâle a publié en 1935 ces textes où l'on trouve une conclusion du Capitulaire du 27 octobre 1348 permettant aux chanoines de Bayeux de se disperser.

On consultera également l'ouvrage d'Hippolyte-Émile Rebouis : *Étude historique et critique de la peste* (Paris, Picard, 1888, cote 8° TD 53278 à la Bibliothèque Nationale) et celui du Dr L. A. Joseph Michon : *Documents inédits sur la grande peste de 1348* (Paris, 1860, cote 8° TD 53163). Le premier fait un historique complet de la peste depuis son apparition à Égine et ses résurgences à Thèbes, Troie, Rome, Athènes ; en Lybie, en Égypte, en Syrie, en Gaule en continuant par Paris (année 540), etc.

Pour la peste de 1348, dite aussi *peste de Florence*, on frémit rétrospectivement en apprenant qu'elle fit 25 millions de morts en Europe, les grandes villes se trouvant tout à coup dépeuplées :

— Naples, 100 000 morts ; Gênes, 40 000 ; Marseille, 16

000 ; Avignon, 30 000 selon les uns, 17 000 selon les autres[1] ; Lyon, 45 000 ; Strasbourg, 26 000 ; Paris, 80 000 ; Reims, 80 000 ; Narbonne, 20 000 ; Londres, 50 000.

Ces chiffres démontrent que l'on ne se contenta pas d'enterrer les morts : on en incinéra des quantités[2].

La Faculté de Paris accusa les vents méridionaux de propager la contagion. Ses médecins, sommés par Philippe VI de faire quelque chose, notèrent : « *le ciel a pris une teinte jaune, l'air une couleur rougeâtre ; les tremblements de terre ont fait mourir les poissons qui ont engendré des serpents et des grenouilles* »... « *l'épidémie a devancé la volonté divine* ».

Peu avant l'apparition du mal, une comète « *à flamme noire* avait « *précédé et annoncé* » le fléau.

1. C'est le 1er novembre 1347 que les galères génoises « pestiférées » accostèrent à Marseille. Deux mois après, Avignon et Arles étaient atteints. A cette date, Louis de Hongrie arrivait devant Naples. La reine Jeanne s'enfuit le 15 janvier et débarqua à Marseille en pleine épidémie. Le 29, ses vassaux de Provence lui prêtèrent serment. Le 15 mars, elle était accueillie par Clément VI. La veille de son arrivée en Avignon, l'on avait recensé 11 000 morts (en un mois et demi). Le 16 février, Narbonne avait été mortellement frappée ; en mars, c'était le tour de Carcassonne. Conséquence immédiate, ou presque : dans la nuit du 13 au 14 avril 1348, à Toulon, 40 Juifs furent massacrés. Ces massacres continuèrent à Buis-les-Baronnies, Valence, la Tour-du-Pin, Saint-Saturnin. Au Pont-de-Beauvoisin, on accusa les Juifs d'avoir souillé un puits ; on les y précipita jusqu'à ce qu'il fût comblé !

2. Il semble que Calais n'ait guère été atteint par l'épidémie, et l'on a peu de renseignements sur les ravages du fléau dans le Nord. La peste reprit son cours mortel en 1349, après une « pause hivernale » et s'éteignit entre 1350 et 1352 (cf. J.-N. Biraben : *Inst. Nlles recherches démographiques*).

Pour l'Angleterre, les renseignements sont imprécis. Il semble que, jusqu'ici, aucune enquête quantitative ait été entreprise.

ANNEXE III

CHARLES II, ROI DE NAVARRE

Voici un homme qui, de son vivant comme après sa mort et de siècle en siècle, n'a point cessé de provoquer des controverses. Fut-il aussi moralement pervers et physiquement désagréable que ses contempteurs l'ont affirmé et l'affirment encore ? Fut-il, au contraire, une espèce d'Adonis doublé d'un parangon de vertus ? Comme souvent, la vérité se situe entre ces deux extrêmes.

L'Histoire à la commande

Il convient de signaler d'emblée combien l'ouvrage d'Edmond Meyer : *Charles II, roi de Navarre, comte d'Évreux et la Normandie du XIVe siècle* (Paris, 1898), réédité en Suisse (!) par Slatkine-Megariotis Reprints (1975) et celui d'André Plaisse : *Charles, dit le Mauvais, comte d'Évreux, roi de Navarre, capitaine de Paris* (Société libre de l'Eure, Évreux, 1972) méritent d'être lus. Ce sont des œuvres parfaitement documentées, *impartiales*, écrites avec cette simplicité de style et cette rigueur démonstrative qui caractérisent les historiens épris de leur sujet et non point les faiseurs de service, auteurs de livres ou d'émissions à la commande destinés à célébrer « en temps voulu » un événement important de notre Histoire. Dédaignons comme ils le méritent les beaux parleurs superficiels de la télévision et de la radio (ce sont toujours les mêmes). Quant aux livres, on en a vu paraître des centaines à propos de sanglants anniversaires : l'abominable révolution de 89, l'aventureuse Commune si bien décrite par Jules Vallès et qui n'engendra, lui décédé, que des témoignages funèbrement abscons ; le débarquement du 6 juin 1944 et la libération de la France avec leur foultitude de commentaires quasiment polycopiés. Ainsi naissent les livres d'occasion dans la plus parfaite acception du terme. Écrits en hâte, ils ne sont que la médiocre resucée de ce qui fut publié *avant* sans qu'aucune trouvaille, aucune anecdote inédite, aucun document puisé à la source ne vienne en rehausser la « sauce »[1]. Cependant, le public « averti « n'est point dupe. Ainsi les retrouve-t-on par grosses quantités dans les boîtes des bouquinistes, ces grands cimetières du papier où le meilleur, rare, côtoie le pire... à moins que ces « produits » ne soient allés tout bonnement et droitement au pilon.

Ces pratiques où la Recette escomptée supplante l'Histoire et ses Vérités ont engendré une littérature opportuniste et fadasse, fréquemment corrompue, d'ailleurs, lorsque l'auteur-à-la-commande s'ingénie à coup de mensonges ou d'omissions — volontaires ou non — à tracer des parallèles et des tangentes entre l'époque concernée et la nôtre. Comme si les mœurs et les esprits, le rythme des guerres et des découvertes, l'apparition des épidémies dévastatrices, les transfigurations des arts, les goûts, les modes demeuraient immuables de siècle en siècle, malgré les bouleversements apportés par les trouvailles et les rites du Progrès.

El Malo

Charles II de Navarre ayant été qualifié de *Mauvais*, rares sont ceux qui ont cherché dans les agissements de cet homme les raisons profondes d'une méchanceté souvent exagérée, due à une frustration qui n'est pas mince. Qu'on en juge par ce simple schéma :

1. Depuis des décennies de fréquentation de la Bibliothèque Nationale, de celle de l'Arsenal et, parfois, de la Mazarine, l'auteur de cet ouvrage n'a *jamais* vu ou entraperçu un seul ténor de l'Histoire médiatisée. Où ces gens-là prennent-ils leurs sources et, *surtout*, où et comment les vérifient-ils ?

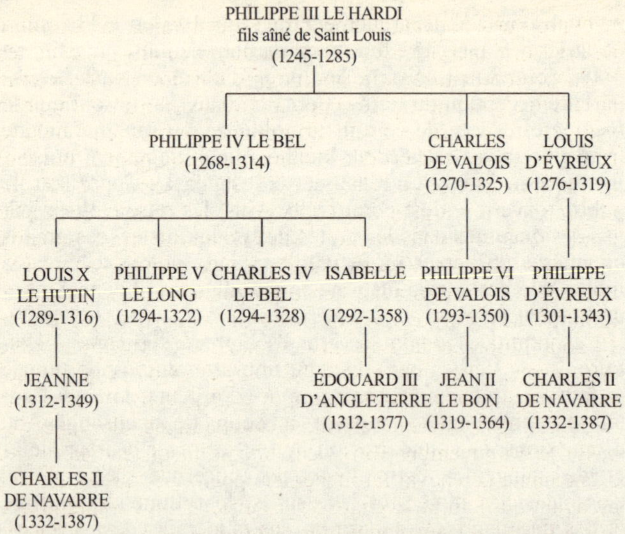

La peste n'avait pas frappé que des manants, des bourgeois, des prud'hommes. Elle avait sévi jusqu'au trône et Charles, sans doute, regretta qu'elle ne s'en fût pris qu'aux femmes [1]. Eh bien, il patienterait !

1. Double mort due certainement aux séquelles de la peste : Jeanne de Bourgogne, femme de Philippe VI, mourut le 12 décembre 1349. Elle fut enterrée à Saint-Denis le 17 de ce mois et son cœur porté à Citeaux.

Bonne de Luxembourg, épouse de Jean de Normandie, serait morte le 11 septembre 1349 et enterrée à Maubuisson le 18 selon *L'Art de vérifier les dates*, et le vendredi 11 août 1349 selon les *Grandes chroniques*. La première date est la bonne.

Philippe VI lui ayant subtilisé Blanche de Navarre dont il était épris, le duc Jean se tourna vers Jeanne, comtesse de Boulogne, veuve du jeune duc de Bourgogne mort à Aiguillon. Il l'épousa le 9 février 1350 et non pas le 24 février comme l'a écrit Edmond Meyer. Il est à noter que Jean commandait au siège d'Aiguillon qui avorta lamentablement.

Il est également à noter qu'il existe une confusion au sujet de Blanche. Froissart prétend qu'elle était la fille de Louis de Navarre. Elle était, en réalité, la fille de Philippe III d'Évreux-Navarre. C'était donc la sœur de Charles le Mauvais en faveur duquel elle intercéda souvent.

Outre qu'il pouvait, à bon droit, revendiquer la couronne de France, il méritait aussi — d'une façon moins nette, certes — la couronne ducale de Bourgogne, puisque fils de Jeanne de France, femme de Philippe d'Évreux-Navarre, laquelle était fille de Marguerite de Bourgogne, femme de Louis le Hutin, laquelle était fille de Robert II de Bourgogne, bisaïeul de Philippe de Rouvres, lequel était fils de Jeanne de Boulogne, issue du mariage de Guillaume XII, dernier comte de Boulogne et d'Auvergne, avec Marguerite d'Évreux-Navarre.

Depuis la mort d'Eudes IV de Bourgogne (Sens, 1349), Philippe de Rouvres avait hérité du duché puisque son père, Philippe de Bourgogne, était mort au siège d'Aiguillon, le 10 août 1346. Cet adolescent de quinze ans avait pour mère et tutrice Jeanne, comtesse de Boulogne et d'Auvergne qui avait épousé, en secondes noces, le 9 février 1350, Jean, duc de Normandie, presque aussitôt roi de France. Philippe trépassa le 21 novembre 1361 de la même façon que son père, d'une chute de cheval farouchement éperonné, qui tomba sur lui avant qu'il ait pu déchausser les étriers. On comprend que le roi de France eût voulu, dès l'annonce de la mort du fils de son épouse, s'approprier un duché qui passait, à raison, pour être grossement riche et prospère : il lui fallait payer son immense rançon[1] !

Les usurpateurs Valois, solidement chevillés au trône, mais non point invulnérables (il le savait) ne fournirent à Charles que des compensations souventefois dérisoires, sinon vexatoires. Il se vengea, choisit avec plus ou moins de discernement ses partisans, noua des alliances préjudiciables à Philippe VI et Jean le Bon et conséquemment à la France... ou, sous le règne de Jean et de son fils Charles, de ce qu'il en restait. Son combat qui nous apparaît comme déraisonnable ne fut-il pas, surtout, désespéré ?

Mme Honoré-Duverger[2], naguère, a prétendu que son sobriquet lui fut donné après sa mort puisque, selon elle, aucune chronique française n'attribue ce surnom au Navar-

1. Charles le Mauvais était également apparenté aux comtes de Foix. En effet, le 5 mai 1349, Gaston dit Phœbus ou Fébus avait été fiancé à Agnès de France, fille de Jeanne de France et de Philippe le Noble de Navarre. Le 4 août de la même année, le mariage fut célébré à Paris. Agnès avait pour frère Charles le Mauvais.

2. « Charles le Mauvais », conférence donnée au 94e Congrès national des Sociétés savantes (Pau, 9 avril 1969).

rais. Ce fut, dit-elle, en 1571 qu'un certain Pisciña le lui attribua pour avoir châtié ses parents et ancêtres en 1378. Il mentionna ce surnom dans une chronique demeurée inédite. Or, s'il est vrai que Charles, couronné à Pampelune le 27 juin 1350, mettait pour la première fois les pieds dans son royaume, la révolte du mois d'avril 1351, qui indigna si fort Pisciña, est sujette à caution. Un chroniqueur, Madrazo, fit reproche à son ami Jean Iturralde d'avoir augmenté l'horreur de quelques révoltés pendus au pont de Miluce, près de Pampelune, dans un récit débridé : *El puente de Miluce* publié par la *Revue euskarienne*.

El Malo, le Mauvais ? Il ne fait aucun doute que le soudoyer, le capitaine, le maréchal et même l'homme et la femme de la rue ont, de son vivant, donné ce surnom à sire Charles, assorti d'autres plus virulents.

Un conflit d'hypocrites

Charles naquit en mai 1332. Il était le fils de Philippe d'Évreux et de Jeanne de France, fille de Louis le Hutin, héritière du royaume de Navarre. Philippe d'Évreux étant décédé en 1343, la reine Jeanne gouverna de loin ce royaume jusqu'à sa mort, à Conflans, le 4 octobre 1349, au cours d'un voyage accompli en France pour réclamer le comté d'Angoulême que Philippe VI retenait en dépit de ses serments. Mort suspecte ? On l'attribua à la peste. Charles était donc âgé de 17 ans quand il fut sacré. Sa façon de régner le rendit alors impopulaire. Il sut y remédier.

Très tôt, il se signala par une élocution aisée, vigoureuse, qui contrastait avec les épanalepses et les prêchi-prêcha des Valois. A parler *coram populo*, il séduisait les foules. Il y avait en lui du tribun et du condottiere ; un condottiere qui se maintint toujours à l'arrière de ses armées. On lui en fit reproche. Que dirait-on des généraux des temps modernes !

Placée entre les royaumes d'Aragon et de Castille, la Navarre occupait une position stratégique importante. Plutôt que d'exercer une influence plus ou moins bénéfique dans la péninsule ibérique, Charles II se tourna vers le Nord, au-delà des Pyrénées. Par la Basse-Navarre, son royaume touchait à la Guyenne anglaise ; ses deux frères et lui possédaient le comté d'Évreux, celui de Longueville et de grands domaines en Normandie. Charles II tenait aussi, outre Mantes et Meulan, quelques places en Ile-de-France. Le roi Jean souhaitait les annexer, d'où, le 12 février 1332, le mariage de sa fille Jeanne, âgée de sept ans, et de Charles. Dès lors, on multiplia les difficultés pour payer au roi de Navarre la dot de sa jeune épouse[1] ; on refusa d'assigner les rentes qui lui avaient été promises ; on éluda ses protestations au sujet de la succession de sa mère aux comtés de Champagne et de Brie.

En 1349, Jeanne d'Évreux avait échangé le comté d'Angoulême et quelques domaines en Poitou contre Pontoise, Beaumont-sur-Oise et quelques cités de moindre importance. Jean offrit le comté d'Angoulême à son favori, le connétable Charles d'Espagne, sans restituer les fiefs accordés en échange. Il est indéniable qu'il prenait plaisir à irriter son gendre qui, insulté par le bardache du roi, fit assassiner celui-ci, le 6 janvier 1354, à Laigle. plusieurs conjurés participèrent à ce meurtre : Jean V comte d'Harcourt, Louis, son puîné, Godefroy, leur oncle, Friquet de Fricamp, gouverneur du château de Caen, le Bascon de Mareuil, le sire de Graville et quelques autres.

Jean voulut tirer de ce crime une vengeance à la mesure de sa passion pour l'Espagne. Cependant, il ne pouvait ignorer que Charles II comptait de nombreux partisans auxquels se serait joint Édouard III d'Angleterre. Sur les instances des reines douairières Jeanne et Blanche, veuves de Charles le Bel et de Philippe VI, il accorda des lettres de rémission à son gendre et, par le traité de Mantes (22 février 1354), il lui céda en échange du comté d'Angoulême, le clos de Cotentin (ce qui dut déplaire à Godefroy d'Harcourt), les vicomtés de Valognes, Coutances, Carentan — avec leurs dépendances —, le comté de Beaumont-le-Roger, la vicomté de Pont-Audemer, les châtellenies de Breteuil et de Conches. La place forte de Cherbourg était comprise dans cette concession. Du fait de Jeanne de France, sa mère, fille unique de Louis le Hutin, le roi de Navarre possédait en outre le comté de Mortain avec Avranches et Gavray. Pour prix de ces concessions, il fit amende honorable au roi Jean devant la Cour des pairs (4 mars 1354).

Or, Jean, hypocrite et pervers, n'avait songé qu'à gagner du temps. Charles de Navarre fut bientôt informé que le roi assemblait des troupes pour sa capture. Quittant la Normandie, il se rendit, déguisé, en Avignon pour solliciter la média-

1. 100 000 deniers d'or.

tion du pape Innocent IV. Ses fiefs furent aussitôt séquestrés sauf quelques villes : Évreux, Cherbourg, etc. qui refusèrent de se rendre. En Avignon, Charles rencontra le duc de Lancastre et lui promit son aide en Normandie. Il se rendit ensuite en Navarre, qu'il mit en état de défense, et y leva des troupes. Lors de son absence, le petit royaume était gouverné par son frère, Don Louis.

Pour une paix durable

Après avoir cherché à entraîner Pierre le Cruel, roi de Castille, dans l'alliance du roi d'Angleterre et protesté, auprès du roi Jean, contre le séquestre mis sur ses biens, Charles s'embarqua à Bayonne et traversa Cherbourg à la tête de 10 000 hommes d'armes. Le roi d'Angleterre se préparait, lui aussi, à entrer en Normandie. Craignant une guerre, Jean céda aux instances de la noblesse, du peuple et de ses conseillers qui voulaient une paix durable avec le Navarrais. Ce fut le traité de Valognes (10 septembre 1355) qui confirma le traité de Mantes et restitua les places de Normandie au roi de Navarre, lequel se rendit à Paris pour y faire sa soumission à Jean II pendant que les garnisons navarraises occupaient Cherbourg, Gavray, Mortain, Avranches, Carentan. Un article du traité réservait au roi la nomination des châtelains des forteresses sus-dites.

Charles II, qui avait suscité quelques émeutes en Normandie à propos des gabelles, s'était secrètement allié aux Harcourt et à plusieurs seigneurs de Rouen. Godefroy d'Harcourt, le Boiteux de Saint-Sauveur, ne pouvait être qu'un compère des plus utile et des plus fiable. Fils de Jean III d'Harcourt et d'Alice de Brabant, frère de Jean IV mort à Crécy, oncle de Jean V, comte d'Harcourt et d'Aumale, il tenait les seigneuries de Saint-Sauveur-de-Vicomte, Auvers et Sainte-Marie-du-Mont par où passaient les routes principales reliant Valognes et Cherbourg, Coutances et Avranches, Bayeux et Saint-Lô.

Charles II avait découvert que le dauphin Charles détestait son père et, surtout, qu'il avait grand-hâte de régner. Lors d'un festin auquel l'héritier de la Couronne avait convié quelques amis sûrs (5 avril 1356), Jean fit une entrée fracassante et malgré les supplications de son fils[1] ordonna l'exécution

1. N'était-ce pas un guet-apens ourdi par le futur Charles V afin de faire disparaître les principaux témoins d'un parricide qu'il n'osait

de Jean V d'Harcourt et d'Aumale, des sires Maubue de Mainemares et Jean de Granville ainsi que de Colinet-Doublet, valet tranchant. Enfermé au Château-Gaillard puis au Louvre et ensuite au Châtelet, Charles II y subit une captivité sans concession. Le 17 avril, de Couches-sur-Iton, Philippe de Navarre adressa une lettre de défi au roi de France et la renouvela le 28 mai à Cherbourg. Les troupes de Jean s'emparèrent d'Évreux et mirent le siège devant Pont-Audemer et Breteuil. Godefroy et philippe voulurent associer à leur revanche Louis d'Harcourt, le frère du décapité, mais celui-ci refusa.

Le sort du roi de Navarre émut le peuple et une partie de la noblesse[1]. Tandis que Jean II essayait de s'approprier les fiefs des Navarrais et des Harcourt, Philippe et Louis de Navarre ainsi que Godefroy le Boiteux, aidés par le duc de Lancastre, lui opposèrent une vive résistance. Poitiers (18 septembre 1356) sonna le glas des prétentions de Jean. Dure et humiliante défaite assortie d'une captivité en Angleterre et du paiement d'une rançon colossale[2].

Les Anglo-Navarrais régnèrent alors en maîtres. Un clerc, maître Pierre Pigache, seigneur de Turqueville, créature de Godefroy d'Harcourt, rendit la justice au nom du roi d'Angleterre.

Le dauphin Charles, truchement de son père captif, pouvait enfin s'offrir l'apparence d'un règne. Il fit secourir les Rennais assiégés par les Anglais et chargea Guillaume de Bruval, bailli d'Évreux, et Jean le Bigot, chevalier, de visiter les baillages d'Évreux et de Rouen afin d'armer les habitants capables de se battre. En effet, Philippe de Navarre et Godefroy d'Harcourt se proposaient d'envahir complètement la Normandie. Toutefois, dès le début du mois d'octobre 1356,

plus commettre ? Tout est possible de la part de ce personnage retors et plus cruel qu'il n'y paraît. Même une alliance ultime avec son père !

1. Ce qu'on ne dit pas (ou à peine), c'est qu'à Poitiers-Maupertuis, maints chevaliers mécontents de l'incarcération de Charles de Navarre à Allores-en-Paillens, après le meurtre de Charles d'Espagne, qu'ils détestaient eux aussi, abandonnèrent le champ de bataille sans disputer la victoire (Joseph Lavallée : *La chasse de Gaston Phœbus*, Paris, 1854).

2. Le duc de Lancaster débarqua en Cotentin le 18 juin 1356. Robert Knolles quitta la Bretagne pour rejoindre Philippe de Navarre et Godefroy d'Harcourt à Montebourg et força les Français à lever le siège de Pont-Audemer.

les envoyés de Monseigneur Charles, régent du royaume, n'osaient plus s'aventurer au-delà de la vicomté de Caen et pénétrer en Cotentin. Considérant le pays comme une terre ennemie, le dauphin y fit porter la guerre et la ruine. Amaury de Meulan, qui venait de dévaster le domaine de Godefroy d'Harcourt, fut battu au passage des Veys, au gué de Rupalay (Isigny), mais quelques jours plus tard, une bataille tourna en faveur des Français. Godefroy le Boiteux y trouva une mort héroïque (11 novembre 1356). Aussitôt, les Anglais occupèrent son domaine.

Anglais et Navarrais se partagèrent le Cotentin. Saint-Sauveur, Barfleur, le fort de Graffart, près de Carteret. Ils avaient Montebourg, le Homme (commune de Picauville). Telle (entre la Haye-du-puits et Saint-Lô). L'abbé Guillaume, aux ordres des Navarrais, tenait Valognes et Carentan. Gavray, Mortain, Avranches consolidaient leurs défenses.

Coutances restait fidèle au roi de France. La cité avait pour évêque Louis d'Equery, conseiller du dauphin. L'église-cathédrale avait été convertie en forteresse. Périers était aussi à la France ainsi que Saint-Sauveur-Lendelin et Pontorson[1]. L'on se battait de ville à ville ; on s'escarmouchait sans répit.

La gloire à Paris

Assemblés à Paris le 17 octobre 1356, les États généraux avaient exigé la libération du grand fauteur. Parallèlement, l'infant Don Louis, qui gouvernait le petit royaume, envoyait à Bordeaux une ambassade auprès du roi Jean, hôte involontaire du prince de Galles, pour négocier l'élargissement de son frère tandis que le Clergé de Navarre accordait les deux tiers des prémices de trois années pour le même objet et l'envoi de troupes fraîches en Normandie où Philippe de Navarre guerroyait toujours.

Charles II ne recouvra la liberté que le mercredi 8 novembre 1357 : Jean de Picquigny l'enleva par surprise du château d'Allères-en-Paillens (Arleux-en-Palluel) où il était alors incarcéré, pour le conduire à Amiens où il reçut un accueil triomphal.

Par l'entremise d'Étienne Marcel — alors tout puissant —,

1. En 1359, Périers tomba au pouvoir des Anglais.

de Robert le Coq et des reines Jeanne et Blanche, le Navarrais obtint un sauf-conduit pour se rendre à Paris avec autant d'hommes d'armes qu'il le souhaiterait. Il entra dans la cité le 29 novembre et y fut reçu avec joie par le peuple qui s'était porté jusqu'à Saint-Denis à sa rencontre. Le lendemain, il harangua les bourgeois, écoliers et manants au Pré-aux-Clercs et leur démontra comment, prétendant légitime à la Couronne de France, il avait été traité. Grâce à l'entremise des reines douairières, d'Étienne Marcel et de Robert le Coq, un accord fut conclu entre Charles II et le dauphin qui consentit à restituer au roi de Navarre les châteaux et les cités confisqués après son arrestation, à lui permettre d'ensevelir ses amis décapités à Rouen et à recouvrer son rang (12 décembre 1357). Charles II se rendit à Rouen. Il y fit célébrer solennellement les obsèques des victimes du roi Jean (10 janvier 1358) et harangua la foule comme il l'avait fait à Paris. Les injustices dont, à raison, il avait à se plaindre, grandirent encore sa popularité. La bourgeoisie, inquiète, comptait surtout sur lui pour écarter le danger permanent des Grandes Compagnies et faire échec aux manigances de la Cour et d'un dauphin plus retors qu'on ne l'imagine.

L'entente des deux anciens complices fut brève. Les châtelains de Breteuil, Pont-Audemer, etc. ayant refusé de restituer ces places sans un ordre du roi Jean, Charles II, croyant ce refus concerté avec le dauphin, recommença la guerre. Son frère Philippe ravagea l'Ile-de-France. Malgré l'intervention de l'Université de Paris, Charles refusa tout nouvel accord avec le Navarrais qui ne revint dans la capitale qu'après le massacre des maréchaux de Champagne et de Normandie (26 février 1358). Les deux princes feignirent d'être réconciliés. Le duc de Normandie, au nom de son père, assigna au roi de Navarre, comme indemnité, 10 000 livres de rentes assises sur le comté de Bigorre et les vigueries de Rivière et de Rieux. La Jacquerie, alors, se déchaîna. Charles II, qui avait quelque peu « flirté » avec eux, s'empara par trahison des principaux chefs des Jacques à Clermont-en-Beauvaisis et tailla leurs troupes en pièces près de Montdidier. Il fit, dit-on, subir une fin cruelle au chef rebelle Guillaume Carle. Son principal complice, Étienne Marcel, était alors assiégé dans Paris par les hommes du Régent, soutenu par les États provinciaux. Il convoqua le roi de Navarre et lui offrit le titre de capitaine général de Paris. Charles II accourut. Le 16 juin, après avoir subjugué la foule, il prit le commandement de la ville.

Cependant, sa renommée baissait. Les nobles lui reprochaient sa brève connivence avec les Jacques, le peuple sa trahison envers ces derniers et les massacres qui lui avaient succédé. Bien qu'il s'affirmât l'ami des Parisiens, le Navarrais négociait alternativement, voire simultanément avec Édouard III et le Régent. Afin de conserver sa liberté d'action, il avait fait transférer son quartier général à Saint-Denis. Le dimanche 8 juillet, grâce à la reine Jeanne, il jura sur la Sainte hostie « *d'être avec le Régent contre tous* ». Tandis qu'il vendait son alliance à la France pour 400 000 florins d'or et promettait de faire entrer les Parisiens sous l'obédience du dauphin et de payer 600 000 écus d'or pour la rançon du roi Jean, il traitait avec le roi d'Angleterre un partage de la France à son profit et à celui d'Édouard III !

Les Parisiens protestèrent contre cette trahison. Ils commençaient à souffrir de la famine. De nouvelles conférences eurent lieu à Charenton entre le régent et le roi de Navarre, assistés de l'archevêque de Lyon et de l'évêque de Paris. Mais le peuple qui doutait désormais du Mauvais se séparait aussi d'Étienne Marcel et de ses affidés, lesquels tenaient de plus en plus pour le roi de Navarre. Le 21 juillet, les parisiens massacrèrent et firent prisonniers une bande d'Anglo-Navarrais à la solde de Charles II après qu'ils eurent mis au pillage un des faubourgs de Paris. Pour les apaiser, Charles et Marcel menèrent les bourgeois au combat contre les garnisons anglaises de Saint-Cloud et Saint-Denis, mais quelques-uns tombèrent dans une embuscade et furent taillés en pièces. La popularité des deux complices s'amenuisa encore. Le roi de Navarre ne rentra plus dans Paris et perdit son titre de capitaine. Marcel se disqualifia en délivrant les Anglo-Navarrais prisonniers au Louvre. Il offrit à Charles de lui livrer Paris et de l'y faire proclamer roi de France. Ce bourgeois abominable, socialiste avant la création du mot, fut tué avant d'avoir accompli son dessein (21 juillet 1358).

L'Angleterre une fois de plus

Comprenant enfin qu'il ne conquerrait jamais le trône tant convoité, Charles II signa, le 1er août, des conventions préliminaires avec des agents du roi d'Angleterre. Il s'engageait à le seconder dans la conquête du royaume moyennant la cession de la Champagne, de la Brie et d'autres domaines. Il occupait Melun, Poissy, Creil, tout le pays entre la Somme, l'Oise, la Marne et la Basse-Seine, et pendant toute l'année 1358-1359, le Vexin, le Beauvaisis, l'Ile-de-France, la Champagne et même la Bourgogne furent ravagés par des compagnies anglo-navarraises. Effrayé par leur invincibilité, le régent dont le courage n'était pas la vertu dominante, négocia et conclut avec Charles, le 22 août 1359, à Pontoise, un traité qui accordait à son ennemi 600 000 écus d'or en 12 ans avec 12 000 livrées de terre. Charles affirma qu'il serait désormais un « bon Français « et défendrait le royaume contre les Anglais.

Vain serment : dès le mois de décembre, Charles se parjurait en aidant le captal du Buch à investir Clermont-en-Beauvaisis et en fomentant, à Paris, une conspiration qui devait lui livrer la ville. Le complot éventé, il trouva refuge à Mantes d'où il défia le dauphin et reprit les hostilités. Le traité de Brétigny-les-Chartres (8 mai 1360) lui enleva l'appui du roi d'Angleterre qui s'employa à le réconcilier avec le roi Jean. Une paix négociée par philippe de Navarre fut conclue le 24 octobre et Charles récupéra ses biens en Normandie.

Un événement nouveau fit rejaillir le conflit. Philippe de Rouvres, duc de Bourgogne, mourut sans héritier mâle. Petit-fils de la fille aînée du duc Robert II, Marguerite de Bourgogne, Charles aurait dû succéder au défunt. Jean le Bon, issu de la seconde femme du duc Robert, prétendit que la « représentation » n'avait pas lieu en Bourgogne et réunit le duché au domaine royal. Pour faire valoir ses prétentions, Charles II avait besoin d'alliés et d'argent. Il confia son fils aîné, Charles, qui venait de naître à Mantes, à sa sœur, la reine Blanche, chargea son frère Philippe du gouvernement de la Normandie et s'embarqua à Cherbourg pour regagner la Navarre où, pendant son absence, Don Louis, son frère, avait administré ses biens. Assemblés à Tudela, les Cortès lui octroyèrent une taxe d'un vingtième sur toutes les choses qui se vendaient excepté les chevaux et les armes. Charles créa une Chambre des comptes et réforma l'administration du pays tout en accablant ses sujets d'impôts.

Le Navarrais était donc revenu à Pampelune en 1361, année où prenait fin une guerre commencée en 1357 entre la Castille et l'Aragon. Pierre le Cruel venait, disait-on, de faire occire son épouse, Blanche de Bourbon, devenant ainsi l'ennemi du roi de France.

Charles II accepta une proposition d'alliance avec le roi de Castille, mais le roi Pèdre, plutôt que de se tourner face à la France, recommença les hostilités contre Pierre IV d'Aragon. Le Navarrais, allié de Pierre IV, n'avait aucune raison d'attaquer celui-ci. Prétextant qu'il ne l'avait pas aidé lors de sa captivité, il envahit cependant ce royaume (juillet 1362).

Aussitôt, Pierre IV chercha à rompre l'alliance de ses deux ennemis en intervenant auprès du roi de France pour que la succession de Bourgogne fût soumise à son arbitrage et à celui de six cardinaux. Malgré la médiation du pape, la guerre continua. Pierre le Cruel ayant mis comme condition le meurtre du Trastamare et de don Tello, ses frères naturels qui combattaient pour le roi d'Aragon, celui-ci rejeta ces propositions honteuses. Choisi par les rois de Castille et d'Aragon comme médiateur, le Navarrais ne put rétablir la paix. Pierre IV fit alors des concessions à Charles et conclut avec lui un traité secret à Uncastillo. Charles II donnait se jeune sœur Jeanne à don Juan, héritier d'Aragon, s'engageait à guerroyer contre le roi de Castille et recevait en échange quelques villes et la promesse que Pierre IV l'aiderait contre le roi de France. Ensuite, les deux amis se partageraient le royaume de Castille.

Conjointement à ces événements moururent Philippe, comte de Longueville, et le roi Jean. Charles V recommença aussitôt — par personnes interposées —, la guerre contre le roi de Navarre en faisant investir Mantes et Meulan par Bertrand Guesclin et ses Bretons, qui y commirent leurs atrocités habituelles (7-8 avril 1364), puis il chargea Guesclin d'aller combattre le captal de Buch en Normandie où il venait de prendre la succession de Philippe de Navarre. Ce fut Cocherel (16 mai 1364).

Cette petite victoire française fut outrément grossie. Elle scella le destin de la branche capétienne des comtes d'Évreux dans sa lutte pour l'hégémonie contre la branche des Valois. Charles II, qui avait regagné son royaume en 1361, ne le quittait plus. Il n'agissait en Normandie que par personnes interposées. Un routier, Eustache d'Auberchicourt, faisait office de Garde des terres du roi de Navarre en France, Normandie et Bourgogne dès avril 1364, et ce fut à cette époque seulement que Charles II traita avec les Grandes Compagnies pour assurer, en France, la défense de son patrimoine. Après Cocherel, il confia à l'infant Louis, son jeune frère, la tâche d'organiser la défense des villes et forteresses de Normandie (juillet 1364) entamant par ailleurs des négociations avec Pierre Ier de Castille et le roi d'Angleterre[1], mais le sort en était jeté : les places normandes tombèrent peu à peu sous la coupe du roi de France avec, paradoxalement, le concours du fils aîné du Mauvais, Charles III le Noble, abusé par Charles V (1378). Ce fils indigne se replia en Navarre, vendant même Cherbourg auquel son père tenait tant à Charles VI (9 juin 1406), échangeant sans remords ses derniers droits en Normandie contre les revenus du duché de Nemours (1404). Son frère Pierre, élevé à la Cour de France sous Charles V, obtint le comté de Mortain en mai 1404.

Cependant, la revanche était dans l'air : Jeanne, la fille du Mauvais, épousa le duc de Bretagne, Jean IV de Montfort, ennemi résolu du roi de France. En seconde noces, elle devint la femme du roi d'Angleterre, Henry IV de Lancastre, dont le fils Henry V, le vainqueur d'Azincourt, reconquit la Normandie et réussit à porter sur son chef les couronnes des deux royaumes. Son fils, Henry VI fut aussi sacré roi de France (1431).

Les intrigues et les traités

Cette digression paraissait utile. Revenons à Cocherel et aux suites de cette victoire qui fut suivie par la nomination de Guesclin comme maréchal de Normandie.

Le Pays de Sapience fut-il épuré des Compagnies ? Non. Leurs actions furent seulement plus espacées. Cependant, après la défaite d'Auray (29 septembre 1364) qui mit fin à la guerre de Bretagne et à la réputation d'invincibilité de Guesclin, les rois de France et de Navarre se réconcilièrent une fois de plus, toujours par l'intercession des reines Jeanne et Blanche. Le traité stipulait que Charles II renonçait aux comtés de Mantes, Meulan et Longueville qui avaient été attribués à Guesclin. Le Navarrais obtint pour compensation la seigneurie de Montpellier, la restitution du comté d'Évreux et du Cotentin. Ses prétentions à la Bourgogne furent remises à l'arbitrage du Pape.

Ce nonobstant, Charles II continuait ses intrigues jalonnées

1. Jeanne, l'épouse de Charles le Mauvais, s'établissait en Normandie et donnait le jour, à Évreux, à leur fils Pierre (5 avril 1366).

de traités secrets avec les rois de Castille et d'Aragon et à les abuser l'un l'autre. A Sos, le 25 avril 1364, il avait renouvelé son alliance avec Pierre IV et Enrique de Trastamare. Le 19 octobre, il conclut un nouvel accord avec Pierre le Cruel, promettant de soumettre désormais tous leurs différends au roi Édouard III ou au prince de Galles et de ne point entamer une guerre sans leur accord. La descente en Espagne du Trastamare, de Guesclin et des Grandes Compagnies lui créa du souci. Résolu à un simulacre de résistance à Roncevaux, il apprit que le gros des troupes du Breton était entré en Aragon. Après que Guesclin eut mis à feu et à sang Barbastro, Borja, Briviesca, le Trastamare se fit couronner à Burgos cependant que son demi-frère s'enfuyait à Tolède puis en Portugal d'où il gagnait Bayonne avec ses enfants et trouvait à Bordeaux, près du prince de Galles, un asile sûr et confortable.

Le 23 septembre 1366, un nouveau traité fut conclu entre le Navarrais et Pierre le Cruel. Charles promettait à Pèdre de reconquérir son royaume et obtenait de lui le Guipuzcoa et les cités de Vitoria, Salvatierra, Alfaro, Logroño, Fitero et Calahorra. Le prince de Galles se porta garant du traité et reçut en otagerie les trois fils du roi Pèdre. Pendant que le Navarrais s'alliait... avec le Trastamare, Pedro IV d'Aragon, jouant aussi le double jeu, s'alliait avec les deux adversaires.

Lorsque le Prince Noir franchit la marche d'Espagne, Charles II, pour se sortir d'embarras, usa d'un subterfuge : il ouvrit les passages de la Navarre aux Anglais. Le duc d'Anjou ayant saisi la seigneurie de Montpellier, Charles s'entendit avec Guesclin et se fit faire prisonnier sur les confins de l'Aragon par le cousin de Bertrand : Olivier de Mauny. Après la défaite de Najera, le faux captif voulut sortir du château de Borja où il était détenu, mais Mauny lui réclama le prix de sa rançon. Charles feignit de céder. Il laissa, pour preuve de son honnêteté, son fils en otage, se rendit à Tudela avec Olivier et son frère, les fit appréhender au corps et les menaça de mort s'ils ne lui restituaient pas son fils. Il reçut l'hommage lige d'Olivier de Mauny et de Guesclin pour ses châteaux de Normandie assorti d'une pension de 2 000 livres (4 février 1369).

Ce fut alors la défaite de Montiel où l'imprudent roi Pèdre tomba dans un traquenard ourdi par le Breton à qui sans doute, d'après Pedro Lopez de Ayala, revient la mort du légitime souverain de Castille.

Toujours des alliances !

Lors du retour du Trastamare, Charles de Navarre était entré en possession des cités de la Vallée de l'Èbre. Il conclut, avec le roi d'Aragon, une alliance offensive et défensive contre le successeur de Pèdre (4 février 1370). Le Navarrais était alors menacé par Charles V pour ses possessions normandes, — Charles V qui reprenait la guerre contre l'Angleterre.

Le Mauvais espérait monnayer son alliance aux Anglais, mais le Prince Noir lui ayant refusé, avant de mourir, la vicomté de Limoges, Charles II se tourna vers son « cousin » Charles V. Le traité de Vernon de 1365 fut reconduit. Le roi de Navarre obtint la confirmation de la donation de Montpellier et rendit hommage au roi de France en lui donnant pour otages ses deux fils afin qu'ils fussent élevés à la Cour (mars 1371). Simultanément à cet événement, le Trastamare réclama les places de la Vallée de l'Èbre occupées en 1368. L'affaire, soumise au Pape, fut réglée par le cardinal Gui de Boulogne qui, le 4 août 1373, restitua Logroño, Salvatierra et Vitoria au roi de Castille et laissa les autres places au Navarrais avec une indemnité de 30 000 doublons pour les dépenses effectuées par lui à Logrono. Charles, fils aîné du Navarrais, devait épouser Léonor de Castille avec une dot de 110 000 doublons et la succession éventuelle des royaumes de Castille et de Léon. Cette décision et ce mariage furent approuvés par les Cortès de Navarre en 1376.

Dès la mort d'Édouard III (21 juin 1377), Charles II chercha à regagner la confiance de Charles V... pour y trouver avantage. Il proposa au roi de France de marier une de ses filles au dauphin. Les conditions de cette alliance ne lui convenant pas, il se tourna vers l'Angleterre et offrit sa fille à Richard II ainsi qu'une alliance contre la France moyennant la cession de Bayonne, du Labourd et de la Soule avec le gouvernement de Bordeaux et de Dax. Cependant, il négociait toujours avec Charles V et lui envoyait son fils aîné au mois de mars 1377. Le roi de France, tout aussi fourbe que le Navarrais, désirait s'approprier les possessions de Normandie susceptibles de servir de base à un nouveau débarquement anglais. On accusa donc le Navarrais d'un complot contre le roi. Jaquet de Rue, son chambellan, avoua ce qu'on voulait qu'il avouât sous la torture. Non seulement les négociations du Mauvais, mais son dessein de livrer Cherbourg aux Goddons et son intention de faire empoisonner le roi. Le jeune prince de Navarre, indigné, se présenta devant Charles V. On n'accusait pas seulement son père de vouloir « enherber » le roi de France, on attribuait désormais à ses menées la mort de personnages illustres, entre autres Jeanne de Bourbon, la reine de France, et sa propre femme, sœur du roi Charles V ; on l'accusait d'avoir causé la maladie dudit roi dans son enfance et même d'avoir voulu se débarrasser de son fils.

C'était gros. Cependant, bien chapitré, le jeune prince influençable prit son père en horreur, et le Parlement ayant approuvé la saisie des biens du roi de Navarre, commandement fut fait aux capitaines navarrais de remettre aux gens du roi les forteresses placées sous leur dépendance. Dès le 20 avril 1378, le sénéchal de Toulouse se saisit de Montpellier pendant que le connétable, le duc de Bourgogne et le sire de la Rivière envahissaient le comté d'Évreux et le Cotentin. Seul Cherbourg résista (août 1378). Charles V fit raser les châteaux et démanteler les cités. Pierre du Tertre, gouverneur du comté d'Évreux, qui avait capitulé à Bernay, fut impliqué dans le procès de Jaquet de Rue. Il avoua les menées du Navarrais mais nia farouchement les homicides qu'on lui attribuait. Il n'en fut pas moins condamné et exécuté comme Jaquet de Rue, le 28 juillet 1378.

Pour ajouter aux malheurs de Charles II, don Juan de Castille, fils aîné du Trastamare, envahissait la Navarre et assiégeait Miranda, Tudela et Pampelune.

Le trompeur trompé

Cette guerre, *El Malo* en était responsable. Par trahison, il avait essayé de s'emparer de Logroño. Trompé par Pedro Manrique, le gouverneur, il avait failli être capturé. Réfugié à Saint-Jean-Pied-de-Port, il demanda le secours des Anglais en leur proposant la cession de Cherbourg pour trois ans et en leur cédant les forteresses navarraises dont ils s'assureraient la conquête. Le duc de Lancastre détacha vers l'Aquitaine une escadre commandée par le sire de Neville qui envoya, de Bordeaux, 500 lances et 1 000 archers en Navarre. Ils contraignirent les Castillans à dessiéger Pampelune. Charles II obtint la paix du roi de Castille qui lui promit la restitution des terres conquises et un prêt de 20 000 doublons à condition qu'il renonçât à l'alliance avec l'Angleterre. Il devait recevoir en gage, pendant dix ans, 20 places de Navarre

— entre autres Estella, Tudela, Larraga, Miranda, San Vincente (31 mars 1379).

Enrique de Castille mourut. Son successeur réclama l'exécution du traité. Il fut ratifié par les Cortès de Navarre le 29 juillet, à Pampelune.

Le duc d'Anjou s'était emparé de Montpellier. Les bourgeois indignés par les nouveaux impôts exigés par ce vorace imbécile, se révoltèrent et occirent les officiers établis au nom du roi de France, le sénéchal du Rouergue, officier du duc d'Anjou, etc.

Le duc envoya une armée. La cité se soumit, perdant du même coup ses privilèges et ses murailles. Les manants et les bourgeois durent payer une amende de 120 000 francs et les auteurs de la révolte furent pendus. Charles V mourut (16 septembre 1380). Le roi de Navarre n'intervint pas dans les affaires de la France lors du règne de Charles VI. Celui-ci, dès son accession au trône, avait donné à Charles, prince de Navarre, le gouvernement de toutes les terres que son père avait possédées en France. Il lui en abandonna les revenus. Le prince prêta serment de fidélité le 25 juillet suivant et demeura cinq années en possession de ces terres, excepté Montpellier qui lui avait été enlevé le 28 mars 1383. Il se rendit en Castille auprès de son beau-frère, Don Juan, et participa, en 1385, à la guerre contre le Portugal pendant que son père poursuivait ses négociations avec le roi d'Angleterre et réclamait la restitution de Cherbourg. Il obtint de Richard II, en janvier 1383, un sauf-conduit pour se rendre sur la Grande Ile, mais il est probable qu'il ne traversa pas la Manche.

En 1384, on arrêta à Paris Robert de Wourdrelon, valet d'un ménestrel qui avoua avoir été envoyé par le roi de Navarre pour empoisonner Charles VI et les ducs de Berri et de Bourgogne, ses oncles. Fariboles, sans doute, obtenues par la torture.

Le Mauvais eut une fin controversée. Certains le font périr de la lèpre, d'autres d'une mort violente, sur son lit, par l'imprudence d'un serviteur qui aurait mis le feu à un drap imbibé d'eau-de-vie dans lequel il se serait emmitouflé pour se réchauffer. Froissart prétend que le feu partit d'une bassinoire. Secousse rapporte une lettre de l'évêque de Dax à la reine Blanche, racontant qu'il mourut de mort naturelle après une brève maladie, donnant des témoignages d'une si sincère contrition et d'une dévotion si ardente qu'il provoqua l'admiration de ses sujets. Certains chroniqueurs prétendent qu'il succomba au terme d'une maladie « honteuse », le 1er janvier 1387.

Il eut pour enfants, de sa femme Jeanne, fille de Jean le Bon et de Bonne de Luxembourg : Charles III ; Marie, femme d'Alphonse d'Aragon, comte de Dénia ; Henri, comte d'Étampes ; Philippe, mort jeune ; Jeanne, morte en 1437, mariée tout d'abord avec Jean IV de Montfort, duc de Bretagne, ensuite avec Henry IV d'Angleterre ; Pierre, comte de Mortain, marié en 1411 avec Catherine d'Aragon, fille de Pierre, comte d'Alençon et de Marie Chamaillart, vicomtesse de Beaumont ; remariée, en 1413, avec Louis, duc de Bavière ; Bonne, morte sans alliance ; Blanche, morte sans alliance à Olite, âgée de 14 ans. Enterrée à Sainte-Marie Royale d'Olite.

Le Mauvais eut aussi deux enfants naturels, nés de Catherine de Lizaso : Jeanne, mariée avec Jean de Béarn lequel se remaria avec Jeanne d'Albert en 1422 ; Lionel, racine des sires de Cortez qui furent maréchaux héréditaires de Navarre jusqu'en 1563, date à laquelle ils s'éteignirent. Il est enterré à la cathédrale de Pampelune.

L'instant du jugement

Que faut-il penser de Charles le Mauvais ?

Tout d'abord impérativement que sa cause était légitime. Ensuite, qu'il ne fut pas plus fourbe que Jean II le Bon, cet insipide et pédant souverain, et son fils, l'égrotant Charles V. L'Histoire nous présente ce valétudinaire comme un parangon de vertus, indulgent, miséricordieux, etc., alors qu'il fut matois, perfide, singulièrement pervers sinon cruel.

Si Jean II offrit sa fille en mariage à cet incorrigible « rioteux » que fut Charles II, ce fut pour le tenir à portée de ses rancunes et de ses armes et réduire à néant la moindre de ses convoitises. Sans doute également pour lui enjoindre de loin en loin de demeurer bouche close sur sa façon de gouverner le royaume. Si Charles V essaya de le tenir en lisière, ce fut afin qu'il se tût sur des complicités anciennes qui l'eussent déshonoré plus encore que son ex-compère.

Charles II, fervent catholique, savait plaire et complaire aux ecclésiastiques. En Basse-Normandie, ses amis furent Robert Porte, évêque d'Avranches, l'abbé de Cherbourg et Gui Quieret, chanoine d'Amiens et archidiacre de Glasgow.

On l'avait surnommé le « Roi des Compagnies » bien qu'il se fût toujours méfié de leurs chefs, et c'est à tort qu'on le compara parfois au roi Pèdre de Castille. Par son regard, son verbiage, ses solennelles protestations d'amitié ou d'innocence, et grâce à ses zélateurs acharnés, il fut paré des qualités les plus éclatantes alors que la réputation de ses ennemis couronnés déclinait. Il n'est pas exagéré d'affirmer que c'est par sa rouerie, ses mensonges, ses persiflages, ses « petites phrases », ses reniements et ses faux renoncements qu'il apparaît comme un politicien moderne, à cette différence qu'il n'avait point besoin des « médias » et des sondages pour se faire valoir.

Afin de ne pas se « laisser faire » et s'en « laisser conter », il savait prendre les devants, parfois à bon escient, parfois non. Sa subtilité égalait sa malice. Sans doute fut-il victime de sa précipitation en toute chose, de ses brusques audaces et de ses repentirs précoces. Ce « battant » ne soupesait guère les conséquences de ses actes.

S'il ne l'occupa pas, il fit branler le trône. Ah ! de quels sinueux sourires devait-il user et abuser pour circonvenir ses futurs partisans et embobeliner ses victimes.

La haine du dauphin Charles contre les représentants du peuple, — surtout lorsque le Navarrais au pinacle de sa popularité eût obtenu de son beau-frère la libération des « criminels » détenus tant au Châtelet que dans les autres prisons de Paris, y compris celle de l'abbé de Saint-Germain-des-Prés-, ses intrigues et, devenu roi, ses mortelles vengeances, ternissent l'auréole de ce malade qui fut à l'excès paré de qualités imaginaires. Il eut en Christine de Pisan une formidable attachée de presse et en Michelet, Secousse, Quicherat, Siméon Luce, Vacquerie, etc. des thuriféraires privés de leurs bésicles. Égrotant, mol, vindicatif, trop bigot pour être sincère, chancelant sur ses jambes et branlant sur ses sièges, Charles V engendra dans une France exsangue — à sa semblance — un héritier dont le royaume eût pu se dispenser, Charles VI, lequel engendra Charles VII qui fut pis encore que son géniteur. Avec les Valois, détenteurs du pouvoir grâce à la poussiéreuse loi salique, le pays fut très mal loti. Ses hématomes, ses écorchures et ses navrures, comme l'on disait alors, furent inguérissables.

Quel eût été l'aspect de la France si elle avait été pourvue d'un roi qui eût régné tout à la fois à Paris et à Pampelune ? Mystère. Et si Édouard III l'eût gouvernée simultanément à

Londres et à Paris ? Mystère. Il n'est pas indécent d'affirmer que notre pays eût vécu des tourments moins violents et des bonaces plus belles [1].

1. Il est évident qu'Ogier d'Argouges, serviteur du roi de France et du royaume, et par là même superficiellement informé sur les actes de Charles II de Navarre, le jugeait avec partialité.

ANNEXE IV

LE CHÂTEAU DE PIROU ET LES OIES

Le nom de Guillaume de Pirou est attesté en 1106. Il fit don, avec Richard de Pirou, de l'église de Pirou à l'abbaye de Lessay. Guillaume fut sénéchal du roi d'Angleterre Henri 1er, et son fils qui portait un prénom identique périt avec l'héritier de la couronne de Grande-Bretagne le 20 janvier 1120 lors du naufrage de la *Blanche Nef*.

Vers 1170, l'église Saint-Samson d'Ansleville (Anneville-sur-Mer) fut donnée à l'abbaye de Saint-Sauveur-le-Vicomte par Raoul de Pirou et Guillaume de Suen. Au cours des XIIe et XIIIe siècles, plusieurs membres de la famille, seigneurs de Pirou et de Montpinchon tinrent des fiefs à Cerisy-la-Salle et à Bricqueville-la-Blouette. Comme beaucoup de seigneurs normands, les Pirou firent la... pirouette des alliances et certains rejoignirent Charles le Mauvais.

C'est à peu près ceci que l'on lit dans la monographie du Dr Le Melletier consacrée aux grandes figures du Cotentin[1].

On trouve aussi dans la *Recherche de noblesse d'élection de Valognes (1523) : 54* de Pirou : *C'est la généalogie de Jean de Pirou, sieur de Fermanville, Beaumont, Sainte-Marie-Église et Saint-Hilaire qu'il produit vers MM. Les eslus de Vallongnes.*

Dit ledit Jean de Ollivier de Pirou, son prédécesseur, frère de noble et puissant seigneur Jean de Pirou, chevalier, seigneur chastelain dudit lieu de Pirou, tous deux issus et procréés d'un puisné, fils du comte de Champagne, pair de France, lesquelz prirent les noms et armes de lad, terre de Pirou, yssit Monsr Guillaume de Pirou, sieur de Bricqueville.

1. *De la Manche vers l'Angleterre au temps de la Conquête*, par Jean Le Melletier. Cahier de l'O.D.A.C. nº 3 ; Saint-Lô, 1989.

Duquel Monsr Guillaume yssit Jean de Pirou, sieur de Sainte-Mère-Eglise à cause de sa mère. Et dudit Jean est issu Guillaume de Pirou, son ayeul, et dudit Guillaume est yssu autre Guillaume de Pirou son père. Portant, iceluy Jean de Pirou déposant, les pleines armes[1] *de lad, terre et chastellenie de Pirou et lesquels dessus dénommés ayant toujours vescu noblement sans faire aucun acte vil ou méchanique, et suivant le baon et arrière-baon comme les autres nobles du païs.*

Produit par led. Jean ce 29 juillet 1523.

Il est certain que la période du XIVe siècle en Cotentin est des plus confuse en raison des occupations floues des lieux et l'appartenance des familles locales aux deux royautés. Il est même très vraisemblable que des fiefs aient appartenu à deux nominaux différents, un relevant du roi d'Angleterre, l'autre du roi de France. Et comment interpréter la relevance au roi de Navarre ?

Nous savons que l'appartenance d'un fief ne dépendait aucunement d'une nation ou d'un royaume ou de l'autre, mais bien de l'allégeance réelle, personnelle, des tenants. « *Triste époque* « , soupire çà et là Siméon Luce dont la minutie souffrit parfois lors de ses recherches.

Il y aurait maintes choses à dire sur la rénovation de Pirou, notamment sur l'emploi de certains matériaux. Mais les touristes y trouvent leur compte. Après tout, mieux vaut encore ce que fit l'abbé Lelégard sur son domaine que les « saloperies » entreprises à Puivert (avec l'approbation des gens chargés de défendre le site !) par Bertrand Tavernier pour les besoins d'un film ridicule dont le titre lui-même est une absurdité : « La passion Béatrice ». Mieux vaut encore n'importe quel « produit » de Hollywood à prétention historico-médiévale, que « ça ».

1. Et porte pour armes : *de sinople à la bande d'argent cotoyée de deux cotices du même.* Il est évident qu'en 1523, les Pirou n'occupent plus la seigneurie de Pirou car aucun autre Pirou n'est cité, mais la date où cette seigneurie fut perdue pour les Pirou n'est guère connue avec précision.

Quant aux oies...

Il paraît que les agresseurs de Pirou, après un long siège, conquirent le châteaufort (?) et ne trouvèrent à l'intérieur qu'un vieillard grabataire auquel ils promirent la vie sauve s'il leur révélait où étaient passés le seigneur, sa famille et la garnison.

Le vieillard dit alors que l'aide d'un grimoire leur avait permis de se changer en oies pour s'évader par le ciel.

Quand les oies revinrent enfin pour se livrer à quelque métamorphose avec le secours du grimoire, celui-ci s'était consumé dans l'incendie du château.

Depuis, chaque année, elles reviennent à Pirou d'où on ne les voit pas s'essorer.

Rien n'est plus beau qu'un vol d'oies sauvages, même si elles ne sont point légendaires.

ANNEXE V

LES ANCIENNES MESURES DE POIDS

Le grain ou µ1/72e de gros	0,053	gramme
Le demi-scrupule ou 12 grains	0,637	gramme
Le scrupule : 24 grains	1,274	gramme
Le demi-gros ou demi-dragme : 36 grains	1,912	gramme
Le gros ou dragem 3 scrupules ou 72 grains	3,824	grammes
La demi-once ou 4 gros	15,297	grammes
L'once ou 8 gros	30,594	grammes
La demi-livre ou 8 onces	244,752	grammes
La livre ou 16 onces	489,503	grammes

Le marc équivalait à 250 grammes.

Les mires et les apothicaires utilisaient le poids romain, les commerçants le poids du marc d'orfèvre qui comptait 16 onces à la livre.

POSTFACE

Après qu'il eut achevé sa remarquable *Histoire de Don Pèdre Ier, roi de Castille*, Prosper Mérimée, le 22 septembre 1847, écrivit à son amie Jenny Dacquin :

« *Je me suis donné bien du mal pour une exactitude dont personne ne me saura gré.* »

Effectivement. La critique fut quasiment muette. La première édition ne suscita qu'un entrefilet anonyme dans *Le Corsaire* du 4 janvier 1848.

La première réédition fut saluée par Louis-Émile-Edmond Duranty dans *Le Courrier de Lyon* du 9 juillet 1865 et s'y ajouta un article d'Octave Lacroix du *Moniteur universel* le 24 juillet 1865.

Si les chroniqueurs ne se soucièrent aucunement de cette œuvre de qualité, le public, lui, s'y intéressa au point qu'elle connut plusieurs rééditions[1].

Toutes proportions gardées et très modestement, je me sens un peu dans le cas de cet auteur prestigieux. La critique s'est désintéressée de mes travaux, qui a flatté d'autres auteurs peu soucieux de l'Histoire comme d'ailleurs de la syntaxe. Les Gens de lettres et d'Académie française ont donné leurs Grands Prix au plus nul d'entre eux. Je ne m'en sens que plus à l'aise pour remercier ici les milliers de lecteurs et, oserai-je dire : *d'amis*, qui se sont attachés à Ogier, à son environne-

1. La dernière chez Didier, à Paris, en 1961.

ment humain, naturel et historique. J'en connais qui ont fait un long pèlerinage sur *tous les lieux que j'ai décrits*. A moins qu'ils ne me l'écrivent, ils me le disent chaque année dans différents Salons du Livre.

Fi donc des Aristarques et des Zoïles de la critique. Une lettre a satisfait mon attente. Elle émanait de Frédéric Scuvée, archéologue de réputation internationale et médiéviste hors pair.

Voici ce qu'il m'écrivit le 5 décembre 1992, peu de temps avant sa mort :

Il y a quelque chose de saisissant dans la psychologie de notre Ogier. Il reste un homme d'armes tel qu'il en a reçu l'empreinte, mais on sent qu'il n'est pas bien dans sa peau et nullement à son aise dans les événements. On dirait qu'il ressent, implicitement, qu'il est lui-même et ses « collègues » en porte-à-faux dans son temps. Il a subi l'humiliation de Crécy et de Calais et paraîtrait avoir confusément conscience que « son monde » est déphasé, hors époque, hors événements. Il a pu constater, sans toutefois l'analyser clairement, l'archaïsme du concept français de la guerre et la vétusté de la Chevalerie type XIIIe *siècle qui caractérisaient la société noble, en complète opposition avec les préceptes de la société et du commandement anglais nettement plus évolués, plus modernes, plus adaptés aux nécessités pragmatiques de la guerre au* XIVe *siècle.*

Cet aspect « Ogier » présente quelque chose de « génial » dans son originalité. Même inconsciente.

Brignais[1] *sera une nouvelle preuve de la non-évolution de la pensée française, et Poitiers le couronnement final.*

Il est vrai que bien plus tard, il y eut encore un caractéristique exemple de la lenteur à évoluer chez les chefs de guerre français : c'est Pavie où l'impéritie du roi-

1. *Note de l'éditeur* : Rappelons ici que la seconde fresque de Pierre Naudin, le *Cycle de Tristan de Castelreng* commence par un ouvrage qui a pour titre *Les Amants de Brignais*. La bataille à laquelle Frédéric Scuvée se réfère y est décrite avec la rigueur et la précision historique qui caractérisent notre auteur.

chevalier fut couronnée comme à Poitiers cent soixante-neuf ans plus tôt.

Encore un élément — et pas le moindre — qui me fait apprécier vos personnages.

Ces quelques lignes ne valent-elles pas tous les compliments du monde ?

P.N.

CYCLE D'OGIER D'ARGOUGES

Une fantastique épopée
enracinée dans l'Histoire
de la guerre de Cent Ans au nom de l'honneur perdu.

LES LIONS DIFFAMÉS

En 1340, après la bataille de l'Écluse, le chevalier normand Godefroy d'Argouges, faussement accusé de trahison, est dégradé et les glorieux lions d'or de son blason sont diffamés. Pour venger cet opprobre, il envoie son fils Ogier apprendre le métier des armes dans le château de son oncle, Guillaume de Rechignac. En Périgord, Ogier connaît les amours les plus simples, mais aussi les plus singulières avec Anne, la lavandière, Adelis, la ribaude et Tancrède, son étrange et inoubliable cousine qui sait si bellement s'offrir et si bien se reprendre.

LE GRANIT ET LE FEU

Cinq ans ont passé. Ogier est devenu un écuyer solide. Il songe moins à devenir chevalier qu'à restaurer son honneur. Hélas ! ses desseins subissent un contretemps terrible. Au cœur de l'été 1345, les Anglais se répandent en Périgord. La forteresse de Rechignac a excité la convoitise d'un capitaine d'aventure : Robert Knolles. Il somme Guillaume de lui livrer son château. Le vieux guerrier refuse. Ogier, son oncle et Blanquefort, son sénéchal, s'emploient à stimuler le courage des défenseurs. Les assauts des « routiers » se multiplient. Le fier château sera-t-il envahi ?

LES FLEURS D'ACIER

Jeudi 13 avril 1346. En fin de matinée, Ogier d'Argouges et ses compagnons contournent le champ clos de Chauvigny où des joutes vont rassembler, le dimanche suivant, les meilleurs chevaliers du Poitou et quelques personnages fameux du royaume. Ogier sait que

des émissaires du roi d'Angleterre doivent y rencontrer secrètement des nobles français traîtres à la Couronne. Parmi eux, Richard de Blainville, le favori du roi Philippe VI, l'homme qui a injustement dégradé Godefroy d'Argouges et diffamé les lions de ses armes. Ogier pourra-t-il, tout en sauvant l'honneur menacé de son suzerain, assouvir enfin sa vengeance ?

LA FÊTE ÉCARLATE

Dimanche 16 avril 1346. En ce jour de Pâques, la population de Chauvigny et des environs se presse autour du champ clos. Le hasard favorise Ogier dans son entreprise : il rencontre l'ancien chapelain de Gratot, frère Isambert, que sa couardise a conduit à servir Blainville. Il apprend que les conjurés vont se réunir dans un souterrain sous la maison du chévecier de l'église Saint-Pierre. Ces hommes décideront de la date à laquelle les armées anglaises débarqueront en Normandie afin de conquérir Paris et installer sur le trône des Valois le légitime successeur de Philippe le Bel : Édouard III.

LES NOCES DE FER

Mardi 3 octobre 1346. Ce jour-là, dans la matinée, Henry de Lancastre, comte de Derby, qui vient de conquérir les grandes cités de la Saintonge et d'en ruiner les édifices religieux, commande à son armée de se déployer autour de Poitiers. Ogier d'Argouges, qui a survécu au massacre de Crécy, cinq semaines auparavant, a quitté Gratot, le château familial, pour se rendre en Poitou et demander au seigneur des Halles de Poitiers, Herbert III Berland, la main de sa fille Blandine. Chemin faisant, il doute que sa démarche aboutisse. Cependant, il épousera Blandine. Ce mariage hâtif lui apportera-t-il le bonheur ?

LE JOUR DES REINES

Blessé devant Calais assiégé. Ogier d'Argouges, prisonnier, est emmené en Angleterre. Le roi Édouard III et sa noblesse, glorifiés par les manants du royaume, célèbrent leurs victoires par des fêtes grandioses : les joutes d'Ashby. Mêlé à des aventures guerrières et amoureuses où apparaissent Catherine de Salisbury et Jeanne de Kent, surnommée la plus belle fille d'Angleterre, Ogier est bien déterminé à refuser sa condition d'otage.

L'ÉPERVIER DE FEU

Cet ouvrage, qui conclut le cycle d'Ogier d'Argouges, décrit d'hallucinante façon l'hécatombe que la peste noire provoqua en 1348 en

Normandie. Non seulement l'irrésistible fléau y détruisit les manants, les paysans, les prud'hommes et leurs familles, mais il ouvrit ce malheureux duché à des hordes aussi épouvantables que la gigantesque épidémie.

Imprimé en France sur Presse Offset par

BRODARD & TAUPIN

GROUPE CPI

6471 – La Flèche (Sarthe), le 28-02-2001
Dépôt légal : mars 2001

POCKET – 12, avenue d'Italie - 75627 Paris cedex 13
Tél. : 01.44.16.05.00